—— 上 海 高 等 学 校 一 流 本 科 课 程 教 材 ——

WENXUE
LILUN
CHUJIE

文学理论初阶

刘阳◎著

华东师范大学出版社
·上海·

图书在版编目(CIP)数据

文学理论初阶/刘阳著.—上海:华东师范大学出版
社,2023
　ISBN 978-7-5760-4341-9

　Ⅰ.①文…　Ⅱ.①刘…　Ⅲ.①文学理论　Ⅳ.①I0

中国国家版本馆 CIP 数据核字(2023)第 247327 号

文学理论初阶

著　　者　刘　阳
责任编辑　范耀华
审读编辑　李玮慧
责任校对　郑海兰
装帧设计　俞　越

出版发行　华东师范大学出版社
社　　址　上海市中山北路 3663 号　邮编 200062
网　　址　www.ecnupress.com.cn
电　　话　021-60821666　行政传真 021-62572105
客服电话　021-62865537　门市(邮购)电话 021-62869887
地　　址　上海市中山北路 3663 号华东师范大学校内先锋路口
网　　店　http://hdsdcbs.tmall.com

印 刷 者　常熟市文化印刷有限公司
开　　本　787 毫米×1092 毫米　1/16
印　　张　18.75
字　　数　417 千字
版　　次　2024 年 1 月第 1 版
印　　次　2024 年 1 月第 1 次
书　　号　ISBN 978-7-5760-4341-9
定　　价　58.00 元

出 版 人　王　焰

(如发现本版图书有印订质量问题,请寄回本社客服中心调换或电话 021-62865537 联系)

Contents
目　录

下编　建构的文学

从共性看，文学理论首先是一种理论，而理论旨在把问题讲清楚，必然要还原出问题是这样而非那样的理由与过程，这是由理论的本义所决定的。从个性看，文学理论不是一般的理论，而是讲述文学问题的特殊的理论，必然要还原出文学是这样而非那样的理由与过程，即还原出文学活动得以建构的理由与过程，这又是由文学理论的现代进程所决定的。文学由此被还原为了一个动词、一种活的思想方式。

一、理论的本义

从字面看，文学理论是一种理论，因而具有理论的本义。理论的本义是什么呢？这需要先作一番词源上的考察。"理论"（Theory）一词来自希腊文 Theoria，与"剧院"（Theater）一词有着相同词根，其动词为"去观看"（To view），[①]指一种仅仅基于"看"的"对理念世界的瞑想"[②]。在希腊语中，理论是一种有别于征服对象来为人们所用的、不具备主体性支配与开发欲望的观察活动，与此相映成趣，在拉丁语中，理论也是一种有别于单纯知识性研究的沉思活动。[③]总之，理论的本义是观察与沉思的活动。这表明，与初学者对理论的抽象艰深外观容易产生的畏惧感相反，理论在本性上不排斥，而是始终回归着我们每个人的生活世界，把自身所面对与处理的问题积极地还原到生活世界中去，以还原问题为己任。

理论的上述本义，决定了作为其具体分支的文学理论也以还原问题为己任，即旨在还原文学活动中一切问题所来自的背景源泉与得以形成的脉络机制。摆在读者眼前的这部文学理论新教材，将在这点上尝试作出努力。这里先举出两个重要实例。例如，学习文学理论首先会遇到的一个根本问题就是"文学是什么"，对这个涉及文学性质的根本问题，中西方历史上已留下了太多的定义与回答，在这种情况下，我们如何从迷雾中廓清眼目，尽可能有效地来找到比较完备的解释呢？这离不开还原的意识。因为当我们还原文学活动后，会发现，它其实处理的是"说"与"在"的某种独特关系，正是这种独特关系，直接决定了文学活动在事实上有别于非文学活动，在价值上则启示与帮助着非文学活动。对问题的积极还原，于是将使我们看清事情的真相。又如，在理解了"文学是什么"后，随之而来的便是"文学有何用"，对这个涉及文学功能的根本问题，怎样既充分汲取现有回答的精华，又作出能体现今天的思想高度的新回答呢？这也离不开还原的意识。因为当我们还原文学活动后，同样会发现，它其实始终立足于人与世界有且仅有的三种不同关系而产生出相应的功能：人等于世界，产生出再现功能；人大于世界，则产生出表现功能；如果要在这两种传统文学功能之外，来进一步深入找到更合法的文学功能，顺理成章的思想突破口便是人小于世界而产生出的显现功能。对问题的积极还原，于是不仅使我们看清了事情的真相，还创造出了新的思想。就这样，我们谈论文学理论，都将努力使之拥有观察与沉思的活动过程，使之成为一种生动、具体的情境。这既是本教材在编写上追求的创新特色，也是我们对想通过本教材了解文学理论的读者们在学习成效上的期待。

二、从天真性到建构性

从理论的本义这一共性前提出发，文学理论既然讲述文学的问题，便需要相应地还原出

---

① ［美］戴维·玻姆：《论创造力》，洪定国译，上海科学技术出版社 2001 年版，第 80 页。
② ［法］弗朗索瓦·夏特莱：《理性史——与埃米尔·诺埃尔的谈话》，冀可平、钱翰译，北京大学出版社 2000 年版，第 45 页。
③ ［德］伽达默尔：《赞美理论——伽达默尔选集》，夏镇平译，上海三联书店 1988 年版，第 27 页。

文学被如此讲述的理由与过程。这正是对文学的理解或者说文学理论在现代以来发生的根本变化：从天真性向建构性演进。

　　与中外文学史等以知识性为主的文学专业分支不同，文学理论作为以思想性、观念性为主的文学专业分支，在不同历史时期具有不同的思想视野，新的思想视野可以更好地涵盖旧的思想视野，成为我们今天谈论问题的地平线。大体说来，文学理论的思想视野与哲学走过的思想历程一样，都经历了古代本体论、近代认识论与现代语言论这三个主要发展阶段。这三个阶段具有学理发展的内在连续性。本体论阶段，人们关注的基本问题是"世界是什么"。认识论阶段，人们关注的基本问题是"人如何认识世界"。语言论阶段，人们关注的基本问题则是"人如何通过语言来表达对世界的认识"。今天我们学习文学理论，应当吸收这三种思想视野中的哪一种呢？毫无疑问，应当吸收最新、最深刻的第三种思想视野，即语言论视野。这不表示前两种传统视野没有价值，而是说，它们在今天被从更高的层面上积极地吸收到了第三种现代视野中，在第三种现代视野中使自身变得更合法了。读者眼前这部文学理论新教材，正旨在从语言论新视野出发，讨论文学理论中一系列基本问题，使关于文学理论的学习推陈出新、与时俱进而焕发出应有的现代色彩。

　　那么，比起本体论与认识论视野来，语言论视野更合法在哪里呢？回答是，语言论思想发现了本体论与认识论思想所共同依赖的背景——形而上学的不可靠，找到了这种不可靠性的关键证据。早在十九世纪末，马拉美等一批作家，已开始有意地将文学创作关注点从对外部现实生活的反映转向词句上的结构编排及其写作效果，主观上呼吁回归文学自身，客观上拉开了语言论思想的序幕。以皮尔士、索绪尔为代表的现代学者和语言学家们观察到，语言是一种符号（替代品），并不具备相符合于事物的实质性。当仔细观察"树"这个语言符号时，我们多少有些惊奇地看到：这个字的读音 shù 与眼前这棵树没有必然的联系，把它读成别的发音比如 yú 也完全是可以的；这个字的概念意义"木本植物的通称"也高度抽象，与眼前这棵具体存在的树同样没有必然的联系。从而，语言指及不了事物，而是以符号区分所形成的差别原则为自身性质。所以，不是人类到了二十世纪突然心血来潮地抬高语言的地位，实乃由表及里的客观发现，使我们不得不面对与接受这个事实，进而对语言的性质与功能重新产生了兴趣。这是历史发展的必然。

　　这意味着"某物是什么"的问题自此再也无法与"某物被说成了什么"的问题相分离，两个问题是同一个问题。整体而言，在二十世纪前，人们主要秉持自然语言观，相信语言是对客观世界的命名与表达，是赖以观看世界的工具与通道，这种信念的突出表现便是以哲学为代表的形而上学态度：先有物，后有词，无论这物被注入理念、上帝、真理或者其他何种形而上学本体的名目。此即"某物是什么"这个传统提问方式长期得以存在的合法性基础。但这种合法性到了十九、二十世纪之交左右引起了语言论的质疑。事情很明显，既然语言的性质是符号性，而符号即用一个替代品去替代被替代的东西，人不得不用语言去陈说事物是什么，而一当陈说之际却总只能不断地去替代着那个令我们以为达得到的事物（"是什么"），人便始终达不到它。在这种情况下，如果人相信通过语言可以捕捉到世界，便是在一厢情愿地让思想始终只以相似性而非同一性现身,永远难以达至它所试图达到的现场,而只能在他物周围绕行。及物的允诺与不及物的实质之间,终究发生着龃龉。基于思想的这种为难之处,语言论哲学提供了新的合法性:与其让语言工具化地达到事物,不如坦承事物本就存在于语言中,被语言说出着自己的意义。

对文学的理解由此发生了变化。在二十世纪以前,伴随着自然语言观,我们把文学视为一种可加以天真把握的、不证自明的审美对象,把语言视为文学作品中指及着内容的形式。"故事是这样的",由此起头的理解相信语言只是传达出这个故事的手段,我们全力关心的是作为内容的那个透明的故事。进入二十世纪后,随着自然语言观的逐步瓦解与语言论背景的渐次展开,事物被语言说出,在语言中存在,并拥有了语言化的意义,"被说出"必然把话语权力背景也牵扯了出来。这样,人们便不再仅仅视文学为可天真把握的对象,而充分估计到了它始终作为权力建构产物的性质。建构呼唤着解码,即去解开被语言化的权力所建构出的、隐藏于文学作品深层的符码。人们逐渐从过去对文学作品的单纯审美欣赏与品评,开始转向热衷于从理论上去分析文学作品并形成各种理论。二十世纪以来的文学研究,在传统的审美姿态之外发展出了蓬勃兴盛的解码姿态。这种历史演变的根本意义在于,使包括文学理论在内的、对文学的理解逐渐获得了客观性。因为现代以来,无论以卡尔·曼海姆、马克斯·舍勒为代表的知识社会学,还是以布迪厄为代表的反思社会学,都有力地指出了一种知识并不凭空孤立地产生,而总受制于知识生产者的话语权力机制,通过还原后者来与前者结合,才能确保这种知识的客观性。文学活动的客观性,也是由作为"是什么"的作品(例如《三国演义》)与作为"被说成了什么"的建构背景(例如贯穿《三国演义》始终的"尊刘抑曹"这一话语权力符码)同时组成的。充分意识到这种建构背景,正是文学理论研究在现代以来取得的醒目进步。

既然还原的过程是从天真到建构,这是否意味着文学理论只保留建构的文学就够了呢?还是否需要从天真的文学讲起,把天真的文学视为文学理论不可缺少的组成部分呢?这是一个引发现代文学理论家们研究兴趣的关键问题,也是今天学习文学理论首需面对的根本问题。在一些人看来,天真的文学与建构的文学作为文学研究的两种范式,似乎确实呈现为不相容的悖论,比如按照美国现代文学理论家希利斯·米勒的看法,"天真的方式与去神秘化(引者注:'去神秘化'即指对建构性的解码)的方式是彼此相悖的,一个会让另一个失灵"[①],两者无法得兼。其实,这看似无法得兼的两者是可以得兼的,这个看似难以解开的悖论是可以解开的。理由在于,被建构,即被语言符号所建构。这个建构出权力符码的过程便是被语言说出、被用语言讲成何种面貌的过程,也即被叙述的过程。既然是被叙述的过程,这也便是文学发挥力量的过程——因为文学在广义上就是讲故事,就是叙述,处理的就是"说"与"在"的关系。从这个意义看,建构及其解码,必然离不开文学的力量运作。这种运作着的文学力量,显然首先来自传统观念中的文学自身,即天真的文学,是在文学的天真性、审

---

① [美]希利斯·米勒:《文学死了吗》,秦立彦译,广西师范大学出版社 2007 年版,第 180 页。

美性范式中收获的成果。当这种成果积极启发与帮助我们今天进入文学的建构性范式后，又反过来进一步推动着自身的新发展，使文学的天真性范式不故步自封，而是向着文学的建构性范式开放。这样，从逻辑角度看，天真的文学与建构的文学作为两种研究范式，在文学理论中便是内在统一的。从历史角度看，我们应当先阐明天真的文学，尤其是作为重中之重的文学性质（说与在的统一）及其对于叙事、抒情、想象与虚构等文学活动基本特征的奠基，然后再阐明在此基础上进一步发展而出的建构的文学。本教材在框架结构上因而便分为上下两编，分别以八章篇幅，来依次详细讨论天真的文学与建构的文学，使初学者在心中建立起完整的文学理论知识体系。

三、文学是一种活的思想方式

文学从天真性到建构性的积极还原，使我们看清了文学在今天作为一个动词、一种活的思想方式的实质。

这是因为，在天真自明的审美性立场上，分析文学作品离不开谈论其语言风格等一系列内部问题，并最终通过解决这些问题来实现对这部作品的理解。而当吸收建构立场，致力于对文学活动进行还原后，支配着建构立场的语言论视野向我们展示，人类知识领域并不存在绝对意义上以"是什么"为标志的界限，而只存在着"被语言说成着什么"的语言的领域，即任何一种知识都建立在"它是怎么被语言说出的"这个新问题上。语言怎么说的问题，正是叙述的问题、文学的问题。叙述用语言去讲一件事情并形成叙事，便在建构性而非自明性的意义上为知识提供了叙事（文学）的根基，建构者就是叙述者。如同本教材将在下文中论述的那样，我们由此不仅看清了福柯等人出现于晚近的重大意义，而且沿此看到了叙事（文学）在建构主义阵营里那些代表性理论中不断闪烁出的文学影子：新历史主义在历史书写与文学书写中寻找着某种协调；后殖民主义关心西方如何在话语方式中想象外部世界；女性主义同样重视女性形象如何被男权社会通过想象加以规范；等等。我们也由此明白，最近半个多世纪以来，影响巨大的知识社会学与反思社会学对知识生产情境的还原努力，恰恰是把知识理解为所叙之事，变原先相对简单化的自明性思路为更复杂却更客观而真实的建构性思路，质言之，还原一种知识，就意味着对这种知识进行叙述，即意味着文学的思想方式在某种程度上帮助建构着这种知识。这表明，学术研究旨在形成知识话语，需要和值得依托文学来展开。文学正在今天积极进入着非文学的、包括学术理论在内的广阔领域，成为激活它们的一种思想方式，它是个活态的动词。

这样，学习文学理论的目标也就变得明晰稳实了。文学理论并不旨在指导文学创作，更不是学了文学理论就能成为作家。在"一种活的思想方式"这一新定位下，如果一个人对文学创作怀有兴趣，正确学习文学理论的经历将可能使他的文学创作在眼界、质量与品位上有所提升。比这更重要和更有意义的是，学习文学理论课的大多数读者将来未必会成为专门的文学研究者,但一个人潜移默化地拥有了文学的思想方式,使之成为自己立身处世的一种养分,会在从事不同的职业工作时受益终生。毋庸讳言,今天的时代用读图取代着读书,再一味奢望人们像过去那样无条件地、非功利地潜心大量阅读古今中外文学作品,已接近一种不切实际的空想。在这种快节奏的生活现状中,如何以更为平常的心态来重申文学的意义与价值呢?让文学成为不紧不慢、细水长流地伴随我们一生的、一种理解世界与自我的、动态活跃的思想方式,是本教材愿意持守的学习期待。在我们从各自不同职业身份角度出发赋予世界与自我以意义之外,始终不断地注入文学可以为之提供的温暖关怀,人生将变得更加自由而精彩。

那么,作为思想方式的文学与作为作品的文学是如何区分开的?这首先引出了下面第一章"文学的源流"。什么是文学的思想方式?这接着引出了下面第二章"文学的性质",文学又怎样具体发挥自身的思想方式?这进而引出了下面第三章"文学的功能"。让我们由此循序渐进地开始学习文学理论。

 [绪论拓展思考题]

一、请借鉴和仿照马原《小说百窘》一文(见其《小说密码》一书)的写法,写一篇《文学百窘》,提出 100 个你心里一直积蓄着的、对"文学"这个总话题很想提的真实问题(只需选择其中一问来回答;其他 99 问不用回答,只需提问,但应问得尽可能精彩)。

二、以下关于理论的常见说法,你赞成哪些又反对哪些?还是都赞成或者都反对呢?请详细阐述你对之所作评判的理由。

1.“理论只要彻底,就能说服人。”

2.“理论是灰色的,生命之树常青。”

3.“理论应当联系实际。”

4.“理论是无坚不摧的。”

三、你认为对于一位作家来说,究竟需不需要多读书、具备较高的学历与学力?还是应避免多读书以防止破坏创作的感觉?请联系高校中文系能否培养作家等一直存在着争议的话题,阐述你在这个问题上的观点与理由。过去仿佛有一种不成文的共识:大学外文系才是培养写作人才的,中文系则主要培养学术研究人才。当年,著名作家李健吾接受清华大学国文系主任朱自清的建议而转至外文系就读,便是相关的佳话。你愿意对此给出自己的理解吗?

四、尽管从历史上看,几乎所有的作家都并不多么看好文学理论对创作的促进作用,但也有人认为,一些大作家如歌德、巴尔扎克、托尔斯泰与鲁迅等都是兼攻理论的,他们把文学理论看作提升自身创作水平的一种滋养。对此,你又怎么看?

五、有成就的作家受邀担任高等学府的文学院院长或教授,似乎已成为当前我国高校中一种常见的现象,武侠小说作家金庸就是一个影响很大的例子。你认为,作家进入以学术研究为主业的大学,需要资格吗? 你又怎样理解与评价作家王蒙在上世纪九十年代提出的"作家学者化"这一口号?

六、大量阅读文学作品究竟会带来怎样的结果? 如果你已经或正在做到这点,请你描述自己的真实心得体验。如果你始终面对这一遥远的目标而兴叹,也请你作一番预测与分析。因为这个问题似乎在现实中引发了两种相反的回答。一位独立著有三卷本《中国现代小说史》的当代学者,是在穷十年之苦功读完两千多种现代小说后才完成这项浩大工程的,其以为,大量读作品必将积极导致心智的不断接力而结出硕果。另一位以"文化大散文"名世的当代学者则提出"一个作家成熟的标志之一,是不再看什么书",因为"写作的最高境界是询问自己的心灵,面对无言的自然",行万里路或许是更有意义的。在这两种态度之间,你何去何从呢?

七、以下两个问题都涉及文学理论课程的性质,请任选其中一题,作出你的回答。

1. 在你看来,高校中文系的文学理论课程安排在本科几年级开设最合理? 具体开设时间以一学期还是一学年为宜? 为什么?

2. 在我国高校中文专业的课程体系设置中,讲授文学理论的一般课程名称是"文学概论",这个来自苏联的课程名称,在"概论"的名义下可能造成学生们的枯燥感,根据本绪论所谈及的学习目标与内容,你觉得,在今天,"文学概论"这一课名可予保留还是值得更换? 如果值得更换,换成何种新课名才更恰切?

八、我们周围有不少用文学的方法写非文学题材的作品,如钟毓龙的《上古神话演义》、林汉达的《中国历史故事集》、童恩正的《西游新记》、龚延明的《诗说中国史》系列、梁衡的《数理化通俗演义》、钱念孙的《中华文学演义》以及乔斯坦·贾德的《苏菲的世界》等,可谓异彩纷呈。你愿意有意识地借鉴这类写法,来撰写一部与它们类似,乃至后来居上的精彩作品吗?

九、如果问"有样东西贯穿《三国演义》始末,它是什么"时,从政治学角度考虑,回答可以是"权力";从社会学角度考虑,回答可以是"中国式一分为三的和谐";从伦理学角度考虑,回答可以是"男性间的关系";从法学角度考虑,回答可以是"人治";从史学角度考虑,回答可以是"朝代兴替";除此以外,从文学角度考虑,回答则可以是同时包容了以上答案的一个字。你说究竟是哪个字呢? 它作为文学的思想方式,又是否确实具有包容以上既定思路的能量?

十、据你所见,文学作为一种活的思想方式,大体可以从哪些具体角度来积极实现自己? 请在文学理论课程学习拉开正式帷幕前,参考艾布拉姆斯等人编的《文学术语词典》等重要工具书,结合古今中外重要文学家或文学作品,先提炼出五十四个与"文学的思想方式"有关的关键词,制作一副别具匠心的电子扑克牌。

 ［绪论进一步推荐阅读］||||||||||||||||||||||||||||||||||||||||||||||||||||||||||

1. 刘再复、刘剑梅:《共悟人间:父女两地书》,福建教育出版社 2010 年版

2. 木心:《文学回忆录》,上海三联书店2020年版

3. 王蒙:《红楼启示录》,人民文学出版社2020年版

4. 叶嘉莹:《好诗共欣赏:陶渊明、杜甫、李商隐三家诗讲录》,人民文学出版社2020年版

5. 王兆鹏:《词学入门十讲》,北京大学出版社2021年版

6. [英]毛姆:《总结:毛姆创作生涯回忆录》,冯涛译,上海译文出版社2021年版

7. [美]斯蒂芬·金:《写作这回事:创作生涯回忆录》,张坤译,人民文学出版社2019年版

8. [英]安·特罗洛普:《特罗洛普自传》,张禹九译,湖南人民出版社1987年版

9. [法]维克多·雨果:《雨果论文学》,柳鸣九译,上海译文出版社2011年版

10. 李庆西:《存在感》,人民文学出版社2022年版

上　编

天真的文学

　　学习文学理论的一种显然期待,是对一部语言文字作品究竟是不是"文学"作出自己的应有判断。例如,那篇一度沸沸扬扬、引发全社会关注的高考满分作文《生活在树上》,是不是文学作品? 具体是散文、杂文还是寓言故事? 对这些有趣的现实问题的回答,离不开对文学性质的理解与把握。而这种理解与把握不是从零开始的,它需要建立在对古今中外已涌现出的文学观念的合理成分的吸收基础上。在今天扬弃性地转化并超越这些既有成果,我们对文学的领会,才能最为有效地推向深处。

　　因此,文学理论课程应从了解文学的源与流开始。文学源流生生不息,是文学理论面对着的最为具体生动的历史情境。从本章以下的叙述中我们将发现,中国与西方的文学源流在殊途中出现了一个客观而共同的走向。正是这个走向,启发我们思考旧文学观念的局限,进而理解它的新义。

一、文学概念在中国

在我国,十九世纪末以前,出现于典籍中的"文学"一词,只是一个古代常见的词汇,就像不能因我国第一部成体系的文学理论著作——南朝齐梁间学者刘勰用骈文写成的《文心雕龙》中出现了"意象"二字,而认定该书最早在中国文学批评史上提出了"意象"概念,"刘勰用'意象'二字,为行文故,即是'意'的偶词,不比我们所谓'image',广义得多"①,此系古人的一种写作习惯。同理,"文学"将"文"与"学"并列,"学"指以儒家经学为代表的文章博学之术,"文"则意为花纹,魏晋之前指有韵之韵文,与"笔"(无韵之散文)相对,引申为文采、写得漂亮的文章,《说文解字》的解释是:"文,错画也。"清代学者段玉裁对此训释道:"错当作逪,逪画者,交逪之画也。""可见所谓笔是指平实的应用之文,如论、记之类,文是指音律讲究、辞藻华丽的美文,如诗赋之类。"②这一历史事实在《文心雕龙》中得到了体现。

顾名思义,《文心雕龙》一书旨在探讨"文心"的形成机制和运作表现。全书讨论到的多种文体,有的是以现代眼光看来确实显然拥有"文心"的,如诗歌、辞赋、史传与杂文等,但更多的则是用现代标准衡量起来属于应用文的文体,如论说、诏策、章表、奏启与议对等。为什么这些应用文体也被认为具备"文心"? 这里就体现了刘勰的十分开放的文学观:不管一种文体实际被用于何种场合,只要它本身被写得美,写得有文采,它就有资格被称为文学。这实际上是比今天的理解远为开阔的文学观念,它把一切文体都纳入了文学发生的可能,所持的是一种不对来源设限,从而呈现出宽广涵盖面的杂文学观念。

这种杂文学观念渗透在整部中国文学史中。直到十九世纪末二十世纪初,在西学东渐的思潮影响下,现代意义上的文学观念逐渐出现了,它被在"纯文学"意义上理解、传播与接受。一个较为直接的证据,是近代学者王国维在《文学小言》中论及的"《三国演义》无纯文学之资格"③。作为西学东渐的杰出先行者,王国维在《文学小言》中流露出的文学观念带有浓郁的西学色彩,他倡导文学非功利、需要有情感及天才因素,将文学的种类基本限定于抒情诗词与叙事杂剧等,明显受到以康德为代表的现代西方观念的影响,"纯文学"这个被他直接使用的说法,成为他谈论文学的指标,并相应地使他把充满了较多俗文学特点的《三国演义》摒除于文学范围之外。这之后出现了刘经庵的《中国纯文学史》和郑振铎的《中国俗文学史》,表明纯与俗的区分开始被提上了文学理论的议事日程,这是古代没有过的事情。差不多自此开始的中国现代文学理论,将文学视为以叙事与抒情作品为主的建制,与以京师大学堂为标志的我国现代大学制度配合而发展至今。今天,国内的大中学文学课堂仍然以讲授经历了长期经典化过程的纯文学作品为主,巩固着文学的建制力量。

---

① 冯芝祥编:《钱锺书研究集刊(第二辑)》,上海三联书店 2000 年版,第 8 页。
② 张中行:《文言和白话》,中华书局 2012 年版,第 187 页。
③ 徐洪兴:《王国维文选》,上海远东出版社 2011 年版,第 196 页。

二、文学概念在西方

在西方,现代意义上的文学观念也出现得很晚。文学(Literature)一词在十八世纪之前的西方指学问、知识、文献,如但丁著名的《论俗语》一文中讲到的"文学"即此意,至于今天也被称作文学的十八世纪前的那些体裁——史诗、传奇、格律诗与剧本等,当时则被称为"诗"(Poetry),泛指一种语言写作的方式,其特征是不一定非用韵文来写作,"古代的诗和古日耳曼的诗对于韵都是陌生的"[1],如被公认为西方第一部成体系的文学理论著作——亚里士多德的《诗学》一书所指的"诗",便包含了远比今天范围广阔的悲剧、传奇剧等体裁,它们并不全以韵文写作。大约从十七世纪末开始,"诗"被规定为必须严格用韵文的形式写作,这一来,对于韵文化了的"诗"与当时日益蓬勃发展的散文(主要是小说),就需要有一个更大的概念来概括它们,这个更大的概念,就是现代意义上的"文学"。由此可见,因包含了韵文化的"诗",现代意义上的"文学"在十八世纪一出现便带上了某种纯文学的内涵。我们依次讨论这一源流的过程、含义和原因。

先看过程。十八世纪,出现了"美的艺术"(The Fine Arts)的新观念,推动了"文学"观念的纯文学进程。法国艺术理论家夏尔·巴托(Abbe Batteux,亦译作阿贝·巴托)在 1746 年发表的著作《归结为同一原理的美的艺术》中,将音乐、诗、绘画、雕塑与舞蹈这五种以审美为目的的艺术概括为"美的艺术"[2],以此来区别于其他以实用为目的的"机械艺术",另外还分出了包括建筑与论辩术在内的"兼有效用和快感的艺术"[3]。作为分类依据,"美的艺术"的"单一原理"被巴托归结为"艺术是对'美的自然'的模仿"[4],"诗"由此成为纯文学。

到了十九世纪后,"美的艺术"进一步从五门发展至七门,除了新加了建筑之外,原先的"诗"被换成了"文学",这就把小说包括了进来,"诗"中原有的戏剧,则从原先注重舞台表演(口传),开始转向注重剧本本身(书面)的语言创造和流传,也被归入以"美的艺术"为前提的"文学"中。戏剧早在古希腊即已大盛,亚里士多德在《诗学》中便将悲剧与喜剧的萌芽均上溯至古希腊的即兴表演。东方民族戏剧的历史比欧洲戏剧历史要短。印度戏剧起源于公元前一世纪以前民间迎神赛会上的表演,到二世纪,印度已出现了第一部戏剧理论著作《舞论》,标志着戏剧艺术已臻成熟。我国戏剧艺术的血缘则可以追溯到上古时代的祭祀性歌舞、巫觋等多种成分,它们都首先是作为表演活动而存在的。比起实际戏剧表演来,以语言文字出之的戏剧剧本始终是第二位的。于是,现代意义上的文学,在内涵上便成为"美的艺术"的一种,在外延上则主要包括诗歌、小说与戏剧,这三种迄今仍被中西方文学专业在研究与教学上恪守的体裁,都作为"美的艺术"而存在,一出现便是纯文学。从词源上看,"美的艺术"是 beaux-arts,包含于它之中的"美的文学"或者说"纯文学"便是 belles-lettres。

---

[1] [瑞士]沃尔夫冈·凯塞尔:《语言的艺术作品》,陈铨译,上海译文出版社 1984 年版,第 116 页。
[2] [法]夏尔·巴托:《归结为同一原理的美的艺术》,高冀译,商务印书馆 2022 年版,第 1 页。
[3] [俄]卡冈:《艺术形态学》,凌继尧、金亚娜译,学林出版社 2008 年版,第 33 页。
[4] [美]门罗·C.比厄斯利:《西方美学简史》,高建平译,北京大学出版社 2006 年版,第 136 页。

再看含义。什么是"美的艺术"呢？这就是模仿美的自然的艺术。在上面的过程中，我们看到，艺术原先以模仿一般自然为共同特征。巴托发展了亚里士多德以来的模仿论，将"艺术模仿自然"改变为"艺术模仿美的自然"，加上"美的"二字作为定语，赋予了艺术理想性与创造性，使文学从一开始就成为纯文学。"美的自然"既然是理想化的自然，带上了人的表现性色彩，它为何还能用"模仿"一词来修饰？因为在近代西方文学理论看来，情感及其表现是人的天性的一部分，也属于自然范畴，故而沿用了"模仿"这一概念。从模仿一般自然到模仿美的自然，这不是人人都能办到的，对主体的能力与素质提出了更高、更为特殊的要求。纯文学由此强调创作的天才，认为不是人人都能成为文学家，只有具备模仿美的自然的特殊能力的人，才能被称为作家。这与今天文学写作的门槛不断降低、人人都有资格成为写手的情况（例如网络文学）正好相反。原因在于二十世纪对语言性质的重新认识和把握。我们在后面谈到"作者死了"这一走向时还会加以分析。

最后看原因。为何现代意义上的文学观念在西方不早不晚，到十八世纪后才逐渐产生呢？可以在开放的讨论中，依次分析这一现象的内因和外因。

就内因来说，随着工业革命在十八世纪的逐渐兴起与发展，人的主体性程度不断深化，对世界的要求相应地变得更加理想化，愈来愈希望世界为我所用，而顺服于主体开发、改造与宰制世界的意志，这就必然在观念和行动上致力于提纯（即美化）外部客观对象，把外部客观对象看成自己想要看成的样子——美的自然。今天我们读十八世纪初小说《鲁滨逊漂流记》，觉得情节充满了冒险、猎奇的新鲜感，但在这部小说诞生的当初，它却是被作家当作个体日常生活来写的，着意表现的是一个人的故事发展轨迹（后半部分中"星期五"的登场从对比意义上强化了这种个体命运），与古代作品比如《荷马史诗》热衷于群像叙述颇异其趣。而当个体日常生活经验逐渐成为文学题材后，它必然因主体性程度在十八世纪的不断加深，而欢迎并主动创造日常中的理想化巧合。鲁滨逊荒岛求生，表面上流离失所，实则处处充满了绝处总能逢生的巧合之笔，便堪称明证。热衷于营造叙述逻辑上的巧合，以化解现实生活中显得复杂多变的矛盾，这样的写法便典型地体现了"模仿美的自然"的诉求，是纯文学观念适逢其时而生的根本原因。

就外因来讲，首先是印刷技术的发展。自十五世纪初德国人古登堡发明金属活字印刷术以来，经历三个世纪的发展，印刷技术至十八世纪进入了相对成熟的阶段。什么作品值得印和应当印，什么不值得印和不应当印，显然是有讲究和选择的。这里除了经济利润的考量因素外，还有对社会教诲功能的重视。以模仿美的自然为自觉目标、能发挥社会教化作用的作品，相对而言便更容易受到书商的青睐。有人用今天的思维发问：作为商品更容易得到社会流通的作品，不应是通俗文学吗？为什么偏是纯文学更容易得到印刷呢？这种质疑没有考虑到，当时的纯文学，因注重营造巧合等倾向，实际上就相当于今天所说的通俗文学，它迎合了最为广大的读者的欣赏趣味和接受心理。

其次是大学制度的建立。这与十九世纪以后以洪堡为代表的现代大学制度改革者有关。文学被直接纳入了现代大学教育体系，被赋予了专业化格局。被认为能在现代大学讲坛上教授的作品,必定不会是不经过选择的,模仿美的自然、赋有现代公民教育和民主教育等使命的作品,理所当然在被首选之列。正如学者们所考证,"文学"在十八至十九世纪的英美文化中成为一种学习、欣赏、营销与教育的对象,①这也为纯文学观念在十八世纪后的蔚然成风,提供了助推力量。

三、走向的比较

根据以上分析,我们看到了中西方在文学观念发展轨迹上的一个共同历史走向,那就是从杂文学观念逐渐演变至纯文学观念。

在我国十九世纪末前漫长的古近代历史中,文学观念都围绕着文章博学之术这一核心含义,《文心雕龙》中提到的"文"指一种处理语言的写作手法,该书举出的许多体裁,从诗歌、辞赋、史传、杂文到论说、哀吊、檄移、诏策、奏章、议对与书记等,几乎囊括了今天被称为文学的体裁与更大范围内的应用文体裁,它们都可以有"文"的因素,因而都具有被归入文学的资格。西方十八世纪前的文学观念既然指知识、学术与文献,其范围便相当广泛,它自然也包含今天被称为文学、当时则被称为"诗"的史诗、悲剧、传奇剧等各种体裁,但对它们的理解与谈论,主要是在知识意义上进行的。这形成了中西方共有的杂文学观念。

这种杂文学观念到十八世纪后的西方,由于"美的艺术"的新观念出现而开始经历"纯文学"化并进而建制化的过程,并由此影响到我国杂文学观念向纯文学观念的逐渐递变。这并非巧合,而是现代性逻辑的必然产物,是现代性划界及其专业化后果的体现。西方自文艺复兴后,人从神本主义的束缚中解放出来,开始尝试自己来判断眼前展开的全新世界,判断需要标准,人于是发现,无法再用一个类似于前现代社会(如中世纪)的划一不变的神权标准来评判世界进步与否,而得根据世界中不同的领域发展出适应该领域的特殊评判标准,文学的世界需要用文学独特的自主性标准来谈论自身,它便进而逐渐发展成为一种具有界限的专业领域,即稳固的文学建制。这也使文学专业领域出现了一批掌握文学专业知识的专家,他们作为文学建制中的精英,又进一步与现代大学制度配合,推进着文学建制。考虑到王国维所处的时代正是国内现代性的发轫期,一个多世纪前京师大学堂等我国近代高等学府也以追求包括文学在内的各专业领域的真理为目标,作为建制的文学在我国,也明显属于现代性的成果。法国当代思想家朗西埃,由此在考察文学概念流变时正确地指出,"纯文学"是"将文学引向其现代意义的趋向"②,这一趋向得到国际公认,形成了中西方共有的纯文学观念。

因此,反过来说,如果谈文学时就谈论着诗歌、小说与戏剧这些文体,③那已不知不觉在"纯文学"的现代意义上理解文学。今天我们从小到大学习的语文教科书,大多仍按上面的

---

① Deidre Shauna Lynch. *Loving Literature: A Cultural History*. University of Chicago Press, 2015, p.7.
② [法]雅克·朗西埃:《沉默的言语:论文学的矛盾》,臧小佳译,华东师范大学出版社 2016 年版,第 8 页。
③ 这三分法中之所以不包括散文,是因为散文这一概念在世界范围内指叙事,包括小说与戏剧在内,本书后面将要论及的什克洛夫斯基所著《散文理论》便在这一意义上使用散文概念,所以严格地说,它不与前三种体裁并列,而是包含着前三者中的小说与戏剧。

三种文体来划分单元板块,就是因为教科书编写者是现代人,编写观念是现代式的文学观念。各种文学大赛也习惯于按上述文体来分门别类地征稿,同样体现了这一特征。

四、积极意义

中西方文学从杂到纯的共同源流,从根本上产生的积极意义是顺应了人类现代性进程。现代性,从字面上宽泛地理解,就是人类社会历史走出古代后逐渐发生的变局。世界范围内的这种变局,从文艺复兴时期拉开帷幕,人从文艺复兴之前的中世纪社会中跪于神面前的状态中站了起来,获得看待世界的全新视野,而"以一种完全新的方式来想象和表现他们的主题"①。因此,现代性的首要和最根本的特征,就是对"人"的重新发现与启蒙,或者说人本主义觉醒。康德美学对天才与想象力等主体能力的张扬,②典型地体现了这一点,这也是巴托所倡导的"美的艺术"对主体素质能力的要求。在上述第一步后,现代性紧接着形成了发展、进步与创新的观念,以及相应的速度与效率等衡量指标。在文艺复兴之前的中世纪,神一统天下,替人安排着一切。人从匍匐在地慢慢站起来获得主体性后,陡然发现眼前的世界如新大陆露出的曙光,一切都去除了原先的遮蔽而显得全新,需要自己取代原先的神来评判,自己来让世界从不和谐转变为和谐。由此使发展、进步与创新成为现代性进程的醒目主题词,便很自然了。想一想为何今天的人们老是处在填表量化、注重"更快、更高、更强"的紧张状态中,便不难领会,这就是现代性必然赋予我们的时代征象。进一步看,现代性的第三个特征便是划分界限。这是由于,当人取代神站立起来,试图在发展与进步中改变世界的不和谐状态时,他很自然地会发现,世界不复原先神性统一观照下的整体一块格局,而出现了领域的彼此不同。数学的世界有数学的运作规则,物理的世界有物理的运作规则,文学的世界当然也存在着与文学相适应的运作规则,它们相互之间无法简单轻易地涵盖,已不能用一种总体性的立场来加以统摄。这带出了现代性进程的专业化分工格局。在古代,从希腊学园生活中不难看到,那时的苏格拉底、柏拉图以及亚里士多德等百科全书式的巨人,并不在意学科之间的分工与界限,往往集多种学术身份于一身,而在后人诧异的眼光中显得自然,从不成其为问题。这种"什么都懂"的统一格局,到以康德等思想家为杰出代表的现代性社会中开始改变。康德所率先明确划分开的知识、道德与审美三个领域,便凸显了现代性的划界特征。自此以降,专业分工成为现代人的不证自明的生活方式,上大学填志愿之所以显得那样天经地义,无非因为我们处在现代而总是并不自知罢了。事实上,以洪堡为奠基人的现代大学制度,在逼近二十世纪时才确立,也体现了现代性在西方的加速结晶,它就是以分门别类

---

① [瑞士]雅各布·布克哈特:《意大利文艺复兴时期的文化》,何新译,商务印书馆1979年版,第353页。
② 康德认为,构成天才的内心能力即想象力和知性,其中,想象力作为审美理念的一种表象,自由地引起许多多样的、不可言说的东西,从而摆脱一切确定观念(规则)的引导,相反,自然地为知性提供丰富多彩的材料,鼓动着知性,产生出精神。也就是说,想象力同时又在体现作为给予概念的理性概念上是合目的的。天才的四个前提是:(1)它是艺术才能而非科学才能;(2)以想象力对知性的关系为前提;(3)主要通过审美理念表现出来;(4)它离不开由主体本性产生出的想象力和知性的比例搭配。美的艺术需要想象力、知性、天才和鉴赏力。其中最重要的是鉴赏力以及想象力在自由中与知性的合规律性适合。参见《判断力批判》第43—50节。

形成专业领域为运作核心并延续至今的。一个多世纪前,京师大学堂等我国近代高等学府也以学科分界为目标,专业建制在中国,即明显属于现代性的成果。

具体地说,对现代性进程的顺应,带出了文学从杂到纯的两点积极后果。一是,推动了文学的经典化进程。文学在获得现代特征的发展过程中,取得了引人瞩目的经典化成果,涌现出大批足以为后世提供垂范意义的经典文学作品,以及相关的文学研究成果。二是,在整体上有力推动了文学的学科建制过程,所谓建制,指被稳固化的、与一定的政治条件与社会保障相适应、具备了明确界限而严格区别于他者的制度性力量。经典作品中崇尚公民理想的精英色彩,构成并加强着作为建制的文学。正如法国当代思想家德里达对这种从十八世纪发端、自十九世纪开始的被"称作文学的奇怪建制"的总结那样,"'文学'这一称谓是十分近期的一种发明"[①],它有自身明晰的内涵与外延,不与别种话语重复与混淆,而成为迄今为止我们在中西方大学文学专业(在西方国家中主要是英文系与比较文学系)中惯见的课程设置格局。进入二十世纪后,美国学者韦勒克与沃伦合著的《文学理论》,区分了文学内部研究与外部研究,其中外部研究旨在探究文学与社会学、心理学等其他学科的关系,执守"文学是什么不是什么"的界限,就进一步体现着对于文学建制的认同。

五、消极意义及根本症结

文学观念从杂到纯的演变,既有积极性也有消极性。消极性在于,它有意无意地将文学的内涵缩小了、狭窄化了,从杂到纯,便意味着从宽到窄。窄化具体表现为:(1)化现实为理想,即化"一般自然"为"美的自然";(2)化大众为精英,即化具有模仿"一般自然"的任何人,为具有模仿"美的自然"的特殊能力和天才的人;(3)化断裂为整体,即化"一般自然"中兼容"丑"的正常现象,为"美的自然"中主题首尾一致、结构和谐融洽的提纯现象;(4)化口传为书面,即化对"一般自然"的口头模仿,为印刷术推动下对"美的自然"的书面模仿。还可以列举更多的窄化表现。它们共同显示了,我们对文学的理解,在纯文学观念中遮蔽了一些更富有生机与活力的东西。

对此可以分别举例说明。从不合理的现实中期盼合理的理想,诚然是人性的正常取向。例如陀斯妥耶夫斯基的小说《罪与罚》,作为一部笼罩着阴郁气氛的作品,故事里面血淋淋的大学生持斧杀人案让人深深震惊,而作为映衬的卖淫妇的辛酸经历也令人唏嘘不已,但陀斯妥耶夫斯基远超过同类题材小说家的才能在于,他没有使小说造成对我们的压抑感,即使故事讲述了几乎不可饶恕的罪恶,小说也动人地指明了乐观的希望所在。结尾处,拉斯柯尼科夫在牢房想念同样不幸的索尼娅,在回忆里,那张苍白瘦削然而毕竟顽强活着的小脸激起他逐渐开始超越苦难的勇气:"现在几乎不再使他苦恼了:他知道,今后他将以何等深挚的爱情去偿还她所受的一切痛苦。"小说就这样不忘告诉人们,世界并未濒临绝境,还有"今后"。比

---

① ［法］雅克·德里达:《文学行动》,赵兴国等译,中国社会科学出版社1998年版,第7页。

起美丽的"今后"来,"过去的这一切、一切苦难又算得了什么呢"！强盛的可能性被文学巨匠显现出来了。这种超越性处理,有宗教文化背景而可以理解。但从现实到理想所发生的窄化,也有其可圈可点的负面效应,醒目地体现在被公认为代表了沈从文小说创作最高成就的《边城》这一个案中。作品以温厚细腻的笔触,纯纯酽酽地铺叙了一个童话般的故事,透过水汽迷离的纸面,那女孩翠翠,那大老二老两兄弟,那白胡子爷爷,那条黄狗那只渡船,乃至那一脉默默蜿蜒的白河水,都幻化作凝固的时间,一任在钢筋水泥丛林里忙碌的我们,神驰于那份独得的乡土况味。然而生命的沉醉和生存的真相是一回事吗?

前者没有走出以生命妥协为特征的乌托邦,是懵懂地去除了有限性前提、让有限消融于无限的静态乌托邦。后者才走向了以生存冲突为特征的乌托邦,是清醒捍卫着有限性前提、让有限在与无限的激烈碰撞中仍珍惜并保留下自己的动态乌托邦。漫漶于这篇小说字里行间的那份乌托邦色彩,成全了它,其实也限制了它。打从开头的氛围里,通篇故事缓缓流淌出来,这基调宛然夜不闭户、路不拾遗的大同之境,人和人的关系澄澈得也像那清水中来去的游鱼。翠翠"平时在渡船上遇陌生人对她有所注意时,便把光光的眼睛瞅着那陌生人,作成随时都可举步逃入深山的神气",分明带着乡土人乍见城市文明的惊悸。及至最后老船夫去世,杨马兵安慰孤雁儿翠翠,话里还有一句"不能如我们的意,我老虽老,还能拿镰刀同他们拼命",又分明带着下意识的敌意和局外人划开了道道。它整个的故事空间,回想起来似是一种回归原初的浪漫主义幻想,一个远离了都市心机、尘嚣、渴欲的乌托邦童话。或许这便是此作也常能被很好地当散文与诗来读,曰美文、曰"传奇"的缘故?[①] 只是细想来,几乎让人闻到那股湿烘烘水汽味儿的精妙文笔下,也遮蔽了一些让人直面的东西。这些东西若存在,本可提升这部小说的品位,使之不止于优秀,而趋于伟大。作家似乎终究太过于看重生命里幻化的温厚了,他愿意将笔再转向那生存中真切的严峻吗? 这一叙事逻辑便恐怕是过于渲染了乌托邦童话的、梦幻的、让人迷醉而憧憬的一面,却相对忽略了乌托邦同样穿透现实、为有限的现实人生所无情证伪而呼唤执着的一面:场内的世外桃源诚然纤尘不染,倘若失去与场外飘摇的现实风雨的共振,再美的愿景充其量也成其为幻景,在生命感官迷醉中与之妥协,便流于变相的软弱逃遁,把无需坚守的东西在完美的幻象中夸大了。理想对现实的窄化,是否从中得到了诠释呢?

从大众到精英的窄化,体现在现当代文学作品中的例证,例如美国当代作家戴维·洛奇已被改编成电视剧的长篇小说《小世界》对当今学术精英某些猥琐心态与丑陋表演的调侃。这部幽默的作品以散点式手法,活画出一群高校知识分子游走在学界和情场等各种社会领域之间的妙趣表现:或拉帮结派,或热衷剽窃,或阳奉阴违,或坐吃老本。这些确实是今天不同程度存在于类似环境中的现实。精英在这样的叙述笔调中被逐渐拉下神坛,还原出和日常普通人一样的贪嗔痴和人间烟火气,正反映了精英主义合乎逻辑的式微和没落。南非作家、2003 年诺贝尔文学奖得主库切的长篇小说《耻》,叙述了年过五旬的白人教授卢里因勾引

---

① ［美］金介甫:《沈从文笔下的中国社会与文化》,虞建华、邵华强译,华东师范大学出版社 1994 年版,第 246 页。

大二女生并与之发生性关系而遭学术体制惩罚的故事,为上述窄化提供了文学世界中的进一步的例证。

从断裂到整体的窄化,使现当代许多文学作品反过来在形式上呈现出光怪陆离、故意颠覆传统那种有条不紊的写法的新特征。2010 年诺贝尔文学奖得主略萨的《胡利娅姨妈与作家》,就是这样一部显示了上述窄化的小说。小说分为二十章,略萨与姨妈的故事主线贯穿单数章节,双数章节则一章一篇短篇小说,嵌套起九个互不相干、各自独立的社会故事,而且都无明确结局,出现在这些彼此无关的短篇故事里的人物,仅在前后不同故事里偶尔被提及,却不构成主线,体现了作家运用"结构现实主义"写法,在差异中进一步打破差异的用心。差异意味着断裂。这由此和无数旨趣相仿的现代作品一起,发动了对文学从杂到纯的演进轨迹的观念反思。确实,我们谈论文学时的很多习惯,证明我们是在纯文学定位上理解文学。很常见的一种习惯便是谈论文学的结构。所谓结构,原则上也包含后现代文学那种变体破格的形态,但在许多人长期以来根深蒂固的理解中,谈结构就意味着谈首尾一致、自成一体的、以稳定与封闭为特征的整体系统。陈寅恪等现代学者认为,我国小说的结构远不如西方小说精密,作家们也曾感叹:"我写小说,结构是一个弱点,好像托马斯·哈代的《还乡记》,查尔斯·狄更斯的《双城记》那样精彩的结构,又如莫泊桑的一些小说,结构的匀称浑成,是我绝对及不上的。现在我只好老了脸皮地说:'结构松懈,是中国小说的传统,反而更乎近代的西洋小说,与十九世纪的西洋小说不同。'"[1]这些说法的共同前提,显然是一种传统眼光,即把一部文学作品看作自足的艺术品,相信不应轻易搅扰,相反应努力完善这一艺术品的结构,好结构才能保证文学作为"美的艺术"的存在。因此,结构问题便是纯文学视野中的问题。说中国文学每每缺乏严谨的结构观念,其实从侧面道出着中国文学的纯文学观念较之西方文学更为深厚,对文学作品结构的要求与期待值更高。

至于从口传到书面的窄化,则不仅有世界上各民族历史悠久的口传史诗为证,也使我们很自然地想起古希腊哲学的对话形态。古希腊的哲学思想不是写在纸上的学院哲学,而往往以戏剧对话形式娓娓展开,其生动性每每不在戏剧这种希腊民主的天然载体之下。这一因缘当进入罗马帝国时期之后,就变得不再显著,因为古代戏剧在那时的衰落,使罗马哲学逐渐开始以个体的叙述,而非双方对话为自己的文体标志。这自然会影响到哲学形态的相应书面化,其进程与文学逐渐告别口传时代、步入书面时代显然是一致的。

基于纯文学观念的上述窄化表现,晚近人们对文学的理解,已开始逐渐突破这种纯文学视野。2015 年,白俄罗斯作家阿列克谢耶维奇作为一位记者,继邱吉尔之后再度以纪实性文学作品荣获诺贝尔文学奖。2016 年诺贝尔文学奖得主、美国摇滚艺术家鲍勃·迪伦,则以歌词创作摘取了这一奖项。非虚构的纪实性作品和看似不入纯文学法眼的歌词,均得到了一个以文学命名的国际权威奖项的认可,恰到好处地证明了,文学观念在评奖委员会心目中正超越狭窄的纯文学界限,而向着更为宽阔的领域融渗。我们可以想一想:新闻不是纯文学,

① 金庸:《金庸散文集》,作家出版社 2006 年版,第 271 页。

但它是文学吗？"文学性"对新闻来说，是附加上的成分呢，还是它固有的本色？又该如何评价诸如美国当代作家杜鲁门·卡波特取材于真实灭门惨案的"新闻小说"《冷血》这样的作品？人们在为小说中两个杀人凶手的冷酷暴行倒抽凉气之际，也为小说家吸收新闻元素、抽丝剥茧般还原惊险场景的手笔倾倒，这种文体无异于新闻与文学的奇妙联姻，它所获得的巨大成功从侧面提醒我们，那种以客观真实性为悬鹄的新闻价值取向，包括传统新闻学恪守的新闻专业主义，需要得到新的考量。[①] 这些有意思的问题，在联系后面将要讨论到的当代非虚构写作时，将会展示出更大的魅力。有理由展望这一趋势在将来的继续推陈出新。

值得深入思考的问题是：从杂到纯，促使文学观念变窄的根本原因何在？在于一个常识：纯文学对"美的自然"的模仿，总得通过语言来实现。那么问题出来了：语言能区分出美的/不美的、纯/不纯来吗？假如区分不出来，这一观念便相应地动摇了自身得以成立的基础。可见，对这个问题的解决，需要联系语言的性质来进行。由此我们很自然地开启了下一章的学习内容。

 [本章拓展思考题] ▪▪

一、请从文学理论角度，图文并茂地设计一份明年发给新生们的《中文系迎新手册》，比如：怎样引导新生们从拿到迎新手册那一刻起就开始理解"中国语言文学"这六个字？

二、对印刷术的发展促进了文学在十八世纪西方由杂到纯的进程，你还有想补充的理由吗？请撰文作出你的分析。

三、"小说"在英文中对应于哪些词？Fiction 与 Novel 这两个词都可以译为"小说"，它们有区别吗？

四、被国内学界用得十分泛滥而随意的"诗性"一词，究竟指什么？如果是指诗歌特性，那么还有"小说性"吗？如果没有，又如何解释"戏剧性"这个概念的合法存在呢？请结合一定的理论资源，来尽可能地有力清理这些长期以来似乎总显得纠缠不清的疑难问题。

五、请任选以下两题之一，在比较中作出你的评论：

1. 顾随与叶嘉莹的诗歌观

2. 昆德拉与王安忆的小说观

六、从历史上看，西方的剧场（如古罗马圆形大剧场）规模之大，非中国的戏园（如《红楼梦》中描写的戏班）所可比拟，西方人看戏，一开始就显得正经而当成一回事来做，中国人看戏则大抵看热闹与寻乐的成分居多。你能从这种差异想到什么呢？鲁迅极力批判的中国人的看客心理，能从这种特征中找到某种解释吗？

七、小说虽在中国传统文人中颇受轻视，却在中国民间流传甚广。学者赵景深在其所著《中国小说丛考》里便曾提到"柴堆三国"，指出"曰《柴堆三国》者，乃乡人农隙之时，三五成

---

① 对此，可参阅徐亮《新闻文本的文学性与新闻专业主义的相对性》（载《新闻与传播研究》2008 年第 2 期）的详细分析。

群,身倚柴堆所谈之《三国》也"。这种反差说明什么? 你能展开对"柴堆三国"及相关民间小说素材的深入调查与考察,写出有意义的相关文字吗?

八、在神话与小说的关系上,中西方的具体表现应该是有所不同的。如果认为比起西方来,中国没有"神"而只有"仙",你同意吗? 根据学界的研究,《聊斋志异》等中国小说中屡屡出现的花狐鬼怪,更多受到中国古代的精气观念(《管子》一书即有相关记载)影响,着眼于肉体而非超越性、彼岸性的精神。从诸如此类的背景材料中,你能获得什么借鉴吗?

九、文学进入新闻,也可能带来两方面的质疑,一是新闻的真实性会不会由此被削弱,二是有没有可能产生媚俗的消极后果。对这两点质疑,你持何看法呢?

十、民间流传着一种说法:"狗咬人不是新闻,人咬狗才是新闻。"在西方一些发达国家,新闻被排列在立法、行政与司法后,当作"第四种权力"践行。诸如此类的现象启示了你什么? 你愿意沿此对新闻专业主义的相对性作出新的阐释吗?

 ［本章进一步推荐阅读］

1. 张怡微:《故事识别》,山东画报出版社 2021 年版
2. 张大春:《文章自在》,广西师范大学出版社 2017 年版
3. 张悦然:《顿悟的时刻》,北京联合出版公司 2020 年版
4. 狄青:《卡尔维诺年代》,广西师范大学出版社 2020 年版
5. 周振甫:《文章例话》,中国青年出版社 2022 年版
6. 韩石山:《装模作样:浪迹文坛三十年》,陕西人民出版社 2013 年版
7. 刘衍文、刘永翔:《文学的艺术》,花城出版社 1985 年版
8. 凌珑:《文学原理》,上海社会科学院出版社 1995 年版
9. 王齐洲:《中国古代文学观念发生史》,人民文学出版社 2014 年版
10. ［法］夏尔·巴托:《归结为同一原理的美的艺术》,高冀译,商务印书馆 2022 年版

第二章
文学的性质

从历史情境中初步了解文学从杂到纯的源流后,我们要来进而考察文学的性质,即从根本上弄明,从杂到纯是不是文学的真相和全部。对这一根本性质的分析,取决于对文学与语言的独特关系的理解。

这是解开上章最后留下的有趣问题——纯文学对"美的自然"的模仿能否在语言中实现——的关键。文学是语言的艺术。日常活动与科学活动这两种非文学活动,都不同程度地分离着在与说。与它们都不同,文学活动以在与说的统一为独特前提。只要稍微回忆一下生活中自己读到一部优秀文学作品的真切感受,就不难领悟这一独特前提:明明是用语言讲述出来的故事——实质是假的;你却全身心沉浸于故事的存在——当成了真的。所以,文学是语言中的世界,在文学活动中,语言与存在实现了融合。

一、语言的性质

在十九世纪中期之前，人们普遍相信语言是认识事物的工具。这种理解，随着瑞士语言学家索绪尔在十九、二十世纪之交的出现而被打破了。索绪尔生前的讲义，经学生们整理而成为《普通语言学教程》一书，其中发现和还原了语言的一般性质，构成了今天理解艺术语言的根本前提。索绪尔发现，语言是一种符号系统。所谓符号，指替代品，即"用什么去代替"①，也即用一样东西去替代另一样被替代的东西。它的特点是看似容易，却容易在不知不觉的后续发挥中被人忽视和遗忘的四个字：不是原物。就像我们在电脑上下载文件时会遇到对话框，问是否覆盖原文件，此时若选择"是"，原文件便被替代成了新文件。这正是符号的根性。语言，就是由一个个符号所组成的系统。这是不难从生活经验中得到确证的事实。一个人，当试图说出现场发生了什么时，他便已不在现场而离开现场，处于另一新场中了，由于时间不间断的绵延，当你说"我正在干吗"时，你的那个"正在"瞬间已经过去了。

索绪尔从语言学原理上道出了这种经验背后的原因。每个语言符号都由两个成分组成：一是能指，即"音响形象"；二是所指，即概念。②《普通语言学教程》界定了语言的性质，指出符号具有任意性（arbitrariness），其含义是：能指和所指的联系是任意的。尽管可以为这句话举出如下的例子：之所以用 apple 表示"苹果"这个概念，不是因为两者天然有什么联系，只是因为我们规定它是，并且大家也都认可而已，我们也可以约定俗成地用 banana 表示"苹果"这个概念。但索绪尔接下来直接跳到了能指与所指所共同组成的整体——符号的任意性上："能指和所指的联系是任意的，或者，因为我们所说的符号是指能指和所指相联结所产生的整体，我们可以更简单地说：语言符号是任意的。"③为什么在 A＋B＝C 的情况下，A 与 B 的联系是任意的，就能推出 C 具有任意性呢？这在论证上出现了某种跳跃性。联系《教程》的后半部分看，索绪尔从三者与事物的关系角度，即依次"从概念方面""从物质方面"和"从整体"证明"词意味着某种事物"这种传统观念的不可靠，④这才是他的初衷，也是与索绪尔语

---

① ［瑞士］费尔迪南·德·索绪尔：《普通语言学教程》，高名凯译，商务印书馆 1980 年版，第 102 页。索绪尔指出的这一不是原物的"代替"，接近维特根斯坦所说的"伴随"。《哲学研究》第 152—155 节多处表示过，理解并非一种在理解过程中同时发生出了所理解的某种东西的心灵过程，而是在说明理解时伴随着"特定的周边情况"（［英］路德维希·维特根斯坦：《哲学研究》，陈嘉映译，上海人民出版社 2005 年版，第 71 页），即通过语言游戏才实现着理解。两者的微妙不同之处在于：索绪尔更侧重语言与事物的关系，更强调生产（立）意义上的表征；维特根斯坦更侧重语言与心灵的关系，更强调批判（破）意义上的"拆解"（同上书，第 50 页），语言哲学从而只是"描述"而非"干涉"语言的实际用法，它"让数学如其所是"却"不能促进任何数学发现"（同上书，第 58 页）。

② 《普通语言学教程》原是用法文写成的。书中的关键概念 significant 与 signifié，在较早的韦德·巴斯金（Wade Baskin）1959 年英译本中被分别译为 signifier 与 signified。后又影响更大、多次再版的罗伊·哈里斯（Roy Harris）1995 年英译本译作 signal 与 signification，这种译法被西方学者认为在某种程度上偏离了索绪尔的原意，可以参看美国学者塞缪尔·韦伯（Samuel Weber）2021 年出版的新书《独异性：政治与诗学》第十三章对此的提示。为什么中译本将它们译成"能指/所指"呢？据笔者考察，这组中译名很可能受到了佛典的影响。如《长兴四年中兴殿应圣节讲经文》云："即世尊才说，徒众便闻，表能所之无差，显师资之一相。"项楚注曰："能所：动作之主体称'能'，动作之对象称'所'。"并引《法华义疏》卷十一"既称能所，故能不自能，能名所能。所不自所，所名能所"，指明此处"能所"即上文中的"世尊"与"徒众"（项楚：《敦煌变文选注》，中华书局 2019 年版，第 857 页）。整段话的意思是，讲经这一动作以世尊为主体，以徒众为对象，两者结合为一种因缘性的"能所"关系，无论讲经主体抑或对象，都并非生来固定如此现身，而是在另一方的比照和映衬下才显现出来，形成的都是"名所能"与"名能所"，即在语言活动中统一一主客体的关系。另可参见金岳霖《知识论》第一章第一部分论"能"与"所"。

③ ［瑞士］费尔迪南·德·索绪尔：《普通语言学教程》，高名凯译，商务印书馆 1980 年版，第 102 页。

④ 同上书，第 163 页。

言学共同构成了语言论的语言哲学(分析哲学)的根本焦点。① 事实上,索绪尔对语言性质的探讨,就旨在从根本上表明"语言符号连结的不是事物和名称"这一事实。② 这也是他着力破除的传统观念——语言是和事物对应的分类命名集。

索绪尔发现,语言符号包含的两个成分——能指与所指,都与事物没有必然联系。一方面,能指是语言符号的音响形象,③即通常所说的一个字、词的读音。作为发音的 shù 与这棵树不存在符合关系,我们也可以指着这棵树说"这是一条 yú",这并不改变这棵树的存在。方言以及人的改名等现象,都说明了这一点。另一方面,从所指(概念意义)看,作为概念意义的"木本植物的通称"也以其抽象概括性,而与这棵具体的树无关。包含了上述两个层面的语言符号,从而确实与事物并不具备必然的联系,④是一种自成规则的符号系统。

不具备必然联系,不等于完全不具备联系,而只是说这种联系是偶然的。诚然,没有人会念错窗外那棵树的发音,但那不意味着真相就这般天经地义,而意味着这是一种约定俗成的结果——人们都这么念,久而久之成了习惯,并非不可置疑。索绪尔要打破的,正是这种为传统观念所深信不疑的联系的必然性。联系的必然性,属于刻意性甚或蓄意性;联系的偶然性,才是索绪尔试图揭示的语言的任意性。任意性,事实上也是维特根斯坦语言哲学在语法规则研究方面的根性,⑤它从而构成理解语言性质的取径。

既然语言是任意的,跟着的问题是它如何被理解、交流与传承。任意性会不会导致公说公有理,婆说婆有理,以至于鸡同鸭讲的局面? 索绪尔的回答是否定的。这里的关键是语言共同体(如汉语、英语)中的差别(可区分性)原则。在一种语言共同体中,一个词的发音能与别的词的发音相区分,一个词的概念能与别的词的概念相区分,就是它们被听懂(辨清)从而被理解的根据。就能指的区分而言,老师在教室中点名"张三",之所以张同学应声起立而其他同学纹丝不动,不是由于这个名曰"张三"的词与张三这位同学天然对应,而是在点名的那一刻,教室里所有同学都从老师的声音中辨别清楚了"张三"二字与自己的名字在发音上的差别,仅此而已。设想一个班级中有两位正巧同名的张三同学,在缺乏上下文语境(这就是索绪尔所说的语言共同体,也即符号关系)的前提下,姓名同音的两人便可能同时应声而起。

---

① 如语言哲学的代表维特根斯坦在《哲学研究》开篇也提出并精细分析"名称与被命名的事物之间的关系是什么"([英]路德维希·维特根斯坦:《哲学研究》,陈嘉映译,上海人民出版社 2005 年版,第 23 页)。但他不是从符号学而是从语言游戏角度展开敲打的,如追问名称的含义与名称的承担者在不同语言游戏中的微妙区别等。语言论在当代主要体现为两脉,即以法国学界为主的结构主义符号学一脉,以及以英美学界为主的语言哲学一脉,它们都产生了世界性影响。考虑到初学者的接受层级,本书以对索绪尔开创的前一脉的讲解为主,但后一脉的精神已不知不觉融渗于我们的提问与论述中。即如本段对索绪尔论证中某种跳跃性的敏感:"为什么在 A+B=C 的情况下,A 与 B 的联系是任意的,就能推出 C 具有任意性呢?"这悬疑与《哲学研究》第 50 节的分析思路类似,在那里维氏发问:尽管人们称之为"存在"的东西在于元素之间有联系,可能否由此说,元素间有联系,便能命名这种东西并认识它有意义?

② [瑞士]费尔迪南·德·索绪尔:《普通语言学教程》,高名凯译,商务印书馆 1980 年版,第 101 页。

③ "音响形象"在英译中作"sound-image"。汉译无须在中间加连字符。需注意的是,形象在此指声音的形象。声音为何会有形象? 这个很容易令人误会为文字书写的问题,但按索绪尔,是指"声音的形象"。因为不是任何声音皆可作语言的能指的,只有拥有可区分性的声音,才能担此重任。即拥有某种特点或个性(形象)的声音,才是索绪尔在整部教程中阐释的差别原则,理路是一致的。

④ Ferdinand de Saussure. "Course in General Linguistics". in Robert Dale Parker. *Critical Theory*. Oxford University Press, 2012, pp.38-41. 参见[瑞士]费尔迪南·德·索绪尔:《普通语言学教程》,高名凯译,商务印书馆 1980 年版,绪论第四章,第一编第一、二章,第二编第四、五章。

⑤ 对此的较好导读是陈嘉映《说理》(上海文艺出版社 2020 年版)第 3.7、3.8 节。"总的说来,维特根斯坦提出哲学语法概念之初,更多强调任意性;在《哲学研究》等后期著述中,任意性只少量出现,而对任意性的限制则谈得较多。(就一位哲学家的思想发展来说,这也是一般规律。)"(同上书,第 124 页)

就所指的区分而言,张三会说"我是张三",却绝不会闹出"吾是张三""寡人是张三"的笑话,因为尽管古汉语中指代第一人称的词有多个,在何种场合(语境)下得体地表达,却同样需要得到区分。在差别中区分,是语言可理解的理由和根据。"任意和表示差别是两个相关联的素质"①,差别的区分成全了语言的任意性性质。

具体而言,语言的可理解性,取决于一个语言符号同时在横向起毗连作用的句段关系中,以及纵向起对应作用的联想关系中与别的语言符号的区分,这种区分形成的相互关系,带出该语言符号的功能位置。"石头"这个词不是指一块石头实体,而是指这个词所不是的所有其他符号,即指它所处于其中的符号群(索绪尔称为言语链):横向上,它与"花草""树木""人"等符号产生基于可区分性的毗连关系,比如"摸着石头过河";纵向上,它则与"坚强精神""顽固性格"等符号产生基于可区分性的对应关系,比如"茅厕里的石头又臭又硬"。区分的无限可能性,使符号处于不同的功能位置,导致了不同的意义。语言成为意义的来源,是它在创造意义。索绪尔由此还原出语言的性质,也实际上挑明了反过来的情况:不少原始语言之所以逐渐趋于消亡,一个关键原因正在于缺乏有效区分。

例如,"天下为公"这同一个儒家概念(符号),在不同符号群(语境)中得到的区分及其产生的意义,可能不同甚至相反:它可以针对传统"家天下"专制主义而言,当在这一语境中被使用时,它被区分出了自由主义意义,成了自由主义概念;它也可以在某种程度上针对西方市场经济环境中那种自私自利、人心不古的状况而言,当在这一语境中被使用时,它则又被区分出了反自由主义意义,成了反自由主义概念。② 这就是符号在区分中产生意义的具体表现。

又如,一部文学作品中出现了这样一句话:"她肯定有四十三岁了。"③在通常情况下,应该说成"她肯定有四十多岁了"才对,何以作者会写出"她肯定有四十三岁了"这个在事实上无把握,却在语气上显得相当肯定的句子? 这不是起先设计好的,而是写到这里时语言自身的符号区分,不知不觉地使小说家这样写。"她肯定"与"有四十多岁了",是一个由内容上的情感揣测符号(不确定的"四十多岁")与形式上的逻辑确认符号(确定的"肯定")交织在一起的判断句,当作者依常规表达前者的揣测内容时,他刚已落笔的"肯定"二字,作为前一个符号,从形式上提醒了他紧跟着写上一个明确数字的意念,于是,随手拈来又不逾越事实范围的"四十三岁"四个字,作为后一个符号被他随机地写了出来,它未必具有现实意义上的指称真实性,却具有语言意义上的指称真实性,真实就真实在,作为叙事中人物的"她"的年龄被语言看清了。这就是前一个符号区分出后一个符号,符号自身在区分关系中获得生命并创造出意义的形象诠释。

语言性质的上述还原,同时动摇了传统形而上学的本体论支柱与认识论支柱。首先,语言的任意性原则把形而上学赖以生存的本体论支柱——词与物的符合性给连根拔起了。本

① [瑞士]费尔迪南·德·索绪尔:《普通语言学教程》,高名凯译,商务印书馆1980年版,第164页。
② 秦晖:《问题与主义》,长春出版社1999年版,第132页。
③ [德]本雅明·莱贝特:《疯狂》,齐快鸽译,译林出版社2002年版,第19页。

体论形而上学的信念，是"不管你怎么说，事物(事实)只有一个"，即先有和已有物的存在，再有对物的说法(语言表达)，说法的修正，预设了一种可能与物相符合的前景，因而词始终次要于物，甘为工具。由于索绪尔的发现，信念被转变成"我把事物(事实)说成了什么，它才是什么"，因为词的符号性已经把那个所说之物替代掉了。这种替代是积极的，因为前于词的"原物"概念无意义，是语言赋予了原物意义。其次，语言的差别性原则也把形而上学赖以生存的认识论支柱——主客二元论给连根拔起了。符号既是客体(一幅画中的前一笔，始终等待着后一笔来区分它，此时它是接受客体)，同时又是主体(一幅画中的前一笔，又始终区分着更前的一笔，此时它是施予主体)，它因而已不再能通过自身划分出主/客体，而成为由无数符号关系所构成的一张话语网络中的结点，在其上实现了主客交融，即超越了主客对立的二元论(认识论)思维方式。

既然上述语言学原理是对语言性质的重新发现，发现不等于发明，它是把一个由于种种原因被长期遮蔽了的客观事实重新引导出来，那么这种发现就不会只是西方学者的专利。事实上，中国古代哲人已经在两千余年前同样发现了语言的上述性质，并以类似的表述作了简明扼要的勾勒。战国末期思想家荀况在其《荀子·正名》中，指出"名无固宜，约之以命，约定俗成谓之宜"，朴素地表达了与后世索绪尔颇为接近的语言论思想。如果进而想到中国古代文论对修改文章的重视，比如陆机在《文赋》中有关"恒患意不称物，文不逮意"的感叹，便不难想到，文章的修改虽然在技术操作层面上有一个精益求精的问题，可在本体上却注定是永无止境的过程，因为修改是试图让语言尽可能逮住意思，鉴于语言的替代现场的性质，这又只能是一种始终必然存在着的不逮状态。这都表明，语言的符号系统性质，确实是中西方共通的事实。

二、语言即意义

基于语言的如上性质，语言不是反映(去对应、去传达)，而是反应(去替代，在区分中存在，即创造意义)。它有截然不同于主体意识的规则，即作为不必然符合于事物(包括意识)的符号系统，是在符号(字词句)之间进行区分并由此创造意义。例如"丈夫，丈夫，一丈之内方为夫"这样一个新奇的说法，并不来自主体意识的事先规划，而是由于"丈夫"这个词被在符号的连接意义上拆分为两个单音节字，进而以自身内在规则完成了一次意义建构：另辟蹊径地重新定义了"丈夫"这个概念，融入了可以结合时代特征来加以充分发挥的陌生意义。当然，它也成为一个文学的句子。这就是语言对意义的创造。从中我们看到，在今天谈论意义问题，必须避免那种空谈思想主题等因素的常见做法，而自觉地和语言问题联系起来思考。没有语言就没有意义，甚至应该说，意义问题就是语言问题。

意义(可能性)与本质(必然性)相对。前者测不准，后者测得准。意义较之于本质的积极性，由此可以得到现代自然科学的有力旁证。受传统形而上学的影响，我们很容易怀有根深蒂固的成见,总觉得能把一样东西现实地抓在手里才牢靠,不指及物的是不牢靠的。但现代以来,量子力学的"测不准原理"指出,测不准的根源在于观测目标始终离不开观测手段的介入,而在绝对意义上测不准。比如将温度计插入一杯水中试图测量水温,温度计的插入已不可避免地改变了这杯水的温度,这样,我们便始终测不准想要测准的杯中水温。世界的这种神奇本相,便宣告了人类试图将之运握于掌中的神话的破灭。这也是现代哲学所显示的人的真实生存处境:人在得到着的同时也始终失去着,或者说,人所欲求的与所得到的始终相反着。现代存在主义者们,频频使用与海德格尔存在主义哲学所说的"烦"字相近的语词来描述人生:萨特的"恶心"(一译"厌恶")、加缪的"荒诞"(突出体现在《西西弗斯神话》这部小说中)、米兰·昆德拉的"晕眩"、克尔凯郭尔的"颤栗"、舍斯托夫的"无根基",尽管说法不一,却蕴含着相通的义理。这也就像我国古人所云"老境增年是减年"。语言,正是这种与观测目标难分难解的观测手段——它作为符号系统的任意性(非理性),使任何试图去测准世界的理性意图在不得不碰上它的转换作用时,只能混合出"理性＋非理性(任意性)"的、始终以"下一个"而非"这一个"面目出现的未知结果;这就积极还原出了世界的未知性,而那显然才是世界的完整性和真实性。所以,真相(意义)＝测不准＝任意性＝语言。从这里,我们获得了对"语言即意义"的深度理解。

三、文学旧义:从纯文学理解

理解了语言的性质及其对意义的创造,上一章最后留下的那个重要问题,也就可以迎刃而解了。纯文学观念相信,用语言可以实现"模仿美的自然"这一目标。但问题并不在于我们主观上想要去模仿怎样的自然,而在于,即使我们主观上需要和愿意去模仿,客观上模仿得出这样的自然来吗?如果回答是肯定的,文学从杂到纯显然便够了。然而回答恰恰是否定的。

因为正是在这最关键的理据上,我们发现了纯文学观念的虚妄。语言既然被现代语言学家们严谨证明为无法直通事物的符号系统,它如何保证自己能区分出领域A(美的,纯的自然)与领域B(不美的,不纯的自然),找到其间的那条分界线呢?每当它试图去找到这条分界线,进而区分彼此时,它的替代品性质决定了它已将A与B都整个儿替代掉,替代为更为根本的语言(符号)世界了。语言因而无法实现划分界限的现代性目标。语言论的出现从学理上消解了现代性的划界信念。

这也就是说,已经无法再从任何一种外在的目的(比如去模仿外部现成存在着的"美的自然")去界定文学的性质。比所有这些我们所能想到的外在目的,都始终更为先决和根本的前提,是语言本身。因此,只能从语言来界定文学。

四、文学新义与本义:语言的一种使用状态

既然归根结底只能从语言来界说文学的性质,文学便从纯文学这一狭义中解放出了自

己的新义与本义。文学,就是语言的一种使用状态。只要语言处于这一使用状态中,它便创造着文学。这种状态就是:创造"说"与"在"的统一。可以通过比较日常活动与科学活动这两种典型的非文学活动,来看清文学这一本义。

日常活动的根本性质显然是在大于说。因为,日常活动是一种纯粹以入场感受为目标的活动,在时间观上是向当下看的,入场者自如地体验着场内一切时,随顺着时间的线性展开,但他并不察觉到时间本身,即对正在流逝着的时间是缺乏自觉意识的,因为他在场内占据着一个始终无法被自身所看见的视点,只要他在场,这个视点对他而言始终成为着盲点。一个人因悲伤而痛苦,被抛入了德国哲学家海德格尔所说的上瘾与冲动等境况,难以拔身出来,获得新立足点,尽管获得着一时与一己的宣泄畅快,却没有对自身在场中所处位置的遮蔽性积极进行反思,未看清与说出它,即未在语言中澄清它,以至于成熟的作家"从来不理解几乎每一个人正在经受着痛苦时怎么可能把那些痛苦具体地写出来"①。这种现场感虽然显得纯粹,却是非本真的存在。在这种状态中,人与世界并未融合为一体。对此不难举例说明。例如,清代词人纳兰性德的《山花子》有一句词曰"人到情多情转薄",为什么男女之间炽热的爱恋达到高潮时,它就要很快面临转薄的危险了呢? 因为"情到浓时"是一种纯然的入场,它高度激动,沉醉于其中,而浑不顾"崇高无比、极端炽烈的爱是不能与生命共存的。它太强烈、太伟大了,唯有死亡能容纳它"②,这不就是在场导致的盲点吗? 日常生活对反思的普遍性排斥,由此得到着证明。

与日常活动相对,科学活动的根本性质则显然是说大于在。因为,离场的反思,在时间观上是向后看的,属于将原先在场的内容分离、截取出来,在另一新的空间中加以观看,这显然暂时中止了在场内容的时间性运作,而跳出现场回溯已有内容。旁观者清,所旁观到的是已发生了的。正是在此意义上,以理性反思为己任的科学认知活动,一般是对经验事实的归纳与总结,人与世界在这种状态中也是相分离的。对此也不难举例说明。尽管科学活动致力于对事物作出稳定的、公式化与定理化的语言表述,但大多数宇宙现象,都充满与自身周围的环境交换能量与物质的开放性,生物系统与社会系统就是这样的典型开放系统。因而,现实世界的绝大部分内容便不是有序的、稳定的与平衡的,而是充满了无序与沸腾的神奇变化,远非人类凭借理性所能逮住与破解的。这种直到二十世纪才被人们正视的真相,有力地表明,科学的说与生活世界的在,不仅在客观上始终是分离的,而且很长时间里与很大程度上,前者都在主观上取代、挤兑甚至抹杀着后者。又如,完美的对称在大自然中并无其地位,生活世界并非如科学一般在逻辑上显得规整,而恰恰积极超越着对称美学的和谐,展现着由冲突构成的张力及其带来的真实生存美,而同样难以被人类运用理性轻而易举地掌控。这种同样直到二十世纪才被人们正视的真相告诉我们,科学建立在逻辑上的说,难以避免地压倒与抽空着生活世界的在,前者对后者的冷静而理性的把握,实际上从来无法真正获得使两

① [奥]卡夫卡:《卡夫卡日记》,阎嘉译,四川人民出版社1999年版,第470页。
② [西]路易斯·布努埃尔:《我的最后叹息》,傅郁辰、孙海清译,凤凰出版社2010年版,第189页。

者相互契合的合法性。这样，旨在从生活流中截割出静态片段并作对象性、知识性、实体性把握的科学，不仅不以入场感受为己任，而且排斥着入场感受对自身反思工作的干扰，让视点离场而观看到全景，却失落着现场中的亲身体验氛围。

与这两种活动都不同，文学是语言之中而非之外的世界。十八世纪前的中西方人们对"诗"的界定，与十八世纪后的人们对文学的界定，尽管都包含着各家从各自不同立场、角度出发所关注到的丰富文学要素，不限于某一特定要素，而体现出每家对文学性质的理解侧重点，但这些界说中，有一个基本要素被它们共同反复地提及着，成为不存在争议的共识，那就是认为，无论"诗"还是文学，都是语言的创造。古希腊思想家柏拉图在《会饮》中认为，"只有那种与音律有关的技艺才我们才称之为诗歌"①，他所区分的"诗"的三种表现法——直接摹仿、摹仿叙述与单纯叙述，其效果都来自"诗"的不同的语言结构与组织。另一位古希腊思想家亚里士多德讲到，相比于历史著作，"诗"有能力揭示出事件发展的可能性与必然性，比历史更哲学，这个"更"字的落实，同样源于"诗"通过语言所创造出的、一种让人觉得可能与必然的魔力，因为"假如我们从来没有见过所摹仿的对象，那么快感就不是由于摹仿出来的作品，而是由于技巧或着色或其他类似的原因"②。古希腊起点上的这种想法，一直影响着西方后世对"诗"的把握。英国近代学者锡德尼主张诗歌应"在形式上也要同样胜过一切"，而"以恰到好处为准则"③，歌德认为诗应通过"生动的描写"来"用艺术方式完善和阐明这些观点和印象"并"提供给听众或读者"④，到德国浪漫派先驱诺瓦利斯与施莱格尔那里，"诗"的语言也因自身协调组成的合理结构而获得着自主性，"诗"的性质由此决定于语言的创造性使用。这与中国古代有关文学的观念很有相似之处。《左传》曰"言之无文，行而不远"⑤，缺乏语言文采的表达，无法达致古人立言不朽的理想，故孔子言"辞达而已矣"⑥，主张"文质彬彬"⑦，倡导让文辞在精心的琢磨中变得优美从而通达意义，语言在此被看作关乎国运、能帮助作品流传后世的创造能力。《文心雕龙》起首五篇详尽论证了"文"并非雕虫小技，而根源于天地万物之道，道有文采，日月山川都富于亮丽光彩与斑斓颜色，作为参与着天地的、三才之一的人能带着灵气去体悟周遭的世界，以有心之物的特殊身份去用心创造精美的语言作品，如书名所示那般精细地雕刻龙纹，以求得特殊的、结构组织上的表达效果与意味。起于六朝的韵味论美学致力于对语言构造的品味，从用词造句本身来品出蕴含与意味，不把语言当成通道。苏轼用"行云流水"进一步发挥孔子的辞达说，坚持在语言中妙造自然。明清诗文评点对语言文字极为敏感。王国维提出的"境界"，同样是存在于语言中的境界，其"一切景语皆情语"等观点表明，境界的开合都仰仗语言。与上述线索并行，我们还能找到更多的、同样的证据证明，比纯文学旧义更开放而深透的语言的创造性活动，才是文学的新义和本义。

---

① [古希腊]柏拉图:《柏拉图全集》第二卷，王晓朝译，人民出版社2003年版，第247页。
② [古希腊]亚理斯多德:《诗学》，罗念生译，中国戏剧出版社1986年版，第7页。
③ [英]锡德尼:《为诗辩护》，钱学熙译，人民文学出版社1998年版，第14页。
④ [德]爱克曼:《歌德谈话录》，吴象婴、潘岳、肖芸译，上海社会科学院出版社2001年版，第289页。
⑤ 《左传·襄公二十五年》。
⑥ 《论语·卫灵公》。
⑦ 《论语·雍也》。

到十九世纪末，以马拉美、瓦莱里与福楼拜等为代表的一批杰出作家，已开始将创作的重心转移到文学媒介及其所规定的文学界限方面，提出人们是使用语言而不是观念在写诗，"诗是用词语写的"，这句看似废话的告白实际上饱含着深意，那就是把人们对文学的关注目光从与外界事物的关系，转到语言构造自身上。这种创作上的微妙变化，是由于受当时非理性主义思想的影响而试图走出机械的现实主义（比如实证主义），回到文学本身，无形中开启了对语言性质的重估历程：语言本质上是任意性（即非理性）的。如果我们在读到李商隐《碧城三首》的第一首时，找不到诗句的确切所指，只觉得很美，我们该如何来解释这个阅读经验呢：

> 碧城十二曲阑干，
> 犀辟尘埃玉辟寒。
> 阆苑有书多附鹤，
> 女床无树不栖鸾。
> 星沉海底当窗见，
> 雨过河源隔座看。
> 若是晓珠明又定，
> 一生长对水晶盘。

原因只能从语言中的世界去找：一个只存在于语言创造中的迷离惝恍、若有还无的梦幻世界，这就够了。如果总是抱着和解数理化习题一样的心态，总是急着去探究"这首诗写了什么"，那我们在这首诗面前可能一无所获，因为它根本不是供我们去认识的对象，它期待的是理解。正是这一点显示出语言中的世界的重要性：唯有它才带出了理解。

语言是对世界的谈论。语言不直通于事物，意味着世界无法被当作物来被人谈论。就是说，在世界与我之间建立关系，需要在语言中把握世界，把世界看成语言化的。人与世界存在着两种基本关系。一种是"人-物"关系，人把世界视为认识的对象，世界被当成了提供给人进行认识、使人得到其本质的物，在这种关系中人与世界是对立的。另一种是"人-人"关系，人不再将世界视为认识的对象，而视世界为与自己平等的人并由此理解它，在这种关系中人与世界是融合的。在前一种关系中，语言是认识世界的工具，被处理成可指及事物的，这种处理态度尽管在某种范围内（比如在日常活动中充当交际媒介，在科学活动中充当逻辑载体）有其有效性，从根本上看却是违背语言的本性——任意性和差别性的，严格地说是一种语言的非自觉状态。在后一种关系中，语言则是世界本身，正是语言对自身本性——任意性和差别性的顺应，保证了世界不在对它的谈论之外，而在对它的谈论之中，从而使世界成为被人理解着的意义世界。在这个意义上，"理解是一种语言现象"①。于是，文学作为语言中的世界，建立起了人与世界的真实关系——融合（生存亲缘），从而在事实上区别于，也在价值上高于与世界相对立的非文学活动。

---

① ［美］D·C.霍埃：《批评的循环》，兰金仁译，辽宁人民出版社1987年版，第7页。

以上是理解文学"说与在统一"这一独特性质的前提,也是理解这一性质时最重要、最关键的学理根据。甚至可以说,理解了这一点就理解了文学活动有别于非文学活动之处。需要我们最后解开的一问是:包括文学在内的艺术活动,都不同程度地实现着说与在的统一,那么,文学的说与文学的在具有何种特殊性呢?在一般的共识中,文学是艺术大家族中的一个成员,与之相并列的音乐、绘画、电影等其他艺术种类,也都具有各自的语言。如音乐语言由旋律、节奏、和声与音色等构成,绘画语言由线条、形状与色彩等构成,电影语言则由画面、镜头、画面剪接、音响与表演等构成。对它们而言,由这些要素构成的自身语言也都是一种符号(替代品)系统,因而也都符合语言的任意性与差别性,它们于是显然也都是处于语言中的世界,即都试图在自身的独特语言中达成存在、实现说与在的统一。那么,文学对说与在的统一,与它们有何本质区别呢?

这种本质区别在于:所有其他艺术种类的语言都带有鲜明突出的物质性与感受性,唯独文学的语言是文字,因不直接唤起读者的物质感觉与直观感受而带有间离性。音乐旋律响起后便直接诉诸听众的感官——听觉,绘画色彩也直接映入观众的感官——视觉,电影对各门艺术的综合,更是全面而直接地引发着观众的视听觉接受姿态,在这些艺术活动中,我们强烈地感受着艺术语言符号中的能指成分对物质材料的极大依赖性,离开了这种依赖性,这些艺术活动便在很大程度上失去了自身之为自身的根据。文学使用的语言却是文字,语言文字固然也有物质性与直接感受性的一面,如通过韵律与韵脚的对应性营造出音乐感,通过拟声营造出画面感等,但无法否认,这些能指表现在文学活动中只占很小一部分,在大部分情况中,语言文字需要通过人的大脑的信息转换才能被转换为具体的存在,其不及物程度在艺术大家族中是最强的,在自身中创造出世界的难度也是最大的。正是在这个意义上,现代文学理论倡导人们"再现客体没有被本文特别确定的方面或成分"[1],去积极填补语言文字中的"空白"与"不定点"并使之活起来、拥有具体的语境,实现语言文字的场面化。

因此,比起其他艺术种类来,文学实现说与在的统一便离不开想象。语言文字发挥想象的作用,使原本与世界距离最远的自身积极创造出在可感性方面不逊色于其他艺术,甚至较之其他艺术更具生命力的具体场面,即创造出了人的生存世界。这就是文学的独特性质,也是我们无法拿文学以外的标准(比如科学标准)去衡量文学的原因。风靡一时的电视连续剧《上海滩》主题歌词首句"浪奔,浪流,万里滔滔江水永不休"传诵至今,为人称道,当初词作者创作这句歌词时并未到过上海与见过黄浦江,纯凭想象写出黄浦江水惊涛骇浪之状,以科学的眼光看,显然过于夸张而不合事实,但它是文学语言,是在文学语言中创造出来的一个不仅完全能成立,而且更能打动人的想象世界。想通了这一独特性质,我们便获得了理解文学一系列基本问题的新视野,比如关于文学的真实性这个古老而重要的理论问题,就不能再满足于仅从"对社会生活的反映"这一传统角度入手,而应从语言论视野来更为深入地解决它。文学的这种基本性质从而应成为学习文学理论的一条主线。

---

[1] [波]罗曼·英加登:《对文学的艺术作品的认识》,陈燕谷、晓未译,中国文联出版公司1988年版,第50页。

五、文学由此与非文学的关系

既然文学是语言的创造性使用状态，那么，凡是使用语言的领域，都会不同程度地闪现着文学的影子。这就是说，文学能积极进入各种非文学的语言领域，包括上文提及的日常领域和科学领域，帮助它们在语言的创造中更好地获得意义。这于是突破了文学的纯文学旧义，而使文学从静态的名词逐渐成为动词：一种活的思想方式。这既是国际前沿的新趋势，也证实了"物相杂，故曰文"（《周易·系辞传》）——"文"说到底是乾坤自然形成的，它无处不在。

文学可以作为语言的创造性活动，进入并激活史学。如同一位倡导"历史学家的三堂小说课"的优秀学者明快指出的那样："当我们在赞赏小说家的真知灼见之时，我们指的乃是他们的心理学方面的洞察力，就在伸入这个广阔领域之际，研究个人心灵和集体心理状态时，小说家和历史学家碰在一起了。"[1]这种文学化的心理洞察在历史学中的运用，至少经由两方面体现出来。一方面，历史学可以使用文学的材料来深化对过往的人与事的体验与同情。例如英国剑桥大学文化史教授彼得·伯克对意大利文艺复兴历史文化的研究，便大力借助了包括在"诗歌、传记和故事中发现的对某件艺术品、文学作品等的评价"在内的多种"文学资源"[2]，栩栩展开了那一方人文史上的灿烂星汉。另一方面，历史学也可以使用文学的方法来深化对传统的理解。例如已故美籍华裔女历史学家张纯如对南京大屠杀事件真相的调查研究，在越艰历险掌握了大量第一手珍贵史料与当事人访谈的基础上，巧妙地借助了小说中的多视角叙事手法，"在很大程度上受到《罗生门》的影响"[3]，多方位展示经年追踪调研所得，最大限度地使良知犹存的后人们重温那苍凉的历史现场，令自己的史学研究成果取得异乎寻常的力度与信服力。学者李泽厚曾想象并假设：假如慈禧早去世十年或者晚去世十年，各会怎样？想象使他虚构出结论：假如早去世十年，戊戌变法可能成功；假如晚去世十年，辛亥革命亦未必会有。如此叙事的逻辑，粗看指向着历史的偶然性，细究之则更深涉着从"救亡压倒启蒙"到"告别革命"的理论路数，是"假如"这一文学想象与虚构的引线点燃的理论爆竹。[4] 个中道理恰如新历史主义代表人物海登·怀特所描述："特定史学家被迫将整组故事情节化，从而在一个全面的或原型的故事形式中构成了他的叙事。例如，米什莱将他写作的所有历史构成浪漫剧模式，兰克构成的是喜剧模式，托克维尔的是悲剧模式，布克哈特的是讽刺剧模式。"[5]文史不分家的传统说法，在此得到了新的演绎。

文学也可以作为语言的创造性活动，进入并激活哲学。在现当代许多包括作家在内的文学研究者看来，文学内在地具有对哲学的预现能力，就是说，由于得天独厚地拥有着追问人的生存意义的便利，文学作品包含的思想结构可以在某种程度上先于解释它的哲学理论。

① ［美］彼得·盖伊：《历史学家的三堂小说课》，刘森尧译，北京大学出版社 2006 年版，第 143 页。
② ［英］彼得·伯克：《意大利文艺复兴时期的文化与社会》，刘君译，东方出版社 2007 年版，第 158 页。
③ ［美］张纯如：《南京浩劫：被遗忘的大屠杀》，杨夏鸣译，东方出版社 2007 年版，第 11 页。
④ 马国川：《告别皇帝的中国》，世界图书出版公司 2012 年版，第 20—21 页。
⑤ ［美］海登·怀特：《元史学：十九世纪欧洲的历史想象》，陈新译，译林出版社 2004 年版，第 9 页。

英国当代著名文化学家雷蒙德·威廉斯曾郑重告诉人们，小说对一种文化"具有同等决定性的普遍感觉结构"[①]，社会文化中的有关征象，我们已经可以从小说中领会到了。美国当代艺术学家拉塞尔也曾经打过类似的形象比方，说艺术有时跑在科学前面，就像骑士有时跑到马车前去一样，[②]艺术能敏锐地反映人类观念的剧烈变化，属于艺术范围内的文学当然也不例外。一位理论家总结得好："艺术作品应该为一种新的、积极的认识，为一种强烈的哲学和伦理的认识，一种能给予我们的世界以新意义的认识铺垫基础。"[③]这种铺垫关系是很有意思的。我们可能惊奇地发现，《格列佛游记》中对人物的漫画式描写已开一个世纪后塞尚等画家的构造美学理论之先河；[④]也可能赞叹《堂吉诃德》早已揭示出和澄清了海德格尔所有关于存在的重大理论主题，塞万提斯因而和笛卡尔一起当之无愧地成为现代的奠基人；[⑤]还可能领略到卡夫卡的小说为超现实主义理论导夫先路；[⑥]更可能察觉到狄更斯"第一个将日常生活导入了诗意的范畴"[⑦]，为后来日常生活审美化理论研究早早埋下了种子；等等。抽象的哲学理论能做到的，形象的文学作品能更早、更深刻地做到。在此不妨举出一例。十九世纪末以来，思想界的一大重要推进，是对以黑格尔为集大成者的规律（进步）观逐渐开始进行深刻的反思。对此，许多思想家和理论家都发表过中肯的意见。比起这些存在于哲学著作中的尽管正确，但却抽象的观点来，小说对故事的讲述，不仅在相应的思想容量上毫不逊色，而且因其具体形象的生动性，每每能把这种思想化于无形，巧妙自然地融渗到小说世界中去，使我们在非哲学、非理论的思考中同样感受到思想的力量。如博尔赫斯的短篇小说《死亡与指南针》。小说讲述了一桩杀人阴谋的得逞过程，某次案件追查中，前三点反映出一个规律，即"三个地点确实是等距离的"，由此人们依据约定俗成的规律性习惯，推测罪犯目标中的下一个受害者必然也和前三点保持等距离，从而四点等距构成一个菱形，不幸的是，这一想当然的推测遭到了无情破产，又一条性命还是被送掉了。小说这种极富意味的写法，岂不是无情讽刺了人们头脑中根深蒂固的规律观念吗？再看艾柯风靡欧美、百科全书式的长篇悬疑小说《玫瑰的名字》。在扑朔迷离的氛围里，它讲述了中世纪发生在某座修道院的一次神秘谋杀事件。其中，小说家在讲到"第六位天使"可能的死法时，也借五名死者都懂希腊文、第六名死者必然懂希腊文这种现成推测的失败，巧妙地调侃了我们总是信以为真的规律观念，小说家以轻松的笔调善意地提醒我们，不必耽于历史发展的机械进步论，那经常只是我们用来自欺的不可靠思想前提。这两个实例很好地证明了什么是"文学进入哲学"。

以近年来国际范围内几项在文学叙事中深入至某个哲学问题的优秀成果为例。一方面，哲学思想史可以被叙事化地进行娓娓动人的书写，在独特的文学叙事意象中更好地帮助人们建立起对哲学思想发展线索的认知。例如，从"味觉"这个细微角度来书写文明史不同

① ［英］雷蒙德·威廉斯：《文化与社会》，吴松江、张文定译，北京大学出版社1991年版，第153页。
② ［美］约翰·拉塞尔：《现代艺术的意义》，常宁生等译，中国人民大学出版社2003年版，第241页。
③ ［西］安·塔比亚斯：《艺术实践》，河清译，浙江摄影出版社1989年版，第33页。
④ ［美］卡斯顿·海雷斯：《现代艺术的美学奥蕴》，李田心译，湖南美术出版社1988年版，第87页。
⑤ ［捷］米兰·昆德拉：《小说的艺术》，董强译，上海译文出版社2004年版，第5页。
⑥ ［捷］米兰·昆德拉：《被背叛的遗嘱》，孟湄译，上海人民出版社1995年版，第46页。
⑦ ［奥］斯蒂芬·茨威格：《三大师》，姜丽、史行果译，西苑出版社1998年版，第47页。

时期的相关反应,在得出诸如"十七世纪理性和基督教思想合手贬低嗅觉和气味的价值"这样的一系列观点之际,①新颖别致地带出了一部哲学史。又如,从"植物之美"这个生动角度来重新审视人类生命源流,在温厚的一路渐次描述中缓缓道出"植物的生存和人类的生存是同一个事物,而且是惟一的事物——生命的两个方面"②,精短的篇幅丝毫掩不住哲学脉络的感人流淌。另一方面,哲学中的基本问题更可以获得叙事的机缘而焕发神采。从小说的故事情节不仅能很好地切入哲学的诠释,而且还能很好地还原出第一流哲学中稳然存在着的道德因素——这些因素在纯学术化的哲学表述中或许是并不显露、仅拥有思辨一面的。文学叙事帮助揭开了原本被遮着的它们。这方面的成果有美国学者威廉·欧文有关"《黑客帝国》中的形而上学"之问,即对"影片《黑客帝国》所引发的问题采取了例证的、形而上学的形式"的深入而有趣的探讨,③以及道格拉斯·布朗特等美国学者立足于托尔金的畅销全球的奇幻小说《指环王》(《魔戒》)对尼采强力意志哲学的深入观察,④它们都堪称引人入胜的哲学叙事化探索,进一步坚定了我们认同"文学与论证"⑤、将文学的思想方式引入哲学研究与教学的信念。

除了史学与哲学这样的人文学科,文学还可以作为语言的创造性活动,进入并激活法学这样的社会科学。如法学对于形式正义的强调,内含着"违法有时可能是正义的"之类更高层面上的难题,面对这些难题,与其抽象化聚讼,不如借助文学来更有效地探讨,因为就连法学家也开始发现"故事展示的世界甚至会比以分散、抽象的条文可能展示的世界更为真实和实在。它要求读者进入的是一个个具体的情境,必须直面具体的问题,而在这些问题上,法律原则可能发生冲突,甚或根本无法提供法律书本所允诺的那种完美的正义",而主张"通过具体的故事看到概念的不足,命题的不足,理论的不足"⑥。在惯有思路的缝隙中,适时注入叙事的活力,有助于提升法学相关研究的质量。法律研判的原则是非此即彼、寻求确定性,然而在许多情况下,诸如破案这样的法律展开过程中,又不可避免地伴随有丰富、微妙的人的因素,不是仅靠程序正义就能得到理想结果的。这时,求助于文学世界中的神探福尔摩斯将如何呢? 如国外学者已尝试并肯定的那样,"20 世纪 80 年代到 90 年代的一次有影响的探案表明,福尔摩斯的侦探方式是值得重新使用的"⑦,这方面的探索值得有心人深入展开。

这便可以回到上一章留下的议题:文学进入新闻。著名作家马尔克斯的追问是相当启人心智的。具有新闻记者经历的他认为,自己的短篇小说《一桩事先张扬的凶杀案》既是文学作品,也是新闻报道,两者是同一种才能的结果,都以现实为基础进行着传达、叙述与说服,这见证着"新闻和文学之间的界限是极其细微的"⑧。新闻是对事件的报道,是直接的叙

---

① [法]阿尼克·勒盖莱:《气味》,黄忠荣译,湖南文艺出版社 2001 年版,第 181 页。
② [法]让-玛丽·佩尔特等:《植物之美》,陈志萱译,时事出版社 2003 年版,第 196 页。
③ [美]威廉·欧文:《黑客帝国与哲学》,张向玲译,上海三联书店 2006 年版,第 54 页。
④ [美]格雷戈里·巴沙姆、埃里克·布朗森:《指环王与哲学》,金旼旼译,上海三联书店 2005 年版,第 81 页。
⑤ Jukka Mikkonen. *The Cognitive Value of Philosophical Fiction*. Bloomsbury, 2013, p.82.
⑥ 苏力:《法律与文学》,生活·读书·新知三联书店 2006 年版,第 15—16 页。
⑦ [英]马丁·菲多:《福尔摩斯的世界》,徐新等译,海南出版社 2004 年版,第 178 页。
⑧ [哥]加西亚·马尔克斯:《两百年的孤独》,朱景冬等译,云南人民出版社 1997 年版,第 246 页。

事,把事件告诉给广大读者,就得用语言把它叙述清楚,因此新闻叙事与文学叙事一样,都用语言实现。但同样行使着语言的创造性活动,何以当这种活动进入新闻报道时就被认定可以做到客观真实,而当进入文学作品时又被认定可以进行主观虚构?传统新闻专业主义所信守的新闻的客观真实性,其疑点就在这里暴露出来。国际前沿由此出现了直接探讨小说与新闻关系的研究性著作,[①]而给人启迪。

以上分析,醒目展示了文学由纯文学旧义,重返语言创造性活动的新义。这是今天谈论文学性质的视野。综合第一、二章所述,文学自古及今的开放性历史发展历程便是:杂→纯→杂。前一个"杂"是不自觉的杂,是语言论视野出现前,各种领域相互之间的界限不明确所致。中间的"纯"是随着现代性进程的逐渐加快,各种领域开始划分界限而获得各自的专门性——对文学来说就是"模仿美的自然"。后一个"杂"则是自觉的杂,描述的是在语言论视野出现之后,各种领域之间的界限又开始逐渐因语言而消解,这一点伴随着很快到来的后现代文化而加剧了。整条脉络十分清晰。但当这样说的时候,是不是由于我们是以文学为职业的人,而有意地在突出文学的力量呢?这就要紧跟着问:文学真这么有用吗?让我们在下一章中继续探讨这个问题。

 [本章拓展思考题] ▏▏

一、有一句幽默而不乏深意的话叫"一本正经的胡说八道"。在你看来,究竟什么叫"一本正经的胡说八道"?请充分结合丰富的实例,对此写一篇尽可能让人觉得体现语言创造力的有趣文章。

二、请任选以下两题之一,作出你的阐释。

1. 如果按本章所介绍的,文学作为一种活的思想方式正在逐渐进入并激活史学研究,这与史学研究历来重视的查档等实证性工作,矛盾吗?

2. "文学进入历史"和"历史进入文学",这两句话一样吗?

三、中国现代逻辑学家金岳霖,小小年纪便体现出逻辑研究的慧根,进行过聪颖的推论:如果大前提是"朋友值千金",小前提是"金钱如粪土",就会推理得出"朋友如粪土"的逻辑结论。你认为这一逻辑推理成立吗?为什么?请详解你的理由。

四、在文学理论史上,达·芬奇曾引人注目地比较过文学与绘画的高下,在《笔记》中得出了绘画语言比文学语言在及物性程度上更高,因而更高一筹的结论:"虽然在选材上诗人也有和画家的一样广阔的范围,诗人的作品却比不上绘画那样使人满意,因为诗企图用文字来再现形状、动作和精致,画家却直接用这些事物的准确的形象来再造它们。试想一想:究竟哪一个对人是更基本的,他的名字还是他的形象呢?"这一结论与文学专业的观感正好相反。请从学理上清晰叙述从这一结论到你的结论的转变轨迹。

---

① 如莎莉·埃德尔斯坦(Sari Edelstein)所著《介于小说与新闻之间》(*Between the Novel and the News*,2014)等。

五、文学如何处理自身与"物"的关系？请从"指及物"抑或"不指及物"的角度，在本章所学内容的基础上继续作出你的观察与阐释。可参考学者孙周兴《我们如何接近事物》等文。

六、不知你注意到没有？"谣言"这个词，古今意义大相径庭。古时指民间流传的歌谣，而现在则专指无中生有的诬蔑中伤。一为无意流传，一为有意制造；一个显得温馨朴实，一个显得阴险毒辣。这到底是如何演变的？你认为谣言与文学能产生关系吗？请对这个有趣问题作出你的精彩阐释。与此相关，目前学术界正在掀起探讨热情的"后真相"和"后真相时代"，究竟是怎么一回事？对此，你有自己的看法吗？请撰文阐述你的看法。

七、文学融入其他领域，这种进展会不会弱化道德的基础，在想象与虚构中回避严峻现实所召唤的道德力量呢？特别是考虑到消费时代物欲膨胀确实正带来的尖锐道德挑战，这一追问就绝非多余，而是作为思想方式的文学必须正面作答的。在这个问题上，无论辩称道德标准并非永恒而始终在变化，还是坦言文学本身无必然承载道德的义务，似乎都不足以令人心悦诚服。你能对此作出更令人信服的阐释吗？

八、如本章所述，在文学理论中，文学真实性这一重要基础理论既始终难以绕过与回避，也亟须更新研究的视野，那就是吸收语言论思想的新成果来更深入地揭示这个传统文论命题的丰富内涵。这项研究的难度主要在于，我们不十分习惯于在语言论哲学的背景下探讨它，尽管适当改变思维的习惯，变换看问题的角度与方位，能结出不同的果实。你能尝试在读书思考的基础上，对这块目前仍较薄弱的研究领域贡献自己的智慧吗？

九、也如本章所述，索绪尔等现代语言学家深刻开辟的语言学思想新传统，有力地改变了以符合论（自然之镜）为标志的传统形而上学的命运。然而，如果有理工科背景的初学者"吹毛求疵"地追问"这一新传统中的语言，是否也包括自然科学领域的特殊语言，比如人工智能语言呢"，我们应如何作答？你能通过必要的阅读与思考，来回应此种不乏尖锐色彩的质疑吗？

十、"在"的现场感受体验与"说"的离场观看反思，不仅在时间上前后相续，而且在空间上内外相别，这是否在深层次上意味着时间性与空间性的统一呢？请参考前贤的相关论述，如钱锺书在《管锥编》中指示的"时间体验，难落言诠，故著语每借空间以示之，强将无广袤者说成有幅度，若'往日'、'来年'、'前朝'、'后夕'、'远世'、'近代'之类，莫非以空间概念用于时间关系"，深入思考并尝试深度剖析这个有趣的理论问题。

　[本章进一步推荐阅读] ||||||||||||||||||||||||||||||||||||||||||

1. 郜元宝：《小说说小》，上海文艺出版社 2019 年版

2.《巴黎评论》编辑部：《巴黎评论·作家访谈》，黄昱宁、仲召明等译，上海文艺出版社 2015—2021 年版

3.［美］弗拉基米尔·纳博科夫：《纳博科夫文学讲稿三种》，申慧辉、丁骏、王建开、金绍

禹等译,上海译文出版社 2018 年版

4. [土耳其]奥尔罕·帕慕克:《天真的和感伤的小说家》,彭发胜译,上海人民出版社 2012 年版

5. [加]玛格丽特·艾特伍德:《与死者协商:一位作家论写作》,王莉娜译,上海文艺出版社 2013 年版

6. [秘]马里奥·巴尔加斯·略萨:《给青年小说家的信》,赵德明译,人民文学出版社 2021 年版

7. 陈嘉映:《简明语言哲学》,商务印书馆 2023 年版

8. 李岩:《媒介批评:立场、范畴、命题、方式》,浙江大学出版社 2005 年版

9. 何九盈:《中国古代语言学史》,商务印书馆 2021 年版

10. [奥]维特根斯坦:《哲学研究》,陈嘉映译,商务印书馆 2016 年版

从根本上明确什么是文学的思想方式后，需要进一步从根本上来探究文学如何发挥自己的思想方式。前者是文学的性质问题，后者是文学的功能问题。性质为体，功能为用，共同构成了我们对一样事物的完整理解。文学究竟有何功能呢？让我们避免任何有可能导向独断的定性，而还原到人与世界的关系这个根本问题逻辑中，从人＝世界、人＞世界与人＜世界这三种基本关系出发，来分别考察它们所带出的不同文学功能的思想基础、文学主张及局限。

一、再现功能：形象与认识

再现功能是古往今来文学最为人们熟悉的一种基本功能。再现，顾名思义即再次呈现出世界，它的思想基础便是自古希腊起便深入人心达数个世纪之久，在中国也以"文以载道"观念而影响后世的再现论，可以概括为人＝世界。在这种功能中，文学作品通过塑造一系列生动具体的形象，使读者对社会现实生活形成认识。对文学这种再现世界的功能，不难举出作家创作上与读者接受上的生动例证。就创作例证而言，例如在西方，斯陀夫人的长篇小说《汤姆叔叔的小屋》由于真实再现了奴隶主残酷统治下的黑奴的非人生活，而在当时的美国社会激起了巨大的社会反响，成为十九世纪美国为废除农奴制而进行的南北战争与黑人解放运动的导火索，以至于总统林肯事后盛赞作者是以一部书酿成一场大战的小妇人。就接受例证来讲，例如数百年来流传于我国社会城乡，几乎家喻户晓的口号"少不读《水浒》，老不读《三国》"，便朴素地道出了人们对文学再现功能的强调，"少不读《水浒》"是怕年轻人因读了这部小说而不恰当地学书中人物好勇斗狠，"老不读《三国》"则是认为人老了不应再像这部小说中所描述的那样工于权谋，而应以宽容心态看淡名利，这样陈述并深信不疑的前提，显然是预设了两部小说中的内容与现实生活具有对应性，而对应性即再现性。诸如此类，都是文学具有再现功能的绝佳证明。

由于再现论具有如上所述的深厚的群众心理基础，在东西方文学观念发展史上，再现功能都是一种影响十分深远的文学功能观。从柏拉图创立的摹仿论，到被达·芬奇进一步予以发展的镜子说，都为再现论在西方文学观念史上长期占据着主流地位的事实提供了证明。在东方，俄国文艺理论家别林斯基受黑格尔"美是理念的感性显现"这一美学思想影响，提出过文学是"寓于形象的思维"的著名观点，为后人每每视文学为形象思维提供了有力的理论阐述，而既然认为文学归根结底是一种伴随着形象塑造的思维活动，这便在根本上肯定着文学的认识功能，这种认识功能的实质，显然是再现功能。在注重伦理教化的我国，文学的再现功能同样自古便得到不断的肯定。如孔子提出的"诗可以观"等早期文学观念，主张诗歌有助于了解社会生活与政治风俗，鲜明地包含了对于文学再现世界的功能的首肯。唐人韩愈倡导的"文以载道"思想与白居易有关"文合为时而著"的主张，都有力推进了这一功能在我国文学创作与批评中的重要地位。直到近代，梁启超大声疾呼的"小说界革命"，同样透露出通过文学来认识现实、改造社会的信念，它在五四以来的新文学思潮，比如文学研究会提出的"为人生而艺术"等观点中继续得以深化。东西方的这些客观事实，都决定了以再现功能为核心的现实主义至今仍是人类文学创作的主流。

尽管具有如上积极意义，仅把文学功能定位于再现，是否完整全面呢？回答是否定的。如果文学是对生活的再现，那么既已有了生活，何必再要文学呢？就像作家王安忆所言，当我们看到的小说和生活一模一样时，又何必煞费苦心去做这样一个生活的翻版呢？[1] 进一步

---

① 王安忆：《心灵世界》，复旦大学出版社 1997 年版，第 14 页。

说,如果文学是对生活的再现,那么历史学、政治学、社会学等对生活的再现能力不在文学之下,何必还要文学呢? 如果巴尔扎克的唯一愿望只是介绍他所处的那个现实世界,他为何去当作家而不去当历史学家或政治学家呢? 诸如此类的疑问都提醒我们,一位文学家纵然在理论上可能主张不重新安排生活,但在实践中,只要他的文学创作一拉开帷幕,生活原生态与文学作品就必然已经存在着区别,存在着后者对前者的重新安排了。这是文学再现功能无法令人满意之处,也导致了过去很长时间里文学因片面定位于再现功能、注重机械反映而每每与科学认识活动混淆起来的弊端。

因此,如果把再现功能当成文学的主要功能甚至全部功能,那就陷入了把文学仅当作认识活动,而忽视情感与意志的误区。从古希腊起,受到本体论思维方式的影响,人们对世界的本原进行探寻,关注的兴趣在世界本原这一客体上,主体的地位与作用普遍不受重视,相应地在哲学上发展出了理念说。艺术因摹仿理念而流于不真实,是被贬低的对象。这种本体论思维方式,一直延续到柏拉图的学生亚里士多德那里。他认为求知是人的天性,由此将追求知识视为哲学(形而上学)唯一的目标。这一直影响到了文艺复兴时期达·芬奇等大画家对透视术的采用。透视就是试图模仿出事物的立体真相,也就旨在努力求知,以改变艺术家在当时被轻视的局面。如米开朗基罗因从小爱好绘画,而遭到家庭的歧视甚至毒打。为了提高自身社会地位,他不得不把绘画当作能够实现真理的科学,努力让绘画艺术向自然科学的精确性靠拢,这就慢慢地和达·芬奇等人一起推动了透视术的发展。透过现象认识本质,尽可能还原物体的三维全貌,旨在画得跟真的一样,正是自然科学的标准与要求在绘画上的体现。这种再现论观念,反映到文学上的一大表现就是从作品中分析典型,探问诸如"阿Q代表了怎样的典型"这样的问题,是我们从小到大在语文课程学习中十分熟悉的分析模式。它代表了理解文学功能的一条途径,但显然不是最合理的途径,因为在这样做时,它把文学抽象化成了一种认识的对象。

二、表现功能:情感与体验

基于再现功能的上述局限,我们进而把目光转向文学的表现功能。与再现功能立足于再现论思想基础相反,表现功能则立足于表现论思想基础,可以概括为人＞世界。这是因为,对象唯有契合主体的需要,才会引起主体的情感,人按照自身情感与意志的需要将世界表现成自己想要看到的样子,从理论上说,这便是一种将人自身凌驾于世界之上、让世界服从于人的态度,正因为此,历史上与表现论相关的想象、幻想、灵感与天才等文学观念,都渗透着强烈的主体性色彩。在这种功能中,文学作品通过表达主体的内心世界及其情感,使读者达成对内在心灵的感受与体验。日常所说的文学使人娱乐,也是对文学的表现功能的一种通俗表述。

由于表现论对人的内心世界的深入开掘,应该说,较之再现论,它在深度上推进了一步,是人类认识进步的体现。如果说西方文化自源头起相对更偏重再现论视野,那么,东方文化尤其是中国文化,从源头上则相对更偏重表现论视野。《尚书·尧典》指出了"诗言志,歌咏言",意为诗歌传达人的情志,歌则将人的这种情志延长并徐徐唱出来。这是我国有关文学表现功能的较早记载。由此开创的表现论传统,绵延不绝,如西晋文论家陆机在《文赋》中认为"诗缘情而绮靡",醒目地肯定了文学表现情感的能力。直至晚明性灵派袁氏兄弟"独抒性灵,不拘格套"的理论主张中,这影响仍十分强劲,以至于我们甚至可以在某种程度上将二十世纪中国现代文学中某些很擅长情感表现的作家接上晚明以来的整个表现论传统,进而认定创造社等文学流派团体提出"为艺术而艺术"观念时对上述传统的继承性。在西方,后面将要讨论的浪漫主义文学主张明显地走在文学表现论的轨道上,涌现出了诺瓦利斯、华兹华斯、雪莱与柯勒律治等一大批诗人与诗论家,以及后来的表现主义美学家克罗齐与科林伍德等。总体上看,强调文学的表现功能,主要意义在于纠正很长时间里人们仅从认识性与形象去把握文学的状况,而突出了对把握文学更为重要的审美性与情感。仅凭前者,难以从根本上区分开文学与科学,后者的及时引入与补充,才从根本上扭转了文学与科学的混淆局面,赋予了文学自身独立性。

尽管具有如上积极意义,文学的表现功能仍是片面的,它最根本的缺陷在于,容易混淆情感的不同类型。表现论往往把情感视为人的"天性"的一部分,即自然的一部分,所以相信,表现的只是原生态的日常情感。但文学艺术中的情感既然是已经被作家、艺术家写下来的情感,写是用语言来写,这便意味着,被如此写下来的情感,已经是一种语言化了的情感。语言是起替代作用的符号系统,因此,语言化了的情感就对原先的日常情感实施了一种控制性作为,在控制(替代)中超越了日常情感,而创造出了艺术(审美)情感。

事实上,在文学中,主体不仅处在情感中,他同时能看见这种情感,对这种情感加以组织与澄清,这个过程就是情感的语言化。被情感控制,而没有上升到语言层次的机会,处于这种情感中的主体"义无反顾",不去反思它,因此,反思的形式——语言结构也不会生成。这不是一种文学艺术的情感。表现论的根本理论症结就在这里。不少人相信,艺术是人的主观情感的单纯表现。但我们并不能在文学活动中将情感看成外在与先有的,语言则是第二性的、传达的,真相是,在文学中情感必得上升到语言层次、"实现情感的语言化"[1]、被语言所澄清才有意义,而澄清便已是一种控制,从而也是对原生态情感的审美超越了,超越的结果便是客观性。历史上各种表现论观点,基本不关涉这一问题,因而也就大大限制了自身的理论有效性。

可见,尽管表现论在表面上和再现论的方向相反,从侧重外部开始转向对内部情感世界的重视,但在将情感理解为一种业已现成存在着、仅仅呼唤语言去将它表现出来的先在实体这一点上,和再现论的实质又显然一致,两者都将语言的性质理解为去传达一种事先已有的现成目标,认为语言能起到这种传达作用。这样,再现与表现的共同特点在于,两者都关心

---

[1] 〔美〕杰里·克利弗:《小说写作教程》,王著定译,中国人民大学出版社 2011 年版,第 76 页。

语言外的世界而非语言中的世界。如果还有第三种文学功能，便应当有助于从语言外的世界回到语言中的世界。那是文学的什么功能呢？

三、显现功能：悲悯与见证

文学的再现功能与表现功能之所以都存在着上述明显片面性与局限，归根结底，是由于它们在处理人与世界的关系态度上都不尽合理。无论人＝世界或人＞世界，都设定了人与世界的对立关系，只不过前者视自身为世界的复现物，后者因视自身为世界的主宰而在对立程度上更强罢了。然而，人与世界的这两种对立关系，都是以不自由为实质与代价的。因为在这两种关系中，世界与自我（自我是世界的另一方面）的关系是被现成决定好了的，我们只需要现成地去再次呈现那种外在于我的客观现实，或者现成地去再次呈现那种先在于我的主观情感就行了，这个过程无需我们的主动选择，因而是不自由的，尽管表面上显得很自由。自由只能发生在人能主动作出选择的基础上，选择之所以可能，是由于它必然有一个范围，在这个范围的限制中人才能进行选择，所以，主动选择的可能性维系于范围的有限性，自由从而便来自限制中的选择。就像一个长生不老的人因失去了生命的限制而相应地失去了人之为人的根据，被世界所遗弃，其实不自由，一个懂得人是要死的、生命有限的人，才能更珍惜生命，而在选择中让人生变得真正自由。再现论与表现论由于都设定了人与世界在关系上的现成性，这种现成性对任何人都适用，只存在去被动地代入它的问题，这便失去了具体情境设置的限制而变得无所不包，自然也便取消了主动选择的可能而变得不自由了。前面所述的两者的局限，根本上即由于此。

看来，自由只能来自文学的第三种功能——显现功能，在这种功能中，人有限地寓居于世界中，清醒地意识到限制性，而在受限中始终主动地作出选择。它以显现论为思想基础，可以概括为人＜世界。这种功能赋予文学的深刻意义，在于使文学具有了悲悯与见证的力量。

首先，因为如上一章所述，人在得到的同时总是失去着，所以，人值得悲悯。在非终极的现实中，人们挣不脱名缰利锁、贪嗔痴恨的羁绊，欣然不自知，而总自忖所欲求的与所得到的是成正比的，却不考虑"在生产制造过程中我们失去了什么"这样的问题，[①]相信想要什么就能最终获得什么，无论采用何种手段和付出何等代价，都并不惜。这个乐观的信念以人始终高估自己的主体性力量为实质，永远回避着真相。真相是，一个人"随着自己看到的东西越来越多，反而觉得更加迷惑"[②]。这便在终极的层次上启动着关于生存的思索，开始拥有抵达生存意义的积极姿态。由于欲求的同时总是失去着，人就没有什么可骄傲的，非但无可骄傲之处，反而要在得到的同时如履薄冰念想失去的意义，这使人逐渐学会悲悯自己，进而也以

---

① ［美］大卫·W.奥尔：《大地在心》，君健、叶阳译，商务印书馆 2013 年版，第 208 页。
② ［奥］斯蒂芬·茨威格：《昨日的世界》，吴桐译，华中科技大学出版社 2013 年版，第 319 页。

同等的终极思考悲悯他人。

其次,因为世界如上一章所述,总是让人在得到的同时失去着,所以,人总小于世界,无权掌控世界,而只能去见证世界。在非终极的现实中,假如设定所欲求的与所得到的存在着必然的符合关系,这种潜在张扬着人的骄傲与自信的乐观信念,便暗含着人可以按自己意志去影响甚或改变世界的实质,即人被视为占据着高于或等同于(等同是一种变相的高于)世界的主体性位置。但由于在终极层次上,人越得到便同时越相应地失去,世界便从不为人这一主体的优越视点而特定存在,毋宁说人只成其为世界中有限的一分子,这样,人在世界面前所能做的不是动辄自信的二元论式的干预或改造,而是非二元论的、充满谦逊的观察与见证,"在非二元的觉察中,他们和我是无别的。一种伟大的'平等意识'因而发展,它一方面去除了骄傲与自尊,另一方面也斩断了恐惧与嫉妒"。[1] 如此,世界的真相得以客观地显现出来了。

上述两方面作为文学显现功能的基本内容,为我们观察中外优秀文学作品的成功奥秘,提供了新的视角。

先看国外文学的悲悯与见证。例如俄国伟大文学家普希金的代表作《叶甫盖尼·奥涅金》,叙述男主人公开始并不接受达吉雅娜,后又追求她未果,奥秘便在于欲求与所得总是动人地悖反。将这奥秘推广地看,便是一种"多余人"谱系:从德国的"烦恼者"(如歌德《少年维特之烦恼》)到法国的"世纪儿"与"局外人"(如缪塞《一个世纪儿的忏悔》、萨特《恶心》与加缪《局外人》),从英国的"拜伦式英雄"(如拜伦《怡尔德·哈罗德游记》)到俄国的"多余人"(如普希金《叶甫盖尼·奥涅金》、赫尔岑《谁之罪》、莱蒙托夫《当代英雄》与屠格涅夫《罗亭》),从日本的"逃遁者"(如夏目漱石《我是猫》)到美国的"反英雄"(如埃利森《看不见的人》、索尔·贝娄《赫索格》、塞林格《麦田里的守望者》与约瑟夫·海勒《第二十二条军规》等)。就拿"反英雄"来说,他为何是"多余人"呢? 因为"反英雄"强调英雄性格的世俗性与日常性,以此来对抗传统视野中英雄性格的理想性与崇高性。以上这份并不完整的名单,足以显示出悲悯与见证对人的本真生存境况的动人显现力量,这种显现力量是国外优秀文学作品都不同程度地具备着的。

例如雨果《悲惨世界》中著名的"商马第案件":得知有个无辜的人将替自己糊涂地去顶罪,冉阿让陷入了"脑海中的风暴",这场看不见的风暴被刻画得细微不苟,"他在黑暗里坐下来",于是开始了良心煎熬之际的深思,关于离奇情势的念想,逃之夭夭的本能最先出现于心头;接着,良知开始咆哮,他开始拷问自己并踟蹰不定;紧接着却又大声地反悔;之后对"反悔"又滋生出新的反悔,觉得世界悲惨如故;如是等等。长达二十多页的多层次的跌宕,对一个孤独无助的困苦灵魂进行着细密体察与深切烛照,让人想起同样伟大的托尔斯泰的《战争与和平》,这部恢宏巨著,在令叙述直逼人性深处的挣扎与搏斗方面毫不逊色,它以如椽巨笔写出了一种光辉的英雄主义与战争的灾难的繁复交织,如果说"以前的文学描绘的是有控制

---

① [美]肯·威尔伯:《恩宠与勇气:超越死亡》,胡因梦、刘清彦译,生活·读书·新知三联书店 2013 年版,第 245 页。

的秩序和作战指挥,它们却代之以令人恐怖的混乱,主人公找不到出路"[1],对出路的迷茫,正是个体精神深处在"有"中不断敏锐感知到"无"的真实焦虑状态。其中延宕开的细腻层次,无疑便来自作家对哲学与人性的兴趣。

再看国内文学的悲悯与见证。如果以中国历史上著名的"卧薪尝胆"为题材,可以如何来创作一部好看的小说或剧本呢? 面对两千五百余年前风云激荡的吴楚争霸,怎样以最强的张力展现成王夫差对败寇勾践的羞辱,以及勾践对夫差由忍辱负重到十年生聚直至扭转国力这一焦点,是处理叙事逻辑并试图创新之际棘手的难题。比较常见的思路,不外乎维系于"复仇"这个关键词,以此为出发点来极力渲染一代国君寄人篱下的不世耻辱与处心积虑装痴卖傻、隐瞒真相的苦心,以及最终成功洗刷前耻的快意,一些历史小说不惜引入了颇显污秽的"尝粪"等细节,借以极尽含恨吞耻之艰辛。但让我们深入一层思索:仅定位于复仇的历程,是否显得肤浅呢? 这种本质上没有跳出"一报还一报"模式的逻辑设计,在让当事人成功实现了报复夙志后,其实留下着"复仇之后"的精神空虚,而经不起哲学的反思与人性的拷问。由于缺乏不同于复仇模式的新模式的引入,人们仍有意无意地重蹈着旧的思维模式与习惯,哪怕勾践出于完全正义的动机而终于涤荡开曾经加在自己身上的污泥浊水,实现了自己忍辱偷生的复国大计,作为一个男人的他真的就在精神深处感受到了快乐与幸福吗? 还是于登上胜利者宝座之时蓦然发现,自己一直苦苦追逐着的那个目标原来是一场空幻,自己尽管赢了却依旧陷入了无边的自我灵魂呼号中:我煞费心机做下的这一切,果真有意义而在终极意义上对得起自己吗? 为什么胜利的最终辛苦到来不但没有使我发自内心地快乐,相反仍隐隐带给了我孤独、寂寞与空虚? 那曾经不可一世地骑在我背上骄狂大笑、把我当牛马驱使的吴王夫差,此刻失去了全部尊荣而沮丧地跪倒在我脚下,却似乎也隐隐令我生出一丝恻隐之心,忽然觉得他原本也十分可怜而可宽恕,这又是怎么了呢? 当我们提出这样一系列追问时,便发现,越王勾践的胜利者姿态并不能抵消他依然在失去着的微妙东西,他的幸福指数并未由于卧薪尝胆带来的成功而必然提升,相反被打上问号,被作这般深度心理开掘的勾践,便成为一个充满终极悖论的形象,他变得与先前那个只图报复、毫不在意意义追索的俗者大不一样了,一种哲学上的深层次反思开始跃然纸上。尤其是,勾践进而察觉到,最了解自己的人原来其实就是自己的敌人,由此产生出的心灵激荡与进一步的宽恕念想,把哲学上围绕着终极悖论的上述叩问推向了新高度,一种基于人性的关怀生发出来了。我们可能由此读到一个充满了行动犹豫与迟疑的勾践形象,但这样的勾践形象其实就是我们自己——他正陷入的终极悖论,岂不是我们每个人生存在世同样也拥有着并可能为之正焦虑着的吗? 稍显遗憾的是,这样的叙事逻辑在我国传统文学中还很少见到,唯如此,对难得一见的这方面的成功尝试,我们便有足够的理由珍视。这里要提到的是冯至的中篇小说《伍子胥》。诚然,在这个叙事文本中直接出场的不是勾践、夫差而是伍子胥,但鉴于后者在吴楚交战中的重要地位及其同样身负的著名复仇使命,怎样来写伍子胥的逻辑,也同样能启示怎样

---

[1] 〔荷〕塞姆·德累斯顿:《迫害、灭绝与文学》,何道宽译,花城出版社 2012 年版,第 1—2 页。

写勾践的逻辑。冯至怎样写伍子胥呢？他完全淡化甚或取消了这个男人复仇的结果，而将主要的笔力倾注在其人逃离楚国、向吴国而去的一路心理波动，字里行间饱蕴着终极悖论的色泽。如写太子建，"他的使命无论是成功或失败，都是十分可耻的"，叹惋自己"生也好，死也好，恐怕要比任何一个人都可怜，都渺小"；批评季札，"这算什么高洁呢，使全吴国的人都能保持高洁才是真高洁。他只自己保持高洁，而一般人都还在水火里过日子"。于是子胥终于领悟到："你渡我过了江，同时也渡过了我的仇恨。"①仇恨在一路奔波中渐次消泯，是因为仇恨感"永远停留在有条件的事物的范围之内，它永远不断地提出问题，但不会得到终极的东西"②，而在执念中难以去领略仇恨之上的更为宽广的天空与大地。对于文学来说，积极跳出这种相对显得偏狭的视角，人性的温度才会取代冰冷的刻度而被触摸到，这需要文学作品去努力显现人性在生存荒谬中的挣扎与搏斗。文学提出的最为深刻的问题就在这里。

四、对悲悯与见证的进一步反思

当我们这样分析时，其实主要是从存在论立场上理解文学以悲悯与见证为内容的显现功能。这在一般情况下固然可以说明问题，但随着时间的推移、学术的发展和人们思想观念的不断解放，这种立场也开始暴露出进一步的局限，而呼唤在今天得到深入的反思。

悲悯与见证的提出，植根于"有/无"在生存本体论意义上的并存，然而由此强调人在得到着的同时总是失去着时，"有/无"（"得/失"）又不知不觉地构成着一种不断重复的轮回，而不能不令我们想到当代思想对这种轮回格局的反思，比如人们对尼采的"永恒轮回"学说的深刻批判。这一学说所立足的，正是存在论立场上的悲悯与见证，它为我们的进一步反思提供了参照系。

尼采所说的"永恒轮回"（一译"永劫回归"），意在攻击苏格拉底与柏拉图那种惩恶扬善、扼杀欲望的传统形而上学，认为只要用理性去遏制死亡，在理性中试图延缓乃至回避死亡，那么理性的另一面——本能的报复就会来势凶猛，导致遏制与爆发、创造与毁灭永恒地轮回，而体现出生命的统一性与必然性。也就是说，尼采认为，生（有）注定要伴随着死（无）的焦虑，这是一种无法也不应当被规避的轮回，任何试图阻断这种轮回、只凸显其中一者而抹杀另一者的做法，都会即刻遭到本能的报复而陷入败局。所以，为个体之死而悲伤流泪（即在试图挽留生命中避免死亡），并无意义，唯有坦然保留它，方可防止轮回报复的很快来临，个体之死的积极性是从这个意义上讲的。尼采由此反照出人的境遇的有限性。但今天的研究者反思道，尼采尽管以此"永恒轮回"之说强烈批判了形而上学，"轮回"思维本身却仍是典型的形而上学产物，尼采因此被后来的海德格尔等思想家称为最后一位形而上学家，他开辟的这条"唯有死，方有生"的思路，也容易在"轮回"思维中重返形而上学。这种当代反思所针

---

① 冯至：《伍子胥》，文化生活出版社 1946 年版，第 73 页。
② ［德］弗雷德里布·席勒：《审美教育书简》，冯至、范大灿译，上海人民出版社 2003 年版，第 196 页。

对的显然正是存在论立场的局限。

　　这对文学活动的启示是,当发挥文学的显现功能,在文学作品中显现悲悯与见证的力量时,应同时考虑,这种悲悯是否只是在变相满足自己的某种精神需要,进而甄别,这种见证是否仍然暗含着自己先入为主的主观视点及其控制性、支配性视野,避免悲悯与见证过程中容易产生的同一性倾向,而尊重并还原这一过程中的差异性因素。正是在这一意义上,当代学者吁请防范那种"为了使我的活动普遍化,我必须关心他人,但只是在知性的抽象层次上关心他人,而非自发地意识到他人之复杂而特殊的需要"的悲悯,①指出其实质是"我们直觉的第一反应,多半是在利用他人——即便出发点是为对方福祉着想。我们以扑向世界、人和事物的方式,来获得对事情的掌控,这种近乎动物性的直觉反应在我们内心根深蒂固"②,而在极端上导致"正是由于观众本身的绝对安全,他的严肃的人类关切会轻而易举地堕落为对恐怖和残忍毫无人性的欣赏"的消极后果。③　可见,从存在论立场理解悲悯与见证,固然在原则上不错,因为这种立场确立了悲悯与见证的基本前提,但反思这种立场进一步可能产生的同一性局限,超越存在论立场来理解悲悯与见证,又构成了文学理论在今天的新生长点(如德里达对礼物赠予行为中主体在好客表象下算计着他者的深刻揭示)。它与主体在潜能运动中的虚化进程有关,是本书在后续章节中将继续展开的内容。

五、中西文学功能比较及探因

　　探讨文学的不同功能,最终是为了更有效地观察与把握文学的实践走向。当以人与世界的三种基本关系为基础,依次看清了文学的再现、表现与显现功能后,西方文学与中国文学在功能上的整体相似处与相异处,便顺理成章地接着进入了我们的视线。

　　两者的相似处在于都不同程度地发挥着前两种功能,对此前面都已举例作过说明。两者的相异处则集中在了第三种功能的不同境遇上:较之西方文学,中国文学并不以悲悯与见证见长,在显现世界的能力方面相对显得薄弱。以我国四大文学名著为例来看,《三国演义》与《水浒传》都因历史题材的限制,而主要在社会性层面展开笔墨,《红楼梦》涉及某种哲学深度,但这种深度被包裹在对"诗礼簪缨之族"社会生活的刻画中,似乎谈不上有多么入木三分,至于《西游记》,虽看起来触及神魔世界而具有悲天悯人的空间,如果我们注意到四位主人公从头到尾始终没有年龄变化这一事实,便不难领悟到,作家没有将笔力深入探至人物深邃幽微的精神世界,自然更谈不上由此而来的人性深度开掘了。窥一斑而见全豹,如果认为西方学者那种认定"现代中国文学和时代经常是紧密相联的特性和世界文学的观念相左,因为后者意味着一种超越时代和民族,所有人都能理解和对所有人都有效的文学"的看法多少

---

① ［英］特里•伊格尔顿:《美学意识形态》,王杰等译,广西师范大学出版社1997年版,第74页。
② ［法］以马内利修女:《活着,为了什么》,华宇译,深圳报业集团出版社2012年版,第158页。
③ ［德］雅斯贝尔斯:《悲剧的超越》,亦春译,中国工人出版社1988年版,第74页。

由于文化的隔阂而不乏偏激之嫌,①那么,国内学者的类似洞察却不能不引发我们的省思。从现代文学范围内看,我国文学的哲理性深度被认为是比较匮缺的,虽造巅如鲁迅者,亦不以整体性哲思见长,其知音以为"就中国一般的作家论,是大抵没有甚深的哲学思索的,即以鲁迅论,也多是切近的表面的攻击,所以求一种略微深刻的意味长些的作品就很少,根源不深,这实在是中国一般的作品令人感到单薄的根由"②。从当代文学范围内看,一些作家诸如"(中国)作家的危机感多停留在社会层面上,对人本的困境太少觉察"的感喟,③以及"没有虚无感的作家不会是一个好的作家"的省察,④都借助于世界一流文学的参照系,同样道出了中国文学在对于人的生存状态、困境的关怀方面的整体不足。如有识之士所总结:"中国作家有个普遍毛病,就是对人的看法缺乏超度,缺乏更高层次的大悲悯。"⑤某种程度上这构成着我国文学走向世界的某种瓶颈。

这自然与中西文化传统的差异有关。一般认为,西方文化传统自古希腊以来便深深含有神性维度,这使人在此种传统中的地位相对渺小而有限,由于始终有一个高出于、大于自身的背景存在着,人才对自身与世界的生存因缘敏感,每每从世界出发思考问题,这就使西方文学更善于悲悯与见证,并由此积极显现出世界。相比之下,由于始终处身于一个现实世界中而缺乏明显的超越性,人在中国文化传统中的地位相对要高得多,他更习惯于从自身出发思考问题,这则使中国文学更善于在社会现实层面上发挥功能,再现尤其是表现有余而显现不足。如果借用现代存在主义哲学家保罗·蒂里希的划分,人有两种超越方式:一种是"部分超越",表现为追寻"政治和社会意义上的乌托邦",以达成"有限的境界";另一种则是"彻底超越",它致力于"超越整个水平维超越的全部范围",带来的是"某种突破整个水平维的神性事物的闯入",以开启无限自由之境。而这两种超越方式所造就的"两个境界是互相渗透的",这保证着"我们既有历史的实在又有超历史的实现"⑥,那么,前者是中国文学中更为常见的再现功能与表现功能,后者则是西方文学中更为常见的显现功能。

对此,可以客观地来举例进行对比。鲁迅提出过"娜拉走后怎样"的问题。重读杜甫的《茅屋为秋风所破歌》,我们忽然感到今天似乎也可以来问一问:大庇天下寒士之后又怎样?秋风秋雨,吹打得破敝的茅草屋摇摇欲倾。屋里,诗人已老迈,且贫且病,却居然并不自伤遭际,却牵挂着同处困厄的天涯沦落人,振臂一呼"安得广厦千万间,大庇天下寒士俱欢颜"。你我皆凡人,自顾且不暇,很难如此心忧天下。这便是时日如驶,岁月不居,千载之下我们仍不免奉之为名句的原因。诗人用诗笔朴素地传达出民本的式微,由此描绘出一个乌托邦。在那里,世海俗流中为生计奔波的芸芸众生,都能有栖身的只檐片瓦,再无须为温饱而凄凄惶惶——我们的追问仅在于,这首诗诚然好,却好到着何种程度呢?

① [德]顾彬:《二十世纪中国文学史》,范劲等译,华东师范大学出版社 2008 年版,第 7 页。
② 李长之:《鲁迅批判》,北京出版社 2003 年版,第 111 页。
③ 史铁生:《写作的事》,东方出版中心 2006 年版,第 31 页。
④ 残雪:《为了报仇写小说》,湖南文艺出版社 2003 年版,第 91—92 页。
⑤ 陈徒手:《人有病 天知否:1949 年后中国文坛纪实》,人民文学出版社 2011 年版,第 374 页。
⑥ [美]蒂里希:《政治期望》,徐均尧译,四川人民出版社 1989 年版,第 221—228 页。

广厦问题是住房问题。住房问题是温饱问题。这首带有中国特色的诗,似乎过于简单地预设了一个前提:天下寒士解决了温饱,就会变得"俱欢颜"。知识分子解决了生存的底线问题,便会自然而然提升幸福指数。可是,一个人拥有了广厦、华屋美服,他跟着就必然幸福吗?寒士温饱后的精神世界,可曾得到了杜甫的观照?你可能为他辩解说,饱暖都还未全然达到,何谈思淫欲?一位中国诗人,当试图去关怀人时,他习惯性的出发点是温饱、活着。君子食唯求饱,居唯求安,底线而已,也因此成为生存的共性。共性的,也是社会的。个体的精神却不然,绝无雷同,便纵有广厦千万间,也未必俱欢颜,会不会愈发孤寂、痛苦,以至于苦苦寻索?也就是说,若有朝一日知识分子们果然相继住进了敞亮宽广的新房,他们会不会反而变得比先前的自己更加孤独、空虚乃至荒诞呢?当我们坦率承认"社会作用不会给自己意识带来任何决定性作用和意义,这成为现代文学中主人公的根本条件"[1],不油然意识到这正是以卡夫卡为代表的现代文学的思想主题吗?

人的思想是天马行空的。我们可以推想:若杜甫关怀一下外国的寒士,比如写托尔斯泰《复活》那种题材,他会怎样着笔呢?贵公子诱奸良家少女,又始乱终弃,终于坐在法庭上暗自神伤:我有权去审判那个被我蹂躏了的可怜人儿么?于是,压迫弱势的特权精英被怀疑,不公的社会制度成为检讨之聚焦。深为家国巨变惨伤的诗圣杜甫,写到这一层毫不困难。初学者很可能不解,何以这样一桩多见的题材,会成就一部傲侪于世界名著之林的杰作。随着韶华渐逝,才会慢慢悟到小说结尾处大段引用"马太福音"的缘由。老人关于玛丝洛娃案件的描绘,似乎已变淡,他站在一个俯视法庭、远离尘嚣的新高度,聆听上帝的判断。在那里,我们看到了他对人世间司法制度的深入质疑。倘若那陪审员不是聂赫留朵夫,和案件丝毫无关,他有权审判吗?耶稣对那些要惩罚通奸妇女的人群说"你们中间谁是没有罪的,谁就可以先拿石头打她",结果所有人都走了。保罗也说:"世人都犯了罪,亏欠了神的荣耀。"如此,谁真有权审判他人?可在这个世界上,的确充满了人能惩罚人这种莫名其妙的错误。托翁就这样有力地把问题推到了超越人的高度。他保存这个问题,引领每个人不断超越社会共性,进入那属于自己的形而上之思。换了杜甫,他写得到这一层吗?

恐怕他还未遑从社会性关怀中深入超拔,进而在哲理性深度上拷问自己:住进了广厦的寒士,也可能面临空洞的虚无和异化的荒诞吗?无广厦可住的寒士,将会从心底弥漫起怎样的孤独感?这些被西方文学不约而同地视为终极关怀的问题,我们的诗人尚不曾触及。依稀可见,"以人为本",在子美的故乡乃以人民为本。一种群体性的社会符号,自古信然。但"就普通则曰人,对政治言则曰民"[2],而"比人民更伟大的东西,那就是人类"[3],人类是由一个个具体的个体生存境遇所构成的。无论从关怀的高度还是深度看,以杜甫此诗为代表的中国文学,有没有真正走向世界,获得一种笼罩全人类、见证个体生存境遇的悲悯情怀呢?大庇天下寒士之后怎样,就仍是个悬而未决的命题。

---

① [日]水田宗子:《女性的自我与表现》,陈晖等译,中国文联出版社 2000 年版,第 101 页。
② 常乃惠:《中国的文化与思想》,中华书局 2012 年版,第 192 页。
③ [法]雨果:《论文学》,柳鸣九译,上海译文出版社 1980 年版,第 113 页。

在上述比较后反思中国文学在功能方面的得失，我们不难发现导致其显现功能不发达、悲悯与见证力量相对薄弱的两个主要原因。

原因之一来自政治伦理。如上所述，在中国文化中，人的地位因无神而被放置得很高，所谓乐感文化便主要建立在这种知其不可为而为之的人学基础上。因为，同样源于巫术文化这个共同的文明源头，较之于巫在西方后世主要发展为宗教，实现政教分离，巫在中国后世则主要发展为政治，实现着巫君合一。动物在古代中国被认为拥有沟通天人的神秘力量，成为中国先民巫术祭礼的祭供，青铜器上的动物纹样正为此而发，这样一来，占有青铜器使用权的上古君主便独占沟通天人的渠道，也垄断着知识与权力，[1]于是，君代表上苍来就任权力主宰者。这带来的后果是，中国人对经验世界的伦常纲纪每每表现出更浓厚的兴趣。例如居明中叶三大传奇之首的李开先《宝剑记》，以民间流传的林冲英雄故事为蓝本，却在叙事逻辑上作了富于意味的加工处理，由原先重表现林冲与高衙内的矛盾，转为林冲身为一名忧国忧民的将领对奸臣的弹劾，这般处理后的客观效果，遂超越了起初一家私仇的狭隘视野，将矛盾冲突的震撼性力量与焦点，维系于比这更高也更深刻的国恨，用家国伦理取代了家庭悲剧，贯注入全剧别开生面的叙事表现力与感染力。又如明末文学家金圣叹批点《水浒传》，不惜用很多篇幅，津津乐道于宋江潜意识中对晁盖第一把交椅的长久觊觎之心，以及其为谋划争位而不动声色施行的一系列手段，便正是金氏对政治兴替夙怀兴味使然。再如《三国演义》中本有一段惊人的神秘之笔，即东吴名将吕蒙之死，不同于全篇的现实主义韵致，小说第七十七回一反常态、颇为奇诡地写道：

> 于是（孙权）亲酌酒赐吕蒙。吕蒙接酒欲饮，忽然掷杯于地，一手揪住孙权，厉声大骂曰："碧眼小儿！紫髯鼠辈！还识我否？"众将大惊，急救时，蒙推倒孙权，大步前进，坐于孙权位上，两眉倒竖，双眼圆睁，大喝曰："我自破黄巾以来，纵横天下三十余年，今被汝一旦以奸计图我，我生不能啖汝之肉，死当追吕贼之魂！——我乃汉寿亭侯关云长也。"权大惊，慌忙率大小将士，皆下拜。只见吕蒙倒于地上，七窍流血而死。众将见之，无不恐惧。

意即吕蒙被关羽突然附体、神秘暴亡，而在小说中留下了一个无比蹊跷的千古疑团。这本来不可解，或者说其实也无须刻意去求解。但在后世对这段情节的某些文学加工发挥中，一种试图过于坐实的政治性改编企图，也每每不必要地淡化了、消解了这份原本颇为亮眼的神秘性，变得平淡乏味甚至滥俗了。比如，煞费心思地把吕蒙的死解释为他作为臣子因心恨关羽而不听孙权皇命、一意孤行追杀关羽而遭致身为主上的孙权不满其骄功僭越，暗中害死了他。这样的叙述逻辑虽然看起来去除了神秘成分，变得有板有眼而全然可解了，但显然也掺入与迎合着未必有多么高明，甚至十分庸俗的中国人有关"功高盖主"的世俗政治信条，逻辑链条被填实了，扑腾跳跃的精神的野性却荡然无存，读之没有了向往神秘的激动与遐思。这种视野，因而使中国文学在社会现实层面上取得了丰硕的创作成果，也留下了更高层面上

---

[1] ［美］张光直：《美术、神话与祭祀》，郭净译，辽宁教育出版社 2002 年版，第 58 页。

的局限。

原因之二来自说书传统。我国宋元以来的说书传统,调动一切精彩的叙述手段营造扣人心弦的现场效果,高度注重对于故事的"讲",在叙述技巧层面上每每使出浑身解数来极尽巧思,吸引观众与读者,这种做法实际上从外部切入文学活动,在深入开掘文学内部精神等方面的兴趣相对显得淡漠。这与我们对待生活的某种逍遥的、庄子式的态度有关。这种逍遥来自中国文化的"一个世界"特征,其实质是,由于并无在更高的力量面前的渺小感、有限感,而不滋生出相应的不安全感,反而认为自己可以自如地操控眼前的局面,怎么具体地操控它都不妨碍自身所占据着的安全位置。这与西方文化在"两个世界"的特征上所形成的、出于被拯救的诉求而滋生出的不安全感,是颇异其趣的。一个可以用作比较的典型例证是,在西方文化中,勇于坦承自身隐私的回忆录与自传很发达,留下了诸如圣奥古斯丁与卢梭的《忏悔录》等作品,相比之下,中国自古却极少流传下这类作品。从这个角度观察,我国文学在显现功能方面的薄弱,同样可以得到解释与进一步的反思。

 ［本章拓展思考题］||||||||||||||||||||||||||||||||||||||||||||||||||||||||||||||||||||||||||||||

一、据英国路透社 2012 年 6 月 25 日报道,巴西政府开始实施一项名为"通过阅读救赎"的新计划,规定关押在四座联邦监狱中的犯人可以通过阅读文学作品或其他经典书籍来获得减刑,每读完一本书并提交心得体会,可减刑四天,一年最多可以通过读书减刑四十八天。请据此真实事件,写一篇小说或电影剧本梗概,在创作中表达你对这一新闻的看法。

二、如本章所分析,今天的文学研究与教学还有必要分析"典型"吗?比如:典型人物、典型性格、典型环境……请阐述你对此的见解。

三、钱谷融先生倡导的"文学是人学"传统,被认为是一种宝贵的人文薪传。你读过钱先生这篇名文吗?对于这个经典命题,你现在有没有新的补充意见或不同看法?请通过重读此文,阐述你的见解。

四、请任选以下两题中的一题,展开你的独立思考与精彩论述。

1. 有人认为,《窦娥冤》中窦娥所发的三桩誓愿,后两桩是"六月飞雪"与"亢旱三年",然而这是置楚州千千万无辜老百姓的生死存亡于不顾,因而全无悲悯之心。你认为这一情节设置是否合理?

2. 又有人认为,杜甫在《茅屋为秋风所破歌》中詈骂只不过偷了他房上一点儿茅草的孩童们为"盗贼"太过分,甚至认为这是诗人因缺乏悲悯之心而产生的阶层敌视。对此,你又有何看法呢?

五、下面所涉的三位作者尽管名字很相像,却并非三兄弟。请依次阅读以下三则材料,提取出它们的共同点,并以文学为例,阐述这一共同点的美学意义及其在审美活动中的具体落实点。

材料 A：观看一部戏才能叫演戏。

——布鲁克《空的空间》

材料 B：艺术是使某种尚不确定的情感明晰起来，而不是把内心原来的情感原封不动地呈示出来。

——布洛克《美学新解》

材料 C：很多时候，我们需视自己为旁人，观其行，而后度良策。

——卢伯克《人生的乐趣》

六、对于文学的悲悯功能，吴非先生提出了不同意见，认为现在讲悲悯，"国情不同""时机很不成熟"，因为"法律像徘徊游移的云彩，正义总是姗姗来迟，对恶的惩罚来得太晚，爱的呼唤就不能不变得廉价"（见其《杂文真的很好写》一文）。你是否认同他的这一观点呢？请对此作出你的评议。

七、请任选以下两题之一，完成一篇文章。

1. 文学中的悲悯，与佛家文化与基督教文化等宗教中的悲悯是否一样呢？你能否结合具体文学作品来阐述这方面的联系与区别？

2. 悲悯与同情是否同一回事？如何从学理上来准确地区分它们？请立足于尽可能丰富的材料与案例，阐释你在这个关键问题上的见解。

八、请任选以下三题之一，完成一篇文章。

1. 中国文学史经过了两次文化中心转移。一次是在魏晋六朝，由南向北转移。另一次则是在宋元，由北向南转移。你如何理解这两次转移？请阐述你的见解。

2. 夏承焘等学者认为《满江红》非岳飞所作，陈尚君等学者认为《二十四诗品》非司空图所作。你认为他们的理由是否充分？请阐述你的见解。

3. 你认为日本汉诗的价值如何？其在今天有没有得到学术研究的意义？请阐述你的见解。

九、请任选以下两场国内学术论争中的一场，说明你赞成哪方的观点，或者都不赞成的理由。

1. "公民写作"与"人的写作"之争——鄢烈山主张"今天的时代已从革命转到建设，'公民写作'要求作者有自由的心态、平等的观念以及法治、人权、宪政等现代意识，清醒地体认到自己作为一个公民，依法享有参与国家与社会公共事务管理的权利"，而将"自我定位为'公民'，清醒地意识到自己是作为共和国的一个公民在写作，就必须有自觉的权利意识、平等意识和社会责任感"。对此立场，刘洪波撰《公民写作与人的写作》一文商榷道："公民写作仍然是有着局限的。所谓公民，显然是一个社会政治概念，是将人放进公共生活领域里去的一个概念。但一个人也可以完全在仅仅是一个人的立场上表达自己的意见，而根本不去设想任何前提，不接受任何一种现实的或者可能的规范，他可能怀疑任何规范的合理性"，因而"人的写作，比起公民写作来，更加本质地逼近人类生活的现实，更加彻底地要求人的权利，更加自觉地观照包括本国公民在内的一切人类的悲苦现实与艰难命运"。这两种立场孰是孰非呢？

2. "国民性批判"与"人性批判"之争——邓晓芒提出,应从鲁迅的"国民性批判"思路进一步转向"人性批判"思路,认为"(鲁迅)先生当年是想在一代或两代中国人之间来完成'改造国民性'的工作,……而我的立场已从'国民性批判'转移到了'人性批判',认为我写书的目标应该是在中国人的国民性中植入更高层次的人性的素质,这种植入是不能通过遗传固定下来的,也不能搞一场运动来普及,而必须每一代人用自己的努力去不断争取",因为"凡是真正合乎人性的东西必定会给人带来启发,不仅是给中国人,而且是给一切人。但我的写作不是为了拯救别人,而是为了拯救自己"。这两种立场又孰是孰非呢？

十、你是否认同一位学者对一种《中国文学史》写法的批评(见王元骧《关于文学评价中的人性标准》一文)？请撰文详述你对此的见解。

 ［**本章进一步推荐阅读**］

1. 邓晓芒:《人之镜》,作家出版社 2016 年版
2. 史铁生:《写作的事》,东方出版中心 2006 年版
3. 萨孟武:《西游记与中国古代政治》,北京出版社 2016 年版
4. 蔡义江:《追踪石头:蔡义江论红楼梦》,浙江文艺出版社 2012 年版
5. 李长之:《鲁迅批判》,北京出版社 2017 年版
6. ［奥］里尔克:《给一个青年诗人的十封信》,冯至译,天津人民出版社 2022 年版
7. ［捷］米兰·昆德拉:《帷幕》,董强译,上海译文出版社 2022 年版
8. 张伟:《"多余人"论纲:一种世界性文学现象探讨》,东方出版社 1998 年版
9. 扬之水:《诗经名物新证》,人民美术出版社 2016 年版
10. 孙隆基:《中国文化的深层结构》,中信出版社 2015 年版

第四章
文学的叙事

　　既然文学在语言创造性活动的意义上行使着活的思想方式，根据语言的不同创造能力，文学的思想方式主要包括叙事、抒情、想象与虚构等。本章从揭示叙事的性质——"叙"与"事"在相反中努力达成相成效果这一点入手，依次讨论叙事活动创造性地贯通"叙"与"事"的几座桥梁，即叙述时间、叙述视角与叙述声音问题。这些文学理论上的重要问题，在动词化的文学中不断推陈出新而深入人心。

一、叙事的性质

叙事就是讲故事,讲故事则以故事的存在为前提。应该说,我们见到的大多数文学叙事主要讲述人的故事,以人的活动为叙事的主要内容。尽管在个别情况下我们也读到某些表面上似乎以非人的活动,比如动物的活动为内容的叙事作品,但细究起来不难发现,讲动物的故事,归根结底还是意图表达对人性的思考,所以从根本上说,叙事总是人的叙事。

叙事包括时间性与因果性两方面内容。英国现代小说家福斯特在其《小说面面观》中,区分了这两者,指出时间性是"国王死了,不久王后也死了"这样前后顺承接续的关系,因果性则是"国王死了,不久王后也因伤心而死"这样加入了逻辑性动机的关系。两者完整地客观存在于叙事活动中,缺一不可。时间性与因果性的这种差别,本质上就是"事"与"叙"的差别。

"叙事"由"叙"(叙述)和"事"(故事)两部分构成。叙述的性质是必然离场,而呈现为对现场的斥性。原因在于,叙述作为讲故事,是用语言讲,而语言被证明是无法直通场面的、具有任意性的符号系统,它和现场注定是"隔"的。故事的性质则是必然在场(在场是语言中的世界),一个好故事必定需要具备一种使读者身临其境的真实质感,才能吸引人欲罢不能地深深入戏,所以它呈现为对现场的吸性,必须努力做到和现场"不隔"。在本性"隔"的叙中创造出本性"不隔"的事,这就是叙事的实质。

这使我们理解,人们何以经常用"塞壬之歌"这个古希腊神话传说来形象地描述叙事。人首鸟身的海妖塞壬通过天籁般美妙的歌声,让经过自己岛屿的航船纷纷触礁。归航的英雄奥德修斯在这点上作了充分准备,命全船水手用蜡丸封住自己的耳朵,并要求将自己牢牢绑在桅杆上。行至塞壬岛处,一边在歌声的强大力量诱惑下显得立足不稳,差点成为新的牺牲品,一边又终于凭借自身清醒内力而成功抵御住了这股魔力,幸免于难。这个神话传说中,受到引诱的一面,即代表了"事"的在场性召唤;用力抵御的一面,则代表了"叙"的离场性介入,两者相反相成。正因为要在相反中努力创造相成,才有了如何叙述,即发展出一系列叙事方式和技巧的问题。

也正因此,我们才理解了"叙事学"作为一门学科在现代的产生。叙事活动,自古皆有(《一千零一夜》等著名故事证明了这点),为什么叙事学却迟至二十世纪中期左右才开始兴起呢?理由显然在于,只有到了二十世纪,人们才开始把"语言创造意义"这一本性醒目地凸显出来,才逐渐从正面察觉到,"故事"和"讲故事"并非简单的一回事,而是有区别的两回事。在"两回事"的实质中努力将它们实现为"一回事",因而是建立在分析基础上的综合。

可以举当代长篇小说《尘埃落定》为例,来说明叙事的上述基本性质。这是由一个傻子角色叙述出来的故事。主人公是麦其土司酒后和第二个女人生下的、患有先天智力迟钝的次子,故事发生时他十三岁,目睹了父亲和土司之间的斗争,经历了和茸贡土司爱女塔娜的爱,最后坦然面对土司制度的瓦解。很明显,作品中的"事"在于,主人公是傻子,他的行事须不超出一个傻子所能达到的程度;但作品中的"叙"则在于,作家又分明在"傻"中隐含着对聪明机巧的捉弄与嘲讽,这点势必会通过傻子主人公流露出来,如何妥善处理好这两者,是作家大感不易的难题。我们从小说最精彩的一部分——饥荒中麦其一家故意囤积麦子不卖给其他土司的故事中,便能感到这个难题。在这部分(第六、七章)开始时,主人公大发善心,遣人走出堡垒给了每个饥民一捧炒熟的麦子,但接着当他代替麦其土司接待前来求买麦子的拉雪巴土司时,却又显得和麦其土司一样刻薄,专横地回敬后者一声"那就让麦子腐烂,让你的百姓全饿死吧",等稍后的茸贡土司以美丽的女儿为交换条件苦苦相求,他才卖给后者麦子,以至于这得来不易的麦子,半路上又被拉雪巴土司用武力抢走,引发了土司间的战争。

令人深感兴趣之处就在这里。作家确立傻子作为叙事者,是寄寓了以"傻"冷观"不傻"的批判意图的,对此小说最后一章表示得很清楚:"上天叫我看见,叫我听见,叫我置身其中,又叫我超然物外。上天是为了这个目的,才让我看起来像个傻子的。"可见,傻子叙事旨在置身其中而又超然物外。如果以置身其中为标准,主人公在故事进程中自始至终应该是傻子,作家应该尽力向我们展示出主人公的"傻"才对;如果以超然物外为标准,作为傻子的主人公又得在"傻"中体现"不傻"的智慧,作家又应该尽力让主人公隐含反讽世态的批判意味。在同一人物身上,这两点是对立的、冲突的,能同时保持住这两点吗?我们感到了作家在叙述上面临的挑战。读完小说后我们会明白,本性上,主人公并不如麦其土司那样坏,他是有良知的,不然不会慷慨送麦子给饥民吃,那么如何解释他对求上门来的拉雪巴土司的拒绝和嘲笑呢?一会儿主动赈济饥民,一会儿又视若无物地拒斥饥民,这种来了个一百八十度大转弯的前后反差举动,就是主人公的"傻"吗?作家显然意不在此。合理的解释只能是,作家一心保持住主人公的"傻"(这是故事的要求),同时试图在"傻"中做"不傻"的文章(这则是叙述的要求),二者避不掉的冲突构成了对他的压力,使他笔下的主人公在面目上总显得有些模糊。对低三下四求上门来的土司邻居的促狭捉弄,没让我们看见主人公的"傻"(反而看见和其父麦其土司如出一辙的精明和冷漠),也没让我们看见隐含在主人公之"傻"背后的"不傻",作家未曾拉开一个超然的观照批判的距离,而是无可奈何地认可着这种专断无情之举。结果,主人公在此的傻子身份被悄悄地取消了,他忽然像换了个人似的,行事和正常人失去了差别,一下子成为正常人了。

由于"叙"与"事"这两种层次的冲突,主人公"傻"的形象在这部小说中自始至终显得捉摸不定。有时,主人公的"傻"是确确实实的"傻",比如到处找人打自己以证明"人家怀着仇恨就打不痛我"是错的(第五章),中了茸贡女土司的美人计,而在赐予麦子之际把塔娜也放回去了(第七章),把土司们请来看戏却不知道究竟要干什么(第十一章)等。有时,主人公又显得一点也不"傻",反而和常人一样做出各种很清醒的举止,比如严词命令把奶娘的东西搬下楼去,见风使舵随机应变,知道"自己什么时候应该显出是世界上最聪明的人,叫小瞧我的人大吃一惊"(第四章),冷不丁朝轻视自己的哥哥吐出一句"我亲爱的哥哥,要是你能当上土司的话"的绵里藏针之语(第五章)等。而更多的情况则是,作家在主人公的"傻"中寄寓了从容反观世界的批判意味,比如土司太太宽慰傻瓜儿子"聪明人也有很蠢的地方"(第一章),土司也"宁愿相信一个傻子的话,有时候,聪明人太多了,叫人放心不下"(第三章),书记官翁波意西感叹"傻才聪明",主人公也认定"不想凡事都赢的人是聪明人"(第五章),翁波意西嘲笑主人公哥哥这个"聪明人"做事"没有一件能出乎意料",实则从反面肯定着傻子行事的出人意料(第九章),主人公开口一说话就错,不说话时反倒有力量,"就是因为我是个傻子才知道别人是怎么想的"(第十章),拉雪巴土司抱怨跟人动了一次脑子后,反而饿死了百姓和失去了土地,这也从反面证实着大智若愚的真理性(第十一章)等。这些彼此大有异趣,却纠结在一起的形象,模糊了我们对主人公的理解,使我们读完小说后很难对主人公这个叙述者的性格特征作出较清楚的把握。与其简单指出这是作家的某种失误,莫若承认这是任何作家都可能遇到的、叙事上的一种正常困境,它源自叙事活动让"叙"与"事"相反相成的本性。

既然叙与事需要被叙事活动创造性地加以统一,这就得找到让两者得以统一的桥梁。有哪些桥梁呢?

二、从叙述时间统一叙与事

第一座桥梁是叙述时间。由于故事本身和对故事的叙述总是不会同时发生,必然具有时间差,因此叙述时间总是会落在故事时间之后,导致与故事现场的距离而产生隔阂,影响叙述效果。这是叙述的先天缺陷。为了弥补这一缺陷,叙述在时间上进行主动自觉的创造,努力让本性上落后于现场时间的叙述时间,变得在效果上尽量和现场时间一致,以实现仿佛同时发生、令读者就在现场的不隔效果。这就是从叙述时间角度出发对叙与事的积极统一。

关于这种统一,预叙、倒叙与插叙等常见技巧首先可以为凭。预叙是指打破故事自前至后的直线顺序,把要到一段时间之后才会发生的事件在某种程度上提前,先作出带有提示性的叙述,然后再继续沿着原有事件顺序把故事讲下去。例如:

(1)老大姐摩莉笑着说:"好了,好了。"她继续认真地观察安娜;安娜则有意装作什么也不知道。她现在还不想把她与理查之间所发生的一切告诉摩莉。她要等她先把自己过去一年痛苦的经历都告诉她以后再说。(莱辛《金色笔记》)

(2)每当尼古拉·帕夫洛维奇——身穿军服、唇髭上有一只鹰钩鼻、蓄着剪短的连鬓胡子、身材颀长、昂首挺胸,健步走进武备学校(他常来看他们),声音洪亮地向学生们问好的时候,卡萨茨基就感到恋人般的狂喜,正如他后来遇到他的意中人所感到的那种狂喜一样。(托尔斯泰《谢尔盖神父》)

(3)临行前,她和队里的同伴一一告别,有人送给她一块白手帕。她一向是喜欢白色的。但如果她能知道此行将导引出她一生中最大的错误和灾祸,那么她一定会拒绝这块无辜的白手帕不幸的预言。(张抗抗《赤彤丹朱》)

倒叙是指打破故事自前至后的直线顺序,将在一段时间之前已经发生过的事件在某种

程度上以回溯姿态插入,然后再接着原本的发展顺序把故事继续讲下去。例如:

（1）伍德利特先生去找理查德,正好是在我开始去照料凯蒂的那个时候;现在我要回过头来谈一谈目前的情况。原来这时凯蒂已经恢复健康,而我和亲爱的婀达之间还存在着一个距离。(狄更斯《荒凉山庄》)

（2）现在她走近来了,……她并不美,但是他喜欢她的脸庞,她读过大量的书,她喜欢骑马和打枪,当然,她酒喝得太多。她还是一个比较年轻的女人的时候,丈夫就死了……现在她到这儿来了。(海明威《乞力马扎罗的雪》)

混叙则是指打破故事自前至后的直线顺序,出于某种意图的考虑,灵活地拉长或缩短故事时间,使故事在时间外观上获得不同于日常现实的速度,时间上的这种速度变化,或快或慢,不知不觉引导我们走进故事跌宕起伏的独特世界,例如:

（1）"我就要这样宰了他,"尼克说。埃迪·吉尔贝躺在地上,胸口开了个大开膛。尼克还神气活现地踏上了一只脚。

"我还要剥他的头皮,"他兴高采烈地说。(海明威《两代父子》)

（2）现在,时间必须向前飞驰了,因为往后去的四年大同小异,没有什么差别。四年里是有不少的变化,可是这些变化是一点点发生的。每一小步都很平常,看起来并不起眼。小罗锅一直和爱密利亚小姐住在一起,咖啡馆有所扩展。(麦卡勒斯《伤心咖啡馆之歌》)

（3）七巧双手按住了镜子。镜子里反映着的翠竹帘子和一副金绿山水屏条依旧在风中来回荡漾着,望久了,便有一种晕船的感觉。再定睛看时,翠竹帘子已经退了色,金绿山水换了一张她丈夫的遗像,镜子里的人也老了十年。(张爱玲《金锁记》)

打倒对手的场景紧接着尼克表示要打倒对方的宣告而来,中间跳过一大段未知的时间,时长多少,海明威自己也不知道,这无关紧要。同样,咖啡馆波澜不惊的四年和曹七巧平淡无奇的十年也都在小说里一挥而过,跃迁得极快,故事里的人物就这样悄悄地走向生命的前方。小说对时间的处理,当然不限于这样的加快,依学者缪尔之见,时间在小说中越是被减慢,对成功形成人物性格越有利,因为"在时间减慢的过程中本身就存在某种幽默感,引起我们安全感的某种东西"[1],这从相反角度证实了叙事作品对时间进行变值处理的价值所在。鉴于叙事作品这样做,是在变动时间中,高度灵活地拉近不同或无关时间段发生的事件,我们称语言对时间的这种表现为混叙,即对打乱正常时间顺序后的、被时间的跳跃性连接起来的事件进行灵活自如的混合叙述。

前面第一章最后谈到的新闻的文学性,也证明新闻现场发生的时间,需要得到事后报道的时间的有机弥补,以不失时机地进行叙述时间上的加工创造。这方面的成功例子,使新闻与文学在叙述时间这一关键上实现了融合。又如,中国古代大量以点评等方式出现的文论

---

[1]　[英]缪尔:《小说结构》,罗婉华译,见[英]卢伯克、福斯特、缪尔《小说美学经典三种》,方土人、罗婉华译,上海文艺出版社 1990 年版,第 384 页。

思想中，也有相当一部分涉及叙述时间的变形与创造。像强调渐进的"月度回廊"、强调伏笔的"隔年下种"以及强调张弛的"火里生莲"等，都形象地表达了将正常时间或拉长，或捶扁，或匠心接榫，以最大限度地克服时间的线性局限而把故事讲好的良苦用心。

这种用心，也在西方叙事文学中得到了呼应。包括但不限于时间立体和时间循环等方法在内，现代作家们为消弭叙述时间与故事时间的距离，而作出各种精彩的探索。例如《呼啸山庄》开篇叙述希刺克利夫回到山庄企图实施报复行为，这是将整个故事从时间发展的中间阶段写起，继而往前追溯和往后接续。稍加比较便不难体会到，较之于单纯从头到尾的机械叙述，或者同样显得过于戏剧化的倒叙，这恰恰是最佳的叙述时间处理，因为这等于将读者平等地置入了对故事现场走向的观看姿态中，使之既拥有已知的信息，又对接下来将发生的故事保持期待的充分活力，从而让原本线性进展的时间立体化了起来，即在时间的单维绵延中，同时注入了空间性的各种并列因素，让人感到自己就在故事发生的现场。又如时间循环的例子：

　　许多年之后，面对行刑队，奥雷良诺·布恩地亚上校将会回想起，他父亲带他去见识冰块的那个遥远的下午。

马尔克斯《百年孤独》的这个著名开头，是在一句话中把过去、当下和将来这三个物理上截然分离的时间段融合在了一起。奥雷良诺立足当下回忆着看冰块的那个下午，被枪决则是这以后的事。于是，这个开端一下子触及了整个世界。小说中，奥雷良诺上校不停地做着小金鱼，阿玛兰塔白天织着裹尸布，晚上又拆白天织成了的裹尸布，霍塞·阿卡迪奥第二始终翻阅着羊皮纸手稿，乌苏拉一直回忆着过去，诸如此类的描写都印证着乌苏拉的一句感慨："时间的确是周而复始地循环着的。"作品也由此在多个章节中频繁采用倒叙手法。循环，即不断地从"有"中敏锐感知到"无"，从而积极进入下一个"无"的切面，进而再从"无"到"有"，如此以至无穷，体现出生存的行动（选择与介入）性。这同样在由于时间的线性进程而容易平面化的局面中，还原出了行动的现实性。新时期中国小说中也不乏类似的句式，却总体上局限于单纯模仿的一面。如"后来每当苏眉回忆起那些睡的时候，便经常反问自己：婆婆干吗不睡"（铁凝《玫瑰门》）、"很多日子以后，米尼有时会想：如果不是这一天回家，而是早一天或者晚一天，那将会怎么样呢"（王安忆《米尼》）等。少数小说深入注意到了这种句式造成的语势对小说结构的微妙影响，如李锐的长篇小说《旧址》中，固然不乏"后来，当李紫痕瞒着弟弟李乃之修复了念珠设立了供坛，以一个女人的坚忍不拔和不可思议的直觉果断，毅然决然地拒绝了弟弟的邀请，留在李家老宅把那个孤儿抱在怀里的时候，她并没有意识到那串断了线的念珠，早就给过她意味深长的暗示"这样的相似句式，然而在写到冬哥跳入水中救芝生却导致两人不幸双双丧生，以及白秋云之死这几个故事片段时，这不同章节之间，便在时间上存在着灵活的部分重叠现象，结构和语势之间具备自觉的联系。这些例证从正反面说明了叙述时间创造的重要。

三、从叙述视角统一叙与事

另一座统一叙与事的桥梁是叙述视角。叙述视角即叙事作品中作家观察故事的角度，它直接决定着文学讲故事的方式。视角与人称不是简单等同的一回事，三种视角与三种人称更不机械对应。这就是说，某视角的叙述内容可以运用不同的人称来灵活地达成。德国作家雷马克的长篇小说《西线无战事》描写一战中西线某战场短短几个月的生活，是以第一人称"我"的视角展开全聚焦的，然而当写到结尾时，小说突然鬼使神差地在没有任何先兆的前提下换成了第三人称"他"："他于一九一八年十月阵亡，那一天整个前线是如此平静和沉寂，所以军队指挥部的战报上仅仅写着这样一句话：西线无战事。"对这种突如其来的转换，我们便无法完全避免惊讶感。于此可见两者的区别。

具体说来，叙述视角主要包括三种：全聚焦（叙述者大于人物）；内聚焦（叙述者等于人物）；外聚焦（叙述者小于人物）。以下依次结合实例阐述。

先看全聚焦视角。这指全知全能的上帝式视角。它是绝大多数叙事作品采用的视角。其优点是气势宏伟，尤其擅长表现大格局。其缺点则是虚幻性与封闭性，因为没有人能够如同上帝般洞悉别人内心的世界，所以严格说来，这种视角在叙事伦理上是非人化的，我们对它的接受姿态在本质上是被动的。

再看内聚焦视角。这指叙述者与人物等同而产生的视角。在书信体、日记体小说与意识流小说中，我们不难感知到这一视角。其优点是容易深化体验的力度。其缺点则是容易受到叙述者身份、性别、地位与职业等的视角限制，而窄化叙述视野。二十世纪世界文坛上极少数以第二人称"你"贯穿全篇的长篇小说——如法国新小说派代表作家布托尔的《变》，讲述"你"（即小说的男主人公）在从巴黎开往罗马的车上近二十个小时中的意识活动，便属于典型的内聚焦视角。

最后看外聚焦视角。这指叙述者了解的情况少于剧中人物、作为局外人与旁观者所具有的视角。以海明威的短篇小说《白象似的群山》为例。这个故事里的所有人物是一男一女，他们在车站里喝着啤酒聊着天等候着要四十分钟后才从巴塞罗那开来的火车，初读几乎全由对话组织而成的这个文本，我们搞不清他与她是什么关系以及他们究竟想干什么，小说压根儿没有向我们清楚交代所有背景因素，跃入我们视线的只是两人有一搭没一搭、表面上缺乏主题的对话，这显然是一个很大的空白。但空白只不过是叙述的面貌，实际现实中发生着、进展着的前后事件是连贯的，怎样来尽可能洞悉这块空白中的内容呢？海明威意在让我们不借助任何背景提示，纯粹透过两个人物之间的对话来了解发生了什么事：

"它们看上去像一群白象。"她说。

"我从来没有见过一头象。"男人把啤酒一饮而尽。

"你是不会见过。"

"我也许见到过的。"男人说。

"光凭你说我不会见过,并不说明什么问题。"

这对情侣产生了分歧与不快,试图避开谈论它却又总是难以避免地提及它。作家巧妙地运用口语的长处叙述对话。对话首先显示了其"所说的",即语言指及的对象与信息。除此以外,对话也显示出"所做的",即通过语言对另一方施行的语句外的力量。当男人说"我从来没有见过一头象",不仅是在告诉女人一件事,也包含了拒绝女人话题的意思,这种拒绝之意是叙事语言所做的,它虽未在语句中直接表述出来,却是被语句包含了的一个行为。这段对话中还显示了"所引发的",即语言之外的影响。通过拒绝对方,男女都表示着自己的心烦,当女人说"你是不会见过"时,她克制而委婉地反击着男人的意图,男人马上回答道"我也许见到过的",却又申明"光凭你说我不会见过,并不说明什么问题",如此反复无常,并针锋相向,其实都不是在严格讨论问题或对话,而在向对方施加着语言之外的影响。这就是故事本身向我们显现出来的世界,在这个新的世界面前,作者海明威保持着与我们同样所知不多的局限性,都化身为故事中人而共同观看着故事的具体走向。他的冰山理论所说的水下冰山部分,就正是"所做的"和"所引发的"。一些模仿性反例之所以并不成功,是因为未能充分洞察到这种写法背后的内聚焦用心,以至于仅得其形而没有得其神。如新武侠小说代表人物古龙的长篇小说《天涯·明月·刀》开篇:

"天涯远不远?"

"不远!"

"人就在天涯,天涯怎么会远?"

"明月是什么颜色的?"

"是蓝的,就像海一样蓝,一样深,一样忧郁。"

"明月在哪里?"

"就在他心里,他的心就是明月。"

"刀呢?"

"刀就在他手里!"

"那是柄什么样的刀?"

"他的刀如天涯般辽阔寂寞,如明月般皎洁忧郁,有时一刀挥出,又仿佛是空的!"

这样的开头已人为奠定下了整部小说在语言上的散文诗特征。单独抽离开来看,或许也不乏意蕴,但整部长达数十万言的作品从头至尾皆采用这种语言风格,便埋下了"有佳句而无佳篇"的失败种子。[1] 人们读小说的期待毕竟有别于读散文诗的期待,故事情节的推进不断被蓄意用数十万言的隐喻对应做法频频打断并取代,带来的是作家与读者的双重高度疲乏:"一部小说从开头到结尾,都用变换了的不同寻常的陌生语言的话,读者还不看得累死?那陌生化效果不也就没了嘛。"[2]这部作品在报上连载了一段时间即遭到读者抗议,并非没有道

---

① 温瑞安:《谈〈笑傲江湖〉》,重庆大学出版社 2009 年版,第 35 页。
② [日]筒井康隆:《文学部唯野教授》,何晓毅译,人民文学出版社 2007 年版,第 73 页。

理,古龙自己事后也发自内心地承认"写这一部是他一生中最累、最痛苦的"①,问题出在刻意求新而导致文体的不恰当错位,如同西方学者评论《尤利西斯》时所说:"由于过多地注重与小说特定内容毫无关联的文体试验,使小说本身的连贯性受到破坏。"②这类情况反过来证明,叙述视角的创造是服务于文学意义这一根本目标的,脱离了这一目标的创新,往往便容易沦为形式上的不当模仿。

四、从叙述声音统一叙与事

统一叙与事的第三座桥梁,则是叙述声音。叙述声音的基本特征是复调性,即借用交响乐中这一音乐学术语,来表达多种不同声音在同一部叙事作品中同时交织的叙述性质。

在俄国文学理论家巴赫金看来,大多数诗歌体裁不具有话语的"内在对话性"③,不利用对话性来达成艺术目的,诗的话语是自足的,它无可争议,无须怀疑,无所不能,不要求在自身外非得有他人的表述不可,而是自我实现,对自身全面直接地负责,诗人就生活在自身这一语言中,生活在这种抽去了一切他人意向和语调的、严格统一的、独白的、封闭的、完全个人化了的话语中,所有进入诗作的东西都必须全然淹没在里面,只关注自己在诗歌语境中的生活,而去除在别的语境中的生活。简言之,单调性被认为是诗歌语言的显著特征。

与诗不同,长篇小说的语言则是一种"多语体、杂语类和多声部"的语言④,它极大地吸纳和运作着社会上和历史上四散分解的现实的杂语,因而带有十分突出的对话意向,长篇小说最全面最深刻地体现出这种内在对话性,可以说,多声和杂语现象是长篇小说这一体裁的独有特征。巴赫金举拉伯雷的《巨人传》为例,证明了小说家时常使用他人的语言来规范自己的世界,保留着社会杂语痕迹,当然,对杂语的引进不是无原则的,而应予以艺术加工,建立起自己的风格和创作个性。这也就揭示出了小说语言的复调性。应该承认,巴赫金这一观点有其合理性,纵观小说史上众多长篇佳作,确实存在着杂语现象,例子随处皆可见,"即使是像《鼠疫》这样的经典之作,其语言也不是纯文学的:加缪交替模仿医学术语、政府权威晦涩的语言、报刊用语、地方行政用语、司法或者教会语言"⑤,构造出了一个多声部的杂语对话空间。

比起单调来,复调的突出意义在于引入了空间性这一维度,及时弥补了时间性在绵延发展上深度有余、广度相对薄弱的不足,在情节中构造出"同时并列"而非"先后接续"的空间构造——场面,就像前面《白象似的群山》在语言中同时引发现场氛围一样。注重空间性,某种程度上正是包括《尤利西斯》在内的许多现代小说、戏剧在叙事逻辑上的一种共同特征。诚

---

① 曹正文:《武侠世界的怪才——古龙小说艺术谈》,学林出版社1990年版,第81页。
② [英]西·康诺利、安·伯吉斯:《现代主义代表作100种提要》,李文俊等译,漓江出版社1988年版,第49页。
③ [俄]巴赫金:《小说理论》,白春仁、晓河译,河北教育出版社1998年版,第64页。
④ 同上书,第39页。
⑤ [法]贝尔纳·瓦莱特:《小说——文学分析的现代方法与技巧》,陈艳译,天津人民出版社2003年版,第47—48页。

如国外学者围绕艾略特、福克纳等现代作家的叙事逻辑所察知的那般，"在这些作品中，最终的视点必定由文本的并列结构塞给了读者。……维持空间化的趋向使司空见惯的文学形式产生了新的活力"①。举我们熟悉的中国例子来说，我国历代史书的编修体例主要有三种，即编年体（《左传》《资治通鉴》等）、纪传体（二十五史等）与纪事本末体（《通鉴纪事本末》等），人物传记的写作，从来都使用编年体或纪事本末体，按时间顺序依次历历叙述传主从出生到去世的生平行状。有没有可能在人物传记写作中独辟蹊径，创造新的叙述体例呢？一位当代作家所著的《徐志摩传》便创造性地采用了纪传体："徐志摩就是皇上（可写本纪），他的朋友们就是朝臣（可写列传），他的著作就是志（可写艺文志），附一篇年表，权且是表了。"②这样创新体例，打破了以往陈陈相因的传记叙述模式，用相对偏重空间性构造的纪传体，取代相对流于时间性铺排的编年体。这个例子所取得的成功叙述效果表明，叙述声音的复调驱遣是同样摆在作家面前的重要课题。

叙事作品以多语体、杂语类与多声部为声音特征，除了在表层上运作着社会历史上四散分解的现实杂语以外，在深层上则始终包含着作者、叙述者与人物的声音，通过这三重声音的灵活交织而突出对话意向。

作者的声音是现实生活中的叙事作品作者直接在作品中发出的声音。其典型表现便是"元叙事"——站在真实世界谈论虚构世界的叙事活动。例如：

（1）也许，激励他这样做的，还有另外一个更重要的原因，一件更严重、更贴近他心坎的事情……可是，关于所有这一切，读者到时候自会逐步知道的，只要有耐心读完眼下这部小说，这部小说很冗长，以后越是接近收场部分，场面展开得就越是广泛，越是开阔。（果戈理《死魂灵》）

（2）我们这些理解生活的人，才不把数字放在眼里呢！我乐于把这个故事的开头写得像篇童话。（圣埃克苏佩里《小王子》）

（3）请您寻出家传的霉绿斑斓的铜香炉，点上一炉沉香屑，听我说一支战前香港的故事，您这一炉沉香屑点完了，我的故事也该完了。（张爱玲《沉香屑·第一炉香》）

这种出自作者之口的坦诚相告，并未使故事由此显得虚假不可信，反而帮助故事在读者心灵上建立起更加亲切可感的艺术效果，体现出作者对故事游刃有余的驾驭能力。一些学者还由此出发进而发现了"反元小说"（亦即站在虚构世界深处回过头来谈论作者所处的真实世界），并举《聊斋志异·狐梦》等作品为例作了饶有趣味的论证。这则故事确实是中国古代小说中的写法罕见之作：

毕为人坦直，胸无宿物，微泄之。女已知，责曰："无惑乎同道者不交狂生也！屡嘱甚密，何尚尔尔？"怫然欲去。毕谢过不遑，女乃稍解，然由此来寝疏矣。积年余，一夕来，兀坐相向。与之弈，不弈；与之寝，不寝。怅然良久，曰："君视我孰如青凤？曰："殆

① ［美］约瑟夫·弗兰克等：《现代小说中的空间形式》，秦林芳编译，北京大学出版社1991年版，第137页。
② 韩石山：《装模作样：浪迹文坛三十年》，陕西出版集团2013年版，第151页。

过之。"曰："我自惭弗如。然聊斋与君文字交，请烦作小传，未必千载下无爱忆如君者。"曰："凤有此志。曩遵旧嘱，故秘之。"（蒲松龄《聊斋志异·狐梦》）

本为《聊斋》故事中角色的狐仙，一本正经地对同是故事中角色的叙述者说出"请你在《聊斋》这部书中为我记上一笔"这么一句话，倒显得狐仙是生活中俨然实有的，《聊斋》一书却成了故事中的道具，这种奇特的间离效果极大地提升了故事的艺术性，在古代能出现具备了这种写作技巧的小说作品，是令人惊叹的。如果说这样的写法尽管新奇，毕竟还比较直接，下面两个"反元小说"的例子则显得更加自然：

（1）她仍旧挂在桌子那儿。眼睛、腿、胳膊都下垂着。桌子上还摆着那个她的粉红色票券。我急忙摊开我的这份手稿——《我们》，用它的纸页盖住那张票券（与其说是为了挡住0—90的视线，不如说是为了挡住我自己的视线）。

"这不，我一直在写。已经写了107页了……有些章节简直出乎意料……"（扎米亚京《我们》）

（2）王晓明说："没办法啊，不是我想去破，而是主动向我献身的人太多。目前我手头还有二十多个文学女青年等着我给写文章包装吹捧呢，刚刚又有个叫徐坤的女作者托人把小说拿来请我给写评论。文章倒是有几分姿色，也不知道人长得什么模样。"（徐坤《梵歌》）

第一段描写出自小说第十九部分，在原版书籍上的页码正是第107页，在这里，作者又别出机杼地将手头正在一页页往下写的《我们》一书当作了故事里的一项道具，有鼻子有眼地声称这尚是手稿，甚至还不忘拿起《我们》手稿做一些工作，这一切迹象都弄得《我们》一书像虚构物，本来正在被《我们》一书所描绘的这个世界倒成了真实的，真真假假，妙趣盎然，任何读者读到这里恐怕都会感到惊愕。第二段则把小说作者当作小说世界中的人物，作者本人倒成了被小说世界真实议论着的对象。类似的例子，还有《堂吉诃德》第二部中人们阅读《堂吉诃德》一书的情景。

叙述者的声音是叙事作品中正在叙述故事的叙述者发出的声音。表面上，它往往很像作者的直接声音，但其实是另一种不同的声音。例如：

就在这个时候，她发现了对面墙上的那只蜈蚣。她压低嗓门叫了一声，好像唯恐吓跑了那条虫子："一只蜈蚣！"（罗伯-格里耶《嫉妒》）

这是二十世纪中期法国新小说的片断。新小说以作者与叙述者隐退于幕后、故事尽最大可能客观现身而著称一时，但即使在有着这样明确创作意图的小说作品中，叙述者的影子也不曾完全消失。《嫉妒》叙述了一个有趣的故事，故事里隐藏着丈夫的视角，他不停地变换方位偷窥着妻子阿×与第三者弗兰克的一次次幽会场景，却不愿流露自己的存在，罗伯-格里耶试图以此来实践新小说的想法。但尽管叙述者尽了最大努力掩饰自己的存在，一些细节描绘上仍不可避免地带出了叙述者存在的蛛丝马迹，上引文字中的"那只"二字，无意中便告诉我们，蜈蚣不是别的，就是特指的那条，于是丈夫的存在从中得到了暴露。因为在这个场景出现之前丈夫已看到过同一条蜈蚣："尽管光线很暗，还是可以在正对着阿×的墙壁上看到一只中等大小的蜈蚣(有手指般长短)……"对当事人阿×来说,无所谓"那只",她自始至终仅仅看到一只,"那只"这个带有空间方位指称性质的修饰性副词,只能出自正躲在暗处偷窥着阿×一举一动的丈夫之口,出自他因从不同方位重复偷窥到同一事物而不自觉作出的客观化指称,他的这一指称,其实也便向我们指出了他自己的存在。而丈夫的存在,就是叙述者的存在。这就是叙述者在叙事活动中发出的不同于人物的独特声音。

人物的声音则是叙事作品中由单个人物发出的独白与不同人物之间进行的对话所组成的共同声音。这是我们阅读叙事作品时扑面而来,最为直观地感受到,因而最为熟悉的一种声音。

人物包括扁平人物与圆形人物两种类型。福斯特在《小说面面观》中指出,扁平人物以狄更斯小说为代表,特点是性格单一、易于辨认与记忆,圆形人物则以奥斯丁小说为代表,特点是性格复杂,给人以新奇感。这对例证举得是否允当,自可讨论,但人物有这样两种主次分明、彼此互为补充与调节的基本类型,却同样是叙事活动中不争的事实。这两种类型并无高下之分,是叙事活动缺一不可的。例如当评论家们表示,金庸小说中写坏人每每比写好人更出彩时,固然坏人形象因其性格偏向于丰富复杂而更显立体,接近圆形人物,但如果没有性格相对单一的好人形象的扁平化衬托,上述观感便不可能自发产生。又如,比较《金瓶梅》与《红楼梦》这两部具有某种联系的中国古典小说名著时,会油然感到,前者的人物趋向扁平,后者的人物趋向圆形。因为在前者中,西门庆的淫、潘金莲的浪、李瓶儿的柔、吴月娘的让,乃至十个无赖兄弟彼此间大同小异的作派,从头至尾,一以贯之,谈不上掀起了多少性格发展上的波澜,故事中人对性事的那份共同娴熟,更像是上苍早已注定了的事。在此意义上,这个故事里所有人确实都只能说是扁平的,人物一显扁平,缺乏立体鲜活感,自然便很难引起制片商把他们搬上银幕的兴趣,提高了将之拍摄成影视作品的难度,这恐怕就是前者至今尚未作为文学原著得到影视翻拍,后者却有了多个影视版本的深层原因。对此,可以从两部小说对于性的不同处理得到深层次解释。红楼里的痴男怨女,莫不成其为精神之爱。而浮沉于金瓶恨海中的红袖青影,则是把性欲当作工具来驱遣的,男主人公合则喜,不合则坐在床沿拿马鞭抽打正跪在地下的女性,在这种描写中,肉体成了全部主题,爱欲便被工具化了。工具的是可以重复,因而单一的,具体的和丰富的才是精神,这就是两种人物类型的深层区别,它为我们深入地理解叙事活动提供了要素。当然,这种划分也不是绝对的,一些叙事作品中的人物尽管性格也单一,却仍是明显发展着的,如某些寓言体小说,另一些叙事作品中的人物尽管性格复杂,在发展趋势上倒并不明显,如乔伊斯的若干作品。这从侧面证实了叙事活动的多元性,表明了文学作为一种思想方式的活性。

这样,上述三种基本叙事声音便相应地形成了三组六对复调关系,即:作者=叙述者、作者≠叙述者;叙述者=人物、叙述者≠人物;作者=人物、作者≠人物。可以由表及里地来分别辨析这三组六对复调关系。

先看作者与人物的声音关系。表面上,在某些情形中作者声音能等同于人物声音,比如当我们撰写总结汇报之类文字时,文中出现的那个作为人物的"我"确实就是现实生活中的自己。然而显然,总结汇报在通常理解中不属于文学范畴,其语言行使及物功能,以客观的说明性为自身特征,是近于科学文体的应用文。所以,将以人物面目现身的"我"简单混同于作者,不是文学叙事的真实声音。

再看作者与叙述者的声音关系。每每在叙事作品中以"我"字出之的这两种叙事角色,常常显得相似而很容易被人混淆起来。其实它们也不是一回事。上述《嫉妒》的例子便证明了这点:作者是罗伯-格里耶,叙述者则是正在行使偷窥行为的丈夫。这里再举出更形象地说明问题的一个例子。在美国十九世纪作家麦尔维尔的长篇小说《白鲸》中,船长亚哈率全船水手完成艰辛的复仇,与狡黠的白鲸同归于尽,后者死前掀起的滔天巨浪,将所有人卷入了大海,从理论上说应是无人幸免。既然所有目击现场的当事人都死了,又是谁向我们这些后人讲述这个英雄气十足的传奇故事呢? 只能是上帝。这个云端中的造物主,冷静而全能地默察着所有的一切,并把它作为过往曾发生的一个事实予以报道。问题是,这样的全聚焦视角既不高明,也因虚设出一种全知全能的力量而在伦理上显得不人道。麦尔维尔没有这样写。他让一个名叫以实玛利的水手幸存下来,作为唯一的存活者向世人讲述这个故事,这便不再让作者来简单报道一桩其报道者身份显得虚假的过往事实,而是让故事中人来叙述当下正新鲜发生的现场事实。这个例子便形象地证明了作者与叙述者的声音差异。有人可能会问:自传体作品中的"我",是否即作者? 其实仍是叙述者,而不能被简单理解为作者。因为作者作为现实中存在着的完整的人,同时交织着入场与离场这人生本体两重性,而叙事作品中的叙述者主要则是作为单纯离场着的观看者、反思者面目现身的,并不具有显著的入场意向,这也与前者在性质上拉开距离而呈现出了区别。

最后看叙述者与人物的声音关系。比起前两组关系来,这组关系显得复杂些。原因在于叙述者偏向离场,人物偏向入场,但离场与入场在真实人生中是始终交替着的,因而这两种声音便必然既有联系又有区别。联系在于,有时在叙事活动中这两种声音具有重合性,如前所述,内聚焦视角便体现着叙述者与人物在声音上的重合。区别则在于,由于两者不同,其趋同才会产生出特殊的叙事效果,一些试图消除它们之间距离的努力,恰恰说明它们不是一回事。很能说明这点的叙事现象,是文学叙事活动中的自由间接引语。文学叙事活动中具有四种基本的引语形式。一是直接引语——他说:"我准备从下学期开始学习文学理论。"二是自由直接引语——我准备从下学期开始学习文学理论。三是间接引语——他说他准备从下学期开始学习文学理论。四是自由间接引语——他准备从下学期开始学习文学理论。可见,自由间接引语是相对于直接引语、间接引语与自由直接引语而言的引语形式,它用第三人称写第一人称,采用叙述者的声音,却在读者的心中唤起作为人物的声音、动作与心境,从而融合着离场与入场。例如福楼拜的《包法利夫人》中描写爱玛做起与情人私奔的美梦:"她乘了驿车,四匹马放开蹄子,驶向新国度,已经有一星期了;他们到了那边,不再回来。他们走呀走的,交起胳膊,不言不语。他们站在山头,常常意想不到,望见一座壮丽的大城,有圆顶,有桥,有船,有柠檬林和白大理石教堂,教堂的尖钟楼有鹳巢。大石板地,他们只好步行;妇女穿着红束腰,举起地上的花一把一把献给你……"看起来来自以第三人称写出的叙述者声音,但仔细品味,传达出的是爱玛的心境与感受,是第一人称的所想所见,即人物声音,这段话若是改换成纯第三人称或纯第一人称,便会与现场隔阂而失去身临其境的活力。同样的例子还可以举出金庸《鹿鼎记》中这样的描写:"韦小宝于男女之事,原也似懂非懂,至此为止,已是大乐。只盼这辆大车如此不停行走,坐拥玉人,走到天涯海角,回过头来,又到彼端的天涯海角,天下的道路永远行走不完,就算走完了,老路再走几遍又何妨? 天天行了又宿,宿后又行,只怕方怡忽忽说已经到了。"这也属于典型的自由间接引语。对此的辨析是有趣而有益的。

在一部文学作品中,上述三种叙事视角是同时起作用、错综结合在一起而并不机械分离的,但纵观文学在二十世纪前后的整体发展格局,应该承认,进入二十世纪后的文学对后两种叙事视角尤其是外聚焦视角,运用得更为自觉与频繁。这种演进具有积极性,即引导我们看清文学活动中故事与叙述相分离的意义。这被二十世纪前的传统叙事视角每每遮蔽的事实,经由视角的现代化而积极敞开出来了。

当然,巴赫金用复调理论来解释陀思妥耶夫斯基的长篇小说作品,这一解释也存在值得进一步追问之处。如上所述,复调这个借自音乐艺术的术语,意谓叙事逻辑中多种不同声音交织成的、众声喧哗的对话空间,这的确能在表面上解释包括陀思妥耶夫斯基小说在内的长篇小说的特征。它甚至是后现代主义文学创作每每讲求拼盘杂烩的一种理论依据。但复调理论也留下了一个疑点:在好的叙述中,果真只有复调的存在吗? 换言之,复调的背后有没有主音的存在? 其实,复调中仍有主音。在《卡拉马佐夫兄弟》的叙事逻辑中,复调背后的主音仍岿然存在着,"其归宿在上帝"[1],并未被复调的平等对话性遮蔽和消解。诚然,这部小说中充满了各种对话及其包裹着的思想上的矛盾冲突,然而主人公之一阿辽沙却是全书中对话最少、内心分裂与斗争显得最为淡薄的人物,陀思妥耶夫斯基正是要通过设置这样一个相对偏于沉默的人物,通过这个人物较之其他人物在言行上的淡泊,来表达叙事逻辑的主音——上帝存在着,存在于爱之中。对人物视角的精妙设置,属于怎么把故事精妙讲好的考虑,因而是语言上的精妙考虑。巴赫金的复调理论只能推证出上帝不存在,但这不是上帝的困境,而是巴赫金复调理论的困境,"真主真的存在,他必须存在"[2],他也完全有力量赐予人们真正的幸福,这才是这部小说的叙述真正探到之处,它使复调理论显示出只讲相对,却忽视客观性的弱点。陀思妥耶夫斯基动用相当精湛的对话叙述等技巧,有力地看护住了这些技巧背后更浑厚也更恒久的东西。

五、叙事即见证

在上述分析中,一个明显的事实是,叙述是故事获得的一个观看角度,这反过来表明,故

---

① [美]古斯塔夫·缪勒:《文学的哲学》,孙宜学、郭洪涛译,广西师范大学出版社 2001 年版,第 171 页。
② [美]卡勒德·胡赛尼:《追风筝的人》,李继宏译,上海人民出版社 2006 年版,第 347 页。

事始终大于叙述，即证明了世界始终大于人。在内聚焦视角，尤其是外聚焦视角看来，一切叙述行为，都只能是对故事的某个角度、某个层次与某个侧面的叙述，却始终无法垄断与穷尽事件本身的客观面目与内涵。好的文学作品，其成功奥秘因而在于创造性地保持叙述与故事的张力。有两种基本方法保证了叙事活动的这种见证性质。

一是创造叙述空白。见证的反义词是垄断。正如"无"的反义词是"有"。作为"无"的空白，既然无法被垄断，便只能被见证。托尔斯泰的《舞会以后》可谓典型的例证。小说前半部分男主人公在恋人瓦莲卡的美妙舞会上见到的、风度翩翩而极富涵养的上校父亲，到了后半部分舞会结束，突然变成了冷酷而残忍地指挥手下用夹鞭刑抽打逃跑士兵，直至其血肉模糊的刽子手，甚至亲手抽其耳光，整个情节在短短的时空里仿佛一下令人从天堂来到了地狱，这中间伦理面目的急速转变令作家陷入了长久的失语："既然他们干得那么认真，并且人人都认为必要，可见他们一定懂得一个我所不懂的道理。"①作品就是要告诉读者，作家没有能够找到这个道理（或许"他们"找到了这个道理），这个问题的答案（如果有的话）超出了作家的视点，使他写着写着倍感困惑：战争原本为实现人的文明福祉而存在，是让人好好活，就如同小说前半部分的宁静祥和；可人类又始终在战争中杀人，不让人好好活，就如同小说后半部分的残酷暴烈。这在伦理性质上截然相反，而又都显得极自然的两幕场景，竟同时出现在当事人经历的同一夜中的同一个人身上，不能不让人觉得似乎跌入了解不开的伦理悖论中：战争与和平，注定是康德在《永久和平论》中言之凿凿的二律背反吗？人同时具备天使与魔鬼两副面孔，坦然地集文明与野蛮于一身，这究竟是如何可能的？又是否真的"只要能促使文明进步，等它的功效显著地表现出来时，人们就会把它往日的丑恶忘掉一半而不再去责难了"②？无论如何，由此发生出的、外现为失语的这个事件并非无意义，它引起人们对反战思想进行不尽的伦理探究，二十世纪以来的诸多反战文学作品，其实都在不同程度地回应这种探究（例如海明威的《永别了，武器》中，二战时期美国志愿兵亨利和英国护士凯瑟琳的战地爱情，至今是文学史必谈的话题，小说最后当一对有情人冲破种种阻力而走到一起时，凯瑟琳却在医院因难产死去）。因强烈的未知而滋生的巨大受限感，使叙述与被叙述之事，在作家笔下整个儿分裂为两个块面，从中，我们读到了最具空白魅力而发人深省的叙事作品。

二是把同一个故事讲上多遍。典型的例子可推美国现代作家福克纳的意识流小说杰作《喧哗与骚动》。故事发生在上世纪头两个十年里。美国南部的没落地主康普生先生与太太有三个儿子——昆丁、杰生、班吉以及女儿凯蒂，他们一家同诚实善良的黑人女佣迪尔西住在一起，做过公理会牧师的康普生先生早早去世了，四兄妹从小一块儿长大，但凯蒂成人后与人私订终身，生下了女儿小昆丁并寄养在母亲家，老大昆丁因难以接受这一切居然自杀，老二杰生恨透了凯蒂，逐渐掌握了家庭管理权，性格很像凯蒂的小昆丁在某一天也不明不白离家出走了。小说是从三十三岁的白痴——康普生家老三班吉的混乱意识活动开始的。福

---

① ［俄］列夫·托尔斯泰：《舞会以后》，草婴译，浙江文艺出版社 1985 年版，第 85 页。
② ［日］福泽谕吉：《文明论概略》，北京编译社译，商务印书馆 1959 年版，第 31 页。

克纳一上来就用时空倒错的意识流手法,朝我们端出了整个事件的可能性。正由于班吉是个精神不健全的白痴,他的意识活动更容易因为各种视、听、嗅觉触媒而随机呈现出各式各样的纷乱意识内容,这些意识内容尽管表面上毫无联系,却已在暗中酝酿和发动着事件的各种可能性。福克纳没有像上帝一样全然安排好整个故事,就像传统小说家热衷于做的那样。他也在和我们一起观看这个故事接下来发展的可能性:这样一些意识碎片透露出来的无数故事可能性里,我应该看到哪一种呢?他就这样观看着故事发展的可能性,而且一遍遍观看,除了从白痴班吉的视角观看,还从老大昆丁的视角观看,看到凯蒂的私情,从老二杰生的视角观看,看到小昆丁的讨厌与当家作主的快活,犹嫌不够,干脆自己出马亲自观看了一遍,看到小昆丁的出走和迪尔西上教堂,直到最终加上一个完全出于全知视角的附录,看到康普生一家在几十年间的活动脉络,故事就这样被福克纳不厌其烦地一连讲了五遍,才清晰起来。这种苦心孤诣的写法表明,每个人对世界的观看成果都不一样,然而每个人观看着的又都是同一个世界,这同一个世界始终有超出着任何个体观看成果的客观性,即故事始终大于叙述。现代小说在叙事上的深刻变革体现出来了。类似的叙事视角,至少还可以从日本现代作家芥川龙之介的《筱竹丛中》与中国当代作家金庸的《雪山飞狐》中领略到。归根结底,故事对叙述的超出,是通过包括外聚焦在内的叙述视角等一系列叙述技巧达成的,而叙述技巧问题是一个"怎样把故事讲好"的语言问题。从这个意义上说,故事与叙述的分离,是统一于语言中的分离,两者在分离中达成着语言上的高层次统一。

认识到故事与叙述的分离后,我们实际上获得了更自由地面对故事的心态,即因人小于世界、有限地居于世界中,而获得了主动选择的可能与智慧。这是文学惠泽我们的深刻思想方式:"无"在本体论上是注定的和不可选择的,但在方法策略上又是可选择和可以被创造出来的。

 [本章拓展思考题] ||||||||||||||||||||||||||||||||||||||||||||||||||||||||||||||||||||||||||||||||||||||||

一、请把本课程特别重要的前四章内容分解为多个环环相扣、循序渐进的问题,并结合你所进一步想到的实例,用自己的语言在严密学理推演中清晰阐述这四章内容,以及时有效地复习并巩固所学内容。

二、你充分留意过一个作家是如何描绘"死"的吗?请搜集你所涉猎过的文学作品中的多种不同死法,在必要的点评和穿插中,体会叙事活动建立于语言基础上的想象力和创造力,完成一篇有意思的文章。

三、小说的开头对整个作品究竟有何作用?请选择古今中外的 100 个小说开头,分析其奥妙,可以局部分析,也可以整体分析,写一篇《开端叙事学探秘》。

四、学者刘小枫在其颇具影响的《沉重的肉身》一书前记中,特地遗憾地表示"想好的意念还有好些——赫尔岑讲的'家庭戏剧'、阿玲讲的自己与米勒的故事、帕斯捷尔纳克讲的拉拉的故事、艾柯讲的修道院故事……都有意思",却都来不及写了。你能由此来精彩地补写这些故事中的"叙事与伦理"吗？期待着你的更上层楼的文字。

五、对课上举例分析到的编年体、纪传体与纪事本末体这三种体裁,请分别举例,准确说明它们各自的优点与局限,以及它们对文学思想方式的启迪。

六、请以大型单元连续剧《包青天》为个案(各单元如下),借鉴普洛普的故事形态学等方法,精彩地来分析:一部叙事作品在叙事情节与结构上有没有模式可循？

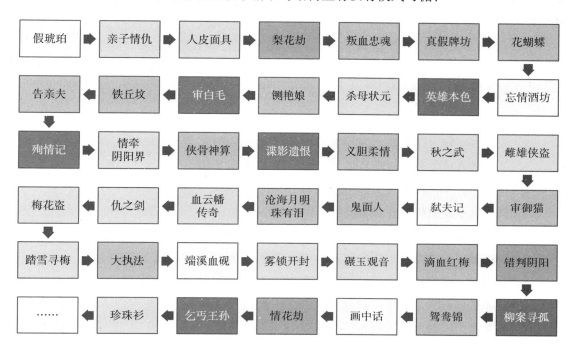

也可以以程小青的《霍桑探案集》,或者近年刚在国内新出版的、曾得到钱锺书等著名学者高度评价的《乔治西默农作品集》为对象,来完成本题的要求。

七、现代以来,小说创作中出现了一种淡化乃至取消故事的倾向,本章提及的罗伯-格里耶,其小说《反射影像三题》中的两题都叙写静态的物体,没有任何通常意义上的故事出现,你怎样评价这种创作情况？这样的作品在你看来,究竟还是不是小说呢？与这个问题相关的是,同样自现代以来,小说创作也出现了"诗化"的倾向,你又如何看待这种写法呢？

八、请任选以下三题中的一题,阐述你的见解。

1. 时间性与因果性在一部叙事作品中,是否真的缺一不可？如果有人举出近代早期流浪汉小说(如《小癞子》)与十九世纪左拉等作家创作的编年史小说(如家族小说),来证明叙事活动是以时间性而非因果性为原则的,你同意吗？为什么？

2. 我国学者赵毅衡认为,"福斯特更错误的地方在于认为因果性是小说艺术真谛",理由是,对因果性的这份执着强调有片面注重文学阅读中智力与记忆力因素之嫌,但比这些因素更要紧的是阅读中的好奇心,"实际上,任何叙述的情节线索,正是靠激发好奇心才得以维系"(见《当说者被说的时候》一书)。请深入辨析这一观点是否合理可取,作出你的评判。

3. 有人认为,扁平人物与圆形人物这对概念只适宜分析西方小说中的人物性格,并不适宜分析中国小说中的人物性格。你同意这一看法吗? 为什么?

九、学界认为,自由间接引语是文学特有的特征,无法被包括影视在内的图像化手段所改编。你认为这种观点有道理吗? 为什么?

十、你认为有没有必要和可能创立一门"中国叙事学"? 叙事研究分中西吗? 为什么? 请参考两部已出版的同名著作《中国叙事学》,结合你的叙事体验,对这个重要学术问题尝试作出你的分析和决断。

 [本章进一步推荐阅读] ┃┃┃┃┃┃┃┃┃┃┃┃┃┃┃┃┃┃┃┃┃┃┃┃┃┃┃┃┃┃┃┃┃┃┃┃┃

1. 汤达:《小说写作十日谈》,中山大学出版社 2022 年版
2. [美]安妮特·西蒙斯:《说故事的力量》,吕国燕译,化学工业出版社 2009 年版
3. 王安忆:《故事和讲故事》,复旦大学出版社 2011 年版
4. 张大春:《小说稗类》,天地出版社 2019 年版
5. 马原:《小说密码》,花城出版社 2013 年版
6. [美]亨利·詹姆斯:《小说的艺术》,崔洁莹译,四川文艺出版社 2021 年版
7. [英]戴维·洛奇:《小说的艺术》,卢丽安译,上海译文出版社 2010 年版
8. [英]乔·艾略特:《小说的艺术》,张玲等译,社会科学文献出版社 1999 年版
9. 胡亚敏:《叙事学》,华中师范大学出版社 2004 年版
10. 杨义:《中国叙事学》,商务印书馆 2019 年版

第五章
文学的抒情

　　与叙事共同成为文学思想方式的,是抒情。用情感的眼光看待世界,是文学鲜活地赋予人的权利。从文学理论角度,需要看到情感并不简单与理性对立,两者具有深刻兼容的一面。在这一前提下探讨情感与语言的关系,会演化出情感在中西方文化传统中的不同侧重,以及中国抒情传统的积极性与消极性。对正在试图走出形而上学瓶颈的西方思想来说,中国抒情传统或许在某种程度上是一种可以提供新生长点的借鉴。

一、情感的性质

情感并不简单反理性,它与理性的关系,比我们通常所以为的要更复杂。可以结合学理发展史确认这一事实。

作为感性引起的内在感情,情感与感性概念有关。感性,首先既非理性又兼容于理性,呈现出比我们通常所认为的情况更复杂的性质。对此,至少有以下两个证据。首先,从字面看来,感性似乎应当是与理性相斥的一种心意能力,近代欧洲大陆哲学中的莱布尼茨-沃尔夫学派主要就是在此意义上界定感性的,这派学者将认识划分为朦胧认识与明晰认识,又在明晰认识下进而分出理性的明确部分与感性的混乱部分,其让低级阶段的感性认识上升至高级阶段的理性认识的诉求很明显,感性在此无疑是非理性的,康德由此把作为"一般感性规则的科学"的"感性论"与作为"一般知性规则的科学"的"逻辑"明确区分开来。[①] 然而,同一时期的鲍姆加登创立感性学(美学),却着眼于与理性认识相平行的感性认识的完善,感性在此又不反理性,相反具有相当于理性的直观能力。因为感性作为人通过感官感知表象的能力,先天地具有空间与时间这两种直观的形式,[②]感知到的不是自在对象本身的知识,而是涉及了观念的表象,康德对感性的界定便是"通过我们被对象所刺激的方式来获得表象的这种能力(接受能力)"[③],它因此兼容于理性。其次,感性在近代思想中的这种两重性,进入现代后又获得了新的命运。尽管尼采激烈反对理性,但他把非理性的出路定位于肉体,在克服主(思维、主体)客(广延、客体)二元论的同时仍滑向着身(精神)心(肉体)二元论,未及考虑到,肉体对于精神意识这一主体来说仍是客体,因而仍未动摇"精神唯一地维系于主体"这一二元论模式的出发点。这种局限,实际上便是将感性片面地视为反理性的产物。接着尼采往前走的关键,于是在于还原感性中并不反理性的一面,即在于证明肉体(此时便已不能再称肉体,而应称身体了)本就具有某种主体性,比如肉眼并不作为单纯被动接受外部信息刺激的感觉器官而出现,相反本就具有完形的视觉思维能力,这才可能真正克服身心二元论而超越形而上学。尼采之后二十世纪思想的一大研究焦点就在这里,身体现象学沿此倡导的身体-主体,便为艺术活动的真理性提供了有力支持。

由于根源于感性,情感便相应地既非理性又兼容于理性。这也至少有以下两个证据。首先,既然作为源头的感性具有如上两重性,情感相应地也有反理性的表征以及不与理性简单斥离的表征。前者不难在无意识、梦境与幻觉等同样离不开情感支配的反理性活动中直接找到证据。后者的典型证据则首推康德。他联结审美判断力批判与实践理性批判的依据,是论证表明崇高的热忱情感与人的思想境界及其道德律有关,《判断力批判》第23节便明确指出,崇高是理性概念(康德称之为"理念能力")的表现,崇高判断中类似于宗教心境的情

① [德]康德:《纯粹理性批判》,邓晓芒译,人民出版社2004年版,第52页。
② 同上书,第42—43页。
③ 同上书,第25页。

感,就允可了情感中理性因素的合法存在。其次,到了现象学那里,广义的生活世界接纳着在明见性中本真存在着的、唯一现实的意义,这则是情感与理性共生的思想新背景。海德格尔在批判逻辑之"思"的同时,指明"克服流传下来的逻辑并不是说要废弃思而只让感情统治一切,而是说要进行更加原始,更加严格的与在相属的思"①,即让情感在生活世界中获得更如其所是的位置:不是对立于理性,相反兼容于理性。

　　基于以上学理证据,就不能以常识性成见来判定情感与理性相对立(这的确是学界迄今仍每每存在的一种简单化处理),看到两者的兼容,才符合客观事实,就像别林斯基所说的那样,"感情越深刻,思想也越深刻"②,清人陈廷焯在评论杜甫"沉郁顿挫"的诗风时,也特意指出"沉则不浮,郁则不薄"③,即情感的深度确保着一个作家思想的深度。这在文学创作中体现得尤其明显。如前面第三章所分析,日常情感向审美情感超越的关键在于,它是被写下来,从而语言化了的情感。语言既然作为符号系统具有任意性,它同时便是非理性的,因为它被发动起来后,具有自身运作规则,从原则上说是任意的、武断的和非实质的,并不听从作家主观意图的单纯控制和支配。就此而言,语言化的情感是鲜明超越理性、不与理性简单合谋的。唯因非理性,它才拥有了变幻莫定的神奇创造能力,充满了随机的发现。但当我们如此理解时,又应当同时看到,这决不意味着"非理性"就是语言化了的情感的全部实质。因为,语言的非理性才使它成为意义的创造。符号的差别产生意义,"意义"总是一种被从正面建构出来的东西,非理性的东西为何仍会创造出正面的意义——一种理性智慧来?因为如下一章将要分析的那样,理性的广义形态——存在论证明,"有＋无"才是人生的真相与常态,有总伴随着无,无也总与有相生,这最根本的巧合,同时恰恰是最日常的语言:语言以符号的差别性区分为本,后一个符号在新生成的符号关系中区分出(即修正和重塑)前一个符号,使前一个符号的"有"随机而不断地重新溶解入后一个符号带来的"无"的前景中,成为"有"与"无"的并存。这就是非理性中孕育着的更高理性智慧,也就是文学中情感最终兼容理性的根据所在。因此当我们欣赏下面这样的诗句时,一方面不难感受到充溢于字里行间的强烈、真挚的情感,另一方面又分明领略到了灌注于动情状态中的思考:

　　　　海是夜的镜子。(废名《十二月十九日夜》)

　　　　歌声从音乐的声上脱落/终归剩下了音乐的身躯/化作一脉的青山默默。(冯至《十四行诗》之二)

　　　　翻起同样的泥土溶解过他祖先的/是同样的受难的形象凝固在路旁。(穆旦《赞美》)

　　当我们总是习惯于用"情理交融"之类的词语评论一首诗时,包含的潜台词是"情"与"理"截然对立,而需要将它们交融起来。现在可以明白,这句评语需要在新高度上得到运用,所应强调的恰恰不是两者的冲突,而是两者的辩证兼容。

---

① ［德］海德格尔:《形而上学导论》,熊伟、王庆节译,商务印书馆1996年版,第123页。
② ［俄］别林斯基:《弗拉基米尔·别涅季克托夫诗集》,见《别林斯基选集》第1卷,满涛译,人民文学出版社1958年版,第218页。
③ 陈廷焯:《白雨斋词话》,人民文学出版社1959年版,第4页。

二、情感与语言

从上面的初步分析可以看出，文学中情感与理性的兼容，是通过语言实现的。这就需要分别从与西语与汉语的不同具体联系中，探讨文学情感问题。

西语一般多音节，节奏变化显著，相对更适合具有较繁复情节的叙事。这一点不难理解。相比之下，汉语一般单音节，节奏有规律，相对更适合抒情（诗歌）。这显然是因为，诗歌的鲜明节奏性，使它特别容易倾向于采用来回振荡的结构形式，表达强烈盘结于心头的那种不绝如缕，而又萦回翻腾以至于倾吐不绝的情感，语言节奏和心理节奏在诗歌的抒情中获得了天然的统一。中国文化在基于汉语特性的抒情方面的独特优势，被 1993 年湖北荆门郭店出土的楚简作了有力的实证——"道始于情"。李泽厚等学者据此加强了对"情本体"作为中国文化根性的体认。中国独特的传统正是抒情传统。

《红楼梦》这部被公认为中国文学巅峰的作品是最好的证明。其中充满琳琅满目的诗词曲赋，开场不久便曲演金陵十二钗，字字抱负句句机关，恨不能将大观园里所有薄命女子的前尘今世都悠悠笼罩其中，试才题对额，引出一群奇女子充满情思的五言七律，制灯谜，贾宝玉的春夏秋冬即事诗，薛蟠冯紫英玩悲愁喜乐四字诗，都不提，那吃螃蟹、赏菊花海棠，光这几回作的诗加起来就足有几十首，雪夜联诗，寿怡红群芳夜宴联诗，林黛玉题五美吟，史湘云填柳絮词，凹晶馆联诗，从秋窗风雨词到芙蓉女儿诔，洋洋洒洒一路，难怪乾隆末期的庙市上这部奇书就已被炒到二十金之昂，因为它分明还连带卖着曹雪芹惊才绝艳的悼红轩诗词。甚至很可以怀疑，书中晶莹剔透的一首首诗词，尤其是像题五美人、题四季等，很可能是作者平时早已作好了的，只因家贫无力专刻诗集，于是苦心孤诣，不动声色地把它们巧妙串入小说，在此意义上，曹雪芹以一种集大成的姿态，向我们道出了中国抒情传统这一事实。可以把抒情传统界定为：中国是诗的国度，中文是诗的语言。这是大陆、港台与海外学术界达成的共识。如大陆提出抒情传统的学者林庚认为："中国文学史，事实上乃是一个以诗歌为中心的文学史。中国文学的贡献是以十五国风为代表的抒情传统。"[1]台湾学者吕正惠也指出："西洋人最高的文学境界是'戏剧性'的，中国人的则是'抒情性'的。"[2]对抒情传统作出卓越研究的海外学者陈世骧同样发现"中国文学传统从整体而言就是一个抒情传统"[3]。让我们来进一步研究这一独特传统的形成原因和积极意义。

三、积极的抒情传统

中国为何会成为诗的国度？中文又何以现身为诗的语言？究竟是什么保证、保存着中文这种不同于西文的独特传统呢？答案是，汉语在相互关联的三点基本特征上不同于西

---

[1] 林庚：《中国文学史》，清华大学出版社 2009 年版，第 88 页。
[2] 吕正惠：《抒情传统与政治现实》，华中师范大学出版社 2011 年版，第 19 页。
[3] 陈世骧：《中国文学的抒情传统》，生活·读书·新知三联书店 2015 年版，第 6 页。

语——单音节性、同音众多与音形混成。这从根本上决定了中国抒情传统的形成。

首先，是单音节性。在西语中，除极少数表达感叹类情态的单词（如 yeah）与某些一般词（如 bee、sun、son、zoo）外，几乎全部西文单词都不是单音节的，而至少包含两个音节（如 dog），多数情况下更是由多个音节构成。与之形成截然对比，只要是汉字，就必然只拥有一个单独的音节，这条至今未动摇的铁律，是在西方语言看来显得独异之处。这一根本特性直接导致汉语同音现象的高度发达。

其次，是同音众多。西文一般听声即能辨义，表意上容易产生混淆的同音异形现象并不普遍。汉语却由于汉字本身的单音节性限制，同样的意义所指被比西文少的音节能指所指称，这便不可避免地使得汉语中存在着大量同音异形现象。孤立地听，"做梅"与"做媒"（《水浒传》《金瓶梅》中王婆双关语）、"杯具"与"悲剧"（当代网络流行语）在读音"zuò méi""bēi jù"上毫无二致，仅凭语音无法有效辨别。又如：

（1）舅舅就说：水葫芦只是水草中的一种，这一种和你同名呢，也叫"浮萍"，不过，音同字不同。舅舅蹲下身，拾根草棍子，在地上划字给她看：这是"浮萍"的"浮"，这才是"富萍"的"富"。（王安忆《富萍》）

（2）未婚同居不成的柳莺就只好被迫披衣坐起，悻悻地看着电视里电视外的一群阳刚族生物兴奋得乱蹦乱跳像要用脑袋撞墙，……尤其是杨刚，一个在床上已经强弩之末香蕉球勾射不动了的人，此刻又哪里来的头槌本事？（徐坤《狗日的足球》）

这意味着比起西文来，汉语的语音能指相对比较少。中国文学对诸如人名双关语之类文字游戏的施展得心应手，[1]一些有鲜明中国特色的广义文学样式，如相声、歇后语等，之所以引人发笑而深深地吸引我们，很大程度上乃由于它们爱玩同音押韵的语言游戏，其根源皆在于此。于是，汉语特别擅长涵容多元，即不只有言内义这一元，言内可以充分向言外辐射无穷尽的意义，而这正是以"意在言外"为基本特征的诗性。中国诗不同于"有一分讲成十分"的西方诗，而呈现为"有十分只讲一分，隐而不露"的"克制陈述"[2]，其原因也在于此。结论便是，不但诗是中国文学的主流，而且从根本上来看，"汉语是一种心灵的语言，一种诗的语言，它具有诗意和韵味"。[3] 汉语的这种独特性，造就了中国作为诗歌大国、中文作为诗的语言的传统。与之形成比照的是，如前所述，叙事文学在中国古代谈不上发达，叙事文体长期在传统中国不受重视，被人文雅士们视为"街谈巷语，道听途说者之所造"的"稗官"文类，即为明证。中国叙事文学的高峰，同时也是中国小说的高峰，那是明清白话小说，这一高峰的语言标志既然是白话，便说明，作为传奇文学传统的叙事在中国不发达，与文言这一语言系统有关，因为天然具备多元涵容空间的文言系统，更擅长孕育诗而非小说。中国抒情传统与中国人很长时间内以文言为语言基质的汉语特征，由此是密切相关的。汉语以其一词多义、能涵容多种不同意义的独特性质而迥异于西文，体现出一种天然积极容纳多元，从而超

---

① ［美］浦安迪：《中国叙事学》，陈珏译，北京大学出版社 1996 年版，第 102 页。
② 赵毅衡：《远游的诗神》，四川人民出版社 1985 年版，第 195 页。
③ 辜鸿铭：《中国人的精神》，黄兴涛、宋小庆译，海南出版社 2007 年版，第 91 页。

越形而上学的潜能,表现出一种人与世界消弭隔阂,浑然完整融为一体的自由写作境界。

再次,是音形混成。同音发达的现象,会给汉语文化带来不便、阻碍汉语文化的发展吗?理论上的这份担心很快被实践打消。汉字作为一种成熟的文化形态稳然发展至今,并未造成文化上的障碍,这又是因为,我们同时还能依靠语音之外的因素——字形来有效地区分谐音现象带来的混同可能。[①] 其有效性一方面体现在,字形能将相同的音节区别开来,另一方面也体现在,字形还能将不同的方言接通起来。借形辨音,于是成为汉字不同于西文的又一鲜明特征。像汉字六书中的"会意"字,便因其强烈的表意能力而被视为电影蒙太奇技巧的某种滥觞,[②]充分证实着汉字不同于西方文字的独特性质。

基于以上三点环环相扣的特征,汉语具有一种深刻的包容性,使中国抒情传统取得了一系列醒目成就。

首先,韵律节奏,一一对应。汉语均为单音节字这一点,决定了:(1)汉语容易形成相对稳定的韵律对应;(2)汉语也容易形成相对稳定的节奏对应;(3)汉语还在形成对偶这点上具有充分优势。

由于汉字均为单音节字,其能指(发音)较之西语单一、短促,不像西语那样每个单词的能指内部大多包含有相对丰富的音节高低起伏。如,同样指称"箱",英语"box"同时呈现出三个从高到低、很有节奏感的音节,汉语中却仅发出一声"xiāng"。汉语这种独特特征既有弊也有利。弊端在于,较之西语来,汉语在音乐性上相对显得单调,缺少丰富的声、韵、调方面的变化。但这种弊端反过来考察,又不失为汉语的某种优势,那便是由此相对容易形成稳定的韵律格式,平仄性即为汉语中最重要的韵律对应格式。在古典诗词中,平仄基于汉语特有的四声规律,"平上去入"作为千百年来稳定运作于中国诗词中的四声格律,乃归结于平声与仄声这两大类基本的韵律,它们在中国诗词中的出现被严格认定为是有强烈对应性的,"平平仄仄平平仄"一般必须与"仄仄平平仄仄平"构成严格的对应,一首七律才是具备合法性的,否则它仅为一堆无意义的文字排列而已。

同样,汉语中也易形成相对稳定的节奏对应格式,中国诗歌中所谓的"半逗律"即如此,四言诗一般为"二二"节奏,五言诗一般为"二三"节奏,七言诗则一般为"四三"节奏。这种相对稳定而可操作的格律与节奏,帮助汉语加深着对应效果,也是中国诗人在遣词运句中积极留心的。

汉语的单音节性,还易于构造一一对称的对偶现象,对偶便典型地体现出对应。在中国诗中,对偶既包括平仄对偶,也包括词性与词义等其他对偶因素,学者陈寅恪当年表示,"中国文字固有其种种特点,因其特点之不同,文法亦不能应用西文文法之标准。……'对对子'即是最有关中国文字特点,最足测验文法之方法。且研究诗、词等美的文学,对对亦为基础知识",比如可以通过这种手段考察一个人"词类之分辨:如虚字对虚字,动词对动词,称谓对

---

① 关于汉字作为"表音-表意文字"与西文作为"表音文字"的确切解释,可参见裘锡圭的论述(《文字学概要》,商务印书馆 2013 年版,第 10 页)。

② 叶维廉:《中国诗学》,生活·读书·新知三联书店 1992 年版,第 24 页。

称谓,代名词、形容词对代名词、形容词等"的基本能力。[①] 这种能力,又正是一种地道的中国式素质,西方人始终难以在自己的多音节语言中做到对偶,其更愿达到和更擅长的不是字词上的对偶,而是结构上的对位。

其次,韵母较多,便于押韵。汉语中同音现象的发达也意味着,汉语中的韵母较多,便于形成处在韵脚位置上的押韵。这也是和西语中很不一样的情形。汉语中的韵母拥有一定的数量,这导致汉字在具体形体上虽千变万化,但在押什么韵这点上,诗人们从来不认为是多大的难题。反之,西语中,置于诗行句末(如煞尾句)或句中(如待续句)的韵脚,具有少于单音节汉字的选择性,这使西方诗歌的押韵相对来说呈现出较小的自由空间。韵母相对发达的汉语传统,当然在构造诗行音韵整饬的对应性空间方面更具实践操作便利,通俗地说更容易步入押韵对应的通道。

再次,淡化时态,富于弹性。汉语在表意上不刻意讲求复数、性别与格式,流露出不同于西语的模糊性,这种模糊从哲学思维上看,更注重直觉经验,而与西方那种清晰明确的二元论思维模式颇异其趣。同时,汉语也不如西语那样高度重视时态的精准变化,而每每错综灵活地融过去、现在与未来等不同时态于一身,甚至淡化或取消介词、冠词与连词等(这通常是西语做不到的),在精简的表述中积极消弭着时间本身的物理刻度,产生出"鸡声茅店月,人迹板桥霜"这样自由调度文字弹性空间的冲动,以及回文诗等中文特有的结晶。可以察觉到,汉语这种充满了兼容性智慧的弹性特征显示出灵动的自由境界,十分有利于以含蓄蕴藉为旨趣的诗词文化的孕育与生长。

追究起来,个中原因主要在于汉字音形混成的表意性。西文为表音文字,注重听觉,汉字为表意-表音文字,在注重听觉的同时更注重视觉。注重听觉的艺术侧重时间性,因为声波在空气中的扩散是有方向的,是不可逆的,这合乎时间的内在本性,如音乐便因诉诸听觉而成为典型的时间艺术。注重视觉的艺术则侧重空间性,如绘画便因诉诸视觉而成为典型的空间(造型)艺术。"铁马秋风塞北,杏花烟雨江南",在这个句子中,六个词汇所指代的意象彼此间灵活自如地发生着电影蒙太奇效果般的空间转换,蒙太奇正是一个来自视觉造型艺术——建筑的概念,它们在时间顺序上是容许调换位置的,贯穿其间的动力乃是基于视觉效果的想象,它创造出了令人耳目一新的新意境。

四、消极的抒情传统

尽管如此,中国抒情传统在取得了上述积极成就之余,也不可避免地存在着局限。这种局限的主要表现是趣大于力,其原因是趣味主义。

诗庄词媚,联珠合璧,唐诗和宋词自古被雅称为中国传统文化精粹。诗化的唱词与柔婉的腔调一配,昆曲也在申遗呼声中走向世界,花谢花飞。一本薄薄的白香词谱,可以令读书

① 卞僧慧:《陈寅恪先生年谱长编》,中华书局 2010 年版,第 88 页。

人神魂颠倒,意态为之消磨净尽。一出软绵绵的游园惊梦,大概也足以弄得高级拥趸们三月不知肉味,非嚼出个五蕴皆空来不可了。但是一个人把兴趣完全投在这些上面,够不够? 唐的诗,宋的词,咿咿呀呀的昆曲,除了心灵舒适感,还给我们带来了别的东西没有? 比如说,像《查泰莱夫人的情人》这样的作品,这样的感情,究竟如何在唐诗宋词中得到淋漓尽致的体现? 这样的故事、这样的爱情能被搬上昆曲舞台去吗? 那种大雨里张开怀抱的野性的生命之美,那发自人性深处的纯朴呼号,那肉体与肉体的精神撞击,似乎很难被定格在平平仄仄平的七字一句、四句或八句一首里而毫不走样,终究也不太可能演绎出康妮与梅勒斯的无边风月——谁又能说劳伦斯这部名著的文学地位逊于牡丹亭畔的汤显祖?

　　由于中国文化以"一个世界""一种人生"为旨归,所注重的是不同于西方文化超验特征的"内在超越",这相应地使中文传统总体染上了一层有别于西文传统的温和化色彩。诗庄词媚,千百年来一直氤氲出高雅精致的感官迷醉,文言笼罩下的流丽表达,更适合题材上的花谢花飞。这些都缘于安分乐天、在有限中追求无限的现世人生。无须依赖外来的超验力量便可以安之若素、自足自赏,为何不充分享受文学带给有限生命的精巧美感呢? 这就更易引发人看到和欣赏文学的趣味的一面。据梳理,中国传统文学中与"趣"相涉的范畴多达百余,[1]现代学者顾随就此深刻地指出:"吾国文学缺少活的表现、力的表现。于是提倡趣味,更不可靠。外国诗人好写此种'力';中国诗人好写'心物一如'之作,不是力,是趣。中国诗太优美,太软性,缺乏壮美。"[2]当代作家王安忆也以中国文学对意境的追求为例分析道,意境的局限正是典型的趣味主义,"中国诗词的意境追求,使我们陷入趣味的迷宫。这确是很令人着迷的,由于趣味中所含有的高级心智和机巧,使我们认同了这种审美理想,专注于其中。也正是趣味的缘故,它使那些尖锐的不可调和的痛苦,还有崇高壮美的欢乐,全都温和化,委婉化,并且享受化了。它其实是有害处的,它就像是蛀虫,蛀空了感情的肌体,使它坍塌下来"。[3] 客观地看,中国文学的实际发展确实在很大程度上佐证着这些分析,因为趣味多半沾染着文人雅士不同程度的自恋气,它久而久之,固然让人浸淫于精雅的迷醉,却也由此容易让人和真情真性隔上一层,变得无力拔身而出而难以求得更高、更深的超越。

　　对此,可以举出一反一正两例来加以说明。现代诗人戴望舒的《雨巷》一诗,历来被视为中国二十世纪新诗发展史上的垂范之作,但台湾当代诗人余光中批评道,此诗失败在缺乏动词赋予的力量感,而陷溺于形容词与名词所堆砌起来的轻柔甜腻的感伤情怀,须知,"真正的悲剧往往带有英雄的自断,哲人的自嘲,仍能予人清醒、崇高、升华之感,绝不消沉。大诗人的境界,或为悲壮,或为悲痛,或为悲苦,但绝不意象消沉。戴诗的悲哀,往往止于消极,不能予人震撼之感",故而"就诗的意象而言,形容词是抽象的,不能有所贡献。真正有贡献的,是具象名词和具象动词,前者是静态的,后者是动态的,但都有助于形象的呈现。诗人真正的功力在动词和名词,不在形容词;只有在想象力无法贯透主题时,一位作家才会乞援于形容

① 胡建次:《归趣难求》,百花洲文艺出版社 2005 年版,第 32—41 页。
② 顾随:《顾随诗词讲记》,中国人民大学出版社 2010 年版,第 53 页。
③ 王安忆:《重建象牙塔》,上海远东出版社 1997 年版,第 23—27 页。

词,草草敷衍过去"①。确实,如杰出作家所言,"讲究修辞并不是滥用形容词"②,那只会减轻与削弱一部作品所应有的力量。与此相似的例子,是语言学家王力认为散文家朱自清"早年的作品语句过于修饰、做作",不如"他晚年的作品朴素、自然、平易近人"③。具备优秀创作经验的作家每每有"通往地狱的路是副词铺就的"这种类似的心得体会,④就像比起"显得太甜"的形容来,契诃夫更为推重"太阳落下去""天黑下来"与"下雨了"之类朴素表达,认为"风景描写的鲜明和显豁只有靠了朴素才能达到"⑤。如果把戴诗与王维的《鸟鸣涧》作一比较,事情就清楚了:"人闲桂花落,夜静春山空。月出惊山鸟,时鸣春涧中。"此诗短短四句二十字,纯用名词与动词组织全篇,"闲"字看似形容词,在此却显然是当动词用的,前两句名、动词分别搭配而对仗工整,第三句沿袭这种搭配,却把动词"惊"提前至名词"山鸟"前,而营造整齐中的句法倒装变化,到了最后一句中,又巧妙隐去了仍客观存在着的名词"山鸟",而仅出之以动词,再度一变句法而收束全诗,不经意间透露出佛教徒王维笔下那种慧剑斩情丝的禅家式明快果决。在如此对比中,我们便不难感受到趣与力的微妙差别了。

这是有气象地理原因可寻的。就气象地理上的同纬度比较而言,西欧冬暖夏凉,中国则冬冷夏热,形成了颇为典型的寒暑文化(大量敏感于寒暑的古典诗词即为明证),苦中作乐的无奈,久而久之也演化出传统文化根深蒂固的趣味主义取径,无法从根本上改变苦难的根源,又不得不生存与延续下去,这便容易以回避苦难的代价来从心理上化解苦难,用自己给自己造成的已经从心理上脱离了苦难的假象,来理解和规范别人面对苦难似乎同样不应不具备的姿态,逐渐形成了摩挲赏玩苦难的趣味化姿态。这是趣味主义立场尤其容易在中国形成的特殊背景。

趣大于力,其实质是趣味主义。趣味主义,是占统治地位者的阶级习性普遍化,并区隔于大众的产物。按法国现代社会学家布迪厄的解释,趣味主义导源于对文学艺术的纯粹鉴赏判断,这种纯粹鉴赏判断是非功利、静观的,以形式的合目的性为规定根据,大体相当于康德关于美的分析。康德美学的出发点与核心是"审美无利害",这是一种在距离中产生美的、具有近代色彩的纯粹性美学观念——

我带着功利心理看一棵树,是个不利于审美的主观行为,因为我的功利心态干扰了审美的纯粹性;相反,我与这棵树拉开观照的距离,在距离中静观它,才是个有利于审美的客观行为,因为我的超功利心态保证了审美的纯粹性。质言之,取消距离将会导致主观性,那不可靠;保持距离才实现了客观性,这才可靠。

这就是传统艺术一般不从正面描绘丑,即使触及丑的题材,也每每让丑作为美的陪衬的原因。因为拉开距离去看某样东西,实质是去看到自己想要看到的、理想的样子,是对这样东西所作的提纯与美化,这一美学观因而是精英趣味式的。它关于审美不应掺杂任何利害

① 余光中:《余光中谈诗歌》,江西高校出版社 2003 年版,第 152 页。
② 老舍:《出口成章》,复旦大学出版社 2005 年版,第 21 页。
③ 王力:《龙虫并雕斋琐语》,商务印书馆 2002 年版,第 297 页。
④ 〔美〕斯蒂芬·金:《写作这回事》,张坤译,上海译文出版社 2009 年版,第 134 页。
⑤ 〔俄〕契诃夫:《契诃夫论文学》,汝龙译,安徽文艺出版社 1997 年版,第 236 页。

因素的强调,实则将审美的形式提升至内容之上,吁请人们从智力出发对之加以抽象的理解,而失去了朴素的形象与感觉,是一种建立在康德自身所处的特定阶级习性基础之上的特权表现,[①]在此意义上,趣味是对大众趣味的权力化僭夺,合法地张开了统治阶级对自由的趣味与工人阶级对必需品的趣味的对立距离,结果只是"把少数人的趣味看得比多数人的趣味更重要"[②]。以布迪厄为代表的现代思想家,由此开始尝试打破美产生于距离中的近代信念,发现非纯粹性美学观念才更合理——

我带着功利心理看一棵树,恰恰是个有利于审美、能获得真相的客观行为,因为我的功利心态尽管表面上打破着审美的纯粹性,但由此得到的非纯粹性倒恰恰是事情的真相;相反,我与这棵树拉开观照的距离,在距离中静观它,却是个不利于审美、仅仅得到着幻象的主观行为,因为我的超功利心态尽管表面上保证了审美的纯粹性,却是区隔于大众的特权化产物。质言之,保持距离将会导致主观性,那不可靠;取消距离才实现了客观性,这才可靠。

这就是现代艺术逐渐开始从正面描绘丑、正视现实严峻性的原因。罗丹的雕塑名作《老妓》便是我们很自然地能由此想到的。因为尽管我们可以与某样东西拉开距离以把它看成我们想看到的、理想的样子,它却毕竟不是这个样子的,在被提纯与美化的表象背后,它具有更为复杂甚至丑陋的一面,远远超出我们对它的估计而具有未知的性质,那却才是真实的它。广义的丑——世界中那远远超乎我们想象的未知性,是不确定而显得严峻的。这使我们的审美体验有时会呈现为幻象。孤馆春寒,杜鹃斜阳,或者枯藤老树昏鸦,古道西风瘦马,诚然美,可细品之下会发现,这种美其实也美得很狭小、局促,或许是由于"其体精,故其径狭"[③],被把玩得诚然精细,可那种大悲大悯、整个地超越人生的美却是它很难拥有的。这就是中国抒情传统潜在的不足。把这点与前面有关中国文学在悲悯功能上相对薄弱的论述联系起来思考,我们能进一步产生怎样的判断与展望呢?

这就是注意到和谐性选择本身所内含的生命力上的妥协。以和谐为追求的抒情传统,往往因其形式上重视完美、流于纯粹性而值得扬弃。对此可以来考虑一个很能说明问题的例子。《三国演义》中,同样犯了军法,诸葛亮为什么斩马谡却不斩关羽? 不少熟读这部古典小说的国人会说:华容道上曹操只能放,以形成三国鼎立局面,否则倘若真灭了曹,处在当时境况下的刘备一方就可能被实力更强的孙权一方吞并。这自然是正确的。但这种分析也形象地道出了中国文化特有的"一分为三"的和谐观念,即每当双方将发生矛盾冲突,眼看就会由一方吃掉另一方,都会迅速有第三方力量出面化解与斡旋,出来干预与平衡,使原本已成水火之势的前两方矛盾得到和谐的处理,最终三方相互牵制,相安共处,在一定程度上保留下了蜀与吴的和谐关系。《三国演义》之被中国人历来津津乐道并百读不厌,委实有上述民族文化传统集体无意识潜隐地积极支持着。若改成"两国演义",国人多半会觉得"一分为二"的冲突过于激烈单调而远不如三方和谐来得好看——尽管西方文化中许多优秀作品都

---

① [法]皮埃尔·布迪厄、[美]华康德:《实践与反思》,李猛、李康译,中央编译出版社1998年版,第1—62页。

② [美]苏珊·朗格:《艺术问题》,滕守尧译,中国社会科学出版社1983年版,第114页。

③ 曹聚仁:《中国文学概要 小说新语》,生活·读书·新知三联书店2007年版,第97页。

直接渲染大悲大喜、大开大合的双方冲突，那是一种超越了和谐幻象的、富于力度的和谐。我们由此理解为何不少文学艺术家都对作品形式的所谓完美目标抱以怀疑，而更相信写作永远不是秩序井然。普希金曾耐人寻味地指出，莎士比亚是很伟大的，尽管他的作品很不平衡，粗枝大叶，润色不佳，理由在于"对伟大的作家不要看形式"①，这份粗率无损于莎剧的伟大，而以粗糙的力度激活着完美的单调，《卡拉马佐夫兄弟》这样的小说不无枝蔓成分，可这些看似旁逸斜出的成分实则仍有巩固作品主题的作用，并非可一概舍弃的闲笔，"当这部作品的缺点如作品本身一样鲜明时，它们会令作品的美好之处更加凸现"②。文学与人生的这种本体一致，诠释着"达到完美意味着走出人的状况"这一真理，无形中区分开了生命与生存两个微妙的层级。

这种区分来自哲学史所提供的学理根据。在相对的意义上，生存哲学的时间观是向前看，浪漫主义与生命哲学的时间观其实是朝后看。所谓"人生"，并非人之朝后看的生命，而是人之向前看的生存。后者呼唤着形式性妥协态度的反面精神：执着。什么是执着？知其不可为而为之，只为了自己以身赴之的这个眼前目标是超乎任何个体私心之上的正义，愿意为之苦苦求索、受挫、冒险乃至殉命而无所顾惜，这就是执着。懂得执着的爱情，才懂得在大雨里张开怀抱，去拥有纯然本真的爱欲，相反，如果"你口中的爱，实际上是安全感"③，则你所谓爱情的潜在出发点仍是自我保护、自我需求的保护性满足，并没有真正开放出"真爱的意义——把别人的幸福放到你自己的幸福前面"④，即愿意无偿地为所爱之人付出与牺牲，而毫不计较个人所失去的。执着的精神，让堂吉诃德这样的斗士与风车奋勇大战而浑不在意世人的嘲讽，高呼"宁可勇敢过头而鲁莽，不要勇敢不足而懦怯"（第十七章），只为"执着地把正义的信念保持下去"⑤。由此可见，执着的根本意义在于走出以生命妥协为特征的乌托邦，而走向以生存冲突为特征的乌托邦，前者是懵懂去除了有限性前提、让有限消融于无限的静态乌托邦，后者则是清醒捍卫着有限性前提、让有限在与无限的激烈碰撞中仍珍惜并保留下自身存在的动态乌托邦。这就是我们今天积极反思中国抒情传统，所得到的最宝贵收获。

总结起来就是，趣味主义认为知识是非功利的，趣就是纯。超越趣味主义后的新立场，则认为知识具有功利性，力就是杂。本书下编在阐述文学外部研究的一系列问题时，将凸显这种超越的积极时代意义。

五、抒情传统与说书传统的统一

本章指出中国文化以抒情传统为特征，前面第三章又指出中国文化以说书传统为特征，最后一个有趣的问题是：这两个传统究竟是不同的传统，还是归根结底属于同一个传统呢？

① ［俄］普希金：《普希金论文学》，张铁夫、黄弗同译，漓江出版社1983年版，第220页。
② ［法］保罗·瓦莱里：《文艺杂谈》，段映虹译，百花文艺出版社2002年版，第149页。
③ ［美］埃里卡·琼：《我挡不住我》，国安、毛羽译，时代文艺出版社2001年版，第101页。
④ ［英］凯莉·泰勒：《天堂可以等》，孙璐译，江苏文艺出版社2010年版，第272页。
⑤ ［加］阿尔维托·曼古埃尔：《阅读日记》，杨莉馨译，华东师范大学出版社2006年版，第170页。

仔细分析起来,这两个传统实为同一个传统,是同一个传统在不同侧重点上的不同表达。因为它们具有一个共同点:都夸大了主观上的趣味,而面临着更好地来写出世界真实性的问题。

由于情感具有弥散性的特点,既在已知意义上成为人的活动的出发点与依据,又反过来在未知意义上调节与塑造着人的活动,这便保证主体的视点在与语言一体化的想象过程中,处于既在场又不在场的临界状态中,这个临界点就是身体现象学所说的身体-主体,它使身(肉体、在场感受)中有心(精神、离场反思),消除了身心二元的传统顽固对立,加强着文学的迷人状态:在写出叙述对象的同时,也写出在场的场面感,两者在互动消长中同步伸展,避免了单维平面化的发展,成为运作中的时间性进程。这样,叙述既有所说而澄清着所叙述之事,又因同时在场体验着所叙述之事,而使情感整个活跃起来,笼罩住叙述视点,变正叙述着的主体为客体,反过来令所叙述之事朝叙述敞开了还含混不清、意犹未尽的点,从而使澄清行为拥有了进一步的对象指向与可能前景,叙述由此既澄清着,又尚未澄清着。这就是被叙述之事始终大于、高于与深于叙述的一面,其间的微妙张力积极建构出了意义。

[本章拓展思考题] ||||||||||||||||||||||||||||||||||||||||||||||||||||||||||||||||||||||||||||||||||||||||||||||

一、每天都不忘在匆忙的生活节奏中静下心来读一首诗,是幸福快乐的人生体验。请你编一部《365夜诗歌》的目录,为一年中每一天安排读一首古今中外的诗,并请简要说明你的编选理由。

二、请任选并完成以下两题中的一题,从中饶有兴味地深入体会本章所讨论的汉语特色。

1. 请尝试将全班同学或全系老师的姓名译为英文,从中体味汉语文化与西语文化的差异。

2. 请尝试将全班同学或全系老师的姓名巧妙设计成几副音义工整、意境喜人的对联。

三、请以曾在新时期文学发展史上占据过重要位置的一些诗歌刊物(如《草原·北中国诗卷》)为调研个案,为新诗的一代风流注入你的理解。

四、如果设立一个散文文学奖,你将会推荐哪些作品参加首届评奖?比如黄永玉的《无愁河的浪荡汉子》,你喜欢这样的作品吗?期待看到你对此的精彩诠释。

五、请对迄今为止根据金庸小说改编的各版影视剧主题歌与插曲的歌词,作一次整体性考察、比较与评析。

六、钱锺书先生诗文创作甚丰,但终其一生只写诗,未见其写过词。你认为此现象可以得到必要的解释吗?

七、请依次阅读以下五段材料,提取出它们共同指向的一个文学理论问题,并结合所学文学理论知识,展开阐述这个问题。

材料A：因为醉心于生命，中国小说家似乎无法注意到现代西方文学常描写的厌倦状态。

——夏志清《中国古典小说》

材料B：在大自然中人们不仅为了其中的美，更为了她的力。

——欧文·斯通《马背上的水手》

材料C：能让人产生震撼的感觉需要具备两个因素——强而有力以及晦涩难懂。

——布卢姆《快感》

材料D：恐惧死亡的原因主要来源于自我保护感。

——舍斯托夫《无根据颂》

材料E：我们不应该浪费感情和生命，思念过去可能的事，而忘掉了摆在前面的可能的事。

——杰罗姆《闲人遐想录》

八、中国抒情传统的趣味主义特征，与"天人合一"这一中国文化整体特征存在着关联吗？请给出你对此的深入阐释。

九、请任选以下两题中的一题，通过深入读书与思考，进行学术研究与阐释。

1. 中国抒情传统的形成，与黄河文明以及长江文明有内在联系吗？学界认为《诗经》与杜甫属于黄河文明，楚辞与李白则属于长江文明，这种互补如果以文学地理学的眼光看，究竟意味着什么呢？请进一步搜寻并阅读相关理论著作，在深入研究的基础上作出你的详细阐释。

2. 从语言的角度，我们可以探讨汉语的涵虚特征，寻根溯源，语言是文化的组成部分，汉语是中国文化的组成部分，值得进一步从中文传统依托于儒、道、释文化综合构成的中国文化母体这一根本事实出发，依次从这三个维度分别考察中国抒情传统的成因。期待你对这一问题展开深度学术研究，作出有分量的阐释。

十、文学中是否应当存在"闲笔"？请以"论闲笔"为题，搜寻相关材料，写一篇前人似乎未曾集中道及的好文字。

 [本章进一步推荐阅读]

1. 顾随：《顾随诗词讲记》，中国人民大学出版社2010年版

2. 飞白：《诗海》，漓江出版社1990年版

3. 余光中：《余光中谈诗歌》，江西高校出版社2003年版

4. 启功：《汉语现象论丛》，商务印书馆2018年版

5. 朱光潜：《诗论》，广西师范大学出版社2021年版

6. 潞潞：《准则与尺度》，北京出版社2003年版

7. 吕正惠：《抒情传统与政治现实》，华中师范大学出版社2011年版

8. 刘衍文、刘永翔：《古典文学鉴赏论》，上海教育出版社 1991 年版

9. 裘锡圭：《文字学概要》，商务印书馆 2021 年版

10. ［法］皮埃尔·布尔迪厄：《区分：判断力的社会批判》，刘晖译，商务印书馆 2015 年版

第六章
文学的想象

　　叙事与抒情的共同性是在想象中理解世界。想象由此成为文学思想方式中最活跃的一种积极因素。人们常说,文学给现实装上了想象的翅膀,源源不断地更新着世界的面貌,可见想象作为活的文学思想方式的重要意义。本章将从想象的一般性质、文学想象的特殊性质、想象与联想、想象与理性以及想象与直观的关系等五方面,集中讨论文学想象问题。

一、想象的一般性质

人为何需要想象呢？答案就在前面所述的人生本体两重性中。当你入场后，你看见了场内景象，却看不见自己所占据着的那个观看点；当你离场后，你看见了场内全景，却失去了在场的亲身体验氛围，于是你只能通过想象去填补那被你失落了的现场亲身体验氛围，尽管这种填补又只能最大限度地去逼近现场，而永远无法重合于现场。这样，想象便贯通着场内与场外，而场内外合起来不就是完整的世界吗？所以，想象使人融合于世界。这就是人需要想象的根本原因。

由于想象具有使人融合于世界而不再对立于世界的重要意义，古今中外无数作家都热情施展它。就拿中国四大文学名著来说，四部小说中都存在着十分醒目的想象性成分。除直接采用神魔题材的《西游记》外，《三国演义》与《水浒传》表面着力于社会政治题材，似乎缺少想象的用武之地，但前者中诸葛亮借东风与后者中九天玄女梦授宋江天书，分明是奇崛的浪漫想象，《红楼梦》里赵姨娘对王熙凤与贾宝玉暗中施加的魔魇法，同样是想象的产物。与作家的这种创作实践相应，古今中外的理论家们也都对想象作出了精辟的论述。如刘勰在《文心雕龙》这部我国首部成体系的文艺理论著作中专辟"神思"一章，集中探讨想象问题，提出想象的基本特征在于"神与物游"，即主体与客体在超时空的想象活动中达成自由契合，其前提条件是"贵在虚静"，即保持心境的超脱、涤除功利性的杂念干扰，自由驰骋于想象的境界。想象既随顺着时间的流逝这一场内感受，又在更大的世界面前及时意识到自身视点的有限，从而兼容场外反思，较之入场的一维或离场的一维，贯通了场内外两维。显现出完整世界的想象因而是真理的一种绽出契机，雨果正是在这个意义上强调"想象就是深度"的。[1] 进入现代以后，面对各种日益尖锐突出的社会危机，如何积极调整人与世界的关系并使之趋向合理化，进一步成为摆在思想家面前的时代主题，想象以其融合世界的独特能力，发挥着解决这一时代主题的作用，法国思想家萨特对此总结道，想象的基本先决条件与特殊规定性是"存在于世界之中"[2]。我们不应低估想象的这种深远意义。

不仅文学活动充分展开于想象，在想象中融合世界，自然科学与人文社会科学研究也都因积极反思自身与世界的合理关系，而需要一定程度上的想象的参与。在自然科学活动中，想象只作为进一步逻辑推论的引线而起作用，并不居主导地位。与之相比，想象在文学中则起着鲜明的主导作用，如李白欲上青天揽月、苏轼欲乘风归去等。这就是自然科学"实事求是"与文学"失事求似"的区别。深入一层看，人文社会科学研究作为学术研究，与文学创作一样，其佳境也离不开想象。例如郭沫若、闻一多与陈梦家，本都是创作成就卓著的诗人，却也都成了考古学家与文字学家，这看似风马牛不相及的两种领域，其实有着某种才禀上的内在联系，那就是，写诗作为文学创作活动植根于想象的丰富性，而考古学与文字学在某种程

---

① ［法］雨果：《论文学》，柳鸣九译，上海译文出版社 1980 年版，第 151 页。
② ［法］让-保罗·萨特：《想象心理学》，褚朔维译，光明日报出版社 1988 年版，第 279 页。

度上也正是要靠猜测,从而呼唤着某种想象力的,人文学科中相对偏重于科学实证的文字训诂之学,便与文学的思想方式有关,诚如一位古汉语学家所说,"近人的楚辞研究,我最佩服的是闻一多先生,他目光敏锐,卓具识断。姜亮夫师、刘永济教授等,是正统考据派,他们读书比闻氏多,也比闻氏扎实,但缺乏闻氏那种科学素养和横溢的才华"①,于此足见想象力对学术研究的重要。

二、文学想象的特殊性质

在所有艺术活动中,文学想象的特殊性质在于,由于它以文字为媒介,文字较之图像与声音,在不及物程度上是最深的,因而在想象性上最突出,对想象的要求更高。文学想象是一种尚待发现新的客观事实的活动。这包含三个以问题形式出现在我们面前的要点:(1)为什么尚待发现?(2)为什么这种发现是客观的?(3)它尚待被谁发现?让我们依次阐述。

首先,想象中的事实尚待被发现,是因为我们永远不知道自己明天会成为什么样的人。如薄伽丘的《十日谈》第六日叙述了这样一个故事:有个厨子为主人烹制一只小鹤,等烧熟后拗不过情人的馋嘴,偷偷分给她吃了一条鹤腿。主人见端上来的鹤缺了条腿,大怒责问厨子,厨子只好撒谎说"鹤只有一条腿呀"。主人扬言:"明天我带你去河边看看鹤是几条腿的禽类,如果不是,你就等着挨板子吧。"第二天来到河边,主人对因假寐而单腿着地的鹤群"嗬嗬"喊了几声,受到惊吓的鹤群立刻放下了另一条腿来。主人由此质问厨子:"瞧,你还不认错!"吓昏了头的厨子忽然冒出一句这样的回答来:"不错,主人,不过你并没对昨天那只白鹤喊'嗬嗬'呀,如果你当时也对它这么喊了几声,那么它也会像河滩上这些白鹤那样,把另一条腿伸出来了。"一席话说得主人转怒为喜,哈哈大笑起来说:"你说得对,只怪我昨天没对着盘中的鹤喊'嗬嗬'。"厨子由此逃过了责罚,主仆又变得相安无事。在这个故事中,作家创造了一个只有在故事中才存在的新的事实,说它是新的创造,是因为所有读者以及故事中的主人,甚至作为当事人的厨子事先都没料到它,文学想象涉及的事实,就这样尚待被发现,而对结果的未知性存有主观的窥探与推测指向。

其次,按上所述,文学想象是一种纯主观行为吗?当这样理解想象时,便把想象给简单化了。想象中的事实尚待被发现的过程,尽管表面上是主观的,在根本上却是客观的,因为虽然我们永远不知道自己明天会成为什么样的人,换个角度看,我们明天将有可能成为任何一种人。由此,我们才对文学想象表面上的神秘性有了深入的理解。童话作家郑渊洁曾风趣地表示,文学创作的本钱仅需一本《现代汉语词典》就够了,即在掌握了几千个汉字后,便可运用想象无穷地组接与生发出故事来。例如一个作家长达两三年在报刊上连载一部近百万字的长篇小说,完成后竟能很好地做到情节发展前联后挂、人物性格立体逼真,这种神奇的本领岂非天纵?实际上,无须对此进行夸张的神秘化,有过一定叙事创作经验的人能体会

① 郭在贻:《郭在贻文集》第四卷,中华书局 2002 年版,第 210—211 页。

到，一部小说的创作，首先是对几个书中基本人物形象的大致估计，而当大体确立起几个主要人物的初步面目后，接下来作者需考虑的全部问题，是怎样尽可能合理而精彩地建立这些人物之间的纷而不乱的联系。这个考虑的过程，因完全可以将叙事逻辑导向任何可能性中的一种，而实际上是一个充分自由享受的过程。人物间的联系在作家脑海中既可以这样，也可以那样，正是这种开而不合的无限可能性与灵活性，使作家对"未来怎样"的未知性不安被"未来始终会因我而具有一种模样"的确定信念所慰藉，而使自己的连载成为踏实的，只要他有相当的驾驭能力，故事当开了头后完全不难随机地往下一路编，展开新的叙事逻辑，并从而发现新的事实。这就是文学想象看似主观，实则仍以客观性为依托的原因。

再次，也按上所述，文学想象既然是主观与客观的统一，这种统一归根结底是由谁来实现的呢？回答是语言。想象中的事实是被语言发现的，语言使主观性与客观性在想象中统一。理由正如前面的章节所述，语言调整着人（主观）与世界（客观）的合理关系，保证说与在在理解中的融合统一。这为我们看待文学想象的性质提供了本体前提。举例来说，当代作家余秋雨的散文《西湖梦》，最初的版本写自己为实地感受西湖融中国文化精粹于一身的独特质地，有一年夏天特地跳进湖水游泳，"上岸后一想，我是从宋代的一处胜迹下水，游到一位清人的遗宅终止的，于是，刚刚弄过的水波就立即被历史所抽象，几乎有点不真实了"。作家提到的起点与终点，应该是苏堤与俞园。有土生土长的杭州读者质疑：西湖向来是禁止私人游泳的，大庭广众下跳进西子湖里，说轻了不雅，说重了有损于国人形象。他们没有意识到这是作家在进行文学想象，是在用诗的浪漫、夸张笔法写散文，换言之，作家用语言创造了一个新的事实，一个存在于文学语言中的事实，这事实在语言构筑起来的叙事天地中得以存在，栩栩如生，熠熠发光，而拒绝对自身存在合法性的上述外部质疑。

因此，文学想象尚待在语言中发现的新事实，其新就在于它创造出了意义，并引导我们理解了究竟什么叫意义。一般说，意义是相对于本质而言的人文学科核心概念。本质是主客对立的产物，作为关系中的客体而存在，被人的认识活动所把握，在时间维度上是向后看的，以已然性为自身规定性。与之不同，意义则是主客融合的产物，作为主客体的关系而存在，被人的理解活动所维持，在时间维度上是向前看的，以可能性为自身规定性。我们应当特别抓住两者在时间维度上的本质区别：本质作为人的认识性对象，在结果论意义上去迎合人的认识，设定了人的认识能力始终先于被认识的对象而存在这一前提，它便是从时间上向过去回溯的产物；意义作为人与世界的理解性过程，在过程论意义上却让不断显现出的世界始终调整、改善与发展着人的理解视野，它便在时间上向着未来筹划。基于这种区别，古往今来许多思想家都高度推重文学想象对意义的展开能力。如亚里士多德在《诗学》第九章便提出了"诗比历史更哲学"的著名观点，认为历史只记述已发生之事，诗却能表达可能发生之事，因而比历史更接近真理，这便因为诗较之历史具有想象这种独特的能力。又如二十世纪现代存在论哲学的代表海德格尔也在《存在与时间》这部巨著中指明，意义就是可能性，他为此也对诗性的想象寄予厚望，对在想象能力上得天独厚的文学艺术的现代意义作了很高的肯定。

三、想象与联想

基于想象将人与世界融为一体的在世性质,它便不同于联想与幻想。后两者以自我保护为实质,以自我为核心辐射开去,把世界想成"我"愿意看到的样子,便在当下时间维度中掺入了过去时间维度,并未生产出新的东西。例如浪漫主义运动的想象便往往流于幻想,每每产生出感伤情绪与心理主义滥情,局限于"心理作用"[1],其感伤常常只因为看不到未来而自甘沉沦,并滋生满腹的怀旧愁思。幻想,表明人因匮缺安全感而寻求庇护,世界仍只为满足人之意欲而存在着。在此意义上"自我中心主义是现代哲学和浪漫情感的显著特征"[2]。可以首先通过比较与文学艺术同属于时间艺术的音乐艺术来加深理解这种区别。

当音乐旋律响起,如果我们的反应只是顺着旋律联想到某个自己熟悉的场景与故事,或翩翩地进入对身世遭际的幻想,我们便实际上并没有进入音乐显现出来的那个自由艺术世界,因为进入这个世界的前提是进入它的语言——由旋律、节奏、和声与音色共同构成的音乐语言,如前所述,这个艺术世界是建立在审美情感而非日常情感基础上的,审美情感不同于日常情感的标志便是语言化及其带出的控制效果。联想与幻想的共同问题在于,没有让情感经历语言化的层次,而变相地耽溺于仍以自我为出发点的日常情感。有识之士对此中肯地指出,就像在音乐活动中"外行最多'感受',有素养的艺术家感受最少"[3],文学活动中同样存在着"联想力最丰富的人鉴赏力最低下"的真理。[4] 这有力地证明了想象与联想及幻想的本质区别。

在上述比较中,我们更能看清想象融合人与世界的性质。为什么想象能使人融合于世界呢? 因为想象是一种提问。首先,问题是以一个潜在的世界为根据发出的,这个世界之所以还处于潜在状态,是因为它需要接下来被作家创造出来,尽管潜在着,这个世界的轮廓线却已有了,"有安娜这样一个人物,我要去叙述她的命运故事,这个命运故事是一个悲剧故事",当托尔斯泰开笔之初这样发动想象时,安娜这个主人公的世界的轮廓线已被他看到了,故事的面目虽尚潜在,却已将托翁这个作者的视点牢牢吸纳于其中了。其次,更重要的是,提出这个问题,是为了更好地让视点向这个潜在的世界开放。除了提出问题之外,托尔斯泰对于安娜接下来的具体命运走向不施加任何压力,而是让她的世界如其本然地展开,并将这一切收于眼底。起初视点提出的那个问题,仅仅使世界的显现有了一个范围,这个范围也是开放的,提问便意味着作者不知道这个范围的确切界限何在,托翁只能一步步在语言中跟从安娜的命运走,甚至接受超出他原先预料的卧轨结局。换言之,世界对作者视点的吸纳程度更深了,视点与世界的交融得到了有力证明。这样我们看到,文学中的想象,实际上就是一

---

[1] [法]加斯东·巴什拉:《梦想的诗学》,刘自强译,生活·读书·新知三联书店 1996 年版,第 117 页。
[2] [美]乔治·桑塔亚那:《诗与哲学》,华明译,北京大学出版社 1991 年版,第 107 页。
[3] [奥]爱杜阿德·汉斯立克:《论音乐的美——音乐美学的修改新议》,杨业治译,人民音乐出版社 1978 年版,第 86 页。
[4] 袁行霈:《中国诗歌艺术研究》,北京大学出版社 1998 年版,第 360 页。

种积极的显现。

那么，为什么想象又是一种提问呢？因为想象是对未知世界的触及，意味着可能性。这就需要来进而了解想象与联想的关系。这种关系包括联系与区别。

联系在于，想象通过联想获得记忆表象。安徒生笔下的美人鱼、佛教中的千手观音，这方面形形色色的想象性形象，尽管千变万化而千奇百怪，却毕竟首先建立在通过记忆所获得的现实表象基础上：人脸鱼身，毕竟有和人、鱼形体的相似性；千手也脱胎自人手这一部位。这些事实性基础，不能被轻易改变，构成了文学想象的前提。不仅文学想象，一切想象都离不开记忆表象。自然科学史上，伽利略为证明自由落体定律，而进行的"两个铁球同时落地"的著名实验，就是先联想到现实生活中的钟摆，从思考"钟摆在何种状态下会一直摆动下去"这个问题入手，进而想象出"真空状态"来予以解决的。

区别则在于，联想的实质是再生——"已知而有"，基于记忆活动的调动而在时间维度上向后看，去回忆，就是去重复已有的现实表象，因此整个过程并没有建立在自觉的语言化基础上，是非语言化的。想象的实质则是综合——"未知而有"，不取道于记忆的再度唤醒，而是直接创造出现实中尚没有的新形象，因此在时间维度上向前看，去想象一个世界，就是去替代、建构和创造一个新世界，而替代，正是语言作为符号系统的性质，想象的过程从而同时便是自觉坐落在了语言层次上的语言化过程。

这种语言化/非语言化区别，可以从绘画美学获得旁证。透视法极力想要画出物体本来的样子，试图画得毫不走样而一模一样，这其实是在诉诸画家和观众对"原物"的联想能力，从画面联想到画外的原型，并判断两者的相似度，整个过程因而是一种重复而非创造（创造的基本要义就是不重复）。反思和超越透视法，才退而在一张作为二维平面的画纸上创造，去创造在二维媒介中得到把握的三维立体物体，这才诉诸画家和观众在媒介（艺术语言）的局限性中、把握尽可能多的内容的想象能力，也因而不再重复化。这个参照系，有力地揭示了整个艺术活动中联想与想象的不同。

既然想象以语言化为实质，它便和情感一样，不只有着简单对立于理性的一面，还有与理性深度兼容的一面。想要澄清想象与理性的关系，接下来就必须阐明理性的性质。

四、想象与理性

"理性"一词，在英文中涵盖了 reason 与 rationality 两个词，在德文中相应地涵盖着 vernunft 与 verstand 两个词，它们直接来自拉丁语 intellectus 与 ratio。这两个词同时存在，从学理上分别对应着"理性"与"合理性"。两者的关系是：理性（reason）自古希腊起便是宏大的、看护着人与世界之统一的完整、宏观理性；合理性（rationality）却是近代以来以人与世界之对立为面貌的主体性理性，它不是理性的全部，未耗尽理性的完整内涵，因此是理性的狭义表现。

这符合哲学史事实。合理性，相当于康德在知性范围内对理性的定位，"它指的是一种注定为恒定不变的东西"①，这引发现代思想重新恢复其内涵，海德格尔认为以往的本体论只追究范畴及其条理，只以范畴为"在"的性质和目标，所谓范畴，按黑格尔即"纯粹的知性概念"，按海德格尔则是失去对"在"之领会的在者，海氏由此指出本体论需在广义上得到发扬，这与合理性重新上升为完整理性的学理路向是完全一致的。

逻辑就属于典型的合理性。它把理性理解为（笛卡尔意义上的）认知理性，而认知理性作为一种重要的分类理性，本质上仍属于合理性范畴，却非海德格尔重新消弭主客二分模式的理性。笛卡尔开启的"认识论转向"，带来认知理性的凸显，这与理性在近代发生的合理性转折基本同步。认知理性有严格的思辨要求，内在理路的贯通建立在概念一致、判断准确和推理连贯的逻辑基础上。所以，认知理性是现代性的醒目标志之一，属于分类理性意义上的合理性。这就是现代思想每每用"诗"充实"思"的原因。在这样区分后所得到的界限中，它是与情感以及想象相对立的概念。

然而合理性不代表理性全部。正如人类须臾离不开意义的可能性空间，具备上升性、起看护功能的广义理性，是人类共同的权利。因为正如"人的劣根性是婴儿失去赤子之心以后，身体里的劣根性渐渐发展出来的"一样，②杰出的西班牙思想家奥尔特加·加塞特也充满忧患地指出，当今天的普通大众对世上发生的一切事情都自以为掌握着最精确的真理时，他们也正失去"倾听的能力"，"如果拒绝接受一种用以检验、规范思想的更高权威以及可以诉诸的一系列准则，奢谈什么思想、观念是没有任何意义的，这些规范和准则正是文化的原则"。③ 这种诉诸更高规范与原则的倾听能力，就是一种对于广义理性的接受姿态。广义理性克服了合理性的狭义，超越逻辑至上论，而成为现代思想意义的基础背景。这便是"柏格森所批判的智力或理性并不是这种最高形式或最高水平的智力或理性，而是被降级为抽象的、失去人性的逻辑的理性"的原因所在。④ 法国现代宗教哲学家雅克·马利坦称这种广义的理性为"智性"，探讨其在艺术活动中的运作，实际上就道出了并不和理性对立的情感以及想象。

总结一下即：理性有狭义与广义两种形态，狭义理性行使施控功能，以人与世界的对立为实质，与想象（语言）相斥；广义理性则行使受控功能，以人与世界的融合为实质，与想象（语言）相容。前者作为施控功能，相信世界测得准，因此是将语言理解为可以传达原物的工具。后者作为受控功能，则承认世界测不准，因此人们只能在符号的区分活动中建构世界及其意义。想象与理性的关系，从而便不能简单化地一概而论，不仅需要看到两者相斥的一面，更须看到两者相容的一面。难道文学想象不是在创造意义吗？而意义既然从根本上说就已是一种广义的理性，它与文学想象的兼容关系，便尤其需要得到现代文学理论的揭示。

① ［美］希拉里·普特南：《理性、真理与历史》，童世骏、李光程译，上海译文出版社1997年版，第169页。
② 杨绛：《走到人生边上》，商务印书馆2007年版，第38页。
③ ［西］奥尔特加·加塞特：《大众的反叛》，刘训练、佟德志译，吉林人民出版社2004年版，第67页。
④ ［法］约瑟夫·祁雅理：《二十世纪法国思潮》，吴永泉、陈京璇、尹大贻译，商务印书馆1987年版，第40—41页。

举例来说,想象超越狭义理性,于是有了武侠小说中对世间至高武功可以"一鞭子打碎摆在三块豆腐上的核桃"的神奇想象。反过来看,狭义理性却束缚着文学应有的想象力量。苏联作家普拉东诺夫创作于1926年,却迟至1988年方才得以解禁出版的长篇小说《切文古尔镇》,叙述切文古尔小镇上一群无业无产者的故事,他们打起资产阶级的耳光来毫不含糊,嘴上念叨着不从背后杀人,手上却照放冷枪不误,因为新阶级闲着没事干正等着住房与公共财产,但当剥削者被清除,百无聊赖的男女老少吃光剥削者留下的食物,一个个只能靠从草原弄来植物充饥,这些实实在在的叙述,如茫茫空谷里低回的一声绝响,却并不从真心上感动人,理性的批判挤兑、稀释着对文学作品而言更举足轻重的形象与情感,后者在反乌托邦文学中确乎经常是付之阙如、流于"不食人间烟火的小说写法"的。[1] 这里只有一腔从思想观念上检讨不合理进步观的热情,却没有真正鲜活生动、近人情的形象和人物个性。透过评论家们稍显偏激的辞锋,能感到狭义理性束缚想象、令想象沦为理性式图解的用意。

至于想象对广义理性的顺应,引出的就是直观问题。直观,对理解文学想象特别关键,广义理性支配下的想象就是一种直观活动。

五、广义理性与直观

直观(intuition)主要是现代哲学发展出来的一种思想,它与文学艺术的性质恰好天然吻合。德国现代哲学家胡塞尔倡导的本质现象学的核心范畴,是本质直观。在传统理性哲学视野中,对本质的把握只能通过概念而不能通过直观来进行,因为直观作为一种人的意识活动,只能把握到对象的特殊性,正如广义的直观是一种直觉,而直觉获得的表象来自印象,传统哲学认为概念才是明确的,表象却是模糊的。胡塞尔反对这种传统观念。他的现象学观念相信,本质可以通过直观来加以把握。这里的关键就在于对"本质"概念作出新的解释。

胡塞尔认为,除传统哲学所认定的那种经由理性推导、归纳得到的柏拉图意义上的本质之外,还存在着另一种形态的本质,那就是明见性。所谓明见性,指一种特殊的、大于概念形态的观念形态。本质并不都指概念形态的观念,还存在着非概念形态的观念,它是"不需要前提推理和逻辑论证的直观自明显现"[2]。概念形态的观念,值得向非概念形态的观念改善。这一过程如何得以实现,从而直观是如何把握住本质的呢? 胡塞尔把想象看作达成本质直观的一条途径。想象对本质直观的帮助,是通过变更本质来实现的,个体直观加自由想象使本质成为可能直观的。具体说来,胡塞尔意在从一种具体感知体验出发,通过自由的想象活动,创造出丰富的变项——例子,在此过程中,这些例子必须克服任意性,而与原有例子保持部分的重叠一致,从而保持自身与其他例子之间的联系,在此基础上,使我们的注意力转向各例子之间的同一性,确认其作为本质。[3] 也就是说,胡塞尔企望通过想象活动对所见的实

① 齐邦媛:《巨流河》,天下远见出版公司2009年版,第229页。
② [美]索科拉夫斯基:《现象学导论》,高秉江、张建华译,武汉大学出版社2009年版,第2页。
③ [德]胡塞尔:《胡塞尔选集》上卷,倪梁康译,上海三联书店1997年版,第505页。

例加以变更的能力,来获得不变的常项——本质。在此意义上,直观过程就是还原过程,本质直观就是本质还原,本质即现象,本质就在现象中,所谓纯粹现象,即现象的本质,也即还原了的现象。

胡塞尔现象学合乎逻辑的历史发展,是现代存在论哲学。海德格尔以"诗意的思"对抗日渐物化的日常沉沦状态,固然发挥着深远的世界性影响,萨特本着同样的超越精神对想象问题的研究,也切中着文学艺术的肯綮。如果说,胡塞尔把想象定位为顺利实现本质直观的手段,尚且赋予想象以工具作用,那么,引人注目的是,萨特也以一句"非现实的东西是在世界之外由一种停留在世界之中的意识创造出来的"①,同样在超越二元论的基础上致力于想象问题的探讨,却已开始视想象为文学艺术超越现实、通达存在的本体环节。萨特继承了现象学的基本方法,也试图从现象学的观点上来揭示意象如何被意识所构成,他关心的基本问题是"意识要想得到从事想象的能力就必须是什么样的",即探索想象性意识得以实现的条件。为此,他首先区分了想象的对象与现实的对象的差别,认为前者属于"作为虚无来把握的存在",例如椅子脚挡住了地毯的部分图案,如果我们当它不在现场、并未被给予自己时,它对我们便是不存在的,而如果我们试图对这被遮蔽的部分进行把握,把握其自身,就需要借助于想象,其过程是在意识中去孤立不在现场的它,构成它,把它展示在我们面前,这样,想象的活动就与现实的活动相反,"想象的活动,同时也是构成性的,孤立的和幻灭性的"。② 想象从而也便不同于记忆与期待活动,因为较之记忆与期待,想象的独特性在于转化出了一种非现实性。具体地说,萨特认为要使意识能从事想象,必须具有"假定非现定前提的可能性",意识在否定现实中构成着作为假定对象的意象,而这样的关系便呈现出虚无的特征:"虚无便是对存在具有构成意义的结构。意识只有在使现实的东西形成了一个世界的时候超越了现实的东西,才有可能去从事想象,因为对现实的东西的否定总是隐含着现实的东西在世界中的构成的。"③这种以否定现实、超越现实为特征的想象,具有五点基本特征:自由性、非手段性、情感性、否定性、必然性。这样,想象在萨特的视野中,俨然已由近代的认识论色彩开始向现代本体论色彩转化,人们普遍相信通过它才能实现真理性。

正是在此意义上,如前所述,柏格森认为直观是最高形式或最高水平的智力或理性,那不同于被降级为抽象的、失去人性的逻辑的理性,马利坦也坚信不仅存在逻辑的理性,而且也先于逻辑的理性而存在着直觉(直观)的理性。在狭义的意义上,直观可谓非理性,因为它使可感对象拒斥推理分析,仅在心意中直接呈现,在这一意义上展开"直觉即表现"学说的克罗齐,也因之被视为非理性主义者。不过,这不意味着直观只拥有狭义的意义,从广义的意义观之,直观却是理性的,因为它可以具备直接把握整体、一览无余洞见真理的能力,有别于逻辑推理能力,而成其为"对事物的协调性和差别所具有的一种敏感",故而仍属于广义理性

① ［法］让-保罗·萨特:《想象心理学》,褚朔维译,光明日报出版社 1988 年版,第 281 页。
② 同上书,第 272—273 页。
③ 同上书,第 278 页。

范畴,表现为"经过陶冶的直觉就不像未经陶冶的直觉那样轻视这种理智的戒律"①。从古罗马哲学家普罗提诺关于直觉提供感受真善美的理想方式,到胡塞尔关于本质直观的探讨,都印证着这对文学想象活动的意义。文学想象中作为广义理性的直观,展开为具体的两点。

首先,文学想象在直观中展开情理逻辑。因为直观依托于现象学基本精神,而现象学的基本精神,就是面向实事本身,即不去规范和剪裁事物,而是在意识中保持事物如其本然的性质,还原出事物本身所蕴含的辩证因素,使之成为活的思想事实。情理逻辑由此便在文学想象中被直观到。

文学想象中的情理逻辑,简要地说就是意料之外与情理之中的结合。这是一条看似简单而被古今中外作家理论家奉为共识、操作起来却并不容易的要求。例如有人盛赞《西游记》"正以幻中有真,乃为传神阿堵"②,也有人称赏《三国演义》"幻既出人意外,巧复在人意中,造物者可谓善于作文矣"③,还有人相信在成功的小说创作中"即事赝而理亦真"④,《桃花扇》的作者孔尚任视"不奇而奇"为文学想象的情理逻辑要求。在西方,近代哲学家康德在《判断力批判》第九节分析指出,在鉴赏判断中,对对象单纯主观的审美的评判,先行于对对象的愉快感,而非相反。之所以评判先于愉快,是因为,在鉴赏判断中得到普遍传达的是内心状态,即想象力与知性朝向一般认识而自由游戏的情感状态,其中,想象力凭其"自由"——"想象力的自由在于想象力没有概念而图型化"⑤,知性凭其"合规律性"各司其职,知性在此不是概念,而是一种类似于一般认识能力的"概念能力"。鉴赏判断的原则是主观的,它建立在想象力(以其自由)与知性(以其合规律性)相互激活而来的情感之上。这从根本上引出了文学想象中情理逻辑的基础性。到了现代,思想家们进一步发展了康德的上述思想,发现文学想象"绝非一种无组织、无意义的感性,而是按照严格的逻辑展开的、述说着自己的感性",这种依靠感性运作的逻辑是"情感逻辑",它使审美对象形成了一个协调统一的独特世界,这个世界的统一性不来自可从外部加以把握的理性逻辑,而"来自仅仅服从情感逻辑的一种内部凝聚力"⑥,即来自直观。都讲先验,康德与胡塞尔在"直观"这一点上是相通的。

直观对情理逻辑的实现,被文学创作实际不断证实。小说的一个重要源头是神话,神话富有个人色彩的传奇性,对小说的成形产生了深刻影响,而在神话中,一切其实皆有逻辑的联系,逻辑联系保证了神话结构的和谐。⑦ 神话孕育、催发下的小说,自然也不可避免地需恪守逻辑联系。哥伦比亚名作家马尔克斯以魔幻现实主义小说著称,却坚信叙事时"事物无论多么荒谬悖理,总有一定之规。只要逻辑不混乱,不彻头彻尾地陷入荒谬之中"⑧,非如此便失去了有效理解叙事的基础。我国学者钱锺书举了许多反面例子,证明"荒诞须蕴情理",将

---

① [美]马丁·约翰逊:《艺术与科学思维》,傅尚逵、刘子文译,工人出版社1988年版,第27页。
② 睡乡居士:《二刻拍案惊奇序》。
③ 毛宗岗:《读三国志法》。
④ 无碍居士:《警世通言叙》。
⑤ [德]康德:《判断力批判》,邓晓芒译,人民出版社2002年版,第129页。
⑥ [法]米·杜夫海纳:《审美经验现象学》,韩树站译,文化艺术出版社1996年版,第216页。
⑦ [法]乔治·杜梅齐尔:《从神话到小说》,施康强译,生活·读书·新知三联书店1999年版,第38页。
⑧ [哥]加西亚·马尔克斯、门多萨:《番石榴飘香》,林一安译,生活·读书·新知三联书店1987年版,第39页。

文学艺术中的逻辑特征比拟为一个类似于三段式推论的过程："情节之离奇荒诞,比于大前提;然离奇荒诞之情节亦须贯串谐合,诞而成理,奇而有法。如既具此大前提,则小前提与结论必本之因之,循规矩以作推演。"这样做的理由在于,基于想象力的叙事活动"无稽而未尝不经,乱道亦自有道"①,不妨以几个颇能说明问题的情理逻辑例证来检验。在斯威夫特的《格列佛游记》中,岛国国王驾驶含有磁石功能的飞岛专制地遮住全体岛民所需要的阳光与雨水,这作为大前提的想象不可谓不奇幻,但这种只手遮天的专制膨胀至恶性极端而激起人民的一致反抗后,全体岛民又义无反顾地揭竿奋起,借助于磁铁的力量共同把这个专制之源给成功地吸了下来,而终于拨云见日迎来全民自由,合乎逻辑的小前提,合理推出了振奋人心的结论,使这部奇幻叙事赢得古来无数读者深深的心灵共鸣与交口称誉。《西游记》中唐僧路过号山枯松涧火云洞,被狡黠的红孩儿一阵风掳去。孙悟空救师心切,不提防被红孩儿一把三昧真火熏得三魂出魄昏过去,幸得猪八戒救回神,拟请南海观世音菩萨来帮忙降妖,行者道:"若要拿此妖魔,须是去请观音菩萨才好。奈何我皮肉酸麻,腰膝疼痛,驾不起筋斗云,怎生请得?"这个细节典型地体现出荒诞中的情理。孙猴子一个筋斗云十万八千里,好比大前提,当然荒诞。翻筋斗云需要起码的体力,是腾云驾雾的基本保证,又好比小前提,属于难以更改的常识。大小前提联手配合,才可以推出结论:孙悟空的筋斗云能顺利飞到目的地。若缺少其中必要一环,比如因被妖怪伤害而暂时丧失体力,那就驾不起筋斗云了。这荒诞,荒诞得十分有逻辑。又如,大闹五庄观一段故事告诉我们,人参果与天地五行相克,"遇金而落,遇木而枯,遇水而化,遇火而焦,遇土而入",那意味着无法用五行中任何一项救活人参果。既如此,一个棘手的叙事逻辑问题是:吴承恩接着将如何写观音菩萨用玉净瓶中的甘露医活仙树呢? 观音细心安排道:"那个水不许犯五行之器,须用玉瓢舀出,扶起树来,从头浇下,自然根皮相合,叶长芽生,枝青果出。……我方才不用五行之器者,知道此物与五行相畏故耳。"甘露也是水,是液体,不脱五行之性,也属于难以更改的常识,乃大前提。观音无法不施以甘露,但又必须充分考虑到甘泉的水性,于是,出现了一种换神器来舀取甘泉的设计,此则为小前提。大小前提结合在一起,才成全甘泉活树的美意。要是离开了诸如此类的情理逻辑考虑,文学想象将因失控而难以得到理解。

　　文学想象中情理逻辑的两种反面情形,是放弃逻辑和强制逻辑。前者如亨利·詹姆斯的中篇小说《螺丝在拧紧》。这个文本长期以来不断地引起人们的兴趣,其情理逻辑的模糊不清是最主要的原因。故事叙述一位家庭女教师去一户大家庭应聘,成了这家两个孩子的老师,但她逐渐发觉,弥漫着神秘气息的一系列怪事不断在这户人家的大房子内外上演,她甚至不期然看到了窗外的一个鬼魂,与此同时,两名孩子的举动也越来越古怪,似乎在有意地玩弄她于股掌之上。故事就这样结束了,正处于紧张悬念中的我们掩卷之际不免一头雾水:这从头到尾的神秘的一切到底是怎么一回事呢? 小说中找不到暗示。也就是说,作者和我们一样不知道决定这一切的实情,他可能在写这部小说时,不打算清楚构想出前后事件之

① 钱锺书:《管锥编》,中华书局 1986 年版,第 594—595 页。

间如何发展推进的策略,结局对他来说竟也是空白。尽管也有学者努力地为这部小说的奇特写法辩护,仍无法讳言,小说的逻辑合理性可圈可点。后者如德国当代作家聚斯金德的长篇小说《香水》,让制造商巴尔迪尼刚刚获得香水秘方便在一夜间死于地震,无非为了主人公由此独步天下的出场。又如马里奥·普佐的《教父》写迈克尔在不能带武器的情况下前去暗杀索洛佐,于是事先在对方卫生间中暗藏了一把手枪,谈判过程中借故上卫生间而取出手枪返回,出其不意地击毙对手,可为何敌人会毫无戒心地轻易让迈克尔一人上卫生间做小动作?这类充满了高度戏剧性的情节,让人看到作家为照顾故事向某个预定方向进展,而刻意略过偶然因素的巧合设计,在这一设计面前,读者的反应是激动的,姿态则是被动的。

其次,文学想象在直观中进行评价。因为直观依托于现象学基本结构,而现象学的基本结构就是意向性,即观看目标内含着观看视点,成为视点与对象的共生物,这就必然使直观在意向性结构中带有一定的方向感估计,渗透了某种评价意向。评价成分由此也贯穿于文学想象的直观过程。

如本章一开始所述,想象的性质是对场内与场外的贯通,这直接决定了,它除了显现出尚待被发现的新事实之外,还同时显现着对这个新事实的评价性态度,即显现着价值,这一点对积极的文学想象来说是更具有意义的。因为,仅入场、在场时,我们看到的是"场内有什么""场内是什么",即得到的只是现场的实体属性,它属于知识范畴。当为了看清全场而抽身离场并开始反思时,我们把原先视点所内含的某种特定需要还原了出来,进一步看清了"场与我呈什么关系",即得到的是现场与自己的关系属性,由此向"场与我的更合理关系"积极地筹划,属于价值范畴。想象既然发自离场而看清全场的需要,必然包含着评价,而具有鲜明的价值性。

这也为文学创作实际所证实。例如福楼拜的小说《包法利夫人》有个奇妙之处,即明明是越出了当时伦理道德规范的偷情行为,我们读着读着却找不到批评爱玛的底气和借口,她当然自作自受,与人无尤,可故事杜绝了我们轻易指责她伤风败俗的可能,除了两段婚外情,她甚至就是一个好妻子、好母亲,无愧于丈夫与家庭,而使我们无法居高临下对她产生廉价的同情。个中的微妙原因,就在于作家在写着爱玛这些故事的时候,同时也在评价着故事中所反映出来的人物性格。就爱玛与情人的两次私奔而言,不但每次偶然的邂逅及其发展与结局是一种巧合,而且意味深长的是,她私奔了两次,把同样的错误犯了两回,或者说在情感方面上了两次同样的当,这同样是一种巧合。两方面合起来,精致地描叙出了日常中的巧合。在一般作者那里,写出这种巧合似乎就已是全力所系,试图传达的效果也仿佛就是这个而已。更甚者,接下来如若写女主人公如何绝处逢生乃至报复,也未尝不可,那只是在不断强化这种日常中的巧合。福楼拜的写法之所以与此不同,而杜绝了我们轻易产生道德指责的可能,相反隐隐同情起爱玛,是由于他在写出了一个悲剧的"日常的巧合性"的同时,有力地写出了这种悲剧作为"巧合的日常性"的一面:人作为世界的一分子始终有测不准的、神秘而陌生的未知性一面,面对这始终未知的因素,命运无常是人的生存的常态,人因而在自以为得到的同时始终同时失去着,得而复失,失而复得,这是一种根本的生存论巧合,人只能随顺它而无力轻易改变它。我们可能不会陷于爱玛所具体遭遇的私奔命运,但这一点决不是我们由此优越地谴责她的理由,因为虽然不至于简单重复这种命运情境,我们每个人在和爱玛那样经历"在得到的同时始终失去着"这个生存的终极悖论——巧合的日常性上,又完全不分彼此而一致。巧合具有日常性,人人不脱其宿命,所以很自然地没有了轻易嘲弄他人的底气与资本。这就是文学想象在直观中同时拥有着的评价因素:虽然因犯了错而遭遇悲剧,但这一悲剧所需要的不是批判,而恰恰是同情,因为它说穿了乃是人人皆会遇到的生存困境。

这种评价通过语言的巧妙调度体现出来。当代作家虹影的自传体小说《饥饿的女儿》中,女主人公"六六"在家中排行老小,1962年出生在长江南岸的重庆棚户里。作品自始至终笼罩着饥饿的氛围。倘若小说只是一味渲泄对饿的恐惧和对温饱的向往,那充其量只不过在已经很多的"出气筒"式的作品中,再增添一部而已。虹影的过人之处在于,她超越了非常年代里那种历史一手造成的无助和绝望,从个体生命的最深处激发出一种对美的不灭信念。这从小说的语言上能体会到。整部小说笔调干净冷静,即使当叙述到某些本可以痛快发挥一番的地方时,也从容节制,透着点意味深长的冷幽默。请体会这样的叙述:"我们六号院子里有一家人,四个儿子有三个进监牢,轮换着出出进进,才使一家人没饿坏。"还有这样的话:"坡上坡下,这年树枝光秃秃都还未抽出芽,吃嫩叶还不到时候。"表面没有直接批判荒谬的社会现实,风趣里却掺着悲苦和无奈,境界一下上去了,它使若干年后的"六六",也使我们每个人懂得,绝望不是永恒的,人,哪怕最灰暗的时候,心中也不会泯灭对美的确信,那成为支撑"六六"在艰难苦恨中一步步走来的动力,也是这部极尽饥饿之苦的小说虽极具灵魂震撼,却并不流于怨艾的原因。这就是作者隐含于想象中的评价因素,它和故事的情理逻辑相得益彰。

文学想象中评价的两种反面情形,是放弃评价和消极评价。前者如捷克现代作家恰佩克的长篇小说《鲵鱼之乱》。这是一部极富想象力的幻想小说。故事讲述万赫托船长在印度尼西亚群岛上偶然发现了一种送给人珍珠的鲵鱼,受到发家致富欲望的驱动,他游说大资本家邦迪予以财力上的支持,打算将这些类似人形、颇为机敏的动物当作廉价劳动力加以培植,供人类采集珍珠和开发水下建筑,然而,随着这种欲望以及由此而来的捕杀行为日益升级,鲵鱼的数量反而越来越多,更可怕的是,鲵鱼们逐渐掌握了人类的技术,而且将人类表现为过度掠夺和侵略性扩张的法西斯思想也一并吸收到了自身中,灾难开始了,鲵鱼们抢夺到人的武器,发起了比人类捕杀行为更具力度和破坏性的大举反攻,袭击大陆,扩充海面,淹没土地,妄图消灭人类,甚至逼得人类被迫与之谈判,结果是鲵鱼依旧大肆繁殖,对人类构成越来越大的威胁,故事最后以鲵鱼们自相残杀、分崩离析、人类得以保全而告终。这个故事尽管寄托了小说家对二十世纪三十年代中期法西斯军国力量的深切愤慨,但小说试图表达的基本思想,应该是人对世界的无休止侵占欲导致异化,终于反过来危及人自身的生存,故事快要结束时作者的一句"看到人类如何出于自己的意志,不惜一切代价地冲向毁灭"就体现出了这一思想。问题是:人类造成的灾难,应该由人类自己来积极探索合理解决的方案,怎能把解决之道归于那个被人类自己造成,反过来危及人类的对象的自我毁灭呢? 换言之,在这个充满讽喻色彩的奇幻故事里，鲵鱼群体纵然演变成了威胁人类的力量，但它们一开始毕竟是以人类侵占欲的受害者面目出现的，那么有理由追问：鲵鱼群体最后的自我消亡，给这场灾难的始作俑者——人类留下了什么呢？故事的这一归宿没有在人类自身的反省性上作出应有的评价，反而给人以同情人类的印象，无形中更带来令人类开脱责任的消极效果，小说的思想意义因此被削弱了。又如英籍匈牙利作家阿瑟·库斯勒的长篇小说《中午的黑暗》，这个让人不寒而栗的故事，展开于苏联二十世纪三十年代的大清洗运动背景下。主人公鲁巴肖夫是曾经是个风展红旗猎猎的老布尔什维克，革命年代里出生入死，可革命结束以后呢？小说把这位老革命推进新的问题漩涡中，在那儿，他开始怀疑苏修时代全国大清洗的正当性，因为怀疑这种正当性而理所当然遭到当局逮捕和三次提审，又因对这种正当性冥顽不灵，被从后脑射来的一颗子弹终结了仍在苦苦进行内心追索的生命。出人意料的是，小说以鲁巴肖夫在一次次盘问和呓语中慢慢迷失自信，向审讯官承认有罪——罪在凭一时感情冲动而使自己反动地凌驾于人类之上，由此被处死而告终。这是小说的败笔。作为一部小说，以独立思想者最终星火寂灭般死于思想钳制者之手结束，放弃了文学艺术应有的评价性维度。后者则如美国当代作家戴维·洛奇的长篇小说《小世界》。小说借助人物之口频频将结构主义思想与性交类比，诚然在辛辣中发人思考，但对学术界各种奇形怪状的精巧揭露，几乎消解了对学术本身神圣崇高性的应有看护，换言之，我们只看到作者不停地戏谑或拉帮结派，或热衷剽窃，或阳奉阴违，或坐吃老本的各色学界人物，却看不到作者对学术的非游戏式态度，直到故事结束亦复如此。为逼近这一目标，作者采取的主要策略是大量渲染这些大学教授穿梭于新欢旧爱的性经历，可也正是这一点深化着作者在调侃方面的失控，小说第三部开始不久的一句话流露出了这种失控："一对对年轻人相拥着晒太阳，或者打闹着，一眼就可以看出只是略加伪装的对于交媾动作的模仿。"这不是客观事实，而只是作者极为冲动的主观夸张，它透露着整部小说自始至终充溢着的过度调侃特征。学院生态的反常表现是可以调侃的，但学术本身是难以被轻易调侃的，对此的忽视一定程度上使小说归于价值上的虚无主义，作者读者皆感迷惘。文学中想象与评价的融合重要性由此可见一斑。

 [本章拓展思考题] |||||||||||||||||||||||||||||||||||||||||||||||||||||||||||||||||||||||||||||

一、请充分发挥想象力，任选以下五题中的一题，完成一篇富于个性的文学想象性作品。

1.《史记·刺客列传》说"荆轲有所待"，这句话留给后人不尽的遐想：他究竟在等待谁呢？又或者这个"待"字可作别的解释？你能从这句话生发开去，想象出一个有意思的故事吗？

2. 据宋代僧人文莹的《湘山野录》等野史笔记记载，宋太祖赵匡胤被疑卒于其弟赵光义之手，时有"烛影斧声"的零星文字传世。当时究竟发生了什么？你愿意来精彩地补足这个让人意犹未尽的神秘故事吗？

3. 又有一种民间传说认为，闯王李自成当年战败后并未身死，而是退进了湖北九宫山，那以后更相传有人见过出家为僧的他。这自然也只是口传版本之一。在你的丰富想象中，这位英雄一世的人物从那以后去往了怎样的人生归宿？他的后半生故事同样有可能发自你不乏意趣的笔端吗？

4. 1898年9月18日夜晚，谭嗣同只身赴法华寺夜访袁世凯，留下了诸多谜团，也使这夜成为中国历史上一个重大转折时刻。请参考李敖的《北京法源寺》（该书名即指北京法华寺）及相关史料，写一个小说或剧本，还原那一夜惊心动魄的故事。

5. 1900年，王道士无意中发现并打开莫高窟藏经洞，沉埋千年之久的华夏灿烂文化图卷光芒四射地出现在世人眼前，催生了敦煌学这门饱浸着民族心灵辛酸的学术。这件事为历史的偶然性提供了令人心情复杂的注脚，但它在细节上仍是缺损的。你愿意在参考姜亮夫《敦煌学概论》等相关著作的基础上，运用想象来还原这个不乏传奇意味的故事，为沉闷的历史注入一脉文学的温情吗？

二、想象不仅为文学创作所必需，如本章所分析，它还是学术研究不可缺少的一种素质。请结合你的直接经验与间接经验，说明什么叫"学术研究也一样离不开想象"。

三、请任选以下两题之一，完成一篇文章。

1. 请构思并撰写一篇悬疑小说，并注意最大限度地符合想象中的情理逻辑。

2. 请采撷当下社会中的各种奇葩现实景象，模拟《山海经》体例与笔意，充分驰骋想象，或用文言，或文白相间，尝试写一篇精彩奇文《新山海经》。

四、请任选以下四题中的一题，驰骋你的丰富想象并创作出精彩的文字。

1. 将全班同学的姓名通过想象巧妙制作成歇后语。

2. 将全班同学的性格气质通过想象巧妙对应于一道道别致的菜。

3. 将全班同学的微信状态通过想象巧妙串联成一首新诗。

4. 考试作弊当然可耻。但这不妨碍我们尽情发挥想象力，来想象一个高智商的作弊者将会采取怎样的作弊手段，以防患于未然。比如，如果桌上仅剩一瓶矿泉水，他或她仍有可能成功作弊吗？请写一篇有趣的《九阴假经》，把你能想象到的作弊手段一一精彩胪陈，正话反说，反话正说，而极尽穷相。

五、请任选以下两题之一，完成一篇文章。

1. 在什么情况下，人类一直引以为豪的逻辑会失灵？比如因果性突然不起作用了。请以"逻辑的保守"为题，就此话题写一篇文章。

2. 请以"故事的事故"为题，对你曾读过的任何一部叙事性作品（比如中国四大名著），提出令你深感不解的情节逻辑上的疑点问题，写一篇文章来尝试初步探讨这些问题。

六、阿根廷现代著名作家博尔赫斯曾有一个惊人的判断，认为卡夫卡除了以古希腊哲人芝诺为创作上的第一位先驱外，还以中国唐代文学家韩愈为第二位先驱，理由是，韩愈的《获麟解》启发了卡夫卡的《变形记》等作品。在你看来，这一判断符合事实吗？请展开你对此的深入调查。同时，你还能由此想到别的相似案例，来证明文学想象的这种中西呼应吗？

七、请任选以下两题中的一题,通过参阅有关材料详述你的见解。

1. 我国现代著名学者陈寅恪在治学上坚持"以诗证史",钱锺书则在治学上主张"史蕴诗心"。你赞成这两种治学立场中的哪种?

2. 有人从余秋雨的作品中找出了不少文史差错,来证明其价值的可疑。你认为这些差错是否影响余氏的文学成就?

八、近代意大利思想家维柯在《新科学》中指出,先民靠想象来达成"诗性智慧",他们缺乏推理能力,却拥有强盛的感觉力与生动的想象力,凭借肉体方面的"诗性想象"来构思事物意象或观念,使诗、殊相、想象先于散文、共相、理性而兴起,早期诗人(如荷马)就以想象创造出了丰富的意象,奠立了人类文明的基础。那么,原初先民这种"诗性想象"就等同于文学活动中的想象吗? 如果对此的回答令你感到迟疑,两种想象活动的联系与区别分别又在哪里呢?

九、该如何理解现代一些伟大艺术家对想象的警惕,如塞尚明确宣布绘画时"就是讨厌发挥想象。我希望自己就像一棵菜那样没有意识"(见加斯凯《画室》一书记述的塞尚谈话)?

十、现代德国现象学家马克斯·舍勒创立的情感现象学,引人注目地揭示道:"有大量的感情具有'客观的'性质,并且根本不同于那种过去被看作是一切感情的代表的纯粹主观的感情。"请结合自己对此的进一步阅读与思考,阐述你心目中这一见解的内涵及其对文学想象活动的意义。

 [本章进一步推荐阅读] ▪▪▪▪▪▪▪▪▪▪▪▪▪▪▪▪▪▪▪▪▪▪▪▪▪▪▪▪▪▪▪▪▪▪▪▪▪

1. 杨绛:《关于小说》,生活·读书·新知三联书店 1986 年版

2. [苏联]康·帕乌斯托夫斯基:《金蔷薇》,戴骢译,译林出版社 2023 年版

3. 老舍:《我怎样写小说》,文汇出版社 2009 年版

4. 张炜:《小说坊八讲》,作家出版社 2014 年版

5. [俄]魏列萨耶夫:《果戈理是怎样写作的》,蓝英年译,辽宁教育出版社 1998 年版

6. [意]安贝托·艾柯:《悠游小说林:艾柯哈佛诺顿演讲集》,黄寤兰译,广西师范大学出版社 2017 年版

7. 徐亮、苏宏斌、徐燕杭:《文论的现代性与文学理性》,浙江大学出版社 2005 年版

8. [法]加斯东·巴什拉:《梦想的诗学》,刘自强译,生活·读书·新知三联书店 2022 年版

9. [美]S. 阿瑞提:《创造的秘密》,钱岗南译,辽宁人民出版社 1987 年版

10. [法]雅克·马利坦:《艺术与诗中的创造性直觉》,克冰译,商务印书馆 2013 年版

第七章
文学的虚构

　　想象的必然结果是虚构。文学的魅力来自各种不雷同的虚构。作为文学独特优势的虚构,正进一步积极融入非文学活动而成为其创新契机。近年来在国内外逐渐兴起的人工智能及相关问题研究,探讨一系列虚拟空间,相信人们在那里可以和并不处于同一物理空间的人一起,探索宇宙的新奥秘,这便在某种程度上离不开虚构。本章讨论文学虚构的意义及其运作机制。

一、虚构的性质

客观地看,虚构是人与生俱来的天性。早在原始社会中,原始人聚集于篝火边,边烤食取暖边相互讲故事,便孕育着文学虚构的种子。《一千零一夜》中的山鲁佐德也正是靠着这种人的天性而躲过一劫。这种天性随着人类文学活动的发展、丰富而不断得以加强,如美国学者瓦特所总结:"自理查逊以来,小说的主要功能之一,就是使一种虚构的创始仪式进入社会的最基本的秘密之中。"[1]为什么人的生活离不开虚构这种能力呢?

在传统的存在论解释中,这是因为人的现实生存境况总存在着这样那样的不理想情形,是始终不自由的,只有在基于想象的虚构活动中,人才可能获得足以弥补现实中不自由境况的自由。就此而言,人对虚构的重视,归根结底取决于人类对自由这一生存目标的需求。人的生存处于现实与理想的交接点上,总因两者之间必然产生的矛盾而表现出非自由的种种特征,其最显著的表现即马克思主义创始人所说的异化。从理论上说,人既然无法全然挣脱现实处境而获得真空式的生存,便难以真正获致自由。但在一个特殊领域中,身处有限性境况的人却可能获得以无限性超越为特征的自由,这个特殊领域就是虚构。为什么虚构能保证人的自由呢? 因为虚构是对人的可能性的独特展开,而人只有在已然性的基础上展开可能性才是完整的,所以,虚构也是人获得自由的唯一领域。这就是虚构的重要性与根本意义。现代哲学家海德格尔对此精辟地阐释道,生存就是"可能性","某某事物作为它所是的东西能在其可能性中得以把握",可能性是"尚未现实的东西和永不必然的东西",它属于"生存论环节",因而比现实性更高,在根本上关涉到了此在的自由,"自由仅在于选择一种可能性"[2]。这便对虚构与自由的本体性关联作出了透彻证明。在人的一切活动中,文学得天独厚地具有虚构的能力,这也便为文学与人生的本体性关联提供了充分理据。大量事实都证实着这一道理。例如清代文学家蒲松龄创作《聊斋志异》的一个基本动机,是由于科场屡试不第而孤愤著书,小说中虚构的《陆判》一则故事叙述某书生科场失意却胆气过人,独自入荒庙背回了被众人惶惶害怕的陆判塑像,而在夜里与陆判所化人形结成了莫逆之交,后者感于前者情义而为之换心,"作文不快,知君之毛窍塞耳。适在冥间,于千万心中,拣得佳者一枚,为君易之,留此以补缺数",遂使之文思大进而终于题榜。这个被虚构得栩栩如生的故事,就是作者蒲松龄让不理想、非自由的现实处境在文学虚构中展开的、理想而自由的可能性世界。

但这一传统解释容易将虚构理论简单化和理想化。变现实中的不理想为想象和虚构中的理想,固然很容易成为人之常情,但那毕竟是以乌托邦的乐观主义信念和线性式的进步论为前提的,如前面第一章所分析,它在促动纯文学观念产生和发展的同时,也留下了明显的局限:将文学虚构的内涵窄化了。

---

[1] [美]伊恩•P.瓦特:《小说的兴起》,高原、董红钧译,生活•读书•新知三联书店1992年版,第189页。
[2] [德]海德格尔:《存在与时间》,陈嘉映、王庆节译,生活•读书•新知三联书店1999年版,第326页。

深入的考察表明,当说"实的反义词是虚"时,这个"虚"不是虚假、虚妄的意思,而是"潜在"的意思。潜在的能量作为潜能,产生出趋向语言限度、逼出极限的运动,形成了虚构。这才是今天理解文学虚构问题的正确途径。

把存在论的主题抽绎成哲学模型来看,那说的就是观看的两重性:一个人无法既在现场,又同时反思这个现场的意义,因为反思(反过来思)是一个回头的动作,当他一回头反思,他就对自己在现场中的位置进行了二重化,此时的他便失去原先的立足点,而移身场外了。这是现代以来自然科学"测不准原理"宣示的真理——位置与动量不可兼得,对电子位置的事后测定,必然以该电子已跳离了原先位置为前提。这也是"此情可待成追忆,只是当时已惘然"的人文心结所系。这一哲学模型体现了存在论与语言的关联。因为符号作为不是原物的替代物(表征),行使的正是离场功能,故事的发生与对故事的讲述,因而在存在论视野中无法成为同一件事:后者不得不"隔",前者则需要"不隔"。对此前面第四章已作分析。存在与语言在二十世纪以后成为并行的显学,其因就在于此。

但由此也可见,这个哲学模型,揭示的是"有"(在场)总伴随着"无"(无法同时看到场内的自己)这一生存本体,"总伴随着",表明了一种稳定持久的团块效应,因此是建立在"让意义内收为团块"这一存在论基础上的。这种团块效应,就是基础存在论所倚重的因缘结构。所谓因缘,指主体在场内的观看是随缘的、听任的,他随机地占据了一个观看的视点位置而发出观看,看到的内容是被这个视点位置所关联到的视野,因而是有倾向(先见作用下的方向估计)的。在以关联性(关联即随缘)为实质的这种因缘结构中,核心与周际消弭了拼接痕迹而整合为一体,内外部天衣无缝地接榫,造就了稳定的全局。"有/无"在这一因缘结构中始终伴随着,才有了烦、畏、死等一系列迷人的诗思,以及自由的信念:因为会遭遇"无"(死),才需要珍惜与眷顾"有"(生)。

有没有可能转换一下思路,考虑挣脱这种存在论惯性,用更具说服力的自由证明它其实还不自由?仍然抽绎到哲学模型上考量,一个人可以既在场,又同时观看到场内的自己,方法是让自己由实入虚,获得主体的虚化。此时,你既扎根于场内,又不由于你那就在场内的立足点,而陷入观看自己的盲区,因为这个立足点被虚化,使你通过它,完整地看到了对象和自己。形象地描述就是,主体仍在一个场内占据着观看的视点,但他把自己所处的位置用虚线框定起来,这样从高空俯瞰,他仿佛和场内除他之外的一切浑然化为一体,互为映照。他发出观看对象的视线,在这一视线的折返中反观自身,这个过程,保证了主体不付出失去原先立足重心的代价。

那么,究竟什么是上面所说的"虚化"?由实入虚的关键在于,承认"虚"是"潜在"的意思。认识到这点,才能进而发现,上述虚化进程是通过潜在能量——潜能的运动实现的。

这是当代文学理论正在深描的重要景观。在鲜明反本质主义的当代理论家,比如德勒兹与马苏米等人看来,潜能与虚拟有关,指事物的真相不受任何先验力量的支配与控制,而维系于虚拟活动。德勒兹与亚里士多德以及海德格尔的根本区别,在于注重鲜明的分化行动,他所主张的事件植根于以"有限而真实的发生中的无限性流动"为特征的内在性。① "内在性"在德勒兹这里，就是一种富含差异（而非筹划好了全局）的潜在虚拟过程。德勒兹的著名概念"内在性平面"不旨在绝对地超越现实，而将思想的可能性维系于具体现实的、无限流动着的表面，是一个涉及无穷突变与多样性的本体性概念，由于不受任何先验力量的支配与控制，它便不属于具有稳定系统的理性活动，流动的表面含有一种未经固定的混乱（chaotic）因子，使哲学作为思想操练，必然面对这种作为内在动力，而产生出各种边界与孔穴的混乱因子。这种失序作为混乱之流经过裂隙，破坏性地迫使思想对自身进行无限的再创造。思想中没有规则与永恒之物，它只向由混乱因子发起的、非成形的构成物开放，把自己交给一系列活跃的与实际的事件的多样性，也就被事件赋予了独异的新意，因为事件的生成来自独异性要素的持续重新配置。只有当关于存在的确认源自多样性的无限力量，其蕴含的事件及其独异性才能脱离一切强加于它之上的分类秩序，而变得不可预见，并不断创建新的感觉体系。马苏米更为直截了当地指出："德勒兹的'虚拟'（virtual）对应于怀特海的'纯粹潜能'（pure potential）。"②后者将"进入"作为经验的契机，作为一种个体发生力量，在动态的经验形式（即事件的融合）中合作，其潜在的进入活动是激励。虚拟或纯粹潜能的作用之一，便是使惊奇成为一种普遍的、构成世界的力量。马苏米沿此察觉到，在同一虚拟空隙中的连续性原子，由于缺乏规模或位置，在空间上无法严格区分，最终得到的图像，是在虚拟叠加（virtual superposition）状态下不断区分连续性原子所形成的。意识在事件上述虚拟叠加的连续性中减弱，替代它的意识上升之后，会发生一小部分的中断，导致缝隙中发生的微小事件不会被自觉地记录下来，但看似盲视的这一过程，还是会对发生的事情作出一种定位。"有问题的重叠区域比起放置接触点来是更好的安置它的方法。彼此陌生的两个过程，可以在构成两者的问题中紧密重叠，而不必以任何形式相互模仿甚至共享内容"，两者最终都将以其自身有问题的方式吸收对方并"形成潜能"③。在此，虚拟被清晰地与潜能联系起来思考，证明了"虚"的含义是"潜在"。

这种与虚拟过程相同步的潜能运动，随后又被阿甘本等晚近思想家阐释为对语言限度的逼近：恢复物自体在语言中的位置，同时恢复书写的困难，那开启了潜能与经验性语言在极限边缘上的搏击。语言是有限度的，其极限处构成了对经验性语言的否定。这一点被阿甘本注入了更深的意蕴。他旨在探讨使任何发生成为可能这一主题，即不仅发生出事件，而且要让"发生"本身也始终处于发生状态中。这靠海德格尔前期在有/无范畴之间的转换，以及后期对本有的某种静态持守，均已无济于事，需引入不同于它们的虚空这一新维度，从外部否定已有结构而非从内部同化已有结构，才能做到。他"恢复物自体在语言中的位置，同时，恢复书写的困难，恢复书写在创作之诗性任务中的位置"④。"书写的困难"就是对语言的限度的敏感。自觉暴露语言自身的限度，物自体才能从各种预设中解放出来，在语言中得到

① Ilai Rowner. *The Event: Literature and Theory.* University of Nebraska Press, 2015, p.34.
② Brian Massumi. *Semblance and Event: Activist Philosophy and the Occurrent Arts.* The MIT Press, 2011, p.16.
③ Brian Massumi. *Architectures of the Unforeseen: Essays in the Occurrent Arts.* University of Minnesota, 2019, p. viii.
④ ［意］吉奥乔·阿甘本：《潜能》，王立秋、严和来等译，漓江出版社 2014 年版，第 20 页。

恢复。这便将正在使用的语言逼向边缘，引出一种基于语言限度的经验。阿甘本所说的潜能，正是在这一趋向语言限度的过程中，抵达"仅仅同虚空的和无决定的整体相关"的外部，[①]简言之，"虚"即"潜在"。

从"潜在"角度这样理解"虚"，才超越了存在论。这里的关键在于超越存在论的关联性思路。如前所述，存在论在关联性思路作用下，用"无"凸显"有"的可能性，形成团块式的整体因缘结构，那照亮了"无"与"有"之间的界限，"有"已被"无"决定好，而总是显得可能。[②]虚拟（虚空）论却在潜能运动中，证明不存在一种事先去对"有"进行塑形，并产生向心牵引作用的"无"状态，相反，"有"面对的是另一种不断流露出新的匮乏，因而总是显得不可能的虚空状态，"无"因此和"有"失去界限，不再呈现为两者，而形成了潜能的极限性挤迫。鉴于虚拟（虚空）与潜能的这份内在联系，我们可以将当代文学理论关键词 virtual 中译为"虚潜"，将虚拟（虚空）论相应地表述为虚潜论。这一可以同时将中国古代相关智慧吸收与涵容在内的译法，[③]比较起来更具有学理上的准确性。

这样，虚构的性质便需要从"潜在"及其潜能运动角度来理解，这比从存在论角度将之理解为"可能性"，深刻全面得多。因为从上面的分析可以看出，"可能性"思路注重的是一种界限意义上的填补，实际上仍坚持着同一性范式，潜能的思路才注重打破界限后趋向语言限度的差异性运动，充分允许异质因素在这一进程中的溢出，所坚持的才是超越了同一性范式的差异性范式。所以，应当把虚构理解为"潜能性真实"而非"可能性真实"。亚里士多德在《诗学》第九章中提出的"诗比历史更哲学"这一经典命题，由此也可以得到新的全面理解：尽管这一说法强调历史记述已然之事，诗则记述可然之事，所以后者比前者更具有真理性，但对可然之事的理解，并不只限于可能性意义上的事，也包括不可能意义上的事。这才是对虚构的完整理解。

作为"潜能性真实"的虚构，构成了人类文明发展的动力。最宏观的"潜能性真实"，可推古人对天地的想象和虚构，"盖天说"与"浑天说"便代表了古人在这点上的虚构成果，他们在自身所能达到的想象力范围内，将对天地轮廓的认知推向了宏观的极限边缘。最微观的"潜能性真实"，则可推同样古已有之的、被形象地表述为"一尺之棰，日取其半，万世不竭"的极限思想，它也就是后来被牛顿与莱布尼茨等数学家发展出来的微积分思想。所以，虚构作为潜能的运动，在语言中趋向极限的边缘而用力挤迫，探测着语言的限度并与之搏斗，成为文学特有的思想方式。

二、虚构与语言

从上述分析可知，文学虚构的顺利实现，是和语言趋向限度的潜能运动分不开的。试举

[①] ［意］吉奥乔·阿甘本：《来临中的共同体》，相明、赵文、王立秋译，西北大学出版社 2019 年版，第 85 页。
[②] 前面第三章有关文学悲悯与见证以其"有/无"并存而陷入"永恒轮回"，可能重蹈形而上学窠臼的分析，可以在此得到更为深入的观照和反思。
[③] 道家的"虚室生白"与易经的"潜龙在渊"等命题，也在汉语语境中为这一译法提供了理解上较为自然的支持。

敦煌曲子词《菩萨蛮》为例：

> 枕前发尽千般愿，要休且待青山烂。水面上秤锤浮，直待黄河彻底枯。白日参辰现，北斗回南面。休即未能休，且待三更见日头。

情人枕畔耳鬓厮磨、极尽忠贞不渝之情的海誓山盟和蜜语甜言，恰是一种在观念中而非现实中所做之事，在让语言一个劲地向它试图指向、却难以指及的事实挤迫之际，不断跌回到语言的限度中，而使之成了无法得到现实验证的虚构，正如有识之士所言，"枕前所发的誓言，大抵是靠不住的"[①]。发话者无须为自己的话负绝对不出意外的责，受话者发现此话被现实证伪后，也不至于单单抓住这句兴之所至的话来索赔，离婚案的判决只能依据事实的法理而非观念的情理。这就是虚构在语言中趋向极限所形成的潜能性真实。又如，当我们读到余秋雨散文《道士塔》最初版本中有关看守莫高窟的王道士将大量经卷卖给外国探险者、用白灰涂佛像一事时，同样很难对其中的生动细节描写，简单下虚假的断语：

> 王道士每天起得很早，喜欢到洞窟里转转，就像一个老农，看看他的宅院。他对洞窟里的壁画有点不满，暗乎乎的，看着有点眼花。亮堂一点多好呢，他找来两个帮手，拎来一桶石灰。草扎的刷子装上一个长把，在石灰桶里蘸一蘸，开始他的粉刷。第一遍石灰刷得太薄，五颜六色还隐隐显现，农民做事就讲究个认真。他再细细刷上第二遍。这儿空气干燥，一会儿石灰已经干透。什么也没有了，唐代的笑容，宋代的衣冠，洞中成了一片净白。道士擦了一把汗憨厚地一笑，顺便打听一下石灰的市价。他算来算去，觉得暂时没必要把更多的洞窟刷白，就刷这几个吧，他达观地放下了刷把。

诚然，除王道士外或许没有第二个当事人在那个历史的现场，对这一幕举止确切目击，并把它报道给后世的可能性并不存在，那却不妨碍这仍是一段出色的文学虚构，它仿佛影视作品中引人入胜的特写镜头，给原本仅具有冰冷粗线条的历史轮廓注入了形象的画面、情感的体验与细节的记忆，其效果显然比单纯的原始历史记载（假如有的话）更胜一筹，也正是被丰沛的文学想象新发现的事实。在这个例子中，作家仿佛故意看图说话，紧盯着一个具有画面感的现场，似乎真先有王道士刷墙的场景，然后自己才把这个现场画面一五一十图绘下来。这就把语言操持成了可以指及事物、起传达作用的工具。但今天我们明白，语言并不具备如此去传达现成画面、令原音重现的能力，它是在符号区分所形成的差别中进行替代（表征）的符号系统。在此，作家便绽裂出语言不可能达到的一面，或者说逼出了语言的限度，即把语言事实上做不到的事反转为虚空，让读者自然地感受到矛盾：靠动机预设就仿佛能轻易做到的一切，是被边缘限度上开启的语言真相所无情否证了的。这个例子对于目标现场，就是一种深具说服力的潜能运动。

这反过来表明，诸如"索隐"这样的传统文学研究法，在研究合法性上有其明显限度，因为这种方法每每将文学虚构看成现实生活的映射和对应物，忽视了虚构是在语言的极限处较量和搏斗的产物，它倾向于把构成虚构的语言当成静态自足的系统，进而在证据并不充分

---

① 陶然：《吴熊和教授纪念集》，浙江大学出版社 2014 年版，第 78 页。

的情况下贸然对号入座,而得出错误的结论。如从《红楼梦》第三回的一副对联"座上珠玑昭日月,堂前黼黻焕烟霞",急着推出它受到康熙废太子胤礽诗句"楼中饮兴因明月,江上诗情为晚霞"影响的结论,却没有意识到后一联实为中唐诗人刘禹锡见于《全唐诗》的诗句。[①] 对历史上索隐派的各种文学分析,因此需要结合当代文学虚构理论的进展来加以审慎考量。

既然文学虚构是语言趋向自身限度的潜能运动,这同时意味着文学虚构的成败维系于与经验性语言的较量,或者说对经验性语言的突破。沿此进一步引出了虚构与经验加工的关系问题。

三、虚构与经验加工

文学虚构趋向语言限度的潜能运动,是通过在想象中积极调动作家的生活经验来完成的,因而,虚构与经验的关系是深入理解文学虚构活动的又一重要问题。

文学虚构的经验来源,主要包括直接经验与间接经验两种,它们每每同时存在于作家的创作实践中,共同在想象中得到着进一步的加工,而推动着虚构的顺利展开。在一些情况下,作家是基于自己在现实生活中的直接经历展开想象与虚构的,这种亲身经历直接向他提供了创作的源泉与动机。如狄更斯幼年为了偿还父债,不得不投靠远亲而去一家皮鞋油作坊当学徒,并被雇主关在玻璃橱窗内表演娴熟的操作技术,作为活体广告招徕顾客,这种深深烙在他心头的耻辱经历,也不由自主地促使他在日后的小说创作中屡屡以贫苦儿童的遭际为创作题材,写出了《大卫·科波菲尔》等一大批感人肺腑的优秀作品。在另一些情况下,作家则又根据自己从读书、交友等现实生活内容中获得的间接经历来深化想象与虚构,进一步丰富那个被文学创作出来的新世界的面貌。如蒲松龄写作《聊斋志异》时曾专门在村头柳泉边摆出茶摊供路人解渴除乏,借此机会主动邀请他们向自己讲述上天入地、千奇百怪的人间故事,不知不觉地大大丰富着小说创作的间接经验。又如果戈理的讽刺喜剧《钦差大臣》,其素材也并非直接得自自身生活经历,而是间接地来源于好友普希金的告知,后者将这一题材主动出让给在喜剧讽刺才能方面更胜自己一筹的前者,也使之丰富了经验的层次。就这样,以上两种经验取之不尽、用之不竭而交错融合,灵活自由地保证着文学虚构的无限可能性。

正是由于文学虚构植根于上述两种现实经验形态,与之具有密切关系,文学作品首先便以在想象中充分调动起这些现实经验为前提,以让读者充分还原出与感知到这些现实经验为努力追求的创作目标。这就是古今中外优秀作家无不高度重视经验的原因。如英国作家毛姆认为"你对一本小说,首先要求你觉得可信;如果你本能地感到人物的行动不符合一般常识,小说就失去吸引力,小说家就抓不住你"[②],以经验的可信性为衡量一部作品成败的基

① 蔡义江:《追踪石头:蔡义江论红楼梦》,文化艺术出版社 2006 年版,第 88 页。
② [英]毛姆:《毛姆随想录》,俞亢咏译,百花文艺出版社 1992 年版,第 111 页。

本标准。美国剧作家阿瑟·米勒也指出"一部剧本应该对有常识的人们讲得通"，[①]这与我国当代作家有关"想象力固然重要，但没有经验的基础，想象力也无用武之地"的类似强调，[②]用意显然一致，既对一切文学作品都适用，也使我们用严格的眼光考察文学名著中的经验性细节获得了基座与准绳。作家王蒙关于《红楼梦》中一个经验性细节的质疑很能说明问题。他反复阅读小说中尤三姐自刎一节后感到纳闷："在两个男人近前自杀会是那么容易，那么干脆利落的吗？贾琏、湘莲竟然连拦阻的意图也没表示，是他们不想拦还是三姐剑法如电呢？顺手一抹，就能断气？此剑莫非是干将莫邪，如此'吹毛断玉，削铁如泥'？柳湘莲毕竟不是刺客不是武官不是《水浒传》中人物，佩戴实战性能如此出色的武器做什么？又如何将这样的武器作为定婚的信物？不等于现今用装好子弹的冲锋枪做婚姻礼物吗？尤三姐这么会用剑吗？她这样熟悉解剖学能迅雷不及掩耳般地一下割断动脉吗？割断动脉一下子会喷出多少血来，贾琏尤二姐湘莲还能那样冷静地讨论责任问题吗？即使一下割断动脉，也不会马上变成死寂的僵尸，自杀者的四肢、身体乃至声音语言还会有种种弥留之际的蠕动活动响动，怎么一个字都没写呢？"[③]仔细推敲起来确实有其道理。在此意义上，人的经验，在任何时候都是文学虚构的本源。

例如余华的小说《活着》，描写主人公福贵从纨绔子弟沦为手上长满茧子的农民的苦难一生，在某些经验性细节上很难让人理解。如写福贵去赌钱，竟会把全部家财给输了个精光。"我把家产输光啦。"这一声回家后的无奈告白，给人的感觉过于粗糙。把家败尽，是很大的场景和过程，此处作家显得快了些，又轻描淡写了些。又如这样的叙述："可我爹走到门口，身体一晃就摔到地上气昏过去了。"此类夸张的细节，不免令人半信半疑，因为它怎么都不太像生活中可能发生的原生态。再如，眼见福贵不上进，老丈人上门接走家珍那一幕，家珍钻进轿子，女儿凤霞出来送娘依依不舍，想和娘一块儿回去，可是，"她半个身子才进轿子，就被家珍的手推了出来"。这符合一个爱女心切的农村妇女在这种揪心场合下的正常情感吗？她会不会狠心到一把将女儿这么推开呢？另一个可说明问题的例子是阎真的长篇小说《沧浪之水》。小说情节并不复杂，医药学研究生池大为大学毕业后去卫生厅工作，娶了一个远比他善于见风使舵的妻子，自此开始和形形色色的官场动物打交道，起先，怀有壮志的他清高出尘，决不与周围各种狗苟蝇营的"猪人"一鼻孔出气，在跌了太多的跟斗后，他变了，意识到金钱和权位的巨大力量，于是乖巧地做起人来，直到混上厅长助理这个一人之下众人之上的位子。总体上说，这是近年来一部有激情的好小说，不过作者情感太投入了，一些细节描写难免有虚假之嫌。如池大为作为一名颇具文化层次的知识分子，在儿子被烫伤、马厅长让出自家轿车供他上医院急救时，竟会"双膝不停地弯下去"感谢马厅长，同样，当马厅长退休、池大为接位时，他慷慨地给早先没评上职称的郭振华开了绿灯，后者作为高级知识分子竟又"双膝曲了下去"，这种动作显然不符合常情。同样是知识分子感恩之情的流露，宗璞的

① ［美］阿瑟·米勒：《阿瑟·米勒论剧散文》，陈瑞兰、杨淮生译，生活·读书·新知三联书店 1987 年版，第 199 页。
② 王尧：《为什么写作》，郑州大学出版社 2005 年版，第 246 页。
③ 王蒙：《红楼启示录》，生活·读书·新知三联书店 2005 年版，第 171 页。

《东藏记》写空袭中吕碧初一家逃难时得到陌生人帮助，心里默念"云南人好！昆明人好！"却在经验性方面显得自然多了。又如当池大为步步高升后，一家想笼络他获取营业执照的医院派出苟(谐音狗)医生和毛(谐音猫)医生，在一个月夜悄悄去池家行贿，苟医生发出暗号，"对着外面的黑夜咳嗽三声"，毛医生才拎着贵重物品鬼头鬼脑上楼来，这种利用谐音所做的文字游戏，固然不乏某种漫画笔法的幽默味道，生硬之嫌显然也是存在的。

当然，在以经验为必然起点的同时，文学虚构也不满足于停留在既有经验的层次上，而是在想象中创造性地加工与发展经验，这对文学活动来说是更具决定性、也更有意义的。具体地考察，文学虚构对经验，主要进行着以下两方面的积极深化，不妨以读者较为熟悉的金庸小说为例来分别阐述它们。

一方面，文学虚构是对经验进行选择的活动。现实人生经验林林总总，不可胜数，充满了甜酸苦辣与悲欢离合的复杂表现而伴随人的一生，这种日常经验是芜杂的、混乱的、暧昧的与粗疏的，并不都具有进入文学活动的价值。在这些转瞬即逝而又变幻莫定的日常经验中，只有那些真正长久地刺激与打动着作家、并由此成为其记忆中的一部分的经验内容，才可能成为作家虚构的资源。这意味着文学虚构对经验的调度总不是随意与无原则的，而始终经过了作家创作心理的微妙选择。例如金庸的大半生，经历了诸多历史变迁的风风雨雨，可谓波澜壮阔，这个漫长的人生历程，在他心中留下了无数抹不去的经验记忆，但这些经验储备在金庸心中的程度又是不同的，有的平淡乏味而缺乏进行虚构创作的潜质，有的却因曾经强烈冲击过金庸的心灵，而在过后的岁月中不断浮现于他心头，后者既可能出于有意的记忆，也可能因记忆过于深刻，而在心灵深处逐渐沉淀为一种无意识的创作定式，当这种内在创作定式一遇到合适的外在创作契机，便终于蓄势喷发而成为虚构的直接火花——年幼时对他很亲切的长工和生早年因受坏人栽赃而蒙冤入狱、出狱后又找坏人复仇的故事，便成为日后作家创作《连城诀》、虚构出狄云这一主人公同样悲惨的故事的最初经验依据。可见，日常现实经验并不都顺势成为文学虚构的源泉，只有被作家选择出来的经验，才如此这般地同化于虚构的进程，成为文学作品中显现出来的、意义化了的经验。

另一方面，文学虚构也是对经验进行调节的活动。被文学虚构同化着的经验，不仅是被作家从日常现实经验中选择出来的经验，而且这部分经验被选择出来后，还得到着作家心理的进一步调节，在这种积极调节中保留而不排斥经验的陌生性，从而进一步赋予经验以丰富的内涵。在日常经验中，当我们的知觉印象与之发生不一致时，知觉印象被认为去迎合经验才有意义，那个发生不一致的陌生性部分是无意义的，这就是经验的保守一面，它可能带出故步自封的经验主义(教条化)局限。但当日常经验被作家选择出来之后，由于这种选择必然已包含有作家的情感，并由此体现出他的评价，这部分经验便在情感与评价中渗透着明确的需要与意图，需要与意图都还未在现实中实现，属于可能性，这就使选择出来的经验积极地充分展开于陌生的环境中，这种意图越理想，陌生性的程度便越深，我们原先与之不一致的、陌生的知觉印象，现在都得到了热情、正面而合法的保留，以及更开放的不断激活。这样，文学虚构中大量出现的幻想、夸张与变形描写看似脱离了可理解的日常经验范畴，实际上仍都是对日常经验的积极调节与有力发展,其后果不仅没有损伤虚构的质量,反而大大增强了虚构的表现力。例如在金庸小说的一些虚构描写中,阴森可怖的女魔头梅超风对着大石头练习鞭子功夫,"在崖石上留下的一条条鞭痕,犹如斧劈锤凿一般,竟有半寸来深",神龙见首不见尾的金蛇郎君夏雪宜"忽然提起船上的铁锚,喀喇喀喇,把四只锚爪都拗了下来",黄药师的聪明绝顶、记性过人的夫人竟可以在极短时间内将一部《九阴真经》看后偷偷地熟记在心并流利背出,如此等等,不一而足,都似乎违反常规而不符合一般人的日常现实经验,却又并不让我们轻易地由此产生出不适感,反而觉得自己的经验经由这样的精彩文学虚构而得到了拓展与深化。

有一些看似极端的情形似乎表明,不具备丰富经验和生活阅历的作家也能写出好作品。例如《追忆逝水年华》的作者普鲁斯特说过,尽管各种原因导致个人经验不丰富,但内心敏感的人也能写出好小说。[①] 如何解释这样的现象? 其实,普鲁斯特终其一生缠绵于病榻,可在对"玛德莱点心"气味的微妙感知与回忆中,他串连出来的一个个童年生活镜头,仍受制于经验机制,并未全然脱离现实经验。这方面的探讨是可以不断继续的。

文学虚构对经验的上述发展,其深刻意义在于与人类思想的现代进展相吻合。如果说,传统思想视理性为达成真理的唯一途径,每每在知识与逻辑中把握真理,现代以来人类思想则对人的非理性能力给予了更多的关注与重视,这无疑是思想的一种进步。在"非理性转向"发展至今的新思想视野中,人对真理的把握与达成不再只拥有理性一途,正相反,如前所述,在非理性的直观活动中不借助概念、判断与推理而更深刻地把握真理,是思想家们开辟的新道路。显然,胡塞尔为之开辟了新方向的现代新思想既然积极倡导直观,便必然高度重视与估计经验,为经验在现代以来人类思想中的关键位置奠定了基础。从这个意义上说,现代思想在发展过程中必然高度重视文学,乐于吸纳并张扬其所具有的包括虚构能力在内的诗思性质。想通这点,我们对文学在今天作为一种活的思想方式的积极意义,便有了更深的理解,再次把本课程的要旨贯通起来了。

文学虚构对经验的加工,依程度不同又可以具体分为强加工和弱加工两种基本类型。这两类加工分别引出了虚构的狭义与广义。

四、强加工成狭义虚构:纯文学

文学虚构对经验的强加工,是指与语言限度进行主动、自觉的搏斗,其结果是让虚构所依托的语言极力向一个作家试图创造出来的画面和场景靠拢,尽可能用文字去唤起它在读者视觉与听觉等方面的直接感受。这导致了虚构的狭义——纯文学。

世界范围内小说的大规模兴起,以及它和纯文学观念一起出现在十八世纪左右,由此得到了说明。从西方看,小说兴起的宏观时间是文艺复兴以后,兴起的宏观背景则是文艺复兴

---

① [法]普鲁斯特:《复得的时间》,见崔道怡等编《"冰山"理论:对话与潜对话》下册,工人出版社1987年版,第425页。

后个人经验的自由觉醒。① 文艺复兴告别了中世纪神权的桎梏,人由此走出禁欲主义的束缚,从跪着开始站起来,逐渐获得了由感性能力与理性能力共同组成的个体性,小说的兴起,就是和古典时代注重理想、一般性与全体状况向着近代注重特殊性、直接感觉与自主性个人的转变密不可分的,是和古典世界的客观性、社会性、公众性倾向朝近代世界的主观性、个别性、个人性倾向的转变联系着的。这种转变在十八世纪达到了高潮,并具有多方面原因。其一是社会原因。从社会学角度看,近代以来遍及西欧的都市化进程,直接促进个人经验的极大活跃,郊区都市化,在导致城市生活方式发展的同时,有力促成着一种较少涉及社会性生活、较多涉及私人性生活的文学样式出现,这便是小说。其二是经济原因。现代工业资本主义在文艺复兴后的逐渐兴起,带来了劳动分工这一重要的新格局,劳动分工使社会经济结构趋于特殊化、专门化,进而使生活经验趋于差异化,产生出各种特殊的读者需要,同样促成着小说兴起所内在需要的个体化需求。其三是宗教原因。近代以后的新教伦理,与西方资本主义的兴起有内在必然关联,德国社会学家马克斯·韦伯令人信服地揭示出以天职观念为核心的新教伦理对资本主义精神的促动作用,指明个人在资本主义社会中具有合法增加自身资本的责任,现代理性资本主义的经济行为,与新教徒井井有条、注重系统安排的入世禁欲主义的生活方式一致,这意味着,资本主义生活方式的展开是出于新教伦理对个体天职的恪守。作为新教伦理的近代清教个人主义,由此使个人的日常生活开始成为文学的主题,使普通人的日常世俗化生活成为早期小说的题材,我们今天读早期西方小说,如笛福的《鲁滨逊漂流记》,或许会觉得它讲述的是充满传奇的故事,但在作品诞生的当时,这样的写法恰恰因意在叙述一个人的个体化故事(这一个体化故事,因后来终于又出现了一个名叫"星期五"的仆人而倍显醒目)而具有革新意义。不难留意到,在此之前的文学作品极少有专门渲染个体化故事的,群体性生活确实是文艺复兴以前的文学作品习惯于依托的背景。这三个具体原因,共同有力地推动着小说在西方文艺复兴之后的兴起,并使之在十八世纪以后迅速大规模发展。

从东方看,世界上目前被公认为最早的长篇小说,是十一世纪初的日本小说《源氏物语》。颇能说明小说在东方兴起情况的典型是中国小说。"小说"一词,在我国始见于《庄子·外物》:"饰小说以干县令,其于大达亦远矣。"其尚指一种卑琐无价值的言谈,还不成文体。稍后又见于《汉书·艺文志》:"小说家者流,盖出于稗官,街谈巷语,道听途说者之所造也。"较之先秦地位有所提升,却仍不登大雅之堂。直至魏晋志人志怪小说勃兴,小说在我国才开始具有了明确的文体意识,并沿此经由唐传奇与明清白话、文言小说的演进轨迹而发展至今。从这条轨迹可见,中国小说具备自身文体意识的关键转折点在魏晋时期。考虑到魏晋时期被鲁迅等重要学者一致认定为"人的觉醒"与"文的自觉"的时期,内中包蕴着秦汉以"罢黜百家独尊儒术"为突出标志的群体性意识向此时以玄学清谈为突出标志的个体性意识的转换。这种转换波及后世中国小说的流变。明清小说中的不少重要作品都是从天上写

---

① 参见洪治纲主编:《小说艺术解密》,安徽教育出版社 2023 年版,第十二章。

起、从神仙写到人间的,如:《镜花缘》开篇写心月狐下凡,托生为武则天;《说岳全传》开篇议论前世,谓岳飞为佛顶大鹏,秦桧为虬龙,王氏为女土蝠;《儿女英雄传》开篇也写帝释大尊与悦意夫人发落"儿女英雄公案";《红楼梦》干脆借大荒山无稽崖青埂峰下一块采天地之灵气、不知从何而起的顽石起笔,叙其被一僧一道翩然携入红尘而演化出的故事。由神圣入世俗,便意味着由神化的群体共性向充满鲜活血肉与人间烟火的个性生活转变。小说在我国的兴起,便与上述西方情况具有同样的整体动力。

综合东西方来看,小说的发生,源于群体生活向个体生活的转变及由此带来的个人体验的日渐丰富与个体意识的日趋活跃。群体变个体,某种程度上就意味着抽象划一的名词性向充满了具体个性变化的动词性的积极演进。这为小说不限于纯文学的名词性含义,相反同样具备动词性含义,提供了发生学上的确凿证据。

基于上述事实,当文学史家盛称福楼拜为现代小说鼻祖时,并非指他开始更多地刻画日常世界生活与心理。因为早在一个多世纪前,笛福等人即已开始将笔触转向普通人的日常生活经验。题材的现代性革命在那时(十八世纪)就已奏响了号角。而当个体日常生活经验逐渐成为文学的题材后,它必然因主体性程度在近代的不断加深,即对外部环境的(为主体所宰制)理想化程度的要求不断加强,而欢迎并主动创造日常中的巧合。试看鲁滨逊的荒岛求生故事,表面上流离失所,实则处处充满了绝处总能逢生的巧笔,便堪称上述发展轨迹的明证。对日常中的巧合的这份追求,同样体现在中国古典小说中。如《金瓶梅》中那些奸情屡屡被撞破的搞笑镜头:西门庆刚与李桂姐风流快活,就被不晓事的屠头应伯爵"猛然大叫一声,推开门进来";潘金莲好容易和陈经济卷棚里春宵一刻,不意又被孟玉楼悄悄瞅在眼里;唤春梅在身后推,串作一团,怎料窗外丫环秋菊偷窥窃喜;西门庆和爱月儿才"入港",应伯爵又愣头青般走进来,还道一声"你两个好人儿";西门庆和贲四娘子交欢,不防被韩嫂儿冷眼瞥见等。这般频频制造叙述上的巧合,其共同用意显然在于让个体性生活从群体性生活中逐渐分化出来后,进一步让个体性生活不断趋于理想化,把个体所处于其中的现实社会生活看成想要看成的、理想的样子,去摹仿"美的自然"而非一般自然。这就是虚构对经验的强加工及其纯文学实质。

五、弱加工成广义虚构:与非虚构失去界限

文学虚构对经验的弱加工,则与强加工姿态极力回避和试图消解语言的限度之举不同,指顺从于语言限度,不与之进行主动、自觉的搏斗,在顺应中承认语言的限度,其结果是,既然语言本身即符号系统(替代品),因而从广义上说,语言本身即虚构,弱加工姿态下的文学虚构,和非虚构从而失去了原有的牢固界限,变得彼此不再刻意分明。

事实上,虚构与非虚构互渗,是文学在今天的发展趋势。已故当代作家史铁生的《我与地坛》,当初被编辑部试图作为小说发表,但作者坚持这是散文,作品属性的这种暧昧很好地

道明了体裁的互渗,而体裁的互渗就证伪着纯文学的纯度,动摇着文学旧义的合法性基础。看来,在纯文学定位之外来还文学以本义,不让特定时期中的面貌遮蔽文学的本义,是考虑纯文学对文学的窄化的时候了。不仅《人民文学》专门开辟了"非虚构"栏目,近年来国际上重要文学奖的获奖作品中,也屡屡涌现出非虚构作品,而且在更广的视野中,我们读到了古今中外许多积极还原个体记忆的优秀非虚构作品。举例来说,有欧文・斯通叙述著名画家梵高悲惨一生的《渴望生活》、海明威的巴黎回忆录《流动的盛宴》、巴辛斯基写举世公认的大文豪不为人知的一面的《另一个高尔基》、高尔泰回忆坎坷人生的《寻找家园》、张盈盈回忆爱女张纯如这位美籍华裔杰出历史学者短暂一生故事的《张纯如:无法忘却历史的女子》、作家韩石山熔创作感悟与人生体验于一炉的自传《装模作样:浪迹文坛三十年》、学者赵越胜回忆自己师承经历的《燃灯者》、电影导演陈凯歌情真意挚的《我的青春回忆录》等。它们都是令读者刻骨铭心,而值得认真阅读的非虚构作品。

看来,探讨虚构理论的最终目的,是在更好地理解狭义虚构的基础上,走向更为开放的广义虚构。这同时意味着,对虚构的理解需要最终回到语言这一文学活动的基点上来。紧接文学虚构专题,并将文学内部研究推向高潮的专题,因而是文学语言。

 [本章拓展思考题]

一、作家的颜值是个有趣的话题。请参考萧沉先生的《二十二张脸谱》一文,就此话题写一篇生动有趣的文章。

二、请任选以下两题之一,完成一份作业。

1. 训练非虚构能力的一条有效途径,是坚持日记叙述,如实地记叙自己每天的真实言行与想法。请从即日起连续写一个月的日记,在这个过程中充分体会叙述的立体性、多维度以及某种限度,潜移默化地切实锻炼自己的叙述能力。

2. 请仿照康有为《我史》等范例,以富于特色的个性化语言,为你迄今的人生经历,来精心自订一部年谱。

三、有一些看起来较为极端的情形似乎向我们表明,经验不是作家进行文学虚构的必由之途,例如法国现代大文学家普鲁斯特因患哮喘病而常年缠绵病榻,很少与外界接触而并不具备相对丰富的人生阅历,这却没有妨碍他写出《追忆逝水年华》这样的鸿篇巨制。对这类现象,你认为应当作何解释呢?

四、请任选以下两题中的一题,精心续写一篇富于新意(例如后现代解构色彩)的作品。

1.《西游记》里的头号悲剧,莫过于孙悟空被如来佛压在五行山下,吃了整整五百年丧失人身自由的苦头。这个悲剧源于如来佛连哄带骗的打赌:你跳得出我手掌我就让玉帝把天宫让给你坐。姜是老的辣,英雄落了个被无情镇压的下场。现在让我们运用逆向思维来痛定思痛:他有没有可能想出新的方案策略,成功跳出如来佛的手掌呢?

2. 当你好不容易学习完文学理论课程并参加了考试后,装有全班同学姓名与答卷的试卷袋被监考老师带回家批改,却在公交车上被小偷当成贵重物品而窃走了。这会引出怎样的有趣后话呢?

五、请任选以下两题之一,完成一篇文章。

1. 如今,风格多变的各种征婚启事遍布诸多网络平台,你对此有何观感?能否客串或真实地来亲身体验一番这方面的滋味,完成一篇包含自己的发现与感悟在内的调查报告?

2. 请借鉴副刊专栏结集《小人物史记》,创造性地运用非虚构手法,实录一位普通人的真实故事。

六、冯梦龙的《古今小说》中,有一篇《闹阴司司马貌断狱》,说书生司马貌梦游冥界,见到韩信、彭越、英布等汉朝开国功臣向阎王状告汉高祖及吕后残害功臣。司马貌代阎王断狱,罚汉高祖、吕后投胎为汉献帝、伏后,韩信诸人则为孙、刘、曹,三分汉家天下,项羽投生做了关羽,樊哙投胎为张飞,蒯通转世为诸葛孔明……你能以类似的穿越笔法,也精彩地重构一种古典小说吗?

七、一位作家曾说写作的高境界是"藕断丝连",这显然对人的虚构能力构成着考验。另一位作家也说过,只要给他几样形诸词汇的物事,他始终不难运用虚构的本领将它们串联成藕断丝连的、有情节的故事。请你匠心独运地选择一些表面上看似风马牛不相及的材料,进行小至语文高考、大至大学专业课考试的材料写作题型的命题,在这个过程中充分体验藕断丝连的虚构性乐趣。

八、与虚构有关的人类思想一大主题是乌托邦。你认为乌托邦是积极的还是消极的呢?请阅读赫茨勒的《乌托邦思想史》与蒂里希的《政治期望》中的最后一篇重要论文等材料,深入了解乌托邦观念的来龙去脉及其性质,并结合文学虚构活动探讨文学乌托邦问题。在这方面有不少具体题目可供研究,如关于沈从文名作《边城》的意义重估问题,以及关于举世闻名的"反乌托邦"文学的再评价问题等。期待你就此推进学界已有的相关思考。

九、如本章所指出的,"身体"是现代文学理论与美学的重要关键词。它与一般所说的"肉体"是同一回事吗?如果不是,两者的根本区别在哪里?请进一步搜寻并阅读相关理论著作,在深入研究的基础上作出你的详细阐释。

十、潜能、虚拟、重复、差异与独异,这五个当代前沿学术概念怎样贯通起来?请参考德勒兹等当代理论家的有关著作,对此写一篇切入角度自定的学术论文。

    [本章进一步推荐阅读] ▪▪▪

1. 蔡义江:《〈红楼梦〉是怎样写成的》,浙江文艺出版社 2012 年版

2. [英]玛吉·莱恩:《简·奥斯汀的世界——英国最受欢迎的作家的生活和时代》,郭静译,海南出版社、三环出版社 2004 年版

3. ［美］金介甫：《沈从文笔下的中国社会与文化》，虞建华、邵华强译，华东师范大学出版社 1994 年版

4. 陈墨：《修订金庸》，东方出版社 2008 年版

5. 吕同六：《20 世纪世界小说理论经典》，华夏出版社 1996 年版

6. 王蒙、王干：《文学这个魔方：王蒙王干对话录》，北京联合出版公司 2017 年版

7. ［美］罗伯特·麦基：《故事》，周铁东译，天津人民出版社 2016 年版

8. ［美］保罗·蒂里希：《政治期望》，徐均尧译，四川人民出版社 1989 年版

9. ［意］吉奥乔·阿甘本：《潜能》，王立秋、严和来等译，漓江出版社 2014 年版

10. ［法］弗朗索瓦丝·拉沃卡：《事实与虚构——论边界》，曹丹红译，华东师范大学出版社 2024 年版

第八章
文学的语言

　　文学既然是说与在的统一,其想象与虚构等一系列特征,归根结底在语言的运作中才能实现。由此本章将集中讨论文学语言问题。从发生学角度看,文学活动有其不同于非文学活动——日常活动与科学活动的特殊性,这种特殊性突出反映在文学语言上。现代以来,许多学者对此都进行过有启发意义的研究。我们将在积极吸收相关成果的基础上,揭开文学语言的真相。

一、语言即显现

每个出场的符号,在每次新的符号关系(可能性)中重新得到区分、适应与存活,从而不断地更新与显现(生成)自己。文学语言的性质因而就是显现。

如前面第二章所述,索绪尔的语言论原理能解释文学艺术语言的基本性质。比如绘画上"对称"之所以与"均衡"相比显得不真实,根本原因即在于两个符号失去了区分,以至于失去了意义。又如各门艺术的意义,归根结底无不植根于符号的区分:音乐的和声、绘画的明暗对比与本色平涂,以及电影的画面剪接等。从动态流程看,索绪尔的语言论更有助于澄清艺术的一般创造过程。艺术语言也是符号的随机区分。时间上,是前一笔推出着后一笔,这体现艺术创造的施控性。逻辑上,则是后一笔决定着前一笔,这则体现艺术创造的受控性。艺术家的观看方式发动起潜在估计后,接下来是随机搜寻(创造)的过程。一个画家当然会有"第一笔"的概念,并始终只能从前一笔画到后一笔。能不能认为他始终以前一笔去决定后一笔呢? 如果是那样,艺术便成了一个从开端便已被决定和设计好的结果,仿佛今天随处可见的电脑 P 图,在指定好程序后让前一笔推导出后一笔,失去了真实生命体的活力。

以画竹为例。第一笔竹节被画于纸上后,等第二笔竹节出来,画家会觉得,有了第二笔作为参照,刚才的第一笔似乎画得过细过窄,还应加粗加宽、修正一番,于是他掉过头这样做了。此时,第二笔与第一笔便随机地构成了一对符号关系,它的出现,使第一笔在一个新的环境里重新获得了自己的生存机遇或者说生命。就这样,画家在不断随机(随机性即任意性)构成的符号关系中不停地操持,直至画完最后一笔为止。即使画家没有从显性操作层面上去动笔修正第一笔,这同样不意味着后两笔是由头一笔决定了的。因为后一笔的出现,始终创造出了一对对新的符号关系,即一个个新环境,在这一个个新环境中,前一笔虽然表面上不改动,其内质却已从它被后一笔随机区分出的差别关系中得到了隐性更新。或许有人会问:既然如此,该如何理解最后一笔呢? 莫非它具有特殊性,来自前面的所有笔对它的随机修正? 看似例外的这一情形,其实并不特殊,因为最后一笔的下一笔尽管并未落于纸面,却为观众的参与所实现,我们同样在符号关系的生成中观看这幅画,接通着眼前的画面。可见,空白也是一种语言。这就是问题的关键。

"可能性"由此不是一个神秘的概念,它就是实实在在的符号关系,即语言。一个符号在符号关系(可能性)中重新适应与存活,得到修正与试验,使符号关系达到构图的均衡,这是一种开放的活动和过程,艺术的活力、魅力、试探性、未知性以及创造性,都由此而生。这也是音乐艺术创造的本体奥秘。音乐作曲中,后一个音符尚未在键盘上响起之前,前一个音符的意义也始终在作曲家心目中不确定,他犹如动物探出指爪去刨食一般,在琴键上东弹一声,西奏一下,艰辛而又快乐地四下试探,企求从中摸索到恰切的乐思。这个过程的实质,是后一个音符不断修正与试验前一个音符,每个出场的音符在每一次新的音符关系(可能性)

中重新适应与存活，从而不断更新与成为自己，直至整首曲子获得圆融的符号关系为止。但若作曲家不去触碰琴键以发起音乐语言的生长过程，这所有一切便都将无从谈起。

因此，艺术语言，决定了艺术在本体上是一种活动（而非结果）：当画家画起来时，有一个新的主体——语言分明活了起来，和画家这个现实主体进行对话。我国古代画论向往的"笔笔生发"之境，注重让笔与笔（符号与符号）之间自由地相互催发生长，形象地诠释了"随机的创造过程"这一艺术本体奥秘。

文学语言创造的这种活动性，使传统文学理论长期纠缠的一些观念，比如再现论与表现论的根本症结得到了发现。再现论认为文学是对外物的模仿（再次呈现），表现论反过来认为，文学是对内心情感的表达。如前面第三章所分析，虽然两者看起来路线相反，但在将"内心情感"不作日常情感与审美情感的区分，从而实体化这一常见前提下，文学对作为实体的情感的表现，其实也成了另一种再现，两者在实质上是一样的，都相信先有一样东西，后才有语言对这样已经存在的东西的传达。因此，两种观念都把文学看成了一种被决定好了的结果，而陷入了现成论的形而上学窠臼。我们看到的一部文学作品，真的只是一个结果吗？作家在创造它们时，是否也就是在一心导致这个结果呢？对结果的这种设定，让人觉得有把丰富生动的艺术创造过程围困和封闭起来的危险。事实正是如此。艺术有终点吗？客观上看，一幅画似乎确有边界，但我们能说画家就是奔着这个终点去的吗？不能。因为语言作为任意性的符号系统，在被艺术家发动起来后确乎有着随机指引艺术生命走向的神奇力量。再现论与表现论都把语言看成仅供传达的工具，没有意识到它不听艺术家事先意识的安排，而自具一套运作规则（当然离不开艺术家主体的介入），从这两条根深蒂固的传统思路推演下去，无法得到艺术的本体。被它们所忽略的，正是二十世纪以后逐渐浮出思想地平线的语言论。

显现论的语言论内涵就在于此。符号既是客体（一幅画中的前一笔，始终等待着后一笔来区分它，此时它是接受客体），同时又是主体（一幅画中的前一笔，又始终区分着更前的一笔，此时它是施予主体），它因而已不再能通过自身而划分出主/客体，而成为一张由无数符号关系所构成的话语网络中的结点，在其上实现了主客交融，即超越了主客对立的二元论（认识论）思维方式，体现了显现的语言魅力。语言论不再如认识论那样将语言视为传达的媒介工具，却还原出了语言自身运作的随机创造机制，随机的不仅仍可塑，而且是更科学的。实事求是地说，对文学本体的理解唯有建立在语言论学理上，才能洞明其一系列道理。

事实上，语言论学理形成了现代以来中西方的共同认识。当代分析哲学的代表人物维特根斯坦同样从语言入手来治疗传统哲学，认为"当我用语言来思想时，除了语言表达式以外并没有什么'意义'呈现于我的心灵之中：语言自身就是思想的载体"①，即并非先有感觉再有对感觉的表达，实际的情况却是，表达是感觉的开端。诸如此类的思想，同样推进了"语言论转向"。不仅西方现代思想发生着上述进展，我国现代思想同样在中西交融中融合传统智

① ［奥］维特根斯坦：《哲学研究》，李步楼译，商务印书馆1996年版，第160页。

慧，而醒目地还原着语言的本源性力量。如王国维在《人间词话》中提出的境界说，便是与语言融为一体的。他谈论的境界，是存在于语言的境界。证据是，王国维并没有笼统地说"景色"与"情感"，他说的是"景语"与"情语"，"一切景语皆情语"，境界的发生因而完全维系于语言，"'红杏枝头春意闹'，著一'闹'字，而境界全出。'云破月来花弄影'，著一'弄'字，而境界全出矣"。[①] 境界的有无，全来自一个神妙的字的适时点出。语言的显现性，由此有力保证了文学成为一种与世界相亲相融的活动。

基于上述视野，我们可以理解中外优秀作家对语言创造世界的能力的推崇。如秘鲁作家略萨曾以马尔克斯的《百年孤独》与《霍乱时期的爱情》等作品为例指出，这些故事只有用这样的节奏讲述，即用这样的语言来表达才有魅力和真实可信，因为"这些故事就是讲述这些故事的语言"，由此，他引申出一个重要看法：并不存在可以脱离故事的形式，故事总通过使用的语言获得形体与生命。[②] 马尔克斯本人确曾表示，当铺开小说笔墨时，他就开始寻找语言，寻找"一种于故事合适、使故事收到最好效果的语言"[③]，在他看来，保证故事焕发出最佳效果的因素是语言。法国作家克洛德·西蒙坚持着一个类似的信念：小说中并没有实在事物，我们在小说中见到的事物，乃是由词组成的事物。[④] 对匈牙利当代作家凯尔泰斯来说，作出写一部小说的决定，就等于决定了如何使用语言形式，其道理在于"艺术家可以从一个最极端的事实出发，但他的语言特点已决定了他可以写什么，不可以写什么"[⑤]，这种推重语言的态度，令人无法等闲视之。纳博科夫宣称没有文字便没有小说中的视觉形象，[⑥]率真地向后来人道出了对无私降临于自己作品中的语言本源力量的深深感激。美国学者雷班情不自禁举例说，当他阅读詹姆斯的《一位女士的画像》之类小说时总能油然感到，主人公伊莎贝尔·阿瑟的身世故事，和小说家匠心独运的语言表达方式根本已经不可能割裂开来，[⑦]日本作家大江健三郎总结得好："没有语言，意识是不可能进行思维的。意识遇到语言以后才开始清晰的思维。"[⑧]德国当代小说家德布林的亲身体会是，当事物进入小说创作时就悄然开始发生改变了，小说家的构思"被吞进语言里去了"，构思发生重大变化，甚至是部分破坏性的变化，更精妙的是，有时思想突然产生，没有语言，小说家应该迅速而仔细地把它写下来，尽管一经固定于字面后，写下的状态与原先构思状态又大不一样，我们平常所说的思想上的构思压根儿是不存在的，构思就已经是语言吞吐下的构思了，没有思想上的构思，但说不清道不破的机缘，会使小说家突然想出一些奇妙的句子，这是一个小说家最幸运、最幸福的时刻，构思的更准确表述就应该是"语言上的构思"，用比喻来说，构思只是歌词，语言才是音乐本身，在语言中体现构思，正如在旋律中完成音乐一样，是不可缺少的本体环节，"因为用上了

① 王国维：《王国维文学论著三种》，商务印书馆 2001 年版，第 31 页。
② ［秘］马里奥·巴尔加斯·略萨：《给青年小说家的信》，赵德明译，上海译文出版社 2004 年版，第 41、80 页。
③ ［哥］马尔克斯：《与略萨谈创作》，见吕同六编《20 世纪世界小说理论经典》下册，华夏出版社 1996 年版，第 148 页。
④ ［法］西蒙：《小说——无主题故事》，见崔道怡等编《"冰山"理论：对话与潜对话》下册，工人出版社 1987 年版，第 590 页。
⑤ ［匈］凯尔泰斯：《奥斯维辛中隐藏的怜悯》，见宋兆霖编《诺贝尔文学奖获奖作家访谈录》，浙江文艺出版社 2005 年版，第 429 页。
⑥ ［美］弗拉基米尔·纳博科夫：《文学讲稿》，申慧辉等译，上海三联书店 2005 年版，第 103 页。
⑦ ［英］乔纳森·雷班：《现代小说写作技巧》，戈木译，陕西人民出版社 1984 年版，第 128 页。
⑧ ［日］大江健三郎：《小说的方法》，王成、王志庚等译，河北教育出版社 2001 年版，第 1 页。

恰如其分的语言,它会起正确的引导作用,在构思枯竭的意义上,它会导致新的灵感,它本身就是一种创造力",总之,在小说创作中一切都追随活生生的语言潮流而去。[1] 语言在文学活动中的显现性,在此得到了相当坚定的宣示。类似的宣示在我国作家中也存在着。如汪曾祺就明确表示过,在文学中"语言具有内容性。语言是小说的本体,不是外部的,不只是形式、是技巧"[2],女作家陈染也不讳言,她的小说中语言特别重要:"有的作家是讲故事,故事是构成小说的重要因素,那么他的语言相对不是很重要。而我的小说,特别看重语言因素,要是这一条丧失了,我的小说基本上就没什么可看的了。"[3]王安忆曾表示,当一个故事来到她头脑中时,它本身就已带有特定的形式,好故事本身就有着自己的好形式,[4]这里所谓的形式,当然不排除语言表达这一主要外观。残雪也谈道:"不是我使用语言写小说,而是语言使用我写小说。所以语言不喊我的时候,什么也干不了。"[5]这些来自鲜活文学创作现场的作家创作心声,比理论更加切中着文学语言的显现性肯綮。

　　这里举中西文学作品语言各一例稍加说明。漫漫长夜过去之后才会迎来早晨,这个常识有谁不知道呢?如果语言只是传达着这个常识,它就是工具性的,我们通过这句话了解到这个常识。但是,当作家池莉的小说《烦恼人生》以一句"早晨是从半夜开始的"发端时,她决不意在重复这个常识,而是让开头这一句话九个字端出了主人公印家厚这个典型中年男人在疲惫中打起精气神儿奔波与养家、日复一日处于人生夹缝中的尴尬生存世界,而成为整个作品显现出的独特世界的深刻缩影。"许多年之后,面对行刑队,奥雷良诺·布恩地亚上校将会回想起,他父亲带他去见识冰块的那个遥远的下午。"这是马尔克斯名作《百年孤独》的著名开头。它在一句话中把过去、当下与未来三个物理上截然分离的时间段融合在了一起,传达出一种深刻的时间循环思想:不断把未来拉回到现在,又不断把现在推回到过去。这一时间循环思想具有并未被以往许多作品所触及的深度,因为它展示出了世界的本体性:如前所述,入场后得见场内一切却始终囿于在场的盲点而看不完整,欲看完整便只能离场以获得尽收眼底的全景;离场后看清了场内全部内容,却付出了失去现场亲身体验氛围的代价,便需要再度入场以再次获得在场的观看成果。如果承认出入场的这种永恒交替是人生的本体,那么时间在此的循环便道出着一个耐人寻味的真理。被这个包裹在文学语言中的真理开头所奠基的小说世界,接下来许多章节彼此之间在时间上相应地是部分重叠的,相同的故事在各章节中不惜被反复地加以叙述,如第九章里年轻卫队长为爱情死在雷梅苔丝窗下的故事,到了第十章中又出现了,第十八章一开始交代的奥雷良诺在墨尔基阿德斯房间中的故事也仍属于倒叙,前面章节对此已交代过了。这都说明确实是文学语言在显现着世界。

① [德]阿·德布林:《叙事体作品的建构》,见[英]乔·艾略特等编《小说的艺术》,张玲等译,社会科学文献出版社 1997 年版,第 308—313 页。
② 汪曾祺:《晚翠文谈新编》,生活·读书·新知三联书店 2002 年版,第 272 页。
③ 陈染:《不可言说》,作家出版社 2000 年版,第 71 页。
④ 王安忆:《王安忆说》,湖南文艺出版社 2003 年版,第 82 页。
⑤ 残雪:《为了报仇写小说》,湖南文艺出版社 2003 年版,第 13 页。

二、文学的受控性

上述分析显示,符号始终在新的符号关系中得到更新,这意味着文学首先具有受到控制的一面:下一笔显现(生成)着上一笔。可见,受控并非神秘灵感,而实实在在地具有现实可操作性。

这从根本上揭开了文学创作的奥秘。为何明明一位作家创作着笔下的小说或诗歌,写着写着,作品中的事件与人物却仿佛逐渐挣脱作家的笔触,自己神奇地活动起来,带着作家身不由己地一路往前走? 这确实是一切文学创作活动的共同常见现象。如在《堂吉诃德》中,塞万提斯"一面写,一面生发"①,作家帕乌斯托夫斯基曾总结道,当小说家写小说时,虽然他可能有一个提纲,可一等动笔后提纲马上会遭到破坏,作品中的事件开始按其自身逻辑向前发展,弄得小说家一筹莫展,②有鉴于此,他本人创作小说前干脆不写提纲了。《天使望乡》的作者、美国现代作家托马斯·沃尔夫也以一个非常形象的比喻确认道,小说并不是一字一句一行一章写出来的,不如说它更像火山口冲出的岩浆:"这条激流般的力量流过了我,将我挟带而去,我没有办法不写。关于那最初的一段时间,我想我现在能说的就只是,那书是它自己写出来的。"③必然后果是,小说家赶不上小说中事件发展轨迹,"有时,手太慢,赶不上"。④ 这是杜拉斯的真实体会。另一位美国现代作家沃伦概括得十分精练:一切都像"小说自己在写自己"⑤,当小说中的人物起来与作者抗争时,人物便已有了自己的鲜活生命。⑥ 萨特的名作《厌恶》典型地以创作的形式道出了这一点。

这部日记体小说讲述主人公、未婚的青年知识分子洛根丁因厌倦于漂泊生活而返回布维勒城故里,感到生活已经失去意义,厌恶甚至生出呕吐感,遂住进一家旅馆,动笔撰写十八世纪法国阴谋家德·洛勒旁侯爵的传记,以为写作能推迟困扰着内心世界的厌恶,然而不久以后,他觉得一切仍令自己厌恶,心灵得不到慰藉,遂又离开故里,前往巴黎。值得注意的是小说中洛根丁写作洛勒旁传记时的微妙心理活动。洛根丁自然不是在写小说,而是在写人物传记,但鉴于写传记这整个事件在小说中无非一场游戏,一场由小说创作活动虚构出来的游戏,我们也完全可以将洛根丁谈到的写作过程和萨特自己的小说写作过程联系起来观察。萨特借洛根丁之笔写道,当准备拉开人物故事的大幕时,"我知道得很清楚会发生什么事情。我还不想它发生。它总是发生得太早"。这已悄然奏响了受控的先声,接着有一长段心理描绘:"为着他我才吃饭,为着他我才呼吸,我的一举一动的意义都是外在的,不在我身上,恰好在我的对面,在他的身上;我再也看不见我的手在纸上写字,也看不见我写下的句子——可是,在纸张的背后,我看见了侯爵,是他要我作这个手势,而这个手势延长了和加强了他的存

① 杨绛:《春泥集》,上海文艺出版社 1983 年版,第 12 页。
② [俄]K. 帕乌斯托夫斯基:《面向秋野》,张铁夫译,湖南文艺出版社 1992 年版,第 106 页。
③ [美]托马斯·沃尔夫:《一部小说的故事》,黄雨石译,生活·读书·新知三联书店 1991 年版,第 46 页。
④ [法]米歇尔·芒索:《闺中女友》,胡小跃译,漓江出版社 1999 年版,第 47 页。
⑤ [美]沃伦:《〈春寒〉:一段回忆》,见[美]布鲁克斯、沃伦编著《小说鉴赏》,主万、冯亦代、丰子恺、草婴、汝龙等译,世界图书出版公司 2006 年版,第 477 页。
⑥ [巴西]若热·亚马多:《我是写人民的小说家》,孙成敖译,云南人民出版社 1997 年版,第 170 页。

在。我只是使他生存的一个手段，他是我存在的理由，他把我从我的身上解放出来。"作者跟着笔下的人物走了，人物成全着作者的存在，这不是人物命运的自主生长是什么？尤妙者，他"一时控制不了这个动作"，只因为那个人物形象已然"溶化在我身上，在我身上流着，充满了我"①，这明显透露出，受控的兴奋阶段乃至高潮到来了。对这些现象，我们诚然可以用无意识与灵感等因素来解释，但把这种解释看作事情的全部，就显得简单化了。不排除这些现象中有无意识与灵感现象的存在，②但从根本上考察，它们能否得到更为科学的解释呢？

现在可以作出肯定的回答了。这其实便是文学在语言中显现着自身的活动和过程。尽管是作家现实地发动起第一笔，但当第一笔被发动起来后，它作为第一个符号，同时等待着第二个、第三个符号与它不断形成后续的区分关系，并不断地在新形成的符号区分关系中更新和修正自己，所以前一笔受到后一笔的控制，仿佛被后者神奇地带着走，使文学创作进入了积极的受控状态。之所以这种受控状态不是被动消极，而是主动积极的，是因为符号在这样的区分活动中无时无刻不更新着自己的生命，始终不懈地从不完善走向完善，成为富于生命力的成长过程。理解了这一语言显现的奥秘，文学中的重要理论问题，可以获得迄今为止相对合理的解释。

首先，如何解释一位作家在现实中所持的政治立场、道德倾向与其作品中反映出的实际情况不一致？例如司汤达与巴尔扎克，在现实生活中都持贵族保皇思想，但他们的作品，从《红与黑》到"人间喜剧"系列，却普遍被研究者认为抨击与揭露了贵族王政的黑暗。这一自我掘墓的有趣现象该如何得到科学解释呢？与此相关的情形是，像托尔斯泰、鲁迅等作家，都从一开始试图指责自己笔下正在塑造的人物——安娜与阿Q，可写着写着却逐渐变得同情起他（她）们来，这又应当如何来正确解释呢？

对此，过去很长时间里流行于我国学界的、两种相关的传统解释，是"形象大于思想"，以及"作家先进的创作方法可以战胜落后的世界观"。这两种解释，尤其是后一种解释，认为司汤达与巴尔扎克尽管在政治上处于反动阶级立场，这却被他们先进的创作方法所克服和超越。这种解释，表面上似乎也有一定道理，但它存在着致命的缺陷，即无形中设定了一位作家的世界观和创作方法可以是割裂的、截然分立的，而这仔细推敲起来不仅显然无法令人信服，而且会在创作伦理上留下疑点：这岂非首肯了作家可以在创作方法与世界观的背反中作伪？所以，这样的解释归根结底来自传统认识论立场，是需要被语言论立场更新的。

从语言论立场上获得的合理解释是：作家的创作动机是有意的，具有理性；但实现动机的手段——语言，却是任意性的符号系统，具有并不受制于创作主体操控的非理性；所以当试图用语言手段去实现创作动机时，结果注定因"理性＋非理性"而测不准。这才是从根本上揭开"文学的受控性"之谜的科学解释。事实上，我们看到，无论是一度狂热盘踞于脑海的贵族王政与保皇思想（如关于伏盖公寓的明显具有倾向性的著名描绘），还是同样的宗教热

---

① ［法］让-保罗·萨特：《厌恶》，见《萨特小说集》下卷，亚丁、郑永慧等译，安徽文艺出版社1998年版，第589—590页。
② 二十世纪法国哲学家拉康进一步论证认为无意识也是一种语言结构，这为解决文学创作中主体的受控现象提供了深入的学理依据：跟着语言这一新的主体走，和创作主体加入梦境的无意识状态，实则是同一个过程。

情（如大段的说教与议论），都未损害《高老头》与《红与黑》的富于自身生发能力的故事。导致这些作品自我生长的原因，正是符号在区分的灵活区分操作中创造出的新世界。符号的灵活操作，是在符号之间不断地随顺区分的无限可能性，这个过程在被现实的主体意图发动起来后就进入了自己的游戏规则，不是主体意图所能简单左右的了。

其次，如何解释一位读者虽对一部文学作品的情节结局已有预估，却并不产生厌倦，而仍兴致勃勃地想读到底？例如在长篇小说大家族中，《红字》显得很薄，但没有哪部文学史会不说它是经典。这故事的来龙去脉十分明晰，即一个牧师从通奸到忏悔，再到结束生命。故事甚至没有怎么交代牧师丁梅斯代尔和弱女子海丝特·白兰是如何相爱的，小说一开始，我们看到的海丝特就已经在监狱中了，她胸前佩戴着的红色 A 字过于神圣，以至于我们这些好事的看客都急切地想知道谁是她怀中那个可爱婴儿的父亲。这个谜把小说里的人们都蒙在鼓里。可是，几页读下去，读这部小说的人都会很快猜到，她的奸夫，就是此刻应贝灵汉总督之请缓缓走上刑台去动员这个女人招供的丁梅斯代尔牧师。然而，他那么柔弱，连一片俗世里的飞絮都不忍用手触碰，这样一位纯洁的圣子怎会失足至此？对书里人来说，这是小说巨大的悬念所在。但对书外人，答案似乎已在那儿好好摆放着了。果然，再一章章读下去，真相越来越吻合我们的猜度：牧师禁不住人性的欲望，和丈夫两年里杳无音信、谣传已葬身海底的孤苦少妇海丝特两情相悦并发生了关系，生下了带点野性的小女孩珠儿。也在这时，齐灵渥斯，这个海丝特的有着一张丑陋面目的前夫，如幽灵一般悄悄找到了这座城市，渐渐察觉出两人的私情。齐灵渥斯没有选择马上报复，而是一次次邪恶地折磨牧师的灵魂，玩弄牧师那本性清白的灵魂于股掌，使之痛不欲生，身体里的病也更加重了。终于，海丝特决定带着珠儿和牧师远走高飞，一切都计划停当，船偷偷准备好了，牧师也没有表示反对，但这一切早已在齐灵渥斯这老魔鬼的掌控中，他歹毒地盘算着，等他俩出逃那天当众揭穿两个人的不正当爱情。令他始料未及的是，出发那日，一心向善的牧师当着公众的面坦陈了自己的罪过，在求得神的宽恕后，恬静地死在海丝特怀里，死在了齐灵渥斯失望、惊诧而又在某种程度上有所良心发现的复杂眼神中。

故事的结局诚然是震撼人心的，那在红字面前流泪忏悔的经典一幕，已永留在文学史上。但故事的缘由既已早被我们侦知，何以我们仍能满怀热情地读完小说呢？从正常阅读心理讲，一名读者倘若在读一部小说开头时就已经大致猜到小说的结尾，通常意味着小说创作的失败，泄了底的小说还是好小说吗？但《红字》是例外，它的泄底并没让我们泄气，而仍在讲故事的过程中保持了故事的绝对尊严，使一代代的读者依然为之牵肠挂肚。在这部小说中，谁都容易感觉到，作者从头至尾的介入力量是很强的，"她面对公众的毒刺和利刃"，这种极富主体情感色彩的喻体固然见证着小说家的不平，"从今以后我们就这么称呼他了"，诸如此类的提示也时时提醒着我们，作家就站在故事边上，推动着故事的走向，再如这些频频跃入我们视线的句段：

（1）那些向世界隐瞒着的一切内疚，本可以获得世界的博大心胸的怜悯和原谅的，如今却要揭示给他这个毫无怜悯心的人，给他这个不肯原谅人的人！那珍藏着的一切

隐私，竟然滥施给这样一个人，最最恰如其分地让他得偿复仇之凤债。（第十一章）

（2）我们将要看到海丝特·白兰以后会不会受到这种点化，再变成女人。（第十三章）

（3）一棵肃穆的老树对另一棵树悲声低吟，仿佛在倾诉树下坐着的这一对人儿的伤心的故事，或是在不得不预告那行将到来的邪恶。（第十七章）

（4）而这条忧郁的小溪也将在它那已经过于沉重的小小心灵中再加上另一个神秘的故事，它将继续潺潺向前，悄声低语，其音调比起先前的多少世纪绝不会有半点欢快。（第十九章）

第一段发生在齐灵渥斯对牧师实行攻心战、牧师在神智恍惚中向齐灵渥斯坦露激荡内心世界之前，"如今却要揭示给他这个毫无怜悯心的人"，小说家就这样把将要发生的故事迹象慷慨地向我们提前预告了一声。第二段出现于海丝特发觉牧师健康状况下降后，小说家通过它暗示，海丝特将会在接下去的故事中采取女性的爱的态度，对此，我们"将要看到"。第三段，小说家以藏不住的笔锋向我们挑开了故事的半面纱帘，"预告那行将到来的邪恶"，即马上要发生的两人私奔和齐灵渥斯当众搅局。最后一段中，小说家同样以平静的口气向我们预报，接着将会有"另一个神秘的故事"。是什么呢？现在还不清楚，读下去才明白那是指牧师以令人意想不到的勇气在公众面前承认真相。这些句段，显然无不透露出小说家主体性力量的强烈介入姿态，小说家毫不避忌而是光明正大地现身出场，向我们明确预告故事将要走向哪一步，提请我们留心故事接下来会发生的蛛丝马迹，就是说，小说家一个劲地讲着故事，把他自己的意图提早告知我们了。这本来是小说的大忌，可奇怪的是，纵然如此，我们读完整部小说后并不对小说家这类频繁介入的举动感到厌烦，而仍感荡气回肠、余味不尽，明明是小说家把后面的故事忍不住提前捅了出来，明明是小说家让我们提前做好了看故事的准备，我们却仍读得津津有味，觉得故事扣人心弦而不忍释卷，怎样解释这个奇怪的现象呢？

冷静地分析，造成这种现象的原因在于，霍桑是在顺从语言自身任意性发展的范围内，行使主体介入力量的。从以上四段文字的语式语调上，我们可以体会出这一点。前两段文字尽管透露出一些"故事下文如何"的信息，使我们对齐灵渥斯和海丝特的下一步举动有了某种方向上的察觉，但它们所使用的语言却不是斩钉截铁、确信无疑的，而仍都带有一丝未知意味：第一段中"如今却要揭示给他这个毫无怜悯心的人"一句，显然有着不敢相信、不愿相信这情形发生的意味在内，而不敢和不愿又都属于对这情形的不肯定；第二段以"我们将要看到"这个句式引出有关事件的预告，也显然带有并不充分确知，而和读者一同观看着故事后续发展的意味在内。至于后两段文字，则在语言上均不直接采用事件与人物下一步动向的肯定性陈述，而是借助悲伤、忧郁的环境描写（树的低吟、溪的低语），间接作故事后续发展情况的提示，在气氛渲染中不经意透露出"故事下文如何"的信息，明确的与模糊的均自然融为一体，这意味着，小说家不是决绝地写出这一切的，毋宁说他不知不觉地碰见了这一切，而不是从一开始就有意识地计划好这样写下去的，就此而言，它们也仍都带有一丝未知意味。这份未知意味显然来自语言被发动起来后的自身符号区分能力。鉴于这种能力，霍桑虽然在信息交代上给人以操控着故事进展的介入者形象，却仍归属于语言自身的运作。小说中至少还有一处能证明这点,那就是:齐灵渥斯究竟是怎么得知牧师和海丝特将要双双坐船私奔的? 对这个巨大的空白,作品中未置一辞,这表明,霍桑也还有他不知道的,虽然这种不知道又已是一种潜在的估计,它被包括结局在内的故事全景给笼罩住了。霍桑毕竟和小说之外的我们一起观看着故事发展。这种平等性就是语言显现的有力证明。小说由此避免了主体介入姿态所可能造成的对读者热情的消减,告诉我们:故事本身总是大于讲故事的。

与此形成对照的反例,则是英国作家达夫妮·杜穆里埃充满浪漫主义情调的长篇小说《蝴蝶梦》。读这部小说时,我们似乎和作者一样,对故事情节的走向充满了清醒的估计,对故事的来龙去脉屡屡有着"果然不出所料"的感受,如当吕蓓卡的表兄费弗尔来到曼陀丽山庄、引起女主人公夫妇反感时,小说写道:

> 吕蓓卡的表兄。为什么迈克西姆不喜欢吕蓓卡的表兄? 为什么不许他上曼陀丽来? 比阿特丽斯称他为浪荡公子,别的就没多说什么。我越想越觉得比阿特丽斯说的有道理。那双火辣辣的蓝眼睛,那张肌肉松弛的嘴,还有那种肆无忌惮的笑声。

这是一段故作懵懂之状的文字。隐藏在它的问号后的答案其实对我们早已不成为问题,明眼人通过上下文都能看出迈克西姆不喜欢费弗尔来山庄的原因,因为费弗尔对吕蓓卡存有爱情企图,有破坏迈克西姆家庭生活的危险,为之不悦是人之常情。小说家在此依旧天真地问出的一句"为什么迈克西姆不喜欢吕蓓卡的表兄"就多少显得可笑了,她并不明智地低估了读者的判断能力。导致这种滑稽效果的原因,是小说家少了一点自己不知道的东西,却以为读者必定有不知道的东西,读者的迷津有必要被小说家指点,换言之,小说家占据了一个优越于读者的高位,语言自身的任意性发展空间便在一定程度上受到挤兑,小说家一方的主体性得到了增强,当这种增强恰好和我们理解小说能力的增强叠合在一起时,读小说的体验便变得乏味了,小说家故作不知的姿态便显得不够真诚了。这个例子,和《红字》虽也使我们对故事发展早有察觉,却丝毫不感乏味的情形比起来,效果是不同的。这种情形失败在,读者知情而作者故作不知情。从中我们可以清晰看到,所谓的"作者写着写着被笔下的情节带着走而不知情",决不是"故作"不知情,而是在语言这一新主体被发动起来,并和现实创作主体进行对话后,有主观意图上无法预测的一面;"故作"不知情的要害则恰恰在于用主观意图去控制语言的任意性走向,而变得虚假造作了。

尽管如此,只强调文学的受控性,是否足以理解文学活动呢? 回答是还不够。文学受控的状态,归根结底来自文学施控的发动,将两者结合起来才是看问题的辩证态度。

三、文学的施控性

文学的施控性体现在,去写就意味着主体对文学始终存在着控制:没有上一笔,就不会有下一笔。而去写的理由,就涉及主体的各种社会现实条件,语言因此并不封闭。如上一章所述,虚构离不开现实经验,其理由在文学语言原理中得到了深化。以其他艺术为参照系来举例，如果画家不画下第一笔，不动手画，接下来符号关系的一对对建构，及其修正与试验活动便都不存在了。去创作，就意味着主体对艺术始终存在控制。而去创作的理由，就涉及主体的各种社会现实条件，索绪尔的语言论因此其实并不封闭。[①] 受控状态，归根结底来自施控状态的发动，而且进一步完善了施控。文学创作因而是自控与受控的辩证统一：自控性发起表象世界，在此过程中与之对话，介入并调控表象世界的自我生长。

确实，第一笔常常被艺术家们视为夺天地之造化的奠基。马尔克斯就表示过，小说里的"第一句话很可能是成书各种因素的实验场所，它决定着全书的风格、结构，甚至篇幅"[②]。他还承认第一段是小说创作最感困难的地方。[③] 另一位当代拉美文学的杰出代表、古巴作家亚马多也曾抱怨，任何一部小说的开篇都极其困难，这种困难将一直延续到小说中的人物立起来为止。[④] 在国内作家中，残雪表示，当开头一句话还没有浮现出来时，她无法开始一部小说的创作。[⑤] 王安忆也举个人创作经验认为，小说中第一句话"决定了后面的许多东西"[⑥]。就以她的长篇小说《长恨歌》为例来考察，其描绘老上海弄堂的开端便具有语势上的控制力，那是段一气呵成、被人们津津乐道并认为和《巴黎圣母院》风格相仿佛的精彩文字，语言上主要运用同一种"是……的"句式，如："那里的路面是布着裂纹的，阴沟是溢水的，水上浮着鱼鳞片和老菜叶的，还有灶间的油烟气的。这里是有些脏兮兮，不整洁的，最深最深的那种隐私也裸露出来的，有点不那么规矩的""那种有前客堂和左右厢房里的流言是要老派一些的，带薰衣草的气味的；而带亭子间和拐角楼梯的弄堂房子的流言则是新派的，气味是樟脑丸的气味。无论老派和新派，却都是有一颗诚心的，也称得上是真情的"等。当这种"是……的"结构的句式被以高频率不断书写于笔下时，它对小说家形成了某种惯性力量，使之自然地写出了类似的句式："一切动静和尘埃都已进入常态，是日复一日，年复一年。""现在，太阳从连绵的屋瓦上喷薄而出，金光四溅的。""流言是混淆视听的，它是没有章法，乱了套的，也不按规矩来，到哪算哪的，有点流氓地痞气的。"若换成一般说法，意思并不变："流言混淆视听，它没有章法，乱了套，也不按规矩，到哪算哪，有点流氓地痞气。"可我们总觉得，比起这样的说明性陈述来，还是小说家的句段读来更富情感，何以会如此呢？

追究起来，其理在于，"是……的"这样一种句式，在不缺少基本信息成分的前提下更多了一分自省意味。"流言乱了套，到哪算哪，有点流氓地痞气"这句话尽管语法无误，信息交代清楚正确，却充其量只是一个对事实的判断而已，我们只是顺着句子的表意看到了"流言是什么"，看到了一个被说明了的、和我们并不发生联系的客观物，我们就这样把它说出来了，可是说的人和听的人却都难以从这句话里面收获更多的东西。王安忆不让我们陷入这

① 事实上，在 2020 年新中译出版的《普通语言学导论》中，我们看到索绪尔专辟"符号的社会学"一讲，指出"唯有社会事实才创造了存在于符号系统中的东西"（〔瑞士〕费尔迪南·德·索绪尔：《普通语言学导论》，于秀英译，商务印书馆 2020 年版，第 36 页）。这条材料有助于在某种程度上澄清学界长期存在的一种观念，即认为索绪尔语言论因结构封闭而有脱离社会现实之弊。
② 〔哥〕加西亚·马尔克斯、门多萨：《番石榴飘香》，林一安译，生活·读书·新知三联书店 1987 年版，第 34 页。
③ 〔哥〕加西亚·马尔克斯：《写作是莫大的享受》，柳苏、江泰仁译，见宋兆霖编《诺贝尔文学奖获奖作家访谈录》，浙江文艺出版社 2005 年版，第 240 页。
④ 〔巴西〕若热·亚马多：《我是写人民的小说家》，孙成敖译，云南人民出版社 1997 年版，第 57 页。
⑤ 残雪：《为了报仇写小说》，湖南文艺出版社 2003 年版，第 13 页。
⑥ 王安忆：《王安忆说》，湖南文艺出版社 2003 年版，第 89 页。

种麻木,"流言是乱了套的,到哪算哪的,有点流氓地痞气的"令人即刻捕捉到一种把自己放了进去、共同观看世界的意味,流言不再是始终和我们对立的客观物了,陈述色彩上也不再绝对了,我们对它的表意,带上了一种显得不甚确信、还处在认真打量过程中的描述,这是一种更多地关心"流言怎样"的自我情感融入,一份微妙而可贵的自省从中透露出来了。对于《长恨歌》讲述的故事内容,这份自省就是语势控制的动力,尽管该句式并未机械地被一写到底,但其中的意味打一开始就已经被奠定了,它使王安忆从头至尾不曾在女主人公王琦瑶的乖蹇命运中施以冷漠的旁观,而时时注入了自己温暖的关切。同理,"江声浩荡,自屋后上升",傅雷第一句传神译笔,不就油然附体于乐魂约翰·克利斯朵夫,灌注给全篇精神成长的基调?类似的经验芸芸众生都有。为文开头不顺,找不到必要的语感,便难以得心应手地汩汩往下,开枝散叶。缘于此,已有学者伸张"开端叙事学"[①],集中探讨文学作品开头问题。他们中的有心人,进而把类似的心得推广至其他艺术,相信像石涛著名的"一画"法不过是强调,第一笔点染功夫,可令潜在的画面世界如一道闪电般呼之欲出,而为整轴丘壑奠基。

单独看来不难理解的这番道理,而今却遭遇一个矛盾的挑战:若认为第一个符号奠定了后续符号的格局,那岂不是说,它自身无须经由其他符号的区分而存在,成了区分原则的例外?这里产生了一个有趣的问题:第一个符号,在还没有其他符号出现、和它构成区分关系前,是如何让自己获得意义的?任何一门艺术,都建立在各自独特语言的基础上,艺术语言作为语言,当然也合乎语言的一般性质,即符号在区分中形成的差异关系。如此,画家饱蘸浓墨朝纸面落下的第一笔,在尚无第二笔跟进前,仅仅是虚晃一枪吗?那为什么古今中外又有那么多艺术家都不约而同表示,作品中第一笔每每已决定了后面许多东西乃至整体?

当这样提出问题,并强调第一个符号在时间上的"第一个"时,不知不觉支配着我们的思维方式是存在论。因为我们追问的,是第一个符号作为"有",如何从"无"的汪洋大海中被唤醒并发生出来,并唯一地暂时面对接下来的"无"。这条在"有/无"之间切换的思路,显然发自存在论立场。一些研究者由此从隐/显语言的角度,将艺术中第一个符号的发生,解释为"艺术语言的出现是突然的,它不是艺术家寻找过程的按部就班的逻辑的结果,它是一道闪电,骤然出现,又迅即熄灭,但世界却因此被照亮过了。关于这道闪电,能够断定的东西也许很少,但它是整个作品的精神发源地,尽管短促,它也仍然有摄入和延伸,就是说,它还是有过程的",其过程被描述为"隐语言的生成-隐语言-显语言",作为第一阶段的隐语言的生成,在意识中"对于语词、句式、语法特征和意义生成方式,以及其中任何一项的改变引起其他项类相应变化的机制,已是极有把握"[②]。这为艺术语言中第一笔的登场,设想了一条从"无"向"有"生成的现象学路径,用一照即逝的闪电,来形象地比喻先见在语言阐释中的本体性地位,当然是从存在论立场上作出的解释。从这一立场能否得出解题的正确方向?

回答是否定的。对于这个重要理论问题,比上述存在论解释更为合理的解释是,艺术中

---

① 参见余杰《开端叙事学》(中国社会科学出版社 2015 年版)的相关论述。
② 徐亮:《显现与对话》,百花文艺出版社 1993 年版,第 120—121 页。

第一个符号的发生,在尚未有任何后续符号出来和它构成区分关系前,看似破空而至,实则应当被看作虚潜符号,可以从虚潜机制得到科学的揭示。

第一个符号在艺术中的发生,首先是一个现实的动作,意味着一件叫作艺术创作的事被启动了,这件事获得了起点。从根本上看,既然这个动作暂无依傍,它就不是纯自觉的行为,而带有某种灵机一动的灵感成分,或者说来自非自觉状态中的无意识驱力。问题在于如何解释这种无意识驱力的成因。在过去,一种颇具代表性的解释,是认定这种无意识归根结底来自意识的转化,是主体动作达到相当的熟练程度后不自觉进入的化境。这种解释吸收了康斯坦丁诺夫主编的《苏联哲学百科全书》中"无意识"条目的有关内容,[1]认为无意识并非如弗洛伊德学派断言的那样一概处于心理最低水平,或仅限于动物性层面上的生理性质,而是"也包括由意识活动的不断重复转化而来的自动化了的熟练动作(如'动力定型')和心理状态(如'意向'、'定势')等[2],这种"由意识转化而来的无意识",便证明了"无意识心理本身"同样也具有"反映现实的能力"[3],进而将无意识因素纳入"反映"这一基本范畴,相信由此解决了审美反映论面临的一大理论难题。从表面看,这种解释在传统文论诸如"活法""无法之法,乃为至法"以及"没有技巧的技巧是最高的技巧"等命题中,仿佛得到了印证。它能否科学地解释艺术中第一个符号的发生奥秘呢?

这种解释的疑点在于,被如此构造的"无意识从意识中转化出来,因此带有一定的理性成分而并不简单反理性"的解释思路,包藏着理性规训的风险。有论者曾例举新时期初我国文论界那种认为"艺术直觉的非自觉性实际上是一种特殊形式的理性"的想当然观点,针对这些观点所臆造的理由——"长期的逻辑、理性训练会改变人的心理结构,理性积淀为本能,自觉的有意识实践造成了在非自觉精神状态中的信息处理现象,因而人们会不假思索地直觉地应用理性心理结构",针锋相对地批评指出,这样的想法默许了"可以在理性的名义下,蓄意将一种荒谬的观念通过训练而沉潜到人们的心底深处,让它以直觉的形式起作用,这样它就可以冒名为理性了",被作了这番设定的直觉却"与柏拉图、托马斯·阿奎那的直觉-理性存在根本区别"[4],因为它与这些学理背景没有关系,其思路来源于自我设想的生理-心理学路线。上文对无意识的解释,和此处对直觉的解释明显有相通之处,也是着眼于理性长期训练后积淀为非理性的无意识这一角度,因此在同样的乐观设定中埋伏下了话语权力:一种事实上荒谬的观念,可以找到一个以训练为名义、"从理性转化而来"的合法借口。这正是福柯所呼吁警惕的规训。既不便否认无意识在人类反映活动中的客观存在,又先已占据了一个去批判弗洛伊德学说的牢固立场(这个立场往往又旨在拿马克思主义立场来批判弗洛伊德泛性论的荒谬),便很自然地想到求助于马克思主义(因为马克思在其著作,比如《1844年经济学哲学手稿》中明确表示过"有意识的生命活动把人同动物的生命活动直接区分开来"),

① ［苏联］康斯坦丁诺夫主编:《苏联哲学百科全书》第一卷,上海译文出版社1984年版,第50—52页。
② 王元骧:《艺术创作中的意识与无意识》,见《审美反映与艺术创造》,杭州大学出版社1998年版,第242页。
③ 王元骧:《反映论原理与文学本质问题》,见《审美反映与艺术创造》,杭州大学出版社1998年版,第30—31页。
④ 徐亮、苏宏斌、徐燕杭:《文论的现代性与文学理性》,浙江大学出版社2005年版,第145页。

以及受到其影响的苏联有关心理学说对意识/无意识关系的论述,而在找不到马克思主义对这种关系的正面论述理据的情况下硬要交出答卷,便很容易产生"无意识由意识转化而来"的解释路径。这条路径和弗洛伊德的学理没有关系,却在自创的随意中,不知不觉地落入了权力规训的窠臼。

因此,有必要搁置"从理性中转化出无意识"的解释,换一种思维方式,从虚潜论思路入手来揭开艺术中第一个符号发生之谜。这就是从本雅明与阿甘本所说的"姿势"(gestures)出发,"在重复中'产生'不可重复的独异性"①。"姿势"这一概念,较为接近上述解释中所涉及的长期动作训练形成的定式,但它摒弃了"长期动作训练"这个解释方案中铁板一块的预设,无论那是理性主义的同一性,还是以存在论为名,却仍趋向于团块效应的因缘结构背景。姿势论揭示出,"长期动作训练"作为一种潜重复性的差异溢出和幽灵闪现,打破了可控的能见度范围,积极在姿势的潜能运动中逼迫出语言的限度,以此消解传统观念中顽固存在的界限,而凸显虚空的外部力量。

由于这种虚潜论思维方式,根本上是一种事件性思维方式,它可以做到防范重蹈理性的权力规训。福柯率先在《方法问题》等中明确提出"事件化"②,其初衷就是批判话语权力在监狱制度等一系列看似文明的现象中的规训力量,而对自明性展开于其中的实践体系复杂性进行分析。他主张"在一种激发历史常态的诱惑之处、或者一种具有直接的人类学特征之处、以及一种将自身影响显而易见地、一致性地加给全体之处,使独异性变得明显可见"③,这种独异性,即在看似常态的现象中发现"连接、遭遇、支持、阻塞、力量与策略等在某个特定时刻建立了随后被视作自明、普遍与必要之物的情形"④,由此使"对过程的内部分析,与分析出的'突出部分'的增加齐头并进"⑤,因此他所肯定的"不是被认作病理学恒量的理性",而是"将这个词的用法限制在一种工具性的与相对的意义上",即在此意义上"检审理性形式如何将自己铭刻入实践或实践体系中,以及它们在其中扮演着何种角色",通过它"看看人们如何通过真理的生产来掌控(自己与他人)"⑥。事件对于自身发生性的这种不断保持与更新,使它有效地擦除各种试图将它定型化的权力企图,较之于上述"理性转化为无意识"却仍暗含权力规训的解释思路,在对理性的非本质主义重构中根除了权力规训。

具体地说,艺术中第一个符号的落笔,在空诸依傍的情况下确实是独异的,独异在这里指它来得似乎突然、突发而突兀,仿佛好像没有可以明确寻溯的来路可讲。显得独异的第一笔,是艺术家在意识中寻思着想去"写些什么"的动念的产物,这种方向上的估计,在存在论那里被当作有惊而无险的整体安全愿景来处理。存在论运用显现性思路,认定这是个逐渐清晰起来的过程,相信"显现就是逐渐地现,它表明了一个过程——由不清晰,到逐渐清晰起

---

① Samuel Weber. *Benjamin's Abilities.* Harvard University Press, 2008, p.203.

② Graham Burchell, Colin Gordon, Peter Miller. *The Foucault Effect: Studies in Governmentality.* University of Chicago Press, 1991, p.76.

③ Ibid, p.76.

④ Ibid, p.76.

⑤ Ibid, p.77.

⑥ Ibid, p.78.

来"，总之"这个过程是由整体的朦胧到整体的明朗"①。真实情况是不是真的总是这样从朦胧到明朗，最终实现为云开日出的可能性呢？从艺术创造实际看，答案当然也完全可能是肯定的。尽管如此，我们无法在上述乐观的、团块性的理论路线预设和客观结果之间建立起必然的逻辑联系，没有证据表明这两者之间存在直接联系。事实是，艺术家平时也有长期的训练积累，在行将展开创作之际潜在地调动起自己的类似经验，但这种调动并非按部就班、向着某个确定的内里目标筹划。艺术家有搜寻目标的冲动，但与这个过程更多地伴随着的因素，却是对"究竟自何处入手"的不确定感和惶惑，如同俗话所说"憋着一股劲"那般，"憋劲"十分形象地挑明了主体在潜能运动中向着语言极限挤压和逼迫的行动过程，这个过程透露出将要与各种意想不到的差异性因素进行搏斗的紧张。与存在论的乐观底色相反，由于总面对意外的差异性分叉，主体不知路往何处走，充满了临近深渊和黑暗的身体惊颤，以至于手中的笔连投石问路都还谈不上，毋宁说仅仅是一直在语言的限度上小心翼翼作试探。

这个试探过程不像我们通常容易认为的那样，在经过多次试探后，终于找到了所谓语感而让世界如愿显现出来。若如此，"无"与"有"之间便仍被插入了生硬的界限。语言当然有限度，语言论诚然证明了语言无论如何都无法指及事物现场，但存在论思路在关联性立场作用下，倾向于将最终被语言顺利关联的世界看成世界的全部，而罔顾"是否还有语言无法关联的虚空"这一问题。虚空是语言的剩余物，它超越关联主义范式而客观存在。没有了剩余物，一切以语言为准，都是被语言说出的，语言便由于不再拥有必要的牵制性力量，失去了真正受限的那份紧张和尖锐，变得中性化（钝化）了。经此绽出的第一句（第一个符号），没有摆脱预设和匠艺的框架，即仍在某种始源（始源的存在便已规定好了因缘范围及其界限）中置入了在场的自恋。

试探语言的限度，相反是一个不断逼出语言无法创造出世界，从而不得不一次次跌回至自身有限性这一状态的过程。艺术家也在寻找第一笔，但这种寻找和潜意识中相信总有一道闪电将会在前面闪现、精诚所至而迟早会金石为开不同，它从一开始就陷入了力所不逮这一更为真实的情状中，不以最终获得免疫为念。因为这种对免疫的孜孜追求，固然将导致主体体内产生对于病毒的抗体，却也由此在抵抗病毒的信念中永远带上患病的基因（如家族病史）而代代承传，即在满足于一次性纠错成功之际，落入了一生之错已无法从根本上被纠的困局。免疫应当是在努力免除外部疫情的同时，更为自觉地免除自身在抗疫过程中产生的抗体自信，粉碎这层隐蔽而更有害的抗体自信。这样，艺术家对第一笔的寻找，便没有了任何或显（即抗击外部疫情）或隐（即放任内部疫情）的立足点，他完全被虚化了，在一股只是单单趋于某个方向，却无法对这个方向作出任何预估的潜在能量中挤压，挤压就意味着边缘（限度）的搏斗。由此找到的第一笔，应当被理解为潜能运动所抵达的语言限度，或者说可见/不可见状态的临界点。这个临界点的独异性，存在于潜重复所造成的姿势中。因此，它以潜在、开放的心态出场，虚怀若谷，虚位以待，谦逊地等待着接下来后续符号对它的激活、

---

① 徐亮：《显现与对话》，百花文艺出版社 1993 年版，第 46—47 页。

修正与塑造,它对于全篇的笼罩力量和决定作用,是就它虚潜地发动起整体性符号区分活动这一点而言的。

四、受控与施控的临界点:陌生化

受控与施控的临界点,即文学语言的"陌生化"。因为很显然,施控状态微妙地转变为受控状态的那一刻,就是变原先的熟悉感为陌生感,它无非来自下一个符号出现后对于上一个符号的不断刷新,而这正是语言在区分中展开差别的本性。这样理解"陌生化",才避免了把它仅仅把握为技术、技巧的局限,而深刻触及了其根本意义。

与日常语言的熟悉性不同,文学语言以陌生性为自身独特性质。捷克文学理论家穆卡洛夫斯基区分了标准语言与诗的语言,认为后者是对前者所树立的规范的"有意触犯",借此突出诗意运用的强度,[①]俄国学者什克洛夫斯基也提出"奇异化"(即"陌生化")原则,认为文学语言需要"把形式艰深化",增加感受的难度,延长感受的时间,达到最大强度,并尽可能持久。[②] 他们有两点思想是共同的:都认为文学语言反拨着日常标准语言的自动化运作;都认为文学语言不是意欲达成某种目的的手段,而是一个使用与感受的过程。这是古今中外优秀作家在语言运用上的共识。例如以一部《边城》驰名我国现代文坛至今的沈从文,便反对在文学描写中滥用成语,而一针见血地指出"他爱用成语写景,这不行。写景不能用成语"[③],因为约定俗成之语会因熟悉性而麻木作家与读者的感觉,使之失去文学创造的活力,鲁迅的名作《祝福》中描写祥林嫂,"一见她的眼盯着我的,背上也就遭了芒刺一般。"这个白话句子显然是从成语"如芒在背"化出的,作家的智慧在于没有径直去搬用这个现成的成语,而是在上下文语境中有意味地将它拆散而重新组装,收到了陌生化的新颖而自然的表意效果。在文学写作中应少用甚至不用关联词,而尽可能让意思自然地转折出来,也是出于同理。文学语言的这种陌生化效果,同时存在于文学语言的字词层面、句段层面与修辞层面上。先举例看字词层面的陌生化:

　　这时特隆诺夫从枪膛里退出弹壳,走到我跟前。

　　"抹掉一人,"他指着名单说。

　　"我不抹,"我回答说。"领导一再下达的命令看来不摆在你眼里,帕萨……

——巴别尔《骑兵军》

　　后来笔走顺了,自己变出无穷花样,竟也写得兴致勃勃,不留神就涨出七八万字,一发不可收拾了。

——王朔《修改后发表》

---

① 〔捷〕穆卡洛夫斯基:《标准语言与诗的语言》,邓鹏译,见伍蠡甫、胡经之主编《西方文艺理论名著选编》下卷,北京大学出版社 1987 年版,第 417 页。

② 〔苏联〕维·什克洛夫斯基:《散文理论》,刘宗次译,百花洲文艺出版社 1994 年版,第 10 页。

③ 汪曾祺:《汪曾祺文集·文论卷》,江苏文艺出版社 1993 年版,第 37 页。

一个相当寻常、本无任何份量可言的动词"抹"，被出其不意地用来形容举起枪杀人的动作，战争的冷漠与战争中人对宝贵生命的日渐麻木，都被触目惊心地定格在了纸上，令人倒抽一口凉气之余，震惊无言。较之类似题材的长篇小说《兄弟连》写战争中人杀人"像一棵树被一个专业的伐木工人砍倒了"这一精彩比喻，更显得精练警策。一个极富口语气息、让人联想到解手动作的动词"涨"，被匠心独运地用来形容艰难写作的情景，生动传神到让人忍俊不禁，同样在陌生化意义上显现出了小说世界里带有浓郁调侃色彩的事：这被写出来的作品，原本就如同解手所得那样不值钱。比起这类单字来，词语的陌生性创造能力同样毫不逊色：

> 这个星期天的下午兵荒马乱地出了不少事，好个奇妙的日子。就在绿子家附近发生了一场火灾。我们爬上三楼的晾衣台看热闹，而且不知不觉地接了吻。
>
> ——村上春树《挪威的森林》
>
> 三和尚拎着把剌刀，从后头悄悄走上去，用刀背在坐地上的尔汉后脑勺，玩似的敲了一记，尔汉如痴如醉，往侧里一歪，倒在地上。
>
> ——叶兆言《枣树的故事》

通常用于描述战争等离乱场合的成语"兵荒马乱"，被鬼使神差地挪到了几个青春少年讲述自己轻灵故事的语境中，我们在对词义作出错愕的第一反应后，旋即化险为夷转危为安，为小说家这一奇特的陌生化遣词而释然。在日常语境里，成语"如痴如醉"表示入迷之意，色彩上属于中性甚或褒义，但小说家又别致地将之移到了武力杀人的残暴场面中，不露半点嫁接的痕迹，初睹令人惊讶，细忖方悟出被害者那种不知危险突然降临的天真，更使我们感到激动的，是通过这个词一下子观看到当事人平时的性格，那是一种素来不带有浓重心机的、对危险缺乏估计的单纯素朴。句段的陌生化效果亦然。杜甫《秋兴八首》中的名句"香稻啄余鹦鹉粒，碧梧栖老凤凰枝"，按正常语序应为"鹦鹉啄香稻余粒，凤凰栖碧梧老枝"，诗人的这份倒装用心，固然有因严合句律而不免稍过之处，但流传至今的这两句诗总是显得陌生而引人回味的。王蒙的短篇小说《组织部来了个年轻人》，原稿开头为"三月，天上落下的似雨似雪"，曾被人机械地补足宾语而改为"三月，天上落下了似雨似雪的东西"，这一来语法是规范了，却显然失去了原有的那份因省略空白而陌生独造的空灵语言风味。在修辞层面上，我们更能领略到文学语言的陌生性魅力。以比喻为例，先看同一事物（件）对应于不同喻体的情形：

> 现在，他站在她上方了，一把托住她的膝下，把她叉开的双腿微微向上举起。那双腿猛一看去，就像一个战士举起双臂对着瞄准他的枪筒投降。
>
> ——米兰·昆德拉《生命中不能承受之轻》
>
> 会的，他穿了。他过去很爱开玩笑，不像现在这个鬼样子。可他爱看我穿短裤，像一面红旗对着一头牛。
>
> ——沃克《紫色》

这两段描写都不约而同涉及同一事件——性行为，对性行为的动作姿态均作了令人过目难忘的奇特比喻,"战士对着枪筒投降"和"红旗对着一头牛",这样的字词,组合起两幅异常生动鲜活、绝无与他人雷同之虞的画面,读着它们,我们顿时嗅到整个小说世界发散出来的气味,看清了小说世界的情感色调。反过来,同一喻体对应于不同事物(件)的情形又如何呢?

> 亲爱的! 我已经选好了围裙,可那个女人猛地往我身上一撞,啊,是个黑女人,高头大马的,屁股大,乳房也大,乳罩都没有戴,完全像尼亚加拉大瀑布一样,黑肉倾泻而下。
>
> ——索尔·贝娄《赫索格》

> 我们侥幸躲过了好几次危险。这种瀑布般的讨厌的事在我们居住的每个汽车旅馆里当然都尾随着我。
>
> ——纳博科夫《洛丽塔》

这两段描写则不约而同地涉及同一喻体——瀑布,前者作名词使用,起宾语作用,后者则作副词使用,起定语作用。可以体会到,在这两处语境中,喻体的选择与运用仍带有很强的陌生性,与通常想法相去甚远,或者说令人始料不及。陌生化处理后的效果,是强烈的幽默感,它显现着作品中新世界的生机,甚至激发着新的思想。例如有教师风趣地揭示了习焉不察的道理:"我爱我的职业,但是我厌恶你们把我的职业比作那蠕动着的蚕。我一直厌恶中国人以春蚕比喻教师。我不知道还有哪个有进取心的民族会有这一类的比喻。我不喜欢没有骨头的动物,也不大尊重被人喂养、饲养(或豢养)的动物。……我们中国人赋予春蚕以崇高的生命意义,但是他们同时也绝对不放弃对它生命的充分利用,他们不但剥茧抽丝,而且把它的蛹做成了菜,甚至连它的粪便也做成枕头,没有浪费一丝一毫。那种蠕动的小动物所需的仅仅是树叶几片,它不给人类留一点点麻烦,只留下晶亮洁白的丝。这是中国人喜爱它的理由。人们把教师比作春蚕,比作蜡烛,就用这些拙劣的比方把教师固定在'吐丝'和'烛照'的位置上。我不喜欢把教师比作春蚕,还在于教师是生活的创造者,而并非一直在单调地吐一种一捋到底的东西;所谓'到死丝方尽',又何尝不是'作茧自缚'呢?"[①]其实,教师是一盏灯,在照亮了学生们的同时也照亮了自己。这就是运用陌生化眼光去打量世界时的意想不到的珍贵思想收获。我们可以邀请读者来做一个现场游戏——朝以下括号里填入你认为最精妙传神的一种喻体或一个字:

> 夜仿佛( )。

> 我发现眼泪爬( )了我的面颊。

> 一轮冻僵的太阳正在徒劳地( )着管道。

> 柳生觉得这声音如( )一般短。

> 他的声音像( )一样蹿了出来。

可以在与以下原文答案的比较中,衡量一下自己所给出的回答在语感上和原文的高下:

> 夜仿佛纸浸了油。(钱锺书《围城》)

----

① 吴非:《前方是什么》,华东师范大学出版社 2006 年版,第 181—182 页。

我发现眼泪爬痒了我的面颊。（徐訏《风萧萧》）

一轮冻僵的太阳正在徒劳地舔着管道。（君特·格拉斯《铁皮鼓》）

柳生觉得这声音如手指一般短。（余华《鲜血梅花》）

他的声音像分叉的蛇信子一样蹿了出来。（茨威格《情感的迷惘》）

陌生化对文学语言的提炼与塑造,体现在广阔的方方面面。就初学者来说,注意写文章时尽量少用乃至不用过多的关联词,便是值得记取的语言智慧。在这点上,即使是文坛名家,也常常难以避免:

城头上非常寂静,每隔不远有一盏灯笼,（由于）清兵已过了通州的运河西岸,（所以）东直门和朝阳门那方面特别吃紧,城头上的灯笼也比较稠密。从远远的东方,不时地传过来隆隆炮声,好像夏天的闷雷一样在天际滚动。（但是）城里的居民们得不到战事的真实情况,不知道这是官兵还是清兵放的大炮。

——姚雪垠《李自成》

倘若考虑删去上述引文中三处打了括号的关联词,不仅不影响表意,而且在表达效果上显得更为精练清爽。这不啻文学语言理论实实在在地带给有志于写作者的收获。

五、陌生化必然带出多义化

文学语言的陌生化,必然进一步带出多义化。因为熟悉的语言操作会在重复中使人产生心理上的单调和麻木,失去对意义新角度的敏感,陌生的语言操作才因其陌生,而令心理产生方向捉摸不定的犹豫和迟疑,这便为文学语言敞开多义的意义空间提供了机遇。

与科学语言的单义性不同,文学语言以多义性为自身独特性质。法国哲学家保罗·利科曾区分过科学语言与诗歌语言,认为科学语言消除、筛去语词的一词多义,排斥、禁止歧义,并要求一个符号只具有一种意义,同一个符号无法用不同方法来加以解释,诗歌语言却保护语词的一词多义,保留乃至创造歧义,促成语言去表达新颖独特的非公众经验,由此构建起多种不同的意义系统,去谈论不可证实的真理,纠正科学的控制性迷信。[①] 现代语义学批评的代表人物、英国著名文学批评家瑞恰慈也曾深入比较过语言的两种不同用法,认为语言的使用不可一概而论,既有科学用法也有感情用法,前者是指称真或假的表述,必须符合逻辑联系,后者则指称被触发的情感态度的表述,它无需逻辑的安排,而"有其自身感情的相互联系"[②]。确实,文学活动作品不依靠概念、判断与推理来组织思想,而往往通过朦胧多义的语言来塑造形象与表达思想,在这里语言并不具备清晰的说明性特征。这一点有力地保证了文学活动超越形而上学、获得自身审美自主性的优势与潜能,是被无数实例所不断证实着的真理。

---

① ［法］利科:《言语的力量:科学与诗歌》,朱国均译,见胡经之、张首映主编《西方二十世纪文论选》第三卷,中国社会科学出版社 1989 年版,第 296—304 页。
② ［英］艾·阿·瑞恰慈:《文学批评原理》,杨自伍译,百花洲文艺出版社 1992 年版,第 243—244 页。

　　即以鲁迅散文名篇《秋夜》的开头为例:"在我的后园,可以看见墙外有两株树,一株是枣树,还有一株也是枣树。"这句话若以科学眼光来看,可能被人认为累赘拖沓而不减省,在信息交代上存在着不必要的重复。但以文学眼光看,它所具有的多义空间恰恰值得从正面加以肯定:一方面,当直接说"两株都是枣树"时,我们仅仅得到着一个作为结果的定性判断,可一旦说成"一株是枣树,还有一株也是枣树",我们分明感到不仅视点的观看获得了成果,更重要的是,包含在观看行为中的视点的运动游移过程也被生动立体地还原出来了,视线呈现一条由此及彼、从近到远的动态运行轨迹,这便使抽象的文字具备了形象的画面,物象的背后带出了人的存在,这是文学创作的成功关键;另一方面,当直接说"两株都是枣树"时,从心理学角度来分析,我们的注意力其实集中在抽象的、作为修饰性定语的数量词"两株"上,这是在对事物性质作出关心,可一旦说成"一株是枣树,还有一株也是枣树",由于多出了一个描述性句子,我们的注意力则微妙地转移与集中到了具有形象内涵与细节的主词"枣树"上,与之相关的具体记忆储备都由此被自然地调动起来,这是在直接面对活生生的事物。自然,对这句开头还可以有不限于上述两方面的解读,它们也都可以从不同角度来继续打开多义性空间。

　　类似的例子,还有杜甫《羌村三首》之二中的"娇儿不离膝,畏我复却去"一句。这句诗意历来聚讼纷纭,公认有两解:一谓娇儿怕"我"很快再离他而去;一谓娇儿因与主人公很久不见而产生怯生生的心理,进而疏离和退避于主人公。从训诂的角度,学界更认同前一种解释,如学者蒋礼鸿指出"'却'有复义,张相氏已有定说。'复却'连文,即是共为复义,非谓又退去也"[①]。从审美的角度,则不妨碍上述两解可以在某种程度上并存,以增添后世读者对这句诗中多义空间的兴味。读海明威的短篇小说《在密执安北部》,总能体会到一种既能如此,也能如彼的两可意味,小说家只展示出这种两可性,并不直接点穿或加以粗暴的评判:

　　"别……,吉姆。"莉芝说道。吉姆的手更朝上滑。

　　"你不可以,吉姆。你不可以的呀。"无论吉姆还是吉姆的大手都没理她。

　　地板很硬。吉姆把她的衣服掀了起来,并且正要对她干什么事哩。她很害怕,可是她需要它。她得接受它,但是它又让她害怕。

　　"你不可以干这样的事,吉姆。你不可以的呀。"

　　"我一定要,我就是要。你知道我们一定要。"

　　"不,我们还没有,吉姆。我们一定不能。哦,这是不对的呀。你不能呀。哦,吉姆。吉姆,哦。"

　　"你不可以的""这是不对的""你不能",本来是三个表达否定意的判断句,但最后分别加上带有感叹意味语气的"呀",又分明不是在简单否定,而是在肯定性地欣赏这一切,给人"你可以""你对""你能"的潜台词,极为生动地传达出暗恋吉姆已久、忽然一朝得到吉姆的爱的莉芝那种既紧张又满足的心情,这就是一种成功的两可意味。小说从头到尾都被这种充满

①　蒋礼鸿:《怀任斋文集》,浙江大学出版社 2019 年版,第 83 页。

现代色彩的两可意味深深笼罩着,吉姆对莉芝的爱从一开始便没有反应,为什么最后竟会狂热地对莉芝这么做,对这个小说中最大的两可表现,海明威甚至没有告诉我们理由,故事就在对空白的见证中结束了。这种见证力量归根结底,便与语言的多义性创造有关。

多义形成了文学语言的表/里关系,隐喻与象征是这种关系的集中体现。两者的主要区别是:隐喻一般从具象到具象,不必然指向价值;象征则一般从具象到抽象,必然指向价值。前者如流传至今的禅宗六祖偈语"菩提本无树,明镜亦非台,本来无一物,何处惹尘埃",对之历来都只有赞颂而未见异议,唯有学者陈寅恪在《禅宗六祖传法偈之分析》一文中提出与众不同的看法,指出了这四句偈语在隐喻上失之于不恰当的毛病:"何谓譬喻不适当?考印度禅学,其观身之法,往往比人身于芭蕉等易于解剥之植物,⋯⋯菩提树为永久坚牢之宝树,决不能取以比譬变灭无常之肉身,致反乎重心神而轻肉体之教义。"[①]这反过来有趣地表明了文学中的隐喻对本体与喻体之间相似点的追求之重要。后者则如卞之琳的《断章》所咏叹:"你站在桥上看风景,看风景人在楼上看你。明月装饰了你的窗子,你装饰了别人的梦。"字里行间氤氲出对人与世界的复杂关系的一种象征。这都属于文学语言的多义魅力。

将文学语言的表/里关系推向极致,是表层义收缩而完全让位于深层义,这形成了文学在表层义上的特殊现象:空白。比起表达的欲望来,倾听为沉默留出了更多的空间,沉默是一种更为深刻的语言,它是古今中外优秀文学作品每每具有的一种高境界。我们由此理解了何以一些文学作品中总是留下着富于意味的空白,例如:

> 这个人也许永远不回来了,也许"明天"回来!
>
> ——沈从文《边城》

> 胡斐到底能不能平安归来和她相会,他这一刀到底劈下去还是不劈?
>
> ——金庸《雪山飞狐》

前者的揣测语气并不改变其反问性质,它等于是在问:这个人明天会回来吗? 回不回来呢? 答案何去何从已不重要,重要的是翠翠依旧迎着朝阳在茶峒溪岩上痴痴等待着二老傩送这一跃动着理想、希望与信念的举动,而这个举动透露出来的生命亮色贯穿着整部小说,从客观方向上引导着我们对它的意义参与。读了这个结尾,我们会感到小说并未结束,沿循着结尾里坦然包容着的生命力量,再回想整个故事,我们会感到获得了更积极明朗的印象。对金庸来说,问题同样不在于这一刀能否劈下去,而在于这个空白本身蕴含的人性的复杂与模糊,这也是我们每个当代人同样面对的问题。对语言的这种空白作出了深刻阐述的,是海明威。他提出了著名的冰山理论,指出一部小说就像一座冰山,其中"浮出水面的只有八分之一,还有八分之七藏在水下"。八分之一与八分之七只是比喻的说法,海明威的意思是,隐于水下、不直接说出的部分应当比露在水上、直接说出的部分更多、更厚实。海明威紧接着给出了一段更加重要的解释:"你知道的东西可以略去不写,这样反而加固你的冰山。略去不

① 陈寅恪:《金明馆丛稿二编》,生活·读书·新知三联书店 2015 年版,第 188—189 页。

写就是含而不露。如果一个作家略去了他不知道的东西,那他的作品就有漏洞。"①换言之,这种不知道的空白,不是接下来有待作家与读者去填实的东西,那样的话,作品中的世界便成了对象性的物,相反,正因为这种不知道的空白只是呼唤着作家与读者去面对它,作品中的世界才成了高于两者的、富于显现生机的存在。于是,面对空白的倾听与沉默,看似处于未知状态,实则却与世界融为了一体,作为生存组建环节中的可能性而敞开了积极的意义。

　　面对空白,需要的是倾听。比起喋喋不休的言说来,倾听在路线上是内收的。这解释了古今中外许多文学家何以普遍具有一种孤独、内向的性格。在歌德看来,离开公务孤独地过日子,是诗人的幸福,②当代俄国女诗人茨维塔耶娃也说,懂得对将要说出的真理保持沉默时,真理才是真理,③孤独感甚至影响到诗人的日常行事,诗人叶芝就独自生活在盘旋的塔中。诗如此,小说也如此。卡夫卡毫不掩饰地表示,"一个人在写作时越孤独越好",理由在于,唯孤独才能使笔触从"表层上的东西"进入到"更深层的源泉"中去。④ 马尔克斯也感叹,文学创作堪称世上"最孤独的职业"⑤。杜拉斯同样认真地指出,对于一位小说家来说,"写书人和他周围的人之间始终要有所分离,这就是一种孤独,是作者的孤独,是作品的孤独"。⑥ 塞林格居住于电网蔽护下的林间斗室里,又不失为孤独感在小说家实际生活中的自然投影。在孤独与内敛中,作家高接混茫,留下了一部部逾越时空、烛照读者心灵的不朽之作。

 [本章拓展思考题]

一、请任选以下三题之一,完成一篇文章。

1. 索绪尔与王国维的对话

2. 一个存在论者与一个语言论者的对话

3. 一个西方文论研究者与一个中国文论爱好者的对话

二、请任选以下两题之一,完成一篇充分表达自己见解的文章。

1. 鲁迅文字风格之我见

2.《五灯会元》文学价值之我见

三、语言的变迁确实能反映出一个时代的风貌,请精心编撰一部《当代流行语》,别具新意地选择一批流行语词条,从语言演变的角度勾勒出时代发展的真实轨迹。

四、文学创作在语言的本源性运作下显现出自身的世界,呈现出受控的一面,即通俗地表现为作家明明写着笔下作品却反过来不由自主地被作品挟裹着往前走,这与文学史上有

① [美]库尔特·辛格:《海明威传》,周国珍译,浙江文艺出版社 1983 年版,第 179 页。
② [德]爱克德曼:《哥德对话录》,周学普译,上海教育出版社 2000 年版,第 46—47 页。
③ [奥]里尔克、[俄]帕斯捷尔纳克、[俄]茨维塔耶娃:《三诗人书简》,刘文飞译,中央编译出版社 1999 年版,第 123 页。
④ [奥]卡夫卡:《卡夫卡文集》第四卷,祝彦、张荣昌等译,上海译文出版社 2002 年版,第 101—102 页。
⑤ [哥]加西亚·马尔克斯、门多萨:《番石榴飘香》,林一安译,生活·读书·新知三联书店 1987 年版,第 38 页。
⑥ [法]玛格丽特·杜拉斯:《写作》,曹德明译,春风文艺出版社 2000 年版,第 4 页。

时出现的强调排除一切理智因素,而"自动写作"的流派主张(例如超现实主义文学),有何本质区别?

五、请任选以下两题中的一题,深入思考并阐述你的见解。

1. 语言说出着世界,不同的语言说出着不同的世界,《韩非子》记载的"郢书燕说"故事、《世说新语》记载的"枕石漱流"与"漱石枕流"的故事都是例证。你还能由此想到中国智慧传统中哪些相似的例证呢?

2. 现代语言论哲学阐述的道理,与中国传统文论中"意不称物,文不逮意"(陆机《文赋》)之类说法一致还是矛盾? 你认为应当如何中肯看待建基于异质文化土壤之上的这两者的关系?

六、按索绪尔,语言符号的能指就是音响-形象,究竟怎样理解这里所说的"形象"呢? 比如,汉语能指中的"形象"就是指字形吗? 这种"形象"与我们常说的"文学通过语言来塑造形象""形象思维"等又有没有关联呢?

七、尽管我们一般都同意文学语言因其多义性而具有言不尽意、意在言外的独特性,但这点在现代哲学家维特根斯坦看来可能是成问题的。因为语言的这种说不清道不明,但却始终被人们坚信是客观存在着的言外义,在他看来属于"私有语言"。"私有语言"命题假定存在着一种神秘的内心意识语言,它无法被转译为外在的公共语言,缺乏交流的基础,只能被持有者自己所理解,这种假定恰恰是一种形而上学的虚妄。对于这一向文学言外义的合法性提出了尖锐挑战的重要理论,你的看法如何呢? 请进一步搜寻并阅读相关理论著作,在深入研究的基础上作出你的详细阐释。

八、尽管"语言论转向"为现代思想的发展奠定了基础并还在持续发展,某些学者如李泽厚却提出了能否让思想"走出语言",以"让人不要被语言的牢笼框住"(见《中国哲学如何登场》一书)的新想法。对此,你的看法又如何呢? 你认为人类思想究竟能否"走出语言"? 如若能,走出语言后又走向哪里? 请进一步搜寻并阅读相关理论著作,在深入研究的基础上作出你的详细阐释。

九、语言论学理传统中的四大家——索绪尔、海德格尔、维特根斯坦与本维尼斯特,究竟有没有内在的联系? 你能合理地将这四者连成为整体吗? 还是反过来认为四者的区别大于联系? 请进一步搜寻并阅读相关理论著作,在深入研究的基础上作出你的详细阐释。

十、是否还可以这样来质疑索绪尔的《普通语言学教程》中有关"能指与所指的关系是任意的"的论断:能指是语音(物质的),所指是概念(观念的),然而,概念难道不已经是语言形态的吗? 用一种已经是语言形态的东西,去解释语言的性质,有没有循环论证之嫌? 维特根斯坦的下述看法,似乎佐证着上面的疑问:"在对语言进行解释的时候,我已经必须使用成熟完备的(而不是某种预备性的或临时的)语言,这已经表明,我关于语言只能提供出外部事实。"结合起来看,你觉得是否如此?

[本章进一步推荐阅读] ||||||||||||||||||||||||||||||||||||||||||||||||||||||||||||||||||

1. 汪曾祺:《晚翠文谈》,上海三联书店 2018 年版

2. 葛兆光:《汉字的魔方:中国古典诗歌语言学札记》,复旦大学出版社 2016 年版

3. 轻言:《历代诗话小品》,崇文书局 2004 年版

4. 中华函授学校:《语文学习讲座丛书》,商务印书馆 1980 年版

5. 王力:《龙虫并雕斋琐语》,中华书局 2015 年版

6. 朱钦舜:《新选百种修辞格赏析辞典》,上海大学出版社 2018 年版

7. 倪宝元:《汉语修辞新篇章——从名家改笔中学习修辞》,商务印书馆 1992 年版

8. [苏联]维·什克洛夫斯基:《散文理论》,刘宗次译,百花洲文艺出版社 2010 年版

9. 周裕锴:《禅宗语言》,复旦大学出版社 2019 年版

10. 郁振华:《人类知识的默会维度》,北京大学出版社 2022 年版

下 编

建构的文学

第九章
文学与时代

　　从天真的文学转向建构的文学后，由于建构者因素的引入，需要在标题上适当改变叙述方式，从"文学的××"变为"文学与××"。本章先讨论文学与时代的关系，即文学的时间演变问题。我们将在历史层面上先介绍迄今为止人类文学活动的五个演变阶段，以此为基础，在逻辑层面上进而分析这种演变的必然性。

一、文学的古典、浪漫与现实

以下的叙述，着眼于整个世界范围内的文学发展历程而不刻意区分中西方，在我们看来，文学的这五个发展阶段，对中西方都是适用的，中国文学主要表现为现实主义与浪漫主义的交替，总体上没有违背而是包含于这一发展历程中。

人类最先的文学发展阶段是十八世纪前颇具主流色彩的古典主义。古典主义文学的主要特征是，注重文学的模仿、理性与机械整体性等。其思想基础是近代以来由笛卡尔等思想家奠定与开创的理性主义。早在古希腊，亚里士多德等思想先行者已将哲学研究的对象明确规定为世界的本质，使哲学成为一门研讨知识的学问，当时主导人们思想的一元论加强了这种趋势。自进入近代以来，随着科学技术的进步与人类认识、改造自然能力的不断提升，人与世界的关系开始从自发走向自觉，一元论逐渐发展为以"我思故我在"为标志的二元论，主体与客体的关系开始成为哲学研究的新议题。受到古希腊以来的知识论影响，处在近代开端上的笛卡尔等思想家既是哲学家又是数学家，他们把人理解为"一个在思维的东西"①，思维是通过概念、判断与推理来把握事物本质与规律的思想方式，在思维中人便只能以抽象、普遍与理性的面目出现，这直接影响了当时文学创作的风尚。从古典主义文学的代表性形态——法国古典主义文学中即可见出一斑。举例来说，以莫里哀为代表的法国古典主义文学，提出了"三一律"的著名主张，这一创作观念严格限定，剧本的创作必须遵守时间、地点与情节的一致，即一部剧本的时间必须发生在一天二十四小时之内，地点也必须发生于同一空间，情节上则只允许描写单一的故事。不难看出，这种创作观念来自并严格遵循思维规律，依托于理性主义观念，与人类当时的特定思想认识水平是相适应的。

十八世纪以后，人类文学开始进入浪漫主义发展阶段。浪漫主义文学的主要特征是强调文学的主观性与幻想性，注重主观抒情。它的思想基础乃是当时深刻席卷着西欧大陆的主体性哲学。康德开其端、黑格尔集大成的德国古典美学，在鲜明凸显主体性原则这点上将人类关于想象活动性质与功能的研究深化、推进了一大步，情感也被提升至文学研究的聚焦点，特别是康德等思想家关于想象力与天才的关系等精深论述，直接开启了浪漫主义文学运动的先声。这一运动的代表性形态是风起云涌的欧美浪漫主义文学。举其代表作家来说，英国有华兹华斯、柯勒律治、拜伦、雪莱与济慈等，法国有雨果、大仲马与梅里美等，德国有歌德、诺瓦利斯与施莱格尔等，美国有惠特曼与麦尔维尔等，俄国则有普希金等。如华兹华斯引人注目地将诗歌界定为人的强烈情感的自然流露，认为想象力在诗歌中使日常之物以不平常的状态呈现于心灵，它有两种基本功能，一种是"赋予的能力、抽出的能力和修改的能力"，另一种比这更深刻的则是"造形和创造"，其过程是"把众多合为单一，以及把单一分为众多"，从而使想象"激发和支持我们天性的永久部分"②。又如柯勒律治也热情地探讨诗歌

---

① ［法］笛卡尔：《第一哲学沉思集》，庞景仁译，商务印书馆 1986 年版，第 34 页。
② ［英］华兹华斯：《〈抒情歌谣集〉一八一五年版序言》，曹葆华译，见刘若端编《十九世纪英国诗人论诗》，人民文学出版社 1984 年版，第 46—50 页。

中的"诗意的想象",认定诗与其他形式作品的区别在于动人的热情和想象力。由此,他们表述了浪漫主义文学创作方法的若干基本特征,产生了很大的影响。这一文学运动在十九世纪发展到顶峰,涌现出璀璨的文学星座,撑起了近代文学的厚重天空。

从整体发生历程看,并非先有现实主义后有浪漫主义,而是先有浪漫主义后有现实主义。现实主义文学同样兴起于十八世纪,而在十九世纪达到了高潮,至今仍然是人类文学创作的主流。它的主要特征是强调文学忠于客观、忠于现实。如前所述,它的思想基础则是古希腊以来的再现论哲学,如亚里士多德倡导的摹仿说。它的代表性形态则首推十九世纪三十年代起在东西方同时蔚为大观的批判现实主义。举其代表作家而言,英国有奥斯丁与狄更斯等,法国有司汤达、巴尔扎克、福楼拜、小仲马、左拉与莫泊桑等,德国有海涅等,美国有马克·吐温与杰克·伦敦等,俄国则有果戈理、屠格涅夫、陀思妥耶夫斯基、契诃夫与托尔斯泰等,可谓巨星辈出。到二十世纪,现实主义创作方法进一步受到了理论界的重视与推进,其严格捍卫者包括匈牙利思想家卢卡奇等,可见这始终是一种深入人心、至今不衰的基本创作方法。

关于现实主义文学,有两个要点值得交代。一是,现实主义不同于以左拉与龚古尔兄弟为代表的、曾在十九世纪文坛昙花一现的"自然主义",尽管后者可被视为前者的一个变种。后者意在以生物学等自然科学的方法去看待文学,主张例如在创作庞大的家族小说时,代际之间的人物性格应具有生物遗传方面的稳定连续关系。这种观念的出现尽管并非偶然,乃是受到了当时弥漫于西方的实证主义思潮的影响,但它显然是机械而偏颇的,对它与现实主义之间的本质区别的澄清,有助于我们深入理解能动现实主义与机械现实主义的差异,这种重要差异即使在二十世纪也是每每存在于文学创作活动中的。要言之,现实主义尽管强调忠于生活,却并不简单照抄生活,而总融入了一定的概括、提炼与创造的成分。二是,现实主义文学的一项核心内容是典型理论。典型理论所要解决的是文学人物形象的个性与共性的统一问题。一般认为,这一理论的三个基本发展关节点是,黑格尔首先在其美学中提出了"这一个"思想,稍后恩格斯吸取了这一思想的合理内核,又在《致玛·哈克奈斯》这封信中提出了"典型环境中的典型人物"的思想,别林斯基则以"熟悉的陌生人"进一步概括与发展了典型理论。我们认为,今天的文学理论可以适当淡化对典型理论的探讨,因为这一理论毕竟带有浓厚的认识论色彩,是过去很长时间里每每强调文学认识性意义,却相对忽视审美性意义的积习使然,甚至在某种程度上,对典型的强调,几乎难以避免地包含了探求文学本质的形而上学思路,这在今天看来并无积极意义。有鉴于此,今天探讨文学活动中的人物性格等重要问题时,可以跳出典型理论的窠臼,在更为自由充分的视野中领会文学的意义而非本质。

二、文学的现代

十九世纪中期开始,人类文学又进入了现代主义阶段。现代主义文学,是欧美出现的众多文艺流派思潮的总称，包括象征主义、唯美主义、意识流小说、表现主义、超现实主义、存在主义、黑色幽默、垮掉的一代、荒诞派戏剧、法国新小说与魔幻现实主义等具体流派。它们共同开始反思理性的局限，承认世界测不准，而逐渐关心"无"这一新的思想主题：

> 我的一生只是一场错误。我生下来确实毫无用处。（萨特《死无葬身之地》）

> 人这种易灭之物是根绝不了的。金阁那样不灭的东西反倒终归要被消灭。（三岛由纪夫《金阁寺》）

相应地，在文学艺术上以"向内转"为主要特征，更多地深入刻画人的内心世界与意识活动，呈现出了情节淡化、大量内心独白与自由联想、时空交错与心理时间、象征暗示与对比联想、语言上的创新与变异等具体特征。举其代表作家来说，象征主义文学有美国作家爱伦·坡，以及法国诗人马拉美与瓦莱里等，唯美主义文学有法国作家戈蒂耶与英国作家王尔德等，意识流小说有法国作家普鲁斯特、爱尔兰作家乔伊斯、英国作家伍尔夫与美国作家福克纳等，表现主义文学有奥地利作家卡夫卡与美国剧作家奥尼尔等，后者的剧作深深影响了我国现代作家曹禺等人的创作，超现实主义文学有美国作家亨利·米勒与法国作家布勒东等，存在主义文学有法国作家萨特、波伏瓦与加缪等，黑色幽默文学有美国作家约瑟夫·海勒等，垮掉的一代文学有美国作家凯鲁亚克与金斯堡等，荒诞派戏剧有爱尔兰剧作家贝克特与法国剧作家尤奈斯库等，法国新小说有罗伯-格里耶与布托尔等，魔幻现实主义文学则有哥伦比亚作家马尔克斯等。这同样是一幅星汉灿烂的文学画卷，他们都以其与传统大异其趣的创作风貌，推动了人类文学的新进程。

为了具体了解现代主义文学的上述创作特征，在此可以举波德莱尔的诗与卡夫卡的小说为例。

波德莱尔的诗集《恶之花》，一反以往诗歌创作每每聚焦于美的意象的做法，刻意描绘利剑、毒药、腐尸、蛆虫和吸血鬼等一系列以传统眼光看来丑恶不堪的意象，以此和在世纪之交创作出正面表现人体丑陋、佝偻形象的《欧米埃尔》的罗丹一起，开创了从纯文学观念意义上摹仿"美的自然"，到摹仿一般自然的现代"审丑"路向。从中我们得到的启示是，问题不在于文学可不可以、应不应当去描绘丑恶的题材和对象，而在于即使我们主观上反感这一切，客观上能不能否认世界是不纯粹的。这正体现了文学的现代变革的深刻意义。

卡夫卡的短篇小说《在流放地》，便体现了他一贯的怪诞风格。一名旅行者来到某热带地区一个流放地，在当地军官的热情邀请下参观一次处决犯人之举。军官负责操纵一台由前司令发明的奇特处决机器，对犯人执行死刑。这架机器无须人操纵，就可以在十二小时内将犯人自动肢解粉碎，同时通过尖利的针头将犯人所犯之罪与宣判结果刻写在犯人身上。这一处决方式的残暴，使这架机器面临着被废弃的命运。军官出于对前司令的忠诚和对这项活动的爱好，恳求旅行者在新司令面前代为美言一番，让这架机器能继续得到使用。当遭到拒绝后，军官让犯人下来，自己接替他躺上这架行刑机器，对自己实施处决。恰恰在此时，机器没按规定运作而出了故障，一瞬间就将军官给刺死，然后散架坍塌。旅行者在厌恶心情中挣脱士兵与被判决犯人的纠缠，匆匆离开了流放地。这是个虚构出来的有趣故事，当作寓言来读一点不过分。从中能读出什么意思呢? 表面看,有许多可供解释的动机。机器的被人发明与反过来对人形成束缚、构成威胁,显然暗示着异化主题,现代人就这样置身于一个反人性的异化世界中,不仅如此,人还时时充当着异化的帮凶。这应该是最重要的主题,其余动机都不难看作对它在不同程度上的延伸。例如,军官一迭连声恳求旅行者去新司令面前极尽歌颂之能事,显然暗示出官僚主义气息;不经审判便草菅人命,又显然暗示着法律被玩弄于股掌之上的命运,它们都属于异化现象在现代社会各个方面的流露。我们还可以说,卡夫卡这个荒谬绝伦的故事,骨子里是对理性的无情调侃。从古希腊到十九世纪前期,"人是理性的动物"都是一顶高悬在我们每个人头上的皇冠,它令我们飘飘然,满以为理性是自己区别和优越于自然的资本,却忘了理性也会指使人干坏事,卡夫卡不动声色,在寓言的冷峻笔调中冷冷谑笑着理性力量的独断性、机械性与反现实性,把近代以来发生了窄化的理性看作"悬而未决、值得怀疑的,而不是理所当然的"①。理性之后是什么? 这是卡夫卡留给我们的问题。对这个问题的回答是肯定还是否定已不重要了,重要的是从这问答姿态本身透露出来的一种与理性至上主义无关的欲求,那将使你我不再沉沦于思想的流放地。这凌虚蹈空的叙事笔触貌似荒诞不经,骨子里却有着真实的东西,那就是身处现代社会中的人对于世界的那种"有"与"无"始终并存着的、得到着总也同时失去着的、充满荒诞的存在感,如前所述,它作为人生存在世的本体显现着真理。这确是许多现代主义文学作品所致力于描绘的主要创作内容。

现代主义文学的上述努力,在我国二十世纪初以来的新文学运动以及当代文学中都得到了响应。前者如曹禺青年时代创作的、闪烁着骄人天才光芒的剧本《雷雨》,便受到了当时正盛行于西方的奥尼尔表现主义戏剧《天边外》等作品的影响。后者如莫言早期的短篇小说《月光斩》,洋溢着明显的魔幻现实主义风格:刘副书记的人头被神秘削去并挂在了大树上任乌鸦啄食,找到身子后却不见一滴血,一个同样神秘的姑娘,说服老铁匠锻打能使人身首分离而滴血不沾的宝刀"月光斩",可最后人们发现,被杀的只是具塑料模特,大活人刘副书记又谈笑风生地出现在电视里。又如张炜创作于新世纪的长篇小说《刺猬歌》中,狐狸说"俺姓霍"、龟精变小孩、雪白狍子突然从悬崖边从天而降驮走被唐氏父子追杀的廖麦、"公羊摸着头顶咕哝"之类描写,虽令人匪夷所思,却同样能用魔幻现实主义手法来解释。这些"有"中始终生"无"、从头至尾绷紧了悬念之弦的叙述,从根本上确证着人之为人在得到的同时永远失去着的、西西弗斯般周而复始,但却在此过程中积极行动的生存本体,流露出鲜明的现代性诉求。

三、文学的后现代

从时间上看,后现代主义文学是离我们最近的一种文学流派。后现代主义有相互联系

---

① 赵汀阳:《走出哲学的危机》,中国社会科学出版社1993年版,第1页。

的两种含义。一种是政治社会层面上的后现代主义，它指二十世纪中后期以来的后工业社会，其与传统工业社会的本质区别在于，工业社会以机器为标志，后工业社会则以信息为标志。另一种则是文化层面上的后现代主义，它以反传统为主要特征，消解权威姿态，削平深度模式。如法国思想家利奥塔在《后现代状态：关于知识的报告》这部为后现代主义奠定了思想基础的著作中，开宗明义地指出："我们可以把对元叙事的怀疑看作是'后现代'。"[1]美国学者哈桑指出，后现代主义是一种"不确定的内向性"[2]。英国思想家伊格尔顿进一步认为："如果的确存在任何后现代主义的整体，那么它也只能是一个维特根斯坦式的家族貌似物的东西。"[3]法国思想家鲍德里亚也感到，玩弄碎片就是后现代。而从经济基础看，美国思想家詹明信则将后现代主义鲜明定位于晚期资本主义的文化逻辑，认为只有这样才能把握住后现代主义的总体文化特征。他由此对后现代主义的界说是："我们所称的后现代（或者称为跨国性）的空间绝不仅是一种文化意识形态或者文化幻象，而是有确切的历史（以及社会经济）现实根据的——它是资本主义全球性发展史上的第三次大规模扩张（在此以前，资本主义曾有过两次全球性的扩张，第一次促进国家市场的建立，而第二次则导致旧有帝国主义系统的形式；这两个各有其文化特殊性，也曾各自衍生出符合其运作规律的空间结构）。"[4]更明确地划分，资本主义的第一阶段为市场资本主义，其特征是语言具有可以指明并参照的参符，现实主义便是该阶段的典型思想形态；第二阶段为垄断资本主义（帝国主义），其特征是语言不仅有参符，而且有自动的（索绪尔意义上的）符号，现代主义便是该阶段的典型思想形态；至于第三阶段，则为一种既不同于市场资本主义也不同于新生垄断资本主义的跨国资本主义，这种晚期资本主义发展形态，特征是语言只剩下了自动的能指，后现代主义便是该阶段的典型思想形态。詹明信由此分析了后现代主义作为晚期资本主义文化主导逻辑的种种表现，如新的平淡感、心理上的分裂、缺乏深度的浅薄、玩弄表面游戏、以永远现代时取代怀旧、东拼西凑大杂烩、情感消逝与风格隐退等。受到后现代主义影响的文学活动中，同样充满了这些表现，取消本质、谋求差异成为后现代主义文学作品中屡见不鲜的色彩元素。这方面的代表性作家也很多，如阿根廷作家博尔赫斯、英国作家福尔斯、捷克作家米兰·昆德拉以及意大利作家艾柯等。他们的后现代作品，从形式到内容都给人耳目一新的创新之感。

　　先从形式上看。作为典型，可以来考察意大利作家卡尔维诺的后现代主义小说《寒冬夜行人》。这部作品是一次打破时间连续性的试验，卡尔维诺认为"时间的连续性我们只能在历史上那样一个时期的小说中才能看到"，与过去的历史相比，很不幸，"现在的时间已被分割成许多片段"，他只关注非连续的、呈片段状的时间。就此而言，这部小说属于后现代主义文学阵营。小说男主人公是个在车站错过了换车机会的乘客，他进书店买了本卡尔维诺刚出版的最新小说《寒冬夜行人》就津津有味读起来，发现买到的这本小说只有开头，后文却因

① ［法］让·弗朗索瓦·利奥塔尔：《后现代状态：关于知识的报告》，车槿山译，生活·读书·新知三联书店1997年版，引言第2页。
② 刘象愚：《从现代主义到后现代主义》，高等教育出版社2002年版，第262页。
③ ［英］特里·伊格尔顿：《后现代主义的幻象》，华明译，商务印书馆2000年版，第29页。
④ ［美］詹明信：《晚期资本主义的文化逻辑》，陈清侨等译，生活·读书·新知三联书店1997年版，第506—507页。

装订错误而在内容上显得牛头不对马嘴，于是他拿到原先那家书店调换，碰到女主人公也为同样问题而来，两人互相留下对方的电话号码，约定如果再出问题则彼此帮助，就这样开始寻找《寒冬夜行人》的原书，一路找下去，只找到十部风马牛不相及的小说的十个截然不同开头，故事走向了尾声，男女主角在这个过程中相爱并最终作出了结婚决定，小说最后一句话是："我这就读完伊塔洛·卡尔维诺的小说《寒冬夜行人》了。"整部小说在艺术上最为显眼的特征，是十个只有开头的互不相干的故事。这明显地暴露出小说家反对同一力量，谋求灵活差异，消解中心、权威与一元性的鲜明后现代主义姿态，十个或仇杀，或爱情，或革命题材的开头，相互之间完全不可沟通，后现代主义的众声喧哗格局直观地展现无遗。

把十个故事开头嵌套插入，并没有影响"男女主人公共同找书"这个总故事的自动运行，小说每章开头都紧紧承接上一个套盒中的故事余音，各章和十个套盒是衔接自如的。相比之下，略萨的《胡利娅姨妈与作家》也分二十章，略萨与姨妈的故事主线贯穿单数章节，双数章节则一章一个短篇小说，嵌套起九个互不相干、各自独立的社会故事，且都无明确结局，出现在这些彼此无关的故事里的短篇故事里的人物，仅在前后不同故事里偶尔被提及，却不构成主线。比起前者在差异中仍看护着的某种总体性走向，后者运用结构现实主义（实为后现代主义）写法在差异中进一步打破差异，成为后现代思想家，比如德勒兹以逃逸与分叉为特征的文学观阐释对象："他的句法闪出可见的反光和亮光，也像皮条一样弯曲、对折和再对折。"[1]在"对折"中"再对折"，即在差异中再差异，显示了后现代文学在形式方面的锐意创新姿态。

这种手法也在某种程度上影响了中国当代文学。如史铁生的中篇小说《关于詹牧师的报告文学》，主干部分用报告文学的形式步步为营地叙述了主人公詹小舟牧师在"文革"中的若干表现与遭遇，和这个主体故事并存的，则是被有趣地插入叙述的、另一些小人物的小故事。例如在主体故事中，"我"想帮詹牧师发表一些文学作品，由此与之就文学创作流派的问题进行了对话，对于某段轰轰烈烈发生过的非常历史是否具有"黑色幽默"性质的判断，通过小故事的穿插，得到了拉开距离的观照。

再从内容上看。海勒的长篇小说《第二十二条军规》，把传统英雄精神"宁可站着死，决不跪着生"创造性地改成"宁可站着生，决不跪着死"，在戏谑的黑色幽默中体现出英雄主义观念的微妙变迁，开发出了新的深刻思想：对个体生存质量的高度重视。例如封建社会中因忠君而舍生忘死（跪着死），其价值就未必比另一些清醒、独善其身的人（站着生）来得高。这岂不正是悲悯与见证的题中应有之义？这是后现代文化更重视个体差异的思想观念的典型流露。

对初学者来说，后现代主义文学或许是稍显陌生的，我们应当尽可能努力丰富自己的文学阅读口味，不仅适应较传统的浪漫主义与现实主义文学作品，也对现代主义与后现代主义文学作品积极投以更多的兴趣，以完善自己的文学经验。

---

[1] ［法］吉尔·德勒兹：《哲学与权力的谈判——德勒兹访谈录》，刘汉全译，商务印书馆 2001 年版，第 109 页。

四、这一演变的实质

文学从古至今这样发展过来,是偶然的还是必然的? 如果并非偶然,而是具有某种内在的必然逻辑,这种逻辑必然性在哪里呢?

其实,文学的这种历史发展必然性在于,它顺应着人与世界的三种逻辑关系及其演进的合理轨迹。古典主义与浪漫主义文学的思想基础,可以描述为人＞世界,因为前者对模仿与机械整体性的追求,是笛卡尔理性主义思想在文学中的展开,后者对主观性的强调及对想象、灵感与天才等创作因素的张扬,更是强化着主体性。到现实主义文学中,思想基础变为人＝世界,再现意味着尽可能再次呈现世界。十九世纪中期起的现代主义文学,与叔本华、尼采的非理性主义哲学内在呼应,思想基础进而变为人＜世界,因为,伴随日趋深刻的时代社会危机,人发现自己被抛入那个并不能被他一厢情愿掌控的世界,而充弥开虚无、荒诞的情绪,处于这种情绪中的作家们不得不运用象征对比、暗示联想、内心独白与时空交错等创作技巧,不再天经地义视人为世界的主宰或等同物,相反,拙守生存于世界之中,而非之外的谦退姿态。例如意识流文学变叙事全聚焦视角为内聚焦,海明威进而运用叙述者少于人物之知的外聚焦视角,都发起着人从"与者"向"受者"的角色转换。这样,文学的上述发展历程便从整体上不断更新着人对世界的合理认识,因而在看似偶然的表象下又包含了必然性。

可以通过举例对比看清上述道理。同样描写盲后的世界——"无",古典的写法和现代的写法有何异趣?

古典的写法倾向于将盲后的"无"的世界处理为戏剧性。如法国作家纪德的《田园交响曲》,叙述一位牧师无意中收留了盲女子吉特吕德,起初引起妻子阿梅莉的不满,但在牧师的开导下,这个家庭还是接纳了这名陌生人,日子一长,牧师偷偷地在心里爱上了吉特吕德,可后者却在不经意间和牧师的儿子雅克开始相恋,出于下意识的妒意,牧师强行打发雅克去外边旅行一个月以离开吉特吕德,与此同时,牧师自己对盲女的情感越来越控制不住,终于决堤而出,最后,吉特吕德双眼复明,察觉到牧师使她使去了幸福爱情的虚伪企图,毅然离开了这个家。这种写法显然是以盲后的世界为掩体,演绎一个富于戏剧性转折的故事,是传统多见的构思。

与之微妙异趣,现代的写法则会倾向于将盲后的"无"的世界处理为真实性。如 1998 年诺贝尔文学奖获得者、葡萄牙当代作家萨拉马戈的《失明症漫记》,叙述一座无名城市里的居民们在某一天,忽然接二连三患上神秘的"白色眼疾"而失明了。整个故事里,只有医生的妻子没有失明。为了控制失明症继续蔓延,也为尽量减少不良社会影响,政府将失明者及与之有过接触者关进了一家隔离检疫所,并向他们严格地发布了包括"如果发生火灾,消防人员皆不来救""如果有人死亡,就近掩埋"等冷酷无情条例在内的十五条训令,医生妻子也假装失明,和医生一起进了隔离所。被关进来的失明者越来越多,已近三百人,隔离所里的盲人之间开始发生一系列冲突,先是一些人试图偷着逃跑,却被看守打死,接着,为了争夺有限的食物,盲人之间展开明争暗斗,一个持枪的盲人成了一伙盲人流氓的头头,霸占食物并对其余盲人进行欺侮,甚至极为恶劣地要求各宿舍轮流送女盲人来供他们泄欲。在医生妻子带领下,盲人们开始反抗,流氓头子被医生妻子用剪刀扎断了喉咙而死,可他们仍敌不过流氓们。最后,一名盲人用打火机发动了一场大火,盲人们趁火势蔓延之际冲出隔离所重获自由,却发现整座城市已经因失明症而瘫痪,到处一片狼籍,散发着恶臭,就在大家濒临绝望的关口,第一个失明的人恢复了视力,继而盲人们纷纷重见光明,他们用自己的眼睛看到了这个已面目全非的城市。这个故事有何意义呢? 如果说,福克纳在《喧哗与骚动》中借助白痴班吉的所见所闻彻底展示我们所生活着的世界的真相,那么,萨拉马戈这部力作则借助失明以后的种种境遇同样彻底展示我们所生活于其中的世界的真相,精神不健全的人和眼盲的人,往往正是能洞见到智慧的人,诚所谓“绝学弃智”(老子),海德格尔对在“盲的”状态中领会本真存在的肯定如今便在这部小说中得到了形象印证。小说结尾处,复明了的人们油然喊出“我看得见了,实际上,这倒很像另一个世界的故事,在那个故事里人们说,我失明了”这句心声,这暗示着,复明所见的世界未必以其本真面目为我们所理解,倒恰恰是失明以后,世界的本来面目才不动声色地浮现出来,诸如社会对异己者的无情排斥、暴力的特权奴役和反暴力的尊严自由、生存境遇的尴尬等主题,无一不赤裸裸暴露于这个失明了的世界中,直逼每个当代人的灵魂深处,令我们无法不去坦然回答这些事关人类命运走向的问题。小说不断回响着小说家赋予它的这种超越精神,如在失明的情况下,戴眼罩的老人受到一双温柔的手洗浴、擦身,体味着人与人之间美好纯真的感情,可当人人都复明后,他却因为真实的皱纹和秃顶而无法再唤回戴墨镜姑娘的爱,又如医生的妻子在隔离所安慰戴墨镜姑娘,“我们所有人都有软弱的时候,重要的是我们还会哭,在许多情况下哭是一种获救,有的时候我们不哭就非死不可”,因为哭是永远属于人的真实情感,只有作为人坚强、自尊地好好活下去,不幸才会有必将被克服的希望,戴眼罩的老人也告诉姑娘,如果不是怀着失明症终将被战胜的希望,他早就不活了,医生一句“不想看见的盲人是最糟的盲人”道出了希望力量的不灭,医生妻子最后说出的“没有盲人,只有失明症”,则更将这种信念推向了撼人心魄的高潮。这种写法,则让盲后的世界绽出的真相,反转出我们以为人人心明眼亮的现实世界的虚假,是需要等人类思想观念发展到现代一定阶段后,才会在文学创作上出现的相应构思。

也正由于对“无”的发现与洞察,现代以来文学作品中的傻子叙事明显增多。可以来看美国当代作家艾萨克·辛格以《傻瓜吉姆佩尔》为代表的系列短篇小说。这位犹太人的儿子总是塑造着傻人们的奇妙形象。《傻瓜吉姆佩尔》叙述一个有“呆子”等七个绰号的小老百姓吉姆佩尔不断遭到人们恶作剧的捉弄,明明撞见别人夜晚和自己的老婆同床,却被后者欺骗成是看到“一根横梁的影子”而已,更妙的是,此举被他不急不躁地以“做一生傻瓜也比作恶一小时强”的想法打发过去了。老婆死了,有一天,他忽然想往面团里撒尿来报复世人对他的嘲戏,却梦见亡妻斥责他:“因为我弄虚作假,难道所有的东西也都是假的吗?”不难感受到,在这个有趣的故事底下,流淌着一股生存的辛酸,那便是信仰的力量和看护信仰的艰难。辛格在诺贝尔文学奖领奖台上曾忧虑地表示,信仰在今天比人类历史上任何时期都弱小和淡薄。他用许多不可思议的小说逼近着这一恒久主题。《扫烟囱工人黑雅什》叙写原本平凡的主人公一次扫烟囱时掉下来跌伤了头，变得能未卜而预知一切。这下全镇人心惶惶，那些受贿的贵人们揣着不可告人的心思纷纷来看他，事情惊动了华沙来的调查团，等他们一本正经来到黑雅什的病床前时，他又一次摔伤了脑袋，恢复如初了。《死而复生的人》写一对殷实夫妇，丈夫刚病死，妻子趴在他耳边疯狂地呼唤他回人世，他竟活过来了，但此后，一向老实的男人开始玩女人、偷盗，和从前判若两人，直到犯事被处死。作者最后的结论是："天晓得当今世界上有多少死后又被叫活过来的人？我们的种种不幸都是他们造成的。"显然，这类故事里的人物殊途同归，都提醒我们，文明在今天出现困境，实有人类自身不知不觉遗忘了世界本身的缘由可寻。

尽管这样，文学作品中平凡人物身上的"傻"可以不是一贯的，许多情况下倒先以聪明机灵的外表出之，做足了文章后忽然图穷匕见，大彻大悟地端出那种"傻"来，引我们看清返璞归真的具体过程。英国作家奈保尔的《米格尔街》就一步步逼出着人物的"傻"。在这部由短篇小说连缀起来的剪影式作品中，至少有两个人物被我们深深记住了，那就是《懦夫》中的"大脚"和《焰火师》中的手艺人墨尔根。"大脚"平素给人以凶悍的外表印象，当美国兵企图欺侮弱小的"我"时，"大脚"及时挺身而出帮"我"解围，更加坚定了我们对他勇武过人性格的判断，可一次非常偶然的机会，"我"和"大脚"遇上一条并无恶意的狗，"大脚"竟然极度出人意料地被吓得逃出老远，甚至因逃得太快而把脚扎伤了，那一刻"我"的观感惊诧而复杂。勇敢并不是"大脚"真实面目的全部，而是对于真实的化装和变形，本质上的他可能恰恰是非常胆小的，被一条小狗吓得"傻"了，这充分打开了"大脚"这个人物的真实世界。与此类似，墨尔根平日里早已把爱耍嘴皮子的玩世不恭形象留给了我们，可有一天大家目睹了他被老婆狠狠教训而不敢反抗一声的奇特一幕，"一个高头大马的女人拎着一个瘦小的男人"，原来伶牙俐齿的他也有乖乖变"傻"的时候！奈保尔写道："这是墨尔根自打来到米格尔街后，第一次真正博得人们的笑。"其实人们已经笑过好多次了，只有这一次才是由于领略了墨尔根不加虚饰的本然面目而发自内心地、善意地笑。唯有"傻"才能引发这样善意的笑，因为"傻"是不带机心的，不带机心的人才会收获不带机心的笑。

也可以在中国现当代文学作品中，领略傻子叙事的独特魅力。老舍的《大悲寺外》叙述忠厚的、胖胖的校学监黄先生任劳任怨勤勉守职，却每每引起学生们的不满与蔑视，在一次学潮风波中，黄先生像平时一样不顾别人好心相劝，坚持站出来试图维持正常秩序，不幸被从人群中暗暗扔出来的一块砖砸中太阳穴，三天后死在医院。这个人物当然也很"傻"，比如他遭到偷袭后平静说出口的两句话，一句是临死前仍认真地照章办事："死，死在这里；我是学监！我怎能走呢——校长们都没在这里！"另一句则是发自淳厚天性的宽恕："无论是谁打我来着，我决不，决不计较！"在常人眼中，这些表现简直近乎迂腐，可这的的确确，就是我们看到的这位仿佛没有半点儿脾气的胖胖学监。有人会不解：现实生活中果真有这样唾面自干的人吗？其实，且不论小说是对现实的超越，即使现实中并无这样的人物，黄先生因"傻"而死，也代表着作者对更其本然的人生状况的一种价值性勘探，证据是，当初扔砖头打死黄先生的学生丁庚在此后二十多年里不断地受到良心的折磨,黄先生虽然死去了,他最后那声"决不计较"始终萦绕在他耳际,迫使他来到黄先生的坟头低徊不已。有人从这个故事里发掘出了宗教意味,自有其道理,因为这里的"傻"已经具有洞照和化解世界上一切纷争的意义,"傻"是单纯的,而单纯的才是深刻的,哪怕在读过许多小说后,老舍笔下这个善良、傻傻的胖学监形象仍旧鲜活地浮现在我们眼前,使我们难以忘怀,这就是"傻"无须任何添置,已足够温暖感人的魅力所在。

同样,王安忆的中篇小说《米尼》,讲述"文革"年代一个知青女孩因为"傻"而爱上另一个并不同样爱自己的男人的故事。阿康对米尼由起初的新鲜开始,发展为后来的逐渐不在乎和若即若离,他甚至一字一句地告诉米尼"你这样的女人,就像鞋底一样",爱得如此浪漫的米尼对这样的嘲讽依旧无怨无悔:"我怎么像鞋底呢?我像鞋底你又像什么?"现实生活中类似的傻态,恐怕也不少。类似的"傻"还表现在米尼将小姐妹带回家,因阿康多看了几眼而两人大吵一架,之后阿康负气出走,刚才还在气头上的米尼很快就牵挂起他来了:"冤家,可千万别出事啊!"然后在他再回到家里时温柔地抱住他的肩膀说:"阿康,你笑一笑吧,我是怕丢掉你,才发火的。"上床后更孩子般向他撒娇:"阿康,没有你我没法活啊!活着也像死了一样。"这意味着,不顾一切的痴狂的爱已经成为米尼的全部世界了,没了这份痴狂,米尼也便失去了自己的世界,失去了自己的存在理由,米尼将不再是米尼了。所以到故事最后,阿康走上偷窃的不归路并被抓进牢房,已怀了阿康孩子的米尼迫于生计也开始当小偷,再次相见时两人离婚并变成皮条客与卖淫女,在精明和利欲里,"傻"一去不复返了,米尼的更加贴近我们每个人的故事也到此结束了,代之以并不具备普遍性的、充满了戏剧性的收场。王安忆以人物后半段的急剧性格变化作为反衬,将米尼前半段的"傻"推向了相当彻底的地步,这种"傻"不也在清醒观照着至今依然真实不减的世态人情吗?

还可以在贾平凹《秦腔》中引生的疯子世界、阿来《尘埃落定》中土司二儿子和池莉《看麦娘》中患精神病却"与天使仅一纸之隔"的上官瑞芳的傻子世界,以及莫言《透明的红萝卜》中始终没说一句话、几近哑巴的黑孩的世界里领略到,至于叶兆言《状元境》中老实忠厚的张二胡、毕飞宇《青衣》中任劳任怨的面瓜等一系列形象,又令我们一次次震惊于人物之"傻"为小说品格提升带来的醇厚动力。许多年后,在回答文学的永恒性超越力量体现在何处这个问题时,莫言依然未能忘情于黑孩,很快把黑孩形象当作了答案,认为这个形象是造就文学"既是现实又不是现实"的、"似是而非的超越"魅力的根本缘由,[①]作家的这番回答是极富启示的。

五、这一演变的两重性

既然文学的上述演变过程是一种思想观念上的演进,下一个重要问题便是:能不能说,

---

① 莫言:《小说的气味》,春风文艺出版社 2003 年版,第 192—193 页。

现代、后现代主义文学革新了古典、浪漫与现实主义文学,因而在整体水平上高于后者呢?回答是,不能这样简单定论。因为这种演进具有双重性,既在积极意义上合理化着人与世界的关系,又在消极意义上用技巧挤兑着精神。

先看这一演变的积极意义,那就是文学在这样的演变历程中逐渐使人获得着个体记忆而走向轻盈。这可以从理论与创作两方面来考察。

从理论看,只有合理地调整出人与世界的融合关系,具备了人小于、有限于世界的见证意识,文学才会拥有记忆。因为"只有那些脆弱的思维才具有表达感情、表达爱的能力——那些满怀嫉妒、独占欲以及控制欲的思维是做不到的"①,柔弱的才可能敏感,唯其敏感,也才能真正凸显出自身作为个体的独特生存记忆。这并不是说,只有现代主义与后现代主义文学才与记忆发生联系,只是说,现代主义与后现代主义文学对于人在世界面前的有限性的敏感,为我们思考文学与记忆的关联提供了深刻视角。可以把其中的学理概括为环环扣进的三层。首先,人小于世界才有记忆。理解这句话的前提是理解"人小于世界才有自由":因为在人大于或等于世界的情况下,人落入了能测准世界的幻觉中;只有在承认人小于世界的情况下,人测不准世界,才自由地想象世界。现代德裔美籍思想家阿伦特认为,人的本质在于自由行动,这种行动能克服自身易逝性而被人记忆,变得永恒。这种自由行动,显然就基于前面第三章中已指出过的人的选择——自由只在人能主动作出选择的前提下才产生,而人只有在小于、有限于世界的融合前提下才能作出选择。这也就意味着记忆只能是个体的、始终相对于超出自身的广大世界而言的。其次,拥有记忆才有故事。现代捷克文学家哈维尔认为,今天人们所处的社会,在某种程度上没有故事,它消除着生活的多样性、开放性与丰富性,消除着人的行动的不可预测性与不可控制性,便消除着历史与时间,消除着文学的记忆。这一见解虽然有偏颇之处,但也不乏深刻的思想在。再次,幽默与笑成就故事。昆德拉认为,文学的幽默与笑,具有特殊的反极权意义,它是人在洞悉自己理性的局限,即洞察到自己不可能掌握绝对真理后才能获得的、一种类似自嘲的态度,就像著名的捷克谚语"人们一思考,上帝就发笑"所透露出的含义那样,世界的真相不是仅靠以知识与逻辑为标志的理性便能理解的,它有远高出人类认知界限的、不可知的一面,而始终客观地提供给人生存的因缘。

从创作看,文学的上述演进轨迹在从整体上逐渐还原人的个体记忆之际,也逐渐从沉重走向轻盈,一种轻盈诗学观念在现代主义文学,尤其是后现代主义文学的创作中出现了,为我们理解文学的性质提供了深刻启示。像卡尔维诺倡导的轻盈诗学,便意在卸去过多的外在遮蔽,深化着人对自己在世界中处境有限的自觉意识。卡尔维诺对此总结得很精辟:"写了四十年小说,探索了各种路子,做了各种实验,现在该是我尝试给自己的作品作一次总定义的时候了。我愿意这样定义:我的工作方法往往涉及减去重量。我努力消除重量,有时是消除人的重量,有时是消除天体的重量,有时是消除城市的重量;我尤其努力消除故事结构的重量和语言的重量。"这种"轻"不是轻薄或轻浮,相反,"轻是与精确和坚定为伍,而不是与

---

① [印度]克里希那穆提:《生而为人》,陈雪松译,九州出版社 2011 年版,第 74 页。

含糊和随意为伍"①，游戏之轻中更好地蕴含着生存之重。诸如金庸小说这样的文学作品，拥有如此多的读者发自内心的热情肯定，奥秘就在这里。反过来，一味强调文学活动的沉重感，无论如何不利于优秀作品的产生。诚如一位文学批评家形容的那样："要写厚重的作品，要写划时代的作品，要写死了以后能当作一块砖头垫在脑袋下面的作品。要挖掘，深深地挖掘，挖掘人物的本质，挖掘事件的底蕴。时代呼唤着史诗式的作品，人民盼望着新的鲁迅和茅盾。伟大的时代必然有与它的伟大相匹配的作品产生。"②这种沉重意识在过去很长时间里制约着我国文学创作成就的提升，是个不争的事实。说到底，轻盈不是指一种具体的文学风格，比如宋词有豪放与婉约之分，似乎婉约就是这里所说的轻盈。轻盈是一种轻松自由的创作心态，好的文学作品实际上都是在这种心态中产生的。文学向着后现代主义逐渐发展的上述历史路数，给人的宝贵启示正在于此。

　　这里需要及时强调的是，不能把"轻"理解成心态的放松，否则便误解了这一观念的哲学背景。卡尔维诺的这句话，是在现代语言论哲学下展开的，指的是语言作为符号系统，被主体发动起来后，具有自身不按主体现成预设出牌的任意性，消解了现实中主体对文本意义的垄断权，导致"作者死了"。所谓"轻"，是就主体的控制力在意义（语言）面前必然、自然下降而言的，并非主体自身有意放低姿态的结果——若那样，主体就仍在蓄意作假，而没有把控制力真正顺服性地让给语言。语言由此调整出了人和世界的真实关系：非控制的。所以，"轻"在此是一个本体论命题，表达人之为人的存在，它是后现代的，但首先是现代的。如果将之误会成一个心理学命题，理解为心态上可松可紧、可升可降的选择，迎合的则是前现代的姿态：古典式逍遥和闲适。那显而易见不是文学，例如当代中国文学的出路。

　　再看这一演变的消极意义，那就是文学在这样的演变历程中同时伴随着夸大创作技巧而用技巧消解精神高度的局限。这也可以从理论与创作两方面来考察。

　　从理论看，文学不断更新着对世界的合理认识，这一思想观念合法化的过程与文学开发自身创作技巧的热情相同步。离开了创作技巧的多变与新变，文学不同于传统的全知全能式作品的思想力量就难以被带出。换言之，文学的上述演进轨迹一方面体现出人与世界的关系的不断合理化，另一方面又必然付出着为此而强化创作技巧方式的代价，前者的实现离不开后者的配合。思想的进步是通过强化叙述方式技巧实现的，因此现代、后现代文学会显得比古典文学更难读。例如，如前面第四章所分析，正是有赖于外聚焦视角的积极创造，海明威的小说才大大改变了以往世界在文学中的面目，而焕发出迷人的新思想魅力。二十世纪以来，现代主义与后现代主义文学中出现了"叙事的狂欢"，以至于在某种程度上总令读者生出不适应感，较之于读传统文学作品，读这些文学作品时每每感到不容易读懂，这样的常见现象因而是必然的。如果以传统文学作品为参照，现代以来的文学作品确实拓展了存在的领域（如内心世界），也拓展了领悟存在的方式（如时空倒错的手法），但现代主义与后现代

① ［意］伊塔洛·卡尔维诺：《新千年文学备忘录》，黄灿然译，译林出版社 2009 年版，第 16 页。
② 韩石山：《谁红跟谁急》，中国友谊出版公司 2006 年版，第 195 页。

主义文学对技巧方式的强调,也存在忽视故事客观性的危险,那就是,写作技巧方式在现代的膨胀,不免使"讲故事"挤兑"故事"本身,而出现了相对主义的局限,微妙地流失着一些对文学来说更具有关键意义的东西。

从创作看,现代主义与后现代主义文学作品极为看重灵活多变、富含巧智的技巧方式,阿根廷作家博尔赫斯的"我知道我文学产品中最不易朽的是叙述"这句心声可谓代表。但正如某些精神深处十分清醒的作家所敏锐感受到的,二十世纪小说也普遍存在一个问题,那就是过于追求基于技巧方式的风格化,却淡化了精神的高度。马尔克斯曾毫不客气地批评自己的同代人博尔赫斯,认为他对享有的名声和荣耀毫无愧色,因为他写了许多零散的篇章,但是没有一本书重要。可谓对博尔赫斯充满自信的创作技巧至上论作出了一记严肃的针砭。确实,一部文学作品纵然在技巧风格上极尽变化、创新之能事,倘若不懂得珍视与看护客观的故事高度本身,并不会打动读者,因为热衷于玩弄技巧方式的现代主义与后现代主义作品中常常流露出强烈的自我意识,客观世界却由此而容易被遮蔽。今人对此的真实感受由此值得重视。如有人表示"我无论读卡夫卡、海明威、加西亚·马尔克斯乃至米兰·昆德拉的作品,都决不能引起像读巴尔扎克、狄更斯、托尔斯泰的作品那样的兴趣来"[1],也有人表示"我对十九世纪比对二十世纪有更多的感情。直到今天,西方十九世纪文学仍是我最喜欢的读物。……我在精神上是十九世纪之子,是喝着十九世纪作家的奶成长的"[2]。对诸如此类真实心声的重视,不断加深我们对文学时代演进轨迹的理解。

这就提出了叙述技巧的限度问题,或者说提出了把叙述力量推至极端的后果问题。叙事欲望在现代的膨胀,以及其让"讲故事"压倒"故事"本身的发展路数,隐藏着相对主义的傲慢。这是因为:一方面,语言不具有实质性;另一方面,人类的文化又总得通过语言媒介来表达。处于现代生活中的人于是必然对建立在语言基础上的人类文化产生深深的失望,后果是相对主义思潮开始泛滥,即不信任绝对的事物与价值的存在,而认为所有关乎文化的议题的有效性都囿于某种有限范围内,相对易逝而留存不下来。这是语言论哲学内在的消极面。它直接导致了一些先锋小说家认定故事尽可"在讲述中诞生并被讲述者任意改变",叙事的"重要部分不在于'故事',而在于'讲'"[3]。但在张扬叙事中隔绝于读者,这种态度只是相对而言的表象。因为索绪尔已同时表明,语言是活的存在,只有在(共时性结构的)使用中才存在。使用中的语言包括口语与书面语,两者都能担待起叙事的任务。事情的关键在于,一涉及具体的语言使用,客观上就不能不同时触及接受者的存在,从而有一个在更大背景中被赋予意义的问题,因为当作家主动考虑读者看到的这个世界很可能不同于自己看到的这个世界时,事实上便允诺与尊重着人们对于世界的不同观看可能,而抑制了自己的叙述权力,让故事超出叙述而客观存在了。一个擅长叙事技巧的现代作家,尽可以在傲视并试图区隔于读者的宣示中确证自己叙事能力的优越,但关于读者阅读习惯与接受方式的考虑,仍不自觉

---

① 钱谷融:《钱谷融论学三种》,河南大学出版社 2008 年版,代序第 3 页。
② 王元化:《沉思与反思》,上海辞书出版社 2007 年版,第 59—60 页。
③ 林建法、傅任:《中国当代作家面面观》,华东师范大学出版社 2002 年版,第 293—294 页。

地潜隐于作家的意识中，并使之为建造一个超出自身的更为广大的世界而努力。这便是海明威这样的现代小说家尽管痴迷冰山原则等精妙叙事技巧，却仍在心底里告诫自己精神高于技巧、写作是建筑而非室内装饰的原因。现代以来的叙事狂欢向着更高层次提升，由此获得着潜能。

这种潜能是由"独创"向"包容"提升。颇有一些评论家，对诸如毛姆、博尔赫斯、汪曾祺与曹乃谦这类以短篇叙事作品见长的作家们的创作腕力持一定的保留意见，认为其在不大的叙事尺幅里炫技有余，厚重的质感却相对不足。这是很富见地的看法。技巧总是一种充满着主观色彩的表现欲，这种欲念的主观性，单靠自己，无论如何与世界的客观存在有不相融洽的龃龉，因为这个我们共同生活与面对着的世界上"所有伟大诗人在讲同一首诗的故事"①，这同一首诗，不正是我们每个人的爱与生、苦与乐、挣扎与奋斗、苦难与光荣？在这些人类永恒的生存坐标前，自以为得计的技巧性姿态其实渺沧海之一粟。所以，不但有心得的文学家直言，作为典型叙事技巧的"意识流说到头是弄巧，所以很容易成拙"②，艺术家也频频自省技巧膨胀带来的局限性，既展示出名家的风范如"德加鄙视所有关于艺术的理论，一点也不关心技巧"③，也由此呼吁"不要一开始就找小趣味"④，以至于陷入纯主观的艺术创作误区而行之弗远。究其实，对于叙事技巧的这份偏执，失落了只有在语言中才存在的理解，因为主观情感唯有得到语言化才会是客观的。对这样的作品，如果我们读过并一笑之后觉得并无齿颊留香、回味醇厚之感，问题出在哪里呢？应该是炫技及其带出的机智聪明有余、温厚关切不足的创作局限。在叙述技巧的沾沾自得的膨胀中，作者花费了大力气，但爱与怜悯的正面基点又在哪里呢？叙事中的技巧性由此有其限度，它就像颜色，"颜色本身并不真正存在。或者不妨这样说，如果颜色确实存在的话，也只是因为人类在主观上创造了它们，把存在于我们周围的光波的振动解释为颜色"，无论它多么灵动变幻，并不能改变"宇宙中的每一件事物……都在不停地闪烁振动，随时改变着自身"这个客观的事实。⑤ 这就是为什么在全人类第一流的艺术家那里，"没有人会因其艺术而徒劳无益地过于拔高自己"⑥。这方面的失败教训是不鲜见的。

明乎此，我们可以理解为何古今中外不少文学艺术家都对作品形式的所谓完美目标抱以怀疑，而更相信写作永远不是秩序井然的。普希金曾耐人寻味地指出，莎士比亚是很伟大的，尽管他的作品很不平衡，粗枝大叶，润色不佳，理由在于"对伟大的作家不要看形式"⑦，这份粗率无损于莎剧的伟大，而以粗糙的力度激活着完美的单调，《卡拉马佐夫兄弟》这样的小说不无枝蔓成分，可这些看似旁逸斜出的成分实则仍有巩固作品主题的作用，并非可一概舍

---

① ［英］约翰·卢伯克：《人生的乐趣》，薄景山译，上海人民出版社 2008 年版，第 137 页。
② 木心：《文学回忆录》，广西师范大学出版社 2013 年版，第 785 页。
③ ［法］保罗·高更：《此前此后》，麻艳萍译，新星出版社 2006 年版，第 119 页。
④ ［法］赵无极：《赵无极自传》，邢晓舟译，文汇出版社 2002 年版，第 185 页。
⑤ ［英］维多利亚·芬利：《颜色的故事·调色板的自然史》，姚芸竹译，生活·读书·新知三联书店 2008 年版，第 4 页。
⑥ ［荷］卡勒尔·凡·曼德尔：《画家之书》，艾红华译，东方出版中心 2010 年版，第 326 页。
⑦ ［俄］普希金：《普希金论文学》，张铁夫、黄弗同译，漓江出版社 1983 年版，第 220 页。

弃的闲笔,"当这部作品的缺点如作品本身一样鲜明时,它们会令作品的美好之处更加凸现"[1]。这反过来甚至成为一些著名作家自夸"为什么尽管我有种种差错,多年来却有这么多人看我的作品"的理由,[2]因为在他们眼中,某些瑕疵在作品的整体中犹如太阳中的黑子那般无足轻重。例如果戈里的小说中不乏生活细节上的错误,可这一切并不妨碍他的作品成为名著。[3] 又比如,"你可以抓住在罗丹雕塑中的某些微不足道的瑕疵。但是只有在你真正地发现和理解了隐藏在罗丹雕塑中神圣崇高的精神时,你才会突然感到他的伟大"[4]。说到底,形式不必完美的终极原因在于人生本就以非纯粹性为自己的本体理据,食五谷杂粮才成其为活生生的人,"放屁特别是臭屁虽然难当,却是把致癌物质排出体外的自然机制,有利健康,不言而喻"[5],基于同样的理由,"在文学里,粗俗比没有价值好"[6]。文学与人生的这种本体性一致,共同诠释着"达到完美意味着走出人的状况"这一真理,呼唤着形式性妥协态度的反面——精神的执着。

[本章拓展思考题] ▨▨▨▨▨▨▨▨▨▨▨▨▨▨▨▨▨▨▨▨▨▨▨▨▨▨▨▨▨▨▨▨▨▨▨▨▨

一、以下两个问题由表及里,显然有内在联系,请通过进一步搜寻并阅读相关理论著作,在深入研究的基础上作出你的详细阐释。

1. 我们都有共同的直观感觉,喜爱阅读现代主义与后现代主义文学作品的读者人数,总体上始终不如阅读传统文学作品的人数多,哪怕是在年轻一代的读者中,这一现象也客观地存在着。那么,你认为应当怎样理解一部作品与读者数量的关系? 特别是,经常看到这样的情形:一部文学作品的声誉很高,但读者其实很少;反而是拥有相当数量读者的文学作品,每每显得通俗化而容易被看成不登大雅之堂。这种现象在你看来正常吗? 应如何得到合理的解释?

2. 后现代主义文学,一方面是人类思想观念的进步体现,另一方面则又每每带出着温度不够的局限,以至于一些人表示宁可热爱十九世纪文学。除了本章的分析外,你还愿意怎样从学理上来透彻解释后现代主义文学的这种两重性?

二、有人以小说为例,将人类文学的演变历程精辟地描述为从"冒险的叙事"到"叙事的冒险",即从小说兴起之初注重表现堂吉诃德式的传奇故事,逐渐发展到二十世纪注重各种精妙的叙述技巧方式。也有人在肯定这种变化的同时提醒道,现代以来文学创作上出现的很多技巧变革因素,并非完全崭新的东西,在传统文学创作中这些因素其实都存在着,如《西游记》中有变形,《巨人传》中有幻想,高尔基的《丹柯》有关掏出心的描写中有夸张,如此等

① [法]保罗·瓦莱里:《文艺杂谈》,段映虹译,百花文艺出版社 2002 年版,第 149 页。
② [美]泰德·摩根:《毛姆传》,奚瑞森、张安丽译,浙江文艺出版社 1993 年版,第 770 页。
③ [苏联]魏列萨耶夫:《果戈理是怎样写作的》,蓝英年译,辽宁教育出版社 1998 年版,第 72 页。
④ [法]爱米尔-安托瓦尼·布德尔:《艺术家眼中的世界》,孔凡平、孙丽荣编译,辽宁美术出版社 1990 年版,第 177 页。
⑤ 林行止:《说来话儿长》,上海书店出版社 2006 年版,第 89 页。
⑥ 黄灿然:《见证与愉悦》,百花文艺出版社 1999 年版,第 12 页。

等,不一而足。那么,现代以来的文学技巧与传统文学技巧有何具体差异呢? 例如秘鲁当代作家、诺贝尔文学奖获得者略萨的长篇小说《胡利娅姨妈与作家》在写法上与卡尔维诺的《寒冬夜行人》颇有相像之处,却未曾被归入后现代主义文学而是被归入"结构现实主义"文学,你认为在此的分辨标准是什么呢? 请具体深入地结合相关个案,作出你的分析。

三、请任选以下两题中的一题,并通过进一步搜寻并阅读相关理论著作,在深入研究的基础上作出你的详细阐释。

1. 戏剧艺术上的"第四堵墙",究竟是要打破界限,还是维护界限?

2. 现代戏剧提出的"第四堵墙"的创作观念,究竟更接近现代主义精神还是后现代主义精神呢?

四、现代以来的"傻子叙事"或"疯子叙事",怎样在叙事操作上不陷于失控之境,即让作家完全溶解入故事的磁场而失去干预力,或者反过来暴露出作家自己在清醒状态下刻意作出的身份分裂? 请举例分析这方面的成败情形。

五、米兰·昆德拉的文学创作,有时因其作品关于人的存在的探讨而被归入存在主义文学,有时又因其作品在叙述技巧方面的灵活变革与锐意创新而被归入后现代主义文学,这两点在同一个作家身上,究竟是如何被同时维持住的呢?

六、中国有没有后现代主义? 这又是个重要而有趣的问题。有人给出了肯定性的回答,认为随着全球化进程的拓深,中国当下的社会生活现实中明显出现了与西方后现代景观相同的现象。有人则给出了否定性的回答,认为我们所看到的国内社会现实与西方后现代景观的相像之处,只是一种表面上的挪移、一种仅得其皮毛而未得其神髓的幻象。面对这两种针锋相对的意见,你何去何从呢? 请作出你对这个问题的深度阐释。

七、从文学理论角度看,幽默与油滑的区别究竟在哪里? 请结合实例对此加以阐释。

八、文学与记忆是目前文学理论研究的一个前沿热点,你能通过大量相关阅读分析,对中西方文学在此议题上的深度作一番比较吗? 例如德国现代思想家阿多诺曾说过一句名言:"奥斯维辛之后,写诗是野蛮的。"这句话应如何理解? 把它置于中国思想文化语境中,我们有可能对它产生怎样的误读以及为何会产生这样的误读? 请进一步搜寻并阅读相关理论著作,在深入研究的基础上作出你的详细阐释。

九、栾贵明的《小说逸语》一书提到,钱锺书先生年轻时颇想"以小说的技巧打败小说"。他没有具体展开解释。那么,你认为究竟什么叫"以小说的技巧打败小说"? 请结合实例,尝试有趣地说出钱先生未说出的话。

十、今天的你还在关心报纸副刊吗? 改革开放四十多年来,副刊上的各种文字曾是深受大众关爱的,不知从何时起,副刊逐渐式微而濒临"食之无味,弃之可惜"的消亡边缘。副刊的这种历史命运,可以成为窥察文学境遇的一扇窗口吗? 请精选个案,对这个有趣的问题展开进一步的考索。

［本章进一步推荐阅读］‖‖‖‖‖‖‖‖‖‖‖‖‖‖‖‖‖‖‖‖‖‖‖‖‖‖‖‖‖‖‖‖‖‖‖‖‖

1. 郑树森：《小说地图》，江苏教育出版社 2006 年版

2. ［奥］斯蒂芬·茨威格：《三大师》，申文林译，江苏凤凰文艺出版社 2018 年版

3. ［丹麦］勃兰兑斯：《十九世纪文学主流》，张道真等译，人民文学出版社 2023 年版

4. 余秋雨：《世界戏剧学》，北京联合出版公司 2021 年版

5. ［意］伊塔洛·卡尔维诺：《新千年文学备忘录》，黄灿然译，译林出版社 2015 年版

6. 马茂元：《古诗十九首初探》，商务印书馆 2017 年版

7. 盛宁：《人文困惑与反思》，生活·读书·新知三联书店 1997 年版

8. ［英］以赛亚·伯林：《浪漫主义的根源》，吕梁、张箭飞译，译林出版社 2019 年版

9. ［法］让-弗朗索瓦·利奥塔尔：《后现代状态：关于知识的报告》，车槿山译，南京大学出版社 2011 年版

10. ［美］詹明信：《晚期资本主义的文化逻辑》，陈清侨等译，生活·读书·新知三联书店 2013 年版

第十章
文学与政治

　　文学与政治的关系,既是任何时代的人类文学活动都无法绕过去的重要问题,也是文学理论需要直面的基本问题。对这个问题,不同时代的视野作出着不同的回答。如果说,过去很长时间里由于种种原因,人们对这个问题的处理每每显示出简单化与绝对化的局限,那么在今天重新彻底解决这个问题并使之焕发出时代新意,必须吸收当今思想视野,兼顾政治的传统意义与现代意义,分别考察文学在它们面前所处的状态。

一、政治的含义

说起政治，许多人尤其是年轻人可能会生出敬而远之的第一反应，觉得政治意味着显得枯燥的说教，谈论政治缺乏趣味。其实，这是一种不可靠的偏见。因为只要我们理智地想到，人的生存总是离不开一定的社会关系，便不难明白，无论主观意愿如何，身处社会关系中的自己不可能完全脱离政治。在此不妨引用两位中外杰出作家的深刻见解。鲁迅曾提醒世人："生在有阶级的社会里而要做超阶级的作家，生在战斗的时代而要离开战斗而独立，生在现在而要做给与将来的作品，这样的人，实在也是一个心造的幻影，在现实世界上是没有的。"[①]英国作家奥威尔也认为："没有一本书是能够真正做到脱离政治倾向的。有人认为艺术应该脱离政治，这种意见本身就是一种政治态度。"[②]这都说明，政治乃是一个与我们的生活息息相关的中性词，它本身并不必然含有褒贬色彩，因而便具有了从多方面来被探讨的客观性。

何以谈论政治的话题便容易让初学者们产生敬畏感呢？这当然与我们过去相当长一段时间里对政治每每作了不恰当甚至庸俗化的定位与理解有关。曾几何时，"极左"思潮泛滥下的政治工具论，仍是人们记忆犹新的历史。然而必须看到，这只是把政治理解为意识形态，是对政治的传统理解，而且这种传统理解也往往带有片面性，因为它抹杀了意识形态在价值性上的积极意义。这提醒我们，探讨文学与政治的关系，首先必须厘清在此所说的政治究竟指何含义。

传统意义上的政治指意识形态。当在这一意义上谈论文学与政治的关系时，需同时认清文学的意识形态性与非意识形态性。前者体现着意识形态的积极性，它对文学同样具有适应性。后者则体现着意识形态的消极性，它又使文学在某种程度上超越着意识形态。对两者的全面兼顾与客观辨析，有助于我们克服种种不可靠的偏见，合理建立起文学与意识形态的关系。

现代意义上的政治则指话语权力。当在这一意义上谈论文学与政治的关系时，还需进一步认识到，在今天，任何一种知识话语都不是处于真空中的纯粹对象，而与它得以产生的背景密不可分，作为被语言符号建构的产物而始终体现出功利性，这种始终同步存在着与运作着的背景就是话语权力，也就是一种中性意义上的、无处不在而又无所不包的政治，它在过去囿于认识论思维方式，而每每被回避与忽视了，却在当今语言论视野中日益显示出积极的意义，那就是，离开权力背景谈论一种知识，恰恰失去了对这种知识而言最为重要的客观性。对此的深入分析，有助于我们进一步还原文学与政治的现代关系，更为中肯地理解人类文学活动的现实意义。

举例对比来说，同样是揭露差不多时期里军政腐朽黑暗的小说，哈谢克的《好兵帅克》在

---

① 鲁迅：《鲁迅论创作》，上海文艺出版社 1983 年版，第 637 页。
② ［英］乔治·奥威尔：《我为什么要写作》，董乐山译，上海译文出版社 2007 年版，第 101 页。

写法上主要致力于去揭露（传达）一种特定意识形态的荒谬，因此更适合被归于传统的、意识形态层面上的政治小说之列。相比之下，略萨的《潘上尉与劳军女郎》则放弃了直接去揭露现实社会中丑恶一面的企图，代之以对所要鞭挞的不正之风的戏仿，这种戏仿同时包括文体和形式等方面，令人忍俊不禁之余，产生出黑色幽默的感喟，在此，戏仿就是用语言去替代，因此更适合被归于现代的、话语权力层面上的政治小说之列。

总结一下即：政治的传统含义是指认识论意义上的意识形态，它建立在"存在决定意识"这个历史唯物主义基本命题基础上，认为先有存在，后有对存在的意识，因此是把语言理解为对事物的传达；政治的现代含义则指语言论意义上的话语权力，它建立在语言论这一学理基础上，把语言理解为对事物的替代。后一含义尤其对我们今天学习文学理论具有重要意义，使我们看清了何以当今国际大学文学系普遍为政治学派所引领，那便是因为现代政治作为话语权力的无处不在，正在使今天国际范围内的文学研究呈现出鲜明的跨学科色彩，所跨的专业每每是政治学、社会学与哲学等，带有普遍的政治维度。以下分析，便依次围绕文学与传统政治、现代政治的关系展开。

二、文学与传统政治：意识形态性

先说文学的意识形态性。所谓意识形态（Ideology），指以社会集群为主体，从其利益与愿望出发，从理论高度反映社会现实的、以思想体系形式出现的那部分意识活动的成果，包括政治、法律、宗教与文学等。意识形态性是马克思主义看待世界的一种基本角度，马克思主义将人理解为一切社会关系的总和，将文学视作一种与政治、法律与宗教等相并列的、具有群体性色彩的社会意识形态，因此，把文学理解为意识形态，相应地主要是从马克思主义出发看待文学的结果。这使我们在学习这一理论时首先需要确立起对马克思主义的正确观念。马克思生前并未创立过马克思主义。一些新生代年轻学子有意无意对马克思主义产生某种厌烦情绪，应该说这与人们过去将马克思主义在某种程度上庸俗化、工具化的做法是有关系的，但客观地说，如果不因马克思主义在某个时期内的这种被歪曲命运而遮蔽对马克思主义的公正评价，应该承认，尽管人类文明总体上呈不断上升的态势，但在对许多基本问题的洞察和阐释上，二十世纪的诸多思想流派却还谈不上超越了马克思所达到的高度与深度，相反倒是不同程度地以马克思的思想为接着讲的出发点。西方马克思主义便是一个代表，它们虽然吸收了二十世纪以来的思想成果，而把马克思主义与存在主义、结构主义与精神分析等现代思想资源相结合，试图发展推进马克思主义，却在整体上呈现出一种人本主义的特征，即每每用人本主义的思想改造马克思主义，特别是，鉴于现代以来主体在认识与改造世界过程中的地位与作用的提升，而不知不觉地用"客体与主体"的关系来替代马克思主义牢固坚持的"存在与意识"的关系，这就离开了历史唯物主义的基本前提，割裂精神主体与实践主体，而使人在某种程度上趋于抽象化与片面化了。在这种深入的对比中重新认真阅读马克思主义创始人的原著,将会使我们感受到其中并未过时、在今天依然具有生命力的思想合理性及思辨魅力。从意识形态性上激发文学的积极作用,即为其中不乏深刻意义的宝贵思想。

为何说文学的意识形态性是积极的呢?因为,文学作为意识形态能积极反作用于不合理的社会现实,去努力改变它。对此可以循序渐进地分以下四层要点来具体分析。

首先,马克思主义创始人认为文学活动是一种精神生产,从而将它与物质生产从根本上区分了开来,赋予了它鲜明的上层建筑定位与意识形态性质。"精神生产"这一概念,最早由马克思与恩格斯在他们合著的《德意志意识形态》一书中提出。在他们看来,文学对现实社会生活的批判,就体现于文学是一种积极的生产。生产是消费的反义语,这就足以见出马克思主义对文学艺术活动所寄予的崇高、正面的期待。把包括文学在内的艺术活动视为一种生产、一种精神生产,确实是马克思主义的一个重要思想成果,直至二十世纪以后,思想家们吸收这一成果而不断推进,就是这一成果富于生命力的证明。

其次,既然文学活动是一种精神生产,它与物质生产的关系是怎样的呢?回答是,它与物质生产不成正比,两者在发展上具有不平衡性。精神生产与物质生产的不平衡性,又是马克思主义的一大思想发现,它主要指整个文学艺术的繁荣并不都与物质基础的发展水平成正比例。对此,马克思在《〈政治经济学批判〉导言》中明确指出:"关于艺术,大家知道,它的一定的繁盛时期决不是同社会的一般发展成正比例的,因而也决不是同仿佛是社会组织的骨骼的物质基础的一般发展成比例的。"这是被我们的日常生活经验与历史上文学活动现象所不断证实着的真理。例如我们常说"饱暖思淫欲",这句话就把物质的发达与精神的萎顿的非正比关系揭示得相当朴素而形象,反过来,我们也常说"愤怒出诗人",这句话则又把物质的萎顿与精神的发达的非正比关系揭示得十分清楚而有力。曹雪芹在经济基础上贫困到了举家食粥的窘境,却不妨碍他依旧写出了《红楼梦》这样流传后世的不朽文学名作,更是这两种生产之间不平衡关系的现实写照。韩愈说"欢愉之辞难工,而穷苦之言易好",欧阳修也说诗必穷而后工,虽并非一成不变的定则,但确实在很大程度上道出了事实。这种不平衡关系,又可以从时间与空间两方面来深入地加以把握。从时间方面看,同一民族或国家,经济得到发展了的后一阶段的文学成就,可能反而不如经济还不够发展的前一阶段的文学成就。马克思对此曾举出荷马史诗为证来说明,今天的社会生产力发展水平早已不知是古希腊时代的多少倍,却再没有产生《伊利亚特》与《奥德赛》那样光辉灿烂的史诗作品,同样的例子,还可以举出十七世纪与文艺复兴时代的文学成就来进行对比,前者在经济发展能力上,无疑高出着后者,但世所公认文艺复兴的文学成就是更高的,继后而来的十七世纪文学与之相比反而给人以一种相形见绌的短暂回落感。从空间方面看,同一段历史时期,经济发展比较落后的民族、国家的文学成就,反而可能高于经济发展比较先进的民族、国家,例如十八世纪的德国与十九世纪的俄国,比起同时期已蓬勃开展工业革命的英法等国,还处在穷兵黩武与专制统治下,这却不妨碍前两者分别涌现出了歌德与托尔斯泰等文学巨人,在某种意义上领先于同时代的英法等国取得的整体文学成就,这应该是有目共睹而不存在争议的客观事实。

综合这两方面分析,精神生产与物质生产确实存在着不成正比的关系或者说不平衡关系,作为典型精神生产的文学生产概莫能外。

再次,为何精神生产与物质生产之间会呈现出不平衡关系呢?这是迫切需要澄清的关键问题。回答是,精神生产与物质生产这两种生产之间的作用与反作用关系不是直线式的,而是以社会心理为中介的。这显然是因为,一方面,文学对社会基础所起的作用,必须经过社会心理的选择。如前所述,美国南北战争与废除黑奴制的前夜,人们在社会心理上普遍地没有选择别的文学作品,而是不约而同地选择了斯陀夫人的《汤姆叔叔的小屋》,因为这部作品比起别的作品来,联系当时人们迫切期待改变不合理现实的社会心理的程度是最突出的。另一方面,文学对社会基础所起的作用,又通过激发社会心理来实现。斯陀夫人的这部小说诞生后,因其对当时社会心理的准确触及而迅速成为当时一触即发的南北战争的导火索,并在这个过程中由于与社会心理的迅速融合而进一步积极调节着已具备相当成熟程度的社会心理,不断更新着人们推翻不合理制度、主动争取新命运的社会心理,并终于高度自觉地将这种社会心理转化为现实斗争的动力。正是在此意义上,文学生产作为社会上层建筑,固然受到着经济基础的决定作用,但按马克思主义的一位杰出推进者、俄国现代思想家普列汉诺夫在其《论一元论历史观之发展》《唯物主义史论丛》《论唯物主义的历史观》以及《马克思主义的基本问题》等著述中及时提出的补充性思想,这种决定作用不是直接的,而是经过一系列中介的,社会心理就是其中最根本的中介。这是马克思主义超越了庸俗社会学的重要进展。具体地说,在精神生产与物质生产之间,始终横亘着一个中介,那就是社会心理。精神生产与社会心理成正比,社会心理却一般与物质生产不成正比,一定时代中的社会心理的健全与萎靡、振奋与颓废,并不必然与社会经济发展水平简单地成正比。经济的强盛所导致的恰恰可能是社会心理的耽于享受,进而带来文学活动的奢靡浮华。例如我国齐梁间的宫体诗,便是社会心理趋于享受化的产物,这使它在过去一些文学史表述中受到贬抑。与之相反,经济的贫困,也可能恰恰导致社会心理的奋发昂扬,进而带来文学活动的蓬勃发展。例如我国五四新文学运动所处的乃是相对落后的社会经济发展状态,这却没有阻挡当时如潮般涌现出的大量优秀文学作品。所以,精神生产与物质生产不成正比。这一推论过程不仅在逻辑上很严谨,而且符合客观事实。文学作为精神生产,是通过影响(凝聚)社会心理去进而影响(改变)物质生产的。

最后,精神生产对物质生产的这种影响,又始终不会相平行于物质生产,即始终不与之相平衡,而只是不断地去要求物质生产与社会基础"应如何":变不理想的物质生产为理想,变理想的物质生产为更理想,如此递进,以至无穷。这便顺应着人的生存意义:自由。不平衡性的原理由此得到了深入理解。不平衡是指不成正比,但不一定就绝对地成反比,显而易见,"成反比"只是"不成正比"的一种突出表现,两者呈被包含与包含的逻辑关系。如果说,变不理想为理想,是成反比的表现,那么变理想为更理想,则是更为宽泛的意义上的不成正比的表现,后者比起前者来是更常见的,它体现了马克思主义思考问题的一种习惯方式:预设。即用理想的尺度而非现实的尺度来探讨问题。理解了这种思考习惯,我们对现实生活中一些看似向这一不平衡性原理提出挑战的现象,便找到了解决的门径。举例说,唐诗的繁荣与唐代经济基础的繁盛,从表面上看岂非成正比发展的吗? 它是否构成了对两种生产不平衡性原理的反驳呢? 安史之乱与杜甫沉郁顿挫诗风的形成,可以用这一原理来解释,但盛唐气象与李白同样充满了青春盛唐气息的美丽诗篇之间,岂非很有成正比发展的迹象吗? 其实,诸如此类的疑惑不足以从根本上动摇这一原理的正确性。因为安史之乱所导致的兵连祸结的社会经济基础与杜甫诗歌创作高峰的到来之间,固然属于不理想与理想的反比关系,盛唐气象与李白诗篇之间,同样属于理想与更理想之间的非正比关系,即已显得理想的盛唐社会经济基础,内在地呼唤着比李白如今写出的诗篇更理想的作品,呼唤着李白这样的文学家在文学创作上始终比理想的社会经济基础更理想,这种向"更"趋向发展的、"应如何"的过程是无尽的。"应如何"相对于"是什么"而言,后者获得的是知识,前者获得的则是价值,"价值是事物的可以断定为好的、重要的,或者可欲的一些方面"①,它总是由人的不同于认识能力的评价能力来实现的。于是,我们得出了理解意识形态时最为重要的结论:文学的意识形态性不是事实属性,而是价值属性。正是这一点,使作为意识形态的文学成了积极的。例如,不仅战争年代曾涌现出一批激发起同仇敌忾的社会心理的优秀文学作品,中国当代文学史上也存在着被命名为"十七年文学"的一批作品,这些作品今天读起来或许给人某种意识形态色彩过浓,以至于影响阅读接受的感觉,但无法否认在那个特定历史时期中,它们中的《青春之歌》与《红岩》等作品确实能积极激发起社会心理,发挥以群体性为特征的、意识形态上的凝聚作用,这种历史作用无可抹杀。深入理解文学的意识形态性及其积极意义,有助于我们辩证地看待这些问题。

三、文学与传统政治:非意识形态性

再说文学的非意识形态性。尽管马克思主义将文学与政治、宗教与法律等人类活动并列为意识形态,但细加分析,又不难察知,文学比起另几种活动来,不仅在行使意识形态功能的程度上显得特殊,而且有远非意识形态所能涵盖的一面。就是说,在一种意义上,文学从群体性与理性等角度发挥着不逊色于其他意识形态的思想作用,在另一种意义上,文学又从多方面发挥着自身独特的非意识形态作用,形成着与意识形态性的积极互补。

首先,文学的非意识形态性体现在它不仅具有群体性意识,还具有个体性意识,后者比起前者来对文学活动是更具意义的。政治等一般意识形态,最核心的内容是"使集体无意识得到稳定"的群体性,②这是我们谈论一般意识形态时无法回避的理论宿命,在它们中,人的个体色彩一般便被相应地排除着。以政治为例,马克思主义创始人为意识形态理论确立群体性基础,乃是出于革命斗争发动与团结一切可以发动与团结的人的现实需要,实属题中应

---

① [英]詹姆斯·W.麦卡里斯特:《美与科学革命》,李为译,吉林人民出版社2000年版,第32页。
② [德]卡尔·曼海姆:《意识形态与乌托邦》,黎鸣、李书崇译,商务印书馆2000年版,第41页。

有之义。但文学的特殊性在于,它不仅具有在马克思主义这一特定理论视角看来的群体性,还具有难以被群体性所简单遮蔽的个体性,这决定了它不仅作为一般意识形态而存在,还作为非意识形态性的活动而存在。如前所述,小说从群体性向个体性的发展源流脉络,便典型地为此提供了雄辩的历史证明。事实上,古今中外的优秀文学家,都具有深深立足于个体生活经验来创作文学作品的共同特征,即使涉及群体性题材与内容,他们也总懂得将维系于社会心理的这些题材与内容,通过自己的生花妙笔积极转化为个体性情感与形象,一厢情愿地完全为群体而创作的作家不仅从历史上看几乎不存在,而且偶有作品产生也是并不成功的,因为这样做忽略了文学创作活动将意识形态性与非意识形态性辩证融合,使前一层面积极向后一层面作审美转化的基本规律。我国现代作家施蛰存曾对明末清初思想家顾炎武流传千古的名言"天下兴亡,匹夫有责",创造性地反弹琵琶,写下了令人耳目一新的杂文《匹夫无责论》,便意在区分不同意识形态所承载的相应使命,而从文学角度强调个体性立场上非意识形态的、人性的一面。优秀文学作品中鲜明的个体意识与丰富的个体经验,确实是文学活动对我们的珍贵赐福。

其次,文学的非意识形态性也体现在它不仅具有理性意识,还具有感性意识,后者比起前者来对文学活动是更具意义的。前面说过,政治等一般意识形态是从理论高度反映社会现实、相应地以思想体系形式出现的,总体上看,注重理性是它们的共同特征,即它们是对感性材料从概念、判断与推理等方面进行分解的产物,感性现实得到着理性意识的提炼,感性材料的丰富性与多样性相应地受到着不同程度的抽象化处理。但文学的特殊性在于,它不仅具有在马克思主义这一特定理论视角看来的理性,还具有难以被理性所简单遮蔽的感性,这也决定了它不仅作为一般意识形态而存在,还作为非意识形态性的活动而存在。文学创作活动必然是作家以情感为中介对世界的感性把握,历史上一些文学理论家将文学定位为形象思维,尽管有时代局限造成的认识偏颇,但在揭示文学对感性形象的依赖这一点上也不乏深刻的思想。尤其是如前所述,优秀文学作品是对人与世界的关系的积极、合理化的调整,在这种调整中世界如其本然地显现出来并将人的视点吸纳于其中,这更决定了文学活动不是通过理性化的概念、判断与推理方式去认识与支配世界,而是在理解、领悟与对话中生存于世界中的。一方面,它积极保留下了未经知性分解的、生动的表象,以之作为感性经验;另一方面,它又根据知觉表象在意识中积极创造出新的表象,即想象与虚构所得的文学形象。两方面都渗透着情感因素而体现出显著的感性色彩,有力地保证着文学的非意识形态性。在我国古代文人中流传的"雪夜闭门读禁书"的人生美谈,十分生动地印证着文学基于感性的这种非意识形态性,因为从历史上看,像《查泰莱夫人的情人》《洛丽塔》《北回归线》等文学作品都曾不同程度地被政治意识形态所查禁,它们在私人空间意义上带给读者的阅读快感与享受,恰好证明了文学在意识形态性之外具有不为意识形态所束缚,甚至超越意识形态的性质,这就是它的非意识形态性。

再次,文学的非意识形态性还体现在语言的创造上。比起一般意识形态中处于语言之上的纯粹精神实体性来,文学是语言中的世界,在实现自己作为语言创造性活动的性质的同时,与别的意识形态显示出了鲜明的差异,尤其是在别种意识形态客观上形成对文学的消极影响时,文学活动基于语言创造的这种非意识形态性,便在某种程度上拉开着与别种意识形态的距离。例如,面对当时甚嚣尘上的白色恐怖,鲁迅在其小说与杂文等作品创作中每每使用着曲笔,不直陈本事,而是创造性地、巧妙地运用语言的陌生性与多义性来曲折、间接地传情达意,《祝福》中夏瑜坟头上出现的花圈,便被现代文学研究界公认为其中典型的一例曲笔。现代一些西方马克思主义理论家认为,文学作品是一种沉默,作家创作时往往受到意识形态方面的制约而无法说出一切,于是在作品中必然会留下某些空白,保持某种沉默,不自觉地显示出意识形态方面的束缚与文学对这种束缚的超越。含蓄曲达的表达方式,体现出这种沉默的意义与力量。当然,在其他意识形态中也存在着语言表达的问题,但由于它们对群体立场与思想理论体系的强调,语言在它们看来主要是一种传达思想观念的工具,马克思主义创始人正是在此意义上认为"语言是思想的直接现实"。与它们都不同,如前所述,语言在文学中起着更深刻的本源性作用,不作为传达与物化的形式工具而存在,文学由此所具有的非意识形态成分便尤其突出,它与文学的意识形态性辩证统一,是我们在研究文学与政治的关系时绕不过去的重要课题。

可以通过对比两部描绘同一题材,并且同曾获诺贝尔文学奖的小说,来生动揭示文学在意识形态性与非意识形态性方面的不同侧重。这两部作品,是肖洛霍夫的《静静的顿河》与帕斯捷尔纳克的《日瓦戈医生》。就前者而言,从诸如"葛利高里作为一个出色的哥萨克重又回到了前线;从心眼里不能跟这场荒谬的战争妥协,但又忠实地维护着哥萨克的光荣"等叙述来看,这部作品显然意在张扬红军最终战胜白军的意识形态性,其思想倾向在当时显得较为主流。但就后者来说,作家把小人物日瓦戈重重推入那让他始终喘不过气的大幕启处,可谓用心良苦。只有整日里和鲜血打交道的人,面对低徊难舍的遍野哀鸿,才有足够的观察资格和言说欲望。一名以救死扶伤为己任——至少表面上不否认这是他的天职——的医生,当碰到人生手术台上一下送来一个个凄厉呻吟的重伤员时,将如何动刀? 动刀割去肉体上腐臭的溃疡并不难。小说出人意料地没在这点上着笔,倒用另一些更寒彻人心的镜头对准肃杀下的人道主义朴素温存:医生被游击队劫去给伤兵治病,置身事外在他看来并不符合非常年代的规则,在某次战役中,他做梦般朝对方一个年轻人射去颗莫名其妙的子弹,要命的是枪战结束后他偷偷折回去看那个男孩死了没,发现自己并未僭越人性后,把他给放了。可是,放了一个,放得了千千万万吗? 你挽得住激情奔涌但换个角度看也狂热偏执的历史么? 假使,海雨天风呼啸着裹挟下的个体,注定只能如一片孱弱的秋叶上下翻飞,医生的回答是,起码思想可以不跟着傻乎乎去做什么。他厌恶地看到,打仗的地方正好是犹太人居住区,除了受罪、交纳苛捐杂税和倾家荡产,可怜的弱势群体还得应付东一鳞西一爪的不合理摊派,忍受侮辱和责难,说他们缺乏绝对的爱国心。他害怕与兽类同群,把人活活煮死,活剥皮,揪住衣领拖进阴暗的死牢,那种相互消灭的血腥逻辑和前线下来变成畸形的丑陋肉块,竟都是人自己造成的? 他深深怀疑。此刻,上苍定为他创造了思考的人而追悔莫及,因为思绪随着医生眼前渐次散开的无边戾气、怨声和美丽的谎言而被一步步拓深了:"我是非常赞成革命的,可是我现在觉得,用暴力是什么也得不到的。应该以善为善……"这基于一条相当本原却总被人遗忘的底线:人的生命尊严是不可侮的。枪托下纵然开得出玫瑰,那毕竟太血淋淋了。医生远比我们觉悟之处在于,他大段大段的严肃叩问,其实都悖逆着革命家们的钢铁意志,岁月荏苒,沉淀下来,居然不显得有多少褪色。譬如这个恐怖年代的孩子观察到,由于缺少充分准备,革命的惊涛洪流不乏破坏性。在混乱中,进行冒险试验不合时宜,该让国家有段清醒的时间,从一个转折走向另一个转折前要有喘息的机会。他在为红旗插上沉睡了千百年的俄罗斯广袤大地而欢呼之前,先给自己出了道难题:旧貌换新颜,会不会依旧留给人们怅然若失感呢? 从被推翻的旧国家体制束缚下解脱出来,会不会又落入新的"更狭窄的夹缝"呢? 尤其值得警惕的,是别有用心的鼓动家的如簧巧舌,这些人生来"可以不给他们面包吃,但得给他们世界规模的什么东西",又焉知会不会欺骗善良轻信的大众? 在集体化被证明是个错误以前,为掩饰失败,会不会采取一切恐吓手段让憔悴的人们失去思考和议论的能力,强迫人们看到并不存在的东西,极力去证明与事实相反的东西呢? 由此观之,这部作品在相对的意义上,反思作为宏大叙事话语的革命本身的某种正当性,而更多地体现了文学的非意识形态性。小说在当时由于反主流而一度遭禁,就堪称这一点的证明。

与后者类似的写法,还可以在 2002 年诺贝尔文学奖获得者、当代匈牙利作家凯尔泰斯的自传体小说《命运无常》中看到。小说叙述了十六岁的犹太籍匈牙利少年久尔卡和许多人一起被抓进纳粹集中营,在那里经受了一年多饥饿、恐惧和失去人格尊严的非常生活,直到1945 年被苏军解放后重返祖国的故事。由于凯尔泰斯本人在少年时代也曾被投入奥斯维辛集中营,《命运无常》显然就是他关于自己那段难忘亲历的回忆与纪实。小说快要结束时,在返回匈牙利的路上,久尔卡和同伴们忽然发现,一个纳粹士兵也偷偷地混进了他们这支回家队伍中,出于对纳粹的仇恨,人群很自然地愤怒了,不顾士兵"我从来没有伤害过任何人,我只当过哨兵"的可怜辩解,仍对他一顿拳打脚踢,这时,带队的米克洛什大叔冷静地制止了人们的行为:

"他也可能曾在哪个小集中营里当过兵。"人群中有个声音说。

"说不定是在奥尔德洛夫集中营。"另一个年轻人强调说,"几乎没有人能在那里活下来……"他说着突然放声痛哭着喊起来,"我亲眼看到一个跟他一样的混蛋开枪把我哥哥打死……"他飞起一脚踢在那名无助的纳粹士兵身上。

"住手!"米克洛什大叔命令道,"我们不使用暴力惩罚任何人! 我们决不判决任何人! 这就是我们和那些家伙的不同之处!"[1]

可能有受害者情绪化暴打无辜纳粹士兵的事实发生着,小说家却唯独选择这个理智的事实片段来加以表现,体现出他超越善恶的思想境界。小说让我们清楚地看到,战争是错误的,也是不幸的,但反暴力的诉求应该是公共的,无辜的敌人也是人,而人的生存尊严作为亘古不变的客观真理,在任何时候都不能被随意践踏。这同样体现出了文学的非意识形态性。

---

① [匈]凯尔泰斯·伊姆莱:《英国旗》,余泽民译,作家出版社 2006 年版,第 325 页。

四、文学与现代政治：话语权力

以上所说的政治尚且是传统意义上的政治——意识形态。为什么说是传统意义呢？因为这种政治观念从整体上看，既然以注重群体性立场与理性实质的意识形态为基本内涵，它便主要是近代以来认识论视野的产物，即主要从以二元论为标志的认识论角度来理解政治。在一般的意义上，意识形态去除个体性与感性因素而将自身抽象化为思想理论体系，显然便将主体与客体对立起来了。过去很长时间里，意识形态都被人们看成一种知识性对象，根本原因就在这里。然而，这样理解是不够完善的。如果我们在今天不满足于认识论视野，而进一步吸收现代以来人类思想发展进程中醒目的语言论视野，便会发现，"我们认识世界"与"我们用语言表达对世界的认识"是不容混淆的两回事（而认识论时代的思想观念却当两者是一回事），一种认识既然总是被语言说出着的，便总存在着话语权力，而只要是权力，便触及了政治，从这个意义上说，使用着语言的我们，无时不处于政治中。二十世纪后半期以来，以法国哲学家福柯为代表的一批思想者以此为新的思想契机，对现代社会中权力赖以构成与运作的机制进行了十分深入的剖析。

他们的研究表明，人根本离不开作为广义政治的权力，这种权力以知识与真理为名义，渗透于人们生活的各个方面，形成着规范与压力，使人们自觉接受其规范，在其布置好的各个位置上发挥功能与作用，问题不在于自以为是地回避与去除权力，而在于承认权力并在此基础上合法地运作权力。如福柯认为知识总与权力携手并进，不是客观中立的。在他看来，世界不仅仅由文本的简单因素构成，政治经济力量与意识形态及文化控制着整个意义产生的过程，权力才是构成社会文化的活动因素。权力总是利用知识来扩张社会控制，使知识打出"真理"的旗号而使统治阶级的意识形态暗度陈仓。福柯的这一思想，同样具有强烈的批判资本主义意识形态的诉求。这一思想在鲜明的历史语境中还原权力的建构性实质，为文化研究直接提供了动力。深受福柯权力理论影响的、以布迪厄为代表的反思社会学，有力地论证着一种人文知识话语并不凭空孤立产生，而总受制于知识生产者的特定立场、视点与价值需要，质言之，总受制于权力背景。这样，传统的意识形态内涵被积极地深化为现代的权力内涵，政治由此在今天得到了重建。

话语权力的出发点仍然是语言论。如前所述，从语言论的基本立场看，"是什么"与"被说成了什么"已不再呈现为两个截然无关的主题，而是成了同一个主题。从索绪尔到福柯，两者之间有一条清晰的学理进路可循：语言是符号的区分，这种在符号区分中得到具体使用的语言即话语；符号的区分才带出现实的区分；被区分后的现实中，便隐藏了权力——话语权力。

这里的关键是理解"符号的区分才带出现实的区分"。这一点与从传统认识论立场上看问题所得到的结论正好相反。我们都有这样的生活体验：从小到大一个班级中的同学们，明明都是一样有父母、有血肉和具备正常人格的人，但在老师每每贴标签式的分类安排下，一个班的学生中似乎俨然会出现优等生、中等生与后进生三拨人，换言之，其实什么事也没现实地发生,但在语言的神奇区分作用下,一个原本不存在的事实,仿佛客观地发生了——我们教室中的确存在着三种不同的人。这就是"符号的区分塑造着现实的区分"的形象诠释。语言对意义的建构力量,从中可见一斑。

对语言在符号区分中产生现实区分的这种建构性,福柯在其开一代风气的著作《疯癫与文明》中作了醒目分析和垂范。很多人想当然地以为,"疯癫"是一种对所有人而言都大同小异的生理症状而已,福柯却独辟蹊径,阐明了一个深刻的道理:一部疯癫史是疯癫如何被看待,即如何被语言建构成该样子的历史。最先被福柯界说为疯癫的、存在于《堂吉诃德》等文艺复兴时期作品中的形象举止,是与真理有关的一种想象,它对夸大知识与学问的理性主义进行嘲讽,虽遭遇着当时人们的不解,时过境迁来看其实开启着领悟世界的智慧。十七世纪后,疯癫被视为妨碍经济发展的、需通过劳动改造加以抑制的负面因素,禁闭所等机构把精神并未失常的违法者、流浪汉以及染有恶习的游手好闲者等纳入其中,规定其从事强制性劳动,在此过程中实施精神与肉体的双重束缚,明显的后果便是,某些精神完全正常的人,与真正的精神错乱者都被以精神不健全为名义加以论处,进而受到特殊制度的规训。进入十九世纪,疯癫又进一步被从道德层面加以教化,精神病院被设定为有能力去矫正作为道德失误的疯癫症状的机构,矫正行为在某种程度上的制度化,恰恰使作为矫正对象的疯癫愈来愈显得习以为常而不再引起恐惧,相反,变得沉默与匿名。到了二十世纪后,疯癫被摆放在了医学的案头而成为等待治疗的对象,精神分析学通过各种策略致力于对其进行治疗。这条演化路径显示,疯癫与其说是一种不证自明的、固定不变的性状,毋宁说完全维系于对疯癫的说法,换言之,疯癫史实乃一部疯癫被说(符号建构)成了何种性质的话语演化史,说"疯癫是非理性的",这句话在不同的具体阶段,有着被语言具体建构而成,从而始终处于动态发展中的具体内涵。

从中可以看出,福柯分析疯癫史的根本意图,在于以疯癫史为典型形态揭露理性对非理性的压制实质。结合理性概念发展史,来深入研究福柯有关理性压制非理性的上述揭示,会发现他道出了这条压制路线在实质上的渐变方向,那就是人类将"非理性"的内涵从"外在于理性"(arational)一步步不动声色地悄然变换为"反理性"(irrational),而加剧了压制。从概念史看,在文艺复兴时期被说成了"非理性"的堂吉诃德式疯癫,其实只不过指及了外在于理性的意识成分,包括情感与直观。它们在范围上诚然不归属于理性,而归属于理性之外的区域地带并成为"非理性",却顺应与深化着理性,与理性存在着兼容空间,是一种尽管可能暂时不被理解,却具有上升性的智慧。谁都得承认,今天像堂吉诃德这样执着地为理想献身的人决不是多了滥了,而始终仍凤毛麟角。与之不同,按福柯的理解,在十七世纪后,受理性一路压制的"非理性",越来越被说成生理症状意义上的"病",包括"无意识""梦幻"等,[①]即指反理性的意识成分,包括无意识、梦、幻觉、阈下知觉与其他本能欲求等。它们在范围上也与理性不相容并成为"非理性",排斥理性而无法与之协作共存。可见,同为"非理性",外在于理性与反理性这两种"非理性"倘若被简单地混为一谈,会遮蔽其中的关键差异,即两者所"非"

---

① ［法］米歇尔·福柯:《疯癫与文明》,刘北成、杨远婴译,生活·读书·新知三联书店 2012 年版,第 149 页。

之理性的性质。这又根源于理性性质的复杂性。反理性所反的理性，实为理性的狭义形态或曰合理性（rationality），其特征是主客二分，并由此在取消情境的前提下企图实现形而上学的同一性，福柯称之为"精心计算的强制力"[1]，即起规训作用的（认知、思辨、工具）理性。但按前面第六章的分析，这一狭义的合理性转折，并未耗尽理性（reason）原初葆有的宏大内涵，现代思想试图令迷途已久的合理性通过诗思领悟存在，就是对理性的这一完整面目的珍视、眷顾与看护。外在于理性，其所外在于的理性才是这一广义的完整理性。因此，当福柯揭示出理性对非理性的压制是使非理性从"外在于理性"逐渐演化为"反理性"时，这反过来清晰地表明了理性在此演化路径中逐渐强化、深化为合理性这一事实，即有力证明了反思与批判理性的迫切性，因为理性的负面效应在这一演化路径中被凸显出来了。

　　和上一章举例分析的傻子叙事在现代的兴起一样，疯子叙事也在福柯对疯癫进行考古学研究这一时代背景下，展开了自身每每富于反讽色彩的演绎。可以举意大利当代剧作家达里奥·福的名剧《一个无政府主义者的意外死亡》为例，这部两幕政治讽刺剧讲述了一个让人啼笑皆非的故事：警察局抓到一名无政府主义者，不严格审讯而是严刑逼供，将其活活打死后从窗口推下楼去，卑鄙地制造了犯罪嫌疑人畏罪自杀的假象，一个"疯子"偶然在警局发现了有关案卷，遂乔装成最高法院法官复审此案，在一系列随机应变的驳诘中终使冤案真相大白，剥去了警局的画皮。剧作家动用了许多技巧手段，屡屡安排人物做出能透露相关身份和心态的表情与动作。如让"疯子"捉弄警长时"最好做一个充满讥笑意味的鬼脸……如果再发出嘲讽的嘟哝声，那就更妙"；设置戏剧性的巧合，如使"侧幕迅速伸出一只胳膊"打倒虚伪、愚蠢的贝托佐警长；创造神奇的特异功能，如令"疯子"向警长宣布，他有一种特殊本领，谁在他面前撒谎，他脖子上的筋就会跳动起来等。特别是，在这个剧中，观众从一开始其实已不难获悉整个案件的真相，吸引他们的除了故事本身，更有着"疯子"对警长和局长的尽情调侃，剧作家深谙这一点，他不但安排了一个警察的角色，此人总是傻傻地在"疯子"查问警长时，冷不丁爆出几句真话，拆警长的台，而且在第二幕中直接安插进一个"疯子大笑，转身面向观众席"，朝观众大喊一声"诸位别害怕，真正的奸细就坐在你们当中"的互动环节，让人在笑声中由衷赞叹剧作家的巧智。这出戏剧，从文学角度为福柯的疯癫史研究提供了生动的证据，让所有人直观地看到了疯癫现象作为语言建构的产物这一真相。

　　基于以上分析，我们可以理解文学活动中也存在着权力，文学研究中同样具备着权力性视角的道理。英国现代马克思主义文学理论家伊格尔顿令人信服地指出，审美话语以特有的表达方式介入一定的政治现实，"一切批评都是政治的"。对这句话的准确理解，应当立足于上述话语权力角度。伊格尔顿察觉到，文学"主要依靠情感和经验发挥作用，因而它非常宜于完成宗教留下的意识形态任务"，从而带给工人阶级"想象性的自我满足"的审美意识形态，[2]工人们边读《傲慢与偏见》边因其温馨和谐的乡村田园生活描叙而丧失革命斗志，统治

---

① ［法］米歇尔·福柯：《规训与惩罚》，刘北成、杨远婴译，生活·读书·新知三联书店 2012 年版，第 153 页。
② ［英］特里·伊格尔顿：《二十世纪西方文学理论》，伍晓明译，北京大学出版社 2007 年版，第 25 页。

阶级则微妙而蓄意地以这部小说作为政治偏执与意识形态极端的解药,在他看来是可能的。从这个角度理解文学与政治的关系,是今天我们研究文学时不应轻易忽略的主题。

这点也直接导致了文学理论在今天的政治转向。因为语言被长期认为是一种可以去穿透对象的工具性存在,这使二十世纪前的文学理论很自然地呈现出与研究对象水乳交融、弥合无间的特征,接受起来并不难。经索绪尔的醒目论证,语言作为"任意性的符号系统"这一观念逐渐开始深入人心,符号不是原物而是替代物(表征与建构),这使文学理论对所论对象的穿透性努力,看起来陷入了一种奇特的局面:它越试图去"说中"对象,越只是把对象"重新说"了一遍。文学理论的自身表述结构,开始和理论对象从原则上脱节成两层皮,很自然地出现了"文学理论不再关心文学"这种令不少人感到不适的后果。以传统惯习为参照系来看,文学理论每每成了仿佛从外部空降给对象的隔层。由于这种隔空发招的合法性得到确证,文学理论可以放开手在"形成某种说法"这点上发力,对概念这一起点的精准编织的热情,相应地更为加剧了。二十世纪文学理论这种相比于传统的生硬感,伴随着概念更多、更大面积的在理论运动中的出场。文学理论发展至此的隔层特征,植根于语言无法直通事物的符号系统性质,实际上隔开了对象的表层(实体层)与深层(替代层)。这种双层结构,必然触及深层如何建构出表层的话语权力,很自然地形成了文学理论进入二十世纪下半期以后的政治色彩。

当这样从现代政治意义上重建文学与政治的关系时,特别需要初学者及时正确理解的是,权力在文学中的微妙渗透,其主语已完全不能从"现实中的某个人"角度去理解,那样一来便误解了话语权力的意思。话语权力的主语是语言,是语言的具体使用——话语。伊格尔顿尽管在上面揭示出,一些文学作品被权力当作消磨人们斗志的解药,这个在权力中伪装成不证自明的现象的过程,却完全维系于语言符号在深层结构上的操作,背后那只看不见的手,不是人手,而是语言符号区分活动被发动起来之后的话语之手。这一点在后面第十二章讲述文化研究时还将重点展开。让我们沿此进入对话语权力的实质的探讨。

五、话语权力的性质:无主体性

理解话语权力的实质,关键在于理解话语权力作为一种权力是否有其主体。我们看到,除非不开口说话,不使用语言,只要不否认人无时无刻离不开语言活动,就不难同时意识到,话语权力作为语言自带的权力,是一种绕不开、避不了的特殊权力。由于某种惯性的影响,我们很容易在看到"权力"二字时不假思索地迅速产生贬义的印象,以为凡是权力则必然是消极有害而需要抵抗的。这种惯性化理解并不可靠,恰恰在面对话语权力时显示了理解上的片面。因为话语权力是一种无主体性,因而不存在去抵抗它的可能和必要的权力。

如前所述,话语是语言的具体使用,在具体使用过程中,语言的运作呈现为符号的区分,每个符号在符号群(语境、上下文)中都处在一种共同境遇中,即相对于已经出现的上一个符号来说它是主体,相对于尚未出现的下一个符号来说它则是客体。也就是说,每个符号在一张无限开放的话语网络中作为上联下达的网点,都既是主体又同时是客体,而失去了传统认识论意义上主客二元对立的划分格局。这样,话语权力便失去了主体性。而一种失去主体性的权力,由于找不到去试图反抗的明确主体,它也便成了中性化的权力,不再必然具有如一般人所以为的消极贬义性质了。

可以从和传统统治权的对比中看清话语权力的这一实质。传统统治权的实质在于,它有明确的主体(统治者)和客体(被统治者)。在作为传统政治的意识形态学说看来,哪里有压迫,哪里就有反抗,资本家和雇佣工人典型地构成了这种权力所始终无法调和的矛盾两极,传统统治权因而是一种非法的、需要消除的权力。与之不同,话语权力的实质则在于,没有明确的主体(统治者)和客体(被统治者),或者说,人人在话语权力中都既是统治者又是被统治者,所以统治者和被统治者都认同话语权力,双方处在了权力的相互制衡中,而感受不到其明显的有害性,甚至在绝大多数情况下,双方是带着积极认可这种权力的心态参与到对这种权力的分享中去的。这也就是"规训"的意思。话语权力因而是一种合法的、不需要消除也无法消除的权力。它的这种中性化性质,换个角度看便带有某种不乏积极的生产性,是维持社会再生产,即推动社会正常运转和历史正常发展的动力。正是基于这种特殊性质,话语权力才构成了当今形形色色文化现象的实质,而使建构主义信念在今天逐渐深入人心。

 [本章拓展思考题] ▪▪

一、假如由你来单独策划一次以"政治与文学"为主题的国际学术研讨会,以下是将要参加此次会议的嘉宾名单。面对这份名单以及还可能因你的继续邀请而出现在此次会议上的中外嘉宾,你将如何来安排会议议程呢?请详述你的思路方案。

西方嘉宾	东方嘉宾
伊格尔顿	帕斯捷尔纳克
奥威尔	普列汉诺夫
马克思	巴金
布迪厄	老舍
福柯	郭沫若

二、《人间词话》将北宋词的地位置于南宋词之上,在你看来这究竟是不是王国维先生在认识上的局限?两宋词在创作成就上的差别如果在你看来确实存在,可以运用本章中精神生产与物质生产的不平衡性原理来解释吗?叶嘉莹教授认为北宋词"以直接的兴发感动为主",南宋词则"以安排思索为主",这种差别如果在你看来也存在的话,可以对应于后面章节中将要谈到的天真阅读与解码阅读的区分吗?

三、你怎样看待曾国藩这个人，以及他流传至今的著名家书？请写一篇《曾国藩论》，阐发你的见解。

四、你认为目前国内学界文坛对沈从文、张爱玲、木心与无名氏其人其作的评价，是尚嫌不够、过于拔高，还是恰如其分？

五、请评论钱锺书《宋诗选注》的选目。

六、请比较中西方文化对"隐士"的理解，写一篇有趣的思想札记。

七、文学的非意识形态性与当代国际学界的研究热点之一——自由主义思潮，在你看来有联系还是有区别？请进一步搜寻并阅读相关理论著作，在深入研究的基础上作出你的详细阐释。可参考学者秦晖《问题与主义》一书中的《中国现代自由主义的理论商榷》一文等。

八、美国当代思想家爱德华·萨义德著有《知识分子论》一书，在其中提出了知识分子是"业余者"与"圈外人"的立场观点。你是否认同这一立场观点呢？

九、请在立足于史实的基础上，适当发挥虚构的本领，编撰一部表现文学艺术家如一叶小舟般颠踬于政治风浪的生动故事的电影剧本。

十、自马克思的前期著作《1844年经济学哲学手稿》上世纪三四十年代进入人们的视线以来，人们看到了一个与后期马克思有所不同的、关心人的问题的马克思形象，学界有人据此认为存在着"两个马克思"，由此引发了包括"保卫马克思"等声音在内的一系列理论聚讼。对马克思上述前后思路的不同理解，与文学理论研究中历史唯物主义与人本主义的不同路向有联系吗？你怎样看待这个重要问题？

［本章进一步推荐阅读］

1. ［苏联］帕斯捷尔纳克：《日瓦戈医生》，张秉衡译，人民文学出版社2022年版

2. ［苏联］高尔基：《不合时宜的思想》，苏昀晗译，江苏凤凰文艺出版社2015年版

3. ［波兰］切斯瓦夫·米沃什：《米沃什词典》，西川、北塔译，广西师范大学出版社2014年版

4. ［法］路易·博洛尔：《政治的罪恶》，蒋庆、王天成、李柏光、刘曙光译，译林出版社2014年版

5. ［俄］别尔嘉耶夫：《论人的奴役与自由》，张百春译，上海人民出版社2019年版

6. 朱正：《1957年的夏季》，河南人民出版社1998年版

7. 陈徒手：《人有病 天知否》，生活·读书·新知三联书店2013年版

8. 杜渐坤编选：《随笔佳作》，花城出版社1995年版

9. ［法］米歇尔·福柯：《疯癫与文明》，刘北成、杨远婴译，生活·读书·新知三联书店2020年版

10. ［美］戴维·斯沃茨：《文化与权力：布尔迪厄的社会学》，陶东风译，上海译文出版社2012年版

第十一章
文学与性别

　　基于上一章所述的文学与政治的必然关联，引入权力视角更新对文学活动性质的认识后，文学的建构与认同便成为文学理论研究在今天必须面对的下一个议题。在建构主义与反思社会学等现代思想资源的直接启迪下，新历史主义、后殖民主义与女性主义文学理论等蔚然成风，为文学理论的现代进展注入了新的活力。本章先阐述思想背景，再以文学的性别建构为重点，探讨文学与性别这一有趣而重要的、与文学创作和阅读都息息相关的文学理论问题。

一、从自明性到建构性

从过程看，任何一种知识都是语言符号建构成的，都在建构中区分着现实，体现了话语权力，所以任何知识如前面第五章所分析，都是功利的、杂的。从意义看，一种知识与它被建构出来的权力背景，从此变得不再可分也不应加以区分，而融为一体，这种融合恰恰体现了一种知识的客观性，而与同样在前面多次得到了阐释的"测不准原理"取得了共鸣。

文学与现代政治——权力的这种必然联系，决定了文学不是真空中的纯审美对象，而是话语权力的建构。这主要有两个紧密关联着的理论依据。

理论依据之一是建构主义。它是由上章所述的福柯的权力-话语理论直接开创的。英国现代文化学者斯图尔特·霍尔总结了福柯以来的建构主义思路，指出事物本身无意义，意义是被生产出来、建构出来的结果，对意义的探讨需要采取建构主义方式。具体地说，他认为存在着三种理解符号表征的途径：一是反映论途径，把表征解释为对已存在着的事物的意义的反映；二是意向性途径，把表征解释为表征符号操作者的主观意向；三则是建构主义途径，将表征解释为符号建构的结果。反映论途径未能将符号与实物区别开来，特别是未及注意到符号自身运作的规则（信码）所起的作用，其不足显而易见。意向性途径把语言符号理解为私人的，忽视了语言符号的基础是交流、信码的共享是语言符号能起作用的必要条件这一基本前提。这两条途径显然相当于我们在前面阐述过的文学再现论与文学表现论。霍尔由此认为，今天应该采取第三条途径——建构主义途径。这个在学理上很有说服力的思想，无疑值得今天的文学理论研究积极吸收。

理论依据之二是反思社会学。建构主义主要在语言符号的逻辑层面伸张着权力对知识的影响。二十世纪下半期以来，以布迪厄为代表的反思社会学进而从历史层面上探讨这种影响的成因，认为一种知识不是现成实体，不产生于以趣味主义为标志的区隔性环境中，而总是在某种特定关系中被建构出来，体现着知识分子的阶级习性，而使该种知识始终具备功利性，此乃无须讳言的中性化客观现象。据此，知识分子并不处于纯粹真空中，而总是在追逐着利益，形成知识生产的实践情境。反思社会学便旨在批判性地反思知识生产的实践情境，达成知识的客观化。这揭示出一个深刻的道理：一种知识的客观性不孤立地维系于它本身，而必然取决于它与它被建构出来的权力背景的结合体。这便与康德以来的纯粹性立场形成了鲜明对照，也值得今天的文学理论研究积极吸收。

以上述理论依据为基础，文学是在特定社会历史（权力）条件下建构而成的。这一实质的根本意义在于，彻底破除了文学原本在许多人心目中俨然存在着的那个现成、静态的本质，而使之成为生成的、动态的意义。建构就意味着一种活动与过程，在中性的意义上，话语权力建构着文学，文学便是不断生成中的意义。能突出说明文学这种建构性实质的，是文学史与文学经典。

文学史是语言建构的产物。文学，中西方自古皆有，而将文学视为一种具有历史的发展性活动，却是很晚的事，这需要有一种看待文学的历史性眼光出现，即离不开语言对文学的分类。十九世纪德国诗人海涅对此打过一个形象的譬喻："文学史是个大陈尸所，每个人都在那里寻找自己喜爱的或与之亲近的死者。"①从西方看，文学史是十七世纪后期到十八世纪逐渐出现的，语言在分类标准上的不同说法，说出着不同的文学史事实。法国人丹纳在其《英国文学史》中用种族、环境与时代这三个要素勾勒与组织文学史的行程，显然出于当时弥漫于西欧的实证主义思潮的建构背景，带有浓厚的历史决定论色彩。丹麦人勃兰兑斯在其划时代的文学批评巨著《十九世纪文学主流》开篇则宣告文学史研究人的灵魂，又显然出于从精神与心理入手建构文学史的背景，而使这部书成为一代人的人文入门书。从我国看，二十五史中的"艺文志""文苑传"等已包含文学史萌芽，中国文学通史的雏形，则是《文心雕龙》中的"时序"一篇。过去，我国现代文学史主要以"鲁郭茅巴老曹"为论述主线，显示出某种基于政治角度的区分标准。1990年代后，一些颇具创作成就却在过去长期被湮没的作家，如沈从文、张爱玲、钱锺书与金庸等的价值被文学史家重新发现，又显示出了适当跳出政治樊篱、重视作品本身审美性的区分标准。这都是语言在区分中极力形成客观事实的建构表现。

文学经典也是语言建构的产物。以唐诗的经典化为例，从盛唐时殷璠的《河岳英灵集》与芮挺章的《国秀集》算起，下至明清，历代涌现出了六百余种唐诗选本，今存者即有三百余种之众，它们都体现着不同的建构旨趣。如清代乾隆时蘅塘退士孙洙编选的《唐诗三百首》，就以向童蒙就学提供家塾课本为旨趣，因而注意选篇适量、难易适度与入门适用，没有选入唐诗中似乎被公认为不应不选之作的杜甫《北征》《自京赴奉先县咏怀五百字》以及李贺的作品等，如果离开这种语言区分的特定标准，我们或许就会以缺陷来评价它的上述选法。只有同时结合这种建构背景，它作为文学经典的意义才向我们敞开。

引入建构性立场的根本意义，在于保证知识的客观性。如果将一种知识视为可以脱离建构性背景而孤立存在的、处于真空中的成果，它就是被一厢情愿地对象化、实体化与抽象化了的形而上学产物，表面上具备了不以任何建构性条件为转移的、放之四海而皆准的纯粹性，实则因切断了与人的生存因缘，而显得虚假与不可靠。建构性背景使人与知识形成了亦此亦彼的生存因缘，从而使人不再本质化，相反获得了延续性的、非纯粹而真实的自我，即生成着自我，这就是自我围绕着"我是谁""我归属于谁"等问题而产生的认同，它不再结果性地本质化，而是融于过程性的理解中，直接导出了意义。

那么，现代以来已涌现出哪些具体的文学建构途径呢？这些建构途径形成了文学理论在二十世纪后半期以来的主要面貌。

二、建构的途径

可以用一个等式概括建构主义的实质：语言＝替代＝想象＝建构＝话语权力。以建构

① ［德］亨利希·海涅：《浪漫派》，薛华译，上海人民出版社2003年版，第29页。

性视野理解文学的文学理论,主要包括"今天如何想象(建构)历史""自我如何想象(建构)他者"和"男性如何想象(建构)女性"等途径,它们分别形成了新历史主义、后殖民主义与女性主义文学理论。

新历史主义是将历史的真实性理解为对历史的理解与解释。代表人物是美国历史哲学家海登·怀特等人。在他们看来,在文学思想方式的介入下,文学与历史的区别实际上主要已不是语言的对象,而在于语言的规则,即考虑如何让自身的语言效果被人关注与理解,认为这种关注与理解才是对自身的确认,语言是一种表达,用语言将自己表达好、把自己讲好,才是一种知识存在的根据。新历史主义将历史文本与文学文本打通看待,研究历史与叙事的关系,即为依托于语言这个共同源泉的明证。它引导思想者破除对历史的纯客观性理解视角,而发现,对历史的叙述过程同样是一个有想象参与的过程。从这个角度看,正史《资治通鉴》就隐藏着想象活动的奥妙。例如记述西汉宠妃赵飞燕在皇帝龙床上的、赤裸裸的全息写真:"以手自捣,以头击壁户柱,从床上自投地,啼泣不肯食……"(卷三十三)皆为床笫之私,问题是,当此情景,是否可能会有作为第三者的史官,不声不响站在帝王身旁冷静从容记载着这不足为外人道的后宫私生活?历史的真实在此显然存乎对历史的理解与解释中。事实上,小说与历史的杂交源远流长。西方小说在源头上与史诗的影响有关。开阔的海上文明孕育了以气魄雄浑见长的史诗,史诗成为叙事文学形式的最初例证,十八世纪小说家菲尔丁的《汤姆·琼斯》等作品就吸收了史诗在情节上的传奇性等成分,发展出一种"类史诗"的风格。与西方异趣,在中国,相对封闭的内陆文明则导致以格局精巧见胜的史传的发达,中国古代的文言小说大多从史籍记载中脱胎演化出来,根子上都"依附于史"[①],受到史传的影响,常常是对史传中的人物与事件的艺术发挥。有两个基本事实足以证明我国小说与历史的紧密纠缠。一是,明末清初文学家金圣叹曾提出"六大才子书"——《离骚》《庄子》《史记》《杜诗》《水浒》与《西厢》,这份充满奇特才情的书目,别辟蹊径地将《史记》与《水浒》并陈,便流露出了视小说为史传同侪的鲜明用心,显示出文学与历史的联系,《水浒》正是以"传"自命的。二是,尽管明清时期成为我国小说发展的高峰,出现了一批有分量的白话小说,但文言小说在此期间也未绝迹,而是同样得到着进一步发展,后者的杰出代表《聊斋志异》每每在故事行文之末以"异史氏曰"作结,便明显模仿着《史记》中的"太史公曰",同样体现出将小说当成某种意义上的历史来创作、寄寓其不逊色于史籍的观点见解的意图。这些历史事实足以支持新历史主义文学理论的基本主张,即破除那种视历史为过去真实事件记录的历史观,而主张历史作为写就的文本必然受到个人偏见的制约,这种偏见渗透在对过去的阐释中。巴尔扎克的名言"小说是一个民族的秘史",钱锺书的警语"小说乃历史之缄默",皆可由此得到印证。

后殖民主义的代表人物是出生于巴勒斯坦的美国理论家萨义德。这一理论认为西方人总试图虚构出一种被控制(被看)的、贬值了的与作为陪衬的东方形象,以此来显示西方文化

---

① 王瑶:《中古文学史论》,商务印书馆 2011 年版,第 139 页。

霸权的无上优越感,而成为充满明显二元对立的权力话语模式。这种理论上的体察,流露出以萨义德为代表的现代理论家在处于边缘的流亡处境中看待后殖民文化命运的鲜明用心。在这种非此即彼的思维中,文学接受着殖民化方式的认同,其意义被置于殖民与被殖民的东西方对立格局中理解。这里依然见出了语言的强烈背景:西方关于殖民与殖民地的言说方式,支配着西方人对外部世界的想象,进而在殖民地产生同化或拒斥的效应。可以在日裔英籍作家石黑一雄的《长日留痕》等优秀作品中,感受到基于"日不落"帝国情结的后殖民式心态。殖民地与否及其具体面貌,归根结底都是被语言说出着、建构成的,是一种被说成之后果,这与它是否生来即如此,是两个截然不同的问题。由此在不同立场上引发的各种争论,其实都源于建构性这一新视角的引入。

女性主义则认为,男女的性别差异并非先天而然,而是被父权制建构出来的。不是"性别是被建构出来的",而是"性别差异(不等)是被建构出来的"。通俗地说,这种差异也是被语言说成了这个样子的,这不仅同样体现着语言这一根本背景的操纵力量,而且也是符合历史发展实际的。从人类社会发展历程看,母系社会中,男女之间的平等关系得到着较好的维持,稍后的父系社会早期,男女之间也仍是民主的,进入父系社会晚期后,男女不平等的现象才逐渐出现,并进而导致后世父权制的兴起。接下来就让我们着重以女性主义文学理论为契机,围绕文学与性别的关系,结合实例探究性别写作的成因、特征、问题与前景。

三、女性主义的理论主张

女性主义(Feminism)也被称为女权主义,其兴起与现代以来两次西方妇女解放运动密切相关。第一次出现在十九世纪后半期到二十世纪初期,以英美妇女在 1920 年代获得完全的选举权为达到高潮的标志。第二次出现在 1960 年代后,从争取财产权、选举权到进一步争取就业、教育、福利与政治、文化各领域的平等权利。在文学上,女性主义试图努力探寻女性自己的传统,建立独特的女性文学史,同时揭示出女性作者的力量,挣脱父权中心文化的压抑。代表人物为英国作家伍尔夫、法国作家兼哲学家波伏瓦,以及至今仍在引领着国际女性主义研究进程的法国当代哲学家克里斯蒂娃。伍尔夫所著的《一间自己的屋子》一书,被公认为女性主义文学的理论先声。从女性主义角度看待文学,以下三个理论主张是常见的。

首先,女性主义反对在贬抑男性时使之女性化。道理并不难解,如果一部文学作品试图在贬抑男性时总是习惯性地以一些触及女性名义的理由来加以实施,使之女性化,那无异于表明作者心中仍潜藏着女性比男性低一层级的无意识想法,而这正是容易引发女性主义理论质疑的地方。如有研究者一针见血地指出,金庸的小说即有此弊端,其笔下诸如"东方不败"之类人物形象的塑造,从女性主义视点看存在着男权中心嫌疑,在现代性眼光考量下是有其可圈可点的一面的。

其次,反过来,女性主义也反对在赞美女性时强调其牺牲、奉献的一面。因为,一部文学作品中每每如此对女性进行贤妻良母式定位之际,也不知不觉地使女性形象沦为对男性社会无偿奉献的陪衬角色,这同样为女性主义所不取。如有研究者发现,作家冰心早期创作的一些作品就有这种迹象。本着同样的立场,假如一艘船撞上冰山而即将沉没,船上数千名乘客面临生死抉择,于是船长要求抓紧放下因事先工作疏忽而导致数量准备不足的救生艇,疏散乘客们并严令"妇女与儿童优先",小说中看似照顾女性的这类描写,会不会同样因将女性弱者化而引起女性主义的质疑,也是颇有趣味而值得探讨的议题。

再次,更重要的是,女性主义还反对在批判男权的同时仍落入男权模式。以张爱玲享有盛名的中篇小说《金锁记》为例,小说在主人公曹七巧遭到婆家人鄙夷与娘家人阳奉阴违这两条线索齐头铺排下,转写她反过来对自己的儿子女儿施行恶意操控,其实让我们理解了何以"三十年来她戴着黄金的枷"。这"枷"不正是男权社会强加给她的凌辱压迫吗?她曾被人拆散过自己的青春美好生活,现在又去拆散别人的幸福,那意味着如今她用以报复那给予了她不幸遭遇的社会的手段与方式,竟与后者曾加给她的同出一辙,是一样的,即仍没有跳出那个社会的模式,足见她说到底并不曾获得自由的幸福。这故事在无数同类故事中令人怦然心动,恐怕肇自辛亥至五四时期中国文学中总是若隐若现着的"由女性对男性所模拟的女性话语二度模拟"的创作无意识,①它不是第一个,也不是最后一个,却堪称典型的一个。相比之下,同样是涉及出轨的题材,劳伦斯的《查泰莱夫人的情人》笼罩起温煦的自然风景。在克利福德充满诗情画意的花圃里,康妮偶然地邂逅了一名猎场看守人梅勒斯。使她一眼便怦然心动的他,是个说不上多少漂亮,却眉目深沉坚毅、有着阳刚气和柔肠,也有着不如意婚姻的成熟男子。小说最精彩也最惹道学家侧目的故事由此开始了。他们一见如故,得空闲时便在小屋里一次次做爱,爱得荡气回肠。平心而言,当认真品味劳伦斯的性描写时,我们心头升腾起的不是浅薄低劣的肉体感官体验,而是生命的暖意:"他的善意针对的是她身上的女性,这一点从没有哪个男人做过。"②这份还原出女性本色的努力,应能在原则上得到女性主义理论的颔首。

与上述理论主张相呼应,作家中持女性主义视点者不乏其人。如在当代中国文坛,林白便是一位在某种程度上持女性创作视点的女作家。她在文学创作上,推崇"视点散漫,随遇而安"的女性叙事风格,其长篇小说代表作《一个人的战争》身体力行地写出了充满女性主义色彩的感觉:"女人的美丽就像天上的气流,高高飘荡,又像寂静的雪野上开放的玫瑰,洁净、高雅、无法触摸,而男性的美是什么?我至今还是没发现,在我看来,男人浑身上下没有一个地方是美的,我从来就不理解肌肉发达的审美观,肌肉发达的男士能比得上嘉宝吗?肌肉永远只是肌肉。在一场戏剧或一部电影中,我的眼睛永远喜欢盯着女人,……我不明白选编者为什么总要插进一些男性的躯体,它们粗重笨拙,一无可取,我不相信会有人真正欣赏它们。"③这样的叙述或许让男性感到某种难堪,但若明白了作家的女性主义价值观,也不妨就

---

① 刘纳:《嬗变》,中国人民大学出版社 2010 年版,第 70 页。
② [英]劳伦斯:《查特莱夫人的情人》,赵苏苏译,人民文学出版社 2004 年版,第 149 页。
③ 林白:《一个人的战争》,中国青年出版社 2011 年版,第 32 页。

事论事给予其一份理解的同情。

　　女性主义的上述理论主张,在女性文学这一创作实践中有否其依据?可以通过讨论女性主义的创作依据,来检验女性主义理论主张的有效性。

四、女性主义的创作依据

　　女性主义的理论主张,诚然是从建构性角度看问题的产物,这是否表明这些理论主张就完全没有现实中的自明性依据呢?对此如果完全否定,那对问题的把握也是失之偏颇的。女性在文学创作上,确实具有自身基于性别特征的某种特殊性。具体考察,女性写作特征的形成具有以下两个主要原因。

　　首先是政治原因。这又可以细化为两方面。一方面,女性写作得到发展,这与女性政治地位、社会地位自古及今的逐渐提高是分不开的,而女性在古代很长时间里地位低下的一个主要标志,在于古代社会普遍不存在现代意义上的男女之爱。西方是如此,例如荷马史诗中叙述希腊与特洛伊开战的一个主要诱因便是争夺美女海伦,这意味着作为女性的海伦事实上以被男权社会争相追逐、被完全物品化了的猎物面目而出现。中国更是如此,只要想想以《金瓶梅》为代表的一批中国古典小说对女性形象的丑化塑造,以及中国古代女诗人极为罕见等客观现象,便可清楚这一点。另一方面,如果说古代社会中男女不等有如上述,那么这是否意味着,进入了现代社会后这种状况便彻底得到了改观呢?回答是否定的。诚然,较之古代社会中女性极端低下、微不足道的地位,现代社会中女性的地位有所上升。因为真正的爱情生活,不维系于雌雄求偶的简单生理层次,而维系于男女双方的个体平等,两性作为独立的个体平等存在,这只能出现于文艺复兴以后的现代社会。尽管如此,整体而言,这只表示女性在现代社会获得了一定的自主地位,并不代表女性已在身份上形成足以与男权社会分庭抗礼的态势。一个十分明显的证据正如某些学者所发现的那样,"关心妇女问题的都是女学者,没有任何男性学者介入这一领域"[1],这样说或许稍显绝对,却在基本的事实方向上不错。正是这种既有所上升,又欲言而止的微妙地位处境,成就着女性文学独特的风景。

　　其次是经济原因。从世界范围看,女性写作的兴起还与女性在经济上的特定处境有关。从宏观上说,经济杠杆对文学的生产、消费与流通发挥着不容忽视的重要作用。如前所述,小说在西方兴起得较晚,在小说刚发端时,一本菲尔丁的《汤姆·琼斯》的定价超过了一个普通劳动者的周薪,这说明小说并不是一种大众消费品,而主要面向中产阶级的有闲女性。因此,在家写小说便成为当时不少女性既解决就业问题,又获得经济收入的一条途径。例如家庭教师夏洛蒂·勃朗特,年薪不足二十英镑,但一部《简·爱》的出版,使她从出版商处获取了五百英镑的稿酬。又如阿加莎·克里斯蒂曾谈及自己当初投身于侦探小说创作的一大动力同样是赚钱:"写一篇小说,就可以带来六十镑的收入,扣除所得税,当时每英镑扣四至五

---

[1] 何清涟:《我们仍然在仰望星空》,漓江出版社 2001 年版,第 130 页。

先令——这样,足足四十五英镑就归自己了。这极大地刺激了我的创作欲望。"①当试图全面把握女性写作的成因时,我们对于历史上女性所处的这种特殊经济地位,也应充分重视。

从以上原因分析,可以看出,女性写作的勃兴具有与男性写作不同的独特动机,那就是对男权的抵抗与突破,联系前面第九章中有关"自由行动才有记忆"的重要论述看,这意味着女性写作由于超越男权对自身行动自由性的限制,而具有积极生成个体记忆的独特优势。因此,比起男性写作来,女性写作归根结底来自对普通人日常生活的关切与人类个体价值的承认,这便形成了女性写作的独特特征——边缘化:对存在的边缘的体验。而同样如前所述,这种从"重"趋向于"轻"的文学创作姿态,正是好文学的重要标志。我们由此明白了,何以像奥斯丁这样的女作家,一生基本没有多么广阔的交游与经历,留下的六部不厌其烦叙述乡村中青年男女生活的长篇小说,却无一例外地成为了世界文学名著长廊中璀璨的明珠,因为这位被毛姆誉为在两寸象牙上精细微雕的女作家,身体力行着"小的是美好的"的道理,在边缘化位置上向我们展示,人的生存从来不是由宏大的命题,而是由具体琐细的小事构成的。女性作家较之男性作家更多运用自传体(如我国女作家苏青的《结婚十年》与法国女作家萨冈的《你好,忧愁》)、日记体(如比利时女作家梅·萨藤的《独居日记》)、书信体(如美国女作家汉芙的《查令十字街84号》与沃克的《紫色》)与散文体(如丹麦女作家布里克森的《走出非洲》)等形式来创作,这些形式在"向内转"这点上,更有助于女性深入开掘自身丰富微妙的情感世界。从这个意义上说,女性写作较之男性写作,更具有成为好文学的潜质。

在此前提下,可以展开两性写作之间差异的具体比较。女性写作在理性自控方面不逊色于男性:

(1)因此请读者别忘了这位马文·马西。因为他将在以后要发生的故事里扮演一个可怕的角色。(麦卡勒斯《伤心咖啡馆之歌》)

(2)后来的那个女孩我将不在本书中涉及,她是我需要小心保护的一个秘密,在这个长篇里,我不能穷尽我的所有秘密。(林白《一个人的战争》)

女性写作在政治关切方面也不逊色于男性。如玛格丽特·米切尔的小说《飘》,将儿女之情放置于美国南北战争这一政治背景下进行叙述,体现出女作家把握大时代与小人物命运之间关系的精细功力。

女性写作在哲理思辨方面也不逊色于男性。不妨来比较一下法国女作家波伏瓦的现代主义小说《人都是要死的》与美国男作家德里罗的后现代主义小说《白噪音》。之所以将这两部作品作比较,是因为它们都触及了"死亡"这一人类永恒的生存主题,都在面对死亡中展开思辨。它们分别隐含着怎样的叙述逻辑?

《人都是要死的》虚构了具有永远不死能力的主人公福斯卡,在向往着不死奇境的芸芸众生眼里,福斯卡实在是太幸福了。但他其实非常忧郁,心事重重。他和雷吉娜都清楚知道,"我们永远成不了一对"。她爱他,是因为他不会死。而他爱她,却出于恢复做一个会死

---

① [英]阿加莎·克里斯蒂:《阿加莎·克里斯蒂自传》,詹晓宁等译,新华出版社1986年版,第193页。

的凡人的动机。爱的指向和被爱的理由是全然相反的,这样的爱又怎能真正结合在一起?事实上,福斯卡在其他异性眼中一点儿优势也没有,倒经常因为不会死去而平添一份失意的惆怅。小女子贝娅特丽丝宁肯为不顾生命危险身先士卒、冲锋陷阵的普通男人安托纳的英勇行为而喝彩,也不对福斯卡的相同举动青眼相加,理由很简单:"您可以活上千千万万个人的生命,您为他人作出的牺牲便算不了什么。"他收获了生命上的长生不老,却在一个平常女人面前失去了起码的机会,后者推开他爱情的双手时责怪道:"两只永远不会腐烂的手抚摸我,我受不了。这叫我害臊。"因为只有两个会死的人才会相爱,才会在肉体和灵魂上都倾注彼此的真爱。福斯卡十分孤独,他亲口承认,这么多年来没感到自己活着:"如果生仅仅是为了不死,为什么要生呢?"他不是成了这个星球上孤零零的一分子吗?

同是对死亡题材的探索,《白噪音》则将时代背景移到了二十世纪中后期的美国后现代社会。故事讲述了"希特勒研究系"主任格拉迪尼教授一家在一次空中毒雾事件前后的表现。格拉迪尼和第四任妻子芭比特以及四个子女在铁匠镇过着日复一日、琐碎平庸的后现代消费生活。某日,人们自己造成的后工业科技社会格局,终于回过头给人们自己带来了灾难,一种名叫尼奥丁衍生物的有毒化工废料大量泄漏,引起包括格拉迪尼一家在内的小镇居民极大的恐慌,政府试图掩盖真相,居民们纷纷逃亡,格拉迪尼在逃亡过程中由于下车加油而不慎在毒雾中停留了几分钟,埋下了死亡的阴影。直到技术人员出动军用飞机进行高科技干预,向空中的毒雾喷洒转基因微生物试图吞毒,事件才告一段落。经此一役,男女主人公开始时刻受到死亡恐惧的困扰,为获得服用后可以永远不死的"戴乐儿"药丸,芭比特不惜出卖肉体,与药丸研制者进行性交易,而格拉迪尼在得知真相、枪杀情敌后,也因体内致命毒雾的残留,陷入了对死亡的惶惶不可终日和对"戴乐儿"药丸的空前痴迷中。

两部小说都以其对死亡问题的深刻探索而给人强烈的震撼。对前者来说,自然规律不可抵抗,一味幻想永远不死,只能是逃避生命的软弱精神体现。永生其实是一种折磨,它让希望变得轻飘,让梦想变得廉价,让原本应当予以珍视的宝贵生命,在无休无止的延长线上堕入虚假的真空,一切都会由此失去动力,生活在真实阳光下的凡人为福斯卡指出一条得救之途:努力去做个普通人吧。一个会死的人才有甜酸苦辣和爱恨情仇,才会选择自己的人生道路,反抗种种贱视生命的行为。一个不会死的人则只能沦为生命的奴隶,只能被生命推向冷漠与遗忘。比起生老病死的宇宙规律来,长生不老无异于一出可怕的骗局和悲剧。小说结尾,福斯卡一步步走向天涯,天涯却一步步后退,天边那总也为他让道的浮云,在眷顾他的同时也抛弃了他,使他的双手永远空空如也。这隐含着小说家的深刻批判力量。对后者而言,威胁着人类生存的死亡灾难,属于人类过度开发自然界酿成的恶果,由人类一手导致,罪魁祸首是人自己,人便应当及时痛悔和果断觉醒,奋起而拯之,否则,只能是逃避责任的无知精神体现。小说进入故事高潮之际,格拉迪尼的同事默里说出了"知识和技术的每一个进步,都会有死亡的一个新种类、新系统与之相匹配"这样启人深思的洞察之语,主人公也吐露出"科学的进步越巨大,恐惧越原始"这样的幡然悔悟之言,这也隐含着小说家的深刻批判力量。两部小说都在深刻回答"应发生者为何",正是这种隐含的评价性,成就了两者的人文品格。这对例子证实了一个道理：女性写作在涉及人生哲理的思辨深度方面，并不天然弱于男性，甚至每每有高出后者一筹的表现。

　　有人也许会问：相对而言，女性写作是不是容易流露出更多的自恋意味？客观的回答是，女性写作有自恋但更有自审。仍不妨来举例对比两部出自女性之手的作品。在法国才女萨冈的《你好，忧愁》与二十世纪三四十年代我国女作家苏青的《结婚十年》这两部同为女性人生回忆、带有浓郁自传色彩的小说中，我们不难品尝到一种共同的情感：淡淡的忧伤。可经过细读比对，假如多数读者觉得前者青春叛逆的字里行间，总也不免将一份过于自我化的自恋情结自曝于聚光灯下，相反，后者不疾不徐、温厚克制的叙述文字却更因其真挚而打动人心时，促使我们形成如此不一样判断的原因，来自情感的两种走向：或从主观到主观，驻留于主观，未被积极语言化；或从主观向客观逐渐生成，使叙事逻辑中尚待被发现的事实一跃而出，使叙述逻辑溶解于其中的身体性常识有了透明载体，被积极语言化了。这就是自审的成功，它向女性写作注入了不同于自恋的温暖成色。

　　其实，陷入自恋的窠臼，并非女性写作独有的现象，在男性写作中常常也能见到。如当代长篇小说《施洗的河》，讲述二十世纪四十年代毕业于医科大学的主人公刘浪在做出种种世间罪恶行径后，终于走向了神的怀抱的过程，近乎通常所谓的灵魂洗礼和浴火重生。刘浪童年时代生长在乱世中一个少情少爱的家庭，成人后继承父业，成了蛇帮头子，在南方某城镇不择手段地贩卖烟土、杀人越货，和龙帮争斗，成为黑社会一霸。最后，在经历了无数波折后，他受到一位《圣经》女信徒感召，找到了彼岸的精神皈依之所。十分明显，作品在结构上大体呈现为由"恶"趋"善"这样一种二元嬗变格局。但正是在此，我们倍感疑惑。究竟是什么让文质彬彬的医科大学生刘浪一夜之间变成了杀人不眨眼的蛇帮头子？对这一根本动机，小说没有任何有力的展示，刘浪"恶"得没道理，这使他向着"善"转变的可能性失去了动力，"善"与"恶"两元都因为缺乏合理的动机而变得很模糊，导致整个小说在结构上无法成立。对此，仅用子承父业来解释是难以令人信服的，因为血缘上的继承必要性代替不了人性上的复杂可能性。诚然，变成了魔王的刘浪对如玉讲过"我就是一个土匪，不是什么才子"之类的豪言壮语，但我们看到，小说在叙述中也曾对刘浪作过本性多疑、"极端自私而胆怯"之类的性格揭示，就是说刘浪本性上不是坏人，那么他何以会忽然如此不可救药地堕入了魔道呢？一句"本能的积累"能说明问题吗？不能。恰恰相反，在归诸本能的做法中我们读出了小说家在动机问题上的软弱无力。小说高潮部分，面对自己灵魂上的累累罪孽，坐船漂流的刘浪有一段呼天抢地的自我拷问："天哪！如果真有一个神灵，我要问你，为什么你要把我带到这样一个地步？我不是有万贯家财么？我不是活得好好的么？"这段拷问，以刘浪的情绪发泄形式表现出来，却并没有让我们看到一丝一毫的反思（姑且不说反思所得的答案），而是把追究动因的工作不负责任地推卸给了我们，对这种给不出合理动机、缺乏清醒检审机制的放纵性拷问，读者只感到厌恶。要言之，小说缺少起码的合理逻辑路线，其由"善"转"恶"的结构只是推销小说家自身某种理念的生硬之举罢了。让这样的男人一夜间悔悟并步入"施洗的河"，是对宗教精神的误解，作者在回答别人关于"刘浪由恶棍变成为宗教徒是不是太快了点、太简单了点"这个问题时曾表现得相当自信。① 事实果真如此吗？ 其实，宗教精神不仅反对轻浮玩世，也反对沉重恨怨，抱怨心态是反宗教的，从不反省自身行为的刘浪即使再呼天抢地，也谈不上多少被神宽恕的理由，特别是，"假如他不是一个够广大的人，因为他是好圣徒，他也许比假如他还是俗人之时看来似乎更琐细、更可鄙"。② 被高度理念化了的刘浪，对此提供了形象的例证。由这个例子看来，走出自恋，是女性写作与男性写作都需要面对的共同问题。

五、女性主义的中西对比

既然女性主义是先兴起于西方，后逐渐影响至中国的理论，那么，西方女性主义与中国女性主义有区别吗？ 回答是，两者在路向上是相反的。

在西方，第二次女性主义思潮在 1960 年代兴起的动因，是妇女由于失去就业权利而回归家庭并由此引发的抗争，其诉求是要冲破男权导致的家庭化樊篱而获得自身的合法独立。可在中国，同样是 1960 年代，妇女却不但未曾面临在男权压制下回归家庭的局面，相反，正好走出着家庭，与男性实现着同工同酬，并在精神上与男性同样并肩作战，以平等的主人翁姿态出现在历史境遇中，并未陷入西方同时代女性所陷入的那种困境。由于这种反向，女性主义在西方因妇女走出家庭的强烈愿望而具有迫切性，女性主义在中国却更多地作为学术研究的工具而存在。杨绛的小说《洗澡》中关于当代中国知识女性的生动描写，便证明着这种特征。在分析中西方不同的女性文学作品时，对上述区别的遮蔽，同样可能使我们产生误读，而值得加以辨析。

 ［本章拓展思考题］||||||||||||||||||||||||||||||||||||||||||||||||||||||||||||||||||||||||||

一、请任选以下两题之一，完成一篇文章。

1. 你对现行中学语文教科书中的篇目满意吗？ 请运用建构主义理论，详细设计一套你心中更为理想的中学语文教科书的篇目，并说明理由。

2. 目前中小学语文教材的课后思考题设计，是否令你感到满意？ 请分析并阐述你的看法。

二、得知你正在学习文学理论，一家出版社想邀约你编写一部面向普通读者们的书——《文学的读法》，你愉快接受了这个任务。请为此书设计出基本写作内容与思路。

三、一方面，新历史主义主张历史的意义在于对历史的理解与解释中，有人据此认为，历史可以被合法地戏说，你认可这一态度吗？ 另一方面，新历史主义的上述立场又并非人人赞

---

① 北村：《文学是表达内心的方式》，见姜广平编《经过与穿越》，广西师范大学出版社 2004 年版，第 77 页。
② ［美］威廉·詹姆士：《宗教经验之种种》，唐钺译，商务印书馆 2002 年版，第 368 页。

同,不少历史学者仍坚持在查阅原始档案等实证工作中努力还原历史的真相与原貌。对这两种不同的态度,你赞成哪种? 请进一步搜寻并阅读相关理论著作,在深入研究的基础上作出你的详细阐释。

四、有没有可能来独辟蹊径地撰写一部《女性文学史》,就像已涌现出的《女性词史》等著作那样? 请阐述你的构想。

五、如果以后殖民主义的立场来看待诺贝尔文学奖,你认为能否产生新的发现? 环绕着这个奖项的权力因素,在你看来可以得到某种程度上的解释与评价吗?

六、请以一些西方人描叙中国人形象的著作(如罗素的《中国问题》与明恩溥的《中国人的素质》等)为例,分析阐述其对中国人形象的勾勒是否客观公正。反之,若请你模仿一位著名学者当年在牛津大学所作的学位论文《十七、十八世纪英国文学中的中国》,你有撰写中国某段时期文学中的其他国家形象的学术念想吗?

七、请任选以下两题之一,在比较中作出你的评论。

1. 钱锺书与杨绛的文学创作

2. 汪国真与席慕蓉的文学创作

八、除本章所论之外,你还能发现性别写作所存在着的其他问题吗? 请结合具体例证,继续推进对这一问题的思考。

九、请任选以下两题之一作答。

1. 你认为,一部文学史的内在推动力究竟是内容还是形式? 请阐释你对这个问题的见解。并请尽量避免这样的看似全面的废话:"文学史的发展,来自内容与形式的统一。"

2. 基于文学史在被建构过程中的权力效应,应该说,古今中外都有被现有各种文学史所忽略了的作家。请以"文学史上的失踪者"为有趣的议题,进行深入考察与研究。

十、从建构主义的立场看,知识分子并非像我们有时坚信的那样远离功利,恰恰相反,知识分子也始终在利益的驱动下安身立命,被各种权力因素建构着而难以避免功利性。在你看来,这是知识分子精神的进步还是蜕变? 你能结合相关现象对此作出深入的阐释,并以此为知识分子下一个尽可能合理到位的定义吗?

 ［本章进一步推荐阅读］

1. 赵俊贤等:《中国当代文学发展综史》,文化艺术出版社 1994 年版

2. ［德］顾彬:《二十世纪中国文学史》,范劲等译,华东师范大学出版社 2008 年版

3. 程锡麟、方亚中:《什么是女性主义批评》,上海外语教育出版社 2011 年版

4. 苏青:《结婚十年》,中国妇女出版社 2015 年版

5. 杨绛:《洗澡》,人民文学出版社 2022 年版

6. ［丹麦］卡伦·布里克森:《走出非洲》,周国勇、张鹤译,译林出版社 2021 年版

7. ［英］阿加莎·克里斯蒂:《阿加莎·克里斯蒂自传》,王霖译,新星出版社 2017 年版

8. ［美］爱德华·萨义德:《知识分子论》,单德兴译,生活·读书·新知三联书店 2020 年版

9. ［美］塞缪尔·亨廷顿:《文明的冲突与世界秩序的重建》,周琪等译,新华出版社 2018 年版

10. ［美］刘禾:《跨语际实践》,宋伟杰等译,生活·读书·新知三联书店 2021 版

第十二章
文学与文化

　　现代政治既然以权力的建构为实质,它便直接导致文学理论的当代形态——文化研究的兴起。二十世纪中期以来,文化研究(Cultural Studies)在西方迅速崛起,对传统文学理论形成了巨大冲击。而从二十世纪九十年代中期起,文化研究又开始被介绍到我国,国内也掀起了文化研究转向的热潮,诸如视觉文化、空间文化等议题,正成为文学理论研究的新生长点。本章将介绍文学与文化的关系,在文化研究的新视野下深入观察文学的新命运。

一、何为文化

关于什么是"文化",迄今学术界并未达成一致意见。据国外某些学者统计,目前有关文化的界定约有三百余种之多。文化研究所说的文化,在相对的意义上具有某种公认的理解,那就是指生活方式。我们生活在一个由图像、网络、传媒、短信与其他各种生活方式共同构成的新时代,这些生活方式即文化。可见,它既不同于日常所说的"有文化"与"没文化"(指识字与否),也不同于一些狭义的历史性理解(如我国 1980 年代曾出现过的"寻根文化"),而是对人类生活方式的理论概括。

文化研究是从何种根本角度入手展开关于文化的研究的呢?回答是语言。众所周知,在马克思主义看来,人与动物的根本区别在于制造工具与直立行走,这种根本区别进一步带出着现代思想对人与动物的派生性区别的研究,那就是有无语言符号建构能力。德国哲学家卡西尔对人的定义是很著名的:"我们应当把人定义为符号的动物来取代把人定义为理性的动物。只有这样,我们才能指明人的独特之处,也才能理解对人开放的新路——通向文化之路。"[1]这种文化性不建立在别的基础上,而牢牢地建立在主动、积极、自觉地操作语言符号的基础上,人是文化的动物同时便意味着人是语言的动物。

理解了这点,才能对一些看似结论早已水到渠成的问题,作出富于合理论证通道的阐释。比如为什么人们总是说,动物没有梦想而单凭本能维持生存,人却有梦想?现在可以透彻地找到解题的关键。这就是因为动物不具备自觉操作语言符号的能力,这种能力只有人才拥有,而当人唯一地拥有操作语言符号的能力时,鉴于语言作为符号系统的替代品性质,这决定了去替代就是去想象和建构一个此刻尚未出现,将来却可能出现的新世界,即梦想。我们对于诸如此类的理论问题的清晰思辨,显然便来自对"文化"基本内涵的准确理解。

既然语言不直通事物,而是作为符号替代着事物,我们在语言中谈论事物乃至整个世界,便只能谈论语言对事物的创造,英国现代文化理论家斯图亚特·霍尔称这种创造过程为"表征"(representation),认为事物本身并无先验现成的意义,意义是被语言符号所生产、建构出的生成性结果,对意义的探讨需要采取建构主义方式,"意义并不内在于事物中。它是被构造的,被产生的。"[2]因为语言作为符号系统既然无法指及事物,它被人理解的可能性便来自它自身,来自它的语词排列组合所带出的、在同一种语言共同体中可供区分(辨别)的差异,这种可辨别的差异是各种意义创造的源泉。这样一来,二十世纪思想开始更为注重凸显语言结构形式本身的创造性,并进而引出文化叙事的蓬勃兴盛,就都是顺理成章的事了。根据霍尔的概括,这种发展走向又大致可分为内外两条途径,偏于内部的途径是基于索绪尔语言学、主要由罗兰·巴特来进一步完成的语言-符号路向,偏于外部的途径则是基于福柯话语权力理论、也包括本雅明等重要思想家在内的历史-权力路向,两者的共同特征是"与其说反

---

① [德]恩斯特·卡西尔:《人论》,甘阳译,上海译文出版社 1985 年版,第 34 页。
② [英]斯图尔特·霍尔:《表征:文化表象与意指实践》,徐亮、陆兴华译,商务印书馆 2003 年版,第 24 页。

映着我们已经具有的认同还不如说是在告诉我们可以变得具有什么样的认同——以及如何能够具有这样的认同"①,即洋溢着鲜明的建构动机与背景。

这形成了文化研究的基本性质:分析一个对象被符号建构的过程。具体包括两方面:一是从内部揭示意义如何形成;二是从外部揭示话语权力如何形成。它们分别引出了文化研究的内应与外因,确定了我们接下来的分析次序。

二、文化研究的内因:语言-符号

文化研究具有内外两方面的形成原因。我们首先分析其形成的内因,那就是基于"语言论转向"的语言-符号路向。

传统思想的基础是自然语言观。它视语言为表达的媒介工具。当我们认为先有一张桌子,然后有个叫作"桌子"的语词对其进行命名,便是在践行这种自然语言观:语言的说法是对事实的命名对应。自洪堡、索绪尔以来的现代语言学,以确凿的证据证明了自然语言观不可靠。因为语言并非反映世界的透镜,而是不具备实质性的符号及系统:首先,作为发音的shù与这棵树之间不存在对应关系,我们也可以指着这棵树说"这是一条yú",这不改变这棵树的存在;其次,作为概念意义的"木本植物的通称"也以其抽象概括性而与这棵具体的树无关。这表明语言作为符号不指及先在于、外在于自己的事物,或者说并没有先在于语言与外在于语言的事物,事物就在语言中存在着,语言中的事物才是有意义的事物,脱离了语言的事物是无意义的。这告诉了我们一个深刻的道理:当我们谈论"一件东西是什么"的时候,无法离开"这件东西被说成了什么"这个必然相关的问题而凭空进行,相反,后一个问题决定了前一个问题的合法性。对事物的理解同时意味着它在语言上的被把握,它被说成了什么的问题,即被建构出了基于语言的何种符码的问题,也即是个建构问题。要揭开一种事物的真相,于是得来拆解这个语言符码。索绪尔的这个语言学发现,由此成为文化研究在鲜明的建构性范式中展开自己的思想渊源。

接着索绪尔开创的上述思想源头,法国现代思想家罗兰·巴特在《神话修辞术》等著作中进一步发展出符号学理论,为文化研究的解码性奠定了最重要的基石。罗兰·巴特尊重并接受索绪尔有关语言是一种符号的观点,但认为仅如此尚且不足以发挥这一语言学发现的思想潜能。在他看来,索绪尔关于语言符号性的揭示,还只是在处于表层的"一级符号系统"上讨论问题。他试图在此前提下进行的理论拓展,是把语言符号进一步提升为神话符号,也就是创造性地促成"一级符号系统"向着更高更深层面的"二级符号系统"跃迁,并观察意义在这个过程中发生的变形。具体地说,语言能指与语言所指构成语言符号,成为一级符号系统,罗兰·巴特指出,从一级符号系统进到二级符号系统的关键,在于一级符号系统中

① [英]保罗·杜盖伊、斯图尔特·霍尔、琳达·简斯、休·麦凯、基恩·尼格斯:《做文化研究——索尼随身听的故事》,霍炜译,商务印书馆2003年版,第40页。

那个作为结果的符号，被部分抽空所指、保留能指，这个旧能指再与新所指共同构成二级符号系统中的符号，此时，该符号已不再是语言符号，而变作神话符号，可图示如下：

　　一级符号系统中的旧所指如何变成二级符号系统中的新所指？罗兰·巴特解释道，这源于前者中意义发生了部分变形与夸大畸变。以"水"这个语言符号为例。如果淡化该词作为"一种氢氧化合物"的字典中的词义（淡化当然不等于完全取消），而保留下它的流动性、光滑性与柔韧性等偏重感性质素的意义，此时，作为一级符号的"水"的某个部分的意义被抽空，另一部分的意义则被保留。之所以被保留下，是因为这部分意义迎合着神话制造者的企图，有进行凸显与强化的利用价值。在这第一步工作的基础上，神话制造者继而进入第二步工作。他再对水的上述感性质素进行蓄意的夸张，那被部分保留下的流动、光滑、柔韧性能，被和人的皮肤质量挂上钩，被说成人体皮肤的保护神，在这样一种勾连中，流动、光滑而柔韧的水的护肤功能被抬到了极致，水的意义被上升到滋养生命、与人的青春须臾不可分离的本体高度。此时，二级符号系统中的新所指应运而生。它与原先的能指共同溶解成一个新符号"水"，这个新符号意味着"能让你今年二十明年十八的忘情水"。它是个神话符号。因为它渗入了夸大其词的流行色彩，试图通过一种经过蓄意加工、改造的事实去成功俘获观众的心，和远古神话在说谎的实质上相一致。我们会发现，这个神话符号的载体是一则主要面向都市女性的高级护肤液广告，从中运作出的是广告商去征服这一潜在消费者群体、最大限度实现商品利润的鲜明商业意图。意义的上述变形成功地讲了一个故事，而这个故事的背后存在着神话制造者的某种企图。这就是现代神话所热衷于玩弄的意义变形游戏。巴特的这一神话分析，由此深刻揭示出了"潜藏于以话语为表现形式的文化意义之中的利益"[①]，解开了形形色色文化现象的语言符码。

　　显然，这种分析是在比索绪尔更为宏阔的社会文化视野中展开的，用意首先是有力揭露资产阶级的意识形态。《神话修辞术》一书作为巴特专栏文章的结集，剖析了摔跤、拳击、新闻、广告与运动比赛等一系列资产阶级生活主题背后隐藏着的权力符码，触及着它们作为现代大众神话的、无形中操纵着现代人生活方式的真相，揭示着现代大众文化的深层运作机制。拿新闻来说，第一章曾讨论过文学进入新闻的问题，其实，新闻与文学的杂交可能，归根结底是因为新闻在某种程度上是一种当代神话。罗兰·巴特曾把社会文化、特别是大众文

① ［美］乔治·E.马尔库斯、米开尔·M.J.费彻尔：《作为文化批评的人类学：一个人文学科的实验时代》，王铭铭、蓝达居译，生活·读书·新知三联书店 1998 年版，第 161 页。

化的符号操作所产生的产品,都称为"今日神话",指出在今天,人们通过广告、体育明星、影视明星、故事甚至新闻报道生产神话,今日神话不再像古典神话那样具有超自然的载体与幻想性的对象,但在把流行观念置入形象,使之具象化并体现出深层权力结构方面,两者是一样的,即每每让人们放弃警觉而接受其喻示。以解析文化运作深层奥秘为旨归的文化研究,顺理成章地以这一理论为自己的重要源头。文化研究的实践,如视觉文化问题、民族身份问题、旅行文化问题、亚文化问题与身体文化问题等,正不断地验证着这一理论的丰富效能,而从语言-符号路向上提供着解码的可能。

运用这种符号学方法,罗兰·巴特告诉我们,文学艺术中的形象与故事,其实都是符号精心操作的产物,而非自然的事实。这种关于符号的精心操作,是在作品深层结构层次上进行的,人们看到的只是这种操作的表层结构和表面效果。巴特将叙事作品视为一个宏观句子,用来自索绪尔的语言学方法探究其深层结构,发现叙事作品的深层结构类似于句子的结构,都由分布关系与结合关系这两种基本关系组成,前者是叙事要素的横向展开,相当于语言的连词成句程序,必须符合毗连性原则,后者则是使横向展开的序列纵向地产生出意义,相当于语言的选词程序,必须符合对应性原则。一部叙事作品的纵向轴分为功能层、行动(人物)层与叙述层等三个层次,每一个层次包含分布与结合的双重运作,而较低的层次又通过垂直轴与上一个较高的层次相结合,生发出意义。以功能层为例来看,支配其运作的是两组单位,即属于分布类的"功能"与属于结合类的"标志",其中"功能"以"序列"为自身的句法,内部还可分出若干级次,如"喝水"这样一个"序列"由"拿茶杯—喝水—放下茶杯"组成,该"序列"又是上一个更大的"序列"——"等待"中的一个环节,而"等待"又由"进大堂—坐下—喝水—张望"等构成,从而,喝水的意义得联系上一层"等待"的"序列"才能得到完整的理解,"标志"则是意义方面的暗示,比如"喝水"可成为"佯装镇定"的标志。整部叙事作品娴熟地对这些深层结构要素在横向情节连接轴与纵向意义暗示轴两个方向上进行操作,令人把它试图给予的东西当作自然的东西接受。这其中就悄悄包含了叙事作品的"纯逻辑的现象"[1]:事件每一环均自然相扣,结局在作品中显得难以避免,具有充分的必然性,其意义则正是作品企图暗示的。这样一来,作品打算推销的意识形态或某种伦理价值就获得了合法性,故事显得像真的一般。当一则广告向观众宣称"人一生有三分之一在睡眠中度过,所以选择一床舒适的羽绒被是多么重要"时,它不动声色地通过符号操作将前者包裹在罗兰·巴特所说的"纯逻辑的现象"之中,通过"把叙事作品的语境的编码尽可能严严实实地掩盖起来"而掩盖了动机,[2]使"所以"一词转折出的前后环节因果紧扣,令结论在作品中显得难以避免,使得"事实看起来是自己指谓自己,完全是自明的"[3],从而令作品企图暗示与推销的某种意识形态或伦理价值暗度陈仓,得到顺利的实现。在《神话修辞术》与《叙事作品结构分析导论》

---

① [法]罗兰·巴特:《叙事作品结构分析导论》,张裕禾译,见伍蠡甫、胡经之主编《西方文艺理论名著选编》下卷,北京大学出版社 1987 年版,第 500 页。
② 同上书,第 499 页。
③ [法]罗兰·巴特:《神话修辞术 批评与真实》,屠友祥、温晋仪译,上海人民出版社 2009 年版,第 204 页。

等著作、文章中，罗兰·巴特结合丰富的例证，对这一符号学原理作了令人信服的推演。

正因为"纯逻辑的现象"作为语言符号操作的特殊存在，现实中的主体，已无法控制眼前语言的自行展开，他便只能承认主体理性的限度，并沿此积极地与正被自己所发动起来的语言这一新主体对话。罗兰·巴特的名言"作者死了"，颇为形象地澄清了这个道理。所谓作者死了，意思是作者的地位和作用在现代以来的文学活动中逐渐降低了，不像二十世纪前拥有那样高的威望，以至于人们动辄习惯于联系作者生平背景和性格特征等主体性因素，将其作为解读文学作品的依据。作者死了，相应的后果则是读者活了，作者地位的下降必然带来读者地位的上升，我们在后面还将明晰点出这一层现代文学理论的新变。

符号学对"纯逻辑的现象"的揭示，使它不仅能解释各种新兴文化现象与景观，回过头也能解释文学作品中看似纯逻辑发展，实则背后带有建构倾向的情况。不妨也来看具体例子。托尔斯泰在《战争与和平》中写一个沙皇阅兵的场面：

> "我们都乐于效命！"士兵们高呼。国王的御马听见突然的呐喊，猛地往旁边一窜。这匹早在俄国就驮着国王检阅的御马，在奥斯特利茨这个战场上忍受着国王用左脚心不在焉的踢蹬，如同在玛斯广场一样，它听见射击声就竖起耳朵，它既不明了它所听见的射击声的涵义，也不明了弗朗茨皇帝乘坐的乌骓与它相邻的涵义，也不明了骑者所说的话语、所想的事、所感觉到的一切的涵义。

在情节的前后自然关联中，以马匹的顺从姿态，巧妙隐喻着俄国士兵对沙皇专制政权的盲目服从，一个不经意的细节隐喻整体的思想氛围。又如果戈理的名作《死魂灵》，写贪婪成性的乞乞科夫一家家上门收购农奴的"死魂灵"，这晚来到一个地主太太家敲门，管家老婆子应声而起却动作缓慢地来开门，此时小说家对周遭环境有这样的描写：

> 雨点响亮地敲打着木屋顶，雨像淙淙而流的小溪似的流到放在下面的一只大圆木桶里。这当口，一群狗扯直嗓门一刻不停地叫出各种各样的声音来：一条狗抬起了头，拼命地拉长了腔调叫着，仿佛它因此可以得到一笔天知道多么大的赏金似的。

小人物乞乞科夫走东家串西户的最终目的无疑是钱财，收购"死魂灵"于他而言是一条从中牟利发财的不错的渠道，这段文字中，"狗仿佛也像要得赏金"同样是一个成功的隐喻，它显然从对乞乞科夫上门变相求财之举的自然承接而来，属于对故事中已有事件的不动声色的触及，仍浑然一体地符合整个语境。如果说这样的"纯逻辑的现象"还较为明显，那么在另一些小说，比如现代主义小说中，这一现象显得更含蓄。伍尔夫的意识流小说《达洛卫夫人》，叙述平庸议员达洛卫的夫人克拉丽莎在一天里为晚间将举行的宴会买花和作准备的故事，其中有这样一个细节，她从前的情人彼得也上门来了，两人四目含情，心潮起伏，就在这时，她和议员的女儿伊丽莎白扫兴地闯进房来：

> "告诉我，"他抓住她的肩膀，"你幸福吗，克拉丽莎？理查德——"
>
> 门打开了。
>
> "这是我的伊丽莎白，"克拉丽莎激动地说，兴许有点故作姿态。
>
> "您好！"伊丽莎白走上前来。

在他们之间响起了大本钟铿锵有力的钟声，报告半点钟，犹如一个强壮、冷漠、不近人情的青年正使劲地扯着哑铃，忽而扯向这边，忽而扯向那边。

"你好，伊丽莎白！"彼得把手插进口袋，迈步向她走去，一边说了声"再见，克拉丽莎"，便头也不回，迅速走出房间，跑下楼梯，打开外厅的大门。

迟暮美人克拉丽莎和浪子彼得正有旧情复燃的冲动，女儿伊丽莎白的闯入搅了局，彼得不快地立刻离去，大本钟在关键时候响起，恰像无情而不合时宜地打断了俩人的清梦，这同样是一个自然的隐喻，隐喻着旧爱在新欢面前的孱弱与无奈。很明显，这个细节的插入是不动声色、恰到好处的，它毫不生硬地汇入了故事进展的洪流，也归属于"纯逻辑的现象"。岂止西方小说的语言有这种特征，中国小说的语言也如此：

王婆就这样丢下麻面婆赶向打鱼村去。另一个产婆来时，麻面婆的孩子已在土炕上哭着。产婆洗着刚会哭的小孩。等王婆回来时，窗外墙根下，不知谁家的猪也正在生小猪。

这一段节选自萧红的《生死场》，旧日中国东北闭塞小村镇的接生场景中并无多少新生命的欢欣，总陈陈相因地透出麻木和愚昧，人生人，猪生猪，不啻一个痛切而直逼骨髓的隐喻，这隐喻和故事发展环节俨然扣合在一块儿，窗外的母猪的确在下小猪。纯逻辑地发生出来的这个隐喻，同样不使我们觉得隔膜，而令我们感到浑整。

由此证实了前面第十章在分析文学的意识形态时的结论：意识形态不仅具有事实性，也具有价值性。评价作为文学中看不见的深层结构，在表层结构的"纯逻辑的现象"中每每不经意地流露出来：

也许这是因为我已打好了那本书的腹稿吧，我就带着这本书到处走。我像个怀孕的大肚子女人在街上穿来穿去，警察领着我过马路，女人们站起来给我让座，再也没有人粗暴地推我了。我怀孕了，我滑稽可笑地蹒跚而行，大肚子上压着全世界的重量。（亨利·米勒《北回归线》）

乍一看是主人公高度活跃的无意识遐想，想到哪写到哪，意象显得怪异而飘忽不定（把男人想成孕妇，确属胡思乱想），但一个无意中穿插其间的"像"字，让我们看到了小说家的控制，"是"和"像"一字之差，却有着根本区别：前者是脱离了控制力量的纯粹无意识结果，主体处于非对象性的统一状态中，小说家完全变身为"我"；后者却是控制力量的体现，主体处在了对象性的分裂状态中，小说家观看和评价着小说中的"我"，岂非控制吗？这个例子生动地说明，以"自动写作"概括超现实主义小说并不准确，自动性只是外观的表象而已，表现为凌乱的意象和随机的心态等，在看似自动的表层结构底下，依然有着实则主动的深层结构。类似的例子很多：

（1）那时还会是深沉的黑夜。你醒来时会觉得十分不舒服，你的睡眠时时被打断，特别当你不得不一直坐在长椅中间这个不舒服位置上。（布托尔《变》）

（2）我看了看这碗苦酒，然后咕咚咚一饮而尽。我能说什么呢？（张承志《黑骏马》）

（3）后来罗大妈撕开门上的封条，从腰里掏出钥匙开了屋门，把住门框迈过了门槛。

门槛给罗大妈一个生疏的高度,她的脚抬得很有富余,她就像做了一个广播操里的提腿动作,那个动作的要领是大腿抬起,小腿自然下垂,大腿和躯干要形成九十度角。罗大妈以两个连续的提腿动作进了北屋。(铁凝《玫瑰门》)

一个"会"字,暴露了叙述者视角的评价性存在。从达瓦仓递上的这碗酒里,作者分明品尝出了被不幸奸污并生下了女儿的索米娅这些年过的苦楚生活。罗大妈装得若无其事,实则打着自家小算盘,前来鉴定司猗纹家的大房子,为几天后取而代之搬进来作准备,她的一系列看房动作到作者笔下,便是一副深深让人憎恶的小丑模样。诸如此类的例子,都体现出隐性的评价态度。符号学原理对文学与文化,因而具有同等解释效力,值得为初学者所重视。

三、文化研究的外因:历史-权力

文化研究还具有外部的形成原因,那就是仍基于"语言论转向"的历史-权力路向。所谓内部与外部,只是为了说明方便而分开叙述,其实说到底是同一个原因,即语言论这道共同的桥梁,只是针对问题的相对侧重点不同而已。

二十世纪中后期以来的西方马克思主义,尤其是法兰克福学派,提供了对阅读费解性的合法性证明。如在德国思想家本雅明看来,古典艺术的意义是确定的,现代艺术的瞬间性则导致其意义晦涩、不确定乃至费解,这种费解性并非故意为之,实属不得已而为之,因为非如此不足以包含对资本主义现实的批判。这种费解性的具体表现是,使艺术不再建立在传统的礼仪膜拜基础上——就像前面章节中提及的趣味主义那样,而开始建立在政治建构的基础上了。在《机械复制时代的艺术作品》一文中,本雅明认为,随着现代科技与生产力的发展,艺术生产也进入了机械复制的时代,这导致艺术的巨大变革,传统艺术的"光晕"——自律性消失了,例如达芬奇的《蒙娜丽莎》作为一幅传统名画具有神圣不可侵犯的光晕,但现代技术如摄影等却可以使它无限多地被复制,这样,原作不乏权威色彩的自律性就逐渐丧失了,环绕着它的光晕逐渐褪去了。随着传统艺术光晕的消失,艺术原有的功能与价值也发生了巨大变化,艺术的全部功能颠倒过来了,它不再建立在礼仪的基础上,而开始建立在另一种实践——政治的基础上了。前者是人被作品所吸收,去顶礼膜拜作品。后者则是人把作品吸收进来,去对作品进行建构。另一位德国思想家阿多诺也指出,艺术用不完美性、不和谐性、零散性与破碎性的外观来实现其否定现实的本性,这就牺牲了对于完美感性外观的追求,形成了现代艺术区别于传统艺术的费解特征。在这种立场上阅读一部文学作品,我们得到的"享乐,并不是能够符合欲望(即满足欲望)的东西,而是使欲望感到惊讶、超过欲望、改变欲望和使其偏离的东西"[1]。相应地,这便对文学研究提出了"不能总是实践一种与过时的心理学、历史学和语言学密切联系的'文本说明'形式"的新要求。[2] 显然,这两方面折射出的

① [法]罗兰·巴特:《罗兰·巴特自述》,怀宇译,百花文艺出版社 2002 年版,第 85 页。
② [法]罗杰·法约尔:《法国文学评论史》,怀宇译,四川文艺出版社 1992 年版,第 416 页。

费解性都意味着权力的建构，在这种偏于外部的历史意义上，文学便呼唤得到积极的解码。

　　这符合整个现代思想的演进轨迹。十九世纪末以来，思想界的一大重要推进，是对以黑格尔为集大成者的规律（进步）观逐渐开始进行深刻的反思。对此，许多思想家和理论家都发表过中肯的意见。例如，一些思想家认为历史科学并不以自然规律为研究目的，[①]那些称历史具有必然性、信仰历史规律的人是假预言家，[②]进步是一种温和的乌托邦思想，因为它模糊了人本质上之所是和人在生存中之所是，反而不真实地疏远了自己的真实存在，[③]假设出来的历史进步律否定了历史本身，因为它否定了具体事物区别于抽象观念的偶然性、经验性和不确定性，[④]规律只知道一般，不知道个体，是一般对个体的奴役，[⑤]后现代思想家以更不容置疑的态度指出，"更好"这一概念只具备纯主观意义，却无法真实反映事物本质中的任何内在联系。[⑥]文学理论家同样有这种看法，在他们中的一些人看来，"进化"这概念对文学批评而言毫无用途，正如测量光年对木匠而言毫无用途一般，[⑦]某种程度上，进步思想更适合于意识形态上的探讨，[⑧]作者和读者对一部作品含义理解上的前后不同，只说明理解发生了变化，变化却不意味着进步或退步这样一种程度定性，[⑨]艺术中不存在进步，只存在强烈程度上的涨落。[⑩]即使在作家群中，艺术史的进步也被视为错误观念，因为"小说家的雄心不在于比前人做得好，而是要看到他们未曾看到的，说出他们未曾说出的"[⑪]，他无法判定自己比前人更完善，只能判定自己又探索到了一片未知领域。由此可见，对庸俗进化论的反拨，已成为二十世纪思想界的一种共同努力。

　　其实，比起这些存在于思想理论著作中的尽管正确，但却抽象的观点，文学对故事的讲述，不仅在相应的思想容量上毫不逊色，而且因其具体形象的生动性，每每能把这种思想化于无形，巧妙自然地融渗到虚构世界中去，使我们在非哲学、非理论的思考中同样感受到思想的力量。如前面举例提到的波伏瓦的长篇小说《人都是要死的》，在无情解构历史进步论这一点上显得颇为有趣，它甚至通过人物之口轻松道出了进步规律的不可信，小说中，主人公福斯卡叙述自己身世的第四部分，他和玛丽亚纳之间发生了一段平和的争执：

　　　　我一声不出，她又说了，有点不耐烦：

　　　　"您到底在想些什么？"

　　　　"说真的，"我说，"我不相信人会进步。"

　　　　"可是很明显的，我们要比从前更接近真理，甚至更接近正义。"

　　　　"您敢肯定，您的真理与正义要比过去几世纪的真理与正义更有价值？"

①　［德］H. 李凯尔特：《文化科学和自然科学》，涂纪亮译，商务印书馆 1986 年版，第 50 页。
②　［英］卡尔·波普尔：《通过知识获得解放》，范景中、李本正译，中国美术学院出版社 1996 年版，第 247 页。
③　［美］保罗·蒂里希：《政治期望》，徐钧尧译，四川人民出版社 1989 年版，第 180 页。
④　［法］克罗齐：《美学原理　美学纲要》，朱光潜译，外国文学出版社 1983 年版，第 144 页。
⑤　［俄］尼古拉·别尔嘉耶夫：《论人的奴役与自由》，张百春译，中国城市出版社 2002 年版，第 43 页。
⑥　［美］大卫·雷·格里芬等：《超越解构》，鲍世斌等译，中央编译出版社 2002 年版，第 273 页。
⑦　［加］诺思洛普·弗莱：《批评之路》，王逢振、秦明利译，北京大学出版社 1998 年版，第 55 页。
⑧　［法］伊夫·瓦岱：《文学与现代性》，田庆生译，北京大学出版社 2001 年版，第 59 页。
⑨　［美］赫施：《解释的有效性》，王才勇译，生活·读书·新知三联书店 1991 年版，第 18 页。
⑩　［澳］罗伯特·休斯：《新的冲击：写给大众的西方现代艺术的百年历史》，欧阳昱译，百花文艺出版社 2003 年版，第 446 页。
⑪　［捷］米兰·昆德拉：《帷幕》，董强译，上海译文出版社 2006 年版，第 20 页。

以长生不老的驻颜术为参照，福斯卡当然看透了人世间许多思想观念的片面性，他对光晕与幻象——历史进步论的这份怀疑有足够理由为我们所信赖。波伏瓦同样具备的哲学家身份，不妨碍她在小说中自如地借助奇幻事件的描绘对哲学思想作出精彩诠释。这个实例，很好地证明了文学中思想功能的客观存在，表明本雅明所说的打破光晕和阿多诺所说的超越幻象，都共同触及了对规律性及其完美效应的检讨努力，是走在现代发展道路上的文学同样已意识到了的时代主题。

四、文化研究的特征

从以上内因与外因可以看出，文化研究在内容上与形式上都具有自身的特征，这种特征对文学理论的现代发展影响深远。

从内容看，文化研究的兴起，使传统精英文学、文化主导的局面，开始积极向精英文学、文化与大众文学、文化并存的局面进一步转变，尤其是在充分合法性论证的基础上，打开了大众文化的广阔空间。"作者死了"与"打破光晕"这两句话，便透彻地表明了文化研究的这一特征。

近代以前，人类文明处于以神权统治为标志的中世纪，文艺复兴以后，神权得以祛魅，人从过去跪着的状态开始站起来了，自己作主来判断眼前这个全新的世界的发展与走向。人由此发现，无法再用一个类似于中世纪神权的唯一性标准来评判世界，因为世界拥有着不同的领域，每种领域都有自身独特的评判标准，难以用别种领域的评判标准去想当然地评判它。这样，人对世界的认识便提出了划分界限的要求，不同领域之间具有严格的区分所形成的独特界限。界限的划分便使专业化格局在近代以来蔚然成风，各专业领域中具备专业知识的人遂成为专家，他们是掌握着专业知识的精英。相应地，精英的形成便区隔着更为广泛的大众。一个最醒目的标志是康德这位近代思想家对"审美无利害"的强调，这实际上将文学艺术审美活动的合法性维系于精英。随着时空的推进，人逐渐发现这种建立在精英化基础上的近代思想进程，与启蒙运动旨在解放所有人的目标预设是相矛盾的。于是，在不断反思知识精英化的前提下，现代人认为，思想文化应当面向由精英与大众全面组成的所有人，做到这一步便意味着精英与大众的鸿沟须得到积极的消弭，也便意味着精英的退场。文化研究将除文学艺术以外的影视、广告、网络、传媒乃至日常生活中其他新生活方式等被传统精英眼光排斥的、充满大众性色彩的新景观积极纳入自己的视野，展开认真严肃的学理探讨与实践尝试，是人类思想的一种进步。

这种进步突出地体现在对语言论思想的吸收与发展上。近代以来的上述划界、专业化与精英主导格局，其根源在于世界被人分成了若干不同的领域，每个领域都成为需要靠人的特定认识能力去加以认识的对象，这实际上源于主客二分的认识论思路。我们知道，如前所述，这条思路的根本性质是将语言视为传达的工具：先有作为对象的物，后有作为媒介的词。

这也就是前面所说的自然语言观。然而,进入二十世纪以后,这一格局逐渐发生了变化,语言的性质被索绪尔等现代思想家重新进行了估计,其工具性的唯一面目被打破了,任意性被从语言中客观地发现出来。以语言的视点看,便不再存在着过往令人们深信不疑的领域划分,因为无论哪种领域,都有一个被语言说出的问题与根本前提,离开这个根本前提空谈它们的所谓界限差别是无意义的。这样,也便只存在着唯一的,当然也更高更深的领域——语言的领域。跨学科、跨专业由此成为现代思想特别是二十世纪中后期以来的现代思想的特征,这也正是文化研究的特征。文化研究以解码性为自身鲜明性质,所解之码正是那个必然被语言说出着的权力符码,这种权力符码由内到外地包含着跨学科、跨专业的复杂因素,呼唤文化研究投入丰富的智慧来拆解它。

从形式看,文化研究既然旨在解码,便具有十分突出的批判性。批判不是说坏话的意思,而是秉承了康德以来的思想传统,指弄清一种知识何以可能。因此,它是在哲学的意义上被使用的一个学术概念,是建立在严格思辨基础之上的评价,即先清楚地认识,后清醒地评价。

对文化研究来说,这种批判性便相应地体现为两个层面。首先是从学理上透彻地搞清楚这些正展开于我们日常生活中的文化景观的实质,弄懂它们何以如此形成的道理。前面介绍的罗兰·巴特有关文化意义生产过程的符号学分析,便对此作出了示范。其次是在明确其何以如此然的基础上,对其作出必要的评价。罗兰·巴特并未因理论研究对象是现代大众文化现象,便无原则地倒向对之的认同,相反,他深刻反思着今日神话的失常之处,并对其进行了建基于细致学理分析基础上的批判,指出关于商品广告的研究可能由于立场的不同而造成所揭示的内容在本质上的区别,因为与今日大众神话有关的人可分为三类,一类是神话生产者(广告商),另一类是神话接受者(消费者),再一类是神话批判者(知识分子)。其中,知识分子理应是神话的批判者,有责任担当起对今日神话运作机制的批判任务,可是如今的现实生活却让我们看到,人文学科有关广告的讨论每每充斥着神话制造者的立场,关心的是如何产生出好的广告效应,以调动消费者购买商品的积极性,这就使本应以反思与批判为己任的知识分子成为广告生产者的同谋,失去知识分子应有的使命感。上述两个层面合起来,导致文化研究的批判性特征:揭示一种文化现象如何可能,并赋予其具有现实针对性的价值评判。

文化研究的上述基本特征,在推陈出新的意义上,为文学理论的现代发展注入了新鲜的活力,可谓文学理论研究的新生长点。

五、文化研究对文学研究的影响

文化研究兴起后,对传统文学研究产生出了怎样的影响? 这种影响是消极的冲击居多,还是积极的激活居多呢? 面对文化研究的兴盛,文学研究何去何从? 这些尖锐的问题是摆在现代文学理论面前的、亟待我们作出反应的时代议题。可以从整体性影响与个别性影响两方面加以考察。

先考察文化研究兴起后对文学研究的整体性影响。应该首先交代的是,这里追问的"面对文化,文学何为"是在相对意义上两种研究范式产生区别的情况下而言的,并不与"在整体上文学可以包含在文化中"这点相违背。因为很显然,以历史的绝对视点看,文学与文化不截然对立,也是一种生活方式。但以现实的相对视点看,文化研究又确实牵引出了文学的命运走向问题或生存危机。在此语境中出现了下面三种代表性反应。

第一种是相对显得悲观的反应,认为文化研究既然将传统文学研究未曾触及的各种文化现象如影视、广告、网络与传媒等都纳入研究范围,便在对象与方法上都宣告了传统文学研究的边缘化命运甚或终结危机,简言之,相信文化正在并应当取代文学成为研究的焦点,即相信文学早已由于风光不再而成为明日黄花,即将退出历史舞台了。这种反应从而可以被概括为"文学终结论"。

其实,"文学终结论"在形式上的首次提出并不始自当今,作为其雏形的"艺术终结论"早在十八世纪便已由黑格尔率先表述出来了,尽管他宣布艺术行将终结的理由与文化研究的上述旨趣并不相同。黑格尔从自己有关艺术的分类出发,将人类艺术按理念在感性中的显现程度分为由低到高的三种基本类型,即以物质压倒精神为性质的象征型艺术(以建筑为代表)、以物质与精神相平衡为性质的古典型艺术(以雕刻为代表)与以精神压倒物质为性质的浪漫型艺术(以诗为代表)。从这个顺序表看,似乎诗(文学)在黑格尔心目中地位甚高而不至于面临终结的境遇。然而黑格尔最终宣示,这仍不是人类艺术的极致,因为在精神压倒物质的诗之上,还存在着绝对精神主导着的哲学与宗教,它们中精神完全取代了物质而成为理念的最高运动阶段。这样,依据黑格尔的整个哲学体系,他由此认为文学在未来将被哲学与宗教所取代。受到客观唯心主义的思想局限,黑格尔上述宣判的具体理由在今天看来无法成立。但他对文学在两个世纪后趋于边缘化乃至终结命运的预言,在形式上却可谓有某种歪打正着的作用。文化研究兴起后,人们对文学命运走向的悲观理由,在于因看到文学艺术在今天与生活的界限不断趋于着模糊甚至取消的境地,而感到持守那种视文学为超越于日常生活的自律性对象的传统立场已无力应对丰富变化着的现实。我们在今天确实已进入了一个信息爆炸的图像时代,以语言文字为载体的文学作品,正越来越流失着自己的读者,影视文化等更具现代色彩的新景观,极大地冲击着人们的眼球,日渐成为人们更乐于自然接受与展开的日常生活方式。文化研究由此向文学研究提出了颇为严峻的挑战。这就是"文学终结论"的形成背景。

这一反应的积极性在于,充分正视文化现象在今天蓬勃发展带出的新局面,不回避而是去充分理解与应对这种新局面中的新因素与新走向。例如,在文化研究的视野中,影视会不会最终取代文学,便是个需要得到认真考量的问题。国内外迄今在这方面已出现了不少富于启示的有益研究成果,这种研究姿态本身是与时俱进的良性体现,因为按照如前所述的批判性的本义,无论我们试图对正蓬勃展开的各种文化现象作何评价,前提都是首先弄清它究竟是怎么回事,这自然离不开对现状的积极关注与介入。这一反应的局限则在于,描述性大于反思性,迄今仍缺乏科学的理论体系而并不能真正令人信服。按理,作为理论学说的"文学终结论"所推证出的结论应具有普泛性,足以引起整个文学界的重视,可是至少在国内,对这一理论的关注兴趣仅限于小圈子内的文学理论研究者,相邻学科如现当代文学、世界文学与比较文学等从未由此真正感到过自己的研究对象行将终结的危机,而依然如常展开着属于自身领域的一系列研究工作。为何只有文艺学关心所谓文学终结与否呢?出现这种孤芳自赏现象的一个重要原因,恐怕是文学理论界对待这一理论学说的游戏式态度。我们常常只是在现象性、经验性宣示的水准上谈论"文学的终结",却欠缺深入的学术理论研讨,这使其尚难以构成一种严格的理论,无形中将原本理应具备的理论性降低至对经验现象的变相描述,自然无法为相关文学学科提供具有切实反思价值的理论资源了。有鉴于此,这一反应究竟能持续多久,我们仍需拭目以待。

第二种是相对显得乐观的反应,与前一种反应相反,它认为无论现实中的各种文化现象如何层出不穷而日新月异,文学都始终不会消亡,而永远以其无法被影视等别种文化现象所轻易取代的意义与价值,坚挺于任何时代,抵制着时代潮流向它提出的种种挑战。这种反应从而可以被概括为"文学捍卫论"。

具体地看,这一反应主要是通过捍卫文学的经典性来实现的,文学经典在人们看来难以被文化研究新视野所动摇,因为我们作为人仍须追问生存的意义。毋庸讳言,我们今天置身其中的是个"媒体信息和符号制造术四处撒播,渗透到了社会领域,意义在中性化了的信息、娱乐、广告以及政治流中变得平淡无奇"的全新时代,[1]意义在喧嚣的文化现象中日趋式微。但持上述反应立场的人们不相信这是意义的必然归宿,而相信人不同于动物,人高于动物,人生存在这个世界上,体味与享受不同于动物性的生命,这点不会因为时代的转型而改变,他们便热情肯定着文学在寻获人生意义方面所能发挥的重要作用。被他们使用得最多的一种论证途径,是由此高度强调文学经典的重要性。"经典"在西文中的对应词 Canon 意指标准与尺度,即指一种被树立起与奉为标尺的典范,它当然带有鲜明的精英色彩。美国现代文学批评家哈罗德·布鲁姆曾专门著有影响颇为深远的《西方正典》一书,详细讨论自古及今的大量文学经典作品,以此来对抗被他命名为"憎恨学派"的当今文化研究理论,这成为今天同样活跃于文学理论研究前沿的一种声音。这种声音意在努力捍卫文学经典中的真理力量与道德力量,把两者看成恒定的,坚持认为它们在任何历史条件下都不以时代兴奋点的具体转移而消失,而始终发挥着巨大的精神作用。

这一反应的积极性在于,清醒地抵制着伴随文化研究兴起、发展而不可避免同时带出的某些负面因素,从文学作品中汲取养分来及时对现状中的不合理之处进行积极弥补与纠偏,特别是高扬文学经典及其在伦理道德维度上的崇高力量,激浊扬清而正本清源,在净化社会心理、推动社会经济基础的健康发展等方面,发挥着不容忽视的积极意义,这都是值得充分

① [美]道格拉斯·凯尔纳、斯蒂文·贝斯特:《后现代理论:批判性的质疑》,张志斌译,中央编译出版社 2001 年版,第 156 页。

肯定的。对文学研究来说,加强对经典作品的深入研究,使之焕发出典范效应,其意义同样不容低估。这一反应的局限则在于,它在旗帜鲜明地反对前一种悲观论调及作为其后果的"文学终结论"之类呼声的同时,也显然存在着矫枉过正的简单化弊病。因为看到文化现象中隐藏着的某些片面因素,尤其是有感于文学研究对文学的疏离而得出离弃文化研究范式、重返文学研究范式的结论,这样做尽管在某种程度上恰当地呼吁着文学在一个新时代中的、多少显得有些久违的尊严,却毕竟每每以对文化研究视而不见甚或厌恶的情绪性反应来支撑自身合法性,从长远看并非解决问题之道。原因不仅在于人文学术研究始终应当以积极应对当下新的时代现实提出的问题,而非一厢情愿地退回过去,更在于作为这一反应立场主要支撑点的文学经典观念,如第一章所述恰是在"美的艺术"意义上将文学狭义化理解与定位为"纯文学"的产物,它在取得了一批丰硕成果之余,也不可避免地以其狭义而留下从一种极端陷入另一种极端的片面性。例如我们可以针对文学经典观念追问:经典是与生俱来一成不变的吗? 它有没有时代性与地方性? 它又必然承载着伦理道德使命吗? 其实,如前面第十一章所分析,经典是认同与建构的产物,是在权力中生成的,就像"人们可以像莫里哀那样再次提出人的品质问题,但是在威廉·福克纳笔下,人的品质的含义发生了很大的变化。如在其代表作《熊》中,品质已经不是普通的道德标准问题,而是人的心理质量的问题"[1],诸如此类的情况都是需要具体分析的,绝非抽象普遍的概括所能简单定性。有鉴于此,对于这一反应,我们也不妨有自己的客观评价。

第三种则是相对显得中性的反应。与上述两种各执一端的反应都不同,它既不认为文学正在文化的冲击下走向终结,也不认为只要恪守传统文学经典立场便足以应对与解决当前正蓬勃展开于我们日常生活中的各种文化问题,而是认为文学可以以新形态继续在今天存在,与文化合法并存并相得益彰,甚至积极地促成文化的出场。不难发现,前两种反应尽管一者相信文学面临着消亡的命运,另一者坚持文学始终在经典中存在着,两者在默认文学是一个名词这个共同前提上其实是殊途同归的。第三种反应与它们的根本不同处,则在于积极转换与深化看问题的视角,将文学理解为一个活生生的动词。这种反应从而可以被概括为"文学新生论"。

分析起来,这种反应又根据程度的不同而包含着两种具体的表现。表现之一是认为文学虽然面临着文化冲击的压力而在相当程度上被边缘化着,"文学性"却作为一种开放的、不限于文学范畴的独特性质而存在于除文学之外的其他文化现象中,例如微信段子以传统眼光看肯定无涉于文学,而属于新兴的生活方式,但当下又显然大量存在着充满文学性趣味与机智的俏皮微信段子,而十分吸引人,所以手机文化中完全可能具有文学性。这种不乏苦心的辩护,由此为文学在今天的合法性找到了某种理由。应该说,这一辩护有其积极性,提供了文学继续合法存在并发挥作用的一个新颖角度。它当然也有局限,即究竟何为"文学性",实际上仍是个见仁见智的问题,在这种情况下,我们关于问题的谈论就有可能为独断论留下

---

① 徐亮:《显现与对话》,百花文艺出版社 1993 年版,第 70 页。

空隙。比这更为合理的表现之二,则是舍弃"文学性"这一提法中潜藏着的形而上学隐患,直接在明确源流发展的学理基础上,视文学为一个正在活生生进入着广大非文学领域(自然包括文化领域)的、作为活的思想方式在积极起着作用的动词。既然文学事实上正在不同程度地积极激活着非文学活动,它便以一种新的存在方式继往而开来着。

再考察文化研究兴起后对文学研究的个别性影响。引入广义的政治-权力视角深入理解文学后,最为重要的意义出现了,那就是,我们由此看到了对文学的两种基本阅读方式,即审美阅读与解码阅读。用美国著名文学理论家乔纳森·卡勒的说法来比拟,审美阅读的实质是天真的、"鉴赏性的"阅读,解码阅读的实质则是建构的、"表征分析的"阅读,[1]它关心"不同意义之间所展开的斗争是如何反映社会权力的运用和抗争的"这样的带有鲜明政治色彩的问题,[2]认为这关系到文学的合法性问题。这正是文学理论从天真到建构的现代演进历程。

审美阅读是传统视野中的文学阅读方式。它指一个人投身于文学作品中的鉴赏姿态,这过程使人充分享受到阅读的快感与美感,但可能于不知不觉中陷入作品文本的权力符码中,成为作品中权力因素的俘虏。应该说,这是一种大多数人在大多数情况下践行着的文学阅读方式。例如当我们读柯南道尔的《福尔摩斯探案全集》与阿加莎·克里斯蒂的侦探小说时,贯穿始终的真实阅读反应,是沉浸于对悬案与破案的极大阅读快感中而难以自拔、不忍掩卷,从中获得酣畅淋漓的现场体验,而决不会在读它们中任何一部时都首先想到去批判一番"资本主义制度的罪恶与黑暗",诚然,这些作品中的每一部都渲染着罪恶与惩罚,都确实不同程度体现着"资本主义制度的罪恶与黑暗",如果都作那样的阅读,它们无不应验,问题是:会有读者这样阅读它们吗? 这样的阅读又能带给读者积极的接受效应吗? 所以,我们对"资本主义制度的罪恶与黑暗"这个权力背景不以为意,便主要是以审美阅读的方式进入着这些文学作品的,尽管这种进入同时付出着被权力俘虏的另一种代价,两方面在表面上是难以兼容的。

解码阅读则是现代视野中的文学阅读方式。它指一个人在文学阅读活动中主动自觉拆解作品文本中潜含的各种权力符码,以积极反抗隐性意识形态的勘探者面目出现,从而使阅读与批评成为一种解蔽的游戏,但也因此失去了传统阅读与批评所能获得的阅读快感与美感。可以清晰地看出,这种方式与前一种天真阅读的方式正好是相反的。这与前面第五章中所述的布迪厄对康德思想的批判,在理路上基本一致。布迪厄反对康德从自身特定阶级趣味出发而为文学审美规定的无功利的、纯粹的鉴赏态度,认为文学审美总来自特定的阶级趣味,因此不可能完全超脱于功利而变得纯粹。正如阿伦特等哲人精辟指出过的那样,自由是一种客观状态而不是主观感受,当阿Q凭借精神胜利法自以为消除了头上的癞痢时,这种基于主观心理感受的、自以为脱贫致富的感受,虽然尽可以"重在精神,自感是名士是精

① [美]乔纳森·卡勒:《文学理论入门》,李平译,译林出版社2008年版,第57页。
② [英]保罗·杜盖伊、斯图尔特·霍尔、琳达·简斯、休·麦凯、基恩·尼格斯:《做文化研究——索尼随身听的故事》,霍炜译,商务印书馆2003年版,第12—13页。

英"①,却不能掩饰他客观上仍处于奴隶状态这一事实,因为,就像一座金碧辉煌的地狱依然是地狱,一个西装革履的奴才也依然是奴才,"苦难无法使人更高贵,反而使人更卑微。它没有使人超越人本身,却使人称不上真正的人"。② 这给我们的深刻启示是,今天我们阅读文学作品时,未必非得推崇那种静观自得、仅以获得审美体验享受为宗旨的纯粹欣赏态度,也可以走带有分析的理论眼光、进一步以拆解作品密码为宗旨的阅读路线,因为,"满足感情固然是一种快乐,了解事实的真相,以满足求知的欲望,又何尝不是一种快乐"?③ 例如,当我们阅读《三国演义》时,如果着眼于充分感受与体验三国鼎立、群雄逐鹿中原的历史波澜图卷中英雄儿女的传奇故事,我们便处于审美阅读方式中;相反,如果我们在读它时总不断地自觉留心与主动地拆解罗贯中隐伏于这部小说始末的那个权力符码——"尊刘抑曹"(小说中显然屡屡体现着这一权力符码,徐庶之母因儿子投靠曹操而愤然自尽便是一例),则我们一方面由于解码姿态的高度理性色彩,而清醒冷静地比一般读者更深刻地洞察着作品的真相,另一方面也由于解码姿态的高度理性色彩,而失去着审美阅读方式所能自然而然激发出的阅读快感,两方面在表面上也是难以兼容的。

明眼人不难看出,上述两种文学阅读的基本方式,正对应着前面章节中所分析过的人生两重性本体——入场感受与离场反思。相对而言,审美阅读主要从事着入场的观看,所看到之物是场内与人和衷共处,带给人愉悦享受的审美性。与之异趣,解码阅读则主要从事离场的观看,所看到之物是场外由阶级、性别、民族与意识形态等权力因素构成的政治性。在一些学者看来,两种读法似乎是无法兼容的,美国文学批评家希利斯·米勒的看法就很有代表性:"天真的方式与去神秘化的方式是彼此相悖的,一个会让另一个失灵,因此就产生了阅读的非逻辑。"④这着眼于一次性场合中无法同时用两种读法来面对文学作品的情况,恐怕只道出了事情的表面。在深层次上,两种方式内在统一于语言论视野。法国当代思想家朗西埃的一段论述值得重视:"20世纪的批评家,他们以马克思主义科学或弗洛伊德科学的名义,以社会学或机构与观念史的名义,自以为揭露了文学的天真,陈述了文学的无意识话语,并且展示文学虚构怎样在不知情的情况下对社会结构的法则、阶级斗争的状况、象征财富的市场或文学领域的结构进行编码。然而他们所使用的用以讲述文学文本真相的解释模式,却是文学本身所铸造的模式。"⑤这段话清晰地表明,自明(天真)模式与建构(解码)模式,在不相容的表象下仍具实质联系,尤其是点出了"他们所使用的用以讲述文学文本真相的解释模式,却是文学本身所铸造的模式"这个事实,体现出一种洞察的深度。某种程度上,这正是晚近人文社会科学研究进展中合乎逻辑、顺乎历史的文学回归趋势。如同美国加州大学伯克利分校教授多萝西·霍尔所说:"揭露的兴奋——指出在娱乐或审美的掩盖下进行的政治运作的兴奋——已经让位于这样的愿望:对文学,特别是小说的社会价值,以及文学批评家的

---

① 池莉:《真实的日子》,江苏文艺出版社1995年版,第243—244页。
② [英]威廉·萨默塞特·毛姆:《总结:毛姆写作生活回忆》,孙戈译,译林出版社2012年版,第62页。
③ 吕思勉:《三国史话》,中华书局2009年版,第30页。
④ [美]希利斯·米勒:《文学死了吗》,秦立彦译,广西师范大学出版社2007年版,第180页。
⑤ [法]雅克·朗西埃:《文学的政治》,张新木译,南京大学出版社2014年版,第30页。

作用做出积极的描述。"①沿此还原出建构性与文学性的深度关联,还原出文学作为一种活的思想方式的动态涵盖性,将能推进新世纪我国文学理论的建设。

所以,在审美阅读与解码阅读之间,正如在分别作为它们思想背景的天真的文学与建构的文学之间,横亘着一座起深层沟通作用的桥梁,那就是语言论这一现代以来的思想新视野,它大大提升了我们今天在文学理论学习上的深度,使我们把问题贯通起来了。对于广大文学爱好者来说,辩证看待这两种文学阅读基本方式的深远意义在于,认识到文学作品完全可以有不简单定于一尊的、多元的读法,文学活动相应地也具有多种进入的路径。这带出了文学批评的相应多元化,很自然地使本课程的学习进入了文学批评单元。

 [本章拓展思考题] ||||||||||||||||||||||||||||||||||||||||||||||||||||||||||||||||||||||||||||

一、本章中介绍的罗兰·巴特有关对文化意义进行解码的理论分析,其实是一种中性化的符号学分析思路,它也适合于分析文学中意义的生产过程。你能以一些著名的诗句(例如"山气日夕佳,飞鸟相与还")为例,运用这一符号学理论来透彻地揭示其言外之意的产生过程吗?

二、请任选以下两个学术观点之一,详细阐述你同意或反对它的具体理由。

1. 有学者认为:中国当代知识界对大众文化的认识存在着误区,动不动就抬出什么"人文精神",批判大众文化没有"终极关怀",非要把大众文化提升到去除七情六欲的高度,这十分荒唐,大众文化就是大众文化,让它去追求"终极关怀",大众文化就不存在了。

2. 有学者认为:人们今天还在认为文学能救赎真理,但文学自身难道不是正在经历危机吗?今天几乎没有人读诗,也难得有人读小说,我们在看电视、追逐时尚,或吊在互联网上,因而夸大文学的救世力量在今天显得简单化了。

三、曾有电视剧制作人经过深入研究后发现,韩剧在艺术上并无任何可借鉴之处,走的完全是大众文化的商业性路线,它赖以征服观众的主要法宝,其实翻来覆去是爱与慈悲的主题:用慈爱化解仇怨与妒恨,以坚忍换取理解与同情,屈辱者最终经过不懈努力赢得了人们的尊敬,受害者以矢志不渝的爱心令加害者不再一意孤行相反迷途知返,青年男女借助孝心使长辈解除对自身自由恋情所设置的各种阻碍等。这些元素对爱与慈悲的一系列表现作重复演绎,按说看多了便不无似曾相似之嫌,很容易令观众生厌。奇怪的是,韩剧偏偏没有失去观众市场,反而始终在中国与东南亚地区经久不衰,成为无数老中青观众乐此不疲的观看选择。在你看来这究竟是为什么呢?

四、争论影视会不会在未来取代文学的一个重要议题是:文学作品经影视改编后究竟是为原作增色还是反过来削弱了原作?请结合你熟悉的实例,例如作家朱苏进任编剧的有关

---

① ［美］多萝西·霍尔:《小说、叙述、伦理》,王长才译,《英语研究》2016年第1期。

影视作品，对这个饶具兴味的问题详细地作出你的阐释。

五、我们中很多人都会有这样一种微妙感受，即看影视剧时希望同时配以人物文字台词，否则仅看图像，久而久之也会觉得累，同时观看到图像与文字才是大多数人的期待。你有类似的生活经验吗？如果有，怎样解释这种经验？

六、你认为文学究竟有没有雅俗之分？至今仍在流传着的所谓高雅文学（文化）与通俗文学（文化）的区别，果真存在吗？

七、文化研究所倡导与研究的"日常生活审美化"，与我国古代文人注重闲适、趣味化生活的传统格局是否一回事？如果是，今天的文化研究所探讨的问题在我国古代就已有了吗？如果不是，两者的本质差别又在哪里呢？

八、游戏文化和听觉文化，正在成为新的研究领域。如果你作为一名新教师，打算开设选修课"游戏文化导论"或"听觉文化研究"，你将如何来设计课程主旨和具体教学内容呢？

九、人工智能迅猛发展，有朝一日会不会陷人类于前景莫测的未来？面对高科技的汹涌，比如"算法"的兴起，你认为人文学科的前景是否乐观？情感可以被计算吗？请对此作出尽可能有理有据的分析与阐释。

十、比起语言论学理来，本雅明与阿多诺的思想似乎是另一种学术路数。你认为他们的思想主要能为今天的文学研究注入何种生机？请通过深度查阅文献，对这个问题作出回答。

 ［本章进一步推荐阅读］ ▰▰▰▰▰▰▰▰▰▰▰▰▰▰▰▰▰▰▰▰▰▰▰▰▰▰▰▰▰▰

1. 张隆溪：《二十世纪西方文论述评》，四川人民出版社 2023 年版

2. ［美］勒内·韦勒克、奥斯汀·沃伦：《文学理论》，刘象愚、邢培明、陈圣生、李哲明译，浙江人民出版社 2017 年版

3. ［美］乔纳森·卡勒：《文学理论入门》，李平译，译林出版社 2013 年版

4. ［美］希利斯·米勒：《文学死了吗》，秦立彦译，广西师范大学出版社 2007 年版

5. ［德］恩斯特·卡西尔：《人论》，甘阳译，上海译文出版社 2020 年版

6. ［英］特里·伊格尔顿：《二十世纪西方文学理论》，伍晓明译，北京大学出版社 2018 年版

7. ［英］斯图尔特·霍尔：《表征：文化表征与意指实践》，徐亮、陆兴华译，商务印书馆 2013 年版

8. ［英］阿雷恩·鲍尔德温、布莱恩·朗赫斯特、斯考特·麦克拉肯、迈尔斯·奥格伯恩、格瑞葛·斯密斯：《文化研究导论》，陶东风等译，高等教育出版社 2004 年版

9. 汪民安：《文化研究关键词》，江苏人民出版社 2020 年版

10. 陈如江：《古诗指瑕》，东方出版中心 2021 年版

第十三章
文学与批评

文学研究主要包括文学史、文学理论与文学批评三部分，从原则上说，文学批评似乎应与文学理论并立为两个不同分支。但二十世纪是文学批评鼎盛发展的世纪，被称为"批评的世纪"，特别是二十世纪中后期以来的文学批评，事实上已以理论批评为主流，文学理论与文学批评的界限已不明显，所以谈论文学理论的现代进展已难以与文学批评相割裂。在这里，批评(Criticism)不是日常语言中那个与表扬相对立的意思，而指对文学的评论。对文学的评论意味着读懂文学，即对文学进行一定程度上的解码，这是我们把文学批评问题放置在本书下编进行阐述的原因。

从根本上讲，文无定法，文学批评也无定则可循。任何试图迫使文学批评在方法上定于一尊的想法都并不切实。对文学批评，我们需要的是在实践中总结出的、具有运作可行性的具体类型与方法。那么怎样来中肯把握文学批评的代表性类型与方法呢？可以依据美国现代文学理论家艾布拉姆斯在其名著《镜与灯》中提出的文学活动四要素来进行。这四要素是世界、作品、作家与读者。我们不难由此画出一张示意图：以作品为轴心，其与世界的关系构成了文学再现论(文学是对世界的再现)；其与作家的关系构成了文学表现论(文学是对作家的心灵与情感的表现)；其与作品自身的关系则构成了文学形式论(文学是文学作品自身的形式与结构)；其与读者的关系构成了文学接受论(文学是读者对作品的介入、参与与重建)。本章即从世界、作家、作品与读者这四个文学批评分别侧重的维度，来依次讨论文学批评的代表性类型与方法。

一、侧重世界的批评

先看侧重世界的文学批评。这至少包括社会-思想批评与神话-原型批评这两种具体形态。

社会-思想批评是历史源远流长、传统根基最为深厚也最为人熟悉的一种文学批评类型与方法,应该说是初学者从小到大接触得最多的文学批评风格。它的基本特征是从社会时代背景与思想维度入手去解读一部文学作品,把作品放在时代历史的大环境中进行考察,着重发掘其社会思想意义。

追溯起来,这一批评在西方与中国均不乏久远的传统根基。从西方看,十七、十八世纪意大利伟大哲人、历史哲学的一大奠基者维柯,曾从唯心主义立场上提出过"诗源于历史"的论断,为这种文学批评类型提供了较早的理论根据。维柯将人类发展至今的历史划分为神的时代、英雄时代与人的时代这三个基本阶段,[①]三个阶段中分别产生了与各自时代社会特征相适应的文学作品类型,即"各有相应的不同的心理,性格,宗教,语言,诗,政治和法律"[②]。这一朴素思想已以唯心主义的形式,包含了后来被马克思主义创始人用唯物主义改造并发扬光大的社会历史决定论("存在决定意识")因素。到了十九世纪前后,在法国社会学家孔德创立的实证社会学影响下,史达尔夫人、丹纳与朗松等一批文学批评家,都在社会时代的宏观背景中展开对文学艺术的分析。如史达尔夫人在其《从文学与社会制度关系论文学》与《论德国》等著作中,便论证了西欧南北方地理环境、气候条件与风土人情的差异对人们性格气质的影响,以及相应而来的对西欧南北方文学艺术精神风貌的不同塑造实绩。丹纳在其《英国文学史》中也从实证主义的思想立场出发,将文学看成由种族、环境与时代这三个要素共同决定着的精神产品。从中国看,孔子提出的"诗,可以兴,可以观,可以群,可以怨"(《论语·阳货》)等观点,集中肯定着被郑玄疏解为"观风俗之盛衰"的"观"的功能,这显然就是一种侧重强调社会时代条件的文学观念。刘勰在《文心雕龙·时序》中则将"世情"与文学比拟为"风"与"波"的关系,认为正是由于"风动"才导致了"波震",并列举大量事实来阐明"文变染乎世情,兴废系于时序"等道理,推进了文学艺术的社会学研究。这些客观存在于古今中外的观点,都为社会-思想批评的活跃繁荣,提供了理论渊源。

围绕这种文学批评类型,例不胜举。在此以俄国文学批评家别林斯基当年对黑马般横空出世于文坛的普希金的评论为例,来稍加感受一番。除了同样才华横溢的果戈理与莱蒙托夫等作家之外,别林斯基在其彪炳史册的文学批评生涯中,对普希金的文学创作倾注了更多的心力。在具体分析、探讨普希金的文学创作成就时,别林斯基每每是从社会时代历史的宏观背景着眼并入手,例如他热情肯定了普希金作品中洋溢着的强烈现实感,认为其诗篇中的天空是紧紧植根于大地、与大地相渗透的,他还盛赞普希金的不朽代表作《叶甫盖尼·

---

① ［意］维柯:《新科学》,朱光潜译,商务印书馆 1989 年版,第 489 页。
② 朱光潜:《西方美学史》,人民文学出版社 1979 年版,第 320 页。

奥涅金》诗意地再现了当时的俄国社会,并对主人公奥涅金等人的人物性格进行了基于社会学视点的深入挖掘,细致地分析了包括这部作品在内的普希金的文学创作对稍后莱蒙托夫的《当代英雄》以及果戈理等作家的深远影响。又如,尽管李泽厚的《美的历程》影响深远,有学者却批评它在社会历史决定论方面陷入了陷阱,把中国雕塑归为三类型,便直接照搬了黑格尔的艺术三类型说(一以理想胜,一以现实与现实的结合胜,一以现实胜)。[①] 这一批评意见,反过来证实了这部著作的社会历史批评方法。再如刘小枫在《沉重的肉身》中对小说《牛虻》的分析,紧扣人民伦理的宏大叙事与个体伦理的自由叙事的冲突这一点展开,在视野上同样没有脱离社会历史维度。

相形之下,神话-原型批评则是较晚兴起于现代、显得较为新颖的一种文学批评类型与方法。其理论渊源主要有两方面。一方面是神话的。英国人类学家爱德华·泰勒在其《原始文化》中,曾探讨了神话学中的人类学问题。另一位英国现代人类学家弗雷泽,在此基础上提出了"交感巫术"理论,指出在原始人的世界观中,人与自然之间始终存在着某种交互感应,其认为模仿某物并达到某结果,可以使被模仿的事物达到预想中的变化(相似律),操纵某物并达到某种结果,则可以对原接触过该物的人施与影响(接触律),因此,原始人类通过各种仪式活动,把自我的情感、愿望与意志投射到自然中去,达到对对象的控制目的。这一研究有力地揭示出了原始人在思维方式方面的深层奥秘。这种神话化的原始思维方式,又以母题的形式沉淀于人们的心中,而导出了另一方面:原型。现代瑞士心理学家荣格发展了弗洛伊德的个体无意识学说,提出集体无意识学说,认为集体无意识的内容是原型,原型作为人类从远古开始存在并代代沉淀下来的普遍意象,先天地留存在后世每一作为个体的人的心灵中,它虽未被人们直接感知到,却作为潜在的无意识心理成分得到着不同程度的外化,进入着作家的文学创作过程,并经由创作主体的积极激活,而从无意识心理成分(文学母题)积极转化为文学艺术形象。例如我们常常在后世许多文学作品中看到诸如"杀错了人"以及"两个孪生兄弟由于因缘际会而走上相反人生道路"这样的情节,追溯起来,它们都不难从古希腊神话与传说(如索福克勒斯《俄狄浦斯王》一剧中设置的"杀父娶母"情节)中分辨出最初的原型或母题。由此来细致分析原型如何一步步影响后世相关文学创作活动,遂成为神话-原型批评的基本宗旨。

这种文学批评类型的代表人物是加拿大现代文学批评家弗莱。弗莱在其巨著《批评的解剖》中不认为文学是对自然与社会的模仿与再现,而认为文学是神话与仪式的具体体现,他发现《圣经》作为文学结构的源头,影响了后世西方不少文学作品。弗莱从前人的理论中,特别是从生命与自然界的循环运动中得到启发,认为文学的演变也是一种类似的循环,西方文学发展史是回复原始神话的循环。以此为前提,弗莱立足于神话-原型批评的理论基础,身体力行地对文学经验展开积极的批评实践,对二十世纪文学批评从观念到方法,均产生了至

[①] ［英］E. H. 贡布里希:《理想与偶像——价值在历史和艺术中的地位》,范景中、曹意强、周书田译,上海人民美术出版社1989年版,译者序第5页。

今不衰的重要影响。举例来说,新派武侠小说开创者梁羽生脍炙人口的《七剑下天山》,在情节构思上便受到了伏尼契小说《牛虻》的影响,这是为作家本人所承认了的客观事实。复仇,寻宝,孪生兄弟一善一恶地呈现截然相反的人生轨迹,成年后忽然发现自己并不是父母亲生,诸如此类的富于代表性的原型模式,还可以概括出更多,怎样适度吸收它们的长处而吐故纳新,可谓考验文学创作的关键。

二、侧重作家的批评

再看侧重作家的文学批评。这又至少包括生平-性格批评与现象-意识批评这两种具体形态,前者较显传统色彩,后者则较显现代色彩。

生平-性格批评在近代西方与古代中国都普遍存在。它之所以在近代西方成为文学批评在社会-思想路向之外的一种新补充,是受到了十八世纪以来资产阶级启蒙运动与个性解放思潮的影响,这种影响首先波及哲学,以康德、席勒、谢林与费希特等为杰出代表的一大批思想家,开始高度重视人的主体性问题,从正面引人注目地提出了人的情感与心灵等主体性能力。如康德哲学主张主体构造表象,倡导人为自然立法,其美学名著《判断力批判》开篇就指出,鉴赏判断不是逻辑上的而是感性的,其根据是主观的,表象在情感的名义下完全关联于主体。席勒首先将诗人区分为"素朴的诗人"与"感伤的诗人"两类,前者是现实生活的儿子,后者则更注重心灵中引发的情感。谢林与费希特进而强调心灵的创造能力,认为哲学所谈论的东西不是人的外在的东西,而只能是"在自身中被设定"的人自己。[1] 这条轨迹清晰地表明了近代哲学思想对人的内在心灵力量的推重,如前所述,它正是文学表现论的兴起背景。这样,更多地主动结合作家本人的生平经历及其在性格、气质上形成的心理影响,便成为文学批评乐于采用的新类型与新方法。当时影响巨大的浪漫主义文学运动,便涌现出了诺瓦利斯与施莱格尔等一批走在生平-性格批评路向上的文学批评大家,结出了一批文学批评的硕果,余波一直延续到十九世纪与二十世纪,丹麦批评家勃兰兑斯在其多卷本巨著《十九世纪文学主流》开首即宣布"文学史,就其最深刻的意义来说,是一种心理学,研究人的灵魂,是灵魂的历史"[2]。在中国,对作家生平性格的重视更是悠久,早在先秦时期,孟子提出的"知人论世"的主张,便鲜明地包含了这方面的思想智慧,所谓知人论世,即指评价一部作品时不应孤立地就作品而论作品,而应自觉联系作家的人格素质来全面进行,尤其是文学创作,它作为作家全心灵投入的精神活动,就更离不开主体心理能力的积极参与。中西文学批评观念在这点上达成了共识。

这种文学批评类型同样例不胜举。在此仅举出很能说明问题的代表性两例。首先是关于《红楼梦》前八十回与后四十回艺术成就高下的批评。除了偏重于社会-思想层面的考证之

---

① [德]费希特:《全部知识学的基础》,王玖兴译,商务印书馆 1986 年版,第 23 页。
② [丹麦]勃兰兑斯:《十九世纪文学主流》,张道真等译,人民文学出版社 1997 年版,引言第 2 页。

外，一些批评家独辟蹊径地从作家生平性格与心理特征角度入手，通过分析观察到了前后两部分文字确实出自不同人手笔的现象。从前八十回的文字可以看出，作者"谈笑风生，极富幽默感"，像开药方这样一个小小的细节也写得妙趣横生而引人入胜，"疗妒汤"之类的片段，足以证明作家在写到这些内容时所体现出来的机智风趣的性格。可是"续书的作者不懂得这一点，每写一张方子，必一本正经地去抄医书"①，遂使前八十回的华彩乐章到了后四十回文字中相形见绌而黯然失色。究其原因，就是因为后四十回文字的作者在性格气质上，与前八十回的作者迥然不同。

又如对陆游传诵后世的词作《钗头凤》的文学批评。历来的评论都认为，这首词讲述的是诗人和唐琬的故事，但学者吴熊和经审慎考订后，质疑这段本事，认为"词意及词中时地同唐氏身份不合"，因为"第一句'红酥手'，写女子的手如何细腻白嫩，意在以手写人。这种艳笔，不可能指望封建时代的陆游用于一向爱慕敬重的妻子身上。古人写夫妻伉俪之情，未闻用这种笔墨的。《诗·卫风·硕人》以'手如柔荑'形容卫庄公夫人庄姜之美；杜甫《月夜》诗，以'清辉玉臂寒'悬想远在鄜州、月下凝望的妻子，还都比不上陆游这句'香艳'。若是在哀感之中，却首先这样着眼与着笔。这就不是笃于伉俪之情、懂得尊重和怜惜妻子的陆游了"②。这样的见解便是联系作家生平性格展开的文学批评。由于文学与人的生存具有割不断的天然因缘，这种文学批评类型与方法具有行之有效的批评成效，是同样为我们常见与惯用的。

相比之下，现象-意识批评也是兴起于现代、显得较为新颖的一种文学批评类型与方法。它直接受到现象学这门现代哲学的影响。现象学所说的现象，不是日常意义上的经验现象，而是意向性结构。现象学创始人胡塞尔用意向性来描述人的心理活动。意向性有别于心理现象与物理现象。在现象学视野中，人的意向活动包含着所意识的东西本身，在经验、思想、情感与意愿中有意识地拥有着某种东西，每一个思的活动均有其所思，为此就必须暂时悬搁那种自以为符合于事物的自然主义理解，返回纯粹现象。打个通俗的比喻，意向性结构就是手电筒，手电筒照到哪里，哪里出现的亮圆才是与之融合在一起的、即时、瞬间生成而非现成摆放在那儿的意识对象。现象学只关心世界如何显现在自我意识中，"我的意识是如何构成世界的"成为根本的问题，我构成世界的过程也即世界显现在我意识中的过程。这是对于近代形而上学认识论（二元论）思维方式的积极超越，其旨趣是将"事情本身"如其本然地端出来，奠立知识的可靠基础。这样，现象学高度重视人的意识活动，便与文学活动天然地具有了积极融合的优势，因为无论是作家的创作活动还是读者的接受活动，都首先是精微的意识活动（说首先而不说全部，又是因为意识的语言化才是文学活动的本体），文学批评的现象-意识路向由此积极贯通着作家与读者，成为富于现代色彩与活力的新类型与新方法。

这其中最著名的代表可推比利时文学批评家乔治·布莱。他深受现象学的影响，提出并倡导意识批评，认为"阅读行为（这是一切真正的批评思维的归宿）意味着两个意识的重

---

① 蔡义江：《追踪石头：蔡义江论红楼梦》，文化艺术出版社 2006 年版，第 536—537 页。
② 吴熊和：《吴熊和词学论集》，杭州大学出版社 1999 年版，第 268 页。

合,即读者的意识和作者的意识的重合"①。这自然是一种理想的预设,现实中是无法实现的,因为世上没有两片相同的树叶,人也不可能两次跨进同一条河流,试图与作者的意识活动相重叠,是一种不切实际的臆想。尽管如此,这种最大限度去还原作者意识活动的想法,乃是现象学精神的积极体现,它旨在提醒文学批评者充分注意与重视作家在文学活动中创造世界的意识活动,尽可能去靠近它、还原它,在这点上怎么估计其价值都不过分。受到这种批评方法鼓舞的文学批评家,由此主张读文学作品时"我们应该学会用他的眼光来看我们,不是用我们的眼光去看他"②,即克制自己用自身意识活动去简单同化作者意识活动的习惯性冲动,而反过来努力尊重与还原作者的意识活动。这一类型与方法因而至今也未失去其积极的借鉴意义。

三、侧重作品的批评

再看侧重作品的文学批评。这又至少包括感悟批评与盛行于二十世纪四五十年代的英美新批评,前者常见于我国,后者则常见于西方,其发展出的细读作品的方法都值得我们认真对待。

感悟批评是中国古典诗文批评的主要类型与方法,它避免用科学的知性分解思维与作品打交道,而立足于真切阅读经验来感悟地品评文本,注重直觉与意会。为何文学作品在中国古代批评家看来可以被作感悟式品评呢?因为中国文学批评将所要批评的文学作品不当成知性分解后的对象性存在,而视为人化的生命体。诚如学者钱锺书在《中国固有的文学批评的一个特点》中所指出的,中国文学批评有别于西方文学批评的根本特征在于被"通盘的人化或生命化"了,③即每每被从气、骨、脉、魂、魄、文心与句眼等方面加以研磨,被看成与批评家平等的、非对象性的"人"。如一系列中国文学批评特有的术语:凤头、猪肚、豹尾、蜂腰、鹤膝等。这样,面对与我们一样的这个具有生命元气的"人",中国的传统文学批评家便不采用知性的认识方法以免割裂其元气,而采用感悟、体味的理解方法来全面地领会它。如金圣叹贯华堂批点《水浒》开篇第一回便敏锐地感悟到,整部小说中出场第一人为神机军师朱武,其乃地煞第一星,而梁山一百零八将却以宋江为首,居天罡第一星,这种微妙的叙事布局在逻辑上可"见其逆天而行"④。这就是一种视作品为生命化的有机体、有助于读者理解作品本旨的积极感悟批评。中国传统文学批评较多地采用这一类型与方法,自然与前面说过的中国抒情文化中的趣味主义特征有关,我们由此获得了客观看待这种文学批评的准绳。

新批评之"新",体现在它是隔断文学活动中作家与读者这两端、仅保留下作品的文学批评方法。二十世纪美国新批评派代表理论家兰色姆在《新批评》这部著作中认为,文学的本

---

① 〔比利时〕乔治·布莱:《批评意识》,郭宏安译,百花洲文艺出版社 1993 年版,第 3 页。
② 〔英〕阿兰·德波顿:《拥抱逝水年华》,余斌译,上海译文出版社 2009 年版,第 202 页。
③ 钱锺书:《钱锺书散文》,浙江文艺出版社 1997 年版,第 391 页。
④ 金圣叹:《金圣叹文集》,巴蜀书社 2003 年版,第 271 页。

体论研究的是文学"对象的具体特性"①,如诗歌的韵律、节奏与肌质等。由此迅速兴起的新批评,致力于文学作品本身形式与结构的研究。两位美国文学批评家维姆萨特与比厄斯利提出的"意图谬误"与"感受谬误"就证明了这种旨趣,前者指作家的创作意图不能成为评判作品的标准,后者则指读者的接受感受也不能成为评判作品的标准,既然如此,剩下的唯一可供评判作品的标准,便只有作品本身了。面对作品本身的形式与结构构成,相应而来的文学批评方法也便是细读,即直面作品文本本身,充分尊重与开掘批评对象。

需要注意的是,"细读"不应被从字面上望文生义地理解为"仔细阅读",它在新批评理论中的准确表述是 close reading,即"封闭式阅读"之意,强调的是如上所述悬置掉作者与读者两端后、仅仅聚焦于作品本身的阅读方法。确实,细读作品会不断带给人令人激动的新体验与新发现,是文学批评难以轻易绕过的基本功。当然,新批评的主要关注对象是诗歌,但这不妨碍今天我们运用其细读法对任何文学作品进行有效的文学批评。有哪些具体内容与角度可以被从文学作品中细读出来,实现上述文学批评类型与方法呢? 主要有悖论、张力、反讽与含混等。

悖论(Paradox)指不可解的矛盾。它唯有细读文学作品才能被发现。它难以被接受,显得不可解。如《红楼梦》第六十六回叙述宝玉给柳湘莲做媒,湘莲一听尤三姐出身就皱眉,表示"只要一个绝色的":

> 湘莲道:"你既不知他娶,如何又知是绝色?"宝玉道:"他是珍大嫂子的继母带来的两位小姨。我在那里和他们混了一个月,怎么不知? 真真一对尤物,他又姓尤。"

"真真一对尤物"——这仍把女子当物品看待的恶俗言语,能是宝玉这钟灵毓秀、视女子如无上奇珍之人说出口的吗? 如果这真是宝玉心里所想,一个卓荦不群的翩翩形象,便在读者心中訇然倒塌。假若这犹见证着作家的某种潜意识,则仍让人不期然窥察到一种男权意味的冷冰冰存在。而倘使读者继续争辩说,此系宝玉"到什么山上唱什么歌",故意就着湘莲的心性而逢场作戏之语,这仍难以成立,因为纵观小说,宝玉断非那种不负责任油嘴滑舌入乡随俗之徒,他是极有分寸与个性的,怎会将一个自己当作"尤物"观之的女性轻佻地介绍给好友? 在此,人物性格逻辑的前后矛盾是明显的,可谓一个令人费解的悖论。于是我们面临着一个有趣的问题:文学中的悖论,在什么情况下难以接受? 诚然,归根结底这主要是每个人的主观感受问题,尽可随顺自己的感悟。但也不妨碍我们可以立足于前面章节中所述的由入场与离场共同形成的人生两重性本体,从理论上来努力作出深入的解释。

矛盾难以接受,是由于看的相对性(会导致模式化)与场的绝对性发生了矛盾。在场的观看因其从占据着的特定视点出发,而总是相对的和有局限的,所以在场的观看必须积极地发展自身,不断地反思到自己所占据着的特定视点及其与场内事物的不适应性,而调整、改善自己的观看,并从而在时间上向未来筹划,引出新的可能性前景,这必然包含着离场以便更好地成全在场的需求,也就是说纯粹的在场其实是不存在的,是一种被德里达正确指认的

---

① 〔美〕约翰·克罗·兰色姆:《新批评》,王腊宝、张哲译,江苏教育出版社 2006 年版,第 129 页。

形而上学幻象。不积极发展自身的观看便僵固了视点,令观看变得程式化了,即以为相对的所见是绝对的真理,比如用狭隘、错误的个人生活经验去同化入场所见,矛盾便在文学中产生了。如在上面的例子中,曹雪芹作为封建时代的文人,很可能在某种程度上并没有完全摆脱旧时代文人士大夫骨子里对女性残存着的歧视成分,他把这种相对性的观看带入《红楼梦》上述位置的观看中,而贾宝玉作为曹雪芹笔下的人物,却有着自身自然发展的合理性格轨迹,那则是绝对客观的,当这两种视点不尽协调地掺杂在一起时,便出现了上述令人感到矛盾的现象。

但是很显然,文学不同于科学,文学中出现的矛盾有时难以接受,有时却又可被接受。如果说难以接受的矛盾是悖论,那么可被接受的矛盾则是张力。

张力(Tension)指可解的矛盾所形成的合法紧张关系。它也唯有细读文学作品才能被发现。这个概念是将 extension(外延)与 intension(内涵)两个词删去前缀而创造出来的,其在西文中原指"紧张关系",即物理中开弓放箭形成的、引而不发的"张力"。它可以被读者接受,又显得可解。如狄更斯长篇小说《双城记》的著名开头:"那是最美好的时代,那是最糟糕的时代;那是智慧的年头,那是愚昧的年头;那是信仰的时期,那是怀疑的时期;那是光明的季节,那是黑暗的季节;那是希望的春天,那是失望的冬天;我们全都在直奔天堂,我们全都在直奔相反的方向。"每句都相反而相成,一张一弛间传达出光怪陆离的动荡气息,让人心潮迭起,也对文学的多义空间有了愉悦的认知。于是我们也面临着一个有趣的问题:文学中的悖论,在什么情况下仍可以被接受呢? 诚然,这也主要是每个人的主观感受问题,但我们可以立足于前面章节中所述的由入场与离场共同形成的人生两重性本体,同样从理论上努力作出深入的解释。

矛盾仍可以被接受,是由于入场与离场形成了积极的张力。我们在场的观看在积极发展着自身,当发现自己的观看成果与场内事物不一致时,第一反应不是去同化后者,而是反思到自己观看视点的相对性,并由此自觉调整与改善自己,使自己离场获得看清的契机并再度入场,进入时间的筹划中而不断引出新的可能性前景。离场所见与在场所见会产生矛盾,否则视点也就无须离场了。但离场又是为了,并且事实上也实现了对在场的(包含了原先特定视点在内的)看清,其动机本就是更好地协调场内外以获得真实,所以,矛盾又在动态的时间筹划中得到了积极的消弭,而仍变得可解了。正如"如果塞万提斯不曾对矛盾充分发挥想象,那么,我们就不会有堂吉诃德"[1],仍可解的这种矛盾往往是创造性思想的源泉。如在上面的例子中,"那是最美好的时代,那是最糟糕的时代"尽管在字面上似乎形成了矛盾,然而细加品味,我们又可以感到,前半句固然是在场的感受,后半句则完全可以理解为对于这份在场感受的及时离场反思(评价)——"美好"的实质很可能是"糟糕",太平盛世掩藏着某种不为人知的罪恶与秘密,金玉其外败絮其中。所以,这相悖的两句话又完全可以在深层次上和衷共处,而令作品激发出一种独特的文学风味。广义地看,我们在文学想象中探讨过的情

---

[1] ［希腊］安东尼·C. 安东尼亚德斯:《建筑诗学——设计理论》,周玉鹏、张鹏、刘耀辉译,中国建筑工业出版社 2006 年版,第 71 页。

与理的辩证关系,在文学语言中探讨过的自控与受控的辩证关系,都是积极的文学张力。在最深的意义上,正如前面第二章所述,无从解开、不必解开而恰恰在这种不可解性中生存于世的、出入场形成的张力,正是人生的本体。

因此,悖论与张力在文学作品中可以并存。这表明,矛盾对文学来说既有约束性,也有解放性。

反讽(Irony)指言意之间的落差。它与讽刺的基本区别在于,反讽是带笑的讽刺。它同样唯有细读文学作品才能被发现。日常生活中对语言的使用,便不乏反讽的用武之地。如某人住院静养却不堪护士吵闹,一日忍不住笑着对仍在高声喧哗不休的护士说"你把我的病都吓跑了",这便是一句充满了反讽机智的俏皮话,它令人忍俊不禁之际也巧妙化解了双方共同面临的尴尬。现代作家张恨水对《水浒传》的精彩文学批评,便时时流露出这种关于反讽的敏感。例如他指出:"宋清之外号,非铁扇子乎? 扇子扇风,必须轻巧可携,以铁制之,何堪使用? 于其绰号以窥其人,可知矣。而梁山诸寇,每次分配工作之时,必以宋清司庖厨之事,殆故意使与饭桶为伍乎?"①这就是一段精辟而风趣的反讽式批评,它是批评家反复涵咏、玩味作品本身所得的闪光智慧。

含混(Ambiguity)指文学语言多义形成复合意义的现象。它仍唯有细读文学作品才能被发现。因为在文学作品中"一个词或一个语法结构同时有多方面的作用"②,对这种作用的精细品味与沉潜含玩,便成为文学批评不可或缺的工作。这方面的例证依然举不胜举。前面谈到过鲁迅《秋夜》的多义性开头,以及杜甫诗句"幼子绕我膝,畏我复却去"既可以解作"幼子生怕我又很快离他而去",也可以解作"幼子刚绕着我膝,又因一时怕生而离开我膝",或许还可以有别的解读,这些相映成趣的多元解读,大大丰富了诗句因必要的含混而倍显艺术魅力的意义空间。具有了对含混现象的自觉意识,我们也才可能在文学批评中防止思路上的僵化倾向,而时时注意打开新的思路而力求别开生面。例如温庭筠《菩萨蛮》词云:"水精帘里颇黎枕,暖香惹梦鸳鸯锦。江上柳如烟,雁飞残月天。藕丝秋色浅,人胜参差剪。双鬓隔香红,玉钗头上风。"对这首词的旨意,历来有一种成说,认为后六句是在写由前两句引发的梦境中的内容。这种解读思路不失其在某种程度上的信服度,却给人过于坐实之感,显得有些机械而绝对。学者俞平伯提出了这样的新见解:"帘内之清秋如斯,江上之芊绵如彼。千载以下,无论识与不识,解与不解,都知是好言语矣。"③这种与成说大异其趣、一反常规的文学批评思路,反而在某种不求甚解的适度模糊中积极保持住了作品含蓄曲达、余韵不尽的含混性。这种表面上不求甚解的批评,并不与细读姿态相矛盾,反而将批评的眼光流连于字面的玩味品鉴,而并非总是习惯性地急于从字面去发掘字面背后的所谓深意。做到这点不仅不容易,相反其实是很难的,因为它对批评主体的欣赏能力与素质提出了更高的要求与期待。

---

① 张恨水:《水浒人物论赞》,江苏文艺出版社 2008 年版,第 45 页。
② 赵毅衡:《"新批评"文集》,百花文艺出版社 2001 年版,第 346 页。
③ 俞平伯:《读词偶得》,上海书店出版社 1984 年版,第 3 页。

四、侧重读者的批评

接着看侧重读者的文学批评。这又至少包括读者反应批评与解构批评,后者在方向上与前者一致,却在程度上比前者更深。

读者反应批评的思想基础是兴起于二十世纪五六十年代的接受美学。接受美学着眼于读者与作品的关系,认为以往对文学的理解大多从作家与作品角度切入,这并不完整,最大局限就是忽视了读者接受行为在整个文学活动中所应占的重要地位。接受美学主张,一部作品的艺术生命的长短,很大程度上取决于读者的接受,文学作品的意义与价值不只是作者所赋予的,还包括读者阅读所增补与丰富的,如对作品中"空白"的填补等,文学的性质因而在于读者接受活动对文学作品的积极参与。接受美学的主要代表人物是德国文学理论家尧斯与伊瑟尔。尧斯提出"期待视野"的重要概念,用这一概念指文学接受活动中读者原先的各种经验、趣味、素养与理想等综合形成的对文学作品的欣赏要求与欣赏水平,其在具体阅读与批评中表现为潜在的阅读期待。伊瑟尔则提出"召唤结构"的重要概念,用这一概念指作品不断唤起读者基于既有视野的阅读期待,但唤起这种阅读期待的目的是打破它而非迎合它,从而使读者获得新视野,期待读者填补作品中的空白,更新自己视野中的作品结构。以此为基础的读者反应批评,遂将批评者作为读者的接受地位抬升至不同于以往的、很高的位置,践行着"一千个读者有一千个哈姆莱特"的接受美学旨趣。

举例来说,读者反应批评充分允诺批评者从各自不同的背景立场去接受与解读一部文学作品,相信这些解读思路具有合法并存的合理性。如历代注释楚辞的学者很多,他们往往就从各自不同的期待视野出发,对楚辞形成了不同的接受成果。有的侧重从语言文字学的角度注释,如洪兴祖的《楚辞补注》、戴震的《屈原赋注》与朱骏声的《离骚补注》等;有的侧重从文学的角度注释,如林云铭的《楚辞灯》与蒋骥的《山带阁注楚辞》等;有的侧重从历史考证的角度注释,如刘梦鹏的《屈子章句》、陈本礼的《屈辞精义》与王闿运的《楚辞释》等;还有通过注释影射时政、借古讽今的,如黄文焕的《楚辞听直》便借助注释楚辞来影射明末学者黄道周被杀的公案。当然,这种极大允诺读者接受反应的文学批评类型与方法,也存在着流于相对主义的局限,因为人人都对作品具有合法的发言权,不同观点之间便不存在高下之分,文学作品的客观性也会在一定程度上受到损害。所以,从文学批评实践看,较为理想的做法是将读者维度与前面所述的世界、作家与作品维度全面结合起来,以对作品达成尽可能客观的理解与把握。

至于解构批评,其动力则来自二十世纪后半期兴起的、以法国哲学家德里达为代表的解构主义思想。需要首先理解德里达解构理论的基本原理。

与尼采、海德格尔及福柯一样,德里达的问题意识也是批判形而上学。他独特地察觉到,西方形而上学的隐秘是把可重复者与可经验者佯装为一体而掩人耳目。可重复者"无限地被重复而始终还是同一个对象"[1],所以是超验、永久、理想化的;它又要能被每个人经验

---

[1]　[法]雅克·德里达:《声音与现象》,杜小真译,商务印书馆 1999 年版,第 95 页。

到,成为瞬间、即时、被后者发自内心认同为真理的,就必须使自己同时可经验。这看似矛盾的两方面,是如何被形而上学不动声色地集于一身的呢?德里达发现形而上学是借助声音这一中项来实现这件事的。一方面,声音可重复。因为主体向对象说话时,声音从外部触及他的感官,被主体同时听见,这就使主体产生出幻觉,以为自己发出的声音是外部真实、客观地存在着的声音,进而就拥有了一种和对象一起听见客观的声音并真切在场的感觉,换言之,主体把自己发出的声音重复化了,重复成了正向自己发出着的客观的声音,这都拜声音作为一种物质载体的特殊性质所赐。① 另一方面,声音又可以使人直接经验到上述真实、客观的意义。因为声音在触发了对象与主体的听觉后,似乎隐去了自身,而无阻隔地、透明地直接让位给意义,使之直接渗透了进来,导致对象与主体都觉得自己听到声音之际便直接得到了意义,即在"能指会变得完全透明,因为它与所指绝对相近"的状态中获得了"理想意义"②。就这样,声音便把可重复者与可经验者这对立的两方联结了起来,使一种明明可重复而超验的意义,顺利地为人们的经验所接受,实现了形而上学的理想。

德里达将上述借助声音中项实现的在场揭露为幻觉。就涉及可重复性的前一方面而言,主体说话并被自己所听见,而以为自己由此稳然在场,是以不去反思在场的起点为前提的。因为在场要证明自己真实存在,得证明自己具有能被感知到的起点,一种能被感知到起点的东西,才能被确认为是存在的,但追溯作为在场起点的、那个将自己发出的声音重复化成了外来客观声音的瞬间时,后者总已经过去,而在意识中被阻断了,它不让人们感知到它,即总是隐藏着重复得以开始的起点,这便无限推迟着对起点的达成,而证实了起点无法被确认存在,纯粹的在场因而不可能。就涉及可经验性的后一方面来看,尽管声音似乎在触发听觉后隐去自身而让位于意义,这种无阻隔的透明状态实际上也是达不到的。西方形而上学之所以相信能达到,很大程度上如前面第五章所分析,是西语的多音节性使然。除极少数词单音节而容易在缺乏上下文的情况下因同音被混听外,西语每个词在发声上都富于高低起伏错落的节奏,彼此各各不同,这当然容易保证听声一般即可辨义。在此,能指似乎确实一下子迅速滑入所指,而失去与之的间隔。这也恰恰表明如此所滑入的所指、所得到的意义并非为听觉能指所直接产生,而是超验的。但这种无阻隔的透明状态,是不是声音放之四海而皆准的真相呢?至少需要考虑西语以外的其他可能性。如在单音节性的语言中,能指与所指因天然具备阻隔,就未必轻易发生后者取代前者的情况,而有可能抑制形而上学的在场幻觉。虽然,这不一定绝对地构成德里达本人的选项,但它触及了其致力于超越在场形而上学或者说声音中心主义的方向,即考虑用文字(写作)延宕上述无阻隔的幻觉,由此,德里达展开了文字(写作)的解构策略,破除作为形而上学症结的在场幻觉。而这也即解构思想的要义。这与罗兰·巴特、福柯等同时代同民族的思想家从符号与权力等角度所做的工作一样,都对看似自明(在场)的景观深入祛魅。

---

① 德里达由此反对自古希腊开端起便存在的声音中心主义,使人想起柏拉图对话正是借助声音来展开思想的。《声音与现象》一书书名中的"声音"一词,在英译本中兼有 sound 与 speech 两种译法。

② [法]雅克·德里达:《声音与现象》,杜小真译,商务印书馆 1999 年版,第 102 页。

　　解构批评在西方至少涌现出三位成功实践者,他们都是长期活跃于美国学界的批评家。一位是哈罗德·布鲁姆。他在《影响的焦虑》与《误读图示》两部著作中提出并阐述了创造性误读的想法。首先,他吸收了德里达的"延异"概念,提出"阅读总是误读",认为文学文本的意义乃是在阅读过程中通过能指之间无止境的意义转换与播撒而不断产生与消失的,所以寻找文本原始意义的阅读并不存在,阅读在某种意义上也即写作,就是创造意义。他把上述观点应用于文学史(主要是浪漫主义诗歌史)上的影响研究,认为这种影响不是对前人的继承,而主要是对前人的误读、修正与改造。这样,布鲁姆把文学的影响归结为创造性误读,充满叛逆与颠覆的思想色彩。另一位是希利斯·米勒。在出版于1982年的颇有影响的专著《小说与重复》中,他也运用解构主义方法探讨《吉姆爷》等七部英国小说名作中普遍存在着的两种相互交织的重复结构。在此之前,米勒钻研过乔治·布莱的批评意识现象学,并站在解构思想立场上反对这种观念,他更感兴趣的是一部小说中无法被小说家本人的意识所范围的重复性现象,他试图探索这些重复现象发生作用的方式,从中推衍出意义,即关心"意义怎样从读者与页面上这些词语的交接中衍生而出"①,这样,布莱那种基于有关意识的假设系统所作出的单纯现象学描述便显得不够了,即重复性现象并不是小说家意识安排下的东西,它应该是接受解构阅读分析的对象,为此,米勒引进的策略也是语言,他通过读解小说页面上的语词,对这些小说进行了有趣的解构批评,找出了作品中连作家本人创作时都未曾察觉到的"裂隙",读出了作品的新意,或者说重建了作品的世界。

　　再一位产生了很大影响的解构批评家,是保罗·德曼。在《阅读的寓言》等著作中,他对卢梭《忏悔录》这一个案进行了细致而精彩的解构批评,揭示了运作于其间的一道裂隙——表面忏悔,实则辩解。在此可以援引一位国内研究者颇为准确的复述:"这件事的叙述见《忏悔录》第1部第2章末,卢梭说他当时在雇主家偷了一条丝带被当场抓获,因为怕丢脸,他诬赖说是一位无辜的女仆偷了给他的,这个诬赖让女仆当场丢掉了工作,而且想必她日后会一生背负污名。因为这个罪行及其可怕的后果,卢梭说自己付出了一生痛苦的代价。不过,卢梭又透露说'当时的一些实际情况'可以为自己的行为作辩解,当时他的内心意向是对这女仆抱有感情,'我心中正在想念她,于是就不假思索地把这件事推到她身上了'。这个辩解当然令人难以置信,因而并不成功。保罗·德曼指出,这里发生的事正是源于句子述事与述行两个维度的不兼容性。忏悔(confession,有'坦白'之义)是在真相名义下所作的一种道德性补偿,只要说出真相,撒谎就被揭露,并且因其被揭露,当事人就受到了惩处,付出了代价。但是卢梭不然,他要对所忏悔之事作辩解,而辩解是一种言语行为(述行)现象;更有甚者,他把辩解的述行句处理为述事句,把辩解的理由处理为事实。'我心中正在想念她','我对她有感情',这些无法验证而只能被当作自我辩护的主观理由的东西,被他当作认知性的'实际情况'说出来,让读者把这种本来只能选择信或不信的说辞,当作知与不知的事实来处理。卢梭本人想必也相信了这个说辞并且把它当作事实接受了下来。但是一厢情愿地且粗暴地

---

① ［美］希利斯·米勒:《小说与重复》,王宏图译,天津人民出版社2008年版,第4页。

撮合述事与述行关系的做法,其结果却适得其反:这个辩解不仅因其非事实性而令人怀疑,而且根本没能减弱述事序列的自然后果的严重性,更何况,这个被处理成'实际情况'的辩解中的两个前后要素(因想念她,就诬陷了她)之间没有可毗连性,不合逻辑。最关键的是,一个需要辩解的忏悔就不是真心的忏悔。辩解解构了忏悔。"[1]有趣的是,德曼这一企图揭露述行与述事之间不平行、旨在不断解构的理论,本身不可避免地预设了为自己正反对着的建构性,以至于连他自己也察觉到陷入了"抵制理论"的悖论:"无论什么东西都无法克服对于理论的抵制,因为理论本身就是这种抵制。"[2]建构性地提出一种旨在解构的主张,这本身已使德曼的修辞阅读理论带上了人为的方向性而成为"总体化的"[3]。从这个意义上看,解构理论与批评或许注定是无法彻底的。

上述特征决定了解构批评立足于读者的程度更为鲜明,也对批评者的能力提出了更高的要求,简要地说,它每每需要批评家去发现作品中连作者本人也没有意识到的盲点和裂隙,因为作者的在场是一个内含盲点的幻觉,作者对此并不知情,而很自然地将发掘这种盲点的任务维系于批评家及其解构能力。留心揣摩这方面的成功案例,有益于解构批评实践。具体说来,一方面,解构批评可以从知识层面上进行。例如不止一位研究者频频指出,包括金庸小说在内的武侠小说,每每大快人心地渲染侠客们一掷千金、济贫扶困的义举,却从不着一字于其金钱经济的来源,仿佛其永远注定有花不完的钱财。[4] 这明显不合乎社会知识。我们同样可以循此质疑:《鸳鸯刀》最后那对欢喜侠侣给晋阳大侠萧半和五十大寿送上的寿礼,竟是把"鸳鸯刀";可是依常识,中国社会生活中,有上门拜寿却送主人一把寒光闪闪的刀的吗?那不是捎去凶兆吗?《射雕英雄传》写郭靖的母亲"跑了一阵,只觉腹中阵阵疼痛,再也支持不住,伏倒在一个沙丘之后,就此晕了过去。过了良久良久,悠悠醒来,昏迷中似乎听得一阵阵婴儿啼哭的声音。……原来腹中胎儿已在患难流离之际诞生出来了"。可是依常识,孕妇真的会在全然昏迷状态中顺利地产下婴孩吗?那难道是对郭靖先天智力不高的生理原因解释?诸如此类,一经点破并不难,因为它们看起来都属于知识层面上的常识性问题,是可以得到理智分析从而得出解构需求的,整个解构过程甚至充满了趣味。又如狄更斯长达八十万言的《荒凉山庄》第四十章,这样写切斯尼山庄主人累斯特爵士体态的壮硕:

> 至于累斯特爵士,他从来也没有想到,那些有幸到他家里来作客的人可能在某些方面感到欠缺。因此,他抱着非常满意的心情,在客人中间走来走去,那样子很像一个大冰箱。[5]

"那样子很像一个大冰箱"——一个十九世纪的作家居然预知了二十世纪发明的冰箱。不管问题出在作者方还是译者方,这总是个显眼的知识错误,一被指出后就失去了被争论的价

---

① 徐亮:《叙事的建构作用与解构作用——罗兰·巴尔特、保罗·德曼、莎士比亚和福音书》,《文学评论》2017年第1期。
② 〔美〕保罗·德曼:《对理论的抵制》,李自修译,见《解构之图》,李自修等译,中国社会科学出版社1998年版,第114页。原文在"就是"下打了着重号。
③ 同上书,第114页。
④ 舒国治:《读金庸偶得》,中国友谊出版公司1998年版,第138页。
⑤ 〔英〕狄更斯:《荒凉山庄》,黄邦杰、陈少衡等译,上海译文出版社1979年版,第726页。

值,因为其不合理性有目共睹,对它的正误评判标准可测定从而很清晰。另一方面,解构批评也可以从思想观念上进行。例如,随着不少文学史教材的流播,京派文学与海派文学的区分,似乎已成为不证自明的共识,相应地,对两者的正面肯定几乎成为我们的认知常态,这中间是否也有着某种值得解构的裂隙呢? 如一些别具慧眼的评论家所尖锐指出的那样,海派文学也具有某种"庸俗浮夸之气":"上海从历史上看是一个比较早地接受现代文明的城市,但这主要指科学技术方面,而非属于意识形态的文化。上海解放前的海派文化就其性质而言还是封建性的,只不过是把传统的媚上变成了媚外而已。它用最实用主义和油滑的态度来对待西方文化,结果只取了些西方商业文化的皮毛,而离主张人格独立的西方近代文化越来越远了。"这导致了"海派文化是无个性的文化,因此它不能产生独立意志自在自为的杰出人格;海派文化是懦怯的无使命感的文化,因此它无法容忍作为社会良心的探索者的崇高尊严;海派文化又是物质主义的文化,所以容易落入与封建权力关系相结合的窠臼"①。尽管我们不一定完全接受这样的观点,但充分感受到了一种与众不同的、在一片笼统浮泛的认可声中逆潮流而动的独立思想姿态,它激活着我们的思路,使我们油然领悟到文学批评还以从这样的解构性角度切入,并沿此方向而作出令人激动的批评发现。这种文学批评类型与方法,在一个显得温厚雅正有余、批判锋芒不足的时代尤显可贵。

五、理论的批评

上述四种文学批评类型与方法,都主要围绕着天真的文学进行,是传统文学研究视野下的文学批评。但正如我们所见,时代发展到今天,文学除了天真的一面之外,还具有建构的一面。作为最新形态,文学批评是如何在建构性所带出的解码视野中发挥作用的呢? 回答是,文学批评每每成了一种理论批评,即把理论的观点加到文学作品上去,或用文学作品来印证自身作为理论观点的正确。这是很不同于前四种类型的文学批评新类型。

如前所述,文学之所以在二十世纪,特别是二十世纪中后期以来逐渐呈现出建构性,是因为受到了现代语言论思想传统的深刻影响。这个新传统发现,"是什么"这一问题已根本无法脱离"被说成了什么"这一问题来形而上学地加以探讨,相反,意义总是被语言说出的,因而是语言的建构,具有权力的入口。这样,人们便不再把文学视为孤立的对象,而是充分估计到了它始终作为权力建构的产物的性质。解码就正是旨在去解开这个被语言化的权力所建构的、隐藏于文学作品深层的符码。由于解码的工作必然形成理论(如前一章介绍的罗兰·巴特的符号学理论),上述变化在文学批评上导致的后果便是,人们逐渐从过去对文学作品的单纯审美性欣赏与品评,开始转向运用某种特定的理论去套用文学作品。因为对文学作品作审美性的天真阅读时,我们必然将主要精力集中在文学作品的审美特征上,但对文学作品作理论性的解码阅读时,我们会将更多的精力放在关心权力如何具体建构出眼前这

① 胡河清:《胡河清文集》,安徽教育出版社 2014 年版,第 335 页。

部文学作品上,即会将更多的精力放在对这一权力建构过程的理论分析上,这必然相对地淡化了原先对文学作品本身的关心,于是,出现用理论去套作品、让作品来证明理论的新做法,便显得顺理成章了。

对此有一种极具典型性的具体表现,那就是精神分析理论对文学批评的介入。精神分析学的创始人、奥地利临床心理学家弗洛伊德研究发现,人的精神最深层的无意识在现实生活中遭受着不同程度的压抑,可能不自觉地把这种得不到满足的愿望转移到梦境中,创造出替代了压抑的丰富充实的未来,文艺创作的动因就是白日梦,艺术家本人就是光天化日下的梦幻者,这种白日的梦幻一般是对艺术家孩提时代的经验的回忆,回忆产生出愿望,愿望希图在文艺作品中得到实现,这就把过去、现在与未来共同融合在了文艺作品中。不但艺术家在自己的文艺作品中做着白日梦,在作品面前我们作为听众或观众,也能靠艺术家的能力享受白日梦带来的快乐,它能缓解现实中被抑制而得不到满足的愿望,解除精神上的紧张。弗洛伊德用这一理论进行文学批评,用恋母情结来解释哈姆莱特的犹豫性格,认定一向行事果断的哈姆莱特之所以在为父复仇这一点上迟疑不决,是因为,那个谋杀自己父亲进而取代其父成为母亲之丈夫的男人,代表着哈姆莱特自己身上那个长期压抑着的幼年愿望:对以母亲为具象的女性的微妙欲望。在解读《雅典的泰门》等莎剧时,弗洛伊德得出的结论则是,哈姆莱特这一人物形象的塑造,也证明着莎士比亚在这一创作时期对性的反感。弗洛伊德还用来自恋母情结基本模式的负罪感及其构成的"同一个原型的两个分裂形象"解释《麦克白》中女主人公的悔恨,用女性的生殖器形象来解读《李尔王》中的三口箱子这一主题,他宣称其解读成功道出了隐匿在莎剧中的冲突。这些基于精神分析学基本原理的分析,得到了后继者的充分肯定与热情评价,他们认同这样的观点,即历史上包括《俄狄浦斯王》《哈姆莱特》与《卡拉马佐夫兄弟》等在内的许多伟大文学作品,都是以恋母情结(幻想)为基础的。由此,他们概括了精神分析文学批评通常使用的两种基本思路:一是从作品中发掘出某种人所共有的婴儿期愿望,二是从作品中揭示出作者生平中某一事件对其某种愿望的复活。总之,精神分析学是一种"到文学中去试验自己的理论",所谓"文学一直在为精神分析理论提供试验场地"[①]。弗洛伊德本人也不否认:"作家在他的创作中用什么手段引起了我们内心的感情效果——到目前为止我们根本没有触及到。"[②]换言之,运用精神分析理论从事文学批评时,批评者关心的是文学作品被权力——性心理因压抑而需得到转移与释放的要求——建构的过程,从而无形中把文学作品看成验证自己理论学说的工具或曰手段,文学批评变成了解码的智力游戏。

这种理论批评的典型表现,是兴起于当代的症候批评。症候批评又被称为症候分析,它聚焦于文本中未被作者意识到的裂隙、空白与潜意识等成分,在最近二三十年中成为国内外文学研究惯于选择的一种策略。"症候"(symptom)一词来自现代精神病学,与意识以及无意

---

① [美]诺曼·N.霍兰德:《后现代精神分析》,潘国庆译,上海文艺出版社 1995 年版,第 202 页。
② [奥]弗洛伊德:《弗洛伊德论美文选》,张唤民、陈伟奇译,知识出版社 1987 年版,第 36—37 页。

识这对既属于哲学,又属于普通心理学与病理心理学的概念在现代获得的区分有关,由此在文学艺术上发展出来的症候分析或者说症候阅读,相应地带有鲜明的现代色彩。当现代以来的学者们主张症候阅读(symptomatic reading)时,大都承认受到了弗洛伊德与法国现代哲学家拉康的精神分析学说的影响。典型的代表可推法国哲学家阿尔都塞。他在读马克思《资本论》的过程中,不仅发现马克思运用着症候分析这种方法,而且阿氏也借助这种方法来读这部巨著,将症候阅读视为认识的生产:"我们在阅读《资本论》的时候也使用了一系列的双重阅读即'征候阅读'(按:'征候'即"症候"):我们阅读《资本论》,看到了《资本论》中可能仍然以看不到的东西的形式存在的东西;而这种'阅读'的后退通过同时完成的第二种阅读占领了我们所能赋予它的全部领域。……因此,这里涉及的是本来意义上的生产。生产这个词表面上意味着把隐藏的东西表现出来,而实际上意味着改变以便赋予已经存在的基本材料以某种符合目的的对象形式,在某种意义上说已经存在的东西,这种生产在其双重意义上说使生产过程具有循环的必然形式。"①可见,症候分析是要引导出被作者因压抑在潜意识中而未意识到的、文本发生断裂或矛盾之处,这些空白点隐藏于字里行间,允诺了阅读与批评对之积极进行意义重构的可能。

在对阿尔都塞等二十世纪西方马克思主义理论家的研究尚不充分的 1990 年代,症候批评的中国倡导者是从精神分析学说直接获取资源的。学者蓝棣之的《现代文学经典:症候式分析》等著作即这方面的成果。这些成果每每选取文学,例如中国现代文学史上的若干经典作品个案为文本细读对象,发现和阐释这些文本所隐含的悖逆、含混、反常与疑难等现象,视它们为作品超出了作家主体把握与估计范围的"症候",将它们解释成作家在创作之际的无意识动因,力图从中重新解读出作品深刻、复杂的隐秘意义。于是,我们看到了这样的一系列见解:鲁迅的《狂人日记》图绘出了一个长久精神压抑的战士形象;《伤逝》中的涓生不了解个性解放与婚姻自由,并不知道何为爱情;曹禺的《雷雨》是两代出身于资产阶级家庭的青年一往情深而不可得的恋情的缩影;巴金的《家》作为体验式创作,刻画了觉慧的出走这样的"第二念头"的变形;丁玲的《莎菲女士的日记》是对极端个人主义者的渲染;沈从文的《边城》则默许了乡下人检察和解除都市人的用心,诗意地让边城颠覆都城。最令研究者们津津乐道的,是对老舍《骆驼祥子》的症候分析。那里,无产阶级青年男子祥子的堕落乃出于资产阶级老女人虎妞的引诱与全面腐蚀,这个潜文本是作家在创作时并没有自觉意识到的,它被作为一种内心症候附着于小说的显性情节结构中,表明了"作家意外的成就在于无意识的揭示"②,这便呼唤着研究者沿循文本中的踪迹来发现空白,而与随心所欲的主观附会或发挥划清界限。这些充满新意的分析,对改变现代文学研究中一度陈陈相因的运思模式,无疑是有激活意义的。

国内外共同存在着的上述狭义症候分析,必然逐渐与晚近理论运动的蓬勃展开相同步,

---

① [法]路易·阿尔都塞、艾蒂安·巴里巴尔:《读〈资本论〉》,李其庆、冯文光译,中央编译出版社 2017 年版,第 27—28 页。
② 蓝棣之:《现代文学经典:症候式分析》,清华大学出版社 1998 年版,第 74 页。

而廓清了当代理论批评的实质——广义症候分析。作为一种认识上的积极再生产,阿尔都塞明确倡导的症候阅读思想,使美国学者艾伦·鲁尼察觉到:"阿尔都塞认为马克思设计了一种新的阅读模式,认为所有的解释都会给文本带来他们自己的问题,既让文本有罪,又总是把注意力集中在其他可能的阅读或反阅读上。此外,对阿尔都塞来说,形式的'阅读效应'混淆了解释与写作,从而导致了对文字的发挥:阿尔都塞通过自己的写作而形成一种风格,经常使用双关语、悖论、加倍和反讽。"另一位对"后批评"作出了奠基之功的美国学者芮塔·菲尔斯基在援引这段评论后指出,"对鲁尼来说,这些不同的策略加在一起就是症候阅读的一种描述"[1],并且她认为,阿尔都塞在提出症候阅读时所吸取的弗洛伊德与拉康的学说,与马克思以及尼采的思想共同构成了以法国哲学家保罗·利科为代表的"怀疑的诠释学"(hermeneutics of suspicion)观念,后者关联于"批评的近期历史"(recent history of criticism)[2]。她所说的不是以审美趣味为旨趣的鉴赏批评,而是二十世纪以来以理论话语介入文本的批评,即批评理论的应用。批评理论(精神分析、性别、族裔、后殖民等)在很大程度上代表和主导了理论发展至今的形态,当然也从总体上提供给了理论"怀疑的诠释学"这一基本范式。

除了精神分析理论,以及从它发展出来的症候批评之外,前面介绍过的二十世纪中后期以来的建构主义的几种理论形态——新历史主义、后殖民主义与女性主义理论,也尤其乐于以解码的姿态介入文学批评,使文学批评呈现出强烈的理论色彩。例如一些海外学者依托于建构主义视野,来这样阐释鲁迅及其作品:

(1)穿洋布白背心的阿Q代表的是国民性,还是别的什么? 中国国民性的理论是否也如白背心一样,是洋布编织出来的?[3]

(2)1906年的那场砍头是在幻灯上看到的。鲁迅的叙事位置是"观看"中国人"观看"杀头的好戏。这样的游离位置引发了道德的歧义性。当他斥责中国人忽略了砍头大刑真正、严肃的意义时,他其实采取了居高临下的视角。他比群众看得清楚,他把砍头"真当回事儿"。但试问,这不原就是统治者设计砍头的初衷么? 鲁迅当然反对砍头及执行砍头的那个暴虐政权,但他似乎并不排斥使砍头成为可能的那套道德与政治思维模式。君不闻,"无意义的示众材料和看客",死多少都是不足为惜的么? 鲁迅于此反成指点批判看客的高级看客。[4]

前例指认鲁迅的国民性批判实则中了当时正在中国游历、撰有《中国人的素质》一书,而其日译本恰巧被鲁迅读到的美国人明恩溥蓄意歪曲中国人形象的计。这一阐释思路,是后殖民主义理论的典型表达。后例对福柯权力理论的挪用也很巧妙,意思是只要一施行批判行为,便将被牢牢地锁定于暴力施行者的特权位置。诸如此类的观点究竟是否与文学作品的实际

① Elizabeth Anker, Rita Felski. *Critique and Postcritique.* Duke University Press, 2017, p. 23.
② Rita Felski. *The Limits of Critique.* University of Chicago Press, 2015, p. 1.
③ [美]刘禾:《跨语际实践》,宋伟杰等译,生活·读书·新知三联书店 2008 年版,第 95 页。
④ 王德威:《想象中国的方法:历史·小说·叙事》,生活·读书·新知三联书店 1998 年版,第 138 页。

相适应？我们自当作出自己的判断。在这里可以通过它们首先充分了解理论批评的特征：理论为主，作品为辅；建构性、解码性为主，天真性、审美性为辅；对理论的应用操作为主，对理论限度的反思为辅。这一文学批评（其实从某种程度上说，它已因迥异于前四种文学批评类型与方法而较难被命名为文学批评，而是更显著地带上了文化批评的色彩）类型与方法的发展趋向与进一步成效，值得拭目以待。

 [本章拓展思考题] ⫿⫿

一、请将学者洪治纲近二十余年来为花城出版社《中国短篇小说年选》所写的前言完整搜集起来并装订成集，列出其中评论到的全部作品目录，通过自己的再阅读和再批评，新编一部新时期二十余年来中国短篇小说精选本。

二、在传统视野中，社会-思想批评也不乏用某种既定理论（如马克思主义唯物史观）来解读文学作品的特征，很长时间里流传的时代历史分析方法为此提供着证明。那么，这与二十世纪中后期蓬勃兴盛的、建立在语言论新视野中的理论批评有何异同之处？换种问法：你认为马克思会如何评价索绪尔等人开创的现代语言学传统呢？请不妨以"马克思与索绪尔有关语言的对话"为情境，通过进一步搜寻并阅读相关理论著作，在深入研究的基础上进行你对此的有趣模拟设计。

三、请发现并描述十种中外文学作品中常见的原型，简要勾勒它们在后世文学创作流变中的承传与衍化，并在此过程中适当比较中西方文学在吸收这些原型时基于各自文化传统而呈现出的微妙区别。

四、关于中国传统文学批评对"通盘的人化（生命化）"的重视，请就你所能考虑到的相关名词术语详细列表，有规模地作出清理和阐释。

五、你可别小觑影视剧的弹幕，常常令人爆笑的它们，换个角度看，何尝不是一种无比灵活与鲜活的文艺评论呢？请深入研究"弹幕式评论"，写一篇同样有趣有料的文章。

六、以下文学情节上的矛盾描写，你认为可解（可以接受）还是不可解（难以接受）？请详细阐述理由。

1.《三国演义》中，关羽守华容道与马谡守街亭，行动前都立下了军令状，行动中都因主观因素而违反了军令状，行动后必然都应当按违反军法论处并斩首。可诸葛亮对马谡按违反军法之罪斩首，却宽赦了关羽。这岂非前后矛盾？

2.《水浒传》中，绝大多数好汉是被官府或恶势力所逼而上梁山落草为寇，但也有卢俊义与徐宁等少数人是被梁山泊设计赚上山来加以利用的，前者的实质是替天行道损己利人，后者的实质却是为我所用损人利己。这岂非前后矛盾？

3.《聊斋志异》第一则《考城隍》，叙述某人在阴间赴考，因写了"有心为善，虽善不赏；无心为恶，虽恶不罚"十六字，一举打动考官而成就了一段幽冥佳话。这前后两句话有没有矛盾之处？

4.《红楼梦》中,林黛玉孤高自许、目下无尘的个性,应该使她不会轻易写出颂圣的肉麻诗句,但第十八回中她从旁代笔,偷偷帮宝玉写成《杏帘在望》,内中却有"盛世无饥绥,何须耕织忙"这样颠倒现实而令人费解的句子。这里有某种矛盾性可寻吗？

5.金庸小说《天龙八部》中的弱质女子王语嫣,自小遍观武术典籍,通晓中原各种门派武艺,自己却不会半点武功,此不仅因"女孩儿家抢刀使棒,总是不雅",更因心肠慈悲不忍以武杀生。可她与段誉驰马来到一处碾坊,目睹自己易容了的表哥杀死一干西夏武士,好心的段誉待要埋葬一地尸首时,却作出了如下反应:"好吧,你留在这里给他们料理丧事。大殓、出殡、发讣、开吊、读祭文、做挽联、作法事、放焰口,好像还有什么头七、二七什么的,等七七四十九日之后,你再一一去通知他们家属,前来迁葬。……一把火烧得干干净净,岂不是好？"这种漠视甚至取笑无辜生命之举,是否与先前她不忍伤生的脾性相矛盾呢？

七、作家王安忆认为:"所有的创作谈都是不可靠的,很多研究者从创作谈入手去研究作家本体,前景真是非常渺茫。"你认为她这样说是基于何种理由？你同意这个观点吗？为什么？

八、请任选以下两题之一,完成一篇文章。

1.尽管刘邦和项羽作战时常吃败仗,但当了皇帝后到处平叛竟然无往不胜,只有和匈奴一战例外。

那是公元前200年,韩王信谋反,刘邦亲率大军破之。韩王信投奔匈奴,合谋共同攻汉。刘邦闻讯大怒,派人出使匈奴,暗中窥其虚实。使者前后十余人,都汇报匈奴马疲兵弱,只有一个使者叫娄敬的,回来说:两国交战,正是夸耀实力的时候,匈奴如此以弱者面目出现,定伏有精兵,匈奴不可击。此时刘邦军三十多万已起动,刘邦以扰乱军心的罪名将娄敬下狱,自己亲率先头部队前往平城。趁刘邦大军未集,匈奴四十多万骑兵将刘邦紧紧围困,外面大军无法救援。后来刘邦连食品都断绝了,多亏身边陈平想出一条奇计,贿赂匈奴首领单于的妻子,由她出面说动单于,刘邦才狼狈地脱围。

何以两军相峙时,单于的妻子竟会替刘邦解围？陈平之计可谓莫测高深。司马迁和班固都明确说这是一条秘计,外面无人知道其内容。这毕竟不能堵塞后人的好奇之心。东汉思想家桓谭自信地说:那一定是陈平跟单于的妻子说,汉有绝色美女,容貌天下无有,今汉帝被围汉帝已遣人回去迎取,准备献给单于。单于见了必然倾心,那么你就得不到单于的宠爱了。不如趁美女未至,让汉帝脱围,这样美女也不会来了。单于妻子一听动心。

你认同桓谭的这一分析吗？你对这件事的思考与分析是怎样的呢？请就此写一篇精彩的评论。

2.请以王安石的《读孟尝君传》为对象,对其展开一次基于逆向思维的解构批评,你能得出怎样的新见解呢？

九、解构理论的核心是揭示在场形而上学的幻觉,但文学难道不就是一种让人身临其境的在场吗？按此推论下去,文学似乎就成了形而上学的同谋。你怎样看待这个似乎颇为棘手的理论问题？这个问题在德里达本人的估计中吗？请通过搜检相关文献对此作出回答。

十、二十世纪西方文论是文学理论研究必须打好的基本功。抓住其根本发展脉络，对理解它显然是十分必要的。对一个多世纪来的这段发展历程的总体性描述，学界已有不少概括，如"两大主潮"（人本主义与科学主义）、"两次转移"（从作家到作品、从作品到读者）与"三个转向"（非理性转向、语言论转向与文化转向）等。本书则更深入精简地将之概括为"从天真到建构"。除此以外，对这条线索的整体走向，你还有更为恰切的概括吗？请进一步搜寻并阅读相关理论著作，在深入研究的基础上作出你的详细阐释。

 ［**本章进一步推荐阅读**］‖‖‖‖‖‖‖‖‖‖‖‖‖‖‖‖‖‖‖‖‖‖‖‖‖‖‖‖‖‖‖‖‖‖‖

1. 胡河清：《胡河清文集》，安徽教育出版社 2014 年版

2. 刘小枫：《沉重的肉身》，华夏出版社 2020 年版

3. 许志强：《部分诗学与普通读者》，浙江大学出版社 2021 年版

4. ［美］克林斯·布鲁克斯、罗伯特·潘·沃伦：《小说鉴赏》，主万等译，花城出版社 2022 年版

5. ［英］阿兰·德波顿：《拥抱逝水年华》，余斌译，上海译文出版社 2020 年版

6. 张恨水：《水浒人物论赞》，江苏文艺出版社 2008 年版

7. 卢敦基：《金庸小说论》，浙江文艺出版社 2000 年版

8. 张秋子：《堂吉诃德的眼镜——小说细读十二讲》，上海文艺出版社 2022 年版

9. 童庆炳：《中国古代心理诗学与美学》，中华书局 2013 年版

10. 赵一凡等：《西方文论关键词》，外语教学与研究出版社 2017 年版

第十四章
文学与解读

　　上章从横向的、历史的、宏观的与群体的角度,论述了文学批评的类型与方法,本章接着从纵向的、逻辑的、微观的与个体的角度,论述文学批评的一般过程。概括地说,文学批评即对文学作品的解读过程。可以用"解读"一词来同时包容天真性的审美批评过程与分析性的解码批评过程。引发我们关注兴味的始终是理论与实践的有机结合。

一、印象的发生与发展

在大多数情况下,文学批评的起点是对将要进行批评的文学作品的第一印象,这是文学批评通常绕不过的第一道必然门槛。因为文学创作与接受是一种诉诸人的感性的、全心灵的活动,它离不开感性层面上对人的积极打动。故而,第一印象的发生对于从事文学批评的人而言便弥足珍贵。美国作家亨利·詹姆斯说得好:"永远没有任何东西可以代替'喜欢'或'不喜欢'一件艺术品这个老办法,即使改进得最好的评论也决不会废除那个原始的、那个具有根本性的检验。"①积极善待从文学作品中直接获得的鲜活的第一印象,由此成为一位文学批评者必须重视的基本功。

第一印象的特征是:不一定成熟完善,但一定真实。让我们从一个实例开始。如果眼前出现如下这首呼唤我们去评论其艺术水准的词作《踏莎行》:"弱水萍飘,莲台叶聚,卅年心事凭谁诉?剑光刀影烛摇红,禅心未许沾泥絮!绛草凝珠,昙花隔雾,江湖儿女缘多悟。前尘回首不胜情,龙争虎斗京华暮。"我们获得了怎样的第一印象呢? 倘若单个地看,还说不出什么,那么把它和同一作者的另一首词作《八声甘州》联系起来看又如何呢:"笑江湖浪迹十年游,空负少年头。对铜驼巷陌,吟情渺渺,心事悠悠。酒醒诗残梦断,南国正清秋。把剑凄然望,无处招归舟。明日天涯路远,问谁留楚佩,弄影中州? 数英雄儿女,俯仰古今愁。难消受灯昏罗帐,怅昙花一现恨难休,飘零惯,金戈铁马,拼葬荒丘。"这样联系地看,似乎一下子有了较为明晰的第一印象。首先,从遣词不难发现,这两首词无一例外地暴露出共同的作风,即热衷于使用两字构成的词组。这与中国古典诗词中的优秀之作,便无形中拉开了艺术水准上的距离,因为优秀的词作总是单字造境并以含蓄隽永取胜的,极少见到一个个两字词语接连截搭却不破坏文字意境的,一个"梅"字尽可灵活牵出无数可能的上下文组合,双声词"梅花"一出便让意趣境界丧失殆尽。其次,词句中的意象物事,整体上看显得较为生硬。这带出了再次感到的,也是最为直接的印象,即文气过于匆急短促,缺乏一流诗词所应有的那种从容悠游的节奏感。这当然与作者过多地将力量贯注与字词层面,却显然相对忽视了对诗词来说更为重要的句子层面有关,通俗地说,两首词读起来都不悦耳动听,缺乏音乐性上的美感。综合这两点印象,我们不能不觉得,这两首词作达到的艺术水准有限,没有一厢情愿去拔高它们的必要。这只要来比较一下备受作者推许的古典词家,例如清代词人纳兰性德《饮水词》卷一开篇《忆江南》便明白了:"昏鸦尽,小立恨因谁? 急雪乍翻香阁絮,轻风吹到胆瓶梅。心字已成灰。"上述两点印象,在这里都是不存在的。这就是艺术水准的高下之别。正是从这种真实、真切与真诚的第一印象出发,我们打开了对作品的文学批评视野。

但是,第一印象毕竟是主观的,一篇成功的文学批评不能只满足于第一印象,因为那还只是主观的看法。成功的文学批评,应进一步在纯主观的看法中提取出某种相对具有客观

---

① [美]亨利·詹姆斯:《小说的艺术》,朱雯、乔佖、朱乃长等译,上海译文出版社2001年版,第22页。

性的见识。这就得进一步研究：纯主观的印象为何显得远远不够？如何从主观向客观积极提升呢？

二、先见的消极与积极

第一印象重要，但仅仅是文学批评的起点，因为它的纯主观性使它不可避免地容易流于偏见或成见，即从某种消极的先入之见出发看待和品评一部文学作品。这方面的例证也不胜枚举。微观地看，例如很长时间里人们戴着政治化的眼镜批评周作人与张爱玲等作家的文学创作，因人废文。宏观地看，例如国内文坛时或可见的"捧杀"与"棒杀"现象等，都受制于某种片面的主观先见。在此意义上，先见对文学批评而言似乎就是个贬义词。

然而，只要我们承认文学批评离不开主观的第一印象，便又得相应地承认，先见对文学批评而言并不简单地就是个贬义词。一方面始终离不开先见，否则第一印象的主观性就失去了动力而变得虚假；另一方面又始终得警惕先见，否则先见便可能沦为不当的、有碍于文学批评过程合理展开的偏见或成见。于是，问题的关键便不在于取消先见，而在于，让先见从消极向积极进行转变。这实际上表明先见具有两种状态：一种是积极、合法的先见；另一种则是消极的、非法的先见（即偏见或成见）。

在什么情况下先见是积极合法的？回答是，在人的生存本体意义上，正是先见保证着人与世界的融合。对此有心理学与哲学两方面的理由。

从心理学看，先见是人的认识得以发生的必然条件。瑞士现代心理学家皮亚杰创立的发生认识论，致力于深入研究与揭示人的认识活动的发生机制，指出当婴儿呱呱坠地后，逐渐接受外部世界的刺激，其对于世界的认识在心灵状态上并非白板一块，而已经有了一个既成的结构图式，在这一图式的支配下，认识是主客体之间交互作用的、不断建构的活动与过程。这就是说，"这种认识论首先是把认识看作是一种继续不断的建构"①，人对世界的认识在发生机制上是能动而非被动的，能动性就体现为心理上图式的先在性，这正是先见。这一心理学发现指引着稍后心理学家们关于"定式"与"格式塔"等相关问题的进一步深入研究，这些研究都表明认识活动基于先见的建构。这实际上凸显着认识论思维的本体论前提与背景（这点在近代往往被遮蔽了）。它成为二十世纪以来认识论研究的显著进展。

从哲学看，更为重要的理论依据来自由海德格尔奠基、经伽达默尔推进的"前理解"。根据这一现代思想背景，先见在理解与解释活动中具有其合法性，或者说，对世界与自我的理解与解释就是在先见中产生并得以发展的，先见因而是人与世界的融合关系的前提。这是因为，二十世纪以前，哲学追求纯粹性，把事物看成一种可纯粹地加以理解的客体对象，这在根本的思维方式上是主客二分思维模式使然。但当进入二十世纪后，主客二分思维模式开始向主客融合思维模式提升，思想的非纯粹性成为解释学的重要成果，人在理解事物时就已

---

① ［瑞士］皮亚杰：《发生认识论原理》，王宪钿等译，商务印书馆1981年版，第19—20页。

与事物共处于世界中了,其共处的纽带就是先见。如海德格尔从存在论立场出发,认为先见不可避免地在解释活动中起着作用,并用"先结构"这一概念表示先见,认为一切活动都活动在"先结构"中,事物被理解的可能性无不植根于理解活动与生俱来、挥之不去的"先结构"中。例如,见到桌上有一只杯子,你脱口而出"这是一只杯子"而不说成"杯子是一只这",就反映出你所潜在受到的先见的支配:一句话的语法顺序应该是主谓宾而非宾谓主。这个来自习惯的先见,已根深蒂固而不知不觉地融入了你的理解与解释行为,成为你进行理解与解释活动的一种起点。又如,如果有人走极端,偏要声称"我没有先见",他就真没有先见了吗?回答依然是否定的,因为此刻如此宣称着的他,其实恰恰被根深蒂固的先见笼罩着,这种先见就是他的极度自信。可见,只要试图去理解世界而非认识世界,我们就总处在先见所开启的先在视野中。换言之,我要去理解世界,世界是我意欲去加以理解的终点,可是我在去达到这个目标时已处身在这个目标中、融合于世界了,终点变成了起点。那么,在何种几何图形中起点即终点呢?回答是圆。与任何线条都不同,唯有圆上的任何一点才既是起点又是终点,或者说无所谓起点与终点之分。而圆就是循环。所以海德格尔把人的理解与解释活动描述为"解释学循环",透彻地指出,先见保证着人与世界的融合,因而是主客融合的本体性纽带。

这顺应着现代思想从认识到理解、从本质到意义的演进。德国哲学家伽达默尔延续了海德格尔的存在论思想,将它进一步与解释学结合起来,建构起影响深远的本体论(存在论)解释学,充分肯定了"合理的前见"[①]。这一思想来自海德格尔的"先结构",它主要可以包括世界观与人生观、一般文化视野、艺术文化素养与文学艺术具体知识等内容。伽达默尔提出了"视界交融"的重要思想,认为理解不是解释者克服历史性造成的先见以顺应与接近对象,也不是先见单向、武断地去同化与判断对象,而是先见与对象相互作用的过程,解释者利用先见去生产性地解释对象,在解释过程中,先见也受到检验、调整与修正,从而更好地展示真理,主客体双方在理解过程中都得到了发展。这也正是前面所介绍的接受美学的思想依据。

从以上分析看,先见首先具有积极、合理的性质,是人无法摆脱的。问题不在于去摆脱先见,而在于以怎样的方式进入先见并发展先见。这是因为,人的与生俱来的先见,也可能具有消极、不合理的性质。海德格尔在申明"先结构"的本体性重要意义后便紧接着指出,应该让"解释领会到它的首要的、不断的和最终的任务始终是不让向来就有的先行具有、先行视见与先行掌握以偶发奇想和流俗之见的方式出现"[②]。这表明,"先行具有、先行视见与先行掌握"(都表示"先结构")也会派生出"偶发奇想和流俗之见的方式",那是一种"没有作为结构的把握",即消极理解世界与自我的先见。以文学批评这种理解与解释活动为例来说,先见的上述两种状态的主要区别是:当我发现自己的解读策略与作品实际不符合时,如果第一反应不是我错了而是作品错了,我便处在了消极先见的支配中,因为此时我是在让作品来

---

① [德]汉斯-格奥尔格·伽达默尔:《真理与方法:哲学诠释学的基本特征》,洪汉鼎译,上海译文出版社 1999 年版,第 355 页。
② [德]海德格尔:《存在与时间》,陈嘉映、王庆节译,生活·读书·新知三联书店 1999 年版,第 179 页。

迎合我与迁就我,其极端情形便是用我的先见去武断地操控作品并使之为我所用,我的解读策略作为凝固的出发点,放任自流,不受控乃至于失控;当我发现自己的解读策略与作品实际不符合时,如果第一反应不是作品错了而是我错了,我则处在了积极先见的支配中,因为此时我承认自己的解读策略在作品显现出的更为广大的世界前始终是有局限的,我便由此积极调整、修正、改进与发展着自己的解读策略,使之开放出各种解读可能性而活动起来了,我就这样自觉控制着解读策略并创造其合法性。这种区别可简要图示如下:

	积极先见	消极先见
解释者	总能意识到自己	不能意识到自己
解释对象	事物得到了充分尊重	事物得不到充分尊重
解释时空	开放的	僵固的

总结一下即:一方面,人离不开先见。因为人的视点无法同时既看到对象,又看到自我,否则,意识到自我后的视点就已离开原地而不再是它了,也就是说,视点为了不失去自己的存在,必然是顺从于特定位置而进行观看的,观看从而是听任的,所以在认识对象前必然从特定位置出发,对对象已有了某种估计与倾向。另一方面,先见却有积极/消极之分,消极先见导致人与世界的对立,积极先见却是人与世界融合的纽带。

三、区分点:自我反思意识

从上述区分可见,先见的积极状态与消极状态的根本区别,在于有没有产生自我反思的意识。那么,对文学批评而言,哪些是值得产生出自我反思意识,从而让消极先见向积极先见改善的具体内容呢?

一是反思批评的角度。如前所述,文学活动至少存在着天真性、审美性与解码性、思想性这两种侧重点不同的方向,从事文学批评时,我们便需要及时意识到自己的批评角度,让自己的批评角度尽可能恰当地去贴合与适应不同的作品特征。如对一些较通俗、以娱乐功能为主的网络小说等作品,不妨更多地从天真阅读的角度去把握,而对另一些以思想性见长、较注重反映社会时代精神与历史面貌的作品,则不妨更多地从解码阅读的角度去分析。后者又可以细分出具体的情形。如对托尔斯泰的《战争与和平》,解码性侧重于社会历史角度,而对卡夫卡的《城堡》与《审判》,解码性则侧重于哲学思想角度,德国当代批评家比梅尔所著《当代艺术的哲学分析》与我国当代作家残雪所著《灵魂的城堡》两书,便是后一角度的成功批评实践。批评角度的选择是我们作为批评者的先见的体现,促使它在自我反思意识中化消极为积极是必要的。

二是反思批评的态度。文学批评的基本态度包括仰视、俯视与平视。如果说"捧杀"是仰视,"棒杀"是俯视,基于实事求是精神的平视是最不容易做到的。惟其如此,对历史上成功实现了平视姿态的优秀文学批评,我们没有理由不抱以必要的敬意。如钱锺书完成于1950年代的《宋诗选注》,没有轻易屈服于当时的时代政治气候压力,未选入文天祥这位被公认为伟大爱国诗人的诗歌代表作《正气歌》,便是基于平视态度的文学批评。追索起来,尽管出于人格高尚的诗人之手,我们确实不宜因肯定其人而无保留地肯定其文。此诗固然有成就,却也有可圈可点之处,中间十二句"在秦张良椎,在汉苏武节。为严将军头,为嵇侍中血。为张睢阳齿,为颜常山舌。或为辽东帽,清操厉冰雪。或为出师表,鬼神泣壮烈。或为渡江楫,慷慨吞胡羯",确有生硬堆砌典故与句法单调乏味的不足,"三纲实系命,道义为之根"两句,又难免于封建道学气的历史局限。像钱锺书对韦庄《秦妇吟》最后两句在分量上突然变轻的质疑,以及王运熙对《文心雕龙》为一部指导写作之书,而非文学理论著作的定位,都体现了不为尊者讳,有一分事实说一分话的平视态度。

三是反思批评的深度。优秀的文学批评不浅尝辄止,而乐于深入探究文学作品的奥妙,分析其在内容上与形式上同时达到的高度,对这种高度的探析,便体现着文学批评的深度与力度。客观地说,这点在我国传统文学批评中是尤其显得薄弱的,因为这种批评对哲学深度的兴趣较为淡漠。人在中国文化传统中的位置摆放得较高,必然带来人对自己所处的更广大背景的漠视甚至忽视。习惯于聚焦身处前台的人的活动,却看不到更为深邃辽阔的世界背景,是哲理性思辨在传统中国没有得以热情开展的缘由。事实上,我们确实极少在中国传统文学批评中看到较有深度的分析。就以对四大名著的批评为例。国外有的学者之所以发出"宋江是个难以理解的人物。读了《水浒传》,能够理解宋江并对他产生共鸣的人大概很少"这样的感叹,[1]原因恐怕不能肤浅化地从诸如投降主义这类理由中去找,更深层的原因在于作家其实并未真正写出宋江这个人物的丰富、细腻、微妙的精神世界。掣肘于趣味主义的文化传统视野,人物塑造在很大程度上被湮没于外在行动的表达,那种"非民族、非阶级、非党派国籍的人性内省",[2]或者说内在心灵的脉动却多多少少被忽视了。一切都源自"中国没有产生塞万提斯这种善于把游侠的内在追求描写出来的作家"。[3]比如在某些学者眼中《大唐西域记》这样的作品便因"缺乏对于玄奘可能遭遇过的种种困难的描写"而"类似一幅缺乏精神透视法的画卷",[4]这便在某种程度上狭隘化着精神的视野。假如脂砚斋批评《红楼梦》时察觉到,身为婆媳的王夫人与李纨其实在小说里从头到尾竟然未曾正面说过一句话,他由此深入将自己的批评上升至"他人即地狱"的存在厌恶感,或者"寻丈即天涯"的人生哲学层次上深加开掘,[5]其批评成果便将大大增强深度,给人们更加余味不尽的思想。由浅入深地窥察文学作品的意蕴,同样不失为文学批评中值得自我反思的一项内容。下文对《西游记》的深度批评可以为例:

　　都说唐僧师徒西天取经,历经九九八十一难而终不改悔,体现了百折不回的坚毅精

① ［日］佐竹靖彦:《梁山泊》,韩玉萍译,中华书局2005年版,第61页。
② 张抗抗:《大江逆行》,贵州人民出版社1996年版,第371页。
③ 王学泰:《发现另一个中国》,中国档案出版社2006年版,第145页。
④ ［日］中野美代子:《从小说看中国人的思考样式》,若竹译,北京十月文艺出版社1989年版,第13页。
⑤ 张中行:《张中行作品集》第二卷,中国社会科学出版社1995年版,第300页。

神。果真如此吗？我感到，可以从某种程度上来重审这个美丽神话的真相。

那是偷吃人参果一段。人参果，又名万寿草还丹，近万年方可品尝一个，吃后能活上四万七千年，"尽是长生不老仙"。唐僧起初不敢吃。孙悟空架不住八戒撺掇，去园里偷偷打来三个分与沙僧同享。由此引出大闹五庄观的故事。最后请来观音，两家才尽释前嫌，人参果重又送上桌，"唐僧始知是仙家宝贝，也吃了一个，悟空三人亦各吃一个"，杯酒言欢。

看到这里，我们算得一清二楚：唐僧吃了一个人参果，悟空八戒沙和尚每人吃了两个人参果。猪八戒吞得太快，来不及嚼出味道，可能消化得不好，但毕竟总是吃下肚子去了。后果是：唐僧可活四万七千年，悟空三人则可活九万四千年，四人都吃成了"长生不老仙"。

这意味着什么呢？你可能说，几万年后，四人仍还是会死的！但何谓"死"？死，是相对于生而言的，只在人，也就是百年凡人的生命意义上有效。如果承认这点，那么，长生不老，便等于不会死了。秦始皇求仙问药，不就是害怕死亡吗？

进一步追问，长生不老，是说在养生保健意义上不会死，还是说当遇到可能致死的外力时仍不会死？吴承恩的回答是两者兼具："有缘吃得草还丹，长寿苦捱妖怪难。"这就是说，服下人参果，师徒四人已不会轻易死于妖怪之手，一种先验的神性色彩俨然被赋予他们了。

于是，那后面逢凶遇魔的一幕幕"我哭豺狼笑"，便显得虚假——唐僧被缚波月洞："我已是该死的。"被吊盘丝洞："我命休矣。"被困无底洞："救我命啊！"落入妖怪之手的他第一反应总是死，却为何偏想不起自己曾吃人参果，妖怪杀不死他？三个徒弟时不时误以为对方真"死了"，颇有点滑稽。

也于是，《西游记》便讲述了四个不会死的人前往西天取经，一路上虽险象环生，却总能最终凭不死优势而搞定的故事。取经的八十一难，对一群长生不老仙而言失去了意义。因为，"人定胜天"，有资格胜天的只能是平凡人。一个长生不老者，还有何必要再去与天竞胜？由此而来的坚毅之类美名，原来竟是以先天优越性为保障的。这让人想起存在主义小说《人都是要死的》里，长生不老的福斯卡那只永不会腐烂因而令女友倍感害怕的手。福斯卡骑上白龙马，大概也不难上西天见着佛面，可前提是他和唐僧师徒一样，都隐隐然失去了人的气息。

取经是一种启蒙，取到真经，是为普渡东土大唐芸芸众生。在这部小说中，偷人参果那段基本属于师徒四人聚齐后的首次公开集体亮相。事情的尴尬在于，启蒙者是一群从开始就生死不愁、凌驾于凡夫俗子上的神化精英，他们的取经，从姿态到路线都和大众划开了身份界限，走到了神的那边强化着神权，而浑不似普罗米修斯盗天火，坚决站在人类这边反抗神权。为何取经者可以荣获长生不老的人生专利，读经者身而为人的权利总要比取经者低上那么一档次？

因为启蒙者没首先放下优越的架子，也对自己进行自觉的启蒙。唐僧竟会上两次同样的当（被白骨精与老鼠精变化的弱女子所骗），竟会两次赶走悟空（打白骨精与打劫财强盗），至于三个徒弟，从头至尾，形象脾性都是一贯的，懒的一路懒到西天，躁的也一路躁到佛祖莲花宝座前，天遥地远十四年，启蒙在他们的心性上仿佛没留下一点痕迹，一切都是决定好了的。一心只意在启别人之蒙，却丝毫无意启自身之蒙，所以看不到自己身上的神性状态是与启蒙精神相违的。

真正的启蒙使命，只能由走出神性及一切权威变体的个体本位来理性地完成。启蒙者需先拿理性的碱水把自身个体浇灌清楚，回到和别人平等的常情常态中，然后才有可能播自由于其他个体。否则，启蒙者独享人参果而与天不老，被启蒙者却永远只配守着粗茶淡饭打发日子，这岂非在告别神性政治之后又落入了另一种特权统治？这难道不依旧放逐了自由和理性这对启蒙主题词？奋起千钧棒澄清玉宇，筚路蓝缕启山林，自有一种崇高光焰在，但根子上仍难以保证启蒙成功。道理很简单，神性特权一经预设，便站着说话不腰疼。你可敢把吃下去的人参果吐出来？你倒卸去永垂不朽的锦斓袈裟试试看？

我终于开始明白，何以世上有《西游记》，还会有《后西游记》。前者取来了真经，被后者认为不够，真经尚须真解配，方见出启蒙之效。于是，又冒出个唐半偈，和孙小圣、猪一戒、沙弥挑担牵马，再度往西天而去。比起《西游记》的奇幻瑰丽来，《后西游记》的故事要沉闷得多也平民化得多。不过，总归是意识到了首轮启蒙的不足，为此而愿意脚踏实地重新来认真尝试，这很好。

忽然又想到，《后西游记》的无名氏作者长在清朝。那时已有"二西"之说，其中之一即西域佛教。还有西方大道呢。真想再续一次唐僧取经的有趣故事，让师徒四人去一趟洛克卢梭康德们的故乡。

四是反思批评的维度。好的文学作品，在适应于一定角度的主导性解读方式外，又必然呈现出横看成岭侧成峰的多解性，值得我们全面调动起各种维度的视野来把握它，变可能的简化性解读思维为复杂性解读思维，即让自己的解读走出非此即彼的二元思维，而自觉践行马克思所说的"多种规定的综合"以及法国当代学者埃德加·莫兰所倡导的"复杂性"思想："复杂性的方法要求我们在思维时永远不要使概念封闭起来，要粉碎封闭的疆界，在被分割的东西之间重建联系，努力掌握多方面性，考虑到特殊性、地点、时间，又永不忘记起整合作用的总体。"[1]因为，简化的方法只能认识外部的因果性，而难以认识内部的因果性，这便需要避免让批评维度陷入单一的僵化之境，而努力激发其多元性。

例如批评界一直为这样的问题所吸引和困扰：同样是触及"国民性的悲剧"主题的著名小说，[2]阿 Q 与韦小宝这两个主人公形象，究竟哪个更具批判深度？从表面看，鲁迅写阿 Q，写出其从中兴到末路、最终失败的结局，俨然无苟且之意；金庸写韦小宝，却写其官场情场赌

① ［法］埃德加·莫兰：《复杂思想：自觉的科学》，陈一壮译，北京大学出版社 2001 年版，第 151 页。
② 曹正文：《金庸笔下的一百零八将》，上海文化出版社 2020 年版，第 9 页。

场样样都得意、一路亨通的运程,仿佛有歆羡之心,其结果就像有些批评家在评价类似文本处理时所说的"不是批判,而是赞扬、原谅"①。前者直接介入的批判立场,好像确实要比后者时常显得暧昧的认同姿态深刻得多?

这样阐释便化约了本具备生长深度的难题。哀其不幸,怒其不争而将其推至绝路,固然不乏决绝处理的通达快感,却难免也将抉择的困难与复杂性简单化了。这种追求昭彰结果的批判态度,相信人性和文化痼疾可能得到克服,认可着存在论意义上乐观昂扬的、作为理念与掌控性体验的主观死亡:它是对生的执着。但不假手于批判态度的介入,顺其逻辑允许其一路得逞下去,让他顺风顺水地永久活着表演,看似失却了针砭的锋芒,倒反转出一种根深蒂固的虚空境地,抵达了不同于可能性(即可以改变)幻象的不可能性(即无可改变)外部,在那里更为犀利地逼出了虚空论意义上"坏人越来越少,江湖越来越坏"的、②作为现实的客观死亡:它是怪诞而不可能终结的垂死。前一种主观死亡纵然成其为悲剧,以解脱告终,批评家对其旨归的各种辩护,未尝不都默许着带有审美主义色彩的逃避态度,其思维是关联性的,表现为坚信去除这种现象后会迎来健朗的人性与文化,认为那完全可能,而无需考虑其间不以线性意志为转移的顿挫与意外环节,整个思路建立在"思想可以对存在进行筹划"这一信念上,筹划的实质乃规划。后一种客观死亡却以喜剧出之,从一种执着投入世界、"不惜任何手段要求活下去"的日常心态出发,③用实际行动见证执着比解脱更艰难也更可贵,其思维则是非关联性的,表现为思想对存在的筹划在现实面前的深深无力感。两种写法相比较而言孰深孰浅,也就可以获得较有说服力的阐释答案:韦小宝形象确较阿Q形象有更为力透纸背的一面。在这个例子中,如果不从存在论维度自觉调整至异在论、虚空论维度,我们的批评结论便只能人云亦云,以至于终不得其门而入。

五是反思批评的风度。文学作品来自人的创作,归于人的接受,各种人为因素都可能影响文学批评所作出的判断,反思自我的批评风度便不是多余的问题。对此的反例可以举出托尔斯泰对莎士比亚文学创作的激烈抨击。按理两人同属于世界文学史上的扛鼎人物,为何后者如此不见容于前者,以至于令我们深感不公并震惊呢?回答可以是托尔斯泰从自身创作风格出发,对迥异于自己这种风格的、带有浪漫夸张色彩的莎士比亚的创作风格产生的偏见。这便处在了先见的消极状态中而不自知。在我国,鲁迅对梅兰芳的"梅毒"之类尖刻评论,也片面地放大着自己的消极先见而不足为训。这都丧失着文学批评的应有风度。正面的例证则是我国现代作家、文学批评家李健吾当年对刚在文坛崭露头角不久的两位作家朋友的文学创作的批评。他一方面犀利而真诚地平视:"我们今日的两位小说家,都不长于描写。茅盾先生拙于措辞,因为他沿路随手捡拾;巴金先生却是热情不容他描写,因为描写的工作比较冷静,而热情不容巴金先生冷静。失之东隅,收之桑榆,他用叙事抵补描写的缺陷。""他(茅盾)给字句装了过多的物事,东一句,西一句,疙里疙瘩地刺眼;这比巴金先生的

① 杜南发等:《长风万里撼江湖》,中国友谊出版公司1998年版,第137页。
② 六神磊磊:《六神磊磊读金庸》,浙江文艺出版社2021年版,第447页。
③ 卢敦基:《金庸小说论》,浙江文艺出版社2000年版,第220页。

文笔结实,然而疙里疙瘩。""他(巴金)不用风格,热情就是他的风格。好时节,你一口气读下去;坏时节,文章不等上口,便已滑了过去。"①另一方面却保持着难能可贵的批评风度,自觉地将文与人区别看待。当巴金遭到批判,被打倒,当年对他高度评价的人们避之唯恐不及时,李健吾却让两个女儿先后给正在窘境中煎熬度日的巴金送钱,可谓雪中送炭。在文学批评实践中自觉反思这类例证带来的风度启示,将有益于我们的批评实践。

上面五个具体区分点,都涉及"度"。紧跟着的重要问题便是:究竟怎样掌握文学批评在解读过程中的"度",从而避免人们常说的过度阐释呢?

四、解读的适度与过度

在文学批评中,消极先见挤兑积极先见的主要后果是过度解读,即对文学作品所进行的过度阐释。意大利当代作家与文学批评家艾柯精辟地指出,"对线索的重要性的过高评价常常是由于我们天生具有一种认为最显而易见的证据就是最重要的证据的倾向",这使"过分的好奇导致对一些偶然巧合的重要性的过高估计,这些巧合安全可以从其他角度得到解释"②。这根源于人的天性:总可以创造出某种体系,使原本并无联系的东西产生出合理的联系。其中主要有两种常见的情形。

一是夸大个人的主观反应。举例来说,美国作家纳博科夫在对《堂吉诃德》与《变形记》这两部文学作品进行文学批评时,便存在这方面的迹象。对前者,当他读到堂吉诃德打猎时的黄昏树林如同着火一般,马上联想到主人公的"人生的日落时分"也是这样的,这何尝不正好落入了他本人反对的过度解读呢? 对后者,他则固执地认为,格里高尔的家人们扮演了残忍的角色,最坏的是妹妹,在格里高尔这个虫外壳下的人面前,父母与妹妹都成了化装成人的虫。这一解读似乎也把小说内涵简单化了。事实上,透过家人们表面上避之不及的慌乱,卡夫卡仍写出了他们对格里高尔的温情,母亲哭着阻挡拿苹果掷儿子的丈夫,妹妹悄悄端牛奶给哥哥喝,这些如何支持得了纳博科夫的上述解读呢?

二是夸大某种特定的理论。如果一位批评者每每以不容置疑的独断姿态强硬地推销自身赖以依据的某种特定理论,他的批评实践与文学作品之间的洽适性便容易打上折扣,如上一章介绍的精神分析批评,就因其强制性而很自然地引发着习惯于审美化天真批评、倡导尊重文学作品的批评家们的反感。一个突出的例子,是弗洛伊德精神分析学对文学的介入。精神分析文论常常被当代作家和理论家指责为理论暴力的标本。纳博科夫嘲讽说,假如弗洛伊德看到《包法利夫人》中多场涉及马鞭的镜头,他一定会将它们视为性象征并作出胡说八道的性理论分析,③杜拉斯不信精神分析,④福克纳从不读弗洛伊德的著作,博尔赫斯同样

① 李健吾:《咀华集·咀华二集》,复旦大学出版社2005年版,第8页。
② [意]安贝托·艾柯等:《诠释与过度诠释》,王宇根译,生活·读书·新知三联书店1997年版,第58—59页。
③ [美]弗拉基米尔·纳博科夫:《文学讲稿》,申慧辉译,上海三联书店2005年版,第153页。
④ [法]米歇尔·芒索:《闺中女友》,胡小跃译,漓江出版社1999年版,第110页。

从未喜欢过弗洛伊德。苏联心理学家维戈茨基曾指出，"弗洛伊德本人的唯一过错，是他试图把文学作品的主人公的假梦当做真梦来解释"[1]，文学却被认为没理由成为精神分析理论的演习场所。例如对《红楼梦》第三十九回"村姥姥是信口开河"一段情节，我们也不难作精神分析式批评，即把"水"与"火"的冲突解读成两性性欲的隐喻：在刘姥姥信口开河编故事时，忽然插入院落起火、拿水熄灭一节，是因为曹雪芹意在影射情哥哥宝玉听故事之际的性心理冲动，中国古代有关"医学和性学的论著把男子的性体验比作火，女人的性体验比作水"的研究，[2]岂非同样显得证据充分吗？但这一切无法改变读者深深感到的牵强，可接受的程度遭到了逾越。

既然如此，作为过度解读的对立面，适度解读的标准在哪里呢？在文学批评中怎样做，解读程度的合适性才能得到保证？

对于这个敏感的理论问题，过去人们每每是从存在论立场出发进行思考和回答的。存在论立场会认为，在两个基本标准上文学解读是适度的，那就是和谐与充分。优秀的文学批评活动始终乐于展开并贯彻这两点要求。

所谓和谐，既指不牵强附会，也指富于整体感。不牵强附会，是在对作品整体或局部的解释上避免人为化的别扭与唐突，而力图实现批评主体与作品文本的视界融合。对于鲁迅的《阿Q正传》来说，如果解读所得是"阿Q这一形象体现出古老中国子民的某种国民性"，是说得通并可以得到理喻的，因为这种解读思路不难在作品原文中找到诸多的照应性证据。但如果解读所得是"阿Q这一形象体现出因性欲受压抑而转移发泄的深层意图"，则表面上显得有新意，却给人牵强附会的感受，因为纵然小说中阿Q的单身背景及其对小尼姑与吴妈做出的举动，可以在某种程度上支持这种解读思路，比这显然广阔得多的作品整体面貌，却不容易从头到尾贯穿这种解读思路，它的成立是以舍弃小说里大量其他细节为代价的，而这种牺牲显然是对整个作品质量的牺牲，是并不公正的，解读因而过度了。富于整体感，则是对作品的解释不零散地进行，而是把握住一条可以将全部细节关联起来的主线，在这条主线运作下，全部解读成了流畅的整体性建构成果。对于《红楼梦》来说，某段时间里这部小说的题旨曾被解读成"对贾史王薛四大家族由盛转衰的命运的反映"。不能说这条解读思路毫无成效，在小说的局部中，关于这点确实可以找到不少的证据。然而它显然无法笼罩全篇、整体性地关联起整部作品，因为至少小说中那条更为夺目的宝黛爱情的主线，就难以在上述解读思路中获得位置。由此想开去，我们会深深地困惑：曹雪芹花费如许笔墨续写绛珠仙草等兰因絮果，难道只是为了给所谓四大家族的盛衰史增添一个卑之无甚高论的注脚吗？这显然是不能令人信服的。所以，上述解读思路的局限便在于缺乏整体感，解读因而也过度了。

所谓充分，指在和谐的前提与基础上顾及每一细部而毫无例外，从而避免为符合某种意图而去故意忽略、轻视乃至遗漏某些细节。例如在对武侠小说的解读与批评上存在着一种

---

① ［苏联］列·谢·维戈茨基：《艺术心理学》，周新译，上海文艺出版社1985年版，第106页。
② ［荷］高罗佩：《中国古代房内考：中国古代的性与社会》，李零、郭晓惠等译，上海人民出版社1990年版，第54页。

声音,认为这一文学类型富含哲理而颇具哲学深度,持这一观点的解读者们每每举出金庸与古龙等新派武侠小说家的有关作品为证,相信"虽然金庸是否接受存在主义的影响,尚为'影响研究'中一个有待考证的问题,但《神雕侠侣》中杨过在断肠崖前面对生死考验之'极限情境'时所表现出的'存在的勇气',是具有存在主义的韵味的"①。而在相对的意义上,反对意见的存在反证出上述声音的某种普遍性:"即便着力在小说中追求庄禅境界的金庸、古龙,哲学观念可以说也没有多少新鲜之处。"②那么,该如何估计武侠小说的哲学深度呢?如果我们不急于用"哲学深度"这顶帽子去套"武侠小说"这个脑袋,而充分注意后者在细节上与前者的差异,解读便适度了。在根本的哪点上,武侠小说无法简单用存在主义等现代哲学思想来阐释呢?请看武侠小说作家的自述:"所以我喜欢朋友,也希望能有妻子。但愿有一天,我能拥有这一切。假如在这两者之间我只能选择一样,我宁可选择朋友。"(古龙)再请看武侠小说提供的细节:"楚留香骤然沉默了下来,良久,才轻轻叹息道:'若说世上还有什么事能打动楚留香的心,那就是友情了!'"包括它们在内的所有武侠小说创作的共同特征,是注重以"朋友"与"讲义气"为鲜明表象的"横向联系",根据学术界的研究,出现于春秋战国的游侠,便见证着一种以友情为纽带的人际横向联系特征。这种特征恰恰与哲学的现代精神相冲突,尤其是进入现代以后,以存在论为代表的现代哲学重视孤独、虚无与荒诞等生存体验,便凸显着个体心灵,与武侠的性质是很不相同的。因此,不必夸大武侠小说的所谓哲学深度,但应肯定其对中国"横向联系"短暂传统的宝贵张扬。一种解读思路只有积极融渗到作品的全部细节中,并由此调整自己的突兀、板结之处,才是充分而适度的。文学批评在这点上的追求永无止境。

　　尽管如此,上述存在论思路仍未能跳出现象学-解释学的存在论窠臼,要害在于一种对关联性(即认为存在与思想唯有在两者的相互关系中才能获得③)的预设,哪怕这种预设已吸收现代思想成果,而以意义连续性等各种新面目表述出来。走出关联性后,如前面第七章所分析,既然独异性来自对语言限度的试探,以及同书写困难的积极较量,这种试探和较量在深层次上包含了被存在论的关联性思路所忽略了的、溢出的各种差异性因素,因而成全着解读的客观性,那么,语言的限度,就是实实在在的阐释度标准。意义阐释的适度,所适应之度正是语言的限度:适度阐释,指还原作品的语言限度(即书写的困难)以揭示其客观性;与之相对的过度阐释,则指迎合作品的语言惯性而遮蔽其客观性。

　　这向文学批评提出了阐释作品的语言限度的任务。继续接着前面的例子看,鲁迅写阿Q最终走向失败,不难被批评家从文本中读出踪迹。金庸写韦小宝始终走向成功,这样的戏仿却会不会在正话反说中失控,以至于令读者感到作者是很正经的,并没有嘲讽的意思,而失去距离感呢?专门研究讽刺艺术的学者的确列举过丰富的事实,来表明"有些最上乘的内容

① 宋伟杰:《从娱乐行为到乌托邦冲动》,江苏人民出版社1999年版,第201页。

② 陈平原:《千古文人侠客梦》,百花文艺出版社2009年版,第111页。

③ Levi Bryant, Nick Srnicek, Graham Harman. *The Speculative Turn: Continental Materialism and Realism.* Melbourne Press, 2011, p.3."关联性"的传统含义即"关系"。参见[德]康德:《纯粹理性批判》,韩水法译,商务印书馆2022年版,第79页,注释2。梅亚苏与哈曼等当代思辨实在论者称之为"相关主义"(correlationism)、"接近哲学"(philosophy of access)等。

戏仿会被粗心大意的读者视为原作或真实的风格"[1]，连博学细心的资深读者也会产生类似的疑惑，以至于对《红楼梦》中黛玉代宝玉戏仿的那首《杏帘在望》,[2]表示"开头破题，结尾颂圣，是试帖诗的路子。林黛玉笔下出现试帖诗，如何解释"这样的不解。[3]　其实，决定戏仿成败的关键维系于作家逼近语言极限以激发客观性的处理智慧。戏仿，是让语言向画面极力膨胀。可以举阎连科的短篇小说《革命浪漫主义》为例说明这点。小说叙述某中队的三连长始终没谈上合适的对象，碰巧一位姑娘来部队，在一番不难想到的牵丝攀藤后出现了下面的场景：

> 这时候，一连的兵们都又敬着礼，从她身后跟过来，这样儿，全营五百多个人，一千多只眼，就那么哀伤伤地望着她，像一片孤儿望着要丢下他们远走他乡的一个姐姐样，就用哀求的目光把她包围了，用庄严而伟大的军礼把她包围了，用革命者的真诚把她围得水泄不通了。

> 站下后，她看着一营的全体战士们，想了想深深地朝大家鞠了一个躬，大声地用哭着的嗓音说，我对不起大家了，对不起大家了，也对不起了三连长。

> 不再敬礼的五百多个士兵，哗的一下突然朝她跪下来，在夜的朦胧里，五百多个士兵像一座山在她面前坍塌样，像一片树林在她面前倒下样，跪下的士兵们，在她面前如同听着口令，共同唱着一首凄婉的歌曲样，齐声地说了一段话——求你嫁给我们连长吧。[4]

作品在很大程度上，指向非常年代中某种集体主义话语的荒谬。可初衷是否与收效吻合？如果觉得作者本试图让读者领略强烈的反讽力量，却潜在地欣赏着集体主义，因为让连长与姑娘最终走到一起之"因"，恰恰是集体主义，反讽因而失去了基础，就像金庸对韦小宝同样写着写着悄然变得认同，都落入了戏仿的失控。这样的指责有道理吗？

其实，这种指责取迎合语言惯性的阐释姿态，不及探测到语言在这部作品中的限度，恰成了过度阐释。可以发现，这段文字的画面感极强，强烈到通过"这样儿""姐姐样""坍塌样"与"倒下样"（巧妙利用方言词"样"的重复性）这些充满视觉刺激性的提示词直接出面，与之伴随的"夜的朦胧"等环境描写，也被加重强调而高度造型化，作家似乎从头至尾盯着一个现成化的现场，没有视点上的变换，仿佛真先有这个士兵们齐刷刷敬礼、姑娘忙不迭道歉与士兵们下跪求婚的场景，然后才把这一幕场景勉力记录下来，"看图说话"，这便把语言弄成了可指及事物的传达性工具。而我们知道，语言绝无法这样传达现成画面，因为它是在符号区分所形成的差别中进行替代与表征的任意性符号系统。因此，作家以诙谐的戏仿方式逼出了语言不可能达到的一面，即逼出了语言的限度，把语言实际做不到的事凸显为虚空，让人在语言限度的还原（书写的困难）中感知到了乖讹（客观性）：这靠集体主义观念就能轻易做

① ［美］吉尔伯特·海厄特：《讽刺的解剖》，张沛译，商务印书馆2021年版，第79页。
② 蔡义江：《增评校注红楼梦》，作家出版社2007年版，第217页。
③ 张中行：《张中行作品集》第六卷，中国社会科学出版社1997年版，第127页。
④ 阎连科：《革命浪漫主义》，春风文艺出版社2005年版，第31—32页。

到的一切，是被限度上开启的语言真相所否定的。还原出这点，才成全了意义阐释的适度。相形之下，若从主观感觉出发指责作家在此失去了戏仿的分寸，倒因独断地预设了一个惯性化的"度"标准，而成了过度阐释。由此看来，引入第七章所论述的虚潜思想，文学批评中意义阐释度难题的解决，才有了突破的方向。

五、解读与转写

以上所述，总体上囊括了一般的文学解读情形，也意味着一般的文学解读活动有个基本预设：作品有中心，意义可以从作品本身的踪迹中被解出。最后值得指出的是，如果再以解构主义的眼光看，这种常规性文学解读行为还只是保守的。因为解构主义认为，解读之解不仅具有对文本稳定结构的阅读性含义，还有着打破文本稳定结构的、再创造的写作性含义，可以从原文中转写出具备新意义的新文本，这同样是解读。

为何解读被认为同时可以是一种再创造性的写作？因为在解构主义思想看来，任何关于意义的最终解释都无法达到，它只能被不断地延缓化与差异化，即呈现为一种在不断延伸与扩展中走向新文本的引用。后期思想趋向了解构主义立场的罗兰·巴特便认为，无论是对作品的常见的一次性阅读，还是尽管多次进行却仍以重复为实质的阅读，都是受到商业习惯与意识形态支配的行为，与之不同，作品文本乃是多元而无进入顺序的，这就呼唤我们在面对作品文本时不断通过重新阅读来使之发生"多样性和多元性增繁扩展"[1]。对此，他作出了两番醒目的尝试。首先是，重新阅读巴尔扎克的中篇小说《萨拉辛》，并产生出一个新的文本《S/Z》，后者将前者的情节重新划分为五种编码并使之相互参照，通过慢速的评议来分散原有文本，达到重建意义的解读目标。其次是，重新阅读歌德的《少年维特之烦恼》，产生出一个新的文本《恋人絮语》，后者将前者的情节结构打乱，区分出八十个热恋中的情境，这些情境不仅在原作中可以找到踪迹，而且也因属于所有可能的恋人而出现于其他关涉爱情的作品文本中，可以被任何人加以引用与转写，罗兰·巴特根据自己的经验对它们一一加以描述，使这些情境化为他自己的感同身受的体验，成为他自己的作品文本，解读遂变成了一次有意思的再写作。这种转写同样发生在中国文学中。就诗词来说，像李清照的词作《如梦令》"昨夜雨疏风骤，浓睡不消残酒。试问卷帘人，却道海棠依旧。知否，知否？应是绿肥红瘦"，便是对唐代诗人韩偓《懒起》诗"昨夜三更雨，临明一阵寒。海棠花在否？侧卧卷帘看"的转写，前者"或许胎息于韩诗，但结句用问答对语出之，数语中层次曲折有味，更胜韩作"[2]，钱锺书在《宋诗选注》等著作中大量探讨了诸如此类的、夺胎点金的转写现象。就小说而言，作家褚同庆因有感于施耐庵的原著对梁山上次要的好汉形象性格刻画单薄、女头领太少以及好汉们的行径每每过于残暴血腥等情况，穷四十三年之功重新撰成一百七十回、总计一百

---

① ［法］罗兰·巴特：《罗兰·巴特随笔选》，怀宇译，百花文艺出版社 2009 年版，第 164 页。
② 吴熊和：《唐宋词通论》，浙江古籍出版社 1989 年版，第 231 页。

七十二万字的《水浒新传》,对原著进行了大幅度转写,保留了原著三十九回,改动了四十回,又新写了九十一回,去掉了原著中的宋清、王定六、孙新、皇甫端与李衮等好汉,新增了女将崔慧娘、李飞琼、裴宝姑、吴二姐与项莹娘,结局则是刘唐、三阮、李逵、鲍旭、樊瑞与白胜等好汉阵亡,林冲与吴用自尽,公孙胜回乡,戴宗出家,鲁智深、武松与史进等回二龙山,穆弘、张清、石秀与燕青等回太行山,花荣等回清风山,项充、李俊与李立等出海,宋江与卢俊义等四十三人受招安,就这样,在自己的理解基础上转写出了一个既立足于原文本,又不同于原文本的新文本。这些成功的转写例子,根本上是对原作进行全新解读的成果,在这里,解读与写作合成了一体。

这种"阅读即写作"的解读观念与方法,归根结底与文学作为一个动词、一种活的思想方式的本性一致。在传统的观念中,但凡涉及对一部文学作品的解读,似乎总意味着将要对这部作品文本进行抽象化、理性化的分析与评断,在这个过程中解读主体与作品对象之间的二元对立看起来很难克服,语言或多或少被处理成工具性的。将观念调整为"阅读即写作"后,我们忽然发现对原文的解读完全可以是一种积极自主的、能在更高层面上体现出对原文更深入的理解的再创造与转写,这实际上便顺应了语言因不指及事物而在人与世界之间关系上更合理的处理态度。因此,我们在从事文学解读时,可以将再创造视为自己面对作品文本的一种高层次追求。

 ［本章拓展思考题］

一、被现代思想所充分肯定,并积极影响到了文学批评的"先见",与近代思想所积极研究的"先验",比如康德所说的"先验"是一回事吗? 如果并非一回事,两者的根本区别在你看来是什么呢? 请进一步搜寻并阅读相关理论著作,在深入研究的基础上作出你的详细阐释。

二、如果文学批评应当重视复杂性思想方式,我们如何看待和把握辩证法呢? 人们常说的辩证思维,与复杂性思想方式相矛盾吗? 有人认为,在辩证法的名义下人们常常将相反的两个层面强制结合在一起,仍重蹈着与复杂性思想方式格格不入的二元论思想方式。对此你认同吗? 请详述你的理由。

三、以下批评观点,你是否认同? 请分别结合它们所围绕的作品,展开你基于自身独立解读基础之上的、批评的批评:

1. 关于《论语》,有人在解读过程中认为,它已包含了现代宪政思想的某些萌芽。对此你持何看法?

2. 关于日本学者新渡户稻造的《武士道》,有人在解读过程中认为,它所渲染的武士道精神是一种不值得倡导的精神。对此你持何看法?

3. 关于美籍华裔历史学家黄仁宇的《万历十五年》,有人在解读过程中认为,它所主张的历史观念不正确。对此你又持何看法?

四、请任选以下两题之一作答。

1. 有批评家主张,文学批评中大可允许"深刻的片面",论者并援引鲁迅的名言说"有缺点的战士终竟是战士,完美的苍蝇也终竟不过是苍蝇"。你对这一批评观念持何态度? 能举出若干实例来论证自己的想法吗?

2. 时常被我们在各种文学批评文章中见到的"共鸣"一词,在文学的解读中究竟能否成立? 请进一步搜寻并阅读相关理论著作,在深入研究的基础上作出你的详细阐释。

五、文学解读与文化解读的基本精神,其实是一致的。请任选以下两题中的一题,说明其是否属于过度解读,深入思考并作出你的独立阐释。

1. 请上网重温曾经在国内风靡一时的歌曲《小芳》与《纤夫的爱》。这是两首颇为优美动听的歌曲。但也有人表达过不同观感,从词曲内容中敏感到男性对女性的某种虚伪与自私。你认同这一解读吗?

2. 请上网重温同样曾在国内深受欢迎的大型电视情景喜剧《我爱我家》。这是一部幽默风趣的电视剧。但也有人表达过不同观感,认为该剧在某些剧情中不恰当地嘲笑与丑化弱者。你认同这一解读吗?

六、科学史家戈革教授在《挑灯看剑话金庸》一书中认为,金庸用元好问的词句"问世间情是何物,直教生死相许"来反复作为《神雕侠侣》的主旨,这"引用得并不十分恰当,乃至十分不恰当"。为什么不恰当? 他并未明言。那么,你能解出其中的理由吗?

七、以下每组两篇作品中,你认为哪篇更成功? 哪篇则相对逊色? 请依次比较评论,并阐述你的理由。

1. 司马相如的《上书谏猎》与杨恽的《报孙会宗书》

2. 王延寿的《鲁灵光殿赋》与向秀的《思旧赋》

3. 韩愈的《祭鳄鱼文》与《祭十二郎文》

4. 徐陵《玉台新咏》的序与颜之推《颜氏家训》的序

5. 谢灵运的诗与《古诗十九首》

八、以下古文篇章,其实都不同程度地存在着一些可议的问题。请你从文学解读的角度,依次分别指出这些在你看来可议的问题。

1. 秦孝公据崤函之固,拥雍州之地,……及至始皇,奋六世之余烈,振长策而御宇内,吞二周而亡诸侯,履至尊而制六合,执敲扑而鞭笞天下,威振四海。(贾谊《过秦论》)

2. 李将军广者,陇西成纪人也。……广尝与望气王朔燕语,曰:"自汉击匈奴而广未尝不在其中……岂吾相不当侯邪? 且固命也?"……朔曰:"祸莫大于杀已降,此乃将军所以不得侯者也。"(《史记·李将军列传》)

3. 白闻天下谈士相聚而言曰:"生不用封万户侯,但愿一识韩荆州。"……君侯制作侔神明,德行动天地,笔参造化,学究天人。……今天下以君侯为文章之司命,人物之权衡,一经品题,便作佳士。(李白《与韩荆州书》)

4. 右《金石录》三十卷者何? 赵侯德父所著书也。……呜呼! 余自少陆机作赋之二年,

至过蘧瑷知非之两岁,三十四年之问,忧患得失何其多也?(李清照《金石录后序》)

5. 项脊轩,旧南阁子也。……语未毕,余泣,妪亦泣。……瞻顾遗迹,如在昨日,令人长号不自禁。……庭有枇杷树,吾妻死之年所手植也,今已亭亭如盖矣。(归有光《项脊轩志》)

九、你能运用"论诗诗"的独特形式,像吴熊和先生的《论词绝句并议证》那样,来逐次潇洒评论你感兴趣的古今中外作家作品吗? 期待你的才情。

十、对本章有关文学解读中避免过度阐释的"度"的分析,你是否有进一步申述或补充之处?

 [本章进一步推荐阅读] ▪▪

1. 茅海建:《从甲午到戊戌:康有为〈我史〉鉴注》,生活·读书·新知三联书店 2018年版

2. 李健吾:《咀华集》,人民文学出版社 2007 年版

3. [法]保罗·瓦莱里:《文艺杂谈》,段映虹译,生活·读书·新知三联书店 2017 年版

4. [德]瓦尔特·比梅尔:《当代艺术的哲学分析》,孙周兴、李媛译,商务印书馆 2016年版

5. 徐亮:《文学解读:理论与技术》,敦煌文艺出版社 1992 年版

6. 蓝棣之:《现代文学经典:症候式解读》,人民文学出版社 2006 年版

7. [瑞士]皮亚杰:《发生认识论原理》,王宪钿译,商务印书馆 1981 年版

8. [法]埃德加·莫兰:《方法:思想观念》,秦海鹰译,北京大学出版社 2002 年版

9. [英]卡尔·波普尔:《通过知识获得解放》,范景中、李本正译,中国美术学院出版社2014 年版

10. [英]E. H. 贡布里希:《理想与偶像——价值在艺术和历史中的地位》,范景中、杨思梁译,广西美术出版社 2018 年版

　　文学作为权力建构的产物，在具备自身建制的同时，也逐渐反思着自身建制的合法性。因为以建构的眼光看，文学活动与非文学活动都被语言说出着，既然如此，它们为何还会有彼此在建制上的界限差别呢？从这种反思出发，文学在今天逐渐走出着被传统观念定位得很牢固、与其他学科显得泾渭分明的建制性，而积极地进入着这些学科。此时，它作为一种活的思想方式而存在着。这便与前面有关文学由杂到纯，再由纯返杂的源流叙述照应起来了。

一、文学走出建制与进入他者

首先,考察文学走出建制与进入他者的背景。文学从何时开始逐渐赋予自身建制性的面貌? 它为何这样做? 回答是,如第一章所述,在十八世纪以来的现代性进程中它视自身为一种专业建制。原因在于,现代性思想对专业领域进行区分,从根本上进行着建立于认识论基础上的形而上学假定。认识论将世界划分为知、意、情三部分,把世界看成可以被划分的客体对象,遵循的是主客二分的二元论思路。建制,就是一种被认识的对象性存在。这条思路在进入二十世纪后,开始被语言论哲学所积极扬弃,由此带出的语言论转向,①有力地还原着文学作为语言创造性活动的本色。我们在前面分析过,这个学理传统真正承担起了对二元论思路的超越使命,更新着我们理解世界的方式。它不是一种新发明,而是对一个客观事实的发现,就是说语言并非到了二十世纪忽然变得不指及事物,它一直如此,只不过在认识论哲学视野中这点被遮蔽了而已。

其次,考察文学走出建制与进入他者的必要条件。基于传统的自然语言观,世界中各个领域原先把语言看成指及事物的,将那个被语言所及之物看成各自的研究对象,从而谈论与确证自己的独特存在——建制。现在,以语言的视点看,不再存在着可以划分出各种专业界限的、作为"物"被认识与把握的对象性客观世界,只存在着同一个世界——语言的世界,或者确切地说,只存在着被使用中的语言——话语的世界。这样,二十世纪以来深受语言论哲学影响的政治、经济、教育、法律、新闻与艺术等原本彼此区隔的专业化建制便逐渐开始打破各自的界限,变得逐渐互融、互渗、互惠起来,文学话语与政治话语、经济话语、教育话语、法律话语与新闻话语的区别不在于话语对象,而在于话语规则,却在都属于话语这点上殊途同归,从而不再必然拥有建制上的泾渭之分。新历史主义将历史文本与文学文本几乎等同地看待,即为明证。在这种跨文化、跨学科与跨专业的新格局中,文学原先据守的建制性界限自然也开始显示出狭义的一面,而不再必然拥有对"文学是什么"作出涉及严格专业界限的回答的权利。这乃是文学不局限于自身建制的必要条件。

再次,考察文学走出建制与进入他者的充分条件。文学不但开始走出自身建制,而且尤其因为自己在历史长河中积累下的语言文字创造性方面的特征(同样如第一章所述,这点在十八世纪之前的西方与十九世纪末之前的中国都已经表现得非常显著),而逐渐融入政治、经济与文化等其他领域,富于优势地成为着它们谈论自身的方式。文学不再作为划分开界限后的专门一部分对象而存在,而是通过语言的创造性构造与组织——语音与字词句段的精心编排设计,来激发想象、虚构、形象与情感等一系列要素的作用。因此,文学,是任何必须运用语言来谈论自身的学科领域必然会同时触及的,是现代学科领域深入构建自己所不可缺的一种推动力或素质。美国哲学家玛莎·努斯鲍姆近年来围绕"诗性正义"的建设目

---

① "转向"一词系美国当代哲学家理查德·罗蒂首先使用,他用这个词来描述认识论、语言论等哲学史上重要发展阶段的转折意义,并于1967年编辑出版了《语言论转向》一书。

标,吁请让文学的想象与情感进入法学等社科研究领域,就是醒目的一例。甚至自然科学话语也因具备了文学因素而倍显自己的力量,"自然科学中有大量叙述学的成分"①,这些丰富的文学成分,激发着自然科学家的灵感与思维,进一步支持着文学不再狭义地满足于建制化的合法性进程。这是文学不局限于自身建制的充分条件,它进而带出着非纯文学的文学更深刻的特殊性或本然面目。

这样,文学逐渐进入人文社科学术研究,呈现出积极的跨学科创造性。既然文学的本义乃是语言的一种使用状态,那么,任何离不开用语言谈论自身的学科领域,实际上都有一个从不同程度借助于文学、用文学的思想方式来打开与促进自身理论建构的问题。文学不仅成为其他人文社会科学领域赖以谈论自身存在的一种共同的思想方式,而且以其语言创造的突出优势,更新与提升这些学科的理论研究质量,开放出着各种令人激动的可能性,使"文学的模式和审美的模式都在社会科学与人文科学领域受到了广泛的欢迎"②。它是如何进入他者的呢?

二、文学如何进入他者:从能指到所指

作为语言的一种使用状态的文学,和语言一样具有符号性,即也具有能指与所指,前者是文学感受,后者则是文学意义。

这里应首先指出的是,在日常活动与科学活动中所使用的一般语言符号中,能指与所指在关系上具有任意性,因为如前所述,它们或让在大于说,或让说大于在,都不同程度地将语言处理为指及事物的。与它们都不同,包括文学在内的艺术符号中能指与所指、物质材料与意义的关系,却大部分不是任意的,而是有关联、有根据的。因为一般语言只传达普遍的概念意义,其能指仅旨在分辨不同的信号,艺术语言却不折不扣地以唤起感受、实现审美为己任,其意义必然与感受相关,并从感受中直接生发出来,所以必然高度敏感于作为能指的物质材料,而不与之任意分离。像绘画艺术中的冷暖色调唤起的不同印象,或直线与三角形引发的迥异感受,皆有其各自代表的某种意义,是在感受中直接创造的意义。所以,在文学语言符号中,能指也直接创造着所指,两者不可拆解。这是讨论文学进入他者的前提,也是他者允诺文学进入自己的理由。

作为文学能指的感受进入他者,指通过陌生化途径——细节、个案与叙事来延长感受的时间,增加感受的强度,化抽象的对象定性为在世理解,而还原其所面对的问题。问题因其未知性而总是显得陌生,也只有保持陌生性才能吸引理论家来探索它,而生活世界正是始终充满了无穷未知因素的。在文学中还原问题,于是还原着一切他者最终需要回归的生活世界。现代德国哲学家胡塞尔中肯地指出,生活世界是前于科学与外于科学的、被奠基于近代

① [美]罗杰·S.琼斯:《普通人的物理世界》,明然、黄海元译,江苏人民出版社1998年版,第265—267页。
② [美]拉塞尔·雅各比:《乌托邦之死》,姚建彬译,新星出版社2007年版,第205页。

数学的观念化自然所偷换了的直观自然,是在感知中被现实地给予、总能被人经验到的唯一现实,科学就是一种在有限领域内对具体生活世界的客观化形态,他由此呼吁科学从普遍因果性回归作为源泉的意义给予性,即经验直观的生活世界,在这一世界中,理论逻辑必须恢复自身所从之出的原始明见性。另一位当代德国哲学家哈贝马斯同样认为,生活世界是对"整个世界的基础加以追问的自然源头",它在形而上学之后作为背景、作为"非对象性的整体性"而存在,并以其"实践的经验语境"而"避免了被理论作为对象加以把握"①。现实中由于不同的机缘,我们总容易在与各种他者打交道中暂时遗忘了生活世界这个本源,文学能指的感受性,引领着我们重新回返本源。

在文学能指的感受中,他者通过语言直达事物的允诺被阻隔与打破了,语言意识到自己击不中形而上学本体,无法对等于一个现成之物,所面对的便是生成之"物"。如前所述,生成之"物"的生成性,使得语言在它面前始终只处于两种基本的不对等情形中:或多出于它或少于它。即处于不断出入着它的活跃动态中(这又一次证明了基于语言创造的"文学"是一个动词),而不会等于它,否则便落入了及物的形而上学幻象。在日常活动中,这两种不对等情形都被认为会导致感知的不直接。在科学活动中,这两种不对等情形都被认为会导致指称的不准确。两者都被认为会干扰与妨碍上述两种活动的真实性目标。但语言在文学活动中却自觉、主动地利用这两种不对等情形来调节自身而实现真实:多出于它时,用积极的空白来留出现场,比如通过语言显示(而非描述)隐含于字里行间的丰富现场因素;少于它时,则用积极的复义来补足现场,比如基于语言对外物的确指松动,而创造性地运用复义策略,使意义处于生动的、既可被确认又不能被确认的可变状态,以同时带出观看主体包括愿望、情感与态度等需求因素在内的视点及其位置变化,从而不再简单地涉及纯客体化的场景,而构造出与感受着它的主体融为一体的场面。这两个方向,正是能指感受进入他者后所同时带出的所指意义:前者为言外意;后者则为言内的想象与同情意义。它们在人文学科、社会科学与自然科学中,都正不同程度地得到着积极的贯彻。

三、文学进入人文学科

文学正积极进入人文学科。人文学科是以人为本、将人作为核心、出发点与归宿、通过对人本身的探究来探究世界本质与意义的学科,包括历史学、哲学与教育学等具体学科。这些学科都在今天不同程度地吸收与运用着文学,文学地展开着自己。让我们简要结合例证来依次说明,并分别勾勒出它们各自在这点上的前沿表现。

如前面第二章所举例,如果一位历史学研究者在"假如……"的句式中充分驰骋想象:假如慈禧早去世十年或者晚去世十年,分别会怎样? 便可能通过想象得出这样的结论:假如早去世十年,戊戌变法可能成功;假如晚去世十年,辛亥革命亦未必会有。这个运用文学想象

---

① [德]于尔根·哈贝马斯:《后形而上学思想》,曹卫东、付德根译,译林出版社 2001 年版,第 49 页。

研究历史问题的过程,不经意间至少焕发出了非如此似乎不足以获得的两点效果,一是有力地揭示出了历史的偶然性,二是同样有力地把革命与改良之辨推到了深度研究前台。应该说,如无这一文学想象的介入,历史学迟早也会就这一重要问题作出自身的抽象阐释,但依托于这一文学契机,问题的探索在具体的个案化想象中融入了人的心理体验,研究的深度便得到了富于意味的加强。基于想象与同情的设身处地特征,普通读者也完全可以将上述虚构性情境换成别的与新的,而追随英国人尼尔·弗格森的《未曾发生的历史》一书尽情想象:假如美国没有爆发独立战争会怎样? 假如英国不曾参加一战会怎样? 假如纳粹德国打败了苏联会怎样? 假如苏联赢得了冷战会怎样? 假如没有戈尔巴乔夫又会怎样? 每一个问号,都有可能在良性的思维助推中导向理论建构的新貌。这种以正义名义展开的想象与同情,把普通读者平等置入着理论的对话空间,吸纳为意义连续体上的有机一环。国际历史学研究不乏吸取文学智慧的前沿成果。2013 年,美国康奈尔大学文学教授凯西·克鲁斯出版了题为《历史灰烬中的文学》的新著,借鉴精神分析等理论,展开了一些令人难忘的创伤故事,沿循这些故事的叙事逻辑,探讨了作家与历史的遭遇等问题。2014 年,另一位美国学者谢默斯·马利也出版了新著《更新历史:现代主义与历史叙事》,进行了类似的探究努力。这种思考方法与写法都很值得留意。

哲学研究者也常常离不开文学,不知不觉地以文学为建构自身理论体系的一种原动力。即以马克思开创的历史唯物主义哲学为例,数百年来,无数有识之士对"经济基础决定上层建筑"这一唯物史观的奠基性原理展开过不可胜计的探讨,却似乎没人充分意识到这一哲学原理在表述上恰恰是文学的:把整个社会结构比喻为一座建筑物,它有特定的地基,也有在地基上生发出来的上层。这不是文学的隐喻吗? 同样的文学隐喻也体现于马克思另一个深刻观点中:"资本来到世间,从头到脚,每个毛孔都滴着血和肮脏的东西。"(《资本论》)这说明,哲学为了更为充分深入地说明一种道理,是不惜大力采取文学方式的,这样做必然基于文学对哲学抽象性特征的激活能力,尽管在哲学工作者实际操作这一切时又完全仅出于无意识。这作为国际哲学发展中的新态势也方兴未艾。两位美国当代学者大卫·巴格特与肖恩·克莱因合编的《哈利·波特的哲学世界》便是精彩的示范。出自十七位哲学家手笔的此书,紧紧围绕着《哈利·波特》这部风靡全球的小说中的奇异故事,生动探讨了"伦理学如何适用于魔法技术""预言是否关乎自由选择"与"关于人格同一性,巫师对我们有何启发"等一系列哲学问题,当我们从中读到诸如"恶在世界上并不独立存在。实际上它是一种缺失的状态"之类的见解时,①会油然体会到这些哲学问题也都是道德问题,从小说故事情节不仅能很好地切入哲学的诠释,而且能很好地还原出第一流哲学中稳然存在着的道德因素——这些因素在纯学术化的哲学表述中或许是并不显露、仅拥有思辨一面的。文学帮助揭开了原本被遮着的它们。当今最前沿的哲学思想中,都闪现着文学的影子。意大利哲学家吉奥乔·

---

① 〔美〕大卫·巴格特、肖恩·克莱因:《哈利·波特的哲学世界:如果亚里士多德掌管霍格沃茨》,于宵、刘晓春译,上海三联书店 2010 年版,第 163 页。

阿甘本高度注重文学,其引人瞩目的丰硕学术成果便得益于文学甚多,2012 年出版的由迈克尔·格罗登等三位美国学者合著的《当代文学与文化理论》一书,描绘了其理论研究对文学思想方式的热情演绎:"阿甘本对文学形象的丰富参考,既非偶然而间接地提到,也非仅作为增色的装饰物而提出,相反,他的许多基础性政治学与哲学主张都是通过文学形象表达出来的,如借助亚瑟·兰波与济慈来考虑语言与主体性问题,从卡夫卡与罗伯特·瓦尔泽那里展开他关于理论的谈论。阿甘本甚至通过文学形象来描述他最基本的方法论原则,诸如通过弗里德里希·荷尔德林的诗歌《帕特莫斯》来清晰地表达动态可逆性思想,通过华莱士·史蒂文斯的诗歌《没有和平的描述》来清楚表达其范式等。五卷《神圣人》系列(1995—2008 年)显示了阿甘本思想上从关心美学到关心政治问题的明确变化,他对于文学的兴趣与对文学形象的利用热情持续未减,确信文学问题决不能全然分离于哲学问题。"①这展示出一位前沿哲学家从文学中不断汲取思路与智慧的风范。法国哲学家阿兰·巴迪欧作为如日中天的当代人文学科领军人物与法国理论在当代的较年轻代表,同样重视文学的思想方式。不仅有专门讨论巴迪欧文学阅读方法的近著,用大量的篇幅展示诸如"马拉美的十四行诗成为巴迪欧理论的范型"等文学渊源的来由,②而且探讨"理论之后的理论"的新著也在末尾辟出专章讨论"二十一世纪的理论",指出"巴迪欧被证明为是一位较难企及的理论家,但他的方法示例应当能鼓励其他理论家从事用文学研究的方式介入自然科学定量技术与社会科学的严肃对话这项艰巨而必要的工作"③。经此观照的未来哲学,被认为将用由文学、电影与戏剧等叙事方式所构成的个体叙事艺术来行使"哲学关怀"④。哲学研究于此的成效是我们乐于继续拭目以待的。

　　教育学,同样有一个被文学所融合的问题。在一个人的成长经历中,世界观与人生观的教育必不可少,而成为教育学理论绕不过的研究课题。如何既将必要的道理落实于未成年人的心灵,又避免说教呢? 引入文学的形象化虚构场景不啻理想选择。例如可以结合相关教育学主题巧妙设问:"假如你生在明清之交,会选择做谁?"给出的选项中可以同时囊括抗争、造反、归隐与媾和等不同人生选择,通过讲述各自对应的故事,激发起学生们将自身代入特定历史情境,进而作出抉择的趣味及其热情,其对此作出的包含但不限于选项的回答,无形中不是可窥其世界观与人生观取向之一斑吗? 教师再在此基础上不失时机地巧妙引导,一个原本十分容易流于枯燥说教的教育学主题得到了文学化的积极实现。这同样是国际前沿视野中教育学研究的新动向。从国际前沿看,文学思想方式在教育学领域的创造与运用,也不乏成果,值得引为国内学界的积极借镜。这方面的代表性著作至少有加拿大学者克兰迪宁与康纳利合著的《叙事探究:质的研究中的经验和故事》等,该著已以其新意引发学界相关研究者的推许与重视。2013 年,国际知名学者帕特丽夏·利维又出版了新著《作为研究实

① Michael Groden, Martin Kreiswirth, Imre Szeman. *Contemporary Literary and Cultural Theory*. Johns Hopkins University Press, 2012, p.27.
② Jean-Jacques Lecercle. *Badiou and Deleuze Read Literature*. Edinburgh University Press, 2010, p.103.
③ Nicholas Birns. *Theory After Theory*. Broadview Press, 2010, p.316.
④ Noel Carroll. *The Poetics, Aesthetics, and Philosophy of Narrative*. Blackwell, 2009, p.3.

践的小说》,其结论部分便是"小说教学法",在这部分中,著者醒目地探讨了"作为大学课堂中一种教育工具的小说"与"在本科生教育中使用小说"等问题。[①] 同样值得注意的是,当前国内一些高等院校中的教育学专业,也不同程度地出现了对文学情境的关注热情,这种热情延伸到了与教育学息息相关的心理学等专业领域。文学对以上几个人文学科代表性领域的积极进入,是其动词性的显著证明。

四、文学进入社会科学

文学也正积极进入社会科学。社会科学是以研究社会发展规律为目标,注重客观性、精确性与制度性的学科,包括法学、政治学与社会学等具体学科。这些学科也都在今天不同程度地吸收运用着文学,文学地展开着自己。让我们也简要地结合例证来依次说明,并分别勾勒出它们各自在这点上的前沿表现。

文学进入法学领域的根据一方面在于,法律仅凭自身无法绝对地保证正确与公正。冤假错案这个词并非成为历史性名词,原因即在于此,这在相对注重人情因素、程序上富于弹性的我国传统中体现得更为分明。如金庸小说《倚天屠龙记》中记述明教虽严格规定"残杀本教兄弟,乃本教五大禁忌"而必须依法严惩不贷,但光明右使范遥尽管"亲手格毙了本教三名香主"却因"主旨是为了护教,非因私仇",属于特殊情况下违反本教法律之举,而可以不必受到制度的追究。另一方面,文学进入法学,也是出于对法律本身是否绝对必需的观察与考虑。法律是否绝对必需,这个看似不成问题的问题,其实值得追问,倘若某人为自寻短见而不惜在公交车上纵火伤及无辜,侥幸获救后因高度烧伤而躺在医院中接受或许高达十几万元甚至几十万元的医疗救治,伤愈出院后再接受司法审讯而最终因故意杀人罪被判处死刑,那么政府果真有必要这样耗费巨资,"先救活,再处死",去救治一个罪大难赦的犯人吗?赞成意见固然可以从人道主义立场出发辩护,反对意见何尝不能以"这笔救治巨款是纳税人的钱"为由予以质疑?这类争议维系于法律的限度:形式正义及其制度局限。无论如何,法律是被动防御的产物,它在一定范围内有效,却始终无法从根本上取代主动建设的更深意义,那就是基于情感、同情、体验与爱的诗性正义,而后者正是文学有能力提供的。就此而言,文学中的"侠"形象尽管与现代法治精神相冲突,却有为法律所不逮的积极性,在西方文学艺术中,诸如蜘蛛侠之类形象行使的直接正义,在某种程度上不乏启示意义。国际前沿视野中的法学研究由此积极看重文学的作用,是不难得到理解的。新世纪初,美国加州大学的两位法学教授保罗·伯格曼与迈克尔·艾斯默合著并出版了《影像中的正义》一书,在副标题为"从电影故事看美国法律文化"的这部新书中,两位作者发出一连串的提问:"你是愿意读一本有关死刑的鸿篇巨制呢,还是愿意在影片《我要活》中活生生地看着死刑在你眼前呈现?你是想浏览一份界定战争罪的条约呢,还是想看看《纽伦堡审判》?对普通人而言,是就四肢麻痹

① Patricia Leavy. *Fiction as Research Practice*. Left Coast Press, 2013, pp.262－266.

患者有没有权利去死和别人争论一番,还是看一部《这究竟是谁的生命》更有意义?"①在此基础上,他们详细分析了七十五部经典法律题材影片的叙事,可谓为法学与文学思想方式的联结提供了一份启人心智的范本。这之后,还出现了探讨诗性正义与"法律小说"的新著,②涉及文学价值对司法管辖权的挑战等一系列关乎现代生活的主题,读来给人以别开生面之感。

政治学也在从非此即彼向亦此亦彼的思想范式转换中,积极认可着文学的智慧。美国当代文学理论家乔纳森·卡勒举例道,正在成为当今政治学领域中热门议题的身份认同理论,或将身份归之于先天,或将身份归之于后天建构,在对立化的论争中始终难免有各执一隅的简化之弊,不过,一出悲剧名作《安提戈涅》却足以让人们在具体的叙事——安提戈涅的痛苦选择以及克瑞翁孤独彷徨于天地间的心灵拷问——中充分领略到身份在先天与后天选择之间相互生成的微妙情形,这是身份理论想要做却仅靠自身达不到的。政治学理论出于认识事物的需要,每每习惯于作知性化分解与构造,被知性分解的、对象化了的"物"显得非此即彼,十分纯粹,但包括波粒二象性学说在内的现代思想已证实,亦此亦彼、相反相成、集矛盾性质于一身才是世界的真相,只有在这时,世界才未被对象化而是得到着尊重、理解与体贴。索福克勒斯的这一叙事逻辑不正在做这件事吗?美国学者伊恩·弗雷泽出版于2013年的新著《身份、政治与小说:审美的时刻》,便富于代表性地说明了,文学在国际前沿也每每进入着政治学领域,成为其与时俱进的一种创新选择。

社会学积极引入文学的理由在于,社会学偏向宏观的学科性质,决定了其自身进一步融合微观要素以全面呈现社会历史状况的必要性。在规整、严格的社会学抽象分析中,个体生存境遇容易流失自己的丰富性,而促使社会学在展开诸如模型建构与数据调查等学科程序的过程中,适时适机地予以形象化、典型化处理,我们于是看到了关于一个村庄的历史变迁的社会学分析,或者一种习俗对社会历史文化的缩影,这些成功尝试都有助于加强社会学研究的深度、细度与广度。尤其是,文学在社会学中的介入,还有助于发现社会学本身无法探及的微妙而宝贵之物,这就是一种无法被轻易预测与规律化的生存意味,如一位学者道明的那样:"文学并不总是描绘习俗和社会状态。它可能表现个人或少数人对冒犯他们而他们不得不忍受的法律或习俗的抗议,也就是努力促使存在的事实不再存在。"③这种超越性是社会学仅凭自己所难以理想达成的。文学在前沿对社会学这一局限的积极补充,至少包括时间与空间两个层面。从时间层面看,社会学研究可以截取历史长河中的一个微观时间点,徐徐展开这个时间点中依次出场并更迭的前后事件,在还原它们的逻辑中,叙述它们贯连而成的社会学故事,法国学者祖姆托的《伦勃朗时代的荷兰》与美国学者贝恩斯的《1963年的格林尼治村》都属于这方面的佳例。从空间层面看,社会学研究也可以围绕时代社会生活中的一个微观空间点,铺陈与这个空间点同时存在并发生联系的其他事物,在还原它们的逻辑中,叙述它们并置而成的社会学故事,例如日本学者芦原义信的《街道的美学》。它们都以其富于

---

① [美]保罗·伯格曼、迈克尔·艾斯默:《影像中的正义:从电影故事看美国法律文化》,朱靖江译,海南出版社2003年版,第6页。
② Jonathan Kertzer. *Poetic Justice and Legal Fictions*. Cambridge University Press, 2010, p.138.
③ [美]昂利·拜尔编:《方法、批评及文学史》,徐继曾译,中国社会科学出版社1992年版,第56页。

成效的实绩而开辟出了一条思考的新路。

五、文学进入自然科学

文学还积极进入着自然科学。如果我们问：平面几何中有文学成分吗？这并不是在开玩笑。因为平面几何知识体系奠基于极少数几条公理之上，如"两点确定一条直线""两条平行的线永不相交"等，一般来说，人们都认为这几条公理无法得到几何学知识自身的论证，不需要由其他判断加以证明，是被几何学家从某种意图出发、为达成某种效果而说出的，这与文学用语言讲故事并希望读者信以为真、营造虚构中的安全感的旨趣，在实质上相同，表明自然科学知识事实上离不开叙事知识。而前者在事实上与后者的这种联系，又进一步决定了前者在价值上也离不开后者，而需要借助后者来施行"科学与技术的范式转换"[①]，以积极地实现"文学与自然科学的爱憎联系"[②]。文学的思想方式，由此不仅从表面激发自然科学家的思想火花，还在深层显示出自然科学"实事求是"思维方式与文学"失事求似"思维方式的本质差异，使人进一步看清了对文学作自然科学化理解的局限。让我们简要结合例证与前沿动向来说明这点。

先以诗歌为例。唐人杜牧《遣怀》名句"楚腰纤细掌中轻"，据古汉语考证"纤细"本作"肠断"，后者具有唐宋诗文常见的反训义"欢快娱情"，可作"可爱"之义解。[③] 训诂学偏重自然科学式的实证思维与方法，作此解释，自然在义理上更为周全妥帖，但就此诗作为审美活动结晶而言，我们大概都会觉得"纤细"比"肠断"更入耳而优美，因为从声韵上看"肠"字与"掌"字同句重复同韵，而在节奏感与音乐性上稍嫌单调。这就是"实事求是"不妨碍甚至不及"失事求似"的表现。再以小说为例。《水浒传》第二十三回叙述："西门庆也笑了一回，问道：'干娘，间壁卖甚么？'王婆道：'他家卖拖蒸河漏子，热荡温和大辣酥。'"对这段话中出现的两种事象（拖蒸河漏子，热荡温和大辣酥），学者们可能通过民俗学考证解释为性器与性交，[④]作家们却可能解释为"安排两种词意截然相反的词语放在一起，借以造成突兀而相辅相成的怔忡效果"的双关修辞表达，[⑤]这也是"实事求是"不妨碍甚至不及"失事求似"的表现。古人之作如此，今人之作亦然。《围城》开头写道："红海早过了。船在印度洋面上开驶着。但是太阳依然不饶人地迟落早起侵占去大部分的夜。"有心思细密的读者从地理学角度质疑：小说主人公方鸿渐从欧洲坐船经红海、马六甲海峡回国，按地球公转规律与正常的地理纬度变化，不会出现夜短昼长的情况，而应反过来，昼短夜长。这样的辨析从自然科学角度说是精细不苟、于不疑处有疑而启人心智的，但它对欣赏这部作为文学的小说作品来说又是丝毫不重要的，因为这般描述自文学角度观之，完全可以是一种不同于客观实际情况的心理感觉，即因

① Michael Mack. *Philosophy and Literature in Times of Crisis*. Bloomsbury, 2014, p.27.
② Margareth Hagen, Randi Koppen, Margery Vibe Skagen. *The Art of Discovery*. Aarhus University Press, 2010, p.31.
③ 蒋礼鸿：《蒋礼鸿集》第五卷，浙江教育出版社 2001 年版，第 82 页。
④ 黄霖主编：《金瓶梅大辞典》，巴蜀书社 1991 年版，第 941 页。
⑤ 孔庆茂：《钱锺书与杨绛》，凤凰出版社 2011 年版，第 254 页。

前途迷茫、百无聊赖而滋生出大白天分外漫长的主观感受，这是人之常情。就像由于施耐庵是南方人，百回本《水浒传》前七十回故事却大都发生于北方，具体叙述中有很多地理位置方面张冠李戴的错误，而包括受招安征方腊等情节在内的后三十回却因主要在江南进行，连一座座杭州城门都写得丝毫不差，但后三十回纵然在历史地理上正确，却偏偏远不及前七十回声动古今和脍炙人口。由此可见，文学有其自身的理解方式，用自然科学的理解方式去规范与剪裁它并不明智，反过来说，文学独特的理解方式，倒可能十分有助于自然科学的推陈出新。一个有趣的近例是近年来的食品安全研究也融入了文学叙事成分。[①] 这些文学成分让人不再自信于"如果一条直线的两端被确定下来，那么大脑就可以用一把简单的'尺子'把中间部分弥补完整"[②]，即不再遗忘生存的复杂因缘，却看护着每每被科学遮蔽了的人的生存的复杂性，比如积极引入叙事情节中的各种对立面，使"冲突成为游戏者把游戏继续下去的需求"[③]，平心静气地回到人在生活世界中的矛盾性生存这一真相。就此而论，文学不仅有助于激活自然科学家的研究灵感与思维，更内在地促使其始终持守人性关怀这一终极目标，实为走出曾自诩无往而不胜、客观上已造成若干负面后果的科学主义神话的一条良性途径。有关这方面的学术前沿进展，同样值得继续拭目以待。

 [本章拓展思考题]

一、请深入举例分析"违法有时可能是正义的"这一现象，并在此基础上，研究和展示文学与法学的关系。

二、关于文学在今天作为活的思想方式进入人文社会科学，甚至自然科学领域，除本章提到的这些例证外，你还能再举出有说服力的新例证吗？

三、依你之见，"人文学科"与"人文科学"这两个词哪个更合理而可取？两者的英译显然是不同的，那么它们在内涵上到底有何差别呢？

四、语言学家王力曾谈及古人的胡子问题，认为古乐府《陌上桑》有"行者见罗敷，下担捋髭须"之句，可证当时挑担的男子均有胡子，胡子长得好是古代美男子的特征之一，故《汉书》称汉高祖为"美须髯"，文收《龙虫并雕斋琐语》。作家沈从文则援引大量文献与文物资料，表达了不同看法，文收《花花朵朵·坛坛罐罐》。你如何来裁断这场半个世纪前的学术争论？请详细阐述你的观点与理由。

五、如果你是文科生，请就哲学中的一个问题，尝试用文学的方法来深入浅出地阐释它。如果你是理科生，请就自然科学中的一个问题，同样尝试用文学的方法来深入浅出地阐释它。

六、对于本章论及的"诗性正义"这一命题，你认为它能否成立？请自由充分地阐述你对

① Jayne Elisabeth Archer, Richard Marggraf Turley, Howard Thomas. *Food and the Literary Imagination*. Palgrave Macmillan, 2014, p.1.
② ［英］理查德·道金斯：《解析彩虹——科学、虚妄和玄妙的诱惑》，张冠增、孙章译，上海科学技术出版社 2001 年版，第 300 页。
③ Lee Sheldon. *Character Development and Storytelling for Games*. Course Technology, 2014, p.34.

此的见解。

七、请任选以下两题中的一题，阐述你的见解。

1. 文学观念从建制性转换为思想方式后，小说、诗歌与戏剧等传统文类应得到何种新的看待呢？

2. 美国文学理论家韦勒克与沃伦在合著的《文学理论》这部经典著作中，开启了将文学研究分为"内部研究"与"外部研究"的基本思路。你是否认同这种划分呢？为什么？

八、请自主搜寻国外著名大学图书馆网页，深入探查文学在今天作为一种活的思想方式进入其他专业研究领域的新近著作出版情况，编制一份外文著述书目，对这一现象进行深度追踪与分析评论，在这一过程中逐渐培养自己检索外文文献的重要能力。

九、福柯没有明确的文学研究著作，因为他对那种不恰当地神圣化了并规训其他话语的文学抱有警惕。尽管如此，他仍对尼采、巴塔耶与布朗肖等文学家文本中迷人的、非体制化的文学性力量极为着迷并推崇，因为文学的思考方法，暗合着他做理论的姿态。他描绘性、监狱、麻风病与犯罪等文学乐于与善于表现的题材，在对它们的话语权力作种种揭露时，逮住了传统形而上学与理性主义的要害。《疯癫与文明》这部理论著作里充满了生动的细节，大禁闭、激情与谵妄、疯癫诸相、恐惧、医生与病人，都是一幅幅很具可感性的画面。福柯特别提到"愚人船"（Narrenschiff）这一相当具体的个案。这个出自古老的亚尔古英雄传奇的文学词语，指十五世纪左右载着神经错乱的乘客们航行于莱茵河城镇间、营造轻松流浪生活的醉汉之舟。福柯开采出它所凝缩的某个时代对癫狂的态度，这种缩影也是文学特别感兴趣的东西，德语作家勃兰特与美国作家凯瑟琳·安·波特就分别创作过诗体叙事作品《愚人船》与长篇小说《愚人船》，都将笔触聚焦于福柯这一叙事意象，反证着文学在福柯理论中的积极融入。

请比较上述三种以及更多的"愚人船"意象，自定角度，写一篇富于新意的学术论文。

十、本章所述的内容，能否启示我们深入思考文学与现代民主的关系？这是个意义深远的大问题，不仅如法国当代哲学家德里达所说的那样"没有离开文学的民主"，而且如美国当代思想家玛莎·努斯鲍姆坚信的那样："将文学研究当作公民教育课程的核心部分，这一点很重要，因为它开发的是解读的艺术，而这对于公民的参与和意识至关重要。"为什么文学有助于积极推动民主的现代进程？在现代民主思想观念谱系中，文学占据着怎样一个位置呢？请进一步搜寻并阅读相关理论著作，在深入研究的基础上作出你的详细阐释。

 ［本章进一步推荐阅读］

1. 钱锺书：《七缀集》，生活·读书·新知三联书店 2019 年版

2. ［美］罗伯特·波格·哈里森：《花园：谈人之为人》，苏薇星译，生活·读书·新知三联书店 2020 年版

3. ［美］迈克尔·波伦:《植物的欲望:植物眼中的世界》,王毅译,上海人民出版社 2015 年版

4. ［西］何·奥·加塞尔:《什么是哲学》,商梓书等译,商务印书馆 1994 年版

5. ［美］玛莎·努斯鲍姆:《诗性正义》,丁晓东译,北京大学出版社 2009 年版

6. ［美］彼得·盖伊:《历史学家的三堂小说课》,刘森尧译,北京大学出版社 2006 年版

7. ［美］约翰·阿伦·保罗斯:《跨越缺口》,史树中等译,上海科学技术出版社 2001 年版

8. 苏力:《法律与文学》,生活·读书·新知三联书店 2017 年版

9. 陈大康:《荣国府的经济账》,人民文学出版社 2019 年版

10. 赵一凡:《从胡塞尔到德里达:西方文论讲稿》,生活·读书·新知三联书店 2007 年版

第十六章
文学与理论

在依次完成前面十五章议题后,我们最后进入文学理论的本体反思,考察文学理论这门课程究竟是如何具备自身知识合法性,并在今天继往开来的。本章将显示,从文学理论到理论再到后理论,是这个学科从过去到当下的基本发展路径。深入地从学理上弄清这一路径的形成原因,不仅将高屋建瓴地建立起对这门学科的整体把握,而且将引领正置身于这门学科发展前沿的我们,获得面向未来的学术信念与实践动力。

一、从文学理论到理论

从有了学科建制意识的近代直到二十世纪前期,文学理论一直是具备着稳定研究对象与方法的专业学科。按美国现代文学理论家勒内·韦勒克影响深远的经典界定,文学研究由文学理论、文学批评与文学史三部分组成,文学理论主要"研究文学原理、范畴、标准等方面"①。这一定性意味着文学理论是不容置疑的"文学的理论",也使初学者心目中形成了对文学理论学科的通常印象。

但是,文学理论的上述稳定格局自二十世纪中后期以来被打破了。如前所述,文化研究兴起,以符号对意义的自由创造能力而突破了文学的边界,大大延伸至各种文化现象并打开其广阔空间,对传统文学理论研究构成了巨大冲击,由此带来的每每以种族、阶级、性别、意识形态等大词为主题的理论,以很新的面貌逐渐进入了文学理论界的视野。美国当代文论家乔纳森·卡勒在出版于 1997 年的一部著作中,用一个词将它们与传统习见的"文学理论"区分开来,这就是"理论"。卡勒认为,"文学理论"指涉及"文学的本质和文学的分析方法的系统解释"的"关于文学的理论",在这一点上韦勒克的界说并未过时,除此以外,还有一种"纯粹的'理论'",这种纯粹的"理论并不是关于文学的理论"②,而已使文学研究发生了质的变化,使得只研究"文学理论"的传统格局,在晚近正向研究"理论"的新格局嬗变。比起前者来,后者可以合法地不去联系具体文学现象而存在。这也是新历史主义、后殖民主义与女性主义等"理论"使传统文学理论界深深感到异趣与艰涩的原因所在。总之,文学理论(Literary Theory)变成了理论(Theory),③"理论的时代已经开始"④。何以会出现这种演变呢?

因为同样如前所述,二十世纪中后期开始,文学的建构性在很大程度上取代了原先自明的天真性而成为文学研究的主题。语言论思想的积极推动,使符号的意义创造功能逐渐越出文学范围而几乎变得无所不在,向影视、广告、传媒与网络等文化领域大力延伸。它们为何能在很短的时间里迅速俘获消费者的心而征服大众? 当然是由于它们中都蕴藏着类似于神话力量的深层结构,也由此"支配表层现象的深层结构越来越多地被设想成权力"⑤,权力的建构与对权力的解码,便成为二十世纪中后期以来文学理论研究的新聚焦点——必须注意,上述文化现象的根因始终还是语言论思想,而这是现代文学理论的共同源泉,只不过在文学理论研究的名义下,我们现在研究着因视野的极大打开而面对的丰富文化现象,它们与文学无关,使我们的文学理论研究显得越来越疏离文学,实际上变成了文化理论或者说批评理论。所以,逐渐形成了这样的新局面:文学理论自二十世纪中后期以来,以形形色色的非文学话题与内容为自身研究对象。为了醒目地标示文学理论研究的这种新形态、新阶段与

---

① [美]雷内·韦勒克:《批评的概念》,张金言译,中国美术学院出版社 1999 年版,第 1 页。
② [美]乔纳森·卡勒:《文学理论入门》,李平译,译林出版社 2008 年版,第 45 页。
③ James Seaton. *Literary Criticism from Plato to Postmodernism: The Humanistic Alternative*. Cambridge University Press, 2014, p.55.
④ [美]莫里斯·迪克斯坦:《途中的镜子:文学与现实世界》,刘玉宇译,上海三联书店 2008 年版,第 296 页。
⑤ [澳]约翰·哈特利:《文化研究简史》,季广茂译,金城出版社 2008 年版,第 113 页。

以往传统形态、旧阶段的区别，学术界便用"理论"一词（在西文中首字大写）替代"文学理论"一词了，"理论"也可以被称为文化理论或批评理论。这种演变因而有明晰的学理发展轨迹可循。

二、从理论到后理论

理论从二十世纪中期发展到二十一世纪初，又进一步走向了新的发展阶段——后理论（Post Theory）。什么是"后理论"呢？它是"理论之后"出现的反应。随着英国当代文学理论家特里·伊格尔顿引人注目的新著《理论之后》在 2003 年出版，关于"理论之后"的各种探讨逐渐成为文学理论研究的新议题，后理论可以被看作理论家们对于这一议题的回答的总称。

出现这一新演变，当然与理论在自身发展进程中显示出的问题及其所引发的反思有关。从上面的分析可见，对文化现象进行解码，意在揭示出隐藏在文化现象之下的、权力化的深层结构并解开其建构过程，带有强烈的批判性，权力的建构过程就是广义的政治，这就必然使理论呈现出政治化的色彩与面貌，简言之，理论注定在本性上就是政治的。伊格尔顿便认为一切批评都是政治的，文学理论乃是社会意识形态的一个分支，那种企图使它充分区隔于其他社会文化思想的想法只能是"幻觉"[①]。文学研究在理论的视野中热衷于社会学路数，原因便在于此。这也正是当今国际上的大学文学系中往往充满着政治学派的声音的原因。既然是政治的，便不可避免地总是在某种程度上带有宏大叙事的性质，正如法国思想家利奥塔所指出的那样，政治性的解放叙事是宏大叙事的一种，而宏大叙事是历史上一切形而上学的基础。经验常识也不难使我们明白这点：政治总与权力联系在一起，而权力因素的存在便始终呼唤着进一步的批判与反思。这些反思不仅体现为对理论愈来愈疏离文学作品的忧虑，而且体现为对理论中每每显得愈演愈烈的政治诉求的警惕，"学术左派"等与之相关的讨论，已在西方学术界展开了。在这种情况下，从理论继续合理地往前走，便合乎文学理论学科发展的内在逻辑。怎样立足于"理论之后"的时代语境来建设后理论，由此成为摆在我们面前的新议题。

三、后理论的既有思路

据学界考察，1996 年 7 月举行于英国格拉斯哥大学的一个学术研讨会，最先提出了"后理论"这一概念。马丁·麦奎兰等四位学者在题为《理论的愉悦》的会议文集导言中，声称后理论是一种"还在到来中"的"理论"[②]。那么文学理论的后理论之路是怎样展开的呢？让我们先来考察两条既有的、富于代表性的后理论建设思路。

---

① ［英］特里·伊格尔顿：《二十世纪西方文学理论》，伍晓明译，北京大学出版社 2007 年版，第 206 页。
② Martin McQuillan, Graeme Macdonald, Robin Purves, Stephen Thomson. *Post-Theory: New Directions in Criticism*. Edinburgh University Press, 1999, p. xxxi.

　　第一条思路来自"理论之后"这一命题的提出者——英国当代文学理论家伊格尔顿。他出版于 2003 年的《理论之后》引出并启动了后理论探索之途。这本书梳理总结文化理论的利弊得失,但不认为应就此终结理论,因为理论提供的特定切入角度,恰是文学获得有效理解的一条必由之路。拥有精英理论家身份的伊格尔顿,未流露出丝毫放弃理论的意思,相反,在诸如"没有理论就没有反省的人生"之类的宣示中,他不仅继续谈论着客观性与真理,而且在最后得出了后理论建设之道,即"理解它(引者注:指理论)深陷其中的宏大叙事"①。换言之,"理论之后"在他看来,意味着廓清理论与宏大叙事的关系。

　　伊格尔顿固然正确指出了现有种种理论在宏大叙事方面陷入着某种共同的困局,但他留下的疑点也较明显。那就是,从某种意义上看,理论本身正在逐渐形成另一种宏大叙事。如前面第九章所述,按利奥塔的说法,宏大叙事包括政治性解放叙事与哲学性思辨叙事。理论尽管围绕语言符号的操作及其形成的深层结构和话语权力而展开,建立在语言论基础上,毕竟带出着广义的政治,而既然涉及政治,便总是不可避免地涉及宏大叙事。我们看到,理论中的大部分确实呈现出政治方面的积极介入姿态,往往在外观上愈来愈脱离具体的文学,热衷于借谈论文学来推销自己,到文学作品中去试验自己,每每以艰深晦涩的形态,引起艺术家与读者的困倦乃至反感,确实成其为一种变相重蹈着宏大叙事的知识话语,要求它依靠自身跳出宏大叙事,某种程度上无异于失据。因此,暂时看不出伊格尔顿这个后理论建设方案如何顺利落实。有无他法可循呢?

　　第二条思路是被伊格尔顿作为反例提出来的:反理论。既然理论已暴露出诸多作为宏大叙事的不足,反抗它对于具体文学艺术现象的干预,便成为一些学者愿意采纳的后理论思路。美国学者纳普与迈克尔斯合撰于 1982 年的《反理论》一文较早地指出,理论的问题在于"总在事实上不存在差别的地方制造差别"并"想象出一种没有意图参与的语言模式"来奇怪地服务于自己的认识论目标,仅仅成了"逃避实践的企图"②。除此以外的声音,还包括美国理论家兼文学家苏珊·桑塔格提出的"反对阐释"。这种声音并未一概反对理论阐释,而只是在批评那种动辄以解码为己任的理论对文学艺术的丰富意义的僭夺。③ 在此思路下推出的后理论归宿,恐怕只能是回到韦勒克意义上那种以文学原理、范畴与标准为研究对象的文学理论。然而,依然如前所述,相对于后起的理论而言,这恰是理论之前的状态,如果后理论就意味着反对理论而回到文学理论,我们又该怎样解释理论当初出现的因缘呢? 它本就是鉴于传统文学理论研究的局限而出现的,呈现与文学理论的异质性是它赖以成立的基础,现在又让它倒过去回复文学理论,它便在不断取消自身成立基础的前提下让自身不断向某个目标回复,这种回复行为本身便自相矛盾,严格而言是无从谈起的。

　　更重要的是,这种方案还容易滑向习焉不察的极端,即反对理论思维本身。桑塔格等人只就理论的某种弊端表示隐忧,所进行的反思都有特定的指向。另一种尤其来自国内学界

---

① 〔英〕特里·伊格尔顿:《理论之后》,商正译,商务印书馆 2009 年版,第 71 页。
② Steven Knapp, Walter Benn Michaels. "Against Theory". *Critical Inquiry*, 4(1982), p.742.
③ 〔美〕苏珊·桑塔格:《反对阐释》,程巍译,上海译文出版社 2003 年版,第 11 页。

的声音,却常常有意无意遮蔽了这点,而流露出对理论活动本身的厌恶与排斥情绪。这是值得警觉的。许多有识之士都注意到了我国传统文化中的反理论倾向,并将之概括为"实践理性主义"[①]"不成系统的经验主义"[②]"实用理性"等,[③]它构成我国文化的独特特征。然而,反理论情绪何尝不可能落入另一种隐性宏大叙事? 道理很简单,从历史上看,反理论情绪作为一种反智论立场,常常不乏被权力利用之处,一些学者关于中国思想传统中反智识主义的深刻揭示即为明证。可见,后理论若沿循反理论的思路进行规划,仍无法为人文思想在新世纪的重度出场奠基。

在上述两条不尽合理的既有思路之外,还有第三条后理论建设思路吗? 鉴于前两条思路或偏重理论的一面,或偏重文学的一面,都存在着某种片面性,不妨有趣地追问:有没有可能找到理论与文学的结合地带呢?

四、后理论的新思路及进一步问题

晚近以来,世界范围内的人文学术呈现出一种新变,那就是文学的思想方式正逐渐渗入理论的书写,用文学的思想方式来研究文学理论,文学地做理论。

首先引起我们兴趣的,是美国学者大卫·辛普森出版于 1995 年的著作《学术后现代与文学的统治》。在这本书里,辛普森致力于揭示他眼中后现代思想的一个醒目特征,即文学性话语方式正在并且还将进一步"统治"后现代社会中的人文社科学术研究。他的分析表明,当身处后现代,文学与学术研究并非截然相对的两种东西,它们完全可以且应该发生关联,成为一体。文学的术语概念正成为学术研究也乐于、惯于采用的术语概念,文学批评的一系列方法,也正逐渐走进人文学术研究的视野,变作后者安身立命的血脉。其之所以如此,主要是因为后现代学术著作中也开始频频使用文学的显著方式,例如讲故事。人类学、社会学与文化批评诸学科领域,均不同程度地以讲故事为展开学术论述的重要手段,特别是历史学,其叙述大量使用着文学擅长的那种混淆真实与想象的叙事方式,例如在文学修辞意义上对各种细节进行叙述,以淡化历史的距离感。同理,在哲学与其他领域的学术书写中,也出现了讲述故事之类的文学方式,文学性隐喻等元素在哲学书写中屡见不鲜。此外,受到后现代学术推崇的基本方法,还包括自传、商谈及维持商谈的趣味性奇闻轶事等。自传是文学常用的体例,如今也被以相仿的形式运用于学术书写中。所谓商谈,即学术写作者与读者的对话,后现代学术运用丰富的想象力智慧,来最大限度地维系这种对话的有效性,不能不借重于文学性的想象能力,它带来理解的亲缘融合,营造出一种类似于读文学作品时惯会获得的体验。而在商谈中,奇趣逸事充当着重要的兴奋剂,发挥着刺激商谈进程的作用,以文学化的戏剧性方式增进对话双方的沟通,实现学术的承诺。

---

① ［德］马克斯·韦伯:《儒教与道教》,洪天富译,江苏人民出版社 1997 年版,第 177 页。
② 顾准:《顾准文集》,贵州人民出版社 1994 年版,第 352 页。
③ 李泽厚:《中国思想史论》上册,安徽文艺出版社 1998 年版,第 34—35 页。

　　纵然如此,辛普森谈论的尚只是文学性对一般人文学术的渗透。理论包含于人文学术,却毕竟还需对自身何以拥有文学性特征作出更具体的合法性论证。乔纳森·卡勒引人注目地承担了这项工作。在问世于 2007 年的《理论中的文学》一书中,他沿着辛普森的思路继续关注理论与文学的结合,指出在这个已被不少理论家宣判为"理论死了"的时代,理论可以从文学何以能引起人们的关注兴味这点上获得根本启示,寻求让自己以新形态继续稳健存在下去的发展前景。

　　卡勒提出"理论中的文学"的语境,是 1960 年代以来理论的变化,尤其是"理论之死"引发的讨论。"理论之死"论的代表——英国学者史蒂文·纳普在 1993 年出版了《文学兴趣:反形式主义的各种限度》一书,书中的核心概念"文学兴趣"(literary interest),启发了卡勒对理论走向的思考。在纳普看来,存在着一种不同于别种思想与写作模式的、特殊的文学兴趣,那是一种使人对其表述本身感兴趣的表述,这种表述"将其所指对象插入与表征本身的特定语言与叙事结构密不可分的新'场景'中"[①],实现文学话语的同构效果。纳普认为,解释的重构使一种解释的难题——诸如"作者写诗这件事是诗中发生的事吗"——成了文学兴趣之源,这个难题通过一个叫作 agency 的中介得以表现。Agency 即被插入表述本身的指涉物,它既可以被观看,又可以通过它进行观看,因此既充当表述的客体,又成其为自为的主体,从而成为解释的难题。所谓文学兴趣,就是对这个归根结底产自文学写作模式的难题的兴趣。

　　纳普围绕 agency 展开文学兴趣,旨在融合创作主体及其创造的文学世界,这两方毕竟有身份上的连续性,不难得到理解。当把这一思想从文学活动拓展至理论活动,让研究文学的理论本身也成为文学,双方便由于传统观念中的抽象/形象思维之别,而让事情变得不那么顺理成章。在这点上的探索者首推卡勒。他借鉴 agency 这一纳普的关键词,展开理论中的文学推演。在卡勒的语境中,agency 不能译作"代理",应译为"能动"或"行动"。理由首先在于,这个词作为卡勒直接借鉴纳普的产物,在纳普的著作中被明晰表述为"能动":"在我的论述中,最简单的方法就是注意到其中的核心重要性,这一系列问题涉及各种实际的与想象的能动(imagined agency),特别是自柏拉图以来的文学作品的明显倾向,歪曲或破坏能动(agency),人们认为这种歪曲或破坏能动的方式或涉及非理性的固定,或涉及不可阻挡的转移或循环。"[②]这里的两处显然都只能译为"能动",若译作"代理"便弄反了意思。纳普在这段话中表明,柏拉图之后的文学作品出于将文学理解为非理性活动的意图,趋向于虚构(代理)而淡化着能动性,后者在文学中其实已长期被忽视,而显得久违了,现在他就是试图改变这种状况,而重新伸张文学的能动性,所以这从词源上有力地辨正了上述译法。

　　更关键的是,从纳普到卡勒,他们都从述行理论的背景出发谈论 agency,强调 agency 使"理论的后果是向诸学科通告其结构所具有的虚构性和述行效果二者"[③],因此纳普赋予 agency 的述行性含义——"能动",也为卡勒所承继。当然,卡勒 2007 年在为自己著作中译

---

① Steven Knapp. *Literary Interest: The Limits of Anti-formalism*. Harvard University Press, 1993, p.3.
② 同上注。
③ [美]乔纳森·卡勒:《理论中的文学》,徐亮等译,华东师范大学出版社 2019 年版,第 35 页。

本所作的序言中特意指出,共同完善着这种"能动"结构的动力因素还包括文本、全知与阐释等,但述行"极端重要"①。联系整体理路来看,卡勒接上了纳普的思路,不满足于将文学理解为虚构对象,而把理论本身也视作文学行动来加以创造性处理,"能动"结构加强着理论的这种行动意味:故事就是讲故事。

循此以进,卡勒指出"能动"结构是"一种将个别性和普遍性合而为一的特殊结构"②,能使哈姆莱特既体现于个别细节中,又以现实中的人所不具有的方式带有普遍性。理解作为能动的自我,就是既要在具体情境中观察自己,又要揣想某人在"我"的情境中会做什么,以及他可能的选择和行动路线。例如前面曾谈到,在身份政治批评中,身份或被认为由出生决定,或被认为随人物命运而变化,一部《安提戈涅》却让人们在具体的叙事情境中,领略身份在先天与后天选择之间相互生成的微妙情形,这是身份理论靠自身做不到的,在文学中,不仅这两种情况都有,而且常常展示出更为复杂的纠葛。后续一些国际著作也将精选的小说视为"在审美片刻中理解身份的一种方式"③,支撑了卡勒的信念:文学应当从理论之所说者变成理论之所说。有学者很好地概括道:"对普遍推理和以规则为基础的道德理论的信任不足以完全说明人类所面对的境遇的复杂性和道德选择与两难。小说叙事具有个体的、截然不同的人物,关于环境的细节化的详情,以及错综复杂的情节,因而提供了一个与道德评价相关的要素网并提供了大量细节,这些细节适当地使显著的事实与环境复杂化、集中化。"④这让人产生心往神追的激动。文学性便由理论的对象逐渐嬗变为理论自身的特征,文学进入了理论。

这样,我们看到一种国际范围内正微妙展开的学术前沿发展趋势,即理论中的文学。对"理论之后"似乎已遭遇瓶颈的理论,它不失为新生的机遇。后理论的第三条,也更合理的建设思路就从此起步。

这条新思路,同时包含着更为合理可取的研究观念与方法。首先,在观念上,文学进入理论,意味着理论研究有必要重视复杂性思维。将理论还原为问题,正是为了避免理论常见的那种简化倾向,防范其作为思辨叙事容易落入的大叙事形而上学窠臼,看护住问题的客观全貌,这种看似革新的努力实为理论的返璞归真。因为,与后世以直线、透明与简明为标志的纯粹理性相反,人类原初的智慧乐于保存复杂、易变的偶然因素,呈现出注重复杂性的迷宫思维特征,成为人类最初的叙事形式。这样的叙事,本质上乃是一种寓严肃于轻松、回归生活世界的游戏。如果联系荷兰思想家赫伊津哈有关"文化乃是以游戏的形式展现出来,从一开始它就处在游戏当中"的著名思想来看,⑤有理由确认,文学叙事正是理论文化的源头。确实,问题本身从不为某种理论而预设,被复杂的问题所相应决定了的复杂性,才是理论研究与教学的常态。人为的抽象与化约,虽为理论思维惯于采用,却每每可能并不曾真正面向

---

① [美]乔纳森·卡勒:《理论中的文学》,徐亮等译,华东师范大学出版社 2019 年版,第 13 页。
② 同上书,第 25 页。
③ Ian Fraser. *Identity, Politics and the Novel: The Aesthetic Moment.* University of Wales Press, 2013, p. 5.
④ [美]卡罗琳·考斯梅尔:《味觉》,吴琼、叶勤、张雷译,中国友谊出版公司 2001 年版,第 296 页。
⑤ [荷]约翰·赫伊津哈:《游戏的人》,多人译,中国美术学院出版社 1996 年版,第 49 页。

生活世界中的问题本身。科学主义在当今思想视野中的式微,便有力证明着这类清晰的简明的可疑。基于此,文学恢复着理论的复杂性,便为一个价值失范的时代主动保存着世界的真理性。其次,在方法上,文学进入理论,则意味着重视个体性与个案性的协同参与。文学故事的叙述,在传统理论研究与教学格局中似乎显得别致、另类,但其实却属于现代理论精神的题中应有之义。只要试图确保理论的文学性,我们就必然是立足于个体本位而讲述着一个个鲜活个体的故事,这是一条理论从宏大叙事中拉回来的行之有效之道。美国思想家威廉·詹姆士的《宗教经验之种种》并不是文学理论著作,但其对神秘经验的个体体验性描述,无疑值得文学理论思考与借鉴。然而,受"反思重于描述"的古典传统观念掣肘,这种方法长期以来没有得到必要的伸张,每每被视作对理论的干扰,这就在某种程度上忽视了德国思想家狄尔泰有关人文研究较之科学研究更应重视体验与理解的方法论原则。与个体性相映成趣的是个案性。作为问题与理论的中介,个案内含着问题的逻辑脉络,可以被理论作生动的叙事,有了它,一种文学性谈论变得可能。美国思想家弗洛姆的《人类的破坏性剖析》也不是文学理论著作,但其中所关涉的爱生性思想,却堪称注重人的生存活动的现代文论的重要资源,当面对作者围绕希特勒的"恋尸症"这一经典个案展开的精彩叙事时,我们对个案将使文学性来穿透文论这点,获得了确切的信念。这是一条可以在更高的层面上来有机整合以往文学理论问题的后理论之路。

近一个世纪前,学者钱锺书曾表达过撰写一部"讲哲学家的文学史"的愿望,便蕴含着对"理论中的文学"的考虑与筹划。日本当代作家筒井康隆的长篇小说《文学部唯野教授》,便匠心独运地通过小说叙事,巧妙叙述印象批评、新批评、俄罗斯形式主义、现象学、阐释学、接受美学、符号学、结构主义与后结构主义等西方现代文论内容,在风趣幽默的叙述中,不经意带给读者知识与思想,为我国同类文论史重构提供了新颖的思路。

文学进入理论的根本意义,在于将理论对于人的关怀落实于个体心灵。因为文学的思想方式即语言的创造性活动,它是对人与世界的关系的更合理调整,如前面的章节所述,通过故事来获得记忆,正是现代性思想特征。文学进入理论,由此积极地演化为后理论时代人文学术的前景。当然它也留下了值得进一步深入追索的问题:

其一,"理论之后"实现"理论中的文学""理论的文学性"或"文学转向",认为"'理论'在疏离纯文学几十年之后又开始转回对文学的关注,当然是在不同意义上的关注,即把文学视为'理论'的出路"[①],这用维特根斯坦分析哲学意义上的哲学语法眼光来看,是否清楚?

有一条语言游戏的规则在这种立场中起作用,那就是,作这样主张的人往往是从事文学研究的人,考虑将"理论之后"的走向与自身职业结合起来,进而增强了其中确实存在着线索和进路的信念,心态可以得到理解。这里存在着三个追问点。首先,有放大自身立场的嫌疑,对规则与对象之间的线性联结姿态需要被复杂化。其次,提出这条路子的初衷,是将文学动词化地视为一种活的思想方式(用提出"理论中的文学"主张的卡勒的话说,即"文学事

① 金宁主编:《〈文艺研究〉与我的学术写作》,文化艺术出版社 2019 年版,第 318 页。

件"），但它多少存在着将理论朝心性化的审美方向引导的迹象，复活着审美主义立场，遮蔽了理论的社会学范式遗产。这也是不少人对"理论之后"的印象总停留于英美视野的原因。再次，"文学"这个概念在此明晰吗？卡勒本人是如何理解文学的呢？他从述行（以言行事）理论取径，视文学为事件，陷入了语法的迷障。他称以言行事在两点上和文学相关：一是它作为对语言的使用，帮助人把文学构想成创造世界的活跃行为，在语言行为中创造出（做到）文学打算命名的那个世界；二是以言行事打破了意义与发话者意向的联系，使语言不作为内在意向的外在符号现身，正是在此，卡勒拿以言行事向事件靠拢，推出"文学言语也是事件"[①]，以及"奥斯汀式的文学事件"这个概念，[②]后者被卡勒早早写在 1997 年出版的《文学理论》中，而在 2007 年出版的《理论中的文学》作了重申。但卡勒忽视了两者的根本区别：以言行事在言语中所做之"事"，有别于现实实践活动而是观念性的，不等同于"事件"，"借助于'言'而展开的'事'，也相应地首先与观念性活动相联系"[③]。根本原因出在奥斯汀对语境规则的坚持上。在以言行事中，发话者受到的限制不是事件性的他者冲击，而是语境规则。有学者揭示出了这种限制："如果考虑到奥斯汀经常坚持的所有述行话语的常规性，真的可以说开始讨论的主席或为婴儿施洗的牧师或宣判的法官是人（person）而不是人格（personae）吗？……因此，当述行话语使他成为传统权威的代言人时，述行话语自动虚构了他的发话者。"[④]以言行事对语境饱和性的依赖，使一个人在说出"我打赌"时，已经把说着话的自己自动地虚构为自己，把自己二重化地置换成了某种通例和人格化的抽象面貌。受限于语境规则，实际上强化着语境规则，而中和事件的尖锐冲击力，去事件化了。这样，无法如卡勒所说"奥斯汀式"地推出"文学事件"，文学作为事件的根据便并不可靠，它能否顺利进入理论，也就须审慎斟酌了。

其二，想到转向文学后，一个进而很容易跟着形成的想法，是"理论之后"与注重诗性的汉语文化，在克制与超越形而上学方面产生了暗合的因缘契机，这又有无道理？

这条语言游戏的规则极易在国内学界得到强调。因为承认"理论之后"的文学走向，意味着需要发展出不同于理论的新型写作，文学的元思想功能也浮现出来。它似乎在注重写作创造智慧的我国更富于优势与共鸣。但作此联结时需要具备扬弃的敏感，要考察后者有无回应形而上学稳定传统的自觉意识与迫切动力。所以，当用这条规则谈论"理论之后"时，为避免使之沦为仅仅加强自己预设的仪式，变换规则内部的程序显得尤为必要，包括对民族文化本位认同的自控，以及对抒情传统中与西方超越形而上学的进程伴通而非真通的幻象的防范等，就像在探讨"中国诗性文化"特征时，假如从一开始就强势端出"在世界趋向一体化的今天，中国的文学艺术究竟应该如何保持自己的民族个性并为人类作出独特的贡献"这

① ［美］乔纳森·卡勒：《文学理论入门》，李平译，译林出版社 2008 年版，第 106 页；［美］乔纳森·卡勒：《理论中的文学》，徐亮等译，华东师范大学出版社 2019 年版，第 140 页。
② ［美］乔纳森·卡勒：《理论中的文学》，徐亮等译，华东师范大学出版社 2019 年版，第 125 页。
③ 杨国荣：《人与世界：以事观之》，生活·读书·新知三联书店 2021 年版，第 13 页。
④ Barbara Johnson. "Poetry and Performative Language". *Yale French Studies*, No. 54, Mallarme (1977), pp. 150 - 151.

样的诉求,①便难保接下来遵循此种规则的语言游戏不变形。

其三,如果"理论之后"转变为"理论中的文学",即用文学的方式做理论,那是否会造成心灵过程对语法的干扰,令后理论建构成为主观的喧哗而失去判断准绳?

这一问在语法上的假设,是让文学进入理论之举倒退回直觉感悟,那当然成了私有语言的复演。其实,卡勒的真正用意在于,取消理论中分析过程与所分析对象之间作为界限的代理性中介,实现两者的融合。它不是价值论上的主观意愿选择(借助文学使理论变得深入浅出而更好理解),而是本体论上的客观性质还原(承认文学是理论的题中应有之义)。从积极方面来讲,"理论之后"的理论,试图避免被某种始源(及其各种变体)决定好范围和方向以至于总是显得可能,而在让始源发生出事件之际,同时保持发生本身的事件性,以此消弭始源作用下的关联性思路,不再满足于接受被可能性决定好的界限,相反,运用潜能趋向语言的限度,并由此逼出不同于那种意义饱和内收的可能性,却向外侵蚀而充满了异质风险的外部世界,从理论的关联性思路,演进至"理论之后"的非关联性思路。后者通过语言限度上富于智慧的临界操作,打开了虚空(void)的维度。唯有在虚空中,存在于事件发生前的主体性才被消除,因为"正是在这种虚空的基础上,主体才将自己构成真理过程的一个片段"②,事件是在主体趋于虚空状态的过程中即时生成的。虚空状态肃清了"理论"挥之不去的始源盲点——所论与被论之间的代理,恰恰才带出了事件(客观性)。文学在这里作为虚空的动力起作用。从消极方面来讲,看到虚空状态的这种创造性一面时,也得留意其对生命的抽象化。

五、从理论地做文学到文学地做理论

作为更合理与更具前景的后理论建设思路,文学进入理论带出了怎样的后果与意义呢?乐观地看,将能由此同时走出当前聚讼激烈的文学危机与理论困境,找到两者自然而理想的结合点。

文学在今天的现状,是令人乐观还是悲观?从表面上看,回答显然是后者。我们看到,随着影像传媒的强势席卷,文学正越来越被边缘化,而变得风光不再了,如同美国当代文学理论家希利斯·米勒感叹的那样,"新的电信时代正在通过改变文学存在的前提和共生因素而把它引向终结"③,其所说的电信时代便是全民不再热衷于读书,相反变得普遍习惯于读图的新时代。面对这样一个早已将我们每个人融入其中的新时代,曾经十分美好的文学阅读生活,仿佛已成明日黄花。此种现状尽管带有全球性,却不妨碍它在人均年读书量不足五册的我国当下城乡生活中体现得尤为突出。有几个例证在某种程度上可以为凭。如一项来自2008年的调查显示,历来畅销的金庸小说如今对折仍乏人问津。④ 这样的情况诚然带有某种

① 陈炎:《中国"诗性文化"的五大特征》,《理论学刊》2000年第6期。
② Alain Badiou. *Handbook of Inaesthetics*. Stanford University Press, 2005, p.54.
③ [美]希利斯·米勒:《土著与数码冲浪者》,国荣等译,吉林人民出版社2004年版,第94页。
④ 见2008年8月20日《中国青年报》。

偶然性与可以作其他解释的可能,但同样面对雅俗共赏的金庸作品,更多的人愿意选择影视而非小说作为进入的途径,是一个确凿无疑的客观事实。又如另一项产生于 2015 年的统计显示,诺贝尔文学奖迄今为止的唯一中国得主"莫言作品遭遇年底结单退货引发关注",所关注的焦点也集中在了"影视正取文学而代之"的问题上。[①] 这种种迹象都透露出一种客观的信号:文学正在时代的匆促节奏中成为一种渐行渐远的奢侈。即使在看起来理所当然以文学阅读为主业的高等院校中国语言文学专业中,真正沉下心来怀着浓厚的兴趣广读博览古今中外文学作品的莘莘学子,又还有几人呢? 撇开出于各种功利动机而不得不被动地埋头读上几页文学作品的常见情形,我们对文学在当今的命运确乎无从过高估计。面对上述现状,要进行痛心疾首的针砭或苦口婆心的劝诫,都是很容易的,但也都是简单化而并不足以从根本上解决问题的。因为我们事实上已无法挣脱时代构成的新传统,而只能作为这个新传统中的一分子来随顺地、动态地参与建构它。当我们面对文学辉煌不再的现状滋生出悲观的忧虑与遗憾时,能否适当转换一下角度而想到:如果说文学在今天与时代显得不甚合拍,一定是时代出了问题吗? 有没有可能也是文学在某种意义上出了问题呢? 或者说,有没有可能是我们对文学的理解在某种意义上出了问题,而克服这个问题后,文学在今天的境遇其实并不悲观呢?

其实,有鉴于当今时代中读文学作品中的人不断减少、文学读者群较之过去趋于式微,而由此认为文学遇到了边缘化乃至终结的悲观命运,这种理解中的文学一词无形中被人们看成着名词——文学等于文学作品。愿意阅读文学作品的人越来越少,便相应地意味着愿意关注文学的人越来越少,也便相应地导致了文学在今天的尴尬境遇。很明显,在这样的惯常理解中,被当成了文学作品等义语的文学始终是一个名词。然而,如前反复所述,文学并不只是一个名词,它具有非名词所能一概涵容的动词性。举例来说,如果一张走过了数十年历程的、专门刊登杂文作品的报纸停办,可能引来包括"杂文死了"等感叹在内的惋惜之声,但如果我们不局限于表象而愿意来转换看问题的角度,便容易发现,作为一种思考问题的动态方式,杂文未死,而是仍客观地存在于我们周围,互联网上大量不乏幽默、调侃与犀利讽刺的跟帖发言,纵然寥寥数语,谁能说就不是极佳的杂文? 并不是严格囿于文体界限的杂文才叫杂文,在形象化的表现手法中嬉笑怒骂而善意地批判不尽合理的社会现实,笑中含泪地寄寓公民社会建设的理想化用心,符合这一性质的任何语言表达,不都可谓杂文吗? 这个例子启示我们,将视野从狭窄的名词性中解放出来,向远为丰富多彩的动词性进一步拓展并深化,不失为理解文学的更合理途径。因此,上述追问积极转换着看问题的角度,使我们估计到了文学现状在悲观表象下蕴藏着的乐观可能。不同于被理解为文学作品的文学,文学在今天作为动词极为活跃地进入着非文学的广阔世界,成为它们不同程度的取资,这是一种令人激动的乐观现状。它引导我们进而看清,文学的真相是一种今天理解世界与自我的、活的思想方式。文学通过想象、隐喻、虚构、情感、叙事与形象等具体的途径,进入与积极激活整

---

① 见 2015 年 1 月 13 日《文汇报》。

体上以抽象理论建构为己任的广阔非文学领域,产生这些非文学领域单凭自己达不到的积极效果。从这种本义来重新打量纯文学作品,不仅不会动摇,而且能在更高的层面上发扬纯文学的经典意义,涵容其价值,如卡尔维诺在《为什么读经典》中对经典的解说那样,经典"永不会耗尽它要向读者说的一切东西"①,而在如何实现说与在的永久性统一、更好地发挥语言的创造性这点上具有垂范意义。

对作为活的思想方式的文学来说,有两个关键词至为重要。一是"活的"。这指文学在对人与世界的关系的积极调整中走向自由,推动非文学领域从主客二分状态向主客融合状态积极转变。人与世界的关系有两种:对立与融合。它们都有存在的理由并历史地构成着互补,却在价值上有高下之分,融合关系较之对立关系是自由的。在非文学的大多数领域中,人们惯常采用的思路与方法都从对立关系出发,将所处理的对象看作可供理性分解与抽象把握的知识客体,这就不免与世界隔了一层,而使所得成果每每成为"活的"对立面。文学的积极融入,有助于它们在二元论思路中获得成果之际调整自身与世界的关系,在这一调整行为的开放性、动态性过程中自由敞开自身。二是"思想方式"。这指文学将自身主客融合的独特性质注入非文学领域,改变着后者在成果上的纯理论性质,使之成为人的生存世界。思想是人类反思的产物,它必然以自我与世界的关系的调整为根本前提,这种调整在积极意义上便导致人融于世界而不再与之分离,形成完整的生存因缘。今天文学作品遭遇着阅读的危机,但文学的思想方式却始终活跃着:以文学的方式去理解世界与自我,它似乎才刚刚充满生机地开始。文学研究与教学值得在这个新基点上展开。其所谓终结在另一意义上恰是其新开始。

这使我们深入看待后理论的前两条思路获得了准绳。一方面,理论所走过的半个多世纪历程,总体上呈现出日渐疏离文学的强制介入姿态,这种姿态相信"解释一部作品,就是在整个社会学结构中论证这种世界观的功能"②,而不管"文本抗拒着应用于它们身上的理论"的可能,③从而每每以艰深晦涩的形态引起着艺术家与读者的困倦乃至反感。但这其实只是历史的表面现象。确实,与语言学最邻近的学科是文学,语言论新传统在二十世纪得以发展的第一站,正是以雅各布逊与罗兰·巴特等人为代表的文学理论,这些人打开了广阔的文学的语言应用领域。但此后的学术理论看到了越出文学作品后的各种文化现象,把它们都作为理论研究的增量性容积而包括进来,并因由此发现的视野及带出的新鲜感而暂时忘却了文学这个本根,转而去大谈非文学的话题。这种暂时性表象,没有掩盖历史深处的原动力,那个将"是什么"与"被说成了什么"融为一体的原动力仍是在的,只不过在行进途中暂时岔开了方向而模糊了主干,作为自调节,学术理论回归作为语言创造性活动的文学,便是隐含于一个多世纪以来理论发展路数中的恒定可能。理论暂且因获得了新鲜视野而越出文学,去对后殖民主义、身份政治与性别权力等宏大话题发表各种意见,却终究会重新回到原动力

---

① [意]伊塔洛·卡尔维诺:《为什么读经典》,黄灿然、李桂蜜译,译林出版社 2006 年版,第 4 页。
② [法]雅克·里纳尔:《小说的政治阅读》,杨令飞、吴延晖译,湖南文艺出版社 2000 年版,第 23 页。
③ [美]波林·玛丽·罗斯诺:《后现代主义与社会科学》,张国清译,上海译文出版社 1998 年版,第 121 页。

上来反思自己。在文学的思想方式中积极推进学术研究的创造力，就不仅有助于深入辨析一个多世纪以来学术研究方式的表象与实质，更有助于从正面形成运用文学来激活晚近学术研究的理想，使后者走出某些长期制约着研究思路的瓶颈。另一方面，那种由于反感理论的政治性而呼吁反理论并重新回到文学作品、施行文本细读的声音，也只能是相对的，因为文学既然是理论始终已经自带着的因素，对它就只存在着恢复与激扬的问题，而不存在撤销它再去另谋重建的问题。后理论的良性思路，因而不是走向轻视理论、抛弃理论以回到文本的老路子，而是走向文学进入理论、熔两者书写于一炉的新智慧。经由上述两方面的扬弃工作，我们终于看到，半个多世纪以来占据文学理论研究主流的"理论地做文学"范式，不妨开始逐渐尝试向"文学地做理论"范式转换。文学地做理论，即用文学的思想方式进行理论研究。它是一条正日益展开前沿视野、方法与前景的新思路。对新世纪正在往前走的文学理论，我们谨持此积极的期待。

［本章拓展思考题］

一、两篇重要的论文有助于初学者了解文学理论及其思想背景的前沿态势，那就是德国哲学家石里克的《哲学的未来》（中译文载于《哲学译丛》1990 年第 6 期）与美国文学理论家乔纳森·卡勒的《当今的文学理论》（中译文载于《外国文学评论》2012 年第 4 期）。请认真精读这两篇文章，做读书笔记并阐明两者能否在思想观念上建立起有机联系。

二、带有黑格尔主义色彩的"历史与逻辑相统一"原则，是否适合于人文社会科学研究？请对此作出你的深度阐释。

三、许多事实表明，中国传统文化对理论思维是颇为漠视的，像"中国没有发展出成熟的科学，所拥有的只是科技，科技不等于科学"之类观点便都对此提供着证据。在这种情况下，你认为我们究竟应如何看待下面这样的中学数学常见应用题？如果直接认为它们无聊，会不会被人指斥为漠视理论思维之举？如果对解答它们乐此不疲，又会不会显得缺乏意义？请作出你对此的思考与回答。

1. 一个水池有三个进水口与两个出水口，设若同时打开这五个水龙头，最后水池中还有没有水？得经过多长时间、保持怎样的速率，水池中的水才会流干？

2. 商场超市急速往下运行的自动扶梯上，有个小孩倒转身往上跑，他跑得到扶梯的顶端吗？要经过多长时间、保持怎样的速率，他才能正好做到这点？

四、请任选以下两题之一作答。

1. 已故当代哲学家德里达在新世纪初访华时曾表示："中国没有哲学，只有思想。"你是否认同这一观点？为什么？

2. 有学者认为，"身份政治"的原动力在当今中国并不存在，因此对西方前沿文学理论，比如身份政治理论的引进与吸收需要慎重。你认同这一看法吗？请论述你对这一看法的思考与分析。

五、以你的观察与思考,我们今天需要美国学者刘易斯·科塞笔下的"理念人"吗? 请结合现实,阐述你对此的见解。

六、在一些学者看来,将中国传统文学中武侠小说发达、侦探小说却相对很单薄的现象归因于"中国自古缺乏成熟的法治"是肤浅的。那么,你认为该如何深入解释这一客观现象呢? 另一些学者如黄裳等则在具体比较中发现:"查中西推理小说做法颇有差异。西方的办法是故设迷阵,大卖关子,后来经过几多周折,最后才水落石出,使读者终于松了一口气。中国推理小说的做法,种种不同,以《水浒传》为例,就'老实'得多,他先将谜底一五一十向读者交代清楚,然后细说破案经过,使读者了然于心,同样获得弛放。这两种方法的优劣比较,一时也难下定论。"对此你又是否认同? 有拟进一步沿此展开谈论的想法吗?

七、请进一步搜寻并阅读相关理论著作,深入思考并回答以下两个重要问题。

1. 文学地做理论,表面上与中国古典文论中注重经验描述的兴会、感悟式批评具有相似之处。那么它们在你看来存在着何种本质区别,又需要拉开怎样的距离呢?

2. 文学地做理论,表面上与西方现代存在论哲学倡导的"诗意的思"也有相似之处。那么它们在你看来存在着何种本质区别,又需要拉开怎样的距离呢?

八、你心目中理论的理想表达方式是怎样的呢? 或者说在你看来理论话语的理想文体应如何? 例如在法国哲学家德勒兹眼中,像笛卡尔、柏格森与孔德等理论家,都是文笔出众的大家,特别是福柯,驱遣着一种被德勒兹称为"闪出可见的反光和亮光,也像皮条一样弯曲、对折和再对折,或按照陈述的节拍发出啪啪的声响"的迷人的法语句法,文学构成他的理论要件,失去它们,非但失落了理论魅力,也失却了理论本体。你能结合自身体验,系统考察理论与文体的有趣关系吗?

九、请评析正在逐渐兴起于国内学界的"述学文体"研究。例如现当代文学研究者检视章太炎、鲁迅与胡适等一茬先驱人物论学时或文言或白话的文章写法,乃至演说等形式对学术的影响,提出"述学文体"问题。你如何评析迄今为止的"述学文体"研究成果?

十、你愿意从"文学地做理论"的角度,重构一部具有你的个人创新特色的文学理论新教材吗? 请不吝与我们分享你的精彩思路。

 [本章进一步推荐阅读]

1. 曹林:《时评写作十六讲》,北京大学出版社 2020 年版

2. 顾准:《顾准文集》,华东师范大学出版社 2018 年版

3. [美]刘易斯·科塞:《理念人——一项社会学的考察》,郭方等译,中央编译出版社 2004 年版

4. [美]保罗·R.格罗斯、诺曼·莱维特:《高级迷信:学术左派及其关于科学的争论》,

孙雍君、张锦志译,北京大学出版社 2008 年版

5. ［美］哈里·G.法兰克福:《论扯淡》,南方朔译,译林出版社 2008 年版

6. ［英］马克·爱德蒙森:《文学对抗哲学》,王柏华、马晓冬译,中央编译出版社 2000 年版

7. 辜鸿铭:《中国人的精神》,孙永译,湖南人民出版社 2022 年版

8. 陈中梅:《柏拉图诗学和艺术思想研究》,商务印书馆 2016 年版

9. 张庆熊:《熊十力的新唯识论与胡塞尔的现象学》,上海人民出版社 2016 年版

10. 赵汀阳:《论可能生活》,中国人民大学出版社 2010 年版

在完成本书以文学理论基本问题为线索的学习历程后,作为附录的总结,我们又会发现,全书内容已不知不觉地涵盖了古今中外文学理论的重要知识点,而努力保证着本课程学习的系统性与完备性。本索引由此打破章节顺序,将分布于不同章节的相关知识点再作一次高层次的贯通,以期读者纵横结合地掌握文学理论。以下重要知识点之后所列的汉字代表章次,数字则代表所在章节中的小标题序号。

　　本书目列举除各章章末所列"本章进一步推荐阅读"以外的进一步研修书目,供对文学理论有深入钻研兴趣或学有余力的读者选择阅读,也供从事其他相关文学专业的读者参考。

一、视野知识类(30 种)

1. ［美］M. H. 艾布拉姆斯、杰弗里·高尔特·哈珀姆：《文学术语词典》，吴松江等译，北京大学出版社 2014 年版

2. 钟叔河：《念楼学短》，岳麓书社 2020 年版

3. 吴战垒、王翼奇：《毛泽东欣赏的古典诗词(修订版)》，浙江古籍出版社 2013 年版

4. 吴熊和主编：《唐宋诗词评析词典》，浙江人民出版社 1990 年版

5. 刘大杰：《中国文学发展史》，商务印书馆 2018 年版

6. 杨义：《中国现代小说史》，人民文学出版社 1986 年版

7. 洪子诚等编：《百年新诗选》，生活·读书·新知三联书店 2015 年版

8. 朱大路：《杂文 300 篇》，文汇出版社 1998 年版

9. 飞白主编：《世界名诗鉴赏辞典》，漓江出版社 1989 版

10. ［奥］卡夫卡等：《世界经典小说 100 篇》，陈登颐译，时代文艺出版社 2014 年版

11. ［英］西·康诺利、安·伯吉斯：《现代主义代表作 100 种　现代小说佳作 99 种提要》，李文俊等译，漓江出版社 1988 年版

12. 潘一禾：《裸体的诱惑》，海天出版社 2002 年版

13. 李利忠：《潮的人》，浙江人民出版社 2011 年版

14. 严耕望：《治史三书》，上海人民出版社 2016 年版

15. 何炳棣：《读史阅世六十年》，中华书局 2018 年版

16. 金生鈜：《教育研究的逻辑》，教育科学出版社 2018 年版

17. ［日］沟口雄三：《中国的思想》，赵士林译，中国财富出版社 2012 年版

18. 蔡尚思：《中国文化史要论》，湖南人民出版社 1979 年版

19. 王元化：《思辨录》，华东师范大学出版社 2017 年版

20. 《文史知识》编辑部编：《文史知识主题精华本》，中华书局 2013 年版

21. ［美］威廉·F. 劳海德：《哲学之旅：一种互动性探究》，张祖辽、刘岱、杨东东、陈太明译，东方出版中心 2023 年版

22. ［英］约翰·雷契：《敲开智者的脑袋——当代西方 50 位著名思想家的智慧人生》，吴琼、齐鹏、李志红译，新华出版社 2002 年版

23. ［英］迈克尔·H. 莱斯诺夫：《二十世纪的政治哲学家》，冯克利译，商务印书馆 2015 年版

24. ［法］安德烈-孔特·斯蓬维尔：《小爱大德：人类的 18 种美德》，吴岳添译，中央编译出版社 2006 年版

25. 范景中：《艺术与文明：西方美术史讲稿》，上海书画出版社 2023 年版

26. ［澳］罗伯特·休斯：《新艺术的震撼》，欧阳昱译，中国美术学院出版社 2019 年版

27. ［美］威廉·詹姆士：《宗教经验之种种》，唐钺译，商务印书馆 2002 年版

28. ［法］费尔南·布罗代尔：《十五至十八世纪的物质文明、经济和资本主义》，顾良、施康强译，商务印书馆 2018 年版

29. 梁衡：《数理化通俗演义》，北京联合出版公司 2021 年版

30. 赵健雄：《危言警语》，上海人民出版社 1998 年版

二、经验材料类(70 种)

31. ［英］T. S. 艾略特：《艾略特文学论文集》，李赋宁译，人民文学出版社 2020 年版

32. ［美］阿瑟·米勒：《阿瑟·米勒论剧散文》，陈瑞兰、杨淮生译，生活·读书·新知三联书店 1987 年版

33. ［法］爱米尔-安托瓦尼·布德尔：《艺术家眼中的世界》，孔凡平、孙丽荣编译，辽宁美术出版社 1990 年版

34. ［法］波德莱尔：《波德莱尔美学论文选》，郭宏安译，人民文学出版社 2008 年版

35. ［阿根廷］豪尔赫·博尔赫斯：《博尔赫斯谈诗论艺》，陈重仁译，上海译文出版社 2008 年版

36. ［美］约瑟夫·布罗茨基、所罗门·沃尔科夫：《布罗茨基谈话录》，马海甸、刘文飞、陈方译，作家出版社 2019 年版

37. ［西］路易斯·布努埃尔：《我的最后叹息：电影大师布努埃尔回忆录》，傅郁辰、孙海清译，商务印书馆

2018 年版

38. ［日］大江健三郎：《小说的方法》，王成译，中央编译出版社 2019 年版

39. ［法］玛格丽特·杜拉斯：《写作》，桂裕芳译，上海译文出版社 2014 年版

40. ［美］威廉·戈登主编：《作家箴言录》，冯速译，海南出版社 2002 年版

41. ［德］君特·格拉斯、哈罗·齐默尔曼：《启蒙的冒险：君特·格拉斯对话录》，周惠译，人民文学出版社 2022 年版

42. 黄灿然编：《见证与愉悦：当代外国作家文选》，百花文艺出版社 1999 年版

43. ［美］佛兰克·赫里斯：《萧伯纳传》，黄嘉德译，团结出版社 2006 年版

44. ［法］阿尔贝·加缪：《置身于苦难与阳光之间》，杜小真、顾嘉琛译，人民文学出版社 2019 年版

45. ［伊朗］阿巴斯·基亚罗斯塔米：《特写：阿巴斯和他的电影》，单万里等译，上海人民出版社 2007 年版

46. ［捷］米兰·昆德拉：《小说的艺术》，董强译，上海译文出版社 2022 年版

47. ［奥］弗朗茨·卡夫卡：《卡夫卡日记》，邹露译，中国国际广播出版社 2020 年版

48. ［古巴］阿莱霍·卡彭铁尔：《小说是一种需要》，陈众议译，云南人民出版社 1995 年版

49. ［南非］J. M. 库切：《异乡人的国度》，汪洪章译，人民文学出版社 2022 年版

50. ［阿根廷］胡利奥·科塔萨尔：《科塔萨尔论科塔萨尔》，朱景冬译，云南人民出版社 1994 年版

51. 刘保端等：《美国作家论文学》，生活·读书·新知三联书店 1984 年版

52. ［法］让-皮埃尔·理查：《文学与感觉》，顾嘉琛译，生活·读书·新知三联书店 1992 年版

53. ［奥］里尔克、［俄］帕斯捷尔纳克、［俄］茨维塔耶娃：《三诗人书简》，刘文飞译，中央编译出版社 2007 年版

54. ［英］D. H. 劳伦斯：《劳伦斯论美国名著》，黑马译，上海三联书店 2013 年版

55. ［德］马塞尔·赖希-拉尼茨基：《我的一生》，余匡复译，上海译文出版社 2003 年版

56. 李文俊编：《福克纳的神话》，上海译文出版社 2008 年版

57. ［德］莱辛：《汉堡剧评》，张黎译，华夏出版社 2021 年版

58. ［哥］加西亚·马尔克斯、门多萨：《番石榴飘香》，林一安译，南海出版公司 2015 年版

59. ［英］W. S. 毛姆：《巨匠与杰作：毛姆读书随笔》，刘文荣译，四川文艺出版社 2020 年版

60. ［法］米歇尔·德·蒙田：《蒙田随笔全集》，潘丽珍等译，译林出版社 2022 年版

61. ［英］泰德·摩根：《毛姆传》，奚瑞森、张安丽译，浙江文艺出版社 1993 年版

62. ［法］安·莫洛亚：《大仲马传》，秦关根译，浙江文艺出版社 1983 年版

63. ［波兰］切斯瓦夫·米沃什：《诗的见证》，黄灿然译，广西师范大学出版社 2016 年版

64. ［美］弗拉基米尔·纳博科夫：《俄罗斯文学讲稿》，丁骏、王建开译，上海三联书店 2018 年版

65. ［美］弗拉基米尔·纳博科夫：《固执己见》，潘小松译，时代文艺出版社 1998 年版

66. ［美］霍华德·奈莫洛夫编：《诗人谈诗》，陈祖文译，生活·读书·新知三联书店 1989 年版

67. ［智利］巴勃罗·聂鲁达：《回首话沧桑——聂鲁达回忆录》，林光译，知识出版社 1993 年版

68. ［俄］K. 帕乌斯托夫斯基：《面向秋野》，张铁夫译，湖南文艺出版社 2008 年版

69. ［法］普鲁斯特：《驳圣伯夫》，沈志明译，人民文学出版社 2022 年版

70. ［俄］普希金：《普希金论文学》，张铁夫、黄弗同译，漓江出版社 1987 年版

71. ［美］夏洛特·钱德勒：《这只是一部电影》，黄渊译，上海译文出版社 2006 年版

72. ［法］让-保罗·萨特：《文字生涯》，沈志明译，人民文学出版社 2020 年版

73. ［美］苏珊·桑塔格：《同时：随笔与演说》，黄灿然译，上海译文出版社 2018 年版

74. ［印度］泰戈尔：《泰戈尔论文学》，倪培耕译. 上海译文出版社 1988 年版

75. ［俄］屠格涅夫：《文论·回忆录》，张捷译，河北教育出版社 1994 年版

76. ［俄］列夫·托尔斯泰：《托尔斯泰论艺术》，耿济之译，中国青年出版社 2013 年版

77. ［俄］陀思妥耶夫斯基：《陀思妥耶夫斯基论艺术》，冯增义、徐振亚译，上海书店出版社 2009 年版

78. 汪培基等：《英国作家论文学》，生活·读书·新知三联书店 1985 年版

79. 王忠琪等：《法国作家论文学》，生活·读书·新知三联书店 1984 年版

80. ［英］弗吉尼亚·伍尔夫：《论小说与小说家》，瞿世镜译，上海译文出版社 2009 年版

81. 熊秉明：《关于罗丹》，天津教育出版社 2002 年版

82. 亚马多：《我是写人民的小说家》，孙成敖译，云南人民出版社 1997 年版

83. 叶嘉莹：《我的诗词道路》，河北教育出版社 1997 年版

84. ［法］赵无极、马尔凯：《赵无极自传》，邢晓舟译，文汇出版社 2000 年版

85. 毕飞宇：《小说课》，人民文学出版社 2020 年版

86. 蔡义江：《红楼梦诗词曲赋鉴赏》，中华书局 2017 年版

87. 刁斗：《慢读与快感：短篇小说十三讲》，上海文艺出版社 2020 年版

88. 格非：《文明的边界》，译林出版社 2022 年版

89. 韩石山：《韩石山文学评论集》，长江文艺出版社 1989 年版

90. 金圣叹：《金圣叹文集》，巴蜀书社 2003 年版

91. 林建法、傅任编：《中国当代作家面面观》，华东师范大学出版社 2002 年版

92. 鲁迅：《鲁迅论创作》，上海文艺出版社 1983 年版

93. 马原：《小说密码》，花城出版社 2013 年版

94. 南方周末编著：《南方周末写作课》，中信出版集团 2021 年版

95. 王安忆：《华丽家族：阿加莎·克里斯蒂的世界》，安徽文艺出版社 2006 年版

96. 王安忆：《王安忆说》，湖南文艺出版社 2003 年版

97. 王尧、林建法编：《我为什么写作》，郑州大学出版社 2005 年版

98. 阎连科：《机巧与魂灵：阎连科读书笔记》，花城出版社 2008 年版

99. 余光中：《余光中选集·第三卷》，安徽教育出版社 1999 年版

100. 余华：《温暖和百感交集的旅程》，作家出版社 2018 年版

三、理论原著类（160 种）

101. ［古希腊］柏拉图：《柏拉图文艺对话集》，朱光潜译，商务印书馆 2013 年版

102. ［古希腊］柏拉图：《理想国》，郭斌和、张竹明译，商务印书馆 2018 年版

103. ［古希腊］亚里士多德：《诗学》，陈中梅译，商务印书馆 1996 年版

104. ［古希腊］亚里士多德：《形而上学》，苗力田译，中国人民大学出版社 2003 年版

105. ［古希腊］亚里士多德：《政治学》，吴寿彭译，商务印书馆 1965 年版

106. ［古罗马］贺拉斯：《诗艺》，杨周翰译，人民文学出版社 1980 年版

107. ［古罗马］普罗提诺：《九章集》，石敏敏译，中国社会科学出版社 2009 年版

108. ［意］列奥纳多·达·芬奇著，［美］H.安娜·苏编：《达·芬奇笔记》，刘勇译，湖南科学技术出版社 2021 年版

109. ［英］锡德尼、扬格：《为诗辩护 试论独创性作品》，袁可嘉译，人民文学出版社 1998 年版

110. ［英］培根：《培根论说文集》，水天同译，商务印书馆 2001 年版

111. ［英］霍布斯：《利维坦》，黎思复、黎廷弼译，商务印书馆 1985 年版

112. ［法］笛卡尔：《第一哲学沉思集》，庞景仁译，商务印书馆 1986 年版

113. ［法］帕斯卡尔：《思想录》，何兆武译，商务印书馆 1985 年版

114. ［英］洛克：《人类理解论》，关文运译，商务印书馆 1997 年版

115. ［法］布瓦洛：《诗的艺术》，范希衡译，人民文学出版社 2022 年版

116. ［意］维柯：《新科学》，朱光潜译，商务印书馆 1989 年版

117. ［德］莱布尼茨：《人类理智新论》，陈修斋译，商务印书馆 2002 年版

118. ［英］休谟：《人类理解研究》，关文运译，商务印书馆 2010 年版

119. ［法］卢梭：《卢梭论戏剧》，王子野译，生活·读书·新知三联书店 2007 年版

120. ［法］狄德罗：《狄德罗美学论文选》，张冠尧、桂裕芳译，人民文学出版社 2008 年版

121. ［德］鲍姆嘉通：《诗的哲学默想录》，王旭晓译，中国社会科学出版社 2014 年版

122. ［德］莱辛：《拉奥孔》，朱光潜译，商务印书馆 2022 年版

123. ［德］艾克曼：《歌德谈话录》，洪天富译，译林出版社 2022 年版

124. ［德］歌德：《歌德的格言和感想集》，程代熙、张惠民译，中国社会科学出版社 1982 年版

125. ［德］康德：《历史理性批判文集》，何兆武译，商务印书馆 2017 年版

126. ［德］康德：《论优美感和崇高感》，何兆武译，商务印书馆 2020 年版

127. [德]康德:《美,以及美的反思:康德美学全集》,曹俊峰译,金城出版社 2014 年版

128. [德]康德:《判断力批判》,邓晓芒译,人民出版社 2017 年版

129. [德]康德:《实用人类学》,李秋零译,中国人民大学出版社 2020 年版

130. [德]弗雷德里希·席勒:《审美教育书简》,冯至、范大灿译,上海人民出版社 2022 年版

131. [德]黑格尔:《逻辑学》,梁志学译,人民出版社 2002 年版

132. [德]黑格尔:《美学》,朱光潜译,商务印书馆 1979 年版

133. [德]路德维希·费尔巴哈:《费尔巴哈哲学著作选集》,荣震华、王太庆、刘磊译,商务印书馆 1984 年版

134. [德]卡尔·马克思:《1844 年经济学哲学手稿》,中共中央马克思恩格斯列宁斯大林著作编译局译,人民出版社 2018 年版

135. 杨柄编:《马克思恩格斯论文艺和美学》,文化艺术出版社 1982 年版

136. [德]施勒格尔:《雅典娜神殿断片集》,李伯杰译,生活·读书·新知三联书店 2003 年版

137. 刘若端编:《十九世纪英国诗人论诗》,人民文学出版社 1984 年版

138. [俄]别林斯基:《别林斯基选集》,满涛、辛未艾译,上海译文出版社 2005 年版

139. [俄]车尔尼雪夫斯基:《艺术与现实的审美关系》,周扬译,人民文学出版社 2022 年版

140. [法]丹纳:《艺术哲学》,傅雷译,商务印书馆 2018 年版

141. [美]M. H. 艾布拉姆斯:《镜与灯:浪漫主义文论及批评传统》,郦稚牛、童庆生、张照进译,北京大学出版社 2021 年版

142. 中国社会科学院文学研究所编:《古典文艺理论译丛》,知识产权出版社 2010 年版

143. 中国社会科学院外国文学研究所编:《外国理论家作家论形象思维》,中国社会科学出版社 1979 年版

144. 中国社会科学院外国文学研究所编:《欧美古典作家论现实主义和浪漫主义》,中国社会科学出版社 1980 年版

145. 汪流等编:《艺术特征论》,文化艺术出版社 1984 年版

146. [美]凯·埃·吉尔伯特、[德]赫·库恩:《美学史》,夏乾丰译,上海译文出版社 1989 年版

147. [德]叔本华:《作为意志和表象的世界》,石冲白译,商务印书馆 2018 年版

148. [德]韦尔海姆·狄尔泰:《人文科学导论》,赵稀方译,华夏出版社 2004 年版

149. [德]弗里德里希·尼采:《悲剧的诞生》,孙周兴译,商务印书馆 2012 年版

150. [奥]弗洛伊德:《弗洛伊德论美》,邵迎生、张恒译,金城出版社 2010 年版

151. [法]昂利·柏格森:《时间与自由意志》,吴士栋译,林骧华导读注释,上海译文出版社 2022 年版

152. [德]胡塞尔:《欧洲科学危机和超验现象学》,张庆熊译,上海译文出版社 2005 年版

153. 倪梁康编:《胡塞尔选集》,上海三联书店 1997 年版

154. 刘小枫编:《舍勒选集》,上海三联书店 1999 年版

155. [德]莫里茨·盖格尔:《艺术的意味》,艾彦译,译林出版社 2014 年版

156. [波兰]罗曼·英加登:《论文学作品》,张振辉译,河南大学出版社 2008 年版

157. [德]海德格尔:《存在与时间》,陈嘉映、王庆节译,生活·读书·新知三联书店 2021 年版

158. [德]海德格尔:《林中路》,孙周兴译,商务印书馆 2018 年版

159. [德]海德格尔:《尼采》,孙周兴译,商务印书馆 2010 年版

160. 孙周兴编:《海德格尔选集》,上海三联书店 1996 年版

161. [德]汉斯-格奥尔格·伽达默尔:《诠释学:真理与方法》,洪汉鼎译,商务印书馆 2021 年版

162. 洪汉鼎:《理解与解释》,东方出版社 2006 年版

163. [比利时]乔治·布莱:《批评意识》,郭宏安译,百花洲文艺出版社 2010 年版

164. [法]让-保罗·萨特:《想象心理学》,褚朔维译,光明日报出版社 1988 年版

165. [法]梅洛-庞蒂:《眼与心·世界的散文》,杨大春译,商务印书馆 2019 年版

166. [法]米·杜夫海纳:《审美经验现象学》,韩树站译,文化艺术出版社 1996 年版

167. [法]保罗·利科尔:《解释学与人文科学》,陶远华、袁耀东等译,河北人民出版社 1987 年版

168. [德]汉斯·罗伯特·耀斯:《审美经验与文学解释学》,顾建光、顾静宇、张乐天译,上海译文出版社 2006 年版

169. [德]沃·伊瑟尔:《阅读行为》,金惠敏、张云鹏、张颖、易晓明译,湖南文艺出版社 1991 年版

170. ［美］韦恩·布斯：《小说修辞学》，华明、胡晓苏、周宪译，北京联合出版公司 2017 年版

171. 刘小枫编：《接受美学译文集》，生活·读书·新知三联书店 1989 年版

172. ［瑞士］费尔迪南·德·索绪尔：《普通语言学导论》，于秀英译，商务印书馆 2020 年版

173. ［瑞士］费尔迪南·德·索绪尔：《普通语言学教程》，高名凯译，商务印书馆 1980 年版

174. ［瑞士］费尔迪南·德·索绪尔：《普通语言学手稿》，于秀英译，商务印书馆 2020 年版

175. 方珊编：《俄国形式主义文论选》，生活·读书·新知三联书店 1989 年版

176. ［英］克莱夫·贝尔：《艺术》，薛华译，江苏教育出版社 2005 年版

177. ［苏联］米哈伊尔·巴赫金：《陀思妥耶夫斯基诗学问题》，刘虎译，中央编译出版社 2010 年版

178. ［美］克莱门特·格林伯格：《艺术与文化》，沈语冰译，上海三联书店 2022 年版

179. 赵毅衡编：《"新批评"文集》，百花文艺出版社 2001 年版

180. ［瑞士］沃尔夫冈·凯塞尔：《语言的艺术作品》，陈铨译，上海译文出版社 1984 年版

181. ［法］罗兰·巴特：《符号学原理》，屠友祥、温晋仪译，上海人民出版社 2009 年版

182. ［法］罗兰·巴特：《恋人絮语》，汪耀进、武佩荣译，上海人民出版社 2016 年版

183. ［法］罗兰·巴特：《神话修辞术　批评与真实》，屠友祥、温晋仪译，上海人民出版社 2009 年版

184. ［美］乔纳森·卡勒：《结构主义诗学》，盛宁译，中国人民大学出版社 2018 年版

185. ［俄］波利亚科夫编：《结构-符号学文艺学——方法论体系和论争》，佟景韩译，文化艺术出版社 1994 年版

186. ［美］华莱士·马丁：《当代叙事学》，伍晓明译，中国人民大学出版社 2018 年版

187. ［瑞士］卡尔·古斯塔夫·荣格：《心理学与文学》，冯川、苏克译，译林出版社 2014 年版

188. ［加］诺思罗普·弗莱：《批评的解剖》，陈慧、袁宪军、吴伟仁译，百花文艺出版社 2006 年版

189. ［匈］卢卡奇：《审美特性》，徐恒醇译，社会科学文献出版社 2015 年版

190. ［德］瓦尔特·本雅明：《机械复制时代的艺术作品》，王才勇译，江苏人民出版社 2006 年版

191. ［美］赫伯特·马尔库塞：《审美之维》，李小兵译，广西师范大学出版社 2001 年版

192. ［美］埃里希·弗洛姆：《人类的破坏性剖析》，李穆等译，世界图书出版公司 2014 年版

193. ［德］西奥多·阿多诺：《否定的辩证法》，王晓升译，中央编译出版社 2023 年版

194. ［德］阿多诺：《美学理论》，王柯平译，上海人民出版社 2020 年版

195. ［德］于尔根·哈贝马斯：《后形而上学思想》，曹卫东、付德根译，译林出版社 2012 年版

196. ［法］雅克·拉康：《拉康选集》，褚孝泉译，华东师范大学出版社 2019 年版

197. ［英］特里·伊格尔顿：《美学意识形态》，王杰、付德根、麦永雄译，中央编译出版社 2014 年版

198. 陈嘉映：《维特根斯坦读本》，上海人民出版社 2020 年版

199. ［奥］维特根斯坦：《逻辑哲学论》，韩林合译，商务印书馆 2019 年版

200. ［奥］维特根斯坦：《美学、心理学和宗教信仰的演讲与对话集（1938—1946）》，刘悦笛译，中国社会科学出版社 2015 年版

201. ［美］纳尔逊·古德曼：《艺术的语言：通往符号理论的道路》，彭锋译，北京大学出版社 2013 年版

202. ［英］J. L. 奥斯汀：《如何以言行事》，杨玉成、赵京超译，商务印书馆 2013 年版

203. ［俄］普列汉诺夫：《普列汉诺夫美学论文集》，曹葆华译，人民出版社 1983 年版

204. ［法］列维-布留尔：《原始思维》，丁由译，商务印书馆 2011 年版

205. ［美］约翰·杜威：《艺术即经验》，高建平译，商务印书馆 2010 年版

206. ［意］克罗齐：《美学原理　美学纲要》，朱光潜译，人民文学出版社 1983 年版

207. ［德］恩斯特·卡西尔：《语言与神话》，于晓等译，生活·读书·新知三联书店 2017 年版

208. ［法］埃米尔·本维尼斯特：《普通语言学问题》，王东亮等译，生活·读书·新知三联书店 2008 年版

209. ［英］罗宾·乔治·科林伍德：《艺术原理》，王至元、陈华中译，中国社会科学出版社 1985 年版

210. ［美］阿诺德·豪塞尔：《艺术史的哲学》，陈超南、刘天华译，中国社会科学出版社 1992 年版

211. ［美］鲁道夫·阿恩海姆：《视觉思维》，滕守尧译，四川人民出版社 2019 年版

212. 伍蠡甫、胡经之主编：《西方文艺理论名著选编》，北京大学出版社 2008 年版

213. 中国社会科学院文学研究所编：《现代美英资产阶级文艺理论文选》，知识产权出版社 2010 年版

214. 刘小枫编：《德语诗学文选》，华东师范大学出版社 2006 年版

215. [法]吉尔·德勒兹:《差异与重复》,安靖、张子岳译,华东师范大学出版社 2019 年版

216. [法]吉尔·德勒兹:《批评与临床》,刘云虹、曹丹红译,南京大学出版社 2022 年版

217. [法]吉尔·德勒兹:《褶子:莱布尼茨与巴洛克风格》,杨洁译,上海人民出版社 2021 年版

218. [法]吉尔·德勒兹、菲力克斯·迦塔利:《什么是哲学?》,张祖建译,湖南文艺出版社 2007 年版

219. [法]米歇尔·福柯:《词与物》,莫伟民译,上海三联书店 2016 年版

220. [法]米歇尔·福柯:《规训与惩罚》,刘北成、杨远婴译,生活·读书·新知三联书店 2020 年版

221. [法]米歇尔·福柯:《性经验史》,佘碧平译,上海人民出版社 2021 年版

222. [法]米歇尔·福柯:《知识考古学》,董树宝译,生活·读书·新知三联书店 2021 年版

223. 王潮选编:《后现代主义的突破:外国后现代主义理论》,敦煌文艺出版社 1996 年版

224. 王岳川、尚水编:《后现代主义文化与美学》,北京大学出版社 1992 年版

225. [美]希利斯·米勒:《小说与重复——七部英国小说》,王宏图译,天津人民出版社 2007 年版

226. [法]雅克·德里达:《论文字学》,汪堂家译,上海译文出版社 2015 年版

227. [法]雅克·德里达:《声音与现象》,杜小真译,商务印书馆 2010 年版

228. [美]理查德·罗蒂:《后哲学文化》,黄勇编译,上海译文出版社 2016 年版

229. [美]理查德·罗蒂:《偶然、反讽与团结》,徐文瑞译,商务印书馆 2003 年版

230. [美]海登·怀特:《元史学:19 世纪欧洲的历史想象》,陈新译,译林出版社 2013 年版

231. [美]爱德华·萨义德:《东方学》,王宇根译,生活·读书·新知三联书店 2019 年版

232. 张京媛主编:《当代女性主义文学批评》,北京大学出版社 1992 年版

233. [美]门罗·C.比厄斯利:《西方美学简史》,高建平译,北京大学出版社 2006 年版

234. [美]阿瑟·丹托:《艺术的终结》,欧阳英译,江苏人民出版社 2005 年版

235. [英]特里·伊格尔顿:《理论之后》,商正译,商务印书馆 2021 年版

236. [法]阿兰·巴迪欧:《哲学宣言》,蓝江译,南京大学出版社 2014 年版

237. [法]雅克·朗西埃:《文学的政治》,张新木译,南京大学出版社 2014 年版

238. 赵一凡等主编:《西方文论关键词》,外语教学与研究出版社 2017 年版

239. 熊逸:《中国思想经典讲稿》,北京联合出版公司 2020 年版

240. 周振甫:《〈文心雕龙〉译注》,江苏教育出版社 2006 年版

241. 张少康:《文赋集释》,人民文学出版社 2022 年版

242. 朱熹:《四书章句集注》,中华书局 2019 年版

243. 郭绍虞:《沧浪诗话校释》,人民文学出版社 2006 年版

244. 王国维:《人间词话》,人民文学出版社 2018 年版

245. 郭绍虞主编:《中国历代文论选》,上海古籍出版社 2010 年版

246. 于民:《中国美学史资料选编》,复旦大学出版社 2008 年版

247. 黄霖、罗书华编:《中国历代小说批评史料汇编校释》,百花洲文艺出版社 2009 年版

248. 朱光潜:《文艺心理学》,华东师范大学出版社 2022 年版

249. 宗白华:《美学散步》,上海人民出版社 2020 年版

250. 宗白华:《艺境》,商务印书馆 2011 年版

251. 朱自清:《中国文学批评研究讲义》,天津古籍出版社 2004 年版

252. 闻一多:《神话与诗》,吉林出版集团 2017 年版

253. 徐复观:《中国艺术精神》,九州出版社 2020 年版

254. 钱锺书:《宋诗选注》,生活·读书·新知三联书店 2019 年版

255. 钱锺书:《谈艺录》,生活·读书·新知三联书店 2023 年版

256. 刘若愚:《中国文学理论》,杜国清译,江苏教育出版社 2006 年版

257. 李泽厚:《实用理性与乐感文化》,生活·读书·新知三联书店 2008 年版

258. 葛兆光:《中国思想史》,复旦大学出版社 2013 年版

259. 张中行、张铁铮、李耀宗、潘仲茗编注:《文言文选读》,生活·读书·新知三联书店 2023 年版

260. [日]柄谷行人:《定本柄谷行人文学论集》,陈言译,中央编译出版社 2021 年版

四、研究专著类(30 种)

261. 〔苏联〕阿尔森·古留加:《康德传》,贾泽林、侯鸿勋、王炳文译,商务印书馆 1997 年版
262. 〔德〕施太格缪勒:《当代哲学主流》,王炳文等译,商务印书馆 1986 年版
263. 〔美〕J.卡勒:《索绪尔》,张景智译,中国社会科学出版社 1989 年版
264. 〔美〕威廉·巴雷特:《非理性的人》,段德智译,上海译文出版社 2018 年版
265. 〔德〕吕迪格尔·萨弗兰斯基:《来自德国的大师》,靳希平译,商务印书馆 2021 年版
266. 〔英〕特伦斯·霍克斯:《结构主义和符号学》,瞿铁鹏译,上海译文出版社 1997 年版
267. 〔美〕约瑟夫·祁雅理:《二十世纪法国思潮》,吴永泉等译,商务印书馆 1987 年版
268. 〔美〕马丁·杰伊:《法兰克福学派史》,单世联译,广东人民出版社 1996 年版
269. 〔英〕瑞·蒙克:《维特根斯坦传:天才之为责任》,王宇光译,浙江大学出版社 2014 年版
270. 〔美〕道格拉斯·凯尔纳、斯蒂文·贝斯特:《后现代理论——批判性的质疑》,张志斌译,中央编译出版社 2011 年版
271. 周宪:《文学理论:从现代到后现代》,生活·读书·新知三联书店 2023 年版
272. 陈炎:《反理性思潮的反思:现代西方哲学美学述评》,高等教育出版社 2012 年版
273. 张庆熊:《现代西方哲学》,商务印书馆 2023 年版
274. 曹俊峰:《康德美学引论》,天津教育出版社 2012 年版
275. 薛华:《黑格尔与艺术难题》,中国法制出版社 2008 年版
276. 朱立元:《历史与美学之谜的求解》,上海人民出版社 2014 年版
277. 徐亮:《显现与对话》,百花文艺出版社 1993 年版
278. 张汝伦:《〈存在与时间〉释义》,上海人民出版社 2018 年版
279. 刘小枫:《现代性社会理论绪论》,华东师范大学出版社 2018 年版
280. 金健人:《小说结构美学》,浙江文艺出版社 1987 年版
281. 赵毅衡:《当说者被说的时候》,广西师范大学出版社 2022 年版
282. 王晓明等:"新人文论"丛书,华东师范大学出版社 2014 年版
283. 盛宁:《二十世纪美国文论》,北京大学出版社 1994 年版
284. 徐贲:《走向后现代与后殖民》,中国社会科学出版社 1996 年版
285. 沈语冰:《20 世纪艺术批评》,中国美术学院出版社 2003 年版
286. 刘衍文、刘永翔合注:《袁枚续诗品详注》,上海书店出版社 1993 年版
287. 陈伯海:《唐诗学引论》,上海古籍出版社 2015 年版
288. 邓晓芒:《文学与文化三论》,湖北人民出版社 2005 年版
289. 王立铭:《王立铭进化论讲义》,新星出版社 2022 年版
290. 〔英〕彼得·J.本特利:《十堂极简人工智能课》,许东华译,译林出版社 2023 年版

五、外文前沿类(10 种)

291. Ilai Rowner. *The Event: Literature and Theory*. University of Nebraska Press, 2015.
292. Irene J. F. De Jong. *Narratology and Classics: A Practical Guide*. Oxford University Press, 2014.
293. James Seaton. *Literary Criticism from Plato to Postmodernism: The Humanistic Alternative*. Cambridge University Press, 2014.
294. Michael Groden, Martin Kreiswirth, Imre Szeman. *Contemporary Literary and Cultural Theory*. Johns Hopkins University Press, 2012.
295. Paul H. Fry. *Theory of Literature*. Yale University Press, 2012.
296. Pelagia Goulimari. *Literary Criticism and Theory*. Routledge, 2015.
297. Richard J. Lane. *Global Literary Theory: An Anthology*. Routledge, 2013.
298. Robert Dale Parker. *Critical Theory*. Oxford University Press, 2012.
299. Robert Eaglestone. *The Encyclopedia of Literary and Cultural Theory*. Wiley-Blackwell, 2012.
300. Vincent B. Leitch. *Literary Criticism in the 21th Century*. Bloomsbury, 2014.

后 记

　　好的文学理论教材,应该是问题式的而非话题式的。所以它不能简单写成西方文论教材的框架套式,但应当充分吸收包括西方文论在内的当代理论发展成果。本书初版自 2016 年以"文学理论今解"为书名出版以来,倏忽又经历了七年的教学磨砺,其间继续得到读者们的评议和赐教。现应出版社建议,吸收各方反馈,对全书进行全面的修订。呈现在读者们眼前的这部新版《文学理论初阶》,从四方面作了力所能及的完善。

　　内容上的增删调整是最主要的。初版建立在多年教学实践的基础上,成文过程相对较为匆促。出版后陆续发现,由于当时研究视野和积累方面的限制,对某些问题的论述尚欠圆融到位。如今又过了七年,著者在不断的学术思考推进中,认识上较之以往多少有所深化,也取得了一些新的相关成果。本次修订,努力完善了这些地方的论述,力求把问题阐述得更加准确、明白和透彻。其中著者自感重要、基本重写的大幅修订约不下十处,均为书中关键部位。经此修订,全书的学术质量应该是有所提升了。

　　在原有的基础上适当增加了例证的分量,以使一些对初学者来说或许较为抽象的道理,尽可能获得形象化的阐释。但这样做的目的不止于此。著者认为,一门优质的专业课,吸引学生们在学习中对这一专业产生兴趣固然好,然而更重要的是在教学过程中,能让绝大多数将来不打算学这个专业的学生,也能通过学习取得丰盈的收获。这就要求我们的教材和教学在讲清本课程内容的同时,灵活撒开面上的信息,譬如以例证的形式让古今中外文学经验都向读者敞开,使得无论爱好古典文学者,还是热衷于现当代文学或外国文学者,乃至钟情于语言学的读者,都能从中不同程度地受到启发和打开思路。也就是说,如果一位有志于攻读古典文学的学生日后淡忘了本课程作为文艺学专业课程的理论内容,却记住了某个例子,那也是本门课的成功。这是著者在自身教学中越来越挥之不去的体会。修订后的教材是否尽己所能在向这点靠拢,敬请读者不吝指教。

在此过程中,也充实了各章思考题,对全书的推荐阅读书目作了必要的改换和版本更新,以方便一茬茬始终年轻着的读者们寻检使用。

编写工作愉快而顺利地完成,一如既往地有赖于华东师范大学出版社以及责任编辑范耀华博士的热情支持,在此致以著者的谢意。期待本书能得到更多读者的宝贵检验和指正。

2023 年春节记于沪上

2023 年初冬校于闵行